文
景

Horizon

社 科 新 知　文 艺 新 潮

"The #1 book [of the year] . . . Several sleepless nights are guaranteed."
STEPHEN KING, *Entertainment Weekly*

THE LITTLE STRANGER

"*Wonderfully evoked.*"– ***New York Times Book Review***

小小陌生人

BESTSELLING AUTHOR OF
TIPPING THE VELVET and ***FINGERSMITH***

文景
Horizon

上海人民出版社

〔英〕萨拉·沃特斯——著　孔新人——译

SARAH WATERS

献给我的父母、玛丽和罗恩，
以及我的妹妹德博拉

* 本书中的楷体系根据原书字体进行的相应变换。

1

第一次看到百厦庄园时，我十岁。正是战争[1]结束后的那个夏天，艾尔斯一家还很富有，仍是这个地区的显赫家族。在帝国日[2]的庆祝会上，艾尔斯太太和艾尔斯上校经过时，我和村子里的其他孩子站成一排，举起纪念奖章向他们致童子军礼。接着，我便和父母一起坐在长桌边吃茶点，现在回想起来，那是在南边的草坪上。艾尔斯太太那时二十四五岁上下，她的丈夫年长一些，他们的小女儿苏珊大约六岁。这是一个美满的家庭，但是我对他们的记忆却很模糊。我能清楚记起的是这幢房子，是它吸引了我。我记得那些正在老去的精美的建筑细部：红色旧砖、褶纹窗玻璃和风化了的砂岩饰边。这座房子的外表模糊不清，还有几分捉摸不定——它像是一块冰，在阳光下渐渐开始融化。

自然，宅邸内部就没那么迷人了。门和落地窗都开着，只是用绳索或缎带拴了起来。男仆、园丁和我们共用的洗手间在马厩里。不过，那

---

1 指第一次世界大战。——译者注，下同

2 帝国日（Empire Day），又称维多利亚日（Victoria Day）。从1904年开始，整个英帝国以维多利亚女王的生日（每年的5月24日）为帝国日。1958年后，随着大英帝国的崩塌，帝国日被英联邦日（Commonwealth Day）取代。

时我妈妈还有几个朋友在庄园里当仆人。茶点一结束，人们起身离开庭园，她就带着我从边门悄悄溜进了宅子里，到厨房里和厨师、女佣们待一小会儿。我对那次短暂的逗留印象很深。厨房在地下室，要走过一段古堡地牢般阴冷的拱廊才能抵达，仿佛有数不清的仆从正拿着食物篮或是托盘穿梭其中。待洗的餐具堆积如山，妈妈挽起袖子开始帮忙。让我欣喜若狂的是，她的勤劳带来了回报，我得到允许可以去挑选那些从宴会上撤下来的没人吃过的果冻。我被安置在一张松木桌边坐下，手里握着从艾尔斯家族私人橱柜里取出的调羹——一个黯淡无光的银家伙，勺碗差不多比我的嘴巴还大。

不过，后来我得到了更高级别的款待。拱廊上部的墙壁上有个装有金属丝和电铃的配电匣，每当铃声响起催促客厅的女佣上楼，她就会带上我，这样我就能从那块将房子前后分为两个世界的厚毛呢帘幕后面向外偷窥。女佣告诉我，如果我是个听话又安静的孩子，就该站在那里乖乖地等她回来。我只能待在帘幕后面，因为如果上校或者他的太太看到我，就会引来一场责骂。

通常，我是个听话的孩子。可是，两条大理石走廊交会在那面帘幕掀开的地方，每一条走廊里都堆满了精美绝伦的物件。女佣刚刚轻快地消失在一条走廊上，我就勇敢地几步踏上了另外一条走廊。一阵令人惊讶的战栗涌上我的心头，并非因为擅自越界，而是由于房子本身，它的每一个角落都令我激动——地板上的亮光、年代久远的木椅和壁橱泛出的光泽、镜子的倒角和边框的涡卷形装饰。我被吸引到了一面光洁的白色墙壁边，墙上有橡树籽和树叶图案的石膏装饰线脚。除了在教堂里，我还从来没见过像这样的东西。我飞快地仔细打量了一遍，然后做了一件至今仍觉得极为大胆的事情——我用手指去抠其中的一个橡树籽，想把它从墙上撬出来，没有成功，于是便用随身的小折刀把它挖了出来。我不是有意要毁坏艺术品，也不是那种捣蛋的男孩。我只是出于对这幢宅子的崇拜，想要拥有它的一个部分，或者可以说，是一种我以为普通小孩或许无法体会的崇敬感，让我做了这件事。我觉得，自己就像一个男人渴望从他突然为之迷恋癫狂的女孩头上取下一缕秀发珍藏。

我好不容易才拿到了那个橡树籽，过程不像我期待的那么干净利索，我用力向外拔它的根部时，带出了一把石膏板中的纤维、白色粉末和沙砾。这真叫人扫兴。大概，我本以为它是大理石做的。

但是，没有人出现，没人来抓我。就像人们说的，眨眼之间我就干完了这桩坏事。我把那个橡树籽放进口袋里，溜回帘幕后面。客厅的女佣很快就回来了，把我带回了厨房。我和妈妈跟厨房的仆人们道别，回到花园里和爸爸会合。此刻，我感觉到了口袋里的石膏块带给我的那种病态的兴奋。我开始担心艾尔斯上校——那个可怕的男人——发现墙壁被破坏而停止宴会。但是下午过去了，暮色渐渐升起，安然无事。我和父母随着里德克特的人们走回家，一路上，蝙蝠在我们头顶掠过、旋转，仿佛在看不见的琴弦上翩翩起舞。

最后，当然了，妈妈发现了那个橡树籽。我把它从我的口袋里拿进拿出，它在我的灰色法兰绒短裤上留下了白色的痕迹。我妈妈终于弄明白她手里的奇怪小东西是什么的时候，她都快哭出来了。她没有掌掴我，没有告诉爸爸，也没有责备我的意思。她只是看着我，含泪的双眸既困惑又羞愧。

“像你这样聪明的男孩，应该更懂事。”我猜她会这么说。

我小的时候，人们常常这样说。我的父母、叔叔、校长——各种各样对我的未来充满兴趣的成年人都会这样说。这些话常使我难抑无名之火。我极其渴望配得上聪明的好名声，但我从未祈求过聪明，因为它似乎不按常理出牌，它能变成某种力量将我打倒。

橡树籽被扔进了火炉里。第二天，我在炉渣里发现了被烧黑的硬块。不管怎么说，那一年应该是百厦庄园最后的辉煌。接下来的帝国日庆祝会由另一个家族承接，在相邻的一座宅邸里举办。百厦庄园从此日复一日地衰落起来。不久之后，艾尔斯家的女儿夭亡了，艾尔斯上校和太太更深居简出了。我隐约记得他们后来的两个孩子卡罗琳和罗德里克出生的日子。但那时我在利明顿学院读书，正忙于跟苦涩琐碎的生活作战。妈妈在我十五岁的时候死于流产。我童年时，她就经常性地流产，最后的这次要了她的命。我的爸爸一直看着我从医学院毕业，回到里德克特成为一名职业医生才去世。艾尔斯上校几年以后就死了，我想，是死于动脉瘤。

他离世之后，百厦庄园更加隐没无闻。庄园的大门常年紧闭，坚固的棕色石头界墙虽然不高，但足以阻隔外面的视线。尽管这座宅子宏伟壮观，在沃里克郡[1]的大街小巷里却没有一个地方能够瞥见它。当我沿着百厦庄园的界墙闲逛的时候，我不时想起它，想起在那里宴饮——时间停留在1919年的那一天，气派的砖面、冰凉的大理石走廊——每一条走廊里都堆满了精妙绝伦的小物件。

我再次见到这座庄园，已是三十年后了，另一场战争[2]刚刚结束，庄园的变化令人震惊。我去那里纯属机缘巧合。我的搭档戴维·格雷厄姆是艾尔斯一家的家庭医生，那天他恰好出急诊去了。因此艾尔斯家派人来请医生时，便由我代劳了。刚走进庄园，我的心就开始下沉。我记得，必须穿过一片整齐的杜鹃花丛和月桂树，经过一条长长的路才能到达宅子。可是现在庄园疏于管理，杂草丛生，道路难辨，我只

---

1 英格兰中部以西的一个郡。

2 指第二次世界大战。

得开车在灌木丛中摸索前进。我终于驶出了灌木丛，迎面是一条高低不平的砾石斜坡，宅邸就在眼前，我目瞪口呆。虽然我早已料到，它可能和我记忆中的那座大宅相去甚远。屋舍的破败令我十分惊愕。那些秀美的饰边似乎全部剥落了，宅子的乔治王朝[1]风格更加难以辨认。常春藤沿着墙壁攀爬，末端枯死后，就像垂下的乱糟糟的鼠尾辫。通向庄园大门的台阶已经开裂，杂草正从缝隙里向外疯长。

我把车停好，走了出来，却不敢用力关车门。眼前的庞然大物让人不免对此地有些不安。我到达时似乎没有人听到。我稍稍迟疑，便踏上了嘎吱作响的砾石路，小心翼翼地走上开裂的石头台阶。那是一个炎热、安静的夏日——我用力扯着拉铃绳，古旧污暗的黄铜和象牙发出了纯净的铃响，没有一丝杂音。但铃声是那么遥远，像是从宅子深处的空洞里传来。铃声立即引来了粗野却虚弱的狗吠。

狗叫声很快就被止住，接着是很长一段寂静。过了一会儿，似乎从右边传来了不规则的脚步声。片刻工夫，家族唯一男丁——罗德里克在角落里出现了。他眯起眼睛，迟疑地打量着我，直到看见我手里的药箱，才把一支软塌塌的纸烟从嘴里拿出来，开口说道：“你就是医生吗？我们以为来的是格雷厄姆医生。”

他的语气相当友好，却带着一丝萎靡。仿佛我的外貌让他打不起精神。我向他走去，一边自我介绍一边解释格雷厄姆为什么没能过来。他平淡地答道：“你能过来真好。今天是星期天，天气又糟。请走这边好吗？会比我们穿过房间快些。顺便介绍一下，我是罗德里克·艾尔斯。”

我们以前在很多场合见过不止一次。但是，显然他已经没有印象了，他敷衍地轻轻握了握我的手。他的手指摸上去很奇怪，有的地方

1 指1714—1837年间统治英国的四位乔治国王的时代。

粗糙得像鳄鱼皮，而有的地方却光滑得出奇。我记得，他在战时的一场事故中烧伤了手和脸上的一大片皮肤。如果不是这些瘢痕，他绝对称得上相貌堂堂。他比我高，虽然已经二十四岁了，却依然稚气未脱，略显单薄。他的穿着也很孩子气，衬衫的领子敞开着，单薄的夏裤，褪色的帆布鞋。他走得很慢，腿明显有点瘸。

我们走着，他说话了："我想，你应该知道我们为什么请你来？"

"听说，你们有一个女佣生病了。"

"我们有一个女佣！这说法真妙。我们也只有这一个女佣，她叫贝蒂，似乎得了胃病。"他有些犹疑，"我不清楚。通常，妈妈、姐姐和我都不请医生，我们自己能对付。我们可以胡乱应付感冒和头痛。不过我知道，如今这个年头，虐待仆人可是罪大恶极。我看得很明白，仆人的境遇会比主人还好。所以，我们觉得该给她请个大夫。请留心这里。"

我们走上了庄园北边的砾石台阶。罗德里克提醒我注意一处开裂下陷的地方，我绕了过去。我很愿意有这样一个机会看到百厦庄园的另一侧，却又一次惊异于它的衰败。花园里长着杂乱无章的荨麻和喇叭花，阻塞的下水道散发出淡淡的难闻气味。一路上看到的窗户都布满灰尘和污迹，一扇扇都紧闭着，大部分装着百叶窗板。在一段悬空石阶的上端，只有一副玻璃双扇门打开着。透过这副玻璃门，我看到一个乱糟糟的大房间，桌上堆着杂乱的纸张、织锦窗帘的一角……匆匆经过，我只能看到这些。我们来到了一条狭窄的仆人门道边，罗德里克站在一旁给我让路。

"你继续向前走，可以吗？"他用那只带着伤疤的手为我指路，"我姐姐就在楼下。她会领你去贝蒂那儿，告诉你是怎么回事。"

后来我才明白，那是因为他受伤的腿，他一定不愿意让我看见他下楼时的难堪。当时我还以为他很没礼貌，于是我什么话也没说，从他面前走过。很快，我就听到他穿着胶底鞋一瘸一拐地渐渐走远。

于是，我一个人安静地走了过去。我记起来了，这个门道，就是很多年前妈妈私自带我走过的地方。我记得这光秃秃的石梯正通向那条幽暗的拱廊，当时给我留下了很深的印象。不过，这次它却让我失望了。我记得这个古堡地牢般的走廊；但事实上，它的墙面像警察局和消防站一样是光滑的米黄色和绿色，石地板上铺着一长条椰棕垫，拖把乖僻地立在水桶里。没有人出来迎接我，不过透过右边那扇虚掩的门可以瞥见厨房，于是我悄悄走过去朝里张望。我又是一阵失望：这是一间了无生气的大屋子，里面有几张维多利亚式食物料理台，全都被彻底地清理过，上面什么也没有。房间里所有的东西都外表阴冷，死气沉沉。只有一张餐桌勾起了我的回忆，我第一次来这里时曾坐在那里吃果冻。这张桌子也是房间里唯一略显生机的物品，上面放着一小堆沾着泥土的蔬菜，一碗水和一把刀子——水色浑浊，刀子是湿的，似乎有人刚开始工作便被叫走了。

我退了出来，鞋子在椰棕垫上发出咯吱的声响。这声响引来一阵狗吠，但这次是从很近的地方传来。很快，一条又黑又老的拉布拉多犬从某个地方蹿出来，在我身边跳得老高，狂吠不止。我站着不动，把药箱拿得高了些。这时一位年轻小姐出现了，把狗喝住："好啦，别叫，你这个笨蛋！吉普！——真抱歉。"她走得近了一些，我认出她正是罗德里克的姐姐卡罗琳，"这狗知道我受不了它上蹿下跳。吉普！"她走上前在狗的臀部上重重一击，它终于安静下来。

"小傻瓜。"她使劲拉住狗的耳朵，眼神里充满了溺爱，"它忠心耿耿，所以才叫个不停，它以为每个陌生人都想割断我们的喉咙，偷走家里的银器。我们实在不忍心告诉它，银器早就不在了。我记得我们请的是格雷厄姆医生，而你是法拉第医生。我们还没相互介绍呢，对吗？"

她面带微笑，向我伸出手来。她的手比她弟弟坚定，也诚恳得多。

我以前只在郡里的集会或大街上远远看到过她。她比罗德里克略大一些，二十六七岁的样子，乡间有一些关于她的传言，比如“心肠过热”“天生的老小姐”“精明的姑娘”——这么说吧，她相貌平平，对于姑娘家来说，个子长得太高，大腿和脚踝却又太过粗壮。头发是那种淡淡的英式棕色，如果护理得当，还是很漂亮的，但是我从未见过它干净整洁的样子，现在这一头棕发正乱蓬蓬地搭在卡罗琳的肩上，仿佛她刚用厨房的肥皂洗了头发，却忘记梳理。而且，她是我见过的女性当中穿着品位最差的一位，脚蹬一双男式凉鞋，身上那条很不合身的裙子衬得她胸宽臀肥，实在让人无法恭维。她的眼睛是淡褐色的，很呆板，脸很长，下颌棱角分明，外貌实在平庸。我觉得，只有她的嘴巴长得还不错——大得出奇，轮廓很漂亮，颇有动感。

我再次解释了格雷厄姆出急诊并由我替换的原因。她的回答跟她弟弟一模一样：“好吧，你能过来真好。贝蒂来我家的时间并不长，不到一个月。她家住在索瑟姆那边，太远了，我们不想打扰她的家人。据大家说，她妈妈是个坏蛋……她昨天晚上开始抱怨胃痛，今天早上也不见好转，我觉得必须请医生确诊。你现在可以给她看病吗？她就在这边。”

她边说话边转过身，迈开粗壮的小腿向里走去，我和狗跟在她身后。她把我领进走廊尽头的那间屋子，以前可能是管家的起居室。面积比厨房略小，却和地下室的其他房间很像：石头地板，位于高处的狭小窗户，单调刻板的粉刷。壁炉的炉栅窄小，扫得很干净。屋子里摆着一把褪色的扶手椅、一张桌子和一张金属架子床，是那种闲置时可以折起来藏进橱柜后墙洞里的折叠床。床上躺着的人瘦小纤细，身上罩着一件衬裙或是无袖睡袍，一眼看上去我还以为是个小孩；凑近些我才看出，这是个发育不良的十几岁的女孩子。她一看到我，就挣扎着想从床上坐起来。我走近时，她又哀婉地倚在了枕头上。我在床边靠近她坐下："你是贝蒂，对吗？我是法拉第医生。艾尔斯小姐说你胃痛。现在感觉怎样？"

她说着一口难听的乡下腔："医生，我难受得很！"

"你一直在生病吗？"

她摇头。

"你腹泻吗？你知不知道什么是腹泻？"

她点头，然后又摇摇头。

我打开药箱："好吧，让我来检查一下。"

她稚气的嘴唇咧开了一点，刚好能让我把温度计压在她的舌下。我拉开脖子处的睡袍，将冰凉的听诊器放在她的胸部，她低声呻吟着向后退缩。她是本地人，只要接种过学校疫苗，我就很可能见过她。但此时我却毫无印象。她是个很不起眼的女孩，发色黯淡，修剪潦草，前额一侧夹着一个发卡。宽脸，眼睛分得很开，灰色眼珠和多数浅色眼睛一样，显得既不神秘也不狡黠。当我掀起睡袍检查胃部时，破旧的法兰绒内裤露了出来，她苍白的脸上才泛起害羞的红晕，微微有了些生机。

我的手指轻轻触碰到她的肚脐，她就喘着粗气大叫起来——几乎是尖叫。我安慰她："没事的。告诉我，哪里最痛？这里？"

她回答："噢！哪儿都痛。"

"疼得很厉害，像刀割一样吗？还是隐隐作痛，火烧火燎的痛？"

"隐隐地痛，"她哭喊着，"又像刀割！可是也像有火在烧！噢！"她又尖叫起来，这次终于把嘴巴张得很大，我看到了健康的舌头、喉咙和一排不太整齐的牙齿。

"没事的。"我又说了一遍，并把她的睡袍拉回原位。我想了想，便转向卡罗琳，她正在门口焦急张望，那条拉布拉多犬立在她身边，"艾尔斯小姐，能不能让我和贝蒂单独待一会儿？"

我说得郑重其事，她皱起了眉头：“好的，没问题。”

她朝狗打了个手势，带着它离开。听到背后传来关门声，我便收起听诊器和温度计，锁上药箱。我望着这个脸色苍白的女孩，语气平静地说：“贝蒂，我现在很为难。刚出去的艾尔斯小姐不辞辛苦，想让你病情好转；但我很清楚，你根本不需要医生。”

她张大眼睛瞪着我。我只好说得更直截了当些：“你是不是认为我在休息日闲得没事可做？是不是从里德克特出发，跋涉五英里看望一个顽劣的小女孩比任何事情都重要？我想到一个好办法，比如送你去利明顿割阑尾——你什么毛病也没有。”

她的脸涨得通红：“不，医生，我有病！”

“我承认，你是个不错的演员。那几声尖叫和痛苦的抽搐演得真像。不过，如果我想做演员，就会去戏院。嘿，你觉得谁会付我的出诊费？我可不提供免费服务。”

提到钱她吓了一跳，她真的害怕了：“我是穷人！真的！昨天晚上我真的病了。病得很厉害。我以为——”

“是吗？你以为可以在床上舒服地偷一天懒？”

“不！这么说不公平！我真的很难受。我只是以为——”说到这儿，她的声音开始哽咽，灰色的眼睛里满是泪水，“我只是以为，”她不安地重复着，“以为如果一直那么痛，那——那么，或许我就可以回家待几天。等我好一点再回来。”

她背过脸去，使劲忍住眼泪。但泪水还是溢出了眼眶，顺着瘦削的脸颊滚落下来。我说道：“就是因为这些？你想回家，是吗？”她用手捂住脸，真的哭了起来。

虽然有些眼泪情真意切，但医生对眼泪实在是习以为常。我还要处理家中的一摊杂事，没心情为这桩小事无谓地耽搁时间。可她看起来这么年幼，让人哀怜。所以，我让她尽情地哭了一会儿。然后，我轻轻拍着她的肩膀，坚决地说道：“哭够了吧。接着往下说。你遇到了什么麻烦？你不喜欢这里，是吗？”

她从枕头下面拿出一块皱巴巴的蓝色手帕，擤擤鼻涕。

“是的，”她说，“不喜欢。”

“为什么不喜欢？工作太多了吗？”

她绝望地耸耸肩膀：“还行。”

“他们要你一个人干所有的家务？”

她摇摇头：“贝兹利太太也来做事情，除了星期日，每天做到三点。她洗衣做饭，我干剩下的活儿。有个男佣有时会来花园帮帮忙。卡罗琳小姐也做一点……”

“听上去还行。”

她默不作声。于是我继续加压。想父母了？——她愁眉不展。想男朋友了？——她的脸拉得更加难看了。

我提起我的药箱：“如果你不说实话，我就无法帮助你了。”

看到我就要起身，她终于说话了：“因为这房子！”

“这房子？怎么回事？”

“噢，医生，这房子太不正常了！它太大了！无论去哪里，都得走很远。它很静，静到让人害怕。白天还好，我要干活，贝兹利太太也在这里。可是一到晚上，就剩下我自己了。没有一点声音！我常常做噩梦……还有更糟的，他们总叫我上上下下地爬那段旧楼梯。房子里到处都是幽暗的角落，根本不知道那里藏着什么。总有一天，我会被吓死！”

“被吓死？在这么漂亮的宅子里被吓死？能住在这里是你的福气。这样想就对了。”

“福气！”她难以置信地说，“所有朋友都说，我来当女佣是发了疯。他们在家里笑话我呢！我见不到任何人也从没出去过。我的表姐妹全都在工厂里干活，本来我也可以去的——可是我爹不让我去！他不喜欢工厂。他说工厂会把姑娘变野。他叫我在这儿待上一整年，学点家务活和礼节。一整年！我会吓死的，肯定会。要不然我也会羞愧死的，你看到他们给我穿的老派衣服和帽子了吧，太难看了！医生，这太不公平了！”

她把浸满泪水的手帕揉成团，扔在了地板上。

我弯腰捡起了手帕：“亲爱的，别生这么大的气……一年时间不长。等你长大了，就会觉得一个年头无关紧要。”

“你是说，我现在还不够大吗！？”

“你现在多大了？”

“十四岁。说不定我九十岁时，还在这里呢！”

我笑了起来：“快别犯傻了。好吧，这件事怎么收场呢？我还是想要那笔出诊费的。你需要我给艾尔斯一家什么建议吗？我敢肯定，他们希望你开心点。”

“噢，他们只想让我干活。”

“那么，跟你父母说说呢？”

“真可笑！我娘一半的时间都花在那些年轻小伙身上，她才不管我在哪里呢。我爹什么也干不了，只会大呼小叫，从早到晚咆哮，然后再出去把我娘找回来，每次都是这样！他只会让我干活，我可不想变成我娘那样！”

“那么，你为什么还想回家呢？听起来留在这里似乎更好一些。”

“我不想回家，”她说，“我只是——噢，我只是受够了！”

她脸色阴郁，沮丧至极，看起来一点儿也不像个孩子，倒像是头危险但虚弱的小野兽。但看到我正盯着她，她的火气也没了。她又开始自怜自艾——闭上红肿的眼睛，轻吁短叹。我们默默地坐着，我四下张望，发现房间里开始罩上一层暮色。死一般的寂静让人觉得像被憋在闷罐子里——至少，这一点她说得很对。空气很凉爽，却出奇沉重。我感觉到了这座大宅子的分量——甚至感觉到了宅子上面四处攀爬疯长的荨麻和杂草。

我想起了妈妈。她第一次来到百厦庄园时很可能比贝蒂还小。

我站起身来："亲爱的，恐怕有时候我们都得学会随遇而安。这就是生活，没有任何灵丹妙药。这件事这么办吧。你在床上躺着，把今天过完，就当是过节。我不会告诉艾尔斯小姐你撒谎了，我会给你一些胃药——看看这瓶子，别忘了你的阑尾差一点就没有啦。我一定会问问艾尔斯小姐是不是有办法可以让你在这里过得开心一些。但另一方面，你也应该努力适应这里。你觉得怎样？"

她的灰眼珠里没有半点机智狡黠，她盯着我看了一会儿，然后点点头，哀婉地低声说："谢谢你，医生。"

她翻过身去，露出瘦削的白色颈肩。

我踏进走廊时，里面空空荡荡。可是跟刚才一样，一响起关门声，狗便开始狂吠。随着一阵沙沙的刨地声，它从厨房里冲了出来。不过它这次不那么狂躁了，很快变得温顺，让我拍着它的背，轻扯它的耳朵。从厨房门口可以看到卡罗琳，她像熟练的家庭主妇般正在用茶巾把手拭干，茶巾在她手指间轻快地移动着。我注意到在她头顶的墙壁上，挂着接通电铃和电线的箱子——那个传唤仆人的专横的小机械，连接着头顶上那个奢华的王国。

我和狗向她走去。"她还好吧？"她问。

我毫不犹疑地答道："她的胃有点小毛病。并不严重，不过还是应该让我过来。在这样的天气里，一不小心就会得胃病。我会给你把药方送过来，你最好让她休息一两天……另外，还有件事。"我走到她身边，压低声音，"她非常想家。你不会没感到吧？"

她皱起了眉头："说起想家，我觉得她看上去还好。我想，她需要时间适应这里的生活。”

“我猜，她晚上是不是就睡在下面，一个人睡？那里太僻静了。她说有一段后楼梯，让她毛骨悚然——”

她松了一口气，差点笑出来：“哦，就为这，对吗？她疯得连胡话都说不好了。她刚来的时候神志还挺正常。但跟一个乡下女孩是永远没法沟通的，她们冷酷无情，铁石心肠，能生生拧断鸡脖子或者像幽灵一样突然昏厥。我猜她是恐怖电影看多了。百厦庄园是很安静，但这里可不闹鬼。”

我顿了顿，又开口道：“你说得没错，你是在庄园里长大的。可是，你难道不能想个办法安慰她？”

她双臂抱在胸前：“给她读睡前故事怎么样？”

“她的年纪太小了，艾尔斯小姐。”

“哦，如果你非得这样说，那我必须告诉你——我们待她并不坏！付给她的工钱已经远超我们的承受能力了。她和我们吃的一样，其实在很多方面她比我们过得更好。”

“是的，你的弟弟也这么说。”

我冷冷地说着，她却有些愠怒了，样子不太好看，脖子涨得通红，没有表情的脸上红一块白一块。她把目光从我身上移开，像是在努力克制自己，再次开口时，她语气柔和了些。

“好吧，我对你实话实说，我们会尽力让贝蒂高兴起来。我们确实离不开她。我们雇了女佣来做些分内之事，可是一个仆人根本不够。大概是离公车路线太远的缘故，最近几年很难雇到女佣。上个女佣只待了三天，那还是一月份的事情。在贝蒂来之前，我独自承担了大部分的家务……好吧，我很乐意让她身体好起来。真的。”

她涨红的脸逐渐恢复了平静，脸色却更阴沉了，看起来十分疲倦。从她的肩膀上瞥过去，我看见了那张餐桌和已经洗净剥好的蔬菜。我的目光落在了她的手上，我才注意到它们竟是如此粗糙，指甲又粗又笨，已经开裂，指关节红肿不堪。这不光彩的一幕让我惊讶极了，我原以为，那会是一双保养得很好的手。

她一定注意到了我的视线。她窘迫地转过身，把刚才擦手的茶巾揉成一团，动作娴熟地扔在餐桌上没洗干净的托盘边。“我带你上楼吧。”她说着，摆出一副我的探访到此结束的模样。我们默默地沿着楼梯向上爬——狗跟在后面，一边爬一边还咕噜噜地小声哼着。

就在楼梯的拐角处，那个转向露天平台的地方，我看到了罗德里克，他刚好走进来。

“卡罗琳，妈妈找你。”他说，“她想喝茶。”他向我点点头，“你好，法拉第。你看出贝蒂得了什么病吗？”

他只有二十四岁，而我已年近四十，这一声“法拉第”的问候让我听起来有些刺耳。但没等我回答，卡罗琳便走到他跟前，若无其事地挽起了他的胳膊。

“法拉第医生认为我们很残忍！”她说，眼皮不安地微微颤动着，“他认为我们经常强迫贝蒂扫烟囱，还有其他又脏又累的活。[1]”

他露出一丝不易察觉的微笑：“让贝蒂扫烟囱是个好主意！”

我回答：“贝蒂很好，只是有点胃炎。”

“不会传染吧？”

“肯定不会。”

“不过，我们还是会把早餐端到她床前的。”卡罗琳继续说，“天天就这么惯着她。这不正好加深了我对厨房的了解吗？说到厨房——”她正视着我，“医生，没什么事情的话，留下来喝杯茶再走怎样？”

1　工业革命后，煤炭成为英国经济发展的重要支柱，工厂生产和家庭取暖多使用煤炭。而扫烟囱的工作几乎都由童工承担。童工的生活非常悲惨，他们常常因吸入烟尘和劳累而死。

“是啊，留下吧。”罗德里克也说。

他语气干巴巴的，她却很真诚。我猜，她是想为贝蒂引出的不快和解，我也想和缓一下气氛。但我承认，我答应留下的最主要原因是想看看庄园其他地方的模样。我走在前面，跨上最后几级楼梯，走进了一条低矮阴冷的走廊，我看见了挂着绿色厚毛呢帘幕的拱顶走廊，这里正是1919年时女佣带我来的地方。罗德里克走得很慢，卡罗琳一直挽着他走到了楼梯顶端。但她又走了回来，假装随意地放下了帘幕。

前方的那两条走廊都很昏暗，有种极不自然的空荡感，但除此之外和我记忆中的差不多。整幢宅子像扇面似的在我眼前铺展开——天花板抬高了，石铺地板成了大理石地面，没有丝毫装饰的光滑的墙壁变成了绸布和灰泥粉刷的墙面。我一刻也没有延误，开始寻找那块被我撬出来的橡树籽装饰线脚。我的眼睛渐渐适应了昏暗，心里却愈加沮丧，大部分橡树籽都不见了踪迹，剩下的不是开裂就是褪色了。难道在我第一次撬掉那颗橡树籽之后，就有一帮破坏艺术品的野蛮少年大肆破坏了这面石膏墙吗？墙壁其余部分也形容惨淡，墙上曾挂着好几幅精美的画像和镜子，现在不少已经不见，只剩几块方形和椭圆形的模糊痕迹。还有一块波纹绸撕裂了，被人拙劣地打上了补丁，像挂了一只袜子。

我回身看了看卡罗琳和罗德里克，以为他们会略显尴尬或为难，可他们满不在乎地带着我径直穿过了走廊，似乎已经习以为常了。我们走的是右边那条走廊，一条完整的暗廊，只能依靠一侧打开的房门采光。经过的房间大都房门紧闭，因此，即便是这样一个阳光明媚的日子，走廊里依然阴影重重。那条黑色的拉布拉多犬在光影之间进进出出，仿佛在生命里穿梭。这时走廊出现了一个九十度的转弯——这次是向左——一扇虚掩的房门出现在眼前，里面透出一块楔形的模糊不清的阳光。卡罗琳告诉我，这是家里人活动最多的地方，也就是那个很多年前便享有盛名的“小客厅”。

当然，“小”是相对百厦庄园来说的。这个房间三十英尺长，二十英尺宽，整体装饰略显拥挤，天花板和墙壁细部过于烦琐，大理石壁炉仪容威严。但是房间里的情形和走廊差不多，很多装饰细部有缺口或碎裂了，有的干脆消失得无影无踪。高低不平嘎吱作响的地板上一块搭一块拼铺着陈旧的小地毯，软塌塌的沙发一半盖着格子花呢毛毯。两把磨旧的天鹅绒靠背扶手椅放在壁炉近前，其中一把的旁边放了个花里胡哨的维多利亚式痰盂，里面盛满了给狗喝的水。

然而，不知怎么回事，这间屋子却展现了其最内在的魅力，有如俊美的脸庞腐烂后露出了枯骨。室内充溢着夏花的香味：香豌豆花、木樨草，还有紫罗兰。苍白的墙壁和天花板上仿佛流溢着，不，确实真的流溢着一缕缕柔和的光线，那光线着上了似有若无的色彩。

房间里有一扇落地窗开着，外面是另一段悬空石阶，通向房子南侧的露天平台和草坪。我们走进房间时，艾尔斯太太正站在台阶顶上，刚脱下户外便鞋，准备换上拖鞋。她戴着一顶宽檐帽，帽子上兜一条浅色的丝巾，松松地系在脖子上。她的孩子们一看到她，就笑了起来。

“妈妈，你真像早年那些开车的人。”罗德里克说。

“是啊，”卡罗琳接着说，“也很像养蜂人！我真希望你是，那时候的蜂蜜真是太好吃了！你瞧，这位是法拉第医生——格雷厄姆医生的搭档，从里德克特来。他已经给贝蒂看好了病，我们想请他喝杯茶。”

“你好，法拉第医生，见到你真高兴。我刚才正在种花——哦，还不如说是在荒野里种花——希望你能原谅我这参加教堂礼拜日仪式一样的着装。看起来很奇怪，不是吗？”她抬起手，掠过额前的一绺头发，“我小时候，礼拜日总是穿得最得体。必须戴着蕾丝手套坐在长椅上，大气也不敢出。现在，礼拜日要像清洁工一样工作——还要穿成个工人的样子。”

她笑了起来，本来就很高的颧骨在瓜子脸的衬托下显得更高了，一双迷人的眼睛调皮地向上翘起。身材一点也不像清洁工，我暗自思忖。我没料到她还是这样衣着讲究，身穿旧亚麻连衣裙，长发松散地扎在脑后，露出优雅的脖颈曲线。她快六十岁了，身材依然很好，头发还像当年递给我帝国日纪念奖章时一样乌黑，那时她比现在的卡罗琳还要年轻一些。包裹着她的衣物——那条围巾，那条得体的裙子，或者是裙子里包裹的优美线条——让她带上了几分轻浮的法式气息，稍稍不同于她子女那种略显忧郁的英国面容。她示意我坐在壁炉边的一把椅子上，自己拉过另一把，她坐下时我注意到了她脚上的那双鞋。深色皮革上镶着奶油色条纹，手工很好，也只有战前才有这样的工艺了。以一个男性眼光来打量，这双鞋和其他制作精良的女鞋一样华而不实，设计过度，容易分散别人的注意力。

座椅旁边的桌子上摆着一小堆粗笨过时的戒指，她正一个接一个往手指上戴。手臂的动作让丝质围巾从肩膀滑落到了地上，站在一旁的罗德里克艰难地弯下腰，捡起围巾，重新戴在她的脖子上。

“我妈妈总是一路走一路留下麻烦，”他对我说，“就像在玩撒纸屑追逐游戏[1]。”

艾尔斯太太把围巾系得更紧了一些，微笑着，斜了一眼：“法拉第医生，你瞧见孩子们是怎么嘲笑我的吧？恐怕有一天我会跟那些没人管的老太婆一样，饿死在床上。”

“噢，我敢说我们会不时丢给你一根骨头，可怜的老家伙。”罗德里克打着哈欠，向沙发走去。他坐了下来，这一次我明确无误地看出他一举一动都很困难。我更加留意起来，只见他脸颊苍白，紧咬牙关。

1　又叫“兔子与猎犬”游戏，是一种户外儿童游戏，玩法是一名游戏者扮演兔子在前面边逃跑边撒纸屑，另一组游戏者扮演猎犬在后面根据纸屑追逐兔子，纸屑会被风吹起改变位置而增加游戏难度。这个游戏在英国维多利亚时代早期非常流行。

我这才明白他饱受伤痛折磨，却处心积虑地想掩饰这些。

卡罗琳带着狗走出房间去泡茶。艾尔斯太太探问了贝蒂，得知她病得不重，似乎很宽慰。

“给你添麻烦了，”她说，“让你专程过来。一定有更危重的病人在等你。”

我说：“我是个家庭医生。平时接触的几乎都是出疹子、割破手指之类的小毛病。”

“你真谦虚……不过我确实弄不懂，为何人们总要用疑难杂症来评定医生的高下？如果医生之间真有什么区别的话，应该反过来——从普通病症看才对。”

我笑着回答：“医生都希望不时接受挑战。战争期间，我在拉格比以北一个军队医院的病房里待了很长一段时间。我挺怀念那段时光。”我望了一眼她的儿子，他打开了一罐烟丝和一小包纸，正在自制卷烟，“我做过了几次肌肉治疗，这种疗法由于产生的电流刺激而得名。”

他咕哝了一声。“受伤之后，他们要给我报名参加那种治疗。那段人生际遇之后，我就再也不能无忧无虑了。”

“真遗憾。”

艾尔斯太太接着说：“医生，我想你知道，罗德里克以前在空军服役。”

“是的，我知道。你参加了什么战役？战斗相当艰苦吧？”

他把脑袋偏向一边，露出了下巴，伤疤历历在目。

“看到这些瘢痕，你一定会认为我战功赫赫吧？其实大部分飞行时间里我都在执行侦察任务，无功可赏。最后，西海岸上空的一次坏运气把我打了下来。不过另一个小伙子更倒霉，他和我的领航员去见了上帝，可怜的伙计。我捡回一条命，还有这些可爱的伤疤和撞坏的膝盖。”

“我很遗憾。”

“噢，你在那所医院里一定见过比我更糟的。请原谅我的举止。你抽烟吗？我抽这该死的东西抽得很凶，几乎忘记自己是在抽烟。”

我看了看刚刚卷好的烟——卷得很拙劣，过去我们这些医学院学生常把卷烟叫作“棺材钉子”——我决定不抽他的烟。我的口袋里装着上乘香烟，但我怕拿出来会使他尴尬。于是，我摇摇头。不过我感觉到，他只是想用烟堵我的嘴，换个话题。

可能他母亲也意识到了。她盯着儿子，神色很不平静，但接着她又转向我，面带微笑地说：“战争似乎很遥远，是不是？才过了两年时间，我还没来得及搞清楚发生了什么事。庄园里曾经驻扎过一支陆军部队。他们走时在庄园里留下了一些古怪的东西，铁丝网和铁皮，现在都已经锈烂了，倒像是上一个时代的东西。上帝知道这次和平能维持多久。我已经不听新闻了，新闻太让人心惊胆战。科学家和将军统治了世界，就像一群以投掷炸弹为乐的学生。”

罗德里克划亮一根火柴：“噢，在百厦庄园，我们会平安无事。”他努起嘴来吸了一口烟，卷烟纸燃起的火焰差点烧到了带有瘢痕的嘴唇，“我们在百厦庄园过着真正的宁静生活。”

这时，就像是有人在拨动算盘珠子，走廊的大理石地面上传来了吉普的脚步声，还有卡罗琳的平底凉鞋敲击地面的声音。狗用鼻子把门撞开——这肯定是它的惯用伎俩，因为门框被它的皮毛蹭得发黑。它和在它之前的那些狗肯定日复一日地不停抓挠门上的木头，这扇精美旧门的下嵌板就要散架了。

卡罗琳走进屋子，手里托着一个笨重的茶盘。罗德里克抓住沙发扶手，挣扎着想要起来帮姐姐的忙，但我制止了他。

“让我来吧。”

她感激地看着我——我明白，这感激不是为她自己，而是为她弟弟——不过她还是说：“不用麻烦。你别忘了，我很习惯做这些。”

“至少，让我给你帮点小忙吧。”

“不了，你还是让我自己来做吧！你瞧，我住在一个偏远的庄园里，必须学会自己动手，我应该懂得怎么做这些事。吉普，走远一点，听见了吗？”

我退回座位，她把茶盘放在桌上那一堆凌乱的书本纸张之间，开始给每一个杯子沏茶。茶杯是古老而精美的骨瓷，其中一两个的手柄还用铆钉修补过。我注意到，她把这几个修补过的杯子留给了家人用。沏完茶，她开始递上糕点，是切得很薄的水果蛋糕，我猜想她是从有限的贮备里拿出了最好的来招待客人。

“噢，烤小圆面包得配果酱和奶油！”卡罗琳分糕点的时候，艾尔斯太太说道，“即使是一块上好的饼干，也应当配果酱和奶油。法拉第医生，我建议你这样搭配。我们全家都不喜欢吃甜食。所以——”她又露出了恶作剧似的表情——“牧场的工人从来不指望卖黄油给我们。食物配给[1]最大的弊端就是，扼杀了人们的好客之心。我真为此感到遗憾。”

她叹了一口气，把蛋糕掰成小块，优雅地蘸着没有加奶的茶吃。卡罗琳把她的那片折成两半，一口一块地吃掉。罗德里克起初把盘子推到一边以便专心抽烟，然后懒洋洋地挑吃了蛋糕外皮和无籽葡萄干，把剩下的蛋糕扔给了吉普。

“罗迪！”卡罗琳责备地叫了起来。我原以为她是在抗议弟弟的浪费行为，却发现她讨厌弟弟这样喂狗。她注视着狗的眼睛说：“你这个小坏蛋！你明明知道我们不允许乞讨食物的！法拉第医生，你瞧它朝我斜眼睛了。这个老滑头。”她脱掉凉鞋，伸长了腿，用脚趾戳着狗屁

1　第二次世界大战及其结束后一段时期内，英国的物资供应紧缺，因此对食品和工业原料实行了配给制。

股。我瞅见了她晒黑的腿，没有穿袜子，也没有刮腿毛。

狗一副可怜相，我客气地说：“可怜的老东西。”

“千万不要被假象蒙蔽。它坏极了——吉普，你是不是这样？你这个贪婪的家伙！”

她又用脚搡了狗一下，然后变成了一种粗鲁的爱抚。起初狗还挣扎着保持平衡，不过很快就像无助的老人一般放弃了抵抗，它有点不知所措，乖乖地躺在她的脚下，抬起腿，露出胸部灰色的绒毛和光秃秃的肚子。卡罗琳的脚更用力了。

艾尔斯太太瞥见了女儿汗毛浓密的腿。

“亲爱的，我真希望你能穿上袜子。不然法拉第医生会认为我们是野蛮人。”

卡罗琳毫不在乎地笑着：“穿袜子太热了。要是法拉第医生从没见过不穿袜子的腿，那才叫人吃惊呢！”

不过她很快就把腿收了回去，努力摆出端庄的坐姿。狗仍然躺在地上，抬起弯曲的四肢等着主人的爱抚，它有些失望，于是蜷起身子，开始舔脚爪。

罗德里克的烟卷在炎热、凝固的空气里升起一股青烟。一只鸟儿在花园里发出了与众不同的充满活力的叫声，我们都竖起了耳朵。我又打量起这间屋子，观察所有这些有趣的失去了活力的细节。我在椅子里扭身再看，又惊又喜地发现，这样正好能看到打开的窗户外面。一片丛生的杂草从房子旁边延伸开四分之三英里，杂草的四周是花坛，花坛边上竖着锻铁篱笆。紧挨着篱笆的是一片草地，再外面是百厦庄园的农田。农田向外扩展了足足四分之三英里，在农田尽头依稀可见百厦庄园的界墙。不过，因为界墙外曾是一个牧场，如今成了耕地和小麦田，所以这里的风景不受阻挡，一直延伸到木栅栏的颜色和天际的薄雾融合之处。

艾尔斯太太问我："法拉第医生，你喜欢我们这里的风景吗？"

"喜欢。"我回过头问，"这座庄园建于何时？1720年？还是1730年？"

"你真有眼力。它完工于1733年。"

"哦。"我点点头，"从建筑的特点就能看出来：暗走廊，边上开着宽敞而明亮的房间。"

艾尔斯太太微笑着。卡罗琳盯着我，似乎对我的回答很满意。

"我也很喜欢那些。"她说，"外人大概觉得我们阴暗的走廊有点乏味……不过你应该冬天来看！我们会高高兴兴地把所有窗户砌起来。去年有整整两个月的时间，我们只在这一间屋子里活动。罗迪和我就在这里打地铺，和那些不法居住者[1]差不多。水管冻住了，发电机坏了，房间外的冰柱足足有三英尺长。我们不敢离开这间屋子半步，我们害怕会被炮弹击中……你住在诊疗室的楼上，是吗？在老吉尔医生那里？"

我回答："是的。我搬进去时是个初级合伙人，就再没有搬出来。诊所挺简陋。可是病人都熟悉那里，我觉得挺适合我这样的单身汉。"

罗德里克弹了一下烟灰。

"吉尔医生脾气有点古怪，是吧？小时候我去过一两次他的诊所。他有一个挺大的玻璃碗，说是用来养蚂蟥的，当时差点把我吓死。"

"噢，什么事情都能吓到你，"还没等我开口，卡罗琳就抢着说，"你太容易受惊吓了。你还记得小时候那个在厨房工作的女巨人吗？妈妈，你有印象吗？她叫什么来着？是叫玛丽吧？身高足有六英尺二英寸五，她有个妹妹，身高六英尺三。有一次爸爸和麦克劳德先生打赌，说玛丽一定穿不上他的靴子，结果他赢了。她还力大无穷，拧衣服时

1 指擅自占用他人房屋和土地的人。第二次世界大战后，数以千计的英国退役军人及其家属擅自占用了废弃的军事基地和奢华的公寓楼。

比绞衣机力气还大。不过她的手指一直冷冰冰的——冻得通红，像是从食品柜里拿出的香肠。我过去常常吓唬罗迪，玛丽会在他睡着的时候偷偷溜进房间，把手伸进他的被窝取暖。这一招经常把罗迪吓哭。”

“一头小猛兽。”罗德里克说道。

“她从前叫什么名字？”

“我记得她叫米莉亚姆。”思索片刻，艾尔斯太太说，“米莉亚姆·阿诺德。你提到的那个妹妹叫玛格芮。我记得家里还有一个女孩，没那么高大。她嫁给一个叫塔普利的男孩，两人离开乡下后去别处做了司机和厨子。米莉亚姆离开我们后在兰德尔太太家帮佣。不过兰德尔太太不喜欢她，只让她做了一两个月。之后的情况我就不知道了。”

“说不定她去当绞刑执行人了。”罗德里克说。

“也许她加入了马戏团。”卡罗琳说，“我们确实有个女佣跑去参加了马戏团，不是吗？”

“不是参加马戏团，是嫁给马戏团的人。”艾尔斯太太说，“她妈妈为这事伤透了心，她的表妹拉文德·休伊特也心碎了，因为她和表姐爱上了同一个人。听说心上人跟表姐私奔了，这个姑娘就开始不吃不喝，听她妈妈说，她本来就要饿死了，后来却被兔子救了一命。原来这姑娘能抵挡任何美食，唯独禁不住妈妈炖的兔肉的诱惑。有一段时间，我们让她爸爸到庄园里打猎，随他的意猎杀兔子。所以说，是兔子救了她的命……”

艾尔斯太太还在滔滔不绝地讲着，卡罗琳和罗德里克不时提醒补充一两句。他们不像是在跟我交谈，倒像是在彼此倾诉，我被排除在话题之外。我的目光从母亲转向女儿，最后落在儿子身上，我终于发现了他们的共通之处，不是相似的外表——那修长的四肢，长得靠近额头的眼睛——而是举手投足间流露的那种排外心态。我感到一丝厌烦，莫可名状的厌恶甚至破坏了我待在这间漂亮客厅里的愉快心情。或许是我的乡下人血统在作怪。建造、保养百厦庄园的，正是他们此刻嘲笑的那些人。两百年后，那些在庄园里劳作生活的人离开了它，庄园便像纸牌搭建的金字塔一样崩塌了。而此时，这个家族的成员还坐在这间墙壁涂料开裂、旧土耳其地毯磨得露出了线头的屋子里，喝着铆钉修补的瓷器里的茶，喋喋不休地缅怀他们昔日的上等生活……

艾尔斯太太又提到一个女佣。“噢，她是个低能儿。”罗德里克说道。

“她不是个低能儿，”卡罗琳一字一句地说，“不过她真是太笨了。有一回她问我信封封蜡是干什么用的，我告诉她那是一种特别的蜡，用来补天花板上的缝。我还让她站在梯子上往爸爸书房的天花板涂一些试试。结果弄得一团糟，可怜的姑娘惹了大祸。”

她摇摇头，有点不好意思，却又笑了出来。就在这时，她看到了我的眼神和冷冰冰的表情。她立即收回了笑容。

“真抱歉，法拉第医生，你一定不赞成我们这么说。确实很不公道。我和罗德小时候很坏，但现在我们好多了。我猜，你在惦记可怜的小贝蒂。”

我呷了一口茶：“噢，一点也不。我只是碰巧想起了我的母亲。”

“你的母亲？”她重复着，语气中还有一丝笑意。

一阵沉寂，这时艾尔斯太太开口说道：“是这样。你母亲在我们家里做过看护婴儿的女佣，对吧？我听说过这件事。她什么时候来的？是在我嫁进百厦庄园以前吧。”

她表现得非常礼貌和善，我有点为自己刚才生硬的语气羞惭了，于是轻声说道：“我母亲一直待到1907年。她在这里遇见了我父亲，一个杂货店老板的儿子。我猜你一定会说，那是一桩见不得人的恋情。”

“别开玩笑了。”卡罗琳半信半疑地说。

“真的，你不相信？”

罗德里克弹落了一大截烟灰，一言不发。艾尔斯太太陷入了沉思中。

“你知道吗？”她站起身，“我记得——好吧，来看看我记得对不对。”

她向桌子走去，那里陈列着许多家庭照片的相框。她拿出其中一个，举在手中伸直了胳膊，她眯着眼睛仔细瞧了半天，最后摇了摇头。

“不戴老花镜我不敢肯定。”她把照片递给我，“但是我猜，法拉第先生，你的母亲就在这张照片里。”

这是一张镶在玳瑁边框里的爱德华[1]时代的小照片。我仔细一看，便认出这张照片是在庄园南面拍的，因为我看到了那扇落地窗，和今天一样敞在午后的阳光里。房前的草坪上聚集着那时的家庭成员，数量庞大的仆人簇拥在他们周围。这些男女管家、男仆、厨房女佣、园丁随便站成一群，一点也不整齐，似乎摄影师很晚才动的这个念头，差人在庄园里绕了整整一圈，让他们丢下工作过来集合。主人们看上去最气定神闲，庄园的女主人——老贝阿特丽思·艾尔斯太太，卡罗琳和罗德里克的祖母——坐在一张帆布躺椅上，她的丈夫站在一旁，一只手搭着她的肩膀，另一只手随意地插在裤兜里，是一条有褶的白裤子。在他们脚边，懒洋洋地倚着一个瘦削的十五岁少年，就是日后的上校。他和现在的罗德里克长得很像。他身旁坐着一长溜穿着格子呢的年幼弟妹。

我仔细端详着这群人。他们都是年长些的孩子，只有一个婴儿被一个金发女佣抱在怀里，按下相机快门的刹那，他正扭动着想挣脱怀

1 爱德华七世（Edward VII，1841—1910），1901—1910年间在位。爱德华时代是贵族最后的黄金时代。

抱。为了避开挥舞的手臂，女佣身体向后一倾。她的脸没有对准镜头，照片里的容貌也模糊了。

卡罗琳从沙发上起身过来看那张照片。她站在我旁边，倾过身来，干枯的棕色卷发垂落下来，她静静地说："法拉第医生，那是你的母亲吗？"

我回答："可能是她。不过——"在那个面容模糊的女佣背后，我发现还有一个女佣，也是金发，两人的外套和帽子一模一样。我笑了笑，有点为难地说，"也可能是这个，我不太肯定。"

"你的母亲还健在吗？说不定，你可以让她看看照片？"

我摇摇头："我父母都已亡故。我读书时母亲就去世了。几年之后，父亲因心脏病过世。"

"噢，真抱歉。"

"没什么，都是很久以前的事……"

"希望你母亲在这里过得愉快，"卡罗琳重新坐回沙发后，艾尔斯太太说道，"你觉得她在这里愉快吗？她是否跟你提起这里？"

我没有立即回答，回想着她在百厦庄园的几桩往事——比如，每天清晨她都要站着让女管家检查手指甲是否藏污纳垢；贝阿特丽思·艾尔斯太太经常擅闯女佣的卧室，打开箱子，一件件翻查她们的物品……最后，我说道："她在这里交到了几个很好的朋友，就是那些女仆里的几个。"

艾尔斯太太似乎舒了一口气，表情也轻松了："你这么说，我真高兴。那个年代仆人的生活与现在很不同。他们有自己的娱乐、自己的话题和自己的玩笑。圣诞节那天，他们还有聚餐……"

她的话勾起了更多往事。我的视线还停留在照片上——说实在的，在感情的支配下我有些恍惚。虽然我刚才轻描淡写了一番，但不期而至的母亲的面孔还是触动了我——如果那真是她的脸，如果我没有猜错。我把照片放在我椅子边的桌上。我们继续聊这个庄园，它的花园，和它见证的那些辉煌时代。

但聊天时，我还是不住地瞟那张照片，我的心不在焉表露无遗。茶点结束了。我又坐了片刻，然后看了看时钟，准备告辞。我起身时，艾尔斯太太和蔼地说道："法拉第医生，你一定得带上那张照片。我非常希望它属于你。"

"带走它？"我吓了一跳，"噢，不，我不能拿。"

"不，你必须带上它。你一定要连着相框，把它原封不动地拿走。"

我继续推辞，卡罗琳说话了："是啊，带走吧。你别忘了，贝蒂养病期间由我做家务。能少擦拭一件物品，我可太开心了。"

"谢谢你，"我脸红了，差点结巴起来，"你们太客气了。是——真的，太客气了。"

他们找了一张旧牛皮纸包住照片，我小心翼翼地把它塞进药箱里。我向艾尔斯太太告别，抚摸着狗脑袋上暖和的暗色皮毛。卡罗琳已经在一旁站好，准备送我出门。罗德里克向前挪了挪，说道："没事，卡罗。我去送医生。"

他艰难地从沙发上起身，因为疼痛差点没站住。卡罗琳投来关切的目光，不过他已决定去送我了。她只好让步，伸出粗硬的手和我道别。

"再见，法拉第医生。我们找到了这张照片，我真感到高兴。希望你看照片时能常常想起我们，好吗？"

"好的。"我回答。

我跟着罗德里克离开房间，突然走入阴暗处，我使劲眨了几下眼睛。他领我向右拐，路过许多紧闭的房门，走廊很快明亮宽敞起来，我意识到我们走进了庄园的前厅。

前厅非常美丽，我忍不住驻足观赏。粉色和绛色镶拼的大理石地面，如棋盘般排列。墙壁是浅木镶板，在地板的反衬下极有光泽。最引人注目的是连通两层半楼房的一座红木扶梯，它优雅地呈螺旋形上升，只有一道未中断的抛光的蛇头扶手。扶梯围成了一个十五英尺宽、六十英尺高的楼梯井，在上方乳白色穹顶玻璃的映射下，色彩凉爽宜人。

“赏心悦目，是不是？”看我盯着房顶，罗德里克说道，“灯火管制时，这个圆屋顶黑得像恶魔一般。”

他用力拉开宽阔的前门。门的某些部位因受潮而变形，擦过大理石地面，发出刺耳的声音。我和他站到台阶上，一股暑天的热浪扑面而来。

他做了个鬼脸：“好像天气还是很热。你开车回里德克特，真是件苦差……你驾什么车？鲁比车[1]？你怎么选中这辆车的？”

我开的是最普通的一个车型，不值得夸耀。但罗德里克一定是那种对发动机很感兴趣的男孩，于是我领他走到车前，把车的一些特点指给他看，最后我打开引擎盖，向他展示引擎的构造。

合上引擎盖时，我告诉他：“这些乡间小道很费车。”

“我想也是。你每天要开着它走多远？”

“闲时每天大概有十五到二十个病人预约。忙时可能要接三十多个预约电话。大部分都是这附近的居民，只有几个病人住在牛津郡的班伯里那么远的地方。”

“你真是个大忙人。”

“太忙了，有时候。”

“都是皮疹和割伤。哦，这倒提醒我了，”他把手伸向口袋，“你来给贝蒂看病，我该付你多少钱？”

想到他母亲慷慨大方地送给我一张家庭合影，我不想收他的出诊

1　一个英国汽车品牌，第二次世界大战前十分畅销。

费。可是他执意要给，我推说以后寄账单给他。他笑着说："喂，听我说，如果我是你，给钱我就要。我应该付你多少钱？四先令？还是再多一些？告诉我吧。我们可不是在慈善演出的舞台上。"

我犹豫着收下四先令，作为出诊和开处方的费用。他掏出一把带着体温的小小硬币，数好后放进我的手掌。他数钱给我时换了个姿势，不知弄痛了哪里。他又一次咬紧牙关，这回我几乎脱口而出。可是跟香烟那次一样，我不想使他难堪。索性就随他去吧，我的话到了嘴边又吞了回去。我启动引擎，他双臂交叉，尽量站得舒适一些，就在我离开时，他有气无力地挥挥手，转身向宅子走去。我从后视镜里望着他，直到看见他用痛苦的姿势爬上通向前门的台阶。他走进了那间阴影里的前厅，在我看来，似乎那座大宅吞噬了他。

汽车在未经修剪的灌木丛中转了个弯，开始颠簸前行。整座建筑从我的视线里消失了。

那天晚上和往常的礼拜日一样，我与戴维·格雷厄姆夫妇共进晚餐。格雷厄姆的急诊诊所经营得很好，只有几例疑难病症，晚餐的大部分时间我们都在谈论这些事。吃烤苹果布丁时，我才提到代替格雷厄姆到百厦庄园的事情。

他的脸上立刻现出羡慕的神情。"你去了？那里怎么样？他们家有些年没有请我过去了。我听说那地方每况愈下，糟糕得很。他们快把那里当养猪场了。"

我描述了自己见到的大宅和花园。"真令人心碎，"我说道，"看到的东西全变了。我不知道罗德里克是否清楚他正在做什么。庄园和从前大不一样了。"

"可怜的罗德里克，"格雷厄姆的太太安妮说道，"我一直认为他是个漂亮小伙子。谁都会为他难过的。"

“就是因为他的伤疤吗？”

“哦，那只是外表。更糟糕的是，恐怕他还没有从谷底爬出来。他必须像同龄的男孩那样快点长大。但他还沉浸在对战争和百厦庄园的回忆中。不知怎么回事，他和他父亲一点也不像。”

“哦，”我说道，“这可能对他更有利。我记得上校性格乖张，是吧？我小时候看见他朝一个开车的大发雷霆，责骂他的车惊了他的马。后来他跳下马，一脚踢坏了车前灯。”

“是的，他脾气不好，”格雷厄姆说着，舀起一勺布丁，“过了气的老乡绅。”

“不如说是守旧的老恶霸。”

“哦，谁都不会喜欢他肩上的担子。他一定有一半的时间都在为钱的事情发愁。那座庄园传到他手上时，就已经开始亏空了。他整个1920年代都在卖地，我父亲说那根本于事无补。听说他死后欠下了一笔数量惊人的税款！真纳闷这个家族是靠什么维持的。”

我说：“你对罗德里克的伤怎么看？他的腿很糟糕。也许一个疗程的电击治疗会奏效——假如他能接受我的提议。他们像勃朗特姐妹[1]一样离群索居，并以此为傲，烧灼自己的伤口使结痂变硬……你介意我插手吗？”

格雷厄姆耸耸肩；“你不必操心这些。我刚才说过了，他们很少来找我，说我是他们的家庭医生实在很勉强。我知道罗德里克受伤的事，他摔得很严重，断骨却重接得很不好。那些烧伤说明了一切。”他又吃了些布丁，关切地说道，“罗德里克第一次返家时也出了一些棘手事。”

这件事我还是头一次听说。“是吗？他本不该恢复得这么糟糕。他

1　指《简·爱》作者夏洛蒂·勃朗特、《呼啸山庄》作者艾米莉·勃朗特和诗人安妮·勃朗特三姐妹，她们生活在英国北部约克郡山区的荒原上。

已经休养了很长一段时间了。”

“最糟的是，他们家想掩盖他的病情。家里人对此讳莫如深。艾尔斯太太甚至连个护工都没请。她亲自照顾罗德里克，后来，战争快要结束时让卡罗琳回家照顾弟弟。卡罗琳干得很不错，不是吗？她在皇家海军女子服务队，还是空军妇女辅助队？她当然是个聪明绝顶的姑娘了。”

他说“聪明绝顶”时的语调我听过，那是人们聊起卡罗琳·艾尔斯时常用的语气，这个词是“长相平庸”的委婉说法。我没有说话，大家在沉默中吃着布丁。我和格雷厄姆吃得比较慢，安妮吃完后把勺子放进碗里，站起身关上窗。我们吃了很长时间，她在桌上燃起了一支蜡烛。天色已近黄昏，飞蛾绕着烛焰飞舞。她重新坐下，问道：“你们还记得百厦庄园的第一个女儿吗？苏珊，就是那个死了的小女孩，她和她妈妈一样漂亮。我参加了她的七岁生日宴会。她父母送了她一枚镶着钻石的银戒指。噢，我好想要那枚戒指！几个星期以后，她就死了……是麻疹吗？我记得是那种类型的病。”

格雷厄姆用餐巾擦拭着嘴巴，说道：“是染了白喉，不是吗？”

她板起脸回想着：“是的。死得很痛苦……我还记得那场葬礼。小小的棺材周围鲜花堆积如山。”

我也忆起了那场葬礼。我记得棺材经过里德克特的主干道时，我和父母就站在那里。我还记得艾尔斯太太，她蒙着厚厚的黑色面纱，像一个苍白可怕的新娘。我记得母亲在轻声啜泣，父亲把手搭在我的肩上。我也记得自己硬邦邦的新校服和帽子，以及它们令人反胃的颜色。

不知道为什么，这些回忆让我产生了莫名的失落感。安妮和女佣收走了盘子，我和格雷厄姆坐在桌边，讨论着工作上的各种事情，可我仍然提不起精神。格雷厄姆比我年轻，却比我一帆风顺得多。他进入诊所时是一名医生的儿子，有金钱和身份作后盾。我却是他父亲合伙人的学徒，这个合伙人就是吉尔医生——罗德里克赠他“脾气古怪”

雅号的那个人。这老头其实是个游手好闲的魔鬼，他虚情假意地给我各种恩惠，我为他廉价服务了多年，最后才买下了他手中的那些股份。吉尔战前就退休了，住在埃文河上斯特拉特福[1]附近的一幢半木结构的房屋[2]里。直到最近我才开始有些盈余。新的公共医疗卫生服务制度[3]就要开始实施，私人医疗似乎要完结了。最令人担忧的是，那些不太富裕的病人不久就会从我这里消失，选择其他医生，我将损失很大一笔收入。一想起这些，好多个夜晚我都辗转难眠。

“我会失掉所有病人。”我对格雷厄姆说，双肘撑在桌上，疲倦地揉着脸。

“别犯傻，”他说道，“即便病人选择离开我——离开西利或者莫里森，他们都不会离开你，他们没有理由那么做。”

“莫里森无节制地给病人开咳嗽药和消化药，”我说道，“他们喜欢他那么干。西利会讨女人欢心，那是他的手段。你正派干练大方，又很顾家，他们也能接受。病人不喜欢我，他们从没喜欢过我。因为他们没法给我归类。我不打猎，也不玩桥牌，对飞镖和足球都不感兴趣。我不是上流社会的重要成员——也没法融入下层劳工。病人需要的是令人仰视的医生，而不是混迹在他们之中的人。”

“咳，真是胡言乱语。病人需要尽责的医生！而你非常尽责。你只有一个毛病，就是太有良心了。你应该结婚。婚姻能把你和那些平庸人物区分出来。”

我笑了。“上帝！我连自己都养不活，更别提妻子和家庭了。”

我的怨言他一清二楚，不过他还是宽容地让我唠叨下去。安妮端

1　英国中部一市镇，位于埃文河畔，为莎士比亚出生与埋葬之地。

2　这种建筑的特征是外墙的木头骨架有一面露在外面，主要盛行于15和16世纪的英国。

3　英国自1948年5月起实施的公共医疗服务卫生制度，居民开始享受免费医疗。

来了咖啡，我们一直聊到将近十一点。我很希望能多留一会儿，可我不想过多占用他们夫妻独处的时间，最后还是道别了。我家在村子的另一端，需要步行十分钟。尽管已是深夜，天气却依旧闷热无风，我故意绕道，走得很慢，还停下来点上一支烟，脱掉外套，松了松领带，解开衬衣袖子。

我把一楼的房子用作诊疗室、药剂室和候诊室，二楼是厨房和起居室，卧室在阁楼里。正如我告诉艾尔斯太太的那样，因为没有时间和金钱来重新装修，所以这里装潢简陋，和我搬进来时一模一样——粗纹粉刷的芥末黄墙壁，厨房狭小不便。拉什太太负责每天过来清扫房间和煮饭。没有病人光顾时，我大都待在楼下，不是照着处方配药，就是在桌前写写画画。回家后，我径直走进诊疗室，查看明天的预约，接着放好药箱。打开药箱时，我才看到那个随意捆起来的牛皮纸包，想起在百厦庄园时艾尔斯太太送我的那张照片。我揭开包装纸细看这张照片，却仍然无法确定那个金发女佣的身份。我想到可以和母亲其他的照片比较一下，便拿着它上楼了。卧室的橱柜里放着一个很旧的饼干盒，我父母把一些剪报和家庭纪念品放在里面。我拿出饼干盒，坐在床边，翻阅起来。

很多年没打开过这个盒子，我都忘记里面的藏品了。令我吃惊的是，这里收藏的大都是我小时候的一些奇怪的小物品。例如，我的出生证明，还有一张好像是我的受洗告示。一个皮质的棕色信封里装着我的两颗乳牙和一缕胎发，胎发是金黄色的，柔软得难以置信。接着是一堆童子军时代的纪念品——游泳纪念章、毕业证书、成绩单以及获奖记录——它们混在一起。里面还有一张剪报，记录了我从医学院毕业的那一时刻，和我的第一任校长写的一封信放在一起。在那封信中，校长热情洋溢地推荐我以奖学金获得者的身份到利明顿学院读书。最让我惊讶的是，我发现了在百厦庄园的帝国日庆祝大会上，年轻的艾尔斯太太颁给我的那枚纪念奖章。我揭开细心包裹的软纸，奖章翻着筋斗重重跌落在我手里，绶带依然色彩鲜明，黄铜表面粗糙却泛着光泽。

我发现，有关父母的生活记录非常少。我猜是因为保留下来的物品不多。几张伤感的战时明信片，上面写着几行规规矩矩、语言乏味且带有拼写错误的句子，一个中间打了孔的幸运币，一枝纸制紫罗兰花——这就是他们全部的遗物。我想找到些照片，可盒子里只有一张明信片大小、边角上翘的褪色的旧照片。照片是在本地的抹布集市[1]的一个帐篷里拍的，父亲和母亲像是热恋的情侣，在阿尔卑斯山布景墙前，坐在系着绳子的洗衣篮里，假装是乘坐在热气球下的吊篮里。

我把这张照片和百厦庄园的那张照片放在一起，相互比较。“乘气球旅行”那张照片里妈妈是抬着头的，但帽子上又垂下一根不好看的羽毛，这使我仍然没法更好地对照，于是只好放弃。抹布集市的照片也触动了我。我凝视着那些记录我成长的纪念品，想到父母保存它们时的欢乐和自豪，我顿觉惭愧。为了供我读书，父亲负债累累。很可能就是这些债务毁了他的健康，也让我母亲的身体愈加虚弱。可是结果呢？我只是个医术不错的普通医生。我本可以干得更好。可我事业的起点就是负债，在乡村小诊所行医十五年后，我才有了像样的收入。

我认为自己不是一个不知足的人。我忙于应付生活中的不如意，没机会细想这些。可是我偶尔也会感到灰暗和乏味，苦涩、空虚、微不足道的生活就像坏掉的坚果掉落在眼前，现在我就被其中一颗突然击中了。我忘记了职业生涯中那些小小的成功，相反，看到的全是失败：操作失误的病例、错失的机遇、怯懦失望的时刻。我想起了自己微不足道的从军经历——我留在这儿，留在沃里克郡，而我的年轻校

1　起源于17世纪晚期的英国，在秋天举行，农民来此寻找当仆人的工作。

友格雷厄姆和莫里森都应征入伍，成了皇家陆军军医队的成员。所有的房间都空荡荡的，我想起了我深爱过的那个医学院姑娘：一个有伯明翰家族[1]血统的女孩，她的父母觉得我配不上她，她最后投入了别人的怀抱。那次失恋之后，我对爱情心灰意冷，对后来的几段恋情都兴趣不大。现在也有一些女人投怀送抱，不过那都是些毫无激情的拥抱，机械而僵硬。我对自己产生了一丝厌恶，也为那些女人感到些许惋惜。

阁楼里空气闷热。我关掉台灯，点了一支烟，在照片和旧物间躺下。窗户开着，窗帘垂在一边。无月的夜晚，令人心神不宁的黑暗，在烦躁中透出微弱的响动。我盯着窗外，一种奇怪的白天视觉残留出现了，是百厦庄园。我看到了凉爽而芳香四溢的房间，房间里流溢的灯光如杯中酒。我想象着庄园里的人们此时此刻的活动：贝蒂在她的房间里，艾尔斯太太和卡罗琳在她们的房间里，罗德里克……

我那样躺了很长时间，睁着眼睛，一动不动，烟渐渐熄灭了，变成烟灰留在我的手指间。

1　伯明翰家族是一个古老的英格兰家族，繁荣了四百年，他们从沃里克郡起家，把一个小村庄变成了一个繁华的集镇。

2

一时兴起的不满随黑夜而逝，第二天一早我便不再挂怀。我和格雷厄姆的繁忙工作开始了，这一地区的炎热天气催生的各种小型瘟疫，以及严重的暑热症在村子里蔓延。我耗费了大量时间，为一个确诊感染的瘦弱小孩治病，他病情好转之前我每天会亲自探视两三次。我赚不到一分钱，因为他是“俱乐部”的病人，他和他的兄弟姐妹只需付几先令就可享受整年的医疗服务。但我和他们家很熟，很喜欢他们，也很乐意看到他恢复健康。他的父母对我十分感激。

虽然琐事缠身，我还是没忘记给贝蒂送去处方，不过没能和她或艾尔斯一家有进一步的接触。我继续围着百厦庄园绕圈子，不时想起忧郁凌乱的庄园景色和院落中间那幢少人问津、正逐渐没落的破房子。但熬过最酷热的几天后，天气开始转凉了，我更无暇惦念那座庄园。上次的拜访变得虚幻而不真实——像是一场栩栩如生却无法实现的梦境。

八月末的一天——也就是我给贝蒂看病后一个多月——我沿着里德克特外的一条小路驾车前行，路上扬起的尘土中出现了一条黑色的大狗。那时大约七点半，太阳还高悬天际，可天色已微微泛红。我结束了晚间门诊，正准备去邻村看望一个病人。一听见我的车声，那条狗便开始狂吠，当它昂首跑过来时，我看到它身上夹杂的灰色绒毛，认出这就是百厦庄园的那条老拉布拉多犬——吉普。我很快便看到了卡罗琳。她就走在小路有树荫的那一边，没有戴帽子，也没穿袜子，她正走近一排茂密的灌木丛，准备小心翼翼地穿过去，如果不是吉普的叫声，我根本注意不到她。我驶近了一些，听见她正在呵斥那条狗。接着，她转过头来看着我的车，挡风玻璃反射的阳光使她眯起了眼睛。我看见她小背包的肩带斜挎在胸前，手里一块污渍斑斑的旧手帕小心地包着什么，仿佛里面装着迪克·惠廷顿[1]的意外之财。我驶到接近她的位置，刹住车，透过开着的车窗向她打招呼。

“艾尔斯小姐，你要离家出走吗？”

她认出是我，微笑着从灌木丛中走出来。她小心翼翼，伸手把头发从荆棘刺里拉出来，然后一步跳到满是灰尘的小路上。她掸掸裙子上的浮灰——她还穿着上次那件不合身的棉布连衣裙——说道：“妈妈让我去村里办点事。我回来时没有经受住这条小路的诱惑。瞧。”

她小心地打开包裹，我这才发现手帕上的污渍原来是紫色的黑莓汁：她把酸模叶[2]衬在布上，黑莓放在里面。她挑出其中最大的一颗，轻轻吹掉表面的浮灰后递给我。我放进嘴里，它在我舌尖上裂开，似血液般温暖，特别香甜。

“好吃吧？”看我咽了下去，她问道。她又递给我一颗，然后往自己嘴里塞了一颗，“小时候，弟弟和我经常来这里采黑莓。不知道什么原因，这是整个沃里克郡最好的黑莓产地。别看这里干旱得像撒哈拉大沙漠，可是水果特别甜。一定有泉水或其他什么滋养它们。”

---

1 Dick Whittington，英国15世纪的传奇人物，是一名布商，曾担任过三届伦敦市市长。传说他原本只是一名穷困的孤儿，由于一只猫获得了意外的财富而发家。

2 一种常见于英国等国家，长在路边的野生大叶植物。

她用拇指擦去嘴角一滴深色果汁，假装皱起眉头："这可是艾尔斯家族的秘密，我不该说出来。现在我只好杀人灭口了。不然你就得发誓严守秘密，如何？"

"我发誓。"我说道。

"用名誉担保？"

我笑道："用名誉担保。"

她又小心地递给我一颗："好吧，我只好相信你了。毕竟谋害医生罪孽深重，比射杀一只信天翁[1]好不了多少。况且要杀你难度也很大，你一定熟知所有杀人的诀窍。"

她站在距车窗一码[2]的位置，粗壮的双腿撑着她高高的身躯，她从后面把头发夹住，似乎谈兴正浓。考虑到汽车发动机还在转动，无所事事也很费油，我就熄了火。车身微微一沉，像是很高兴从苦役中松绑。夏日黏稠疲倦的空气也聚拢在我身边。远处，越过这片农田，农场上嘎嘎吱吱的机械声和工人们相互呼喝的声音在酷暑中变得模糊了。在八月底的充足日光照射下，收割工人要工作到半夜十一点多。

卡罗琳挑出更多果子。她歪着头问道："你还没有过问贝蒂的情况。"

"我正要问，"我回答，"她现在怎样了？还有其他问题吗？"

"什么事也没有！她在床上躺了一天，然后就奇迹般地恢复了。从那以后，我们尽全力让她觉得舒适快乐。如果她不愿意，就不用再爬

1　根据希腊神话，狄俄墨得斯曾统帅80艘希腊战船在特洛伊战争中立下奇功。战后，在一次航行中，他的船队遇到暴风雨，他们随风漂到意大利海岸。于是，他在那里建立了一个小王国，自任国王，直到去世。他死后，他的同伴全部变成了鸟，据说这些鸟就是信天翁。以前，长年在海上航行的人都有一种迷信，认为杀死信天翁会招来厄运。据说，信天翁能预测大洋上天气的变化，为船队预报天气。在第二次世界大战中，驻扎在荒岛上的盟军士兵甚至把信天翁看作希望之鸟加以保护。

2　1码等于3英尺，约91.4厘米。

那段旧楼梯了。罗迪给她找了一个无线电收音机，让她振作不少。她家过去也有一个，在争吵中被摔坏了。现在每周我们都要有个人驾车去里德克特给电池充电。如果能让她感觉快乐的话，这一切都值得……不过，你还是对我说实话吧。你送过来的药其实就是粉笔末，是吧？她真的病了吗？”

“无可奉告，”我高傲地回答，“这是医生和病人之间的盟约。你也可以起诉我渎职。”

“哈！”她的神色有点懊悔，“那你很安全。我们付不起律师费——”

吉普叫了两三声，她转过头去。就在我们交谈时，吉普用鼻子嗅着路边的野草，灌木丛的另一边传来翅膀扑动的声音，它接着就消失在灌木丛里。

“他去捉鸟了，”卡罗琳说道，“这个老笨蛋。你知道的，这些鸟原本属于我们家，可现在这里是米尔顿先生的地盘。如果吉普过去逮鹧鸪，他会不高兴的。吉普！吉普！回来！回到这儿，你这个傻瓜！”

她匆匆地把那包黑莓交给我，跑过去追狗。她侧身走进树篱，拨开灌木，一边走一边呼唤吉普的名字，她并不惧怕蜘蛛或是荆棘刺，不过她的棕发又被挂住了。她花了些工夫才找到那条狗，而狗却趁机一路小跑溜回车边，模样很得意，它张开嘴喘着粗气，露出粉红色的舌头。我想起了我的病人，便准备告辞。

“好的，带走一些黑莓吧。”我再次发动汽车时，她和善地说。她开始分水果，我突然想起自己是朝百厦庄园方向去的，还有两三英里的路程，我打算让她搭便车。我不知她是否会接受，有点拿不定主意。她忧心忡忡地注视着这条满是灰尘的乡间小路，模样可真像流浪汉或吉卜赛人。我开口邀请她，她似乎也有些犹豫——其实她只是思考了片刻。她看了看手表：“好的。你能不能别停在庄园大门口，要麻烦把我放在通往农场的小路上。我弟弟在那里，我不想让他看见。虽然我认为家里人通常都很和善，但他们却不大乐意接受别人的帮助。”

我答应了，打开车门，让吉普坐在后座上，它一进来就紧张不安地在后座上蹭了几下，她扶正前排座椅，坐到我身边。

她坐下时汽车向一侧倾斜，嘎吱作响，仿佛经不住她的重量。我突然希望，这车要是不这么小巧、这么古老就好了。但她似乎并不在意。她把小背包平放在膝头，把那包黑莓放在背包上，心满意足地叹了口气，满心感激地坐下了。她穿着那双男式的平底凉鞋，腿上没穿袜子，也没有刮腿毛。我注意到每根汗毛上都被灰尘压弯了，像是上了妆的黑色眼睫毛。

我刚向前驶去，她又递给我一颗黑莓，但这次我摇摇头，不想吃掉她所有的劳动果实。她在自己嘴里放了一颗，我问起她的母亲和弟弟。

“妈妈很好，”她一边回答，一边咽着黑莓，“谢谢你的问候。她非常高兴上次能见到你。她不喜欢打听乡邻的事情。我们现在也不像以前那样经常四处走动了，你也看到了，有客人来访她感到很骄傲，可房子破旧失修，她觉得有点被隔绝了。罗迪——照旧，工作辛苦，吃得太少……他的腿真是个大麻烦。”

“是的，我也这么认为。”

“我不清楚腿伤究竟有多严重。我猜是很严重。他总说没时间治疗。我觉得是没钱治疗。”

这是她第二次提到钱，却不带一丝悲伤，仿佛只是在就事论事。汽车拐弯了，我换好挡，问道：“家中境况真的那么糟？”她没有马上作答，我赶紧接着说，“你介意我问吗？”

“不，我不在乎。我只是不知该怎么说……说句实话，真的非常糟糕。我不清楚有多严重，罗迪管理所有的账目，但他总是含糊其词。

他总说会熬过去的。我俩竭尽全力不让妈妈知道现状，可她一定明白百厦庄园再也回不到从前了。一方面，我们失去了大量地产。农场现在差不多是我们唯一的收入来源了。世界变了，不是吗？这就是我们紧紧抓住贝蒂不放的原因。我不知道这些变化对妈妈的精神有多大打击，我们非常恋旧，宁愿揌电铃传唤仆人，也不愿拖着疲惫的脚步走下楼梯，进厨房取一茶壶热水。我们对这事很介意。直到战争前，百厦庄园还有很多仆人呢。”

她又用就事论事的语气谈论着，像是在和同一阶层的人讲话。但她突然住嘴了，接着好像清醒了过来，换了一副很不一样的腔调：“天啊，你一定认为我们浅薄极了。真抱歉。”

“没关系。”我答道。

她说得再清楚不过了，识破了她的困窘让我很尴尬。这条正在行驶的路我童年时就曾经来往穿梭——每到现在这样的秋收时节，去给正在百厦庄园农场里劳作的舅舅们送面包奶酪当作午餐。毫无疑问，他们一定会对我现在的表现非常满意。三十年以后，作为一名执业医师，我开着自己的车，载着昔日东家的女儿奔驰在这条路上。但我突然明白了，自己的虚幻和蠢笨是多么可笑——仿佛我那几位纯朴的农夫舅舅真的就在眼前，目睹了我的自欺欺人，他们都在嘲笑我。

很长一段时间，我一言不发，卡罗琳也沉默着，之前那种轻松随意的氛围似乎全都不见了。沿途景色令人陶醉，我们却说不出一句话来，真是遗憾。灌木丛里茂密地开放着野蔷薇、大红色的缬草和奶白色的欧芹，多姿多彩，气味芬芳。庄园大门外就是灌木丛，可以望见远处的农田，收割完毕的田里只剩下残株，静候着白嘴鸦来啄食，尚未收割的田地里点缀着些许猩红的罂粟花。

到了农场小路的尽头，我放慢车速，打算拐进去。她却直起身，似乎急于下车。

“不麻烦你送我全程了，没多远。”

“你肯定不远吗？”

“非常肯定。”

“好吧。”

她肯定受够了我，这不怪她。我刹住车，尚未熄火她便抓住了车门把手，然后却停住了。她侧过脸，痛苦地说：“法拉第医生，非常感谢你送我回来。真抱歉刚才跟你说了那么多。希望你和那些看见百厦庄园现状的人想法一致：我们一定是精神失常了才会继续住在这里，尽力维持它的昔日荣光。我们本应该……放弃。事实是，我们明白能在那里长大是多么幸福的一件事。我们必须设法让这里井然有序，不得不节衣缩食。所以，我们常常感到压力巨大。”

她的语气率真诚恳，声音低沉悦耳——在充满温暖暮光的封闭汽车车厢里，我被这位健壮女性的嗓音深深吸引了。

那些难以言明的感觉开始变得明朗。我说道：“艾尔斯小姐，我一点都不觉得你精神失常。我希望可以尽绵薄之力，减轻你家庭的负担。我是医生，我想……比如说你弟弟的腿伤。近来我一直在考虑此事，假如可以让我仔细检查一下——”

她摇摇头：“你真是个好心人。我刚才那番话的意思其实是，我们没钱治疗。”

“如果有可能免费呢？”

“噢，真是太好了！不过我想弟弟不会同意。他对此类施舍总是会维持他愚蠢的高傲。”

“哦，”我说道，“或者有折中的办法……”

从上次去百厦庄园起，这个主意在我脑海中盘旋已久。我和盘托出了我的想法。我告诉她，我以前用电击疗法成功治愈过像她弟弟那样肌肉受伤的病例。可是电感器只在特护病房里使用，而且只用来治疗新伤。不过我的直觉是，它们的应用范围可以更广。

“全科医生会被说服的，”我说道，“但他们需要证据。我有仪器，却没有遇上合适的病例。如果我有一个合适的病人，就可以详细记录治疗过程，并据此写出研究报告——这个病人可就帮了我一个大忙。我并不指望从中牟利。”

她眯起眼睛：“一个完美计划的大致框架开始显现了。”

“的确如此。你的弟弟甚至不需要到我的门诊室来。这台仪器很轻便，我可以带着它到你家里。当然，我不敢保证该疗法一定奏效。可是只要我给他捆上电线，一周一次，治疗两三个月，他就可能有很大改善……你认为呢？”

“好极了，简直不可思议！”她说道，像是真的为这个主意而高兴，“你难道不担心浪费时间吗？一定有很多病人需要你。”

“你弟弟的病情最需要我，”我告诉她，“至于说浪费时间——实话说吧，我认为带头尝试这类治疗，不会影响我在本地区医院的地位。”

我的话听起来毫无破绽。但其实我最期盼的是，有朝一日能给本地士绅一个惊喜——让他们听到我治愈罗德里克腿伤的消息，也许他们的宅子会二十年来首度向我敞开大门……我们又商量了几分钟治病的事，发动机继续无聊地空转。她越听越高兴，最后说道：“瞧，我们要不要现在就去农场，你把这个好消息亲自告诉罗迪？”

我看了看手表：“我还答应了要去探望一个病人。”

“哦，难道他们不能稍等片刻吗？病人一定要有耐心，要不为什么叫病人呢？[1]他们肯定会等你的……只要五分钟就能对他解释清楚，行吗？把你刚才跟我讲的告诉他好吗？”

她语气中流露出学生才有的兴奋，让人很难拒绝。于是我说：“好

1　此处为双关语。在英语中，patient既有“病人”的意思，也有“耐心”之意。

吧。”车子拐上小道，经过一小段路程的颠簸，开进了鹅卵石铺成的农场院子里。前面是百厦庄园的农舍，一幢凄凉的维多利亚式建筑。左边是牛栏和挤奶棚。我们抵达时，挤奶工作已经接近尾声，只有几头奶牛还在那里等候，它们正因被带出牛栏而烦躁不安。剩下的——估计有五十头——待在院子另一边的围场里。

吉普和我们跳下汽车，在鹅卵石地上寻觅下脚的地方。要走过去真不容易，农场里的院落通常污秽不堪，但这里尤为肮脏，湿土和泥浆被动物蹄子踢溅得四处都是，经过漫长干旱的夏季后，车辙在正午的太阳下结成了硬块。走进挤奶棚后，我才发现这是一个眼看就要倒塌的破旧木房，粪肥、氨水混合的气味和无处散发的热量把这里弄得像是一间玻璃温室。没有挤奶机，只有凳子和木桶，就在靠前的两个畜栏里，我们看见了挤奶工梅金斯和他已经长大的儿子，正在一人一头地挤奶。梅金斯多年前搬入本地，我却是第一次见到他。他精瘦的脸看上去疲惫不堪，五十多岁，典型的生活困顿的挤奶工。卡罗琳喊了他一声，他向我们点点头，看到我时略微有些吃惊。我们继续向前走了几步，令我十分诧异的是，罗德里克就在眼前。我已经猜到他在农场里，或许在别的地方忙碌，却没想到他竟然在这里和挤奶工一起挤牛奶。他又热又累，脸憋得通红，瘦长的腿弯曲着，前额抵在奶牛脏兮兮的灰色肚皮上。

他抬起头，看见我时目光一闪——我能感觉到他不太高兴，在这样一个工作场合被人撞见，他只能隐藏起自己的真实情感了。他虽然脸上表情僵硬，但还是轻声说道：“请你原谅我没法起身和你握手！”他看着姐姐，“一切都好吗？”

“都很好。”她答道，“嗯，法拉第医生想和你谈点事情。”

“好吧，我没有太多时间——安静点，蠢东西。”

奶牛被说话声惊吓了，不安地走动起来。卡罗琳把我往后拉了拉。

"陌生人在旁边，它们容易受惊。可是它们认识我。你介意我去帮忙吗？"

"当然不介意。"我回答。

她走进牛栏，穿上一双高筒防水橡胶靴，系上一条肮脏的帆布围裙，轻松地走到那几头待挤的奶牛旁，把其中一头牵到她弟弟身旁的畜栏里。她本来就露着胳膊，无须挽起袖子，不过她还是在一根竖管旁洗了手，喷了消毒剂。她拿了一把椅子和一个锌桶，放在奶牛旁边，用胳膊肘把它推到合适的位置，便开始工作了。我听到牛奶喷涌而出落进空桶的声音，看见她手臂干净利落的动作。我往旁边挪了一步，在奶牛身体的遮挡下，只能辨认出那双拽着奶牛软塌塌乳房的手在飞快地来回闪动。

她挤完那头牛，赶在罗德里克结束之前，又开始挤另外一头。罗德里克牵着那头大家伙走出挤奶棚，把桶里冒着泡沫的温热牛奶倒进一个擦洗干净的钢制大盆里，转身朝我走来，在围裙上擦擦手指，点头向我示意。

"有什么事找我帮忙吗？"

我想让他赶紧回去接着工作，便简单讲了我的想法，我把这件事说成他是否愿意帮忙，让我在他身上实验，这样他就能够助我完成一项很重要的医学研究……不知为何，与刚才我在车上跟卡罗琳讲述的相比，此时计划听起来不那么让人信服了。他听着，露出怀疑的表情，尤其当我说到这台器械靠电来维持运转时，他说道："真抱歉，我们没有足够的燃料白天也开发电机。"他的头摇得像个拨浪鼓，似乎宣告了计划的失败。我向他保证这台电感器可以依靠自身的干电池运转……我看到卡罗琳正注视着我们，她挤完第二头牛，跑过来加入我们的讨论，并支持我的观点。她说话时罗德里克焦急地望着那群不安等待着的奶牛，他最终答应下来，可能只是为了让我们尽快闭嘴。问题一解决，他立即一瘸一拐地向牛栏走去，又牵出一头奶牛。卡罗琳和我敲定了治疗的日子。

“我保证他会待在家里，”她低声说，“别担心。”然后她像是突然想到了什么，又加了一句，“请留出喝茶的时间好吗？我想妈妈一定很想让你留下。”

“好的，”我礼貌地说，“非常乐意，谢谢你，艾尔斯小姐。”

她苦笑着说：“噢，叫我卡罗琳，行吗？老天，人们干巴巴地叫我艾尔斯小姐已经许多年了……不过，如果可以，我还是想称你为医生。不知为什么，人们还是会对某些职业心怀敬意。”

她笑了，递给我温暖的、散发着奶香的手。我们在挤奶棚里握了握手，像是两个交易成功的农民。

我和她约定的日子是接下来的星期天。又是一个大热天，干渴难耐，天空布满微尘，阴沉而烟雾弥漫。我驶近百厦庄园时，宅子正面宽阔坚固的红墙显得暗淡而虚幻，我踏上砾石台阶时，它才在我的视野中清晰起来：所有破旧的细部又出现在眼前，而与第一次拜访时不同的是，我似乎感觉到房子像是在摇摆着努力保持平衡。我不由想到，目睹它不久之前的辉煌壮丽和已然开场的土崩瓦解，是多么让人痛楚！

这次，罗德里克一定早就在等我了。在刺耳的嘎吱声中，前门打开了，他站在裂痕斑斑的台阶的高处，我从车里出来，一手拿着药箱，一手拎着装在木箱中的电感器，向他走去，他皱起眉头。

“这就是你说的那个小玩意？我还以为它会很重呢。看起来就像是装了几块三明治。”

我说道：“它的威力超过你的想象。”

“好吧，既然你这么认为……我领你去我的房间吧。”

从语气中听得出，他对答应此事后悔了。可他还是转身领着我走了进去，这次我们走的是正楼梯的右边，也是一条阴凉昏暗的走廊。他打开走廊上的最后一扇门，含混地说道：“恐怕这里有点凌乱。”

我随他进入房间，安置好器械，这才望了望周围，非常吃惊。他说“他的房间”时，我还以为是一间普通的卧室，可是这间屋子非常巨大——我那时尚未习惯百厦庄园里所有东西的度量单位，所以对我来说显得非常巨大——镶板墙壁，刻花嵌板天花板，还有一个宽大的石头壁炉，炉栅是哥特式的。

“这里过去是个台球室，”罗德里克盯着我的脸说道，“是我的曾祖父装修的。我想他一定是自命为某男爵，你觉得呢？不过台球的工具很多年前就已经找不到了，我从空军部队回家——我是说，从医院回家——好一段时间上下楼梯很困难，所以我妈妈和姐姐就有了这么个主意，在这间台球室里放一张床。我很快就适应了这里，也不想再爬楼梯回自己房间了。我所有的事情都在这里做。”

“是的，”我说，“我懂了。”

七月时，我从露台上瞥见的就是这个房间。它比那时更加凌乱。墙角摆着一张伤痕累累的铁架床，紧挨着的是梳妆台，古旧的洗手盆和一面镜子。哥特式壁炉前放着两把旧皮革扶手椅，相当漂亮，不过接缝处已经磨损开裂。房间里有两扇挂着窗帘的落地窗，其中一扇外面是通向平台的一段爬满喇叭花的悬空石阶。而另一扇的美丽长线条却被破坏了，罗德里克在那里摆了一张写字台和一把转椅。写字台上堆满了乱糟糟的纸张、账本、文件夹、专业书籍、沾满污渍的茶杯和满溢的烟灰缸。写字台放在这里当然是为了更好地利用北边的阳光，可这样它就成了房间里的一块磁石，不论在哪个角落都会被它吸引住视线。显然，写字台上有什么东西也在像磁铁一样吸引着罗德里克，他一边同我谈话，一边走过去在杂乱中翻寻东西，终于找到半截铅笔，从口袋里掏出一小片纸，在其中的一个账本上抄下一串数字。

“请坐下，好吗？”他头也没回，“马上就好。我刚从农场回来，如果不赶紧记下这些该死的数字，一会儿准忘。”

我坐下，等了几分钟，见他还没有要过来的意思，就动手开始准备仪器了。我把箱子放在两把磨旧了的皮革扶手椅之间，打开弹簧锁，摘掉蒙在上面的罩子。这台仪器我用过多次，操作简便，就是一组线圈、干电池和金属电极板，不过那些端口和电线却令人畏惧。我又抬起头时，罗德里克已经离开了桌子，正一脸恐慌地盯着仪器。

“真是个小怪物，不是吗？”他咂着嘴，“你要现在开动吗？”

“是的。”我手里拿着乱麻一样的导线，停下来答道，“我正打算动手。不过，如果你不想——”

“不，不，非常好。有你在这里，我们会和它友好相处的。要脱衣服吗？它是怎样工作的？”

我告诉他，只需要把宽大的裤腿卷过膝盖就可以。他似乎很高兴不用在我面前脱衣，可是他刚脱掉那双胶底帆布鞋和补丁摞补丁的袜子，卷起裤腿，便表情尴尬地把双臂交抱在胸前。

“怎么感觉我正在加入共济会[1]！不需要发誓或者做其他事情吧？”

我大笑：“如果你不介意，你所要做的只是坐在这里让我检查身体。不会占用你太长时间。”

他弯腰坐进扶手椅，我蹲在他面前，轻轻扶起他的伤腿，拉直。随着肌肉的紧绷，他疼得哼了一声。

“你没事吧？”我问道，“恐怕我要稍微挪动你的腿，感觉一下伤处。”

我手上握着的那条腿很瘦，覆盖着密实的深色汗毛，皮肤却没有血色、颜色泛黄，小腿肚上遍布着凹凸不平、不长汗毛的粉红色瘢痕。

1　共济会成立于18世纪，是一个带有乌托邦性质及宗教色彩的兄弟会性质的组织。

膝关节发白而且鼓胀，非常僵硬。小腿肌肉力量不足，缺乏柔韧性，变硬的组织疙疙瘩瘩。由于小腿上部缺乏运动，罗德里克只能完全依靠脚踝——脚踝肿起，肯定有炎症。

“很糟糕，是吗？”我试着让他的腿脚变换方位时，他闷闷不乐地说道。

“腿部血液循环不畅，积滞了大量黏液。不太好。不过我肯定见过比这更糟的……这样感觉如何？”

“哎哟，糟透了。”

“这样呢？”

他迅速把腿抽出来：“天啊！你在做什么，要拧断这该死的东西吗？”

我再次轻轻拿起他的腿，放到原本的位置，花了几分钟加温、按摩小腿肚上僵硬的肌肉，然后我开始进行电击治疗。先把绷带浸泡在盐水溶液中，再将它们固定到电极板上，最后用皮筋把电极板绑在他的腿上。他身体前倾，饶有兴趣地看着我忙个不停。我为仪器做最后调试时他开口了，带着天真的孩子气：“这是冷凝器，对吗？我知道了，这就是你切断电流的法宝……听我说，你有从事该疗法的执照吗？我可不想一会儿耳朵或其他地方电花四射？”

我说：“希望不会。这么说吧，我希望这个实验钓到的最后一个病人，能为渔夫在波涛汹涌的大海上带来好运。”

他吃惊地眨了眨眼，被我一本正经的语气骗住了，认真地思索了片刻。然后，他凝视着我的眼睛笑了——这是那天他第一次，也可能是相识以来第一次注视我的眼睛。笑容凸显了他的容貌特征，使人忘记了他脸上的伤疤。他和他的母亲的确长得很像。

我问道：“准备好了吗？”

他做了个鬼脸，比上次更加孩子气地说道：“好了。”

“好，那就开始吧。”

我转动开关。他发出一声尖叫，伤腿突然向上一跳，开始不受意识控制地颤动。接着，他笑了起来。

我问道："疼吗？"

"不疼。像针扎，就是那种感觉。现在正在发热！这样对吗？"

"很好。热度减弱时告诉我，我会再调高一些。"

过了五或十分钟之后，他的腿部再也感觉不到温度的变化了，说明电流已经达到峰值。我让电感器冷却片刻，自己坐到另一把皮革扶手椅上。罗德里克摸索着去裤兜里寻觅他的烟丝和卷烟纸。我不忍心看他又去卷"棺材钉子"，便掏出自己的香烟和打火机，我们一人一支抽了起来。他深吸一口，闭上眼睛，脑袋在瘦削的脖子上摇摇晃晃。

我同情地说："你看起来很疲倦。"

他立即试着坐得直挺挺："没事。今早六点便起床挤牛奶。现在的天气我还能忍受。要是冬天可就……请梅金斯做挤奶工真没用。"

"没用？为什么？"

他换了个姿势，有些犹豫地说道："噢，我本不该抱怨这些。在这样热浪滚滚的季节里，他日子也不好过。我们的牛奶产量不足，我们缺少草料，早就开始动用冬天的饲料了……他摆出了上千件无法解决的难题，却没有任何解决方案。真倒霉，全部需要我来解决。"

我问道："是什么样的难题？"他一脸不情愿地答道："他的伟大计划就是让我从总水管[1]那里接一个分水管，接到农场里。希望我同时能通上电，这样即使水窖里的水满了，抽水机也能把多余的水排出去。他想让我更换设备。他开始抱怨奶牛棚不安全，想让我推倒重建一个砖房。有了砖房和电动挤奶器，我们就能产出符合标准的牛奶，赚更多钱。这就是他说的。"

1　指城市供水管网。

他伸手去拿桌子上的锡青铜烟灰缸，把烟灰抖落进去，烟灰缸里塞满了毛虫般的烟蒂。我侧过身，也把烟灰弹了进去，说道："恐怕他说的有道理。"

罗德里克笑了起来："我知道他说得对！他一点没说错。这个农场的确糟糕至极。可是鬼知道我该怎么做？他不住地问我为何不能'腾出'资金？这似乎是他从杂志里学来的新名词。我直截了当地告诉他，百厦庄园没有半分可以挪动的资金。他不相信。他看我们住在这幢大房子里，就认为我们坐拥金山银山。他不知道发电机没油时我们晚间四处瞎撞，只能依靠蜡烛或巴豆籽照明。他也不知道我姐姐在冷水中洗碗碟、擦地板……"他突然抬手一指写字台，"我正在给银行写信，还附上了一份建筑许可证申请。我昨天在区自治会向一个家伙咨询了总水管和通电的事。他的反应可没给我什么干劲。他说我们家位置太偏远，不值得他们费时费力。不过当然了，所有的事情还是得先写在纸上。他们需要平面图和勘测报告，天知道还需要些什么。我猜在十个部门之间踢完皮球后，他们就会堂而皇之地拒绝我。"

他开始说话时略显犹豫，可是他的体内仿佛有一根弹簧，滔滔不绝的话语如同不断拧紧的发条——他讲述时，我注意到那张留有伤疤但轮廓清晰的脸痛苦地转来转去，双手一刻不宁地放低或抬高。我突然想起戴维·格雷厄姆告诉过我，罗德里克受重伤之后"神经官能系统出现了问题"……我始终认为他的那类行为只不过是漫不经心、无精打采。我现在才意识到那种漫不经心可能是一种全然不同的情绪——也许是疲惫，也许是逃避焦虑，也许甚至是一种紧张，可是因为神经系统的问题，这些情绪全都表现为倦怠消沉。

他发觉了我陷入沉思的眼神。他也陷入了沉默，深吸一口烟，又异常缓慢地吐了出去。接着他换了一副腔调："千万不要让我这样滔滔不绝。总有一天我会变成一个可怕的讨厌鬼。"

“没关系，”我回答道，“我还挺想听的。”

但他明显已经转移了话题，接下来五到十分钟时间我们的话题都与此无关。交谈时，我不时身体前倾检查他的伤腿，询问他肌肉的感觉。“很好。”他每次都这样回答，不过我还是留心到了他涨红的脸，猜测他可能微微有些疼痛。不一会儿，他的皮肤开始变痒了，他抓挠着电板的边缘。我最后彻底关闭了仪器，摘除橡皮筋后，他用手有力地上下按摩着小腿肚，很高兴终于松绑了。

和我期待的一样，治疗后的皮肤很烫也很湿润，颜色接近鲜红色。我擦干了他的腿，上了些药粉，又按摩了几分钟肌肉。不过，他显然宁愿被冷冰冰的仪器捆扎起来，也不愿意我蹲在他前面，用敏捷、暖和、沾满药粉的双手给他按摩。他不耐烦地挪动着，最后，我让他站了起来。他一言不发地穿上袜子和帆布鞋，放下裤腿，但在屋里走了几圈后，他似乎很惊喜，回头对我说：“你看，不那么糟了。真的不那么糟了。”

我这时才明白我对实验成功的渴望有多么强烈。我说道：“再走一次，让我看看……是的，你比以前走得轻松自如多了。不要过度用力。这是一个良好的开端，不过我们要慢慢来。眼下这段时间，你必须让患处肌肉保持发热。你有按摩油吗？”

他疑惑地环视着房间：“他们送我回家时给了一些洗剂和其他药。”

“没关系。我给你一个新处方。”

“噢，听我说。千万不能再麻烦你了。”

“我难道没有告诉你吗，你在帮我一个大忙。”

“哦——”

我料到会是这样，所以在药箱里预备了一瓶。他从我手中接过药瓶，盯着上面的标签看，我转身走到电感器边。我收拾绷带时突然传来了敲门声，我没听到任何脚步声，微微有些受惊。这里虽然有两扇落地窗，可墙上的木头镶板隔音很好，整间屋子就像是远洋客轮上甲板底下的船舱。罗德里克答应了一声，门被推开了。吉普出现了，它鼻子嗅着地面一路向我跑来，卡罗琳走在它后面，脚步有些踟蹰。她穿着棉质网眼衬衫，衬衫下摆胡乱塞在不成形的棉质短裙里。

她问道："罗迪，你被煎熟了吗？"

"被煎得透透的。"他回答。

"这就是那台仪器？哎呀。像是弗兰肯斯坦博士[1]的那个玩意，不是吗？"

她看我把仪器收进箱子锁起来，于是转向她弟弟，罗德里克正在旁若无人地活动伤腿。她一定看到了他摆出的姿势，和治疗带给他的轻松表情，她认真地望着我，充满感激，这比治疗成功更令我高兴。不过，她似乎为自己的激动有些不好意思，便赶紧转身去捡地上的一片纸，假意抱怨罗德里克的邋遢。

"要是有一台整理房间的机器就好了！"她说道。

罗德里克拔开药瓶塞子，举到鼻子边上嗅着。

"我认为我们已经有一台了，就叫贝蒂。否则我们为什么要付给她工钱呢？"

"医生，别听他胡说。他从不让可怜的贝蒂踏进这里。"

"我倒真想那样，可她总能进来！"他说道，"她会把东西移来移去让我找不到，然后装作从来没有碰过它们。"

他回到那张似乎有魔力的写字台边，心不在焉地答着话，药瓶在一旁放着，伤腿也顾不上了。他一边皱着眉头打开卷了角的马尼拉纸质文件夹，一边不由自主地掏出卷烟纸和烟丝，准备卷一支烟。

---

1 指玛丽·雪莱（Mary Shelley，1797—1851）的科学幻想小说《弗兰肯斯坦》（*Frankenstein: or, the Modern Prometheus*）中，疯狂的科学家弗兰肯斯坦利用电击让他创造的怪物获得了生命。

卡罗琳望着他，表情又变得严肃起来。

“我真希望你能戒掉这些肮脏的东西。”她说着走到一面橡木镶板的墙壁前，用手抚摸着木头，“看看这些可怜的镶板。都被烟熏坏了。应该给它们打蜡、上油或者做些其他维护。”

“噢，整幢房子都需要做些其他的维护，”罗德里克疲倦地说，“如果你知道怎样可以不花一分钱而做好其他的维护，那么就去做吧，别客气。还有，”他抬起头，看着我，努力让声音更加爽朗些，“在这间屋子里抽烟是男人的责任，法拉第医生，你也这么认为吧？”

他指着格栅天花板，刚才我还以为是因年久而泛黄的象牙色，现在才意识到是一直以来染上的不规则的尼古丁色，这是半个世纪以来台球玩家烟熏火燎的结果。

他立即又埋头于写字台，我和卡罗琳明白他的意思，就留他自己待在那儿，他含糊地承诺马上就会过去和我们一起喝茶。

他的姐姐摇摇头：“他会在那里待上几个小时。”离开他的房门时，她小声咕哝着，“我希望他能让我帮他分担一些，可是他从不……不过他的腿确实好了很多，是吗？我真不知道该怎么感谢你。”

“做几种正确的锻炼，他就可以自我治疗。每天做按摩，也能够很好地改善他肌肉的状况。我给了他一些按摩油，你能每天监督他使用吗？”

“我会尽力的。不过我猜你已经注意到他有多么粗心了。”她放慢脚步，“说实话，你觉得他病到什么程度了？”

我回答：“我认为他身体还算不错。顺便说一下，他的脾气也很古怪。为了压倒一切的商业事务，把屋子弄成那样确实有些可惜。”

“是的，我知道。父亲过去就在图书室管理我们的财产。罗德里克用的那张桌子就是他的，但我从不记得它过去有那么凌乱，那个时候可是有四个农场要管理，不像现在只有一个。那时我们有一个经纪人，让我想想，他叫麦克劳德先生。战争爆发以后，他离开了我们，回去料理他自己的那间事务所。庄园的这一边就是罗德里克说的‘男人的房间’，你懂我的意思吧，这里总是忙忙碌碌的。现在，除了罗德里克的房间，庄园的其他部分就像不存在一样。”

她说得轻松随意，可是在一幢众多房间空置的庄园里长大，房间常年落锁、无人记起，我总觉得新奇又神秘。我把这个想法告诉了卡罗琳，她笑了，笑声中透出一丝悔恨。

“很快你就不会有新奇感了，我保证！你很快就会忘记那些旧房间，它们就像那些令人生厌但又不能不管不顾的穷亲戚——遭遇意外或者生了病，花光所有积蓄然后就死掉了。这真不体面，其实这里还是有一些相当不错的地方的……如果你喜欢，我可以带你环游整个庄园？你能保证背过脸，不看那些糟糕的角落吗？这趟旅行可值六便士。你意下如何？”

她似乎非常热衷此事，于是我告诉她，如果她妈妈不会等得太久，我很乐意开始这趟旅程。她说道：“噢，妈妈骨子里是爱德华七世时代的人，她认为四点以前喝茶是野蛮人才干的事。现在几点了？刚过三点半而已。时间充裕，我们从前厅开始吧。”

她朝正在用鼻子嗅路的吉普弹了个响指，带着我离开他弟弟的房门口。

“这里你肯定已经见过了。”我们到达前厅，我放下了治疗仪和药箱，她说道，“地板是意大利卡拉拉的大理石，厚达三英寸——因此，地下室的天花板都是拱顶的。擦亮大理石地板真是一件麻烦事。刚安装好这座楼梯时，人人都认为是一项非常了不起的工程，因为有这样开放式平台的楼梯当时还不多见。我爸爸常说，它像是从百货商店里搬来的。奶奶不愿走这个楼梯，因为它让她头晕目眩……上面是我们的晨间起居室，可我不想领你去看，空空荡荡，并且很破旧。我们到这边来吧。”

她推开门，屋里漆黑一片，她走进屋子打开百叶窗，让阳光照进来时，我才看清这里原来是一间舒适的大图书室。大部分书架上都蒙着防尘布，很明显有些家具不见了。她把手伸进一只纱门书橱，小心翼翼地从里面取出几本她宣称是百厦庄园最好的书籍。然而我却觉得这间图书室今非昔比，没什么东西值得留恋。她走到壁炉前向上仔细检视烟囱，看炉栅里的一小撮烟灰是从哪儿掉下来的。然后她关上了百叶窗，领我走进隔壁房间——就是她说过的那间旧财产管理办公室，墙壁的镶板和罗德里克房间一样，也有相似的哥特式装饰。她弟弟的房间就在旁边，再往前走就是通向地下室的挂着帘幕的拱门。轻轻穿过走廊后我们便来到了“靴室”，这是一个充满霉味的小隔间，塞满了防水斗篷、失去弹性的威灵顿防水长靴、网球拍以及长柄球棍，她告诉我，以前家里还有养马场时，这里是休息室。小隔间里有扇门，里面是铺着古色古香的荷兰代尔夫特瓷砖的盥洗室，她说，这里上百年来都是绅士们毫无顾忌说话聊天的地方。

她又朝吉普弹了个响指，我们继续前行。

“你觉得乏味吗？”她问道。

“一点也不。”

“我是一个好向导吗？”

“你这位向导很不错。”

“哦，敬爱的先生，你不能看这里，这里有些小小的瑕疵。哦，你在嘲笑我们！这真不公平。”

我只好解释我为什么发笑。她说有瑕疵的墙板，就是多年前我撬掉橡树籽的那块。我小心翼翼地说出了这桩往事，不知她会怎么看。谁知她激动地睁大了眼睛。

“哦，这太有趣了！我妈妈真的给了你一块奖牌？有亚历山德拉王后[1]头像的那种吗？我真希望她还记得。”

“请你千万不要向她提及，”我说道，“我敢保证她已经忘记了。我那时只是五十个脏兮兮的淘气小男孩中的一个呢。”

“从那时起，你就喜欢上了这房子？”

“喜欢到想要破坏它。”

“哦，”她友善地说，“我不怪你，这里的墙壁线脚傻得很，早就该被拆下来了。你开了个头，我和罗迪接着干，我们通力协作才完成……这真古怪。你见到百厦庄园时，我和罗迪连影子都不存在呢。”

“是的。”我回答，同时也被这想法惊了一下。

走过损毁的装饰线脚，我们继续前行。她指引我看墙上短短一排的肖像画，它们都是色彩黯淡的镶金框油画。就像有些美国电影中豪华古宅的陈列一样，这就是她口中的“家庭相册”。

“这些画画得不好，也不值钱。”她说道，“所有值钱的画和最好的家具都卖掉了。不过，如果你能忍受微弱的光线，看看这些画像还是挺有趣的。”

她指着第一幅说道：“这位是威廉·巴伯·艾尔斯。百厦庄园的建立者。和所有艾尔斯家族成员一样，他是一个本地好小伙。不过，有时他也劣迹斑斑。我们有建筑师写给他的信，抱怨长期拖欠的大笔费用，还威胁要把拖欠巨款的事情传扬出去……旁边这位是马修·艾尔斯，带领军队去了波士顿。回来时带了一个美国妻子，名誉扫地，三个月后就死了。我们比较一致的看法是，她毒死了他……这位是拉尔夫·比林顿·艾尔斯，马修的侄子——是家族中的赌徒，曾有一段时间在诺福克郡置了第二份家产，像乔吉特·海尔[2]笔下的角色那样，

---

1 Queen Alexandra（1844—1925），英国国王爱德华七世的妻子。

2 乔吉特·海尔（Georgette Heyer，1902—1974），英国小说家。她以写作历史小说著称，尤其是以英国摄政时期（1811—1820）为背景的爱情小说。

一次赌注输光了所有财产……这位是凯瑟琳·艾尔斯，拉尔夫的儿媳，我的曾祖母。她是爱尔兰赛马世家的继承人，重聚了家族财富。据说因为担心马匹受到惊吓，她从不走近马匹。我们俩长得很像，不是吗？”

画像中的女人很难看，所以她是笑着说这句话的。不过，卡罗琳确实和她长得有点像——这个发现让我有些吃惊，原来我已经习惯了卡罗琳五官不协调的男性化面孔，就像习惯了罗德里克脸上的伤疤一样。我礼貌地表示反对她的说法，可她已经走开了。她说还有两间屋子要向我展示，“最好的要留在最后。”她接着领我去的房间很吸引人——这是一间饭厅，装饰成淡雅的中国风，墙上贴着手绘壁纸，发亮的桌上摆着一对镀金大烛台，上面的枝丫和烛座弯曲扭结。但她又领着我走回走廊中间，推开了另一扇房门，我站在门口，她穿过漆黑的房间，转开了一扇百叶。

这条走廊南北朝向，全部房间都向西。午后的太阳很明亮，百叶窗缝隙中透进一道道刀刃般的阳光，当她拔起插销时我已能看清我们在一个巨大、不同寻常的房间里，里面零散地放着几件盖着布的不同形状的家具。但当她把嘎吱作响的百叶窗完全打开时，周围的物品才显出了引人注目的生命力，我惊讶极了，笑了起来。

这是一个八角形的大厅，长宽大约四十英尺。墙上贴着明黄色的壁纸，地上铺着绿色花纹地毯，壁炉是纯白大理石，装饰繁复的天花板中间吊着一盏镀金大水晶灯。

“美得炫目，是吧？”卡罗琳说着，也笑了起来。

“简直不可思议！”我回答，“相比之下，其他房间都太平庸了。”

“哦。我敢说，如果百厦庄园的第一个建筑师看到它，一定会激动得哭起来。你还记得拉尔夫·比林顿·艾尔斯吗？那个纨绔子弟？1820 年代时他还很富有，是他装饰了这间客厅。显然他们那个时代狂热地迷恋黄色，天知道为什么。这些壁纸是那时候的原品，所以我们一直没有拆下来。如你所见，”她指着好几处旧墙纸脱落而露出的墙面说，“这些老古董在我们手里变得黯淡了。可惜白天不能用发电机，我没法让你欣赏这盏水晶灯夺目的光辉，它发光时非常与众不同。它也是那时的原物，但我父母一结婚就把它改装成了电灯。过去他们常举办大型舞会，那时宅子的豪华还能与之相配。地毯是一条一条铺的，卷起来就可以在客厅里跳舞。”

她继续展示屋里其他有吸引力的东西，她揭开防尘布，让我看盖在下面的精美的摄政时期风格矮脚椅、酒柜和沙发。

“这是什么？”看到一个模样古怪的东西，我问道，“是钢琴吗？”

她向后推着防尘布的一角：“佛兰芒羽管键琴[1]，比这房子还要古老。我猜，你不会弹奏吧？”

“上帝啊，我不会。”

“我也不会。真遗憾。可怜的东西，它本该让人弹奏的。”

但她说这话时没有流露出丝毫感情，漠然地抚过带装饰的琴盖，拉上防尘布，走到那扇打开了百叶的窗户前。我也跟了过去。那扇窗户实际是一对长玻璃门，和罗德里克房间与“小客厅”里的一样，它通向一段悬空台阶，台阶下去就是露台。我走近时才发现，这些奇特的台阶已经损毁，门槛外的最上面一级还在，可其余梯级都碎落在四英尺下的砾石地上，它们受风雨侵蚀而变黑，说明掉在那里已经有些时日了。卡罗琳一点也没被吓住，拧住把手便打开了玻璃门，沐浴着习习微风和温暖芳香的空气，我们站在这个小小的断崖上远眺西面的草坪。那块草坪从前一定认真打理过，也许曾是槌球场地。现在它却

1　又称大键琴，是欧洲巴洛克时期重要的键盘乐器。佛兰芒是羽管键琴的两大制作流派之一。

被鼹鼠打的洞和白蓟弄得坑坑洼洼，杂草没膝。草坪周围灌木四处蔓延，紫色山毛榉颜色艳丽，一丛丛疯长得失去了控制。远处还有两株未经修剪的巨大英国榆木，一旦夕阳西沉，它们就会把这番景色都罩在阴影中。

再往右边稍远的地方看，有几间附属建筑物，是车库和废弃的养马场。养马场大门上方挂着一个白色大钟。

“八点四十。”我望着卡住的装饰指针，笑着说。

卡罗琳点点头：“它第一次出毛病时，罗迪和我就干了那件事。”看到我疑惑的表情，她接着说，“《远大前程》里，郝薇香小姐的时钟就停在八点四十。[1]我们那时觉得很有趣。但这恶作剧现在不那么好笑了……养马场再往远处是旧园子——菜园之类。”

我只能看到那些建筑物带色差的柔红色砖墙，和百厦庄园一样。围墙上有扇拱门打开着，可以瞥见煤渣小路和杂草丛生的边沿，还有一棵树，可能是温桲或欧楂。因为很喜欢封闭式庭园，我不假思索地提出想去那里参观。

卡罗琳看了一眼手表，坚定地说：“哦，我们还有差不多十分钟时间。走这条路最快。”

“这条？”

她手扶门框，身体前倾，曲起双腿：“我是说，跳下去。”

我拉回她：“哦，不行。我不像年轻人，做不了这种事了。改天带我去，好吗？”

“现在真的不去吗？”

“千真万确。”

---

1 在狄更斯（Charles Dickens，1812—1870）的小说《远大前程》（*Great Expectations*）里，郝薇香小姐是一位富有的寡妇。她是个非常古怪的人，无论去哪儿，都穿着一件旧的结婚礼服，并把家里所有的钟表都停在八点四十分。

"哦，好吧。"

她神情有些惋惜。我们的旅程让她马不停蹄片刻不得休息，也许她只是在展示青春活力。她在我身旁又站了片刻，就走回房间，检查每件家具是否盖好，揭起地毯的一两个角落，看看有无残留的蠹鱼[1]和蛀虫。

"再见，可怜的无人问津的大客厅。"她说着，关闭窗户，转紧百叶窗，我们如同睁眼瞎，摸索着回到走廊。她的语气中透出一丝哀叹，我在她转动钥匙锁门时感慨道："能参观这幢房子真高兴。它太美了。"

"你真的这样认为？"

"哦，你不觉得吗？"

"哦，这宅子只不过还没到又老又病的地步。"

只有这一次，她的俏皮话刺痛了我。我说道："好啦，卡罗琳，正经点。"

这是我第一次喊她的教名，还语带嗔怪，她害羞了。那份活泼愉悦消退了，脸颊上却泛起了不相称的红晕。她望着我，似乎心甘情愿地向我缴械投降了："你说得对。百厦庄园的确很美。可它是一头美丽的怪物！是一头靠金钱和艰苦劳动喂养的怪物。一旦有人意识到它们压在自己肩头，"她朝着那一排黯淡的画像点点头，"那么，这幢房子就变成了可怕的负担……罗迪肩上的担子最重，他的重大责任是成为房子的主人。你看见了，他不想让人们失望。"

我很清楚她在玩小把戏，以便把话题从她身上引开。我答道："我知道你弟弟正在全力以赴，你也是。"我刚说完，这幢房子里的一个挂钟便急促明亮地敲了四下。她碰了碰我的胳膊，方才的表情一扫而空。

"走吧。妈妈在等着。别忘了六便士旅程还包括茶点时间！"

1　一种无翅膀银色小虫，专门蛀书和织物。

我们沿着走廊继续走，拐上另一条走廊，最后走进了那间小客厅。

艾尔斯太太坐在写字台边，正往一张小纸片上涂胶水。我们出现时，她有点儿做贼心虚地抬起了头，但我并没多想。然后我发现，那张小纸片是一张还没贴好的邮票，显然已经使用过了。

“我担心，”她把邮票贴在信封上，说道，“这样做不太合法。不过天知道，我们就生活在一个无法无天的时代。法拉第医生，你不会供出我吧？”

我回答：“不仅不会，我还乐意伙同作案呢。如果你愿意，我可以把这封信带到里德克特的邮政局。”

“你愿意？你真是个好人。现在的邮递员可真粗心。战前，那个叫威尔斯的邮递员每天两次登门投递信件。现在的这个邮递员整日抱怨多走的路程。我们真是该千恩万谢，他没有把信件扔在汽车道尽头就算完事。”

她边说边起身，戴着戒指的修长手指优雅地朝我做了个手势，我便跟她走到壁炉边上的椅子前。她和上次的穿着相似，一身黑色亚麻裙，一条丝巾在颈上打了个结，脚上是又一双锃亮的鞋，引人注目。她亲切地望着我，说道：“卡罗琳告诉了我你为罗德里克做了什么。你有兴趣给他治疗，我真是感激不尽。你真的认为这项治疗会有效？”

我回答：“到目前为止，有好转迹象。”

“可以说是好极了！”卡罗琳一边说着一边弯下腰，重重地坐进沙发里，“法拉第医生刚才是在谦虚。治疗真的很有效，妈妈。”

“简直不可思议！医生，罗德里克工作得太辛苦了，真是个可怜的孩子。他不像他父亲那样，在经营庄园方面没多少能力。”

我认为她说得对。不过我还是礼貌地答道，恐怕现在有没有能力都不重要了，现在世道如此，务农就是很艰难。和很多圆滑世故的人一样，她马上就接过了我的话：“是的，确实如此。我想你应该比我更加清楚这一点……卡罗琳已经带你游览过庄园了吧？”

“是的。”

“你喜欢这里吗？”

“非常喜欢。”

“听到这些我真高兴。自然，跟过去相比，现在还是让它蒙羞了。不过，就像孩子们不断提醒我的那样，能够一直拥有它就是一件幸事……18世纪的房子最漂亮。那是一个文明又有教养的世纪。我是在一幢又大又难看的维多利亚式房子里长大的，现在它是一个罗马天主教寄宿学校，那里的修女出入来去自由，我倒是很担心那些可怜的穷孩子。那里到处都是昏暗的走廊和楼梯拐角。小时候，我们常说那幢房子闹鬼。我想当时应该没有，现在可能真的有鬼。我父亲在那里去世，他恨透了罗马天主教徒……你一定听说了斯坦迪什的变化吧？”

我点点头：“是的。零零碎碎的，大都是从我父母那里听来的。”

斯坦迪什是附近的一幢“大宅子”，一座伊丽莎白一世风格的庄园宅第，属于兰德尔家族，他们家早就离开乡下，到南非寻找新生活了。那地方闲置两年了，最近才卖掉。买家是个伦敦人，名叫彼得·贝克–海德，是在考文垂工作的一个建筑师，被斯坦迪什“离世旷远的美”吸引，买下作为乡间度假居所。

我说道：“他们家有一位女主人，一个年幼的女儿，还有两辆价格不菲的汽车，没有马，也没有狗。我听说男主人战功赫赫——是意大利战场上的大英雄。他显然是打定主意了，据说已经花了一大笔钱翻新装修那幢房子。”

我的口气有些酸涩，因为斯坦迪什的新财富并没有向我招手，就在这个礼拜我才听说，贝克–海德先生和他的妻子选了我的对手西利医生当他们的家庭医生。

卡罗琳笑了起来：“听说他是一个城镇规划师？说不定他会推倒

斯坦迪什，建一个溜冰场。或者，他们还可以把房子卖给美国人。美国人把房子装船运走，再重建一幢，就像他们复制沃里克修道院那样。据说只要告诉他们货物来自阿尔丁林地，或者莎士比亚在上面打过喷嚏[1]，诸如此类，就能让美国人买下任何一截弄黑了的木头。”

“你太愤世嫉俗了！”她母亲说道，“贝克–海德一家挺不错。现如今真正的好人留在乡间可不多见了，我们应该对他们表示友好。每次想到这些大宅子和它们现在的处境，我就觉得孤立无援。上校的父亲常去打猎的昂伯斯莱德庄园现在成了秘书们的办公场所。伍德科特庄园现在闲置。我猜梅里登庄园的境况也差不多。查莱克特庄园和考顿庄园[2]已经开始向公众开放……”

她叹了一口气，声音变得沉重凄婉，就这一瞬间她显得苍老很多，容貌终于和年龄相配了。她转过脸，表情有些变化。就在此时，我们听到走廊里传来瓷器和茶匙若有若无的碰撞声。她一手抚胸，身体向我这边微倾，既嘲讽又焦虑地低声抱怨：“我儿子说的那个‘跳波尔卡的骷髅’来了。贝蒂有打碎杯子的绝妙天赋。我们已经没有瓷器了——”这时碰撞声更加响亮了，她闭上眼睛，“哦，真让人操心！”透过打开的房门，她大声说道，“贝蒂，当心一些。”

“我很小心，太太！”传来一声愤愤的回答。过了一会儿，一个女孩出现在门口，皱着眉头，脸涨得通红，手里端着一个红木大托盘。

我起身想去帮助她，卡罗琳也在同时站起身来。她从贝蒂手中接过托盘，放在桌上仔细查看。

“一滴也没溅出。一定是托医生你的福。贝蒂，你看到了吗，我们请了法拉第医生。你还记得吗，他上次神奇地治好了你的病？”

1　莎士比亚的喜剧《皆大欢喜》（*As You Like It*）就是以阿尔丁林地为场景创作的。

2　艾尔斯太太提到的这几座庄园都真实存在，都位于莎翁故乡附近。

贝蒂低下头："记得，小姐。"

我笑着问："你还好吗？贝蒂。"

"我很好，谢谢你，先生。"

"听你这么说我真高兴，你看上去气色很不错。也很伶俐能干！"

我照实说了，可她的表情却暗淡下来，似乎怀疑我有意取笑。我想起了她上次抱怨艾尔斯一家给她"难看的裙子和帽子"的事。其实她的穿着挺古雅的，黑色少女连衣裙，白色围裙，浆洗过的袖口和领口，她那孩子气的细手腕和脖子都被衬得显短了。她头戴一顶花哨的荷叶边帽子，我最后一次在沃里克郡的会客室里看见这种款式的帽子，还是在战前。在那样一个过时的、寒酸中透出优雅的氛围中，她若不这么穿反倒难以想象了。

她看起来也健康多了，上次那件事似乎已经尘埃落定，她手忙脚乱地给我们分配茶杯和切片糕点。做完这些事之后，她居然向我们弯了弯腰，算作行了个不像样的屈膝礼。艾尔斯太太说道："谢谢你，贝蒂，就这样吧。"贝蒂转身离开，接着便听到她轻轻关上门，向地下室走去的声音，硬底鞋吱吱作响。

卡罗琳给吉普盛了一碗水，让它舔着："可怜的贝蒂。天生就当不了客厅女佣。"

她母亲宽容地说："噢，我们要给她更多时间。我记得我的姑母说过，一座经营完善的庄园就像是一颗牡蛎。女孩子们进来时是沙砾，十年后，当她们离开时就变成珍珠了。"

她向我和卡罗琳说教时显然忘记了，我的母亲曾经也是她姑母所谓的其中一颗沙砾。我想卡罗琳也忘了这一点。她们舒适地坐着，享用茶点，这茶点是贝蒂精心准备，小心翼翼端过来，切好递到她们面前的，只要铃声一响，她就要马上过来拿走盘子，回去清洗……可是这一次，我一言不发。我也在那里享用茶点。这房子就像一颗牡蛎，用它不易察觉的独特魅力打磨修饰着贝蒂，它也开始在我身上起作用了。

卡罗琳的预言没错，她弟弟那天没和我们一起喝茶。又坐了一会儿，她步行送我回车上。她问我是否直接回里德克特，我告诉她打算去邻村看望病人。当我犹疑地说出这个村子的名字时，她说："噢，你应该穿过我们的庭园，从另一扇门出去。这样会比你原路返回再绕一个大圈快得多。那条路跟这里一样糟糕，你得留心轮胎……"突然她想起个好主意，"不过，认真听听这个建议。经常从庭园穿过会对你有帮助吗？我是说缩短两个病人住家的距离？"

"哦，"我考虑片刻，回答道，"是的，我想会的，帮助很大。"

"只要你愿意，就从那个庭园走吧！非常抱歉，我们之前没有想起这事。你会看到庭园大门上系着铁丝，因为战争结束后我们饱受流浪汉骚扰。你离开时，只需把铁丝系紧些，我们从没真正锁过门。"

我问道："你真的不介意？你的妈妈和弟弟也不介意吗？我可把你的话当真了，我将每天进出这里。"

她微笑着说："我们很乐意这样做。对吗，吉普？"

她向后退了几步，手支在腰后，看我发动引擎，掉转车头。她朝狗打了个响指，转身走上砾石小路。

我行驶在庄园北边的路上，寻找着另一条路的入口。我不太确定路线，车行得很慢，偶然看见了罗德里克房间的窗户。他没有注意到我的车，可我经过时看到了他，非常清晰——他坐在写字台边，手托腮，盯着面前的账本和打开的书籍，神情困顿疲倦。

3

从此以后，星期日到百厦庄园治疗罗迪的伤腿，并留下来和他的母亲、姐姐一起喝茶，就成了我的一项例行事务。我开始走百厦庄园的庭园去看望病人，并且常常从那里抄近路。我很期待这些短暂的逗留，它们与我的日常生活反差巨大。我每次都带着小小的冒险的刺激感进入庭园，关上门，在荒草丛生的园子里摸索前行。每次到达那幢摇摇欲坠的大厦前，我就会感到自己生活的一部分倾斜了，我渐渐滑进了另一个怪异的、不同寻常的领域。

我也渐渐喜欢上了艾尔斯一家人。我见到卡罗琳的次数最多。我发现她几乎每天都在庭园里散步，我经常瞥见她长腿宽臀的身影，绝不会弄错，吉普跟着她，在茂密的杂草中为她开路。如果离得很近，我就会摇下车窗和她聊一会儿，就像那次在乡间小道上聊天一样。她每次都像是正在做事情，不是拎着背包就是挎着篮子，里面装满了水果、蘑菇或者烧火用的木柴。她要是出生在农家就好了。我在百厦庄园看到的事情越多，就越为她和她弟弟的生活感到惋惜，劳作很多，乐趣很少。一天，我治好了邻居孩子严重的百日咳，他的父亲为了表示感激，送了我两罐自家蜂房产的蜂蜜。我记得从我第一次去她家时起，卡罗琳就一直想要些蜂蜜，于是我给了她一罐。这事我想到就做了，可她却因礼物的到来而惊喜不已，迎着阳光，高高举起蜂蜜罐，让她母亲看。

“噢，你不该这么做！”

“为什么不呢？”我答道，“像我这样的老单身汉留着也没用。”

“法拉第医生，你对我们真的太好了。”艾尔斯太太柔声说道，语气中带着一丝责备。

但事实是，我的好心只能帮些非常小的忙。艾尔斯一家用一种与世隔绝、极度危险的方式生活，他们总是能感到命运齿轮转动的巨大力量，有好运也有厄运。比如说吧，我为罗德里克治疗了近一个月后的那个九月中旬，漫长的夏季终于结束了。经过一天的电闪雷鸣和两三场暴雨之后，气温骤降——百厦庄园却因此获救，挤奶工作数月以来第一次变顺利了。罗迪让人煞费苦心的腿伤也恢复得很好。他整个人的情绪高涨起来。离开写字台的时间多了，也愿意多谈谈农场改造。他雇了几名工人帮着做农活。庄园里茂盛的杂草换季时格外疯长，他派家里的零工巴雷特用镰刀去割草。草坪变得茂盛而整齐，就像是刚刚修剪过的绵羊，使得百厦庄园更加壮观——是的，“更加”，比三十年前，我儿时记忆里看到的那次还要壮观。

与此同时，附近斯坦迪什庄园的新主人贝克–海德夫妇也搬过来了。他们经常在附近的街区出现。艾尔斯太太很少到利明顿购物，其中一次就遇见了那家的女主人戴安娜，发现她正如她期待的那样可爱。那次邂逅的好处就是，艾尔斯太太开始筹划在百厦庄园举办一个“小型聚会”，欢迎新邻居加入社区。

我记得那是九月下旬的一个星期日。我治疗完罗迪的腿伤，和她们母女坐在一起，艾尔斯太太说出了自己的想法。一想到百厦庄园向陌生人打开大门，我就有些不安。这不安的情绪肯定全写在我脸上了。

“噢，过去我们每年都要在这里举办两三次派对，”她说道，“即使是战争年代我也会设法举行晚宴，招待驻扎此地的军官。那时真是精力过人。我现在可准备不出晚宴了。不过毕竟还有贝蒂。举办那样的活动，有一个仆人意义重大，她至少可以捧着盛酒瓶四处斟酒。我想办一个安静的酒会，不超过十个人。我想请德斯蒙德一家，罗西特一家……”

“你也一定要来，法拉第医生。”她母亲话音未落，卡罗琳就说道。

“是的，”艾尔斯太太说，“你一定得来。”

她说这话时非常热情，却流露出些许犹豫。我不能怪罪她，虽然我是家里的常客，可还算不上是家族的朋友。但向我发出邀请后，她又坚决地追问，一定要把时间确定下来。我只有星期日晚上有空，通常都是和格雷厄姆一家共进晚餐。她说星期日晚上和其他时间一样，都是好日子，于是马上取来日程簿，建议了几个日期。

那天距离晚宴的日子还很远。我下次登门时，再没人提及此事，我以为这个计划终于还是失败了。可是几天以后，就在我抄近路穿过庭园时，看见了卡罗琳。她告诉我，经过母亲和戴安娜·贝克–海德一番通信，最终敲定在三周后的那个星期日晚上。

她语气中并未流露太多热情。我说道：“你对这个消息不热心。”

她翻出外套的领口，往下巴上拉了拉。

“噢，我只是被逼无奈，”她说道，“大多数人都以为妈妈在做梦，可她一旦拿定主意，谁都劝不回来。罗德说在庄园目前的经营状况下举办晚宴，跟萨拉·伯恩哈特[1]用一条腿来演《罗密欧与朱丽叶》没什

1　萨拉·伯恩哈特（Sarah Bernhardt，1844—1923），法国女演员，19世纪后期至20世纪初期欧洲最有名的女演员之一。

么两样，简直无法想象。我得承认，罗迪的话切中要害。那天晚上我可能会待在小客厅里，让吉普和无线电收音机陪我，这比使出浑身解数取悦那些我们不认识的人有趣得多。”

她说话时有些不太自然，语调听起来也不那么真切，尽管她还在小声咕哝，但我已经看出她对这次派对的期待。接下来的几周里，她全身心投入了庄园的清洁工作，她用头巾包起头发，和贝蒂、贝兹利太太一起跪在地上，一手撑地，一手擦洗地板。每次登门我都会注意到，地毯被吊起来拍打过灰尘，空荡荡的墙壁上挂上了图画，各种家具也从储藏室搬了出来。

一个星期日，我走进厨房取些罗德治疗需要的盐水，看到了贝兹利太太，她要额外做一天工。她对我说道，“你准以为是国王陛下驾临了！真是小题大做。可怜的贝蒂手上都起了老茧！贝蒂，让医生看看你的手指。”

贝蒂正坐在桌边，拿着一块白棉布，用金属抛光剂擦洗各种银器，一听到贝兹利太太的话，她立即放下棉布，伸出手掌给我看——简直太殷勤了。百厦庄园的三个月让她孩子似的手变得厚实而污脏。我捏住她的一个指尖，轻轻摇了摇。

“继续干活吧，”我说，“这活不比田间劳动——或者工厂工作差。这是一双朴实的手，的确是。”

“朴实的手！”贝蒂走回去继续清洗银器，贝兹利太太受伤般地嚷嚷道，“从清洗玻璃烛台开始，她的手就遭殃了。每一个该死的细微处，卡罗琳小姐都叫她擦，从上个星期一直到现在——医生，原谅我要说脏话了。可是那些烛台，真该砸碎了才好呢。很多年以前，都是男工到家里来，拿到伯明翰去清洗。所有这些事情把我们搞得一团乱，”她继续说道，“就为了几个人的酒会，还不是晚宴。来的不是伦敦的客人吧，是吗？”

准备工作还在有序进行，贝兹利太太和别人一样卖力工作。毕竟，在这样一个食品配给的匮乏年代里，即使一个小型私人酒会也是值得期待的，人们很难抗拒此种诱惑。我还没见过贝克-海德一家，我对他们很好奇——对百厦庄园以昔日的方式装点一新也充满期待。令我惊讶不安的是，我发现自己有点紧张。我知道在那样的场合必须穿着得体，可却不太清楚该穿什么。接近周末的那个星期五，经过反复考虑，我剪了头发。星期六，我让管家拉什太太找出了我的晚装。她发现背心的接缝处藏了几只蛀虫，衬衫有些地方太旧了，她只好剪下了衬衫的尾部进行修补。我站在衣柜前，透过那面擦得满是灰尘道道的镜子看到自己的装扮，缝缝补补将就出来的着装很不精神。我的头发近来开始变得稀薄，再加上刚刚理过发，太阳穴部位有点秃。我刚探视完一位病人回来，由于疲倦缺觉视线有些模糊。我沮丧地意识到，我看上去很像爸爸。如果爸爸曾经也穿过晚装，他会跟现在的我一样——假如我现在穿着一件商店老板的棕色外套，再系上一条围裙，我会更开心一点。

听说我星期日不和他们共进晚餐，而去艾尔斯家小酌，格雷厄姆和安妮被逗乐了，他们让我顺路到家里喝一杯。我有点窘迫地走进他们家，和我想的一样，格雷厄姆一看见我的装束就大笑起来。安妮善良得多，她用衣服刷子把我的肩膀刷平整，解开领带重新帮我系好。

“瞧，你现在非常英俊。”她帮我整完衣服后说道，好女人都是这样夸奖那些长相不佳的男人的。

格雷厄姆说道：“我希望你多加一件背心！莫里森几年前晚间去过那个庄园，据他说经历了一生中最寒冷的夜晚。”

不巧的是，盛夏已经过去，现在是天气多变的秋季，气候潮湿阴冷。我离开里德克特时下起了倾盆大雨，布满灰尘的乡间小路变得泥泞不堪。我不得不在头上蒙了块毯子，跑出汽车，冒雨打开庭园的大门。当我从黏糊糊的车道上走出来，爬上蜿蜒的砾石路时，我盯着眼前的百厦庄园，陷入了一种迷醉。我此前从未在晚间来过这里，庄园凹凸不平的轮廓像血痕般渗进了正在快速变暗的天空。我匆匆跑上台阶，拉响门铃——天仿佛塌了一块，瓢泼大雨倾泻而下。没有人过来应我。帽子被雨水浸湿，垂在了耳朵上。最后，为了不被雨水淹死，我打开没有上锁的门，自己走了进去。

百厦庄园的一大特点就是宅子内外有天壤之别。我把身后的大门推上，雨声也随之消失。整座庄园笼罩在柔和的电灯光中，刚好映衬出了擦洗一新的大理石地面的光泽。每张桌子上都摆着花瓶，插着夏末的玫瑰和黄褐色的菊花。地板上面光线昏暗，再往上光线更暗，楼梯高高地隐没在阴影中。圆形玻璃屋顶像吊在黑暗中的半透明的盘子，映出傍晚最后一线暮色。这静默堪称完美。我摘下湿漉漉的帽子，拍去肩头的雨水，轻轻移步向前，然后站在亮光闪闪的地面中央，抬头向上望了一会儿。

接着，我顺着南面的走廊前行。小客厅亮着灯，很暖和，却空荡荡的。再往前走，我看到大客厅门口的灯光比较亮，就朝那边走去。一听到我的脚步声，吉普就开始狂吠，不一会儿便冲我跳过来，瞎叫一气。接着传来了卡罗琳的声音：“罗迪，是你吗？”

这是他们之间打招呼的惯用方式。我走得更近了，有些犹豫地回答道：“是我，我是法拉第医生。我自己开门进来了，希望你不要介意。我来得太早了吗？”

我听到她的笑声：“没有。是我们太晚了。你进来找我吧！我没法过去。”

大客厅稍远的那面墙边摆了一个小梯子，卡罗琳正站在梯子顶端说话。不知道为什么，我第一眼看到大客厅就感到眩晕。第一次是在黯淡的光线下看到这个房间，看到那些搭着防尘布的家具，那时我就被深深震撼了。可是现在，那些精美的沙发、椅子上的防尘布全被揭去，大烛台——也许就是让贝蒂的手磨出水泡的那个烛台——灯光闪烁，像是燃烧的火炉。其他一些稍小的电灯也在闪闪发光，灯光在各种金饰、镜子、依旧闪亮的摄政时期风格的明黄色壁纸间相映生辉。

卡罗琳向我眨眨眼："别担心，你的眼睛很快就会适应了。脱掉外套，请随意喝点酒，好吗？妈妈还在梳洗打扮，罗德在农场处理事情。我这里马上就完工。"

这时我才看清她在做什么——她手里抓了一把图钉，正满屋子钉那些脱落褶皱的墙纸。我走过去想要帮助她，她却在我走到她身边时摁下了最后一颗钉子。于是我一手扶着木梯，一手伸向她，让她稳稳走下来。她拎着长礼服的褶边，小心翼翼走下扶梯。她身穿蓝色雪纺绸晚礼服，戴着银色手套，脚蹬银色鞋子。头发用一个光彩夺目的扣环挽在一侧。晚礼服是旧的，实话说，也不是那么好看。领口开得很低，露出锁骨和喉部的青筋，紧身胸衣把她的胸部裹得太紧。她稍微涂了些眼影，打了点腮红，红色口红把唇线描得丰满而夸张。我想，如果她素面朝天，穿着走形的旧裙子，网眼棉质衬衫，会比现在漂亮许多，也更贴近本人，我更愿意看见她那样的装束。但在那样的强光下，我也意识到了自己的缺陷。我扶着她安全地回到地面，说道："卡罗琳，你真漂亮。"

她涂了腮红的脸颊上泛起了淡淡的粉色。为了避开我的眼睛，她对狗说起话来。

"他还没喝过酒呢！要是他一杯鸡尾酒下肚，我不知得有多漂亮呢！是吧，吉普？"

我发现她心神不宁，与平日判若两人。我猜她是为了即将到来的酒会而焦虑。她拉铃叫贝蒂过来，墙体里有金属丝在憋闷地吱吱作响。她领我到餐柜前，那里摆放着她早已准备好的一排精美的旧工艺水晶杯和精选饮品：雪利酒、杜松子酒、意大利苦艾酒、苦啤酒以及柠檬汁，在这个艰难时代实属难得。我特地为酒会带了半瓶海军朗姆酒。我们倒了两小杯，这时贝蒂过来应刚才的铃声了。她的打扮与今晚整个庄园很相配，白色袖口、领子和围裙都闪着炫目的光，帽子也比平日好看很多，硬质的立褶边就像是插在圣代冰激凌上的薄脆饼。但她刚才在地下室收拾三明治碟，跑得很热，有些疲惫。卡罗琳让她拿走木梯，她快步走过去，粗鲁地把它提了起来。也许是动作太匆忙，或是低估了扶梯的重量，她刚走几步，梯子就摔到了地上。

卡罗琳和我受到了惊吓，狗也叫了起来。

“吉普，你这个笨蛋，闭嘴！”卡罗琳呵斥着，接着用同样的声调对贝蒂喊道，“你到底在干什么？”

“我什么也没干！”女孩回答着，把头向上一甩，帽子掉了下来，“这梯子神经质，这就是原因。这幢房子里所有的东西都神经质！”

“别犯傻了！”

“我不傻！”

“好啦，”我平静地说，帮贝蒂扶起梯子，用手稳稳地握住，“好了，没有摔坏。现在，你能搬得动吗？”

她愤愤地盯着卡罗琳，然后默不作声地搬着梯子出去了——勉强躲过了艾尔斯太太，她站在门口，刚好看到这场混乱结束的一幕。

“一场骚乱！”她一边说一边走进客厅，“天知道！”她望着我，“法拉第医生，你已经到了。你穿得真体面。今晚你究竟会怎么看我们呢？”

她走过来时恢复了平日的神态和举止，向我伸出一只手。她穿着黑色的丝质晚礼服，像是一位优雅的法国孀妇。头上戴着一款质地很好的蕾丝连肩头纱，脖颈处用一枚浮雕宝石胸针系着。她从吊着的烛台下经过时，眯起眼睛向上望着，高高的颧骨微微凸起。

“瞧这些灯光多刺眼啊！我敢说过去从没这么亮吧？我猜那时人们的眼睛更充满活力……卡罗琳，亲爱的，过来让我看看。”

为梯子的事情争执过后，卡罗琳比刚才更烦躁了。她的姿势和说话腔调活像百货商店里的模特假人，甚至更加冷漠：“一定要这么做吗？我知道达不到你的高标准。”

“噢，胡说八道，”她妈妈嗔怪着，说话的语气让我想起安妮对我的恭维，“你看上去的确很美。把手套拉直，很好……罗德里克还没出现吗？我真希望他不要拖延时间。今天下午他抱怨晚装都太宽松。我告诉他有的穿就不错了。谢谢你，法拉第医生。是的，请给我一杯雪利酒。”

我递给她一杯酒，她拿着酒杯，面带笑容，却有点失神地望着我。

“你能想象吗？”她说，“庄园打开大门之后，我就一直心神不宁。”

我回答道：“哦，让人难以置信。”

她仿佛没听见，自顾自地说着：“儿子留在身边能让我平静一点。可是他经常忘记自己是百厦庄园的主人。”

从过去几周我对罗德里克的了解来看，他不可能那么做。我把目光转向卡罗琳，她显然也在思忖同一件事。艾尔斯太太仍然六神无主。她轻啜一口酒，摘下眼镜，走到酒柜边，发现雪利酒的数量不够。接着她检查了香烟的数量，一个接一个地试着台式打火机的火焰。突然，壁炉里冒出了一阵浓烟，她奔向壁炉边，开始为没来得及清扫的烟囱和一篮潮湿的木头发愁。

可是没有时间取新木头了。她刚直起腰，我们就听到走廊里传来说话声，第一批真正的客人到来了：比尔·德斯蒙德和海伦·德斯蒙德夫妇住在里德克特，我知之甚少。罗西特一家，只是面熟而已。还有上了年纪的老小姐达布尼小姐。他们是一起来的，为了省油挤在德斯蒙德一家的车里。他们在抱怨天气，贝蒂拿过他们湿漉漉的外套和帽子。领着他们走进沙龙大客厅时，艾尔斯太太的帽子已经拉正，怒气也消了。我看着她，向她使了个眼色。她有些迷茫地望着我，然后抿着嘴，像孩子一般笑了。

没有一位来宾认出穿着晚装的我。罗西特是一位退休的治安官，比尔·德斯蒙德经营一大片田产，他们不是我常常混迹其间的那群人。德斯蒙德的妻子第一个认出我。

“噢！”她焦急地说，“我希望，这里没有人不舒服吧？”

“不舒服？”艾尔斯太太说道。然后她略带局促地笑了起来，“啊，不。这位医生是我们今晚邀请的一位客人！罗西特先生和太太，我想你们认识法拉第医生？你呢，达布尼小姐？”

我给达布尼小姐看过一两次病。她有点犯疑心病，对付这种病人，医生要充分理解才行。但她依恋老派的“高贵身份”，对家庭医生相当专制。对于我会手执朗姆酒出现在百厦庄园里，她一定很震惊。不过这种惊讶淹没在来宾的一片议论声中，每个人都对这间客厅赞不绝口，酒也倒好端上来了。吉普温顺地嗅着地面在人群中穿梭，接受人们的吹捧和爱抚。

卡罗琳开始递烟，宾客们彬彬有礼地看着她。

“天哪！”罗西特先生大献殷勤，“这位年轻的美人是谁啊？”

卡罗琳歪着脑袋：“恐怕口红下面只有相貌平平的老卡罗琳。”

“别说傻话，亲爱的，”罗西特太太从盒子里拿出一支烟，“你看上去很迷人。你继承了你父亲的优点，他非常英俊。”她转向艾尔斯太太，“上校准喜欢看到这样的大客厅，是吧，安吉拉？他那么热衷于派对，他是个了不起的舞者，舞姿无与伦比。我记得有一次在沃里克看到你和他一起翩翩起舞。看你们跳舞真是一种享受。你就像是蓟花的花冠一样轻盈。现在的年轻人可能不理解昔日的舞蹈了，现代舞——噢，我这么说肯定会暴露年龄——我认为现代舞非常粗鄙。蹦来跳去，活像是在精神病院！这对人没有什么好处。法拉第先生，你觉得呢？”

我安慰性地答复了她，又继续讨论了一会儿这个问题，但话题不久就转回昔日乡间举办的派对和球赛上，我插不进话了。“应该是在1928或1929年。”我听到达布尼小姐在说那些绚丽迷人的往事。我苦笑着回想自己那些年的生活，伯明翰的医学院学生，工作过度而疲惫不堪，总是挨饿，住在狄更斯小说里的那种阁楼上，房顶还破了一个洞，这时吉普突然狂吠起来。卡罗琳揪住它的脖圈，阻止它冲出房间。我们留心听着走廊里传来的声音，其中一个显然是小孩——“这里有狗吗？”——屋子里的声音平息下来。一行人出现在门口，两位穿着普通西服的男士，一位穿着色彩艳丽的鸡尾酒晚礼服的美丽女士和一个八九岁的漂亮小女孩。

小女孩的到来让我们很意外。她一定是贝克–海德一家的小女儿，吉莉安。第二位男士显然也很受欢迎，特别是艾尔斯太太。我从未听说过这个人。介绍时，他说是贝克–海德太太的弟弟，莫利先生。

“我通常来这里跟戴安娜和彼得共度周末，”他一边跟人们握手，一边说道，“所以我认为我应该尾随而来。这不是一个很好的开场吗？”他对姐夫喊道，“彼得！老家伙，你的乡绅生活就要落伍了！”

他指的是他们身上的普通西服。比尔·德斯蒙德、罗西特先生和我穿的是旧式晚装，艾尔斯太太和其他女宾都穿着及地晚礼服。贝克–海德一家尴尬地自我解嘲，可事实却是我们其余的人都感到穿着不当。不论在哪一个方面，贝克–海德夫妇都没有显出优越感。相反，我发现他们整个晚上都相当亲切友好——但这谦逊过于完美了。所以我这才彻底明白，为什么当地人说他们和乡村生活脱节。小女孩继承了他们的自信，泰然自若地和那些长辈平等交谈，不过她还只是个孩子。她一看到贝蒂的帽子围裙就乐不可支，一会儿又被吉普吓得要命。当饮品传到她身边时，她得到的是柠檬汁，于是她大声抗议，要求换成酒，最后，她爸爸从自己杯子里兑了一些给她才让她安静下来。沃里克郡的成年人兴致勃勃又担惊受怕地看着雪利酒与她酒杯中的柠檬汁融为一体。

我一上来就对贝克–海德太太的弟弟莫利先生有点反感。他估摸在二十七岁上下，头发很服帖，戴着一副无框的美式眼镜，他很快让所有人都知道了他曾在伦敦一家广告事务所工作，现在开始“写作业务”，在一家电影厂崭露头角。为了我们好，他没有详细介绍这个业务是什么，罗西特先生却误会了谈话的结尾部分，以为他和我一样都是医生，造成了几分钟的混乱。[1] 莫利先生宽容地一笑。他呷了一口鸡尾酒，上下打量着我，一言不发。大约十分钟过去了，他对我们一直不理不睬。作为女主人，艾尔斯太太似乎不想让他落单：“莫利先生，你一定见过德斯蒙德一家。”她一边说一边把他从那群人里拉出来。他又退回到壁炉边，和我、罗西特先生站在一起，艾尔斯太太顺势说道，“这里的绅士们请坐吧……你也一样，莫利先生。”

她挽着他的胳膊，站了片刻，似乎不知该把他放在哪里。最后像是很随意地把他领到沙发那里。卡罗琳和罗西特太太坐在上面，沙发很长。莫利先生犹豫了片刻，听天由命地弯腰坐在卡罗琳旁边。就在他落座时，卡罗琳的身体微微向前一挪，手里调整着吉普的项圈。她的动作假模假样——想到她还不知该如何脱身，我自言自语：“可怜的卡罗琳！”可是，接着她就向后坐了坐，我看着她的脸，她又古怪又扭捏，抬起一只手，用罕有的娇柔动作抚弄着头发。我把目光转向莫利先生，他快要坐不住了。我想起了为今晚做的所有准备工作，想起了卡罗琳此前的假装冷淡。一种精心布置的受骗感突然袭上心头，我顿时明白了这个酒会的真正目的——艾尔斯太太和卡罗琳想通过

---

1 文中的“写作业务”（writing treatment）中的treatment在英语中有“剧本”和“治疗”两种意思，所以引起了误会。

它达到什么目的。

我刚明白过来，罗西特太太就站了起来。

“得让年轻人们多交流。”她低声说着，用中年人的狡黠眼神望着我和她丈夫。接着她抓起空酒杯，“法拉第医生，可否烦请你帮我加一些雪利酒？”

我拿着酒杯走到酒柜边倒酒。透过沙龙客厅其中的一面镜子，我看见自己的一举一动：我在强光的照射下握着酒瓶，比任何时候都更像一个秃顶的杂货店老板。当我把酒杯递给罗西特太太时，她夸张地说：“非常感谢。”她流露出和艾尔斯太太一样的笑容。我为她效劳，她同我讲话时眼睛却已开始左顾右盼。然后，她又继续和丈夫刚才的交谈。

或许是因为我渐渐低落的情绪，也可能是因为贝克–海德一家无人能及的优雅举止，那个还在正常进行的酒会似乎失去了魅力。斯坦迪什来的一行人挤在这里，大客厅奇怪地黯然失色了。夜色已深，我看到他们用极尽夸赞之词称赞大客厅，赞扬这里摄政时期的装饰、枝形烛台、壁纸、天花板，尤其是贝克–海德太太，她枯燥乏味地赞叹着每一件物品。大客厅非常大，再加上很久没有生火，虽然炉栅里的火烧得正好，可是空气中仍然弥漫着一股寒冷的湿气，贝克–海德太太有一两回被冻得直打哆嗦，揉着裸露的胳膊。最后她径直走到壁炉边上，说她想近点看看壁炉边摆的这对精致阔气的椅子。得知椅子上的织锦坐垫是 1820 年代的工艺，是建造这间八角形大厅时的原物，她说：“我猜也是。能留到今天真是侥幸！我们搬进斯坦迪什庄园时，那里也有漂亮的织锦，不过却被蛀虫蛀毁了，我们不得不丢掉它们。真可惜。”

“哦，是很可惜。”艾尔斯太太说，“那些美妙的织锦无与伦比。”

贝克–海德太太转向她：“你见过那些织锦？”

“是的，当然了。”艾尔斯太太回答道。她和上校过去一定是斯坦迪什庄园的常客。我曾去过那儿一次，给一个仆人治病，我知道她在想什么，也知道其余的人在想什么，他们一定想起了那里阴暗的屋子和过道，古老的地毯和挂饰，美丽的折叠式镶板覆盖着每一面墙，差不多一半墙壁都是——彼得·贝克–海德接下去准要告诉我们——凑近些便能看到随意出没的甲壳虫，早该更换了。

“放任不管真是可怕，”也许我们的面孔过于阴沉，他的太太立即说道，“但是人不能抓住一样东西死不放手，我们只能竭尽所能。”

“是的，”他说道，“再过几年，整幢房子很可能无法修理了。兰德尔一家是不是认为他们就那么直挺挺地坐着，让现代化缓缓渗透就是在为国家做贡献？我认为，如果他们没钱维护庄园，他早在几年前就应该收拾利落，改建成旅馆或高尔夫俱乐部。”他向艾尔斯太太充满赞赏地点点头，“不过，你仍在勉力维持？据说你卖掉了大部分农田。我不该责怪你。我们也在考虑这么做。我们热爱我们的庄园。”他转向女儿，“是吧，宝贝儿？”

她坐在妈妈身边：“我想要一匹白色的矮种马！”她脆生生地喊着，“我要学骑马！”

她妈妈笑着说道：“我也有此打算。”她抚摸着小姑娘的头发。挂在她手腕上的银镯叮当作响，“我们一起学，好吧？”

“你还不会骑马？”海伦·德斯蒙德问道。

“恐怕——一点也不会。”

“但摩托车倒是会开的。”莫利先生在沙发上大声嚷嚷。他刚递给卡罗琳一支烟，用手中的打火机点燃，“我们有个朋友有一辆。你们真应该看看戴安娜风驰电掣的风采！就像是女武神[1]一般。”

---

1 Valkyrie，北欧神话中奥丁神的婢女。她们奉主神奥丁的命令，到人类的战场上挑选勇敢的战死者，带到英灵殿。

"不要说啦，托尼！"

这无疑是个夫妻间的笑话，但大家听了，也都哈哈大笑。卡罗琳把手伸到头发上，轻轻取下镶着人造宝石的梳子。彼得·贝克–海德对艾尔斯太太说道："你这里还养马吗？好像这里每个人都有此爱好。"

艾尔斯太太摇摇头："我年纪大骑不动了。卡罗琳偶尔从里德克特的老帕特莫尔那里租一匹，尽管他的养马场一点也不像样。我丈夫还在世时，我们经营着自己的养马场。"

"非常棒的养马场。"罗西特先生补充道。

"战争爆发以后，养马场越来越难经营了。后来我儿子受伤，我们就不再用心……罗德里克在英国皇家空军服役。"

"啊，"贝克–海德先生说道，"我认为这不能怪他，是吧，托尼？他驾驶什么飞机？蚊式战斗机[1]吗？他太棒了！一个伙计曾带我上过其中的一架，我费了半天劲才从里面爬出来。就像是被闷在沙丁鱼罐头里一样，它带着我乱跑乱撞。我飞过的较多的航线，就是微不足道的安齐奥[2]登陆。我听说，他的腿受伤了。真令人惋惜。他现在怎样呢？"

"哦，好得很。"

"保持良好的心绪令人敬佩……我想见见他。"

"是的，很好，"艾尔斯太太不安地说着，"我知道他也很想见你。"她费力地盯着她的腕表，"真的，我为他没能过来迎接各位表示歉意。自己经营农场真是糟糕透顶，永远有很多料想不到的麻烦事……"她抬起头，四处张望。我以为她会向我示意。她开口了，却在召唤贝蒂。

"贝蒂，赶紧跑到罗德里克先生的房里，看看他被什么事情耽搁了？一定要告诉他我们大家都在等他。"

---

1 第二次世界大战时英国的一款战机型号。

2 意大利西部一城市，位于罗马南部。第二次世界大战中盟军军队于1944年1月在安齐奥登陆。

贝蒂接受了如此重要的任务，脸憋得通红，一溜烟就不见了。几分钟后她回来了，说罗德里克正在穿衣，会尽快过来参加酒会。

晚宴变得漫长，可罗德里克还是没有出现。宾客的酒杯再次加满酒，小姑娘精神高涨，大声嚷着要再尝一杯酒。有人暗示说她可能是疲倦了，最好的良方就是让她上床睡觉。她妈妈再次抚弄着她的头发，溺爱地说："哦，我们总是让她跑到跑不动为止。我认为送他们上床睡觉不仅不能解决问题，还会造成精神疾病。"

小女孩对妈妈的话加以肯定，她兴奋地高声叫喊自己从不在午夜以前睡觉——并且，更重要的是，她每天晚饭后都会定时喝白兰地，还抽过半支烟。

"哦，你最好还是不要在这里喝白兰地，也不要抽烟。"罗西特太太说道，"我想法拉第医生一定不会批准小孩抽烟喝酒的。"

我假装严厉地说我不会批准，并且坚决反对抽烟喝酒。卡罗琳平静而明确地说："我也不同意。孩子的手被烟熏成黄色真是太可怕了。"莫利先生望着她，露出了吃惊的表情，酒会第二次陷入了窘迫的寂静。吉莉安打破了沉默，她大声宣布，如果她想抽烟的话，我们就不能阻止她，如果她愿意，她会兴高采烈地抽雪茄！

可怜的小女孩。她不是我妈妈从前称道的那种"乖"孩子。不过我想我们都很欢迎她的到来，她就像是一只滚毛线球的小猫，每当谈话陷入疲沓时，她就成为我们注视的对象，也是我们欢乐的对象。我注意到，只有艾尔斯太太心神不宁——显然是在挂念罗德里克。又过了十五分钟，他还没有出现的迹象，她又一次差遣贝蒂去他的房间。这次小姑娘几乎是眨眼间就回来了。她回来时神色慌张，疾步走到艾尔斯太太身旁耳语片刻。我被达布尼小姐缠住不放，她正在向我咨询身体的不适，我找不出合适的借口，否则早就过去了。正在此时，我看到艾尔斯太太向宾客致歉，亲自去找罗德里克。

接下来，小女孩还在逗我们开心，但酒会似乎停滞不前了。人们注意到外面还在下雨，我们都把头转向雨水滴答作响的窗户，讨论起天气、农业和国家现状。戴安娜·贝克–海德看见一台留声机和一柜唱片，便问我们是否想来点音乐。不过显然她对这些唱片不感兴趣，迅速翻阅后，便失望地放弃了这个主意。

弹弹钢琴怎样？她接着问道。

“那不是钢琴，你这毫无艺术细胞之人。”她弟弟环视四周，“是小型羽管键琴，对吧？”

贝克–海德太太发现那是佛兰芒羽管键琴，说道：“真的吗？太奇妙了！艾尔斯小姐，有人会弹吗？它还没有那么古旧易碎吧？托尼能够弹奏各种钢琴。别做出那副表情，托尼，你一定行的！”

她的弟弟没有征询卡罗琳的意见，就离开了沙发，走到琴前按下了一个键。音色古雅精巧，但调跑得厉害。他很高兴地坐在凳子上，弹了一曲疯狂的爵士乐。卡罗琳独自坐着，扯着一根从手套指尖脱落的线。突然，她站起身，走到壁炉边，给冒着烟的壁炉加木柴。

艾尔斯太太回来了。瞟见莫利先生坐在键盘前，她的表情既吃惊又焦急。罗西特太太和海伦·德斯蒙德关切地问：“没见到罗德里克？”她摇摇头。

“罗德里克恐怕不太舒服，”她转动着手上的戒指说道，“不能参加今晚的酒会了。他感到非常抱歉。”

“哦，真遗憾！”

卡罗琳抬起头，问道：“妈妈，我能为他做些什么？”我向前一步，也问了同样的问题。艾尔斯太太回答：“不，不，他很好。我给他吃了些阿司匹林。他在农场上有点劳累过度，没什么大碍。”

她又拿起了她的酒杯，加入了与贝克–海德太太的谈话。贝克–海德太太同情地看着艾尔斯太太，说道：“我猜一定是因为他的伤。”

艾尔斯太太支支吾吾，接着点了点头——就在那一刻，我意识到一定出事了，罗德里克的腿是个大麻烦，但是经过我的治疗，这几周来已经大有好转。罗西特先生环视四周宾客，说道：“可怜的罗德里克，他小时候多么调皮捣蛋啊。你们还记得他和迈克尔·马丁偷走校长汽车那件事吗？”

这话就像是一剂强心针，挽救了这个奄奄一息的酒会。偷车的故事讲了一两分钟，接着就有人来补充。似乎在场的每个人都乐于回忆罗德里克的往事，我认为他们最感兴趣的是罗德里克的辛酸史、第一次事故、小小年纪就开始承担家庭责任等。这次，我依然无话可说，斯坦迪什一家也是如此。莫利先生继续在琴上弹奏着不和谐的乒乒乓乓。贝克-海德夫妇礼貌地聆听着种种逸闻趣事，表情僵硬。不一会儿，吉莉安对妈妈粗声地耳语道要去盥洗室。贝克-海德太太对卡罗琳说了一声，随后就牵着女儿离开了。她的丈夫借机从人群中走出，在屋子里四处闲转。贝蒂正捧着一盘凤尾鱼吐司走过来，他们遇见了。

“你好。”我正往酒柜走，想给达布尼小姐取些柠檬汁，听到了贝克-海德先生对贝蒂说道：“你工作非常努力，是吧？你先给我们送吐司，现在又送来了三明治。难道没有男管家，或者其他人帮助你吗？”

我猜和仆人说话，是如今一种轻松时髦的交流方式。可是艾尔斯太太没有教过贝蒂怎么答话，我看见她茫然地盯着他看了一会儿，似乎不明白他是否真的想得到回答。最后她说道：“没有，先生。”

他笑了起来：“哦，太糟糕了。如果我是你，我会加入工会。不过我还是要告诉你，我喜欢你这个头饰。”他轻拂着她帽子的饰边，“如果我们给女佣戴这样的帽子，她们脸上的表情一定很值得期待！”

他对贝蒂说这话时抬头望着我，其实是在说给我听。贝蒂低下头匆匆走开，就在我倒柠檬汁时，他走到了我身边。

“这地方棒极了，是吗？”他瞟了一眼其他人，小声咕哝着，“我很高兴能够被邀请，以便有以机会参观这座庄园——承认这一点并不令人羞愧。我猜你是家庭医生。为了儿子的腿伤，他们希望你随叫随到，是吗？我不知道他的情况这么糟糕。”

我回答：“今天只是碰巧而已，他没有那么糟。我今晚和你一样，也是应邀而来。”

“你？哦，不知道为什么，我总觉得你是为了那男孩来的……听说伤口有些坏死了？那些瘢痕怎样？我猜，他是对今晚的宾客不感兴趣吧。”

我告诉他，据我所知，罗德里克很期待今晚的酒会，可是他在农场上的活太多，一定不堪重荷。贝克–海德先生假装感兴趣地点了点头。他拉起袖口，看看腕表，强忍着哈欠。

“哦，送这帮人回斯坦迪什的时间到了——但愿我能把小舅子从那架愚蠢的钢琴边拖走。”他望着莫利先生，眯起眼睛，“你见过这样的傻瓜吗？就是因为他我们才会在这里！老天保佑我的妻子，她一心一意要看着弟弟结婚。她和今晚的女主人合谋，利用酒会来促成他弟弟与这座庄园女儿的好事。我倒要看看这事怎么收场。托尼是个丑陋的小畜生，但他喜欢漂亮脸蛋……”

他说这番话并无恶意，只是男人之间的交谈。从我们这个角度看过去，他看不见站在壁炉边的卡罗琳。但他没有考虑到大客厅构造奇特的声音效果，窃窃私语有时穿透力很强，而高声评论却会湮没无闻。他咽下杯中酒，放下了杯子，这时他的妻子正好带着吉莉安回来了，他向她点点头。我注意到他正在寻找合适的机会，准备打断人们的交谈，说声抱歉，然后带家人离开。

告别的时刻终于要到来了——在接下来的几个月里，这样的机会很多——我会永远带着极度的悔恨甚至是负罪感来回忆这一刻。本来我可以很轻松地让他离开，送他上路，可是我恰好相反。罗西特夫妇刚讲完一段罗德里克年轻时代的冒险故事，我走到达布尼小姐旁边，想转换一下话题，于是提起了一些事——一些无足轻重的事，比如，“上校怎么看这件事？”——于是他们马上投入了另一段更加漫长的回忆之中。贝克–海德先生的脸沉了下来，我却像孩子般有了恶作剧的快感。我毫无目的，甚至满怀怨恨地想让他不好过。

我真希望我没这么做，因为接下来他可爱的女儿吉莉安遭遇了巨大的灾难。

吉莉安从参加晚会到现在，一直对吉普心存戒心。每当吉普在人群中友好地窜来窜去接近她时，她就会夸张地躲到妈妈的裙子后面。可是刚才，她改变了做法，开始向它献殷勤。我想，是莫利先生的琴声惊扰了吉普，它跑到了窗户边，趴在窗帘后面。吉莉安一路跟过来，拉过一个脚凳坐好，她开始轻拍它的头，喋喋不休地说着孩子气的话：“乖狗！你真乖，很勇敢。”诸如此类。由于窗户的阻挡，她身体的一半不在我们视线之内。我注意到她妈妈不停转过脸去看她，似乎担心吉普会冲上去咬她的女儿。有一次她喊道：“吉莉，当心，宝贝儿——”卡罗琳略有几分不屑，吉普脾气温顺得难以想象，唯一的危险就是小女孩的喋喋不休和不停抚摸会让吉普感到疲倦。和贝克–海德太太一样，卡罗琳也不住地转向吉莉安。小女孩的声音也引起了海伦·德斯蒙德、达布尼小姐和罗西特夫妇的注意，不时投去一瞥。我也是。其实，可能唯一一个没有看着吉莉安的人就是贝蒂。在酒会中转了一圈分完吐司后，她就站在门边，像平日训练的那样，低眉顺眼。然而——真是诡异，惨祸发生时竟然没有一个人在看吉莉安。

然而，我们都听到了那声音——恐怖的声音，直到今天我还能听到——吉普急促地嚎叫起来，夹杂着吉莉安痛苦的尖叫，凄厉的哭喊接着便转成低沉、微弱的哀号。那条狗——可怜的东西——和我们被吓住了。它从窗边窜出来，扯得窗帘翻滚起来，一时阻挡了我们的视线。其中一位女士，我不知道是哪位，看见了这悲惨的一幕，放声大哭。贝克–海德先生，也可能是她的弟弟，大叫着："天啊！吉莉安！"他们冲过去，其中一人被地毯宽松的接缝绊住，差点跌倒。匆忙间一只玻璃杯被撂在壁炉架上，哗啦一声跌进壁炉里。小女孩被混乱的人群挡住，我只能看到鲜血顺着她的手臂往下淌。摔碎玻璃杯的声音还残留在我脑海里。即使在那时，我还认为是玻璃窗破了，割伤了她的胳膊和吉普。戴安娜·贝克–海德推开人群，冲到女儿身边，尖叫起来。我向前走了几步，才知道她看见了什么。原来血不是从吉莉安的胳膊，而是从她脸上流出的。她的脸颊和嘴唇皮开肉绽——那情形简直糟透了。吉普咬了她。

这个可怜的小女孩脸色苍白，人也被吓呆了。她爸爸就在一旁，颤抖的手在女儿脸上摸索着，不知道该不该碰伤口，也不知道该怎么做。不知什么时候，我已经来到他的身边，我的职业本能开始发挥作用。我帮他把女儿抱起来，放到沙发上，身体放平。接过人们递来的各种手帕，按在吉莉安脸部的伤口上——海伦·德斯蒙德那块优雅的蕾丝绣花手帕一会儿就被鲜血染红。我尽可能地给她止血，清洁伤口，但是很难止住。这类咬伤往往看上去比实际情况更糟糕，咬伤在小孩身上时尤其如此。但我立刻发现，这个伤口确实很严重。

"天啊！"彼得·贝克–海德又叫了起来。他和妻子紧紧抓着女儿的手，他的妻子在啜泣。他们的晚装上沾着鲜血——我想我们都一样——映着吊灯明亮的灯光，血迹鲜明而恐怖。"天啊，看看她，看她现在的模样！"他的手插在头发里，"到底发生什么事啦？为什么没有人——？上帝啊，这究竟发生了什么？"

"现在没时间考虑那些。"我镇静地说。我用手帕使劲压按着伤口，迅速回想刚才发生的一切。

"瞧她！"

“她只是受了惊吓，没有生命危险。不过她的伤口必须缝合。恐怕要大面积缝合，越快越好。”

“缝合？”他神色狂乱。我想他忘记了我是一名医生。

我说：“我带了药箱，在外面的车上。德斯蒙德先生，你能否——？”

“好的，当然可以。”比尔·德斯蒙德屏住呼吸，跑出客厅。

我接着喊了贝蒂。刚才大家都往前涌时，她像是钉在那里，仿佛吓傻了——脸色和吉莉安一样苍白。我叫她下去烧一壶热水，带一张毛毯和一个床垫过来。贝克-海德太太站在我身旁，笨拙地轻按着女儿脸上的一摞手帕，她的手在颤抖，银镯叮当作响。我把小女孩抱进怀里。虽然隔着我的衬衫和背心，我还是感觉到她直打寒战。她的眼球颜色幽暗，了无生气，全身由于惊吓而不停冒汗。我说道：“我们应该把她带到下面的厨房里。”

“厨房？”她爸爸问道。

“我需要水。”

他立即明白了：“你的意思是在这里手术？开玩笑！手术应该在医院进行——难道我们不能打电话吗？”

“这里距最近的医院九英里，”我说道，“五倍于到我诊所的距离。相信我，我也不想动手缝合这样的伤口，今天这样的夜晚尤其不适合。可是伤口收拾得越早越好。否则会一直失血。”

“彼得，听医生的话，”贝克-海德太太说着，又开始哭泣，“上帝保佑！”

“是的，”艾尔斯太太向前走了几步，抚着他的胳膊说道，“我们现在得让法拉第医生治疗！”

我看到贝克-海德先生背过脸去，生硬地甩开艾尔斯太太的手，我忙着照顾小女孩，无暇顾及他的举动。接着还发生了其他一些我没注意到的事情，等过后再想起时，才意识到它们为后来一系列事件定下了基调。贝克–海德太太和我小心地把吉莉安抬到门口，正好碰上取回药箱的比尔·德斯蒙德。海伦·德斯蒙德和艾尔斯太太焦急地望着我们，罗西特太太和达布尼小姐心神不宁地弯腰捡着翻落壁炉里的玻璃杯碎片——达布尼小姐心慌意乱地割到了手指，在满是血污的地毯上增加了一些新鲜血迹。彼得·贝克–海德紧紧跟着我，身后是他的妻弟，莫利先生一定是看到了吉普，事件发生后它一直蜷缩在一张桌子下面。他迅速冲上去，咒骂着踢了它一脚。这一脚踢得很重，吉普哀嚎起来。但是卡罗琳冲上前来推开了他，他惊讶极了。

“你在干什么？”她大叫起。我记得她声嘶力竭地叫喊，与平时判若两人。

他拉直背心：“你难道没有看见吗？你那该死的狗咬掉了我外甥女半张脸！”

“你把事情越弄越糟，”她说道，蹲下把吉普往怀里拉，“你吓着它了！”

“吓它是便宜了它！让一条狗在小孩子玩耍的地方大摇大摆，鬼知道你安的什么心？应该用链子拴着它！”

她说道：“如果不被激怒，它不会伤害任何人。”

莫利先生本来已经走开了，但又停下来往回走：“你这话到底什么意思？”

她摇摇头：“别吵了，行吗？”

“不要吵了？你没看到它是怎么对付她的吗？”

“哦，它以前从不咬人。它就是一条家犬。”

“它是一头野兽。它该被一枪打死！”

争吵还在持续，但我已经听不清了，我正全神贯注地抱着这个吓傻的孩子走出门口，拐过了几个通往地下室的楼梯转角。我小心翼翼地摸索着下楼，争执声变得微弱了。我发现贝蒂在厨房里，正在按我的要求烧热水。她已经准备好了床垫和毛毯，按照我的指令，双手颤抖着擦干净了厨房的长桌，铺上棕色的纸。我把裹着毛毯的吉莉安放在桌上，打开药箱寻找手术用具。我做这些事情时全神贯注，就在我脱掉背心，卷起袖子洗手时，才惊讶地发现自己还穿着这件晚装外套。我不知自己身在何方，以为还穿着平常那件粗花呢西装。

其实在门诊室和病人家里，我经常不得不做这类小手术。我二十多岁时，一次到一户农家给一位年轻男子看病，他在打麦时腿部严重受伤。我只好在厨房桌子上截去了膝盖以下部分，就像现在一样。几天以后，那家人请我共进晚餐，就坐在同一张桌子上，不过桌子已被清洗干净——那个小伙子和我们坐在一起，虽然虚弱，却很开心地吃着馅饼，打趣说以后可以省下买靴子的钱了。但是他们都是乡下人，习惯了艰苦。我在石炭酸里浸泡针线，用蔬菜清洁刷使劲擦洗我的指关节和指甲，对贝克-海德一家来说这一幕一定很可怕。厨房、厨房里维多利亚时期的笨重设备、那些石板和古怪的排列，都让他们满心惊恐。相对于大客厅的灯火通明，这里显得非常昏暗。我只好让贝克-海德先生从食品柜里取出一盏油灯，放在女儿的脸旁，这样光线就够我缝合伤口了。

如果这个小女孩年纪再大些，我会用乙醛氯化物喷雾凝固伤口。可是我担心她会扭动身体，所以用碘酒和清水给她清洗伤口之后，我用通用麻醉剂让她昏昏入睡了。我知道手术还是会弄疼她，于是让她妈妈回到楼上大客厅和其他宾客待在一起。和我预计的一样，手术过程中，这个可怜的小女孩一直在低声啜泣，眼泪不停地涌出眼眶。幸运的是没有伤到大动脉血管，可是皮肉大面积撕裂使我的工作比预计的更棘手——我最关心的是如何缩小可能留下的伤疤，我知道即使再小心翼翼地缝合，伤口面积还是会很大。小女孩的爸爸站在桌子旁边，紧紧握着她的手，每扎一针，他的脸部就会痛苦地抽搐一下，他死死盯着我的一举一动，似乎担心漏掉什么——或是在监视我的闪失，以防不测。手术开始后不久，他的妻弟出现了，刚才和卡罗琳的争吵气得他满脸通红。“这些该死的家伙，”他说道，“这家的女儿就是个疯子！”他看到我正在进行的工作，脸上的深红色才渐渐退去。他点了一支烟，坐在离桌子很远的地方抽着烟。之后不久，他吩咐贝蒂烧了一壶茶，给大家倒在杯子里——这是他整晚唯一的明智之举。

其他人还在楼上尽力安慰小女孩的妈妈。艾尔斯太太下来过一次，询问手术进展情况。她站了一会儿，看到我在忙碌，既为小女孩担心，也被缝合伤口的一幕搅得心烦意乱。我注意到，彼得·贝克-海德没有看她一眼。

手术用了将近一小时，我缝合完毕时，小女孩还在昏睡，我让她爸爸带她回家。我告诉他们我会开车尾随其后，到诊所里拿一两样东西，然后与他们在斯坦迪什会合，这样我就可以照顾她入睡。我没有告诉她父母可能的并发症，因为我认为发生的概率微乎其微，不过还是要防止血液中毒或感染的危险。

贝蒂被派去通知小女孩的妈妈，贝克-海德先生和莫利先生抬着吉莉安爬上楼梯，把她放进车里。她现在清醒些了，他们把她放在车后座上时，她开始哭泣，真让人心疼。我在她脸上蒙了几块纱布——不是为了保护她，而是为了保护她父母，因为缝合的针线和碘酒把伤口弄得十分狰狞。

我回到明亮的沙龙客厅跟众人道别时，发现每个人都还待在那里，沉默地站着或坐着，被这个打击惊呆了——仿佛刚刚经历了一场空袭。地毯和沙发上还残留着血迹，已经用布和清水擦洗过，晕染成了浅红色的污迹。

“太惨了。”罗西特先生说道。

海伦·德斯蒙德还在哭泣。她说："可怜，可怜的孩子。"她压低了声音，"她脸上会留下可怕的伤疤，是吗？是什么刺激了它？吉普从不咬人，是吧？"

"它当然不咬人！"卡罗琳答道，她的声音变了调，紧张而不真实。她脱离人群独自坐在一边，吉普在她身旁。能看见它还在颤抖，她抚着它的头。不过她的手也在发颤。她的脸颊和嘴唇上的脂粉变成了暗紫色，镶着人造宝石的梳子扭曲地垂在发间。

比尔·德斯蒙德说道："我猜准是什么东西惊吓了它。它一定看到什么或者听到什么了。我们中间有人大叫，或者做出什么举动吗？我绞尽脑汁也想不出来。"

"不是我们，"卡罗琳说道，"一定是那小姑娘惹恼了它。我早就预感——"

她突然闭嘴了，彼得·贝克–海德出现在我身后的走廊里。他穿上外套，戴上帽子，前额有一条鲜红的血迹。他平静地说："医生，我们准备好了。"他没有看其他人。我不知道他有没有看到吉普。

艾尔斯太太向前走了几步："我希望，你明天能让我们知道这个小姑娘的情况吗？"

他迅速戴上开车用的手套，依旧没有看她："好的，如果你真的希望知道。"

她又往前走了一步，诚挚地轻声说道："贝克–海德先生，发生这样的悲剧我难过极了。而且，是在我的家里。"

他只是很快地瞟了她一眼，说道："是的，艾尔斯太太。我也一样。"

我跟随他走进黑暗中，发动了汽车。大雨持续下了好几个小时，发动机受潮，点火装置启动了好几次才转起来。我们后来才知道，那天正好换季，阴郁的冬季来临了。我掉转车头，紧跟在彼得·贝克–海德的后面。他开得很慢，似乎痛苦难忍，汽车沿着崎岖不平杂草丛生的小路驶向庄园的围墙，到了门口，他的妻弟下来为我们开关大门，一驶出庄园，他便开始加速，我也加速了——透过挡风玻璃外雨刷摆动的间隙，我紧紧盯着他那辆价格不菲的汽车的红色尾灯，直到他们隐入沃里克郡盘旋的乡间小路的幽暗之中。

4

我离开贝克–海德家时已是凌晨一点左右，我答应他们第二天再过来。那天上午的门诊从九点进行到十点多，我再次抵达斯坦迪什庄园时已接近十一点钟。我一眼就看到了我的竞争对手西利医生那辆绛紫色的美国轿车泥点斑斑地停在那里。毕竟他是贝克–海德家的家庭医生，请他来合情合理。可是对于我这个执业医师来说，没得到病人通知就被替换了，还是有些尴尬。我跟着一名男管家或秘书身份的人进了屋，看到西利正从小女孩的房间走下来。他是一个高个子、体形匀称的男子，站在狭窄的 16 世纪楼梯上显得比平时更魁梧。他看到我拎着药箱站在那里，非常难堪，和我看见他时的表情一样。

“他们一早就给我打电话，”他低声对我说道，“这是我今天第二次过来了，”他点燃一支烟，“事情发生时你在百厦庄园？不管怎么说，这真是意外的好运。对小女孩来说太可怕了，是吗？”

“是的，”我说道，“你觉得她现在怎样？伤口如何？”

“伤口没什么大碍。你比我缝合得更干净。而且是在厨房餐桌上！当然，留下的伤疤会很可怕。这对于上流社会的女孩来说极不光彩。她的父母急于送她到伦敦的专科医生那里治疗，恐怕他们能做的不多。

可是话又说回来，谁知道呢？过去这几年里，整形科医生已经很熟练了。[1]她现在需要的是休息。护工已经来了，我开了一些镇静剂，让她卧床一两天。然后，我们再看。”

他跟彼得·贝克-海德说了几句，然后向我点点头，便离开去探访其他病人了。我仍然站在楼梯下的门厅里，窘迫却又非常希望能亲眼见到女孩。但她的爸爸向我解释，不愿让她受到打扰。他真诚地感谢我的帮助——“感谢上帝，你昨晚在那里！”他说着，双手握住了我的手——接着，他的胳膊移到我的肩膀上，轻轻地却很坚定地领着我走向门口。我明白治疗从此与我无关了。

“你能寄账单给我吗？”他送我走到汽车边。我说不必为此事麻烦，他却坚持在我手中放了几个基尼[2]。接着，他又想到我两次前往斯坦迪什庄园所费的燃料，于是叫一个园丁取来一罐汽油。他的态度过于热情，但又毫不让步。我很不安，觉得他在收买我。园丁给油箱加满油时，我俩在稀疏的细雨中静静地站着，没能上楼看小女孩最后一眼，我深感遗憾。我真不该要他的钱和汽油。

我钻进汽车时才想到应该问问他，百厦庄园是否得到了口信，说吉莉安现在情况正在好转。听到这话，他的态度变得更冷酷无情了。

“他们，”他凶狠地说，“他们可以从我们这里得到口信。你只需要明白一点，这事没完。”

我早已猜想到了这些，但又为他的愤怒而担忧。我挺直腰杆，问道：“你打算怎么办呢？你报警了？”

“还没有，不过我们有此打算。至少得宰掉那条疯狗。”

“哦，可是，吉普已经又老又蠢了。”

1　指医生给第二次世界大战中的伤员做整形修补手术。

2　1663—1816年间英国流通的金币，1基尼合1.05镑。

“是啊，老态龙钟！”

“据我所知，这次它的表现很反常。”

“这只能稍稍缓和我和妻子的痛楚。只有除掉那条狗，我们才能得到一丝平静！”他抬头望着门廊上方有竖框的狭窄窗户，其中一扇打开着，他压低声音说道：“你很清楚，吉莉安的一生全被这事毁了。西利医生告诉我，她的血液不受感染的可能性微乎其微！都是因为那些人，艾尔斯一家，他们太自以为是，居然不拴住这么危险的狗！要是它继续袭击其他孩子怎么办？”

我认为吉普不会，但我一言不发，他一定看到了我的满脸疑惑。他继续说道，“我知道你是他们家的朋友。我也不指望你站在我这边，反对他们。但是我了解你不太了解的东西——他们像许多庄园主一样，以为可以在领地上对所有人为所欲为。说不定他们训练狗就是为了赶走那些入侵者！他们早该好好照料他们住的那个垃圾堆。他们过时了，医生。和你说句实话，我甚至觉得这整个该死的沃里克郡都落伍了。”

我差点脱口而出，他最初正是被乡间的过时落后吸引的。但我说出口的却是，请求他至少在见到艾尔斯太太之前不要报警。他最后说道：“好的。只要我知道吉莉安脱离危险了，我就会过去。不过在我过去之前，如果他们善解人意，就该杀掉那条疯狗。”

那天上午我接下来巡诊的六七个病人都没有提到百厦庄园发生的事。然而流言蜚语传播得很快，晚间门诊开始时，吉莉安受伤的惊骇故事已遍布街头巷尾。晚饭后我去巡诊，一个病人向我描述了事件的来龙去脉，除了误以为西利在场、把做缝合手术的我当成了西利以外，细节丝毫不差。他是一个工人，患胸膜炎多年，我一直竭尽全力防止他病情恶化。可是他的居住条件却极为糟糕——他住在铺着泛潮的地砖的连排农舍里——并且和许多工人一样，工作辛苦，饮酒无度，和我说话时一阵阵咳嗽。

"听说狗差不多咬掉了她的脸蛋。差一点把鼻子也咬掉。我已经说过很多遍啦，是狗就会咬人，任何一条狗都能要你的命。狗性难改，每一条狗都能发动突然袭击。"

我想起了和彼得·贝克–海德的对话，便问他此次事件中犯案的狗是否应该杀掉。他毫不犹豫地回答不应该——就像他刚才说的，狗本来就爱咬人，怎能因天性而惩罚它呢？

我问其他人是不是和他一样看待这件事。他说，他听到了各种看法："有人说打一顿算了，有人说一枪崩了拉倒。当然了，这都是那家人要考虑的事。"

"你是说，百厦庄园那家人？"

"不，不是他们。是那个小女孩的家人，'烤馅饼'[1]一家。"他这次笑得很通畅，一声咳嗽也没有。

"但是，杀掉自己的狗，难道艾尔斯一家不难过吗？"

"啊，"他又咳嗽起来，侧身把痰吐到了没有生火的炉膛里，"他们不能让事情继续变糟，不是吗？"

他的话让我很不安。我一整天都在想庄园之外人们的愤慨。我离开他的小屋时，发现自己很靠近百厦庄园的大门，于是决定顺便拜访他们家。

这是我第一次未经邀请就前往他们家。和前一晚一样，正下着瓢泼大雨，没人听到我的车声。我拉过门铃，便自己匆匆地开门进去，可怜的吉普在向我打招呼，它走进前厅，叫声不太热情，爪子轻叩着大理石地面。它一定感觉到了自己闯下大祸的阴影，战战兢兢，仓皇失措，与平日完全不同。它让我想起我从前看护过的一个女病人，一

1 "烤馅饼"（bake a pie）与"贝克–海德"（Baker-Hyde）发音相近，这是说话者在故意调侃贝克–海德这个姓氏。

个上了年纪的女教师。她精神错乱，穿着拖鞋和睡衣在户外游荡。有那么一瞬间，我告诉自己，它一定神志不清了。不过，我毕竟不能判断它是不是真的疯了。我蹲在它身边，用力拽它的耳朵，它又变得像平日那样温驯了。它张开嘴，露出粉红健康的舌头，衬着白黄相间的牙齿。

“吉普，这里发生了一场骚乱，”我柔声说道，“伙计，你那时在想什么，嗯？”

“谁在那里？”这时我听到了艾尔斯太太的声音，从宅邸里很远的地方传来。片刻之后她出现了，穿着一件平日的黑色长裙，肩上系着一条佩斯利花纹细毛披肩，全身都笼罩在阴影中。“法拉第医生，”她惊奇地说道，把披肩又向上拉了拉，那张瓜子脸愁眉不展，“一切都还好吗？”

我直起腰，简洁地说：“我很为你们担心。”

“你在为我们担心？”她的表情舒展了一些，“你真好。快进来暖和一下。今晚很冷，是吗？”

天气并不是很冷，不过当我尾随她进入那个客厅时，我发现这个家就像季节更替一样，在不知不觉中发生了明显的变化。那个天花板很高的走廊里整个夏天都阴凉通风，如今刚经过两天的雨水就变得潮湿起来。小客厅的窗帘拉着，壁炉里的冷杉木柴烧得噼啪作响。炉边的椅子和沙发被拉到了靠近炉膛的地方。但房间一点也不显得安逸舒适，这些椅子挡住了光线和温暖，现出了椅子后面一大片破旧的地毯，和地毯上一块块静止不动的阴影。艾尔斯太太显然坐过其中一把椅子，另一把椅子上坐着我走进来时就面对着我的罗德里克。我一周前还见过他，可是他的外表却令我震惊。他穿着一件肥大的旧空军毛衣，头发和我一样，刚剪过。和他脑袋后面的宽大椅背相比，他就像个细长的幽灵。他看到我走进来，似乎皱了皱眉头。他有些迟疑地握住了椅子的扶手，像是要站起来给我让座。我挥手示意他坐下，自己走到沙发边，和卡罗琳坐在一起。吉普跑进来趴在我脚边的一块毯子上，发出含混不清的狗的呼哧声，像极了人的声音。

没有人说话，也没人打招呼。卡罗琳绷直了两条腿坐着，看上去很紧张，很不开心，她拉扯着脚趾上羊毛袜的线头。罗德里克笨拙地、神经质地卷着烟。艾尔斯太太重新系好披肩，坐下说道："法拉第医生，我们一整天都七上八下的，希望你能体谅。你去过斯坦迪什庄园了吧？请告诉我，那个孩子怎么样了？"

"据我所知，情况正在好转，"我回答。她看着我，有些不解。我接着说道，"我没有见到她。她的家人已经把她转给了吉姆·西利。我今早看到他在那里。"

"西利！"她嘲弄地说，她的语调让我很惊讶，我终于想起，是因为西利的爸爸给她的小女儿看过病——就是那个最后死掉的小孩，"他们找他还不如请个理发师管用呢！他对你说了什么？"

"没说什么。吉莉安恢复得和预期一样好。她的父母打算一等她能够旅行，就带她到伦敦去。"

"可怜，可怜的孩子。她一整天都在我的脑海里浮现。你知道我给他们家打电话了吗？三次，可是没人愿意和我说话——除了一个女佣。我想着送点东西过去。鲜花，或者一些礼品？像贝克-海德那样的人家，是不能送钱的。我记得很多年以前，一个男孩受伤——丹尼尔·希伯特，你还记得吗，卡罗琳？他在我们的农场上被马踏伤，瘫痪了。我们料理了所有事情。可是这次发生的事，没人知道……"她的声音弱下来。

卡罗琳就在我旁边，她转移了话题："我和其他人一样，为那个孩子难过。"她说着，还在用手拉扯袜子脚趾的接缝，"不过，如果她是被湿衣绞干机绞了胳膊，或者是被滚烫的火炉烧伤，我也会一样难过。

运气真是糟透了，不是吗？金钱和鲜花都于事无补。能做些什么呢？”

她的头垂得更低，下巴缩了进去，语调虚无缥缈。我沉默了片刻，说道：“恐怕贝克–海德一家的期待是合理的。”

她打断我的话说道：“没办法和那种人说理。你知道那个小舅子昨晚对我说了什么吗？他们不仅要扔掉斯坦迪什所有的墙壁镶板，还打算开放庄园南侧的所有厢房！他们要把那里改建成供朋友娱乐的电影院。他们只打算保留画廊。‘要有所取舍’，他就是这么说的。”

“哦，”她母亲茫然地回答，“房子确实发生了变化。我和你爸爸一结婚，就对这房子做了很多改动。斯坦迪什的织锦挂毯没能保住，我真的觉得很可惜。法拉第医生，你见过那些挂毯吗？阿格尼丝·兰德尔会心碎的。”

我没有回答。她和卡罗琳又讨论了几分钟挂毯，我有意无意地感觉到，他们在回避更紧要的话题。

最后我说道：“你们知道，吉莉安的事是当务之急，贝克–海德一家如今不会有心思考虑拆除斯坦迪什庄园的事情。”

艾尔斯太太神情痛苦。“哦，要是，要是，”她说道，“要是他们没把那个小孩带过来该多好！他们到底为什么要把孩子带来？他们应该给她请护工或女家庭教师。他们肯定支付得起。”

“也许他们认为，女家庭教师会让她患上什么精神问题。”卡罗琳向前挪了挪。不到一秒钟，她又加了一句，神经兮兮地小声咕哝道，“她现在一定是精神不正常了。”

我望着她，惊呆了。“卡罗琳！”她母亲说，似乎很吃惊。

卡罗琳自知无理，和我们一样都被这几句话吓住了。她面带惊恐之色地望着我，紧绷的笑容僵在脸上，眼神极其痛苦。接着，她便转过脸去。我看到她没有化妆，脸颊干燥，嘴唇有些浮肿——似乎她用一块法兰绒野蛮无情地揉搓过自己的脸一般。

罗德里克叼着香烟，他的目光越过了她飘向远处。他的脸被炉火烤得一块块发红，脸颊上和下巴上紧绷的粉色瘢痕引人注目，就像是魔鬼的指印。可是他依然沉默不语，真是不可理喻。我知道，他们没有一个人能明白贝克-海德一家要解决此事的决心。他们宁愿转过身去，靠在一起，抱成一团……和我第一次访问这里的感觉一样，我有点讨厌他们了。卡罗琳的话引起的小骚乱平息后，我又开口了，简单复述了我和彼得·贝克-海德上午在斯坦迪什庄园庭园里的对话。

艾尔斯太太默默地听着，两手托腮低着头。卡罗琳惊恐地望着我。

“杀掉吉普？”

“很抱歉，卡罗琳。可是，你能责怪他们吗？你应该想到的。”

我认为她一定想到了。我从她的眼睛里看出了这一点。可是她说：“我当然没有！”

吉普听出了她声音中的烦乱，站起身来。它焦急、迷茫地盯着她的脸，似乎在等待让它休息的一句命令或者一个手势。她倾身向前，把一只手放在它的脖子上，把它拉近些，可她却对着我开始说话。

“这样做有什么好处呢？如果除掉吉普可以让那孩子奇迹般地不被咬伤，那我可以一枪打死它。如果昨晚发生的事情可以重来，我宁愿被咬的是我！他们只是想惩罚它——惩罚我们。他们不会当真吧。”

我说道：“恐怕他们会那样做的，而且会报警。”

“哦，这太可怕了，”艾尔斯太太说，双手紧紧拧在一起，“太可怕了。你认为，警察会怎么处理这事？”

“哦，我认为事关贝克-海德先生，他们一定会严肃处理的。再加上，这事很容易激起同情，”我看着罗德里克，决定拉他进来，“你怎么想，罗德？”

他很不自然地在椅子里挪动了一下，口齿不清地开了口。

“我真的不知道该怎么办，”他清了清嗓子，“我们有张养吉普的许可证，是吧？如果有许可证，会对我们有帮助。”

“我们当然有许可证！”卡罗琳说道，“不过许可证能管什么用？这不是大街上的流浪恶犬伤人案件。这是一条家养的狗，在自己家里被惹恼了。昨晚在场的每个人都会这么说。贝克–海德一家很清楚——哦，我真受不了了！我真希望这帮人没有买下斯坦迪什！天知道，我真希望没有举办那场倒霉的酒会。”

我说道：“我认为，贝克–海德夫妇也希望没有那场倒霉的酒会。吉莉安的不幸让他们心都碎了。”

“这是人之常情，”艾尔斯太太说道，“每个人都看到了，那个孩子昨天晚上几乎被毁容。任何父母都会感到非常可怕。”

她的话说完之后大家陷入了沉默，我不情愿地扭头凝视着她儿子的脸。他目光低垂，似乎在盯着手看。他的眼睛没有隐藏住所有的情感，可他的举止还是令我十分不解。他抬起头，清了清嗓子，说道：“真希望昨晚我和你们在一起。”

“哦，我也这样想，罗迪！”他的姐姐说道。

“我觉得应该负起责任，”他继续说，仿佛没有听到姐姐的话，“除此之外没有什么想法。”

“我们都是这么想的，”我说道，“我觉得应该这样。”

他面无表情地望着我。

卡罗琳说道：“我们什么错都没有。是那个小舅子，在羽管键琴上乱弹一气。如果那对父母能让他们的孩子待在应该待的地方——或者，根本不要带她来——”

我们又回到了原点，只不过这次话头传到了卡罗琳手里，她母亲和我把恐怖事件从头到尾回忆了一遍，每个人对事情的回顾都差不多。我们说话时，我不时地看看罗德。我看到他又点起一支烟——卷得一团糟，烟草掉在了他的膝上——似乎我们的谈话声惊扰了他，他烦躁地变换着姿势。我没想到他会如此不安，最后，他突然站了起来。

“天啊！”他说道，“我忍受不下去了！我今天已经听了很多遍。妈妈，医生，请原谅。我要回自己房间了。真抱歉。我——真的很抱歉。”

他的声音很不自然，动作也很艰难，我起身去帮助他。

“你还好吧？”

“我很好，”他说得很快，伸出双手像是要把我推出去，“不，不必麻烦。我很好，真的。”他挤出一丝毫无说服力的笑容，“昨晚之后，我一直感觉有点不舒服，仅此而已。我想——我想让贝蒂给我送些热可可。好好睡上一觉我就会好的。”

他说这话时，他的姐姐站了起来。她走过去，挽住了他的胳膊。

“这里不需要我了吧，妈妈？”她说道，声音柔和，“我也要跟你道晚安了。”她局促地看着我，“法拉第医生，谢谢你来看望我们。让你费心了。”

我站起身来：“真抱歉我没有带来更好的消息。不要太担心。”

“哦，我不担心，”她说道，露出和她弟弟一样勇敢的笑容，“那些人，他们喜欢怎么说就怎么说吧。他们不能伤害吉普。我不会让他们得逞。”

她和罗德里克离开了，狗忠实地小步跟在后面，刚才她声音中的自信打消了它的疑虑。

我看着他们关门离开，便转向艾尔斯太太。孩子们走了，她看上去格外疲惫。在此之前我从未和她单独相处过，我考虑着是否应该离开。那天起床很早，此时我也感觉有些疲倦。

她有气无力地招呼我：“法拉第医生，过来坐在罗德里克的椅子上，这样我容易看清你。”

我移到了壁炉边上。

我边落座边说道：“恐怕这件事对你是一个很大的打击。”

“是的，”她立即回答道，“昨天晚上我整夜未眠。一直想着那个可怜的孩子。发生了一件多么可怕的事情，就在这里！而且——”

她迟疑地拨弄着手上的戒指，我真想侧过身去把她的手按住。终于，她用一种比从前紧张、焦虑得多的声音说道：“其实，我也很担心罗德里克。”

我瞟了一眼房门：“是的。他魂不守舍。是这件事搅得他心神不宁吗？”

“你没有注意到吗？昨天晚上？”

“昨天晚上？”那幕惨剧让我忽略了很多事情，现在我想起来了，“你差遣贝蒂去叫他——”

“可怜的姑娘，他吓着她了。她回来找我。我发现他——哦，举止非常奇怪！”

“你这话什么意思？他病了吗？”

她犹豫地说道：“我不知道。他说他头痛。可是他模样很可怕——晚礼服穿了一半，满头大汗，像树叶一样战栗着。”

我盯着她：“他最近有没有经常……喝酒？”

我只能这样猜测，又为这个问题中的暗示感到局促。她倒不觉得难堪，摇了摇头。

“不是，我敢肯定不是。我不知道到底是怎么回事。起初他要我和他待在一起。他抓着我的手，像个小学生！然后他突然改变了主意，让我离开。他几乎是把我推出房间的。我让贝蒂给她送几片阿司匹林。他那副样子显然没法去见客人。我得尽可能为他找借口。除此之外，我还能做些什么？”

“你本应该告诉我。”

“我想这么做！可是他不让。自然，我那时必须考虑大家的看法。我担心他的出现会搞砸了酒会。现在我真的很希望他来了。因为接着那个可怜的小女孩——”

她的声音绷紧了，像是什么东西掐住了她的喉管。我们闷闷不乐地坐着，谁都不出声。我的思绪立即回到了前一个晚上，想到了吉普的利齿咬住软骨时的断裂声，想到紧接着的尖叫和呻吟。那时罗德正坐在自己的房间里，处于奇怪的精神紧张状态。我抱着吉莉安下楼，在她的脸上做缝合手术时，他还待在那里，大概听到了房门外的忙乱，可是他却闭门不出。想到这里我觉得很恐怖。

我抓着椅子的扶手：“可以让我过去和他聊一聊吗？”

艾尔斯太太阻止了我：“不要。我认为他不想谈。”

“为什么？”

“你看到他今晚的模样了吧：完全不像平日，拿不定主意，垂头丧气。他一整天都那样。我差不多算是恳求他，他今晚才出来坐在这里。他姐姐不知道我昨晚发现他时的情况。她以为他只是头痛，所以让他回去睡觉。我认为他是心有愧疚。我想——哦，法拉第医生，我不停地回想他从医院回来时的情景！”

她垂下头，又开始转动她的戒指。

“我从来没有跟你说过这些，”她避开了我的目光，“那时候他的医生说他是抑郁症。可是我觉得情况更严重。他似乎整夜无法入睡。他会勃然大怒，或是生闷气不说话。他满嘴脏话。我几乎不认得他了。他是我唯一的儿子！好几个月他都是那样。我只好不再邀请人们到家里来。我为他感到羞愧。”

听到她这么说，我并不震惊。毕竟，戴维·格雷厄姆夏天时就提起过罗德的“神经系统出了问题”，从那时起我就开始观察罗德里克——他的工作过于繁重，偶尔发作的烦躁易怒——我认为他的疾病没有得到根治。

我说道：“真抱歉。可怜的罗德。可怜的你，还有卡罗琳！可是你知道，我治疗过很多伤员——”

“是这样，”她性急地答道，“我知道罗德里克经历的还不是最糟糕的。”

“我不是这个意思，”我说道，“我是指治疗，指治疗中的不同寻常之处。每位病人的治疗过程都不相同。罗德里克受伤后变得易怒，这并不令人惊讶。尤其是像他这样的年轻小伙。如果我在他这样的年龄，处于这种境况，我也会发脾气的。原本有很多优越的条件，但接着失去了很多：健康，外貌——某种意义上说，还有自由。”

她摇摇头，没有被我说服：“不仅仅是易怒。是战争改变了他，他变成了一个十足的陌生人。他好像痛恨自己，甚至痛恨自己身边的每一个人。哦，每次我想到那些像他一样的男孩子，想到我们在和平的名义下叫他们做的那些可怕的事——！”

我轻声说：“现在一切都结束了。他还年轻。他会恢复的。”

“但是你没见到他昨晚的样子！”她说道，“医生，我真担心。如果他的病继续加重，还会发生什么？我们已经失去了很多。孩子们尽量不让我知道这里的糟糕境况，可我不是傻瓜。我知道整个庄园都在吃老本，我也清楚这意味着什么……我们还失掉了其他东西。我们失去了朋友，失去了和上流社会的联系。我也在留心卡罗琳，她一天天变得性格古怪，行为乖僻。你知道的，我真的是为了她才举办了这个酒会。这真是场巨大的灾难，和其他事情一样……我走了之后，这里什么都不会给她留下。如果她还要失去弟弟——想想那些人，他们说要报警！我不——我真不知道该如何承受！”

她的声音一直很平静，但说这几句时突然颤抖着提高了。她把手盖在眼睛上，遮住了脸不让我看她。

我才意识到这么多年来她背负了多少压力：孩子夭折、丈夫病故、战争重压、儿子受伤、财产损失……可是她用上流社会的教养和优雅举止很好地掩饰了这些重担。看见她不再泰然自若，不再隐瞒地流泪，我非常震惊。有一瞬间，我就那样和她面对面地呆坐着。接着，我走过去蹲在她椅子边上，我有些犹豫，然后握住了她的手——像任何一位医生该做的那样，轻轻地，坚定地握住了它。她的手指紧紧捏住我的手，她逐渐恢复了平静。我递给她手帕，她有些尴尬地轻拭着眼角。

“我不能这个样子！”她紧张地回头张望，“不能让孩子或是贝蒂看到！我从没见过我的妈妈流泪。她鄙视那些爱哭的女人。请原谅我，法拉第医生。我刚才告诉过你，我只是昨晚睡不着觉，以前我从来不失眠……我现在的模样一定很吓人。你能帮我关掉那盏灯吗？”

我关掉了她说的那盏灯，那是一盏装饰性的阅读灯，在她椅子边的桌上泛出轻柔的光泽。光晕消退之后，我说道：“你不必害怕灯光。你别怕。”

她又擦了擦脸，眼睛里露出一丝疲惫的惊奇：“医生，我才知道你这么会献殷勤。”

我感到自己有点脸红。我还没来得及开口，她就叹了口气。

“哦，男人献殷勤就像女人脸上的皱纹一样自然。我丈夫就很会献殷勤。真高兴他没有活到今天，看见我现在的模样。那样的话他的殷勤就会大受考验。去年冬天我老了十岁。这件事可能会让我会再老上十岁。”

“你看起来永远只有四十岁。”我说道——听到这话，她笑了，我很高兴看到她的脸上又现出了活力。

接着我们聊了些日常琐事。她帮我倒了一杯酒，点上一支烟。我起身告辞时提起了彼得·贝克–海德的名字，提醒她为何我先去了那里。

她抬手挥了挥算作回答，似乎对整个事件厌倦极了。

“今天在这个房间里听到太多次那个男人的名字了，”她说道，“如果他想要伤害我们，我们就让他试试。他走不远的。他做不到。”

“你真的这么想？”

“我了解这种事。所有的害怕都只能持续一两天，然后就会停止。你等着瞧吧。”

她似乎和女儿一样坚信不疑，我就把这事放下了。

不过她和卡罗琳错了。事件并未平息。就在第二天，贝克–海德先生便驾车来到百厦庄园，通知艾尔斯一家他打算报警，除非他们能自己杀了吉普。他和艾尔斯太太、罗德里克坐了半小时——艾尔斯太太后来告诉我，起初聊得通情达理，她一度相信她能够说服他改变主意。

“贝克–海德先生，对你女儿的不幸，我比任何人都更加遗憾。”她用一种他也一定相信是发自肺腑的声音说道，“除掉吉普于事无补。至于你说，它还会咬伤其他小孩——哦，你看我们住在这里，远离尘喧。这里不会有其他小孩激怒它。”

她的言辞多半不合时宜，我想象得出彼得·贝克–海德的表情和风度越来越僵硬。最糟糕的是，就在那时，卡罗琳出现了，吉普就在她脚边。我猜，就像我平日看到的那样，他们正在庭园散步。卡罗琳脸红红的，结实健康，邋里邋遢，吉普浑身泥点，高兴地吐着粉红的舌头。贝克–海德先生一看到他们，肯定就想到了自己的女儿正满脸伤疤病恹恹地躺在家里。后来他告诉西利医生，如果那时他手上有把枪，他就会一枪打死那条该死的狗，再杀了这该死的一家人——这些是西利医生后来转述给我的。

这次拜访迅速变成了咒骂和威胁，他一踩油门驶出了砾石小路。卡罗琳两手叉腰看着他离开，气得浑身颤抖，她大步走进农场的一间屋子，找出两只旧锁和几条链子。她径直穿过庭园，先关上一扇门，又关上另一扇，然后把大门锁了起来。

我的管家告诉我，她从一个邻居那里听说了此事，这个邻居是百厦庄园的零工巴雷特的表亲。这件事仍然在本地传得沸沸扬扬。有人同情艾尔斯一家，有人则认为这家人对吉普的固执袒护只会让局面更加不可收拾。星期五那天我看到了比尔·德斯蒙德，他认为只是时间早晚的问题，艾尔斯一家迟早会“体面地”打死那条狗。在那之后是几天的沉寂，我开始幻想事情是否就这样不了了之了。接下来的那个星期一，一个住在肯尼沃斯的病人问我“那个可怜的小女孩”怎样了——虽然问得很随意，但是语气里透出钦佩之情，她听说我当时在场，救了那孩子一命。我吃惊地问她从哪里得到的这个消息，她递给我一张最新出版的《考文垂周报》。我打开报纸，看到了对整个事件的报道。贝克–海德一家已经把女儿送到了伯明翰医院进行进一步治疗，消息就是从那里传开的。据说这个小女孩受到了“非常野蛮的攻击”，却恢复得很顺利。小孩的父母决心除掉那条狗，正在采取合法程序实现这一目的。艾尔斯上校太太、罗德里克·艾尔斯先生和卡罗琳·艾尔斯小姐，狗的主人们对此未予置评。

我知道百厦庄园没有考文垂的报纸，可是这张报纸在沃里克郡的发行量非常大，我原以为这件事已经遮掩过去，没想到却变得更加棘手。我给百厦庄园打电话，问他们是否看了报纸。他们说没有，我便在回家的路上给他们带了一份。罗德里克阴郁沉默地看完报纸，递给他姐姐。她浏览了那篇报道，从那件事发生以来，我第一次发现她的自信不见了，我看到她脸上流露出真切的恐惧。艾尔斯太太的脸都吓白了。战争期间，大量报纸热衷于报道罗德里克受伤的消息，我想她对公开曝光一定有病态的畏惧。我离开他们家时，她出来送我，这样她就可以和我说几句话，又不被孩子们听到。

她把围巾向上拉了拉，盖住头发，轻声说道：“我有些事情要告诉你。我还没有告诉卡罗琳和罗德里克……总督察艾勒姆前几天已经给我打电话了，告诉我贝克–海德先生打算纠缠到底，提起控告。他想要提醒我。他和我的丈夫从前在一个炮兵团。他直截了当地告诉我，像这样牵涉到小孩的案子，我们胜诉的可能性微乎其微。我已经跟赫普顿先生说过，”——赫普顿先生是家庭法律顾问——“他同意了。他也告诉我，事情不只是罚款那么简单。很可能涉及某项赔偿金……我不相信事情会有这么严重。况且，我们根本没钱上法庭！我已经让卡罗琳做好最坏的打算，可她就是不听。我弄不明白她了。她比上次弟弟受伤时还要烦躁。”

我也弄不明白她，只好说道：“唉，吉普对她很重要。”

“它对我们大家都很重要！可是说到底它毕竟只是一条狗，而且也很老了。我只是不想让全家都被带上法庭。就算不考虑自己，我也得为罗德里克着想。他身体很不好，而他最需要的就是健康。”

她把手放在我的胳膊上，直视着我的脸：“医生，你为我们家做了很多，我本不想再开口。可是我不想让比尔·德斯蒙德，或者雷蒙德·罗西特卷进我们的麻烦之中。我是说，吉普——不知你能否帮助我们？”

我有些吃惊：“你的意思是，我来帮你们杀掉它？”

她点点头：“我不能指望罗德里克，显然更不能指望卡罗琳——”

“不，不。”

“我不知道还能向谁求助。如果上校还活着——”

“好吧，当然了。”我有些犹豫，却又觉得自己无法拒绝。于是我更加坚定地又说了一遍，“是的，我当然会帮助你。”

她的手还在我的胳膊上。我把手搭在她的手上，她松了一口气，感激地低下头，脸上的皮肤松弛下来，现出了满是疲倦的深深皱纹。

“可是你真的认为卡罗琳会同意？”她把手拿开时，我问道。

她简短地答道：“为了这个家庭，她会的。就这样吧。”

这次，她是对的。那天晚上她打电话给我，告诉我总督察艾勒姆已经和贝克–海德一家沟通过，经过激烈的争辩，他们终于勉强同意只要马上杀掉吉普，就撤回诉讼。她的声音听上去松了一大口气，我也为解决了这件事感到高兴。但我度过了痛苦的一夜，整夜都在想着我答应她第二天去做的事情。大约三点左右，在我翻来覆去就要睡着时，被门诊室的夜间门铃惊醒了。是邻村一个男子跑来让我过去看看他难产的妻子。我穿好衣服，开车载他回家。他的妻子是第一次分娩，又是难产，大概六点半左右孩子终于出生了，手术钳夹得小孩太阳穴处瘀青，不过哭声响亮，很健康。男子七点就要到农场工作，我把产妇和孩子留给助产士照顾，顺路送他到了农场。他吹着口哨去工作了——非常开心，因为是个男孩，他告诉我，他兄弟们的老婆“只会生乡下姑娘”。

我为他感到高兴，通常在成功接生婴儿后，又有些睡眠不足的情况下我会感到精神亢奋。但我一想到摆在我眼前的百厦庄园里的任务，方才的活力就被冻住了。我不想先回到里德克特，然后再出来。我开车沿着一条熟悉的小道前行，途中穿过一片树林，道路尽头是一小片林中空地，边上有一个植被繁密的小池塘。这地方夏季风景如画，是情人幽会的胜地。但我后来才想起，它还是战争时期的自杀地，黑色的池水，潮湿发青的树木，让我有一种忧郁之感。我驶了过去，熄了火。外面太冷了，我点了一支烟，摇下玻璃，迎着冷风。过去偶尔可以在这里看见苍鹭，有时还会遇到求偶的小鸊鷉。今天池水一潭死寂。只有一只小鸟立在枝头孤单地叫了又叫，没有回应。天空飘起了毛毛雨，不知从何而来的一阵微风把细雨吹到我的脸上。我掐灭烟，匆匆摇上车窗。

往前再走几英里，就是通向百厦庄园庭园西门的转弯处。我在这里待到快八点，才开车向那边驶去。

他们已经拿掉了门上的大锁和链条，我轻易就进去了。开阔的庭园里的光线比小路上好多了，但从西边望去，远处那幢宅子在晨曦的微光里像一个黑色的立方体，巨大而坚固。我知道那家人都起得很早，我驶近时看见烟囱里冒出了袅袅炊烟。我从房子后边绕过来，车轮压上砾石路时，我看到前门旁边的玻璃窗上闪过一道光。

我还没有走到门口，门就打开了，开门的是艾尔斯太太。她面色苍白。

我问道："我不会来得太早了吧？"

她摇摇头："对我们来说都一样。罗德里克早就去农场了。我知道，家里没有一个人晚上睡得踏实。你也一样，瞧你的脸色。我希望，没有人病故吧？"

"生孩子难产。"

"孩子还好吗？"

"母子平安……卡罗琳呢？"

"楼上，跟吉普在一起。我猜，她已经听到你的车了。"

"你告诉了她我要来？她知道我来做什么吗？"

"是的，她知道。"

"她能接受吗？"

她又摇摇头，一句话不说就离开了。她把我领到小客厅里，留我一个人坐在刚刚燃起火苗的壁炉边。她回来时，手上端着一个盛着茶、面包和冷培根的托盘，她把托盘放在我旁边，看着我吃，她什么也没有吃。看到她扮演仆人的角色，我很不是滋味。吃完早饭，我一刻也不愿耽搁，便拿上药箱，让她带我到前厅，上了二楼。

她把我留在卡罗琳房间门口。门半开着，我还是敲了敲门，没有听到回应，于是轻轻推开门，走了进去。这是一间宽敞舒适的屋子，墙上装饰着粉红色的镶板，一张窄窄的四柱床。不过每一样东西都有些褪色了，床帐洗得发白，地毯磨秃了，地板上的白色涂料变成了斑斑点点的灰色。屋里有两扇推拉窗，卡罗琳就在其中一扇窗前，坐在软凳上，吉普在她身边。它的头埋在她的膝间，看我进来，它抬起头转向我，咧开嘴，不停地摇着尾巴。卡罗琳的脸朝着窗户，直到我走近都没说一句话。

“你来得可真早。”

我回答：“我出来看一个病人。卡罗琳，你不觉得现在动手要比等着警察派人来好些吗？你不会希望由一个陌生人动手吧？”

她转过脸面对着我，我看到她如幽灵一般，头发蓬乱，脸色惨白，眼睛红肿，不是哭过就是看东西太久了。她说道：“为什么你们所有人谈论这件事，都觉得稀松平常、合情合理？”

“行了，卡罗琳。你知道我们别无选择。”

“就是因为你们每个人都这么说！就像——就像发动战争一样。为什么我要这么做？这不是我的战争。”

“卡罗琳，那个小姑娘——”

“我们应该上法庭，或许我们能赢这场官司。赫普顿先生也这么说。妈妈不让他放手一试。”

“打官司！别的不说，先想想费用吧。”

“我应该能弄到些钱。”

“那你也要考虑人们对你们的观感。想想人们会怎么看这件事。那个孩子受伤了，你还要为自己辩解！这样做不体面。”

她显得很不耐烦：“那又能怎样？只有妈妈在意这个。她害怕人们知道我们有多穷。至于说体面——不会有人再注意这些了。”

“你的家庭饱经风雨。你的弟弟——”

“是啊，”她说道，“我弟弟！我真想聊聊他！这次就像我们经历过的其他很多事一样。他本该站出来，替妈妈应付一切。可他什么都没做，一点也没做！”

除了开玩笑，我以前从未听她指责过罗德里克，我被她的暴躁惊呆了。与此同时，她肿胀的双眼变得更红，声音也微弱下来，我以为她知道别无选择了。她转过去，盯着窗外。我沉默地站在那里盯着她，接着轻声说道：“卡罗琳，你要坚强些。对不起……现在我可以去照料它了吗？”

“上帝啊。”她说着，闭上了眼睛。

“卡罗琳，它老了。”

“这能让它好受点吗？”

“我向你保证，它感觉不到痛苦。”

她全身紧绷地坐了片刻。接着肩膀松懈下来，长长出了口气，似乎所有的怨恨都随之而去。她说道：“哦，带它走吧。所有的东西都走了，为什么不把它也拿走？我已经疲于应战了。”

她的语气是那么凄凉，让我从她的固执中看到了她失去的其他东西和因此而来的忧伤。我感到我以前都看错她了。她一边说着，一边把手放到狗的头上。吉普明白她正说到它，而且它还听出了卡罗琳声音中的悲苦，抬眼望着她，眼神满是信任与关切。接着，它前脚站起，把自己的鼻子凑到她的脸旁。

“你这个傻瓜！”她说着，让它舔着自己。然后把它推开，“法拉第医生需要你，难道你不知道吗？”

我问：“就在这里吗？”

“不，我不想那样。我不想看。带它到楼下随便哪个地方。去吧，吉普。”她生硬地把它推向我，它从软凳上跌了下来。“去吧，”她再次说道，吉普有些犹豫，“你这个蠢东西！我对你说过了，法拉第医生需要你。去吧！”

于是，吉普最后瞟了一眼卡罗琳，信任地走到我身边，我带着它离开了房间，轻轻关上了门。它跟着我下到厨房，我把它带到炊具储藏室，让它躺在一块旧地毯上。它肯定知道情况不对，因为卡罗琳严格规范了它的日常生活。它一定早就知道整幢宅子里的秩序被搅乱了，很可能也猜出它是这场混乱的始作俑者。我不知道它在想些什么——那场酒会的记忆还剩下些什么？它是否知道自己做了什么？它是否感到负罪或羞愧？但当我看着它的眼睛时，其中似乎只有疑惑和不解。我打开药箱，取出所需的工具，我摸着它的头，像上次一样说道：“这是一场骚乱，吉普。现在不要担心了。你是一条很好的老狗。”我继续嘟囔着，把胳膊伸到它的前腿下面，注射起效后，它就瘫在了我的手上。我的手掌感觉到它的心跳越来越慢，最后终于停止了跳动。

艾尔斯太太告诉我巴雷特会把它埋掉，于是我就用那块地毯盖着它，洗了洗手，走回厨房。我看到贝兹利太太在那儿，她刚到，正在系围裙。我告诉她刚才在做什么，她痛苦地摇着头。

“真是一桩暴行。”她说道，“没有那条老猎犬，整个庄园都不太对劲。你能理解吗，医生？我看着它在这里生活了一辈子，我发誓它不会伤害别人，它连我的一根头发也不会动。我会很放心它跟我的孙女在一起，我会的。”

“我也会，贝兹利太太，”我感伤地回答，“如果我有孙女。”

厨房里的那张长桌，让我想起了那个刚刚过去的可怕的晚上。贝蒂也在这里——刚才我没有发现。她被一扇通向走廊的门挡住了半个身子。她正在叠一沓才晾干的抹布。她奇怪地颤抖着，瘦小的肩膀像是在抽搐，我才意识到她在哭泣。她扭过头，看到我望着她，哭得更大声了。她怒气冲冲地说着，让我大吃一惊：“那条可怜的老狗，法拉第医生！人们都在骂它，可那不是它的错！这不公平！”

她的声音被打断了，贝兹利太太走过来把她搂进怀里。

“现在，”这个女人笨拙地拍着贝蒂的背，“你知道我们的生活被搅成什么样了吧，医生？不知道是什么东西围绕着我们。贝蒂感觉到了——我却没有，”她有些尴尬，“她觉得那个小女孩被咬得——有些蹊跷。”

我说道：“蹊跷？你究竟是什么意思？”

贝蒂从贝兹利太太的怀里转过头说道：“这幢房子里有个坏东西，就是它！那东西让邪恶的事情发生了！”

我盯着她看了一会儿，抬起手揉揉脸：“哦，贝蒂。”

“真的！我感觉到了！”

她的目光从我转向了贝兹利太太。她的灰眼睛睁得很大，她在微微发抖。按照我以往和她打交道的经验，我觉得她其实很喜欢小题大做，博取同情。于是我有些不耐烦地说：“好了。我们都累了，也都很难过。”

“可是那个东西不会累！”

“好啦！”我严厉地说道，“你知道这都是无稽之谈。这幢房子很大，人迹罕至。可是我想，你现在应该已经适应这里了吧？”

“我已经适应了！可还没有适应那个东西。”

“这里什么也没有。这里既没有什么坏东西，也没有鬼怪。吉普和那个可怜的孩子出了一场可怕的事故，仅此而已。”

“不是一场事故！是那个坏东西向吉普悄声说话，或者——或者咬住了它。”

“你听到有人悄声说话了吗？”

她不情愿地回答：“没有。”

“没有。我也没有。那个酒会上谁都没有听见。贝兹利太太，你看见过贝蒂说的这个‘坏东西’吗？”

贝兹利太太摇摇头：“不，我没有，医生。我从没有发现这里有什么异常。”

“你在这里工作多少年了？”

“哦，接近十年了。”

“那么再瞧瞧你，”我对贝蒂说，“你能打消疑虑了吗？”

“不，不能！”她回答道，“不能因为她没有看见，就说没有！它很可能是一个——一个新的东西。”

我说道：“哦，天哪！振作点，做个听话的好姑娘，睁大你的眼睛。我希望，”我接着说，“你不要对艾尔斯太太和卡罗琳小姐提起这些事。这才是她们此刻最需要的。她们对你很好，记得吗？还记得她们请我来给你治病吗，七月时你身体欠佳？”

说这番话时我盯着她的脸。她明白我的意思，脸红了。尽管脸红，她的表情却很固执。她小声说道：“*就是*有一个坏东西！*就是*有！”

她把脸埋进贝兹利太太的怀里，和刚才一样伤心地哭了。

5

不出所料，接下来的几个星期里，百厦庄园被沮丧和忧伤填满了，生活发生了巨大变化。首先，必须适应失去吉普的生活——天气阴沉沉的，没有吉普从这个屋子跑到那个屋子，整个庄园显得格外阴郁，了无生气。我仍然每周一次过去治疗罗德的腿伤，像家庭成员一样进入庄园对我来说更习以为常了。有时候推开门，我就会留心听狗爪刨地的声音，或者扭头寻找一个影子——我以为视觉中那个墙角的黑影就是吉普，每一次从前的一切都会涌上心头，令人深感痛苦。

我把这些说给艾尔斯太太听，她点了点头。她说有一个下雨的午后，她站在庄园里，深信自己听到那条狗在楼上轻快的脚步声。声音如此清晰，她紧张地跑上楼去看个究竟——原来被她误以为狗爪踩在地板上的声音，竟然是雨水从一个破旧的屋檐滴落的声音。贝兹利太太也遇到了相似的情况。她盛了一碗浸肉汁的面包放在厨房门口，就像她过去给吉普准备吃的那样。碗在那里放了半小时，她一直在奇怪狗跑到哪里去了——她说她一想起它已经死了，就会泪流不止。“奇怪的是，”她告诉我，“我做这件事是因为我听到它跑下地下室的台阶。你知道它呼呼喘气的声音像个老头子吗？我发誓我听到了！”

可怜的卡罗琳——她很多次把其他声音当成了吉普在地板上飞快跑过的声音，或者错把黑影看成了吉普。她让巴雷特在庄园的林地里挖了一个墓穴，用大理石碑围成了一个奇特的宠物小墓地。她在宅子里忧郁地走了一圈，从各个房间里拿走了狗喝过水的碗，盖过的毯子。在找东西的过程中，她藏起了难过和悲伤，吉普的东西被搜罗一空，我沮丧极了。吉普死掉的那个悲伤的早晨之后，我第一次来到百厦庄园时，我不愿让她憎恨我，急于找到她。我问她近况如何，她尖刻而冷漠地说道："我很好。一切都了结了，是吗？请原谅我上次的野蛮行径。这不是你的错，我知道。一切都结束了。你来看看这个吧，我昨天在楼上一个房间里发现的——"她拿出几件从抽屉里面找到的古老小饰品，再没有提到吉普。

我发觉自己不够了解她，无法和她就此深谈。我对她母亲说起她，她似乎认为，女儿会"以自己的某种方式复原"。

"卡罗琳不是感情外露的那种女孩，"她叹了一口气，"可是她非常明白事理。所以她弟弟受伤后，我叫她回来照料他。你知道吗？那些日子里，她像护士一样出色……你有没有听到最近的消息？就在今天早晨，罗西特先生跑来告诉我们的。贝克-海德一家已经离开了。他们带着那个小姑娘回伦敦去了。全体雇工下周随后跟到。可怜的斯坦迪什又要关闭，等待下次出售了。但我觉得离开是个好办法。想想，如果卡罗琳、罗德里克和我在里德克特或者利明顿遇到他们一家怎么办！"

我也为这个消息而松了一口气。我可不愿意和贝克-海德一家频繁见面，艾尔斯太太也是如此。还让我感到高兴的是，当地报纸终于对这次事件失去兴趣了。尽管无法阻止流言蜚语，尽管有时病人或者同事会因我一度卷入其中而提起此事，但是每次我都会尽力转移话题，闲谈很快也就终止了。

可是，我仍然很惦记卡罗琳。偶尔我驾车从庭园穿过时，会和从前一样看到她的身影。没有吉普在旁边为她探路，她就像是一座被遗弃的雕像。如果我停下车和她讲话，她会很配合谈话，多少恢复些昔日的举止。她看似和往常一样健康结实，但脸上却泄露了过去几周的惨苦，从几个角度看去，她比平日更加疲倦而清瘦——失去了她的狗，她仿佛失去了最后的乐观与活力。

“卡罗琳对你说过她的感受吗？”十一月的一天，我给罗德里克治疗腿伤的时候问道。

他摇摇头，皱起眉头：“她似乎不想说。”

“你能……带她出去吗？让她稍微看开些？”

他眉头拧得更紧了：“我可以试试。我一直都没有时间。”

我轻声说道：“为了你的姐姐，也没有时间？”

他一言不发，我关切地望着他，他脸色阴郁，转过脸去不再看我，似乎不想回答。这一刻，我对他的担心超过了卡罗琳。吉普和贝克-海德一家的事情给她留下了阴影可以理解，但是好像他也被这个冲击打倒了，这令我非常困惑。他的心不在焉与孤僻令人生疑，每天花大量时间缩在房间里工作也令人怀疑，他这样已经好几个月了。一定还发生了什么事，我能从他的表情背后看到、感觉到：那是知晓什么事情的重负，甚至恐惧。

我想起她母亲告诉我的，酒会那晚发现他时的情景。我明白过来，如果他这段时间的行为有一个起点，起点就在那里。我试了好几回，想和他谈谈这个话题，他每次都用沉默或逃避把我拒之门外。也许我应该让他自己处理。这些天来，我自己的事情也很多，严寒天气带来了一些常见的冬季病，我每天都疲于应付。但是我如今已经卷入这个家庭之中，三四个星期前我还能置身事外，现在我却无法撒手不管了。因此，我放好电路板，接通线圈后，便坦率地说出了我的疑惑。

他的反应让我感到惊骇。

“我妈妈不是说要保守秘密吗？”他烦躁地在椅子上挪动着，“我早就该料到这一点了。她都对你说了些什么？发现我很忧郁？”

“她只是为你担心。”

“上帝！我只是不想出席这么愚蠢的聚会！我头痛。我坐在房间里喝了一杯酒。接着就睡觉了。这也是罪过吗？”

“罗德，这当然不是。但她描述你当时——”

“上帝。她就会夸大事实！她总是很有想象力！她鼻子下面长的究竟是什么——哦，算我没说。如果她认为我精神错乱了，就让她这么想吧。她什么也不知道。你们没有一个人知道。如果你们知道——”

他把剩下的话咽了回去。他的暴怒让我百思得不其解，我问道：“如果我们知道什么？”

他僵硬地坐了片刻，一定是内心挣扎极了。“哦，忘了吧。”他开口说道，他突然向前一伸手，抓住缠在腿上的电线一把拽了下来，“把这些也都忘了吧。我累了。这么做真他妈的没用。”

电路板从捆绑物中弹了出来，掉在地上。他扯掉橡皮筋，笨拙地站起身，一只裤腿还高高挽着，光着脚，走到写字台边停下，背对着我。

我结束了那天的治疗，留他一个人在那里发脾气。第二个星期，他向我道歉了，我们像往常一样继续治疗。他好像平静下来了。再下一次治疗时，发生了一些新的情况。我到达庄园时，发现他的鼻梁上有一道伤疤，一只眼睛乌青。

“哦，不要那样看着我，”他望着我说道，“卡罗琳为我担忧一上午了，她想让我吃几口培根，天知道她还想干点什么。”

我瞟了一眼他姐姐——她坐在他的房间里，我想她是在等我——然后我走向他，用手扶住他的头，让脸迎着窗户透出的光线。

“到底发生什么事了？”

“是件很傻的事，”他说着，急切地想从我的手里挣脱出来，“太难为情了，不值一提。我半夜醒来，跌跌撞撞地出去上厕所。有个白痴——就是我——之前把房门大开着，结果我一头撞在了门框上。”

“他把自己撞晕了，”卡罗琳说道，“多亏了贝蒂，他才没有——我真不知道，他会不会吞下自己的舌头。”

“别犯傻，”她弟弟说道，“我没有把自己撞晕。”

“你就是撞晕了！他平躺在地上，医生。他大喊了一声，惊醒了楼下的贝蒂。可怜的姑娘，她一定以为我们遇上了入室抢劫犯。她悄悄爬上来，看见他躺在那里，便非常明智地过去叫醒了我。我过来时，他仍然没有知觉。”

他皱起了眉头：“医生，别听她的。她在夸大其词。”

“我没有，你知道，”卡罗琳说道，“我们在他脸上泼水，让他苏醒过来，他醒过来时反而不领情，凶狠地让我们赶紧离开——”

“好吧，”她弟弟说道，“我们似乎证实了我是一个笨蛋。我想我已经对你说过了。现在，我们可以谈点别的吗？”

他语气强横。卡罗琳有点不知所措，然后设法转移了话题。但我和她交谈时他没有加入，只是阴郁地静静坐着。我准备开始治疗时，他直率地拒绝了——又说了一次他“很疲倦”，做这些“没有用”。

他姐姐吃惊地望着他：“哦，罗德，事实不是这样！”

他怒气冲冲地说：“这是我的腿，不是吗？”

“可是法拉第医生这么不怕麻烦——”

“好吧，如果法拉第医生心甘情愿为陌生人做奉献，”他说道，“那是他的爱心。告诉你，我厌倦了被揉来揉去！我的腿是我的财产，就像这里的每件东西一样！你想动手把它们修补好，还是想把它们磨得更破旧一些？别担心，你不会把它们碾成粉末的。这就是你想要的吗？”

“罗德！你在瞎说什么！”

“没事，”我平静地说道，“如果罗德不愿意，他就不必接受治疗。他也可以不付钱。”

“可是，”卡罗琳说道，仿佛什么也没有听到，“你的论文——”

“我的论文基本完成了。并且，我想罗德也知道，最好的治疗效果已经达到了。我现在做的，是为了让肌肉更灵活。”

罗德转过身去，不再和我们说话。我们留下他一个人在那里，和艾尔斯太太一起在小客厅里喝一种味道柔和的茶。我离开之前，悄悄下到地下室里和贝蒂说了几句话，她证实了卡罗琳说的前一晚发生的事情。她说她睡得很熟，被一声叫喊惊醒了，迷迷糊糊中她以为是家里哪个人需要她，于是半睡半醒地爬上台阶。她发现罗德的房门开着，他正躺在地板上，脸上有血，一动不动脸色惨白，一瞬间她还以为他死了，于是“尖叫一声”爬起来跑去找卡罗琳，她俩齐心合力才让他苏醒过来。他醒来时“咒骂着，说了些古怪的事”。

我问道：“什么样的事？”

她歪着头，努力回忆：“就是些古怪的事情。很奇怪。比如，牙医什么时候会给你注射气体麻醉剂。”

她能告诉我的就这些了。我必须把事情弄清楚。

罗德眼睛上的瘀伤变成了一个有趣的形状，卡罗琳说它是“青枝紫叶”，在瘀伤完全消退前确实很像——然而，几天后罗德又受了另一处小伤。他说自己又半夜醒来，“跌跌撞撞”地穿过房间。这次他撞上了一个脚凳，这个脚凳神奇地离开了原位，就放在他的必经之路上，他绊倒后，摔在地上跌伤了手腕。他把这件事轻描淡写一番，让我包扎伤口，一副“迁就这个老家伙”的神情。但是从他胳膊的模样，和我处理伤口时他的反应，我能看出这次扭伤相当严重。他的态度让我相当疑惑。

后来我把这事告诉了他母亲。她立即神情忧虑起来——她习惯性地交握着双手，转动着过时的戒指。

“你实话说吧，你觉得是怎么回事？”她问我，“他什么都不告诉我。我撬不开他的嘴。有一点可以肯定，他没有睡觉。还有，我觉得这几天大家都没有睡好……在夜间四处瞎逛！这有损健康，是吗？”

“那么，你认为他确实是跌倒了？”

“不然究竟是怎么了呢？他躺在那里，腿僵硬极了。”

“是的。可是，那个脚凳呢？”

“哦，他把那间屋子弄得乱七八糟。他总是这样。”

“难道贝蒂没有打扫吗？”

她留意到我语气中流露的关切，目光突然警觉地锐利起来。她说道：“你不是认为他没什么大毛病吗？他是不是承受不了更严重的头痛了？”

我早就想到这一点了。我给他包扎伤口时就问了他的头痛病，他是这样回答的，除了这两起小事故外，他身体无恙。他说的可能是实话。虽然他看起来很疲倦，不过我从他的眼神、举止、气色看不出他有生病的迹象。好像是有什么东西，模糊得像一缕青烟或者一个幻影，躲在某个角落里，一直让我困惑不已……他的母亲非常担忧，我不忍加重她的负担。我想起了酒会之后那个晚上她流泪的情景。我告诉她我的担心毫无意义——不如像罗德说的那样，让整件事平息下来。

我心烦意乱，想要找人聊聊这件事。第二周，我借口拜访百厦庄园，找到了一个机会单独和卡罗琳说话。

我在图书室里找到了她。她盘腿坐在地板上，面前放了一盒皮革封面书籍，她正在往封面上涂羊毛脂以防止皮革开裂。她迎着北边微弱的阳光工作，由于天气潮湿，百叶窗全都关着，她只能打开其中一扇的一部分。大多数书架上还蒙着白色防尘布，就像裹尸布一样。她没有生火，房间里冰冷阴郁。

在这个寻常的下午见到我，她又惊又喜。

“瞧瞧这些可爱的旧版书。”她说着，给我看了几本棕褐色的小书，书的封面涂了羊毛脂显得润泽光滑，就像是刚剥开的板栗。我拉过一个凳子，在她旁边坐下。她打开其中一本书，一页一页翻起来。

她说道：“说实话，我没有看多少。读书的诱惑比工作大。我刚才发现了赫里克[1]的几段诗，让我忍俊不禁。就在这里。”她轻轻压按着书皮，书嘎吱作响，“听听这一段，然后告诉我它使你想到了什么。”她用低沉、悦耳的声音大声朗读起来：

羊羔的舌头将成为你口中的肉糜，
它们的乳汁，也将被你啜饮
涂有樱草甘露的榛果制成的糊浆
将会做成你口中的食粮；
铺满雏菊和水仙的山坡
将是你宴饮的餐桌；
你坐在哪里，知更鸟便从哪里飞过，
享受宴饮带来的美妙律音。

她抬起头：“粮食部应该把这一段制作成广播节目，你觉得呢？除了食品配给手册，这里应有尽有。我真想知道，榛果面糊是什么味道。”

我说道：“像花生酱的话，我一点也不会奇怪。”

“你说得对。说不定更恶心些。”

我们对视着笑了起来。她放下赫里克，捡起我走进房间时正在涂

---

1 罗伯特·赫里克（Robert Herrick，1591—1674），英国骑士派诗人之一。他的诗以优雅、热情、精心雕琢的语言而著名，主题一般是爱情、乡村生活或宗教。

羊毛脂的那本书，开始用力地给它涂油。可是我告诉她我的担心时——我想和她说说罗德里克的事——她的手放慢速度，微笑一点点消失了。

她说道："我不知道你担心到这种程度。我正考虑着亲自和你谈谈。可是因为其他事情——"

她的神态和吉普出事时一样。她说话时低着头，我看到她垂下沾着泪水的眼皮，它又肿又胀，垂在干燥的两颊上。

她说道："他总是说他很好，可是我知道他不好。妈妈也知道。例如门那件事。罗德里克怎么会在夜间打开房门呢？他清醒过来后，说的每一句话都语无伦次。我认为他在做噩梦。周围万籁俱寂，他却总能听到声音。"她伸手去拿羊毛脂罐子，用手指划拉着里面的油脂，"我猜，他没有告诉你上周有天晚上他跑进我房间的事吧？"

"你的房间？"我从未听说此事。

她点点头，一边工作一边抬头瞟了我一眼："他把我吵醒了。我不知道是几点钟，反正距离天亮还有很长一段时间。我不知道到底发生了什么事。他莽撞地闯了进来，问我能不能看在上帝的分上，停止搬东西，他快要被逼疯了！接着他看到我在床上，我发誓，那时他的脸变成了绿色——黄绿黄绿的，就像他的眼睛一样。他的房间就在我的房间下面，你知道的，他说他在下面躺了一个小时，听着我一直在地板上拖动东西。他以为我在重新摆放家具！他一定是在做梦，千真万确。庄园里长年累月安静得就像教堂一样。最吓人的是，这个梦对他来说很真实。最后他终于彻底平静下来，我让他睡在我旁边。我又睡着了，不知道他睡着了没有。我认为他后半夜里一直清醒地躺着——我的意思是，睁大双眼，像是在注视或等待着什么东西。"

她的话让我联想了很多。我说道："他有没有昏厥，或者其他症状？"

"昏厥？"

“他没有突然……痉挛？”

“痉挛？哦，没有，不像那回事。我小的时候见过一个姑娘痉挛。我知道那很可怕。我想我不会弄错的。”

“好吧，”我说，“癫痫发作时症状都不相同。有时只是那么一种感觉。比如他的受伤，他的神志不清，还有他的古怪行为……”

她摇摇头，疑惑不解：“我不知道。我觉得不是这样。为什么他现在开始癫痫发作呢？他以前不是这样的。”

“也许他以前犯过病。他会跟你说吗？很多人歧视癫痫，羞于提及。”

她皱起眉头，想了片刻。她又摇摇头：“我还是觉得不对。”

她擦干手上的羊毛脂，盖上罐子的盖子，站起身来。从百叶窗的缝隙中能看到迅速变暗的天空，屋子里比平日更加冰冷阴郁了。她说：“上帝！这里真像冰库！”她向手上哈着气，“帮个忙，好吗？”

她指的是盒子里的那些书。我走上前帮她拿起盒子，放在桌上。她拍去裙子上的灰尘，头也不抬地说：“罗德在哪儿，你知道吗？”

我说：“我来的时候看到他和巴雷特在外面，正在向旧园子走去。怎么了？你认为我们应该跟他谈谈？”

“不，我不是那个意思。嗯——你最近去过他的房间吗？”

“他的房间？没有，最近没去过。他似乎不想让我去那儿。”

“他似乎也不想让我去。可是几天前他不在的时候，我碰巧进去过，看到了一些东西——哦，一些奇怪的东西。我不知道这是否能够支持你癫痫病的理论，但愿不会。你愿不愿意过来看一下？如果罗德被巴雷特缠住了，他们会耽搁很长时间。”

我不太赞成这个主意：“卡罗琳，我们真的该去吗？罗德不会同意这么做的。”

“我们就待一会儿。我希望你能亲自去看……我恳求你。我没有跟任何人讲过。”

她触动了我。她是如此不安，我便答应了。她领着我走进门厅，我们安静地下到走廊里，向罗德的房间走去。

那时已接近黄昏，贝兹利太太早回家了，我们走近那个通向仆人活动区的挂着帘幕的拱门，这时听到无线电收音机微弱的含混不清的声音，说明贝蒂正在厨房里干活。卡罗琳转动罗德里克房门的把手时朝帘幕望了一眼，对着咔吧作响的锁皱起了眉头。

“千万不要以为我经常这样干，”我们走进去的时候，她小声说道，“如果有人进来，要说谎，就说我们正在找一本书或者别的什么。你千万别受惊……这就是我想让你看的。”

和房间的墙壁一样，门上也镶着栎木板，和百厦庄园的所有物品一样，栎木板十分古旧。我能想象出这些木材当年的模样，亮丽如新，光彩照人。现在，尽管它们还是很吸引人，可是已经褪色，能辨认出木材的纹路，有些地方皱缩开裂了。卡罗琳指着的那块镶板却有些与众不同。上面有一个齐胸高的印记，又小又黑，是一块焦黄的斑痕——我记得自己小时候在我家住的排屋的地板上见过，那是妈妈熨衣服时熨斗掉在地上的烙印。

我好奇地望着卡罗琳：“这是什么？”

“你说呢？”

我走近了一些：“是不是罗德在这里点过蜡烛，其中一支掉了下来？”

“起初我也这么想。你看，不远处就有一张桌子。最近发电机经常停转，可能是这个原因，罗德肯定把桌子放在了这里，蜡烛在上面点燃了，我猜他是睡着了，结果蜡烛燃尽。你肯定想象得出，我为这事有多么恼火。我告诉他不要再当蠢人，干这样的蠢事。”

“他怎么说？”

“他说他没有点过蜡烛。如果发电机停转，他就用那盏灯。”她指着放在房间另一边的一张书桌上的煤油灯，“贝兹利太太也是这样说的。她在楼下保管了满满一抽屉的蜡烛，以备停电时使用，她说，罗德从来没有拿过一根蜡烛。他说，他不知道那个印记是怎么回事。在我发现之前他从没注意到。但他似乎也被那个印记的模样吓到了。似乎——哦，难道是鬼缠上了他？”

我再次走近房门，用手指摩挲着那片污迹。上面没有留下烟熏的痕迹，也没有任何异味，表面十分平整光滑。我研究得越仔细，越发现这印记上覆盖着淡淡的光泽——仿佛是从木材表层的下面长出来的。

我说道：“它在这里已经有段时间了，而你们一直没有注意到，这怎么可能？”

“不，它是才出现的。我只要开门或关门，就应该能够看见它。你是否还记得——你第一次给罗德治疗腿伤的时候？我就站在这里，抱怨那些镶板。那时还没有这块印记，我非常肯定没有……贝蒂没有见过它。贝兹利太太也不知道。”

她无意间提起贝蒂，却引起了我的兴趣。我说道：“你带贝蒂来过这里，指给她看过这个印记吗？”

“和今天一样，我悄悄带她进来过。她和我一样吃惊。”

“你认为她是真的吃惊吗？想过没有，或许就是她干的，她太害怕了才故意掩饰？她可能手里举着油灯路过这里，然后溅出了一些东西。比如，清洗剂之类的。”

“清洗剂？”卡罗琳说道，“厨房的橱柜里最刺激的液体就是酒精和液体肥皂！我使用过很多次，我能分辨得出来。不，这不可能。贝蒂虽然有些情绪，但是我觉得她不会说谎——不管怎么说，贝蒂只是题外话。昨天罗迪不在的时候我进来了，又检查了一遍。没发现什么异常之处——后来我发现了这个。”

她抬起头向上看，我也望了上去。同样的印记立即映入眼帘。这次它出现在天花板上——那块被尼古丁熏黄了的格栅天花板上。那是一小块不成形状的深色污迹，和门上那块很相似。也很像是有人在那里放了一簇火苗或者是一把熨斗，烤的时间足以让它变得焦黄，但是又不会烧得石膏起泡。

卡罗琳盯着我。“我想知道，”她说道，“一个粗心的客厅女佣怎么能够马虎成这样，把距地面十二英尺的天花板烧出一个疤来？”

我盯着她看了片刻，走到房子中间，正对着那块印记站好。我一边眯着眼睛向上看，一边说：“真的和那一块一样吗？”

“是的。我还拿了梯子过来看。如果多少有点像，那就更糟了。这下面没有什么能够上到那里——看到了吗，只有罗德的脸盆架。即使他把煤油灯放在上面也够不着——哦。”

“那肯定是烧焦的痕迹吗？我看不出。会不会是什么化学反应？”

“化学反应能使旧栎木镶板和石膏天花板自己燃烧吗？没有这种说法吧。看那边。”

我感到有点眩晕，随着她来到了壁炉边，她指着一张笨重的维多利亚时期脚凳，脚凳的对面就是盛放木柴的箱子。很明显，皮革上也烙着一个和门板、天花板上一样的印记，小小的暗色的焦印。

我说道：“卡罗琳，这没什么。脚凳很可能多年以来就是这样。可能是蹿出来的火苗灼上去的。天花板上的很可能也是早就有的。我都没有注意过。”

“或许你是对的，”她说道，“我希望如此。可是这个东西，还有这扇门，你不觉得奇怪吗？我是说，那天晚上他就是走进了这扇门，在门上撞青了眼睛。这个脚凳就是绊倒他的东西。”

我说道：“他被这个脚凳绊倒了？”我想到了一些精致小巧的脚凳，“可是，这个脚凳有一吨重吧！怎么可能在屋里随意挪动呢？”

“我也觉得奇怪。还有，为什么它上面有这个奇怪的印记？哦，就像是被选中了。简直令人毛骨悚然。”

“你问过罗德这些事情吗？”

“我让他看了门上和天花板上的印记，但是没有告诉他这个。他的反应太诡异了。”

“诡异？”

“他似乎……有难言之隐。我不知道。他好像很内疚。”

她说这个词时很犹豫，我看着她，这才发觉她内心是多么焦虑。我平静地说：“你认为，是他自己一直在做这些标记，是吗？”

她伤心地答道：“我不知道！会不会是他在睡梦中——？或者是你提到的某种癫痫？毕竟，如果他能做其他事情——比如开门，移动家具，弄伤自己；凌晨三点跑到我的房间叫我别再移动家具！——那么，他就很可能做这些事情。”她瞟了一眼窗外，压低了声音，“如果他能这么做的话，医生，他还能做些什么？”

我想了片刻：“你告诉你母亲这件事了吗？”

“没有。我不想让她担心。而且，我该怎么开口呢？只是一些古怪的印记罢了。我不知道，为什么它们让我如此心烦意乱……不，他不可能那么做。我知道。”她越来越局促不安，“罗德以前生过一段时间病。你知道吗？”

“你妈妈对我提起过，”我说道，“我真难过。那一定很艰难。”

她点点头：“是很糟糕，很糟糕的一段时期。罗德所有的伤都很严重，他的瘢痕很吓人，他的腿被撞得很惨，后半生可能会变成跛子。不过令人抓狂的是，他不想努力让身体好转。他只是坐在那里，沉思，抽烟——还喝酒。你知道，他的飞机掉下来时领航员死了。我想，他是在为此自责。当然，谁都没有错——我是说，都是德国人的错。据说当机组人员不幸遇难后，飞行员的日子会很难过。那个男孩比罗德小，只有十九岁。罗德常常说本来应该飞其他路线，这样那个男孩活着的机会就比他大。你可以想象，我和妈妈听到这话时感到多可笑。”

我问道：“我能想象。他最近提到这事了吗？”

“他没有对我说。据我所知，也没有对妈妈说。不过我可以告诉你，她也担心他的病症加重。或许是因为我们害怕，才会想得太多了？我不知道。只是——这里有些东西不太对劲。罗德像是被什么东西附体了。他身上有什么邪恶的东西。你知道，他几乎足不出户，即便农场也极少去。他就待在这里，说是在核查文件。可是你看！”

她指着他的写字台，和椅子边的一张桌子，两张桌子上堆满厚厚的、凌乱的一摞摞信件、分类账本和打字纸。她说：“他埋头在这些东西里。又不让我帮忙。他说他自有一套我不懂的条理。你看这像是有条理吗？最近他只允许贝蒂进来。她也只是清洁地毯、倒掉烟灰……我希望他离开一些日子，度个假或是做些别的什么。可他从不愿意。他不离开这幢房子。即使他留在这里，也不会有任何实质性的变化！不论他怎么努力，这幢房子都注定在劫难逃。”她弯下腰，重重地坐在那个有印记的脚凳上，两手托腮，“有时候我想，他真应该撒手不管这房子算了。”

她的声音有些疲倦，但语气轻描淡写，半闭着眼睛。我又看见了奇怪的略微有些肿胀的眼皮。我低头看着她，有点心绪不宁。

“卡罗琳，你这话不是说真的。你不愿意失去百厦庄园，对吗？”

她还是故作轻松地说：“哦，可是我注定会失去它——我说的‘失去’是指罗德结婚后，新的艾尔斯太太就不会让一个老处女大姑姐待在这里了。婆婆也不会被允许。只要罗德还掌管着财产，就会因为疲惫而无暇找到妻子，他很可能会累死——要是这样，妈妈和我就可以待在这里。这真荒唐。百厦庄园耗干了我们，它已经不值得我们坚守了……”

她停下不说了，我们都没有说话，这间与世隔绝的屋子里静得可怕。我又看了看那三个奇怪的焦黄印记，突然意识到，它们很像罗德脸上和手上的烧伤。也许是因为罗德的悲伤与沮丧——或是卡罗琳和她母亲的悲伤与沮丧——这幢房子自己长出了瘢痕，或许，这是对整个家族的不幸与失望的回应。这个想法太可怕了。我终于理解了卡罗琳描述墙壁和家具上的这些印记时，说她“毛骨悚然”的意思。

我一定是发抖了。卡罗琳站了起身来。她说道：“听我说，真抱歉告诉你这件事。真不该麻烦你。”

我说道：“哦，你应该告诉我。”

“应该？”

“哦，至少我算是罗德的医生吧。”

她又露出那种带有悔意的苦笑：“好吧，不过你并不是他真正的医生。就像你那天说的一样，罗德没有付钱给你。你可以假装你喜欢这么做，我知道你现在给他的治疗多少是一种施舍。你非常好，可是千万不要再让我们的事情拖了后腿。你记得我带你参观这幢房子时说过的话吗？这房子很贪婪。它吞噬了我们的时间和精力。如果你纵容它，它也会吞掉你的。”

我没有马上回答。我眼前出现的不是百厦庄园，而是我自己的家，整齐、朴素、要求不高、了无生气的屋子。我一会儿就要回到那里，吃一顿单身汉的晚餐，冰凉的肉，煮过的土豆，半瓶跑了气的啤酒。

我坚定地说道：“卡罗琳，我很乐意帮助你们。出自真心。”

“真的吗？”

“是的。我和你一样，都不知道这里发生了什么事情。可是我愿意帮你解决。我会在这幢饥肠辘辘的宅子里碰碰运气，不要担心。你知道，把我吃下去会消化不良的。”

她这才开心地笑了，但她又飞快地闭上了眼睛。“谢谢。”她说道。

我们开始担心罗德回来时发现我们在那里，不敢再逗留，悄悄走回了图书室。卡罗琳动手清扫房间，关上百叶窗。为了打消紧张情绪，我们去了小客厅，见她母亲。

接下来的几天，我仍在为罗德的境况疑惑不解。下周一或周二的一个午后，几条线索终于合拢了——或者也可以说，几条线索终于散落开了。五点左右，我穿过里德克特回家，在大街上颇为意外地看到了罗德。以前他常常因为农场交易上的事过来，出现在里德克特的主干道上不值得大惊小怪。可是正如卡罗琳所说，他现在很少离开百厦庄园，虽然他看上去仍是一个年轻的乡绅，穿着大衣，戴着粗花呢帽，皮带上系着一个皮革小包，可是他显然不堪重荷、神态局促——从他走路的姿态，竖起的衣领都可以看出，他弓腰驼背似乎不只是为了抵御十一月的寒风。我穿过街道驶向他，摇下车窗喊他的名字，他扭头吃惊地看着我，足足有一秒钟——我可以对天发誓——他像是一个备受惊吓，四处游荡的孤魂野鬼。

他慢慢地走到车边，我问他是哪阵风把他吹到镇子来的。他说他去见了莫里斯·巴比，一个本地的大建筑商。市镇委员会最近收购了艾尔斯家最后一块自耕农田，他们打算建一幢住宅楼，巴比是承建商。他和罗德刚刚签订了最后的意向书。

“他让我像推销员一样走进了他的办公室。”罗德怨恨地说，“想想看吧，假如是我的父亲，像他那样的人怎敢提出这种建议！当然了，他知道我会照办的。他知道我别无选择。”

他拉紧外套的衣领，模样更加疲惫而悲苦。关于卖地一事，我也说不出更多宽慰的话了。其实，我很乐于听到建新房子的消息，因为本地住房急需改善。这时，我想到了他的腿，说道：“你是走着来的吗？”

“不，我不是走来的，”他回答道，“巴雷特给我搞了些燃料，我开车来的。”

他抬起下巴示意，我看到艾尔斯家那辆与众不同的汽车就停在大街的不远处，是一辆破旧的黑白相间的劳斯莱斯。他说：“我以为它会半路抛锚。它可是我最后的救命稻草了。它果然不辱使命。”

这会儿，他似乎又变成了从前的自己。我说：“哦，它会载着你顺利回家的！我猜你不急回去吧？来我家小坐一会儿，暖和一下。”

“哦，不行。”他脱口而出。

“为什么不行？”

他避开我的眼睛：“我不能打扰你的工作。”

“胡说！离晚间门诊还有差不多一个小时，这段时间里我经常无所事事。我最近很少见到你。来吧。”

他显然还在犹豫，但是我不停地劝说着，毫不动摇，他最后答应跟我坐“五分钟”。我停下车，他在诊所门口等着我。楼上没有生火，所以我带着他走进了药剂室，我从柜台后面拿出一把椅子，和另外一把一起放在古旧的玳瑁火炉旁，火炉里闷烧的煤和木头又燃起了火苗。我花了几分钟料理火炉，然后直起腰，这时罗德已经摘掉了帽子，取下小包，正在屋里慢慢地走来走去。他的目光停在几个架子上，上面放着几只吉尔医生留下的旧罐子和仪器。

我高兴地发现，他的情绪似乎有些好转。他说：“这就是那个可怕的蚂蟥罐，我小时候常常为它噩梦不断。老吉尔医生可能根本没有在里面放过蚂蟥，是吧？”

我说：“他很可能放过。吉尔医生非常相信蚂蟥的治病功效。除了蚂蟥，还有甘草和鱼肝油。你不妨脱下外套，好吗？我马上就过来。”

我一边说一边走进隔壁的诊疗室，打开桌子里的抽屉，取出一个酒瓶和两只酒杯。

“现在，我想让你放松一下。”我一边说一边给他看手中的酒瓶，

“我的习惯是六点之前喝酒。你非常需要振作起来，这瓶年代久远的棕色雪利酒很合适。我是留着给那些孕妇喝的。她们需要庆贺——或者借酒壮胆。”

他笑了。但笑容转瞬即逝。

“我刚和巴比喝了一杯。我向你保证，年代久远的棕色雪利酒不适合他！他说我们应该为合约的签订而干一杯，如果不喝就会引来霉运。我差一点脱口而出，打我记事以来就厄运连连。卖地就是其中之一。你相信吗？——其实，卖地的收入我们早就花完了。”

他拿起我递给他的酒杯，和我的杯子轻轻碰了一下。酒在他的手里颤抖着，我十分惊讶，或许是为了掩饰他的战栗，他迅速呷了一口，然后两指捏着杯颈转起了酒杯。我们向椅子走去，我趁机更加仔细地观察了他。他弯腰坐在椅子上时，我看出了一种古怪的僵死的肌体紧张。他体内很可能早已存在一股奇怪的力量，正在不可预知地四处乱撞。

我轻声说道：“罗德，你看起来累坏了。”

他伸出手来擦了擦嘴唇。他的手腕上仍绑着绷带，手掌处磨损变脏了：“一定是忙于卖地的缘故。”他说道。

“你不要认为这是你自己的倒霉事。全英国大概有一百个像这样的乡绅，他们和你处境相同。”

“可能有一千人，”他有气无力地回答，“都是我过去学校的同学，部队的战友。每次我听到他们的消息，都差不多。他们大多数人已经把家产挥霍一空。有些不得不去工作。父母依靠他们生活……我今天早晨在一张报纸上看到，一位主教在大肆宣扬‘德国人的羞耻’。为什么没有人写一篇《英国人的羞耻》？那些辛苦劳作的普通英国人，从战争一开始就被迫看着自己的钱财化为乌有？而那些卑鄙的小商人，像巴比之流却生活得很好。还有那些没有地产，没有家世，在本地无人认识他们的人——就像该死的贝克-海德——”

他的声音紧绷，说不下去了。他一仰脖咽下了剩下的雪利酒，又两指捏住酒杯旋转起来，比刚才更焦躁不安。突然，他两眼发直，目光变得遥不可及。他动了动，我又感觉到了他体内挣脱出来的力量，使得他摇摇摆摆失去了平衡。

他提到彼得·贝克–海德，这使我也焦虑起来。不过这却提示了我，究竟什么在困扰着他。他可能有些崇拜这个男人，他有端庄大方的妻子，大笔财富和杰出的战功……我朝他转过身子。

“听着，罗德。你千万不能这样。别把眼睛紧盯在贝克–海德身上。忘了这些，好吗？多想想你得到的，别去想你没有得到的。很多人还在嫉妒你呢。”

他望着我，脸上露出怪异的表情：“嫉妒我？”

“是的！就先说说你居住的这幢大宅子吧。我知道继续经营它是一项艰巨任务，可是看在上帝的分上！你难道没有看到吗，继续抱怨于事无补，你妈妈和卡罗琳也不好受。我不知道你最近怎么了。你是不是在担心什么事——”

“上帝！”他说，突然发怒了，“如果你这么喜欢这该死的房子，为什么不来管理它！我很希望你亲自来管理。你什么也不知道！明白吗？如果我停止那么做的话，哪怕片刻工夫——”他把后面的话咽了回去，喉结在细长的脖子里痛苦地抽搐着。

“停止做什么？”我问道。

“停止阻止它，停止不让它靠近。你难道不知道，每一天每一秒钟整个房子都可能倒塌？我、卡罗琳，还有妈妈随时可能葬身瓦砾！上帝，你不知道，你什么都不知道！我正处于绝境！”

他用一只手撑着椅背，身体晃动了一下，似乎要站起来。可他仿佛改变了主意，突然又坐了下来。由于刚才的烦恼和怒气，这会儿他确实在发抖。有一两分钟我不再看他，想给他点时间让他打起精神。

炉子的风向不对，我便走上前去拨弄进风口。就在此时，我注意到了罗德越来越坐立不安。片刻工夫，他的烦躁就变得格外反常了。“该死！”我听到他低沉绝望的咒骂声。我仔细看着他，发现他苍白虚弱，满身是汗，颤抖得像个高烧中的病人。

我吃了一惊，站起身来。我略加思索，便认为我以前对癫痫症的判断是正确的。他马上就会在我的眼前昏厥过去。

可是他用手捂着脸。“不要看我！”他说道。

“什么？”

“不要看我！站远一点。”

我这才明白，他没有犯病，只是不堪忍受巨大的痛苦，我对他的注视加剧了他的尴尬与难堪。我转过身背对着他向窗边走去，透过布满灰尘的网状窗帘向外望去。直到现在，我还能记起窗帘上那令人不快、刺鼻的气味。我说道：“罗德——”

“不要看我！”

“我没有看你，我在看着外面，看着外面的大街。”我能听到他急促、吃力的喘息，喉咙里发出的抽泣。我声调非常平稳地说道：“我能看见我的车。它有点脏，恐怕得清洗上光了。再远一点，我还能看到你的车，模样更糟糕……那边是沃克太太和她的小男孩。还有德斯蒙德家的伊妮德。看样子她正在发脾气，她把帽子拧成了一团。还有克劳奇先生，出来站在台阶上抖一块布……我现在可以看看你吗？”

“不能！就像这样，继续说下去。”

“好吧，那我继续说。真有趣，如果有人让你开口说话而且不准停下，你就会发现不停说话其实很困难。况且，我已经习惯倾听了。罗德，你想过没有？干我这一行的，得倾听多少才算够？我常常想，家庭医生很像牧师。人们告诉我们他们的秘密，是因为他们知道我们不会评头论足。他们知道我们习惯透过皮肤查看五脏六腑……有些医生不喜欢这样。我认识一两个医生，他们见多了人的弱点，因而渐渐开始鄙视人类。我了解医生——有很多医生，数量多得超出你的想象——很多医生耽于饮酒，还有一些医生活得很卑贱。这是对我们的惩罚，能活着就够好了。活着是如此，还有战争和突如其来的打击，不堪负荷的房产和农场……你瞧，大多数人都是在混日子，瞎活到老……”

我慢慢转身，面对着他。他盯着我，表情痛苦却没有提出抗议。他紧紧地抱住自己，嘴巴紧闭，鼻子里喘着粗气。他脸上毫无血色，紧绷光滑的瘢痕也变得苍白，只剩下眼睛周围逐渐消退的黄绿色瘀青。他两颊潮湿，汗水和泪水混在一起。我看着他时，他过了最糟糕的阶段，正在恢复平静。我走过他身旁，拿来了一包烟。他感激地取出一根，我给他点火时，他得用两只手才能把烟凑到嘴边。

他喘息未定地吐出了第一口香烟，我静静地问道：“发生什么事了，罗德？”

他擦去脸上的汗水，低着头：“没什么事。我现在很好。”

“很好？看看你自己！”

“是压力——到达顶点了。它妄图压垮我，就是这样。我不会屈服。它也深知这一点，所以更加冷酷无情了。”

他说话时依然上气不接下气，很痛苦。但他的言行举止里混合着苦痛和理智，好坏参半，这才是最令我担心的。我回到椅子边，坐下来再次平静地问道：“发生什么事了？我知道发生了一些事。能告诉我吗？”

他的头一动也不动，只微微抬起眼皮望着我。“我想说，”他的回答直率得让人无法忍受，“如果我不说，对你有好处。”

“为什么？”

“它可能……传染你。”

“传染我！别忘了，我每天都在治疗传染病。”

“不是这种传染病。”

“那又是什么样的呢？”

他垂下眼睛：“它是一种……肮脏的东西。”

说到“传染”“肮脏”这两个词时，他一举一动都厌恶至极。我突然灵光一现，想到了他的苦恼究竟是什么。我很惊讶害怕，又很宽慰放心，因为他终于可以从尴尬的境地中解脱出来，回归正常生活了。我几乎要笑出来，问道：“就是因为这个吗，罗德？上帝啊，你为什么不早点告诉我！”[1]

他望着我，满脸疑惑。我坦率地告诉了他，听明白我的意思之后，他发出了一阵恐怖的笑声。

“上帝啊，”他擦着脸上的汗水，说道，“如果事情真那么简单就好了！如果我告诉你我的症状——”他的声音低沉阴郁，“如果我说出来，你肯定不会相信我。”

我急切地说：“也许我会相信！”

“我确实想告诉你！”

“哦，你什么时候第一次出现这些症状？”

“什么时候？你觉得是什么时候？就在那个倒霉酒会的晚上。”

我一直有这种直觉。“你妈妈说，你头痛。是从那时开始的吗？”

“没有头痛这回事。我这么说是为了掩盖其他事，掩盖真相。”

我能够看出他在痛苦挣扎。我说道：“告诉我，罗德。”

他把一只手伸到嘴边，用牙齿咬着嘴唇：“如果我说出来——”

我误会了他的意思：“我向你保证，我不会告诉任何人。”

这话提醒了他：“对，你千万不能说出去！千万不要告诉我妈妈或者我姐姐！”

1　法拉第医生误以为罗德里克患上了性传染病。

“你不愿意，我就绝不会说出去。”

“你说过，你的职业很像牧师，记得吗？牧师要严守秘密，是吧？你必须向我保证！”

“我保证，罗德。”

“你是认真的？”

“当然。”

他转过头不再看我，继续用牙齿咬着嘴唇，沉默了很长一段时间。我以为他陷入了对往事的沉思，便不再追问他。他颤巍巍地吸着香烟，向我晃了晃空酒杯。

“好吧。上帝知道，能和人说说会是一种解脱。不过你得先给我倒杯酒。否则我无法清醒地面对这些。”

我给他倒了一大杯——他的手还是抖得厉害，无法自己倒酒——他一口咽下，接着又要了一杯。喝完之后，他迟缓又结巴地讲起了贝克-海德家的小女孩受伤那晚他经历的事情。

我记得，他一开始就对酒会不热心。他说他不喜欢贝克-海德这个姓氏的发音。扮演“一家之主”也让他不自在，他觉得穿晚装傻里傻气，他已经三年没有穿过了。可是为了卡罗琳，也为了让母亲满意，他还是同意了。在那个众说纷纭的晚上，尽管他知道人们会认为他“只是在闲逛”，他还是在农场上耽搁了一阵。他在那里修理一台出故障的机器。和梅金斯几个星期前预言的一样，百厦庄园的水泵终于烧坏了，他不能在这种时候让农场孤立无援。多亏在部队里待过一段时间，罗德对机械非常了解。他和梅金斯的儿子修好了水泵，让它重新开始工作，这时已经过了八点。接着他匆匆穿过庭园，通过花园的大门溜进宅邸的后门，此时贝克-海德一家和莫利先生正好到达前门。他还穿着农场的工作服，满身油污。他知道没有时间到楼上的浴室洗澡了，就想用洗脸架上的热水简单清洗一下。他拉铃叫了贝蒂，可她正在大客厅里服务。他等了一会儿，又拉了一次铃。最后他只好自己下楼去厨房取水。

他说，这时发生了第一件怪事。他的晚装就在床上，摊开等着他来穿。像大多数退役军人一样，他一向着装整齐得体，那天早些时候他用毛刷刷过那套衣服，整齐地放好了。他从厨房回来，急匆匆洗罢，穿上裤子和衬衫，开始找衣领——却没有找到。他拿起上衣，看看是否被盖在下面。他检查了床下——他找了每一个地方，可能的不可能的地方全部找遍了——该死的衣领却无影无踪。没有比这更让人抓狂了，那个不见了的衣领是晚装上的，要和他的那件衬衫搭配来穿。这是他为数不多的没有打补丁、没有翻过来穿的衣领之一，从抽屉里找不出第二个来。

“这故事很蠢，是吧？”他自我嘲弄地说道，“那时候，我也意识到这件事很白痴。我从一开始就不想参加那个该死的晚宴，可我是主人，是百厦庄园的主人！我让满屋子的人等待、揶揄、取笑，因为我只有一个体面直挺的衣领！”

就在这时贝蒂来了，艾尔斯太太叫她过来看看他被什么事绊住了。他告诉她出了什么事，问她是否动过他的衣领。她说，早上她把一堆洗好的衣服，连同这套晚装拿进他房间时，就没有看到衣领。他说道：“哦，上帝啊，帮我找找吧，好吗？”她和他一起找了起来——把他先前找过的地方又重搜了一遍，还是一无所获——最后他灰心丧气极了，语气严厉地让贝蒂回到他母亲那里，要一个人独处。她走后，他没有继续寻找衣领。他走到抽屉边，想从日装的衣领中找出一个晚装衣领来。假如他知道贝克–海德一家穿着如此随意，他可能就不会那么焦虑了。可那时候他满脑子出现的却是一张失望的脸，他母亲看他“穿得像个顽劣的小学生”出现在大客厅里，一定会背过脸去。

接着发生了一件更加诡异的事情。他穿过房间走向抽屉时，背后空荡荡的房间里竟然传来了声音。哗啦，声音很轻，但肯定没有弄错，他立即想到有东西掉进了他的洗脸盆里。他转身一看——简直无法相信自己的眼睛。失踪的衣领竟然就在脸盆里。

他下意识地直奔过去，捞出衣领。他手里捏着衣领站在那里，极力思索这事是如何发生的。他可以肯定，衣领刚才不在洗脸架上。附近也没有什么台面可以让它滑进去——况且也没理由滑进去。洗脸架上方没有任何东西能挂住它，让它掉下来——没有吊灯，没有钩子——更不可能是这只僵硬的白色衣领自己找到路爬了上去，没被发现便爬上了一盏灯或一只钩子。他说，他当时只看到头顶的石膏格栅天花板上有“一小块淡淡的污迹”……

这时他迷惑极了，却并不慌乱。衣领掉进了肥皂水里，不过湿了的衣领总比没有强，他使劲把它拧干，接着站在梳妆台的镜子前往衬衫上戴，打好领结。下面他只剩下系好袖口，涂上头油，梳理头发，一切便可就绪。就在他打开盛放晚装袖口链扣的象牙色小木匣时，发现里面竟然空了。

他说，这简直太荒唐太让人恼怒了，他笑了起来。他那天虽然没有亲眼看见链扣，可是早上无意间碰了一下那个木匣子，还清楚听到里面传来金属碰撞的声音。从那以后，他没有再碰过木匣。他不相信贝蒂或贝兹利太太偷走了链扣，也不相信是卡罗琳或者他母亲进来拿走了链扣。她们为什么这么做？他摇摇头，四下望了望，便和房间说起话来——和“命运”“鬼魂”，或者是和其他什么今晚捉弄他的东西说起话来。“你不想让我参加酒会？”他说道，“哦，我看那就这么办吧，我也不想去了。可是恐怕不行。把那该死的链扣还给我，听见了吗？”

他合上象牙色的小木匣，放回原处，放在梳子和刷子旁边。就在他抽回手的那一瞬间，通过梳妆台的镜子，他用眼角的余光看到一个小小的黑东西在房间里掉到了他背后——就像一只蜘蛛从天花板掉落下来。紧接着便是金属碰撞瓷器的声音。房间里很静，这“咣当”一声吓得他“几乎灵魂出窍”。他转过身，带着越来越深的幻觉慢慢走向洗脸架。他的链扣沉在脸盆底部。洗手台上被溅得全是水，盆子里的水仍在上下起伏。他抬起头。天花板上没有一道裂缝——除了他刚才看到的那一小块污迹，颜色变得更深了。

他说，他这时才终于意识到他的房间里确实出了怪事。他不可能怀疑自己的感官：他亲眼看见链扣掉下来，亲耳听到它们掉进水盆时的“咣当”声。可它们到底是从哪里掉下来的？他拉过扶手椅，小心翼翼地站上去，近距离检查天花板。除了那块奇特的深色污迹外，一无所获。难道链扣溶进了稀薄的空气里，又从里面掉了出来？他脚步沉重地从椅子上走下来——他的伤腿开始疼了——又瞟了一眼洗脸架上的水盆。白色的肥皂沫盖住了水面，他只好挽起袖子，手伸进水里捞链扣。可是他有些神志不清。他不知道究竟该怎么办。他又想起了灯火如昼的大客厅——他母亲和姐姐在等他，德斯蒙德一家、罗西特一家、贝克-海德一家——还有我，贝蒂——我们所有人都手捧酒杯在等待，等待着他的出现，他开始冒汗。他注视着圆形剃须镜里的自己，仿佛看见一颗颗汗珠正从皮肤中“像虫子一样”冒出来。

然而，这时发生了一件最荒诞的事。不可思议而又令人恐惧的是，他正注视着镜中冒汗的脸，剃须镜却颤动了起来。这是一面老式的维多利亚风格的镜子，瓷器底座，斜圆形的镜面镶嵌在绞丝黄铜框里。据我所知，这面镜子相当重，不是那种在其周围走两步就可以撼动或者推动的东西。罗德静静地站在那间安静的屋子里，看着剃须镜又颤动起来，接着摇摆着，开始穿过洗脸架向他滑过来。他说那东西就像是在走路——或者不如说，从那种运动中看出它能走路。它摇摇晃晃、步履蹒跚，未上光的瓷质底座在光亮的大理石表面上蹭过，发出一阵恐怖、刺耳的摩擦声。

“这是我见过的最毛骨悚然的事，”罗德用战战兢兢的声音向我描述这件事，一遍遍擦去唇边和前额不断冒出的汗水，“最让人害怕的是，镜子只是一件日常用品。我完全糊涂了。如果——如果有一头怪兽、幽灵或者鬼怪突然出现在这房间里，我可能都不会这么惊讶。可是这个东西——它真让人讨厌，它不合情理。它让你感觉似乎身边的每一样东西，日常生活中习以为常的东西，随时都有可能像这面镜子那样——征服你。这真是可怕到了极点。可是接下来的事——”

接下来的事更糟糕。罗德望着那面镜子摇晃着向他走来，惊惧至极，他觉得那东西不合情理。那面镜子的行动没有人控制。天知道怎么回事，它变得有生命了。可是他又感觉这个有生命的物品是在做着盲目无思想的运动。他认为如果他把手平放在镜子的必经之路上，那个瓷质底座还是会坚持不懈地翻过他的手指。当然，他没有把手放过去。如果放了，他也会缩回去。不过他发现那面镜子正在接近大理石脸盆架的边缘，他很想看着它坠落下去。他站着不动，离脸盆架一码左右。镜子还在摇摆向前，已经有一两英寸凸出了大理石边缘。他似乎看到那东西在寻找另一个支撑点。他看见镜子倾斜着，底座继续向前。他不自觉地想要阻止这东西摔下，便伸出手来。就在此时，镜子似乎突然间“像弹簧一样跳起”——直扑向他的脑袋。他闪身躲开，耳边一阵刺痛。他听到了镜子和瓷质底座撞击地板时粉碎的声音。他转过身，看到碎片温顺地散落在地毯上，像是刚刚被一只笨拙的大手碰了下来。

就在这时，贝蒂回来了。她敲了敲门，罗德又紧张又害怕，哭喊了出来。她在疑惑间，胆怯地推开门，看到他像是被钉在那里，盯着地上一件摔坏的东西一动不动。她上前几步，很自然地想要清理碎片。这时她看见了他的表情。他对她说了些什么，他已经想不起来了，可是他一定说了一些很粗野的话，因为她马上丢下他匆匆返回沙龙客厅——

就是那时，我看到她紧张不安地跟艾尔斯太太耳语。艾尔斯太太立即和她一道来找罗德里克，意识到事情不对。他比平日出了更多汗，抖得像个高烧中的病人。我猜他当时的样子一定和我看他讲出这件事时的表情非常相像。看到他母亲时，他的第一反应像是个孩子，紧紧抓住妈妈的手。不过他还足够清醒，他说他千万不能让妈妈卷进这件事来。他刚才看到剃须镜弹起来扑向他的脑袋，它不可能是被无意识的力量驱使的，肯定有某种强大的邪恶动机在驱使它。他不想让妈妈知道那些。他给她的借口混乱无章，说自己在农场上过于劳累，头痛得厉害，就像是要裂成两半。他病恹恹的，焦躁不安，她想要请我过去看看。可是他不让这么做，他只想尽快让她走出那间屋子。她待了十分钟左右，他说这是他一生中最可怕的时光。他竭力掩盖刚才经受的恐惧，而他一人独处时可能还要经历一次，这让他更像是一个疯子。他差点掉下眼泪——他说，是母亲脸上的惊恐和焦虑，给了他振作起来的力量。她和贝蒂离开后，他坐在屋子角落的床上，背靠着墙，膝盖紧绷。受伤的腿颤抖着，他无暇顾及——他几乎要为疼痛而高兴，只有这样才能让他保持警惕。他说他现在要做的就是盯着。他要盯着房间里的每一件物品，每一个角落和阴影，让他的目光不停地从这里转向那里。因为他知道，刚才那个想要伤害他的恶毒的东西还在，它在等着他。

“那才是最糟糕的事情，”他说道，“我知道它恨我，真的恨我，没有任何理智和原因地恨我。我知道它想伤害我。这可不像是战场上两军对垒，看到对方扑过来，战车里坐着一个人，竭尽全力想要把你炸上天。那种较量干净利落，遵守规则，很公平。可我面对的是卑鄙、邪恶和欺骗。我不能用枪对付它。我甚至不能向它掷刀子或者火钳。我手中的刀和火钳很可能也有生命！我似乎感觉到，我坐的那张毯子会跳起来把我扼死！”

他就那样子坐了三十分钟——“漫长得像是一千分钟”——他颤

抖地紧绷着身体，害怕地努力阻挡着邪恶。最后他终于承受不住，精神崩溃了。他大喊着让那东西看在上帝的分上离开他，离开他！——他被自己的声音吓到了。也许他的声音打破了魔咒。他立即感到有了一些变化——那个可怕的东西消失了。他看了看四周的东西。“我无法解释。我不清楚我为何知道这些。不过我知道它们又变得平平常常，没有生命了。”他筋疲力尽，喝下“整整一杯”白兰地，便钻进被窝，像婴儿一样蜷缩起来。他的房间又像往日一样，静谧得像是与外界隔绝一般。如果门外有声音，脚步声和焦虑的低语，他要么听不到，要么就是累得不愿去想外面发生了什么事。他陷入了痛苦的睡眠，两小时后卡罗琳叫醒了她。她过来看看他怎样，顺便告诉他吉普和吉莉安出了可怕的事情。他听着她讲述，恐惧极了——他明白，那个小姑娘一定是在他喊出让那个邪恶的东西离开他时被咬伤的。

他一边说一边看着我，痛苦的眼神仿佛在瘢痕累累的脸上燃烧起来。他说道：“你明白了吗？是我的错！由于该死的怯懦，我让它离开了我。结果它去了那里，伤了别人。那个可怜的小孩！如果我早知道，我会承受这一切——这一切——”他擦了擦唇边的汗，努力平静下来，“我可以告诉你，我没有再让它从我身体里开溜。现在只要它来了，我就会做好准备。我时时刻刻都在监视着它。大多数时候我们相安无事，它根本不出现。不过它喜欢吓唬我，让我判断出错。它就像是一个狡猾、诡计多端的小孩。它给我设置陷阱。那次它打开我的房门让我撞了上去，撞得鼻子冒血。它乱翻我的文件。还把东西放在我走的路上，这样我就会绊倒扭伤脖子！我一点也不介意。它可以对我为所欲为。你明白吗？只要我把它留在我的房间里，我就可以控制传染面。这是现在最重要的事，你明白吗？必须让传染源远离我的姐姐和妈妈。”

6

我的行医职业生涯中有过多次这样的经历：给病人体检或看检查报告时，那种眼前就是一位绝症病人的感觉总会渐渐但毫不容情地揪住我。我想起一位刚刚怀孕的年轻已婚妇女，因为伤暑咳嗽前来就医。我清楚记得听诊器放在她胸部时，听到了肺结核早期那种微弱但空洞的胸音。我还记得一个来就诊的聪慧英俊的男孩，他身上“越来越疼”——结果，五年之内肌肉萎缩症便吞噬了他的生命。家庭医生除了治疗水痘和扭伤之外，总会遇到肿瘤增大、癌细胞扩散、白内障这种情况。可是我却从来没有适应，每次看到这些病症时总感到深深的无助和绝望。

我坐着聆听罗德讲述他的惊险故事时，那种绝望感又悄悄袭上心头。我不清楚这件事折磨了他多久，他说得断断续续，有些犹豫不决，又不太情愿，对那些可怕的细节也有所保留。我几乎一句话都没说，他讲完了，我们在那间安静的房间里坐着。我看了看身边这个安全、熟悉，一眼就能看穿的世界——火炉、柜台、治疗仪器和罐子，上面褪色的标签是老吉尔手写的：*海葱合剂、碘饮剂*——它们在我眼中变得有些陌生，有点歪斜地摆放在一起。

罗德看着我。他擦干脸上的汗水，把手帕揉成一团，紧紧捏住：“是你想要知道的。我警告过这件事有多么邪恶。”

我清了清嗓子：“我很高兴你能讲给我听。”

“真的？”

“当然。要是你早些讲出来就更好了。罗德，想到你独自承担着这一切，我就很心痛。”

“为了我的家庭，我必须这么做。”

“是的，我明白。”

“小女孩那件事，你是不是觉得我坏透了？我向上帝发誓，如果我知道——”

“不，不。没人会因此责备你。我现在只想做一件事。如果你愿意，我想给你检查一下身体。”

“检查身体？为什么？”

“我觉得你很疲倦，你不觉得吗？”

“疲倦？上帝，我脚都快要累断了！我晚上几乎不敢闭眼。我担心一合眼这东西就会卷土重来。”

我站起身拿过药箱，这像是一个信号，他顺从地脱下了毛衣和衬衫。他站在壁炉前的地毯上，身上只剩下背心和裤子，手腕上还缠着脏兮兮的绷带，他不停地搓着双臂抵挡严寒，纤细瘦弱得让人惊讶。我给他做了几项基本检查，听心跳，量血压等等。说实话，我做这些检查是为了给自己赢得一些时间，因为我看出了——谁都能猜出来——他问题的关键所在。他刚才说的话把我吓得心惊胆寒，我现在要考虑怎样和他继续谈下去。

和我猜测的一样，他除了营养不良和疲劳过度以外，身体并无大碍。我的邻居们大半是这样。我一边磨磨蹭蹭地收起医疗器械，一边还在考虑着。他站在那里扣好衬衫扣子。

“我的身体还好吧？”

“罗德，你猜对了：过度疲劳。疲劳——唔，有时会对我们产生奇怪的作用，戏弄我们。”

他皱起眉头：“戏弄？”

“好吧，”我说道，“听了你刚才说的事，我可装不出一副若无其事的样子。我不想装腔作势地对你说话。我觉得你精神上出了问题。我认为——听我说，罗德。”他转过脸去，表情既失望又愤怒，“我认为你得了一种神经狂暴症。在压力过大的人群中，患者多得超出想象。我们得正视这一点，你从空军复员以后，长期经受着巨大的精神压力。我认为这种压力，加上战争冲击——”

“战争冲击！”他轻蔑地说。

“延迟性战争冲击。它也比你想象得更常见。”

他摇摇头，坚定地说：“我神志清醒。我绝没有看错。”

“你看到的只是你想要看到的，是疲惫和紧绷的神经迫使你看到的。”

“不是那样！你无法理解吗？上帝，我真希望我什么也没有说过。是你让我说的。我本来不想说，可是你非得让我说。现在你后悔了，还反过来说我是个疯子！”

“你好好睡上一觉就会好了。”

“我说过了，如果我睡着了，那东西会卷土重来。”

“不会的，罗德。我向你保证，如果你不睡它才会回来，因为它是种幻觉——”

“幻觉？你就是这么认为的？”

“——是你的疲倦使你产生了这种幻觉。我觉得你应该离开百厦庄园一段时期。赶快去度假吧。”

他把毛衣套在头上，脸从领口钻了出来，不信任地看着我：“离开？我刚才说的话你一个字也没有听吧？如果我走了，天知道会发生什么事情！”他匆匆地抚平头发，开始穿外套。他看了一眼时钟，“我出来太久了，你也有责任。我得回家了。”

“至少让我给你开些镇静剂。”

“麻醉药？”他说道，“会对我有帮助吗？”看我走到架子边取下一盒药，他立即尖叫起来，“不。我是认真的。撞机之后，他们给我吃的全是这些。我不想要。别给我，我会扔掉这些该死的东西。”

“别这么顽固。”

“我不会吃的。”

我空着手走回来：“罗德，请听我说。既然我不能说服你离开庄园，那么我还认识一个人，是位出色的医生。他有一个诊所，就在伯明翰，专门治疗像你这样的病人。我叫他过来和你谈谈，听你说说。这是他的本行。你讲话时他只是听着，就像我刚才那样。”

他拉下脸来：“你的意思是，去请一位精神病医生，或者是精神病专家，或者是心理学专家，随便你怎么说。这不关我的事，我什么毛病也没有。是百厦庄园出了问题。你难道还不清楚？我不需要医生，连——”他在寻找一个合适的词，“连教区牧师也不需要。如果你认为我——”

我冲动地说：“我和你一起回去！我在你的房间里待一会儿，看看那东西会不会出现！”

他犹豫起来，仔细考虑着。可是看他的模样，这个切实可行、合情合理的提议却让他拿不定主意。接着，他摇了摇头，语气冷冰冰的。

“不。我不能冒险。我不想试探它。它肯定不喜欢这么做。”他戴上帽子，“我得走了。很抱歉对你说了这事。我早该料到，你理解不了。”

“请听我说，罗德。”想到他就要离开，我满心忧惧，“我不能让你在这种情绪下离开！你还记得你刚才的样子吗？你被吓得多厉害！如果再次发作怎么办？”

“不会的。我没有防备你，所以才会那样。我不该先来这里。我应该待在家里。”

“那么，你至少应该告诉你母亲。或者，由我去告诉她。”

“不，”他粗暴地说。他已经走到门边，突然又转过头来看着我，眼中冒出怒火，“一丝一毫都不能让她知道。我姐姐也不能知道。你不能告诉她们。你说过不会讲出去的。你向我发过誓，我信任你。你也不能对你的那位医生朋友讲我的事情。你说我会变疯。好吧，如果这能让你感觉好些，你就这么想吧。但你至少得遵守社交礼仪，让我独自一人发疯才好。”

他的话冷酷无情，杂乱无章。他把搭在肩上的皮包带子系好，拉上外套的翻领，只有苍白的脸色和微微泛红的眼睛表明那个可怕的幻觉还在牢牢控制着他。除此以外，他仍是刚才那个年轻的乡绅。我知道没法再留他了。他刚走到药剂室门口，门外就传来了清晰的脚步声，是我晚间的第一位病人到了。他不耐烦地向我指了指诊疗室，我领他进去，让他从诊疗室走进院子。我的心情很沉重，他让我备感受挫。门一关上，我便快步走回药剂室窗口，透过灰色的网眼窗帘，看着他又出现在房子的另一边，跛着脚急匆匆地走向停在主干道边的汽车。

我该怎么做？我很清楚——简直清楚得可怕——在过去的几周里，罗德成了非常强烈的幻觉的牺牲品。他近来承受了巨大的压力，这一点也不奇怪。很显然，恐惧和压力大得让他开始出现幻觉了，就像他反复说的那样，连“日常物品”都开始起来反对他。这很容易理解，幻觉第一次袭来是在举行酒会的那个晚上，他那时正打算为那些比他成功得多的乡邻举办宴会。我沉痛地想到，还有一件事也很重要，镜子汇集了他那些最痛楚的经历——它映出了他受伤的脸，然后开始

"走路"，直到最后摔成碎片。我承认，这一切确实令人震惊，但是它们都可以用压力和神经紧张来解释。我更忧虑不安的是，他顽固地相信这个幻觉，所以产生了那种看似合情合理的害怕：除非他在屋子里抵挡那些入侵他房间的恶魔，否则他的母亲和姐姐就会被"传染"。

接下来的几个小时，我在脑海中反复琢磨他的病征。虽然我的其他病人就坐在身旁，但我觉得自己依然和罗德坐在一起，恐惧不安地听他讲自己的可怕经历。在我的职业生涯中，我第一次这样不知所措。不可否认，是我和这个家庭的关系影响了我的判断力。或许，我该立刻把这个病例移交给另一位医生。可是我又想到，这算是一个病例吗？罗德那天并不是找我看病的。就像他说的，他极不情愿向我吐露秘密。通常情况下，不论是我，还是任何一位医生都会收取费用，然后才向病人提供帮助和建议。我一点都不怀疑，他的这种态度对他自己和别人都十分不利。我更不怀疑的是，他的幻觉正在逐渐加强，直到最后耗干他的精力。也就是说，他会把自己拖入彻底的精神崩溃。

我不知道该不该告诉艾尔斯太太和卡罗琳，这让我进退两难。我向罗德保证，不会说出去。我把自己比作牧师只是半开玩笑，医生是不会轻易许诺保守秘密的。我度过了一个十分苦恼的夜晚，一会儿这样想，一会儿又改变了主意……最后，接近十点钟时我跑到了格雷厄姆家，他看见我很吃惊。他说安妮在楼上——他们的一个孩子有点不舒服——他把我带到起居室，听我讲了那个故事。

他和我同样震惊。

"怎么会变得这么糟糕？没有任何征兆吗？"

我说道："我知道有些事情不对劲。不过不知道会变成这样。"

"那你下一步打算怎么做？"

"我现在不知道该怎么办。我连一张确凿的诊断书都没有。"

他想了片刻："我猜，你认为这是癫痫吧？"

“我最初也这样判断。我现在认为，它能解释一部分症状。大宅的氛围，使他产生了一些奇怪的感觉——听觉、视觉等等。接着是发作和发作后的疲倦。这些或多或少都是癫痫的症状。可是我相信，他的病不会这么简单。”

他问道：“会不会是黏液性水肿？”

“我也想到了。可是这种病极易分辨，不是吗？而且，他没有任何发病的征兆。”

“是不是有什么影响了大脑功能？例如肿瘤？”

“天啊，我希望不是！不过，当然有这种可能。可是还是那句话，没有任何其他迹象……不，我的直觉是，他纯粹是由于精神紧张。”

“精神紧张，也没好到哪里。”

我说道：“是的。他妈妈和姐姐都不知道。你觉得我应该告诉她们吗？这让我困扰极了。”

他摇摇头，说话时腮帮子都鼓了起来：“现在你肯定比我更了解他们。罗德里克不会为此感激你的。相反，还可能使他的病情恶化。”

“说不定他会彻底拒绝接受治疗。”

“那就危险了。你为什么不等一两天，再想想看？”

“可同时，”我沮丧地说，“百厦庄园正一步步滑向混乱不堪。”

“哦，至少，”他说道，“这与你无关。”

他的声音很超脱。我记得上次和他聊起艾尔斯一家时，他用的就是这副腔调，不过这次却让我有些烦躁。我喝完酒，慢慢走回家。我很感激他的聆听，有人可以讨论这个病例的细节，我轻松多了。可是，我依然不知道该怎么办。我走进光线昏暗的药剂室，看到摆在炉边的两把椅子，似乎又听到了罗德断断续续、绝望的声音，他的故事又沉沉地压在我的身上。我明白了，我对这个家庭最基本的责任是，尽快设法提醒她们罗德的病情。

第二天，去百厦庄园的路上，我的情绪十分低落。我每次去找艾尔斯一家，不是提醒他们什么重要的事情，就是以他们的名义执行什么残忍可怕的事。曙光初露，我的决心有些动摇。我又想起了我的承诺。我犹豫不决地开着车，既想半途而退，又期望不要在院子或宅邸里碰见罗德。我上次拜访是几天之前，艾尔斯太太和卡罗琳都没想到我又来了。她俩在小客厅里，我马上看出，这番突然造访惊扰了她们。

“医生，你怎么来了？你应当提前打声招呼！”艾尔斯太太举起一只没有戴戒指的手，捂住脸，“如果我知道你会来，就不会穿得这么随意了。卡罗琳，厨房还有什么吃的？给医生准备茶点。我想我们有面包和人造黄油。你最好拉铃叫贝蒂。”

我没有预先打电话来，是因为怕罗德里克知道。我已经习惯于进出百厦庄园，没料到我的到来会打扰他们。艾尔斯太太话讲得很客气，却流露出一丝怨意。我从没见过她如此心烦意乱。难道是因为我看到了她没有擦粉、没有戴戒指，不那么迷人的一面？不过，我马上就明白了她为何如此不安。我推开沙发上几个软塌塌的盒子，坐了下来。这些盒子里装着从前的家庭相册，是卡罗琳最近从一个晨间起居室的橱柜里翻出来的，这些相册受潮泛黄，霉点斑斑，几乎都毁了。

“真悲惨！”艾尔斯太太指着损毁的相册说道，“这里的照片肯定有八十年历史——有上校家族的照片，还有我这边的、辛格顿家的、布鲁克斯家的。你瞧，我都说了好几个月了，叫卡罗琳和罗德里克把这些照片找出来看看是否安全。我不知道它们放在晨间起居室里，我还以为是锁在阁楼的什么地方。”

我瞟了卡罗琳一眼——拉完铃后她回到了座位上，气定神闲地翻着她的书页。她头也没抬地说道：“恐怕它们在阁楼里也不会安全到哪里去。我最后一次把头伸进阁楼查看有无裂缝，看见那里堆着罗迪和我从小到大所有的书，一篮一篮，全都发霉等着烂掉。”

“卡罗琳，你应该早些告诉我。”

“妈妈，我保证那时就告诉过你。”

“我知道你们要考虑很多事情，你和你弟弟都很忙，可是这也太让人伤心了。医生，看看这个。”她递给我一张硬邦邦的名片式小照，它的维多利亚风格本就显得古怪黯淡，配上锈色的点点霉迹更加难看，“这是上校的父亲年轻时的照片。我过去常常想，罗德里克和他长得很像。”

“是很像。”我心不在焉地答道。为了找机会开口说话，我这会儿有些紧张，“顺便问一句，罗德里克在哪里？”

“哦，我猜，他在他的房间里。”她拣出另一张，“又是一张损坏的照片……这张也是……我记得这一张——哦，真可怕！它全烂了！是我的家人，在战前拍的。我的兄弟们都在那儿，瞧，能够认出来查理、莱昂纳尔、莫迪默、弗兰克，还有我的妹妹茜茜。那时我已经结婚一年了，回家时还带着孩子，我们那时怎么会料到以后再也没法重聚。不到六个月战争就打响了，其中两个男孩很快就战死了。”

她的声音哽咽起来，渗入了一丝真切的忧伤。我和卡罗琳抬起头，交换了眼神。贝蒂出现了，她被派去准备茶点——我不想吃，也没有时间吃——艾尔斯太太仍然悲伤忘我地在一堆旧照片中神伤。想到她近来的这些遭遇，我将要带给她的消息太可怕了。她的双手抽搐着，没有戒指的衬托显得光秃秃，指节很大。我突然意识到，她已经不堪重负了。我想起上个星期我和卡罗琳关于她弟弟的那次谈话，我想或许应该首先跟她说说。我浪费了几分钟时间，也没和她对上眼神。贝蒂端着茶具回来了，我站起身装作帮忙放托盘，贝蒂给艾尔斯太太端茶时，我把卡罗琳的杯子递了过去。卡罗琳有些吃惊地望着我，伸手接过茶碟，我低头耳语道：“能想办法和我单独聊聊吗？”

她向后一缩，似乎是被这句话吓了一跳，又像是在躲避我在她腮边窃窃私语。她望着我，瞟了母亲一眼，向我点点头。我走回了沙发。我们边喝茶，边吃着薄薄的干蛋糕片，五分钟或十分钟过去了。

接着，她向前动了动，像是想到了主意。

“妈妈，”她说道，“我想告诉你一件事。我找出了一些旧书，准备捐献给红十字会。法拉第医生或许可以用他的车帮我们把这些书运回里德克特。我不想去求罗德。医生，很抱歉麻烦你，你愿意帮忙吗？书就在图书室里，已经装箱了。”

她说这话时非常自然，脸上也没有一丝愧疚。但我必须承认，我的心怦怦跳得厉害。艾尔斯太太不高兴地说，我们走开一会儿她并不介意，说完便埋头继续整理那些毁坏的旧照片。

“不会耽误太长时间。”我打开房门时，卡罗琳不动声色地对我说道。她朝走廊使了个眼色，我们便一起悄悄地快步走向图书室，她摸索着走向窗户，拉起其中一页百叶窗。冬季寒冷的光线散落进来，我们周围的书架如同盖着裹尸布，似乎突然有了生命，一个个像幽灵般站立着。我向前走了几步，离开最阴冷的角落，卡罗琳从窗边走回来，站在我的面前。

“发生什么事了？”她郑重地问道，“是罗德吗？”

“是的。”我说道，接着尽可能简略地告诉了她，她的弟弟前晚在药剂室里向我坦白了什么。她越听越害怕——不仅如此，她渐渐有些听明白了。似乎我这些可怕惊人的话，是把一个她从前触摸不到的黑色谜团的线索放在了她手中。只有一次她打断了我，我那时正说到罗德房间天花板上出现的印记，她抓住我的手，说道：“就是那个印记，还有其他几个印记！我们看见它们了！我知道它们很奇怪。你怎么看——？它们有没有可能是——？”

我吃惊地发现，她几乎准备把弟弟的话当真了。我说道：“卡罗琳，弄出那些印记很容易。有可能是在幻觉的支配下，罗德自己弄上去的。或者，是先出现了这些印记，然后他在脑海里编造出了这一切。”

她抽回手：“是的，肯定是这样……你真的认为是这样吗？会不会是你以前说的癫痫，或是其他病症？”

我摇摇头：“我宁愿是身体方面的问题，那样治疗起来容易些。可是恐怕我们现在面对的是某种心理疾病。”

这句话吓到了她。她一瞬间变得十分害怕，然后说道：“可怜，可怜的罗德。太可怕了，不是吗？我们究竟能做些什么？你打算告诉我母亲吗？”

“对。我今天正是为此事而来。可是看到她和那些老照片——”

“瞧，其实并不只是为了照片，”她说，“妈妈变了。大部分时间她都和过去一样。可是有几天她就会像今天这样，空虚感伤，沉浸在昔日的生活里不能自拔。为了农场的事，她和罗德差点吵了起来。很明显，现在又添了新债务。所有这些事他都不让我们干预！然后他就把自己关起来，与世隔绝。现在我明白是为什么了。太可怕了……他真的说了那些吓人的事，千真万确吗？你没有听错吧？”

“我们都希望他好起来，我真希望自己听错了。可是我没有听错，也没有理解错误。如果他不让我治疗，我们就只能寄希望于他的神志自行恢复。既然贝克–海德一家已经搬离乡下，那些令人不快的事务也都处理完毕，农场的麻烦也就不足挂心了。所以罗德是有可能自己康复的。但他现在仍然固执己见，认为他正在保护你和你们的妈妈，我就真的无能为力了。”

“你难道没有想过，如果我去跟他说——？”

“你可以试试。尽管我不希望你从他嘴里再听一遍我听的那些……或许你现在能做的最好的事就是多留意他——我们两个一起观察他，祈求上帝别让他的病情恶化。”

“如果恶化了呢？”她问道。

“如果恶化了，”我回答道，“唉，如果这事发生在另一幢房子里，住着另一户更普通的人家，我就知道该怎么做。我会把他带到戴维·格雷厄姆那儿，强制罗德住进精神病房。”

她吃惊地用手捂住了嘴：“不会到那种地步的，是吗？”

“我一直在想他受到的那些伤害。我认为他在惩罚自己。百厦庄园的现状和他的领航员的惨死，让他有负罪感。他可能在不知不觉中拼命地伤害自己。从另一方面也说明，他或许正在寻求我们的帮助。他知道我是一名医生。也许他伤害自己正是希望我介入，做出一些激烈的——”

我停了下来。我们俩一直站在百叶窗透出的微弱光线里，紧张地窃窃私语着。突然从背后的某个地方，似乎是房间最深处的阴影里传出了一声细小而微弱的金属撞击声。我们都转过头去，惊呆了。撞击声又响了起来，我听出声音从图书室门把手那边传来，是锁孔在缓慢地转动。房间里如此阴暗，再加上我们正说到至关重要之处，这真是太离奇了。我听到卡罗琳倒吸一口气，有些害怕地悄悄贴近了我。门缓缓推开，借着走廊里的光线，我看到罗德里克站在那里，我俩这才放下心来。接着，我们看到了他脸上的表情，便迅速分开了。

我俩心虚地东张西望。罗德冷淡地说道：“医生，我听见你的车来了。我真不希望这样。”接着，他又对姐姐说，“他正在对你说什么？我暴躁易怒、精神错乱，还是别的什么？我猜他已经对妈妈说了这事。”

“我还没有跟你妈妈吐露半个字。”我抢在卡罗琳开口之前回答。

“哦，那你也算不上高尚。”他又看着姐姐，“他向我发誓，不会说出去的。医生的保证真不值钱。何况，是像他这样的医生。”

卡罗琳没有搭理他的这句话。“罗迪，”她说道，“我们很担心你。

你身不由己，你明白你身不由己。走进来好吗？我们不想让妈妈和贝蒂听见。”

他一动不动站了片刻，然后向前走了几步，关上房门，背倚在门上。他有气无力地说：“那么，现在你也认为我疯了。”

“我认为你需要休息，”卡罗琳说道，“——短期休息——离开家里一段时间。”

“离家？你和他一样坏！为什么每个人都要赶我走呢？”

“我们只是想要帮助你。我们觉得你肯定生病了，需要治疗。这是真的吗，你一直……一直都看到了什么？”

他垂下眼帘，有些不耐烦：“上帝，和我撞机之后一样！人人都想观察我，没完没了地观察我，虚张声势、过分热情——”

“罗德，告诉我！你是不是真的认为——这幢房子里有什么东西？这些东西想要伤害你？”

他沉默了片刻。接着抬起眼睛望着她，平静地说道：“你觉得呢？”

令我吃惊的是，我从她的眼神里看出了一丝畏缩。

“我——我不知道。可是罗德，我为你担惊受怕。”

“担惊受怕！你们两个都该担惊受怕。但是别为我担惊受怕，也不要为我的事担心。你们难道不明白吗？是我在维持这个家！”

我说道：“罗德，我知道你想歪了。如果你能接受我们的帮助——”

“你想来给我帮忙，是吗？你发了誓，然后就径直跑来找我姐姐——”

“是的，是我想要帮助你。我反复想了很多遍，我觉得你现在单凭自己的力量不行。”

“可是，你难道看不见吗？昨天我把一切和盘托出后，你怎么还视而不见呢！我考虑的不是我自己。上帝！我为这个家庭所做的一切从未得到肯定——即使现在也没有得到肯定，我正在透支生命！或许我该把整件事忘了，闭上眼睛假装看不见。等着看会发生什么事。”

现在他几乎是在发怒——像一个小学生努力在为不良的学校成绩辩解。他交抱双臂，耸着肩膀，我们正在讨论的黑暗和恐惧一刻钟前还那么清晰可见，现在却开始神秘地褪去。卡罗琳望着我，第一次流露出疑惑的神情，我向前一步，急切地说：“罗德，你肯定知道我们非常非常着急。不能任由你的病发展下去。”

“我不想讨论这些，”他坚定地说，“毫无意义。”

“罗德，我认为你真的病了。我们需要找出病因，这样才能对症下药。”

“就是你和你爱打听的毛病，才让我生病的！如果你不管我，不干涉我们的生活——可是你们两个总是结成小团体反对我。还对我的伤腿胡言乱语，说什么我在帮医院的忙。”

“你怎么能这样说？”卡罗琳说道，“法拉第医生这么慷慨！”

“现在他也很慷慨吗？”

“哦，罗德，你别这样。”

“我已经说过了！我不想讨论这些！”

他转过身，痛苦地拧开古老沉重的图书室房门，走了出去。他出门时，狠狠地摔了一下房门，一道灰尘像面纱般从天花板的裂缝处落下，书架上滑落了两块防尘布，跌在地板上发霉的书堆上。

卡罗琳和我无助地望着对方，慢慢走过去把防尘布重新搭好。

“我们该怎么办？”我们系紧防尘布，这时她问道，“如果他真的如你所说，病得很严重，却又不让我们帮助——”

“我不知道，”我回答道，“我真的不知道。我刚才说了，我们只能多留意他，希望能够重新得到他的信任。恐怕这任务得落到你的肩上了。”

她点点头，望着我。她稍作犹豫，说道：“你能肯定他的那些话吗？他说起话来似乎很——很理智。”

“我知道。如果你看到他昨天的表现，就不会这么想了。刚才他说话理智健全——我发誓，这是我遇到的最奇怪的理智与幻觉混合的病例。”

“你难道不觉得，他的话里有些是真的——难道就一点真实的成分也没有？”

她的想法又让我感到震惊。我说道：“卡罗琳，我也很难过。你挚爱的人得了这种病，确实很难接受。”

“是的，我确实很难受。”

她含糊地说，两手交握在一起，拇指揉搓着另一只手的关节，我看到她在发抖。

我说：“你冷了。”

她摇摇头：“不是冷，是害怕。”

我犹豫地握住了她的手。她的手立即在我手中暖和起来了。

我说道：“我不想吓唬你。很抱歉，这次你的负担更重了。”我望了望四周，“这屋子太阴冷了，今天天气太冷了！也可能是罗德的麻烦影响了我们的心绪。但愿他别让事情恶化！该死——现在，”真让人沮丧，我注意到时间不早了，“我得走了。你还好吧？如果情况有变，请马上让我知道。”

她保证她会的。“好姑娘。”我说着，紧紧捏了捏她的手指。

她没有立即抽出手来。然后，我们走回了小客厅。

“你们去了有一个世纪吧！”我们进来时艾尔斯太太说道，“刚才那么大动静到底是什么事？我和贝蒂以为屋顶掉下来了！”

她让那个姑娘待在身边，一定是贝蒂收完茶盘后，她又让她回来了，或者是故意拉铃叫她来的。她正在给她看那些毁坏的照片——摆出了半打，显然都是卡罗琳和罗德里克小时候的照片——现在又匆匆忙忙地收回去。

卡罗琳说道："对不起，妈妈。我摔了一下门，恐怕图书室的地上现在满是灰尘。贝蒂，你得过去清扫一下。"

贝蒂低下头，行了一个屈膝礼："是，小姐。"她说完便离开了。

我不能继续耽搁，便礼貌而又匆促地告别了——我看了卡罗琳一眼，尽力向她表达了我的同情和支持——我肯定不会让她独自面对的。我走到前厅时，透过图书室开着的房门，看到贝蒂跪在地上，拿着簸箕和刷子，正面无表情地刷着破旧的地毯。我看见她瘦削的肩膀一上一下，突然想起我杀死吉普那个早上她爆发的奇怪怒火。她声称百厦庄园里有一个"坏东西"，现在竟然和罗德的幻觉对上了，难道这只是奇怪的巧合……我走进去悄悄地和她说了几句话，想知道她是不是对罗德说过什么，在他心中埋下了幻觉的雏形。

她发誓什么也没说过。

"你叫我什么也不要说，对吗？"她说道，"我没有说一个字！"

"有没有开玩笑地这么说呢？"

"没有！"

她急切地说——我有些疑心，她是不是很享受撒谎的快感。我突然想起，她是一个很好的女演员。我注视着她浅灰色的眼珠，第一次不敢肯定她的眼神究竟是天真还是狡诈。我问道："你现在还这么肯定吗？你有没有说什么，或者做什么？你有没有乱动屋里的东西？把家具挪来挪去？或者把它们放在不该放的地方？"

"我什么也没做，"她说道，"什么都没说！我根本不敢想这些。每次我独自一个人下楼梯时，一想到这事就吓得腿软。贝兹利太太说，那个坏东西不是冲着我来的。她说，只要我不招惹它，它就不会伤害我。"

我再也问不出什么了。她继续擦洗地毯。我站在那儿看了她一会儿，便离开了房间。

此后的一两周时间里，我和卡罗琳谈过几次。她说罗德没有什么变化，还是和以前一样遮遮掩掩，不过理智许多。我第二次拜访时，去敲了敲他的房门，他走到门口，冷淡地说他“对我没什么可说的，只想一个人待着”——接着，他就毫不留情地在我眼前关上了房门。看来，我的插手让事情变糟了。我不可能继续给他治疗伤腿了，我已经写完了病历，论文也提交上去了。以后，我就更没有理由常来百厦庄园了。我非常吃惊地发觉，我正在失去这些。我会失去这个家庭，会失去百厦庄园。我为可怜的、不堪重负的艾尔斯太太担心。我常常想起卡罗琳，不知道她怎么处理这么多烦心事。我还想起那次在图书室里，她疲惫、犹豫地从我的掌心里抽出了手。

十二月之后，天气变得更加寒冷。街区爆发了流感，这是这个季节的流行病。我有两个年纪大的病人死了，还有几个人被病毒严重感染。格雷厄姆也被流感打倒了。我们的临时代理医生怀斯接过了他的一部分工作，其余的都压在我头上，我忙得没有时间休息。月初的那几天里，我去过离百厦庄园最近的地方就是农场，梅金斯的妻子和女儿都病倒了，无法挤奶。梅金斯牢骚满腹，说所有的活都是他在干。他对我说，有三四周罗德里克·艾尔斯的影子都没有出现过——甚至收租的日子里他也不来。“这就是所谓的绅士农场主的做派，”他挖苦道，“阳光普照时，一切都很美好。天气变坏，他就闭门不出了。”

我没有时间听他喋喋不休。我也没时间像平时那样顺便拜访百厦庄园。可是梅金斯说的话却让我很担忧，当天晚上，我打电话到了庄园里。艾尔斯太太接了电话，她的声音很疲惫。“哦，法拉第医生，”她说道，“真高兴听到你的声音！我们已经很久没有访客了。坏天气真难挨。这段日子，住在宅子里很不舒适。”

"你还好吗？"我问道，"其他人呢？卡罗琳和罗德怎么样？"

"我们——挺好。"

"我听梅金斯说——"

电话线有些嘈杂。"你得过来看看我们！"她在一片噪声中说道，"好吗？过来一起吃饭！我们会给你准备一顿传统鸡尾酒晚餐。你乐意来吗？"

我回答，我非常乐意。电话线太糟了，没法继续说下去。我们就在刺啦声中把时间定在两三天后。

短短几天，气温就下降了。我在一个阴冷多风的夜晚又拜访了百厦庄园，天上看不见月亮，也没有一颗星。我不知道，究竟是宅子太潮湿幽暗，还是我已经淡忘了庄园的破旧与落寞。可是我走进前厅时，眼前了无生气的景象立即击中了我。和酒会那晚一样，几盏壁灯的保险丝烧坏了，楼梯向上延伸进穹顶的阴影中。似乎夜间的酷寒从砖缝里钻了进来，像浓雾般飘荡在房子的正中心，不肯散去。几个古旧的暖气片水声咕嘟，滴答作响，发出的热量转瞬就在寒夜里消逝了。我走过大理石过道，看到这家人聚集在小客厅里，为了保暖，椅子就摆在壁炉正前方，他们穿着古怪——卡罗琳的裙子外面披了一件掉了毛的海豹皮斗篷，艾尔斯太太穿了一件硬挺的丝绸晚装，戴着翡翠项链和戒指，跟她西班牙式和印度式的围巾以及黑色头纱很不协调。罗德里克的晚装外套里穿了一件药膏色的羊毛背心，手上戴着一副无指手套。

"请原谅，医生，"我进来之后，艾尔斯太太走过来说，"我们的装束真不像样！"但她语气轻松，我明白这只不过是客气话。她完全没有意识到，她和她的孩子们多么怪异。不知何故，这让我有些不安。我是一个来访的陌生人，我留心查看了这座房子，现在又在观察他们一家。

我十分仔细地看了看罗德。他的模样比以前更消沉。他的母亲和姐姐向我问好时，他故意向后缩着。他终于还是和我握了握手，却很不情愿，眼睛都没有抬一下。多半是为了他母亲，他才摆出一副欢迎我的样子。但我早已料到了。除了这些，我还发现了更糟的。他所有的行为举止都不同了。以前他时刻紧张，机警地准备应付祸事，现在他似乎不太关心灾难是否会降临了，他一直垂头丧气。艾尔斯太太、卡罗琳和我想缓和一下气氛，便聊起郡里的琐事，他一直坐在椅子上，从眉毛下偷偷瞅着我们，一言不发。其间他只站起来一次，走到酒柜边加满了一杯鸡尾酒。看到他举杯的姿势和调酒的动作，我才意识到他一定酗酒有一段时间了。

这真让人难过。这时贝蒂走了进来，叫我们去用餐，我跟着一家人走出去，趁机靠近卡罗琳，低声说道："一切都还好吗？"

她瞟了一眼妈妈和弟弟，压抑地摇摇头。我们走进了走廊，她拉紧披肩的领子，抵挡从大理石地面袭来的阵阵寒气。

我们在饭厅里就餐，我猜艾尔斯太太是为了兑现"传统鸡尾酒晚餐"的承诺，让贝蒂把餐桌弄得很漂亮，桌上放着与颇具东方情调的壁纸相映成趣的中国瓷器，以及古老的银餐具。镀金大烛台点亮了，从窗缝里漏进来的风吹得烛火瑟瑟发抖。我和卡罗琳面对面坐在桌子的两边，艾尔斯太太坐在桌脚的位置，桌头的主人位置留给了罗德里克——他坐的那把椅子肯定是他父亲的旧物。他一坐下，就给自己倒了杯酒，贝蒂把酒瓶拿到桌子的另一端，端着一盆汤向他走来，他把手罩在自己的碗上。

"把这恶心的汤拿走！我今天一口汤也不喝！"他粗鲁刺耳地大声说道，"贝蒂，你知道那首诗里的淘气男孩怎么样了吗？"

"不知道，先生。"她不知所措地答道。

"不知道，先森。"他模仿着贝蒂的口音，"他被一场火灾烧伤了。"

“不，他没有烧伤，”卡罗琳勉强笑了一下，“但是他渐渐消瘦了。罗德，如果你不小心的话，也会有同样下场。我们里面有些人明明知道喝汤很有营养，却毫不在乎。喝点汤。”

“我说过了，”他又阴阳怪气地嚷道，“我今天一口汤也不喝！贝蒂，把酒瓶拿过来。谢谢。”

他注满酒杯，动作很费劲，瓶颈撞在杯子上发出清脆的响声。酒杯和那些瓷器银器一样，都是摄政时期的东西，是特意从贮藏室里拿出来用的。听到这轻声一撞，卡罗琳脸上的笑容消失了，她看着弟弟，突然十分恼怒——她眼中闪过的愤怒真让我害怕。吃这顿晚餐时，她一直恨恨地盯着罗德。这真让我遗憾，因为摇曳的烛光显出了她最美的一面，粗壮的身体变柔和了，披肩遮住了棱角分明的锁骨和肩膀。

在烛光下，艾尔斯太太也显得更漂亮了。她没有指责儿子，只是轻柔、平静地继续和我交谈，就像在小客厅里一样。起先，我以为这是出于良好的教养，她在极力掩饰罗德的行为带来的难堪。渐渐地，我才听出了她语气中的苦涩，我想起卡罗琳那次在图书室对我说过，她妈妈和弟弟近来“开始争吵”了。我发觉自己在祈祷——我在百厦庄园从未有过这样的想法——祈祷假如我没有过来该多好，并开始期待这顿晚餐早点结束。我想，这幢房子经受不住他们的恶劣情绪。我也经受不住。

我对艾尔斯太太说起一个最近正在治疗的感冒病人，他是百厦庄园以前的佃户，住在距离西门约一英里处。我告诉她能穿过百厦庄园的庭园去接诊病人是一件幸事，与我原先在外面绕圈完全不同。艾尔斯太太表示同意——接着，又别有所指地说道：“我真希望以后也能这样。”

“你希望？”我奇怪地问道，“那为什么不可以呢？”

她直直地看着儿子，似乎等着他发话。他什么也没说，只是盯着酒杯，她用亚麻布餐巾擦了嘴，接着说道：“医生，罗德里克今天告诉了我几个不好的消息。其实，我们很快就要被迫卖掉更多土地了。”

“你们要卖地？”我转向罗德，“我还以为没有土地可卖了。这次谁是买主？”

“还是区自治会，”艾尔斯太太说道，罗德默不作声，“还是由莫里斯·巴比来建，和以前一样。他们的计划是再建二十四套简易住宅。你能想象吗？我原以为这是规章制度不允许的，它们禁止了很多事。可是这届政府却很高兴地批准了，那些人把庄园的土地割成一块块，这样就可以把二十四个家庭塞在三英亩土地上。他们还要在墙上打洞，铺水管——”

“墙？”我没有听明白。

卡罗琳说话了。“罗德让他们把房子建在农场上，”她平静地说，“可他们不想要农场。他们要西边草蛇出没的那块地。他们最后这样解决了水和电的问题——如果只有我们用水和电，他们不会把水管延长到百厦庄园，如果是为了方便新住户，那就另当别论。他们似乎以为，我们有能力凑出那笔钱，把水管和电线铺设到农场。”

有片刻工夫，我沮丧得说不出话来。草蛇出没的那块地——我知道是卡罗琳和罗德里克小时候命名的——就在庄园界墙以内，离这幢房子大约一英里。盛夏时节浓密的树木完全遮住了它，只有到了秋天，站在西面和南面朝向的窗前才能看到，它像一条银绿白相间的缎带，秋风吹过，涟漪阵阵，仿佛手指抚过丝绒。罗德真的打算放弃这块土地，让我十分不安。

“你不能这样做，”我对他说道，“不能让庭园四分五裂。一定还有别的办法，对吗？”

他母亲说话了：“除非把房子和庭园全部卖掉，我们没有什么好办法。罗德里克也认为，我们为了牢牢守住这房子做出了很大牺牲，现在就不要想那么多了。我们已经和巴比谈妥，让他在建筑工地外围上栅栏——这样我们至少眼不见心不烦。”

罗德里克说话了，他语速很快：“是的，我们必须围上栅栏，把那伙暴民挡在外面。不过，我们可挡不住他们的心思。他们很快就会衔着短弯刀，在夜间翻过房子的围墙。卡罗琳，你睡觉时最好在枕头下面放一把手枪！”

“他们不是海盗，你这个傻瓜。”她小声嘟囔着，盯着她的盘子头也不抬。

“他们不是海盗吗？我可不敢保证。他们肯定满心期望把我们全部吊死在主桅杆上。他们在等着首相[1]发话。他会这么做的。老百姓都憎恨我们这种人，你难道不知道吗？”

“罗德里克，”艾尔斯太太不安地说道，“没有人憎恨我们。在沃里克郡没有。”

“哦，在沃里克郡这样的人很多！我们旁边的格罗斯特郡发自内心地拥护封地所有权。可是住在沃里克郡的都是优秀的商人——从内战[2]时期就开始了。别忘了，他们那时支持的是克伦威尔。现在他们知道在刮哪阵风了。如果他们决定砍掉我们的头，我不会责怪他们！我们竭力保存自己，结果却是一出糟糕的表演。”他笨拙地做了一个手势，“看看卡罗琳和我吧，多么结实的母牛，多么健壮的公牛。可我们竟然不能生育小崽子！人人都以为我们是故意要让这个家族绝嗣。”

“罗德！”我看到了他姐姐脸上的表情说道。

---

1 指英国首相艾德礼（Clement Richard Attlee，1883—1967），他领导的工党在1945年的大选中出人意料地击败了丘吉尔领导的保守党。艾德礼在任内大力推行工业国有化和社会公共服务，致力于社会平等和缩小收入鸿沟，这些举措都令保守派人士极为不满。

2 指1642—1649年间英国国王查理一世（Charles I，1600—1649）与议会之间的战争，最终以议会派的胜利和国王被斩首而告终。克伦威尔（Oliver Cromwell，1599—1658）是议会派军事领袖，并极力主张处死查理一世。

他转向我："怎么了？你一定很高兴。你是从海盗那边来的，对吗？否则今晚你也不会受到邀请！妈妈羞于让任何一位真正的朋友看见我们如今的窘迫。你难道还没有看出来吗？"

我愤怒地涨红了脸。我不能表露出任何难过，那会让他更得意，我只是一边吃饭一边瞪着他——男人之间的对视，他不敢再直视我的眼睛了。这手段奏效了，我一看他，他就烦乱地避开我。他像一个自吹自擂的男孩，其实很明白自己在虚张声势，他很快就变得神色羞愧，还有几分绝望。

卡罗琳低下头，继续吃饭。艾尔斯太太沉默了几分钟，然后放下了刀叉。她又开口了，询问我的另一位病人，假装我们之前的对话没有被打断。她举止安详，声音柔和，她再也没有看儿子一眼。相反，她似乎把他逐出了餐桌——就像她伸出了手，一盏一盏地捻熄他面前的烛焰，把他推入黑暗之中。

晚饭又恢复了平静。甜点是瓶装覆盆子馅饼，稍微有点酸，搭配的是人工奶油。尽管气氛有所缓和，饭厅还是十分潮湿阴冷，烟囱里传来风的呜咽，餐桌不是战前的货色，有些支撑不住了。艾尔斯太太吩咐贝蒂我们要在小客厅喝咖啡，接着，她、卡罗琳和我站起身放下了餐巾。

只有罗德有些犹豫。走到门口时他郁郁寡欢地说："我不跟你们去了，我相信你们不会介意的。我需要看几份文件。"

"我猜，是用来卷烟的文件吧。"卡罗琳一边说，一边走过通道给母亲打开小客厅的房门。

罗德里克看着她，我能感觉到，他因为自己的坏脾气而暗自羞愧。我看着他转身走向通往房间的那段短短的阴暗旅程，突然对他又怜又恨起来，就这样让他走了，我们可能太残忍了。我跟随他母亲和姐姐走进小客厅，看到她们正在往壁炉里添柴火。

"医生，我必须为我的儿子道歉，"艾尔斯太太边坐边说。她仿佛有些头痛，用手腕背部顶着太阳穴处，“他今晚的行为不可原谅。难道他没看到他让我们大家多伤心？如果他打算现在开始喝酒，撒手不管所有事情，我就叫贝蒂把酒拿回来。他的父亲绝不会在餐桌边喝醉……我希望你知道，我们非常欢迎你来。你能坐在这里吗，坐在我的对面？”

我在那里坐了一会儿。贝蒂端来了咖啡，我们继续聊着卖地的事。我再次询问她们，是否真的别无选择，应该告诉市政厅施工会瓦解这个庄园，也会不可避免地影响庄园里的住户。但她们早就彻底想过了，最后只能屈服。甚至卡罗琳的态度也消极得令人好奇。我想，我应该再做做罗德里克的工作。想到他一个人寂寞伤心地待在房子的另一边，我就觉得很烦恼。我一喝完咖啡，便说想去看看是否能为他的工作提供些帮助。

和我猜测的一样，工作只是个借口。我走进去，看见他几乎坐在黑暗中，只有炉火微微照亮了房间。这次我没有敲门，他也没有机会拒绝我，他转过头生气地说：“我早就知道你会来。”

“我能和你坐一会儿吗？”

“你想干什么？你知道现在我有多忙。——不，不要开灯！我头痛。”我听到他放下酒杯，向前走了几步，“我应该在壁炉里多加些木柴。天知道这里有多冷。”

他从壁炉边的箱子里取出几根圆木，笨拙地塞进炉膛。燃起的火星蹿进了烟囱，煤渣掉在炉栅外，一瞬间，炉火变弱了，屋子也愈加黑暗。我摸索着向他走去，拉过旁边的一把扶手椅，火苗这时从潮湿的圆木周围跳出来，我才能清楚地看见他。他无精打采地靠在椅子上，伸长着腿。他还穿着刚才的晚装，羊毛西装背心和无指手套，不过他已经松开了领结，解开了领口，领子的一侧扯得像是喜剧中醉汉的装束。

自从他在药剂室跟我讲了那个可怕的故事以后，这是我第一次踏进他的屋子，我坐下后，不安地四处张望着。炉火照不到的地方暗影幽深而诡诈，似乎一眼看不穿。不过我还是依稀辨认出凌乱的床、旁边的梳妆台和大理石饰顶的洗手台。他的剃须镜不见了踪影——我上次还看见它和剃须刀、肥皂、刷子一起摆在洗手架上。

然后我又转头看着罗德里克，他正在膝头胡乱摆弄着卷烟纸和烟草，打算给自己卷一支烟。即便是映着跳动的炉火光，我也能看到他醉酒涨红的脸。我开始和他说话。按照之前的打算，我和他讨论起土地出售的事情——我身体前倾，语气诚恳，想让他懂些道理。他头转向一边，不理不睬。最后，我只好放弃了这个话题。

我坐回去，说道："罗德，你看上去很糟。"

听到这话，他笑了起来："哈！我希望这不是专业诊断。恐怕我们付不起治疗费。"

"你为什么要这么对待自己呢？庄园正在你的周围四分五裂，看看你！你已经喝下了杜松子酒、苦艾酒、葡萄酒，而且，"酒杯就在他肘边的桌子上，放在一堆杂乱无章的文件上，我朝酒杯点点头，"这里面是什么？又是一杯杜松子酒？"

他轻声咒骂道："上帝！关你什么事？难道一个人还不能喝点酒？"

我说道："你这样地位的人不能。"

"我有什么地位？我是庄园主？"

"是的，你愿意这么想的话。"

他舔了舔自制烟卷上的胶水，一脸刻薄："你是在想着告诉我母亲。"

"你母亲如果看到你现在这个样子，"我说道，"她一定很痛苦。"

"老家伙，帮帮忙好吗？不要告诉她。"他把烟塞进嘴里，用报纸做的纸捻从壁炉里引火，"不管怎么说，"他坐了回去，"她现在开始管我们有点晚了。准确地说，晚了二十四年。对卡罗琳来说，晚了二十六年。”

我说道：“你妈妈非常爱你。别犯傻。”

“当然，你什么都知道。”

“我只知道她告诉我的。”

“是的，是的，你和她，你们是很好的朋友，对吗？她已经告诉你什么了？我让她多么失望？自从我被击中摔瘸以后，她从来没有原谅过我。我和我姐姐，我们一生都在让她失望。我想我们的出生就是件让她失望的事。”

我没有回答，他也沉默了，盯着炉火。他再次开口时，声音很轻，语调也平和下来。他说道：“你知道我小时候逃学的事情吗？”

话题突然改变了，我不知所措地看着他。“不，”我有些犹豫地说道，“我不知道那件事。”

“哦，没错。他们不让说，我逃跑了两次。第一次大概是在八九岁的时候，我没有跑太远。第二次，我年纪更大了，可能有十三岁。我走了出去，没人阻止我。我一直走到了一家旅馆的公共酒吧。我打电话给莫里斯，我爸爸的司机，他过来找我。他是我的好伙计。他给我买了一个火腿三明治和一杯柠檬汁，我们坐在桌边开始吹牛……我早就想出了一个彻底的解决方案。我知道他有一个哥哥经营着一家汽车修理厂，而我有五十英镑，我想我或许可以入股他的修理厂——和他的哥哥住在一起，成为一名技工。你知道的，我真的很了解发动机。”

他吸了一口烟：“莫里斯很满意这个提议。他说：‘好的，罗德里克主人。’——他说话带有浓重的伯明翰口音，就像这样——‘好的，罗德里克主人，我知道你会成为一个优秀技工，你的加盟会令我哥哥深感荣幸。可是你将会成为庄园所有财产的继承人，你不觉得这样会伤你父母的心？’他想把我带回学校，可我不同意。他不知道该怎么办，只好带我回家，交给了厨师，厨师悄悄把我带到妈妈那里。他们都以为妈妈会照顾我，在那个老家伙面前把事情糊弄过去——就像画片上和舞台上的妈妈们会做的那样。可是，她没有。她简单地对我说，她非常失望，然后就把我带到爸爸面前，让我自己对爸爸解释都干了些什么。老家伙像魔鬼一样暴跳如雷，痛打了我一顿——我挨揍时正对着打开的窗户，外面站的每个仆人都能看到。”他笑了起来，“以前学校里有个男孩揍我，我只有逃跑！他是个野兽般的男孩，名字是休·纳什。他常常叫我‘艾尔斯和格雷斯家的’。可即便是他，也有正派的作风，只在背地里打我……”

烟在他的指尖上烧完了，他静静地坐着，声音低沉：“纳什最后进了海军。他死在马来亚。你知道吗，当我听到他的死讯时，感到非常轻松。那时我在空军服役，我觉得摆脱了噩梦——就像我还在学校里，其他男孩告诉我纳什被他父母拖出教室一样……我记得，可怜的莫里斯也死了，不知道他哥哥是否健在。”他的声音越来越刺耳，“我真希望我入股了那个修理厂。那样我肯定比现在快活，不必为这个该死的庄园疲于奔命。真该死，我为什么要这么做？我知道你要说什么，你总能洞明世事，你一定会说，是为了这个家。你真的认为这个家有保存的价值吗？看看我姐姐！这座房子吸干了她的生命——它也吸干了我。这就是事实，它想要毁掉我们，毁掉我们所有人。现在是我在撑着局面，你觉得我还能撑多久？如果我完蛋——”

“罗德，别说了。”我说道。因为他的声音突然提高，身体也剧烈摇动起来——他发现烟熄了，便向前倾着身子，在壁炉里引燃了一根纸捻，然后他猛地把纸捻一扔，纸捻在火炉围栏上弹了一下，掉在小地毯一角，烧着了。我把它捡起来，扔进炉栅里。然后我又看了他一眼，伸手去拉防火网罩——他的壁炉和大多数壁炉一样，都有一块精美的旧网罩悬在上面，就像是幼儿防护栏装置——我把它拉了下来。

他坐回椅子里，自卫似的交抱着双臂。他偷偷抽了几口烟，歪着脑袋环视他的房间，眼睛在瘦削苍白的脸上显得又大又黑。我知道他在看什么，沮丧和难过的感觉就像生病一样击中了我。先是之前的那个幻觉，然后是他那些让人厌烦、不愉快的行为，而且看似很有道理。我看不到有任何改变。他满脑袋重重疑云。或许，他只能喝酒来增添勇气，而他的虚张声势则助长了可怕的暴躁脾气。

他还在四处张望，说道："今晚会有鬼把戏。我能察觉到。我已经感觉到了。我就像气象标，风向一变我就跟着转动。"

他故意说得很凄惨，我辨别不出其中有几分表演，几分真诚。可是——我的眼神无法抗拒地追随着他。我的目光又落在了洗脸架上。这一次，我又歪着头，向上面的天花板看去。尽管光线很暗，我仍然能够辨别出那个奇怪的污点，或者是印记——我的心沉了下去，我发现距离那个印记一码左右的地方，有一个相似的印记。不远处，我又看到了一个。我望着罗德床后边的那面墙，那里也有一个。或许它是我想象出来的，我不敢肯定，也许是阴影在玩鬼把戏。我的目光从一面墙移到另一面，直到最后发现似乎这间屋子满是那些奇怪的印记。我突然产生了一种强烈的意愿，罗德不能在这间屋子里多待一个晚上——哪怕多待一个小时也不行！我把目光从暗处移开，身体前倾，急迫地说道："罗德，跟我回里德克特，好吗？"

"去里德克特？"

"我认为你在那里更安全。"

"我现在不能走。我说过了，你不知道吗？风正在转向——"

"别那样说！"

他眨了眨眼睛，像是突然明白了。他又歪着头，近乎狡黠地说："你害怕了。"

"罗德，听我说。"

“你也感觉到了，对吗？你感觉到了，所以你害怕了。你以前不相信我。说什么神经狂暴症，战争冲击。现在你比我还怕！”

我知道我怕的不是他说的这些，而是一些更虚无缥缈，更可怕的东西。我走过去想抓起他的手腕。

“罗德，看在上帝的分上！我觉得你有危险！”

我的举动刺激了他，他向后一缩。接着——是酒精的作用——他大发雷霆。

“该死的！”他叫着，把我推开，“把你的手拿开！该死的，不要你来教我该怎么做！你总是这样。你四处施舍医生的忠告，不然就用你那肮脏的医生的手来抓我。现在你抓不到我，所以你就想监视我，用邪恶的医生的眼睛来监视我。该死的，你到底是谁？真见鬼，为什么你在这儿？你是怎么想尽办法在这幢房子里站稳脚跟的？你不是这个家庭的一员！你什么也不是！”

他砰的一声把酒杯放在桌上，杜松子酒洒在了一堆文件上。“我要喊贝蒂来，”他疯狂地说，“把你送出去。”

他跌跌撞撞地走向壁炉墙，抓起拉铃杆，一下一下拉着，我们听到地下室传来一阵微弱而慌乱的叮当声。铃声很怪诞，就像是从前乡下的防空铃声。他的话让我既震惊又难过，而铃声让我被搅动的心又多了一道古老的回声。

我站起身来向门口走去，打开房门，看到贝蒂正气喘吁吁紧张不安地站着。我想阻止她进来。

我说道：“没事啦，什么事也没有。小小的误会而已。下楼吧。”

可是，罗德里克接着我的话喊道：“贝蒂，法拉第医生要走了！他还要去看其他病人。真遗憾，他这么快就要走了。带他到前厅去，顺便拿上他的帽子和外套，好吗？”

那个姑娘和我面面相觑，我到底该怎么做？几分钟前，我自己还在提醒罗德，他是“这个庄园的主人”，是个成年人，是财产和仆人的主人。最后我生硬地说：“很好。”她退到在一边，好让我走出房门，接着便听到她匆匆忙忙取东西的声音。

我心里烦躁极了，在小客厅门口站了一分钟，最后才鼓起勇气。我走了进去，仍然在发抖，我还以为我的脸色和举止会立即暴露。但我的到来没有引起任何人注意。卡罗琳膝头摊着一本小说，艾尔斯太太坐在炉边打盹。这又使我吃了一惊——我从没有见过她睡觉的样子，每次我来访时，她总是醒着，望着我，用惊惧不定的眼神望着我，就像个头脑昏乱的老妇人。她放在膝头的那块披肩已经悄悄滑落到地上。我弯腰把它捡起来，我刚直起腰，她就从我手中接过来，自己缠在膝盖上。

她问我罗德里克的情况。我犹豫了，说道：“实话说，他不好。我——我真希望我知道该怎么说。卡罗琳，你能过去照看他几分钟吗？”

“只要他没醉就好，”她回答道，“他让我烦透了。”

“喝醉了！”艾尔斯太太说道，声音中带着责备，“谢天谢地他的祖母没有活在世上看到他这副样子——我是说，上校的母亲。她总是说没有比男人醉酒更让人沮丧的事了。我得说，我同意她的观点。我自己母亲这边——我的曾祖父母就是戒酒人士。是的，我非常肯定。”

“不过，”我坚定地望着卡罗琳，“你睡觉前最好过去看看他，看一切是否安好？”

她终于明白我话中有话，抬头望着我。她闭上眼睛，她一定很疲倦，不过她还是向我点了点头。

我稍微安心一些，可我不能平静地坐在炉边闲谈了。我感谢了他们的晚餐，道了晚安。贝蒂拿着我的帽子和外套等在前厅，她的出现让我想起罗德刚才的话：*真该死，你是谁？你什么也不是！*

外面的天气依然恶劣，加剧了我糟糕的情绪。我回家的路上心情愤怒而烦躁——车开得很糟，换挡时用力过大，转弯太猛差一点掉下路面。为了使自己平静下来，我一直到半夜都在检查各种账单和文件。最后，我苦恼地躺在床上——期盼病人打来电话，让我的思绪从这一堆乱麻中解脱出来。

没有电话打来。于是我拧开台灯，起来给自己倒了一杯酒。返回床边时，我看到了那张百厦庄园的旧照片，装裱在美丽的玳瑁边框中。我拿起来，看着妈妈的脸。接着我把目光转向她身后的那幢房子，我以前经常这样想，我想起住在那幢房子里的人，不知道他们在那寒冷、黑暗、隔绝的房间里会不会比我安心些？艾尔斯太太给我照片是在七月，现在已经是十二月初了。我问自己，几个月时间里，我怎么会使自己的生活和那家人的生活纠结在一起，让自己如此心神难安？

在酒精的作用下，我心中的怒气渐渐消退，终于睡着了。我睡得不好，一直在和隐晦狂暴的噩梦搏斗，和百厦庄园发生的可怕事件搏斗。

7

后来的故事，根据回忆是这样拼凑起来的。

我离开庄园后，艾尔斯太太和卡罗琳在小客厅里待了一个多小时。我给卡罗琳的暗示让她有些不安，所以她去看了罗德一次。她发现他张着嘴、四肢摊开地躺着，怀里抱着一支空的杜松子酒瓶，醉得说不出话来。她说，她的第一反应真是恼怒极了，她差点索性把他扔下不管，“让他在椅子里烂掉”。可他醉眼蒙眬地凝望着她，眼神中流露的某种东西感动了她——是从前的那个他闪烁出的火花。有那么一瞬间，她几乎觉得他们走不出困境了。她跪在他身旁，握住他的手贴在她的脸上，额头抵着他的指节：“罗迪，你怎么了？”她轻声问，“我都不认识你了。从前的那个你呢？发生了什么？”

他的手指摩挲着她的脸颊，但什么也没说，或许是说不出话来。她在他身旁又蹲了一会儿，然后强打起精神，决定把他移到床上。她估计他要上洗手间，于是扶着他站了起来，送他去走廊尽头的“绅士们方便之处”，他东倒西歪地走回来之后，她解开了他的鞋子和衣领，给他脱下长裤。罗德受伤之后她就开始护理他，已经习惯了帮助他穿衣脱衣，这些事她做得驾轻就熟。她说，他头一挨着枕头，就睡得不省人事，接着便鼾声大作，嘴里冒出难闻的酒气。他仰面朝天地躺着，这让她记起了战时接受的医护培训，想让他翻身侧过来，以免生病。但他不愿意，她既疲惫又灰心，最后只好放弃。

她给他盖好了毛毯，然后离开他走到壁炉边，拉开壁炉的防火网罩，又添了几根木柴。她事后非常肯定，自己加完木柴后，又合上了网罩。她同样能肯定的是，没有香烟在烟灰缸里燃烧，也没有点亮的灯或蜡烛。她回到了小客厅，又陪伴了母亲半小时。她们午夜之前才就寝，卡罗琳关灯前又读了十几分钟书，她几乎立刻就睡着了。

几个小时后她醒了——后来她才知道，那时大约是三点半——因为有一声微弱但很清晰的玻璃碎裂声。声音从她的窗户下方传来——是她弟弟房间的一扇窗。她一惊，从床上坐了起来。她以为是罗德醒了过来，跌跌撞撞地四处乱走，她的第一个念头是别让他上楼来惊扰了母亲。她疲倦地下床，披上晨衣。她刚打起精神准备下楼去对付他，突然想到或许那声音不是她弟弟发出的，可能是有夜贼想潜入庄园。也许是罗德那些关于海盗和短弯刀的话刺激了她。不过她还是悄悄地走到窗口，掀开窗帘向外张望。她看到花园被一道跳动的黄光照亮，闻到一股烟味——她这才明白，房子起火了。

像百厦庄园这样的大宅子，火总是最让人警惕。从前发生过一两起厨房里的小火灾，很容易就扑灭了。战争期间，艾尔斯太太最害怕空袭，每层楼上都放着装满沙和水的桶、水管和手摇抽水泵——但事实证明，这些东西一次也没用上。现在，这些水泵早已废弃了，也没有任何机械灭火装置。这里只有挂在地下室走廊里的一排古旧的皮桶，由于年代久远而开裂，可能会漏水——保存这些桶只是因为它们别具一格。在这种情形下，卡罗琳看到跳动的黄光而没有惊慌，真是一个奇迹。其实，她后来向我承认，在那个独一无二的疯狂时刻，她莫名地兴奋。她想到，如果百厦庄园被烧成废墟，那所有事情就都了结了。

她回想着在过去几年里完成的工作，她擦亮了所有的木地板和镶板，所有的玻璃，所有的餐具。她难以克制地想放弃所有这一切，而不是阻止大火把它们夺去。

这时，她想起了她的弟弟。她抓起壁炉前的地毯和床上的毛毯，冲向楼梯，一边跑一边大声呼喊她的母亲。楼下的烟味更浓了，走廊里的空气已经变成了浓雾，刺得她眼睛发痛。她穿过靴室，钻进男士洗手间，把地毯和毛毯浸在水盆里。她找到了电铃，使劲拉铃——我猜她一定拉了很多次，和几个小时前我见到罗德里克拉铃时一样。然后她拿着湿透了的毛毯摇晃着走了出来，一脸惊恐的贝蒂出现在挂着帘幕的拱门前，赤着脚，穿着睡衣。

“提水来！”卡罗琳叫她，“着火了！你没闻到吗？把你的床单和能用的东西都拿来！快点！”

她一边说，一边把湿毯子举到胸口，她气喘吁吁汗流浃背地跑到罗德里克的房间门口。

她说，还没打开门，她就开始咳嗽，有点喘不过气来了。她进去时烟雾又浓又烈，她想起了在皇家海军女子服务队时参加的一次防空演习。当然，那会儿她有一个呼吸面罩，演习的目的就是学会使用它。现在，她只能把鼻子和嘴埋在怀里的湿布上，奋力向前走。温度高得可怕。她看到房间四面都燃起了火焰，似乎到处都有火，她绝望地认为没有希望了，只能退回去。但她已经辨认不清方向，惊恐至极——所以她又转了回去。火焰就在身旁，她疯狂地用毛毯扑打，并开始用地毯扑打另一处火苗，很快，她发觉贝蒂和母亲也赶来了，在用她们的湿毯子扑火。滚滚浓烟暂时变淡了，她瞥见罗德里克和她离开时一样，还躺在床上，头晕眼花地咳嗽着，好像才醒过来。窗户上有两面织锦窗帘燃着了，还有两面差不多被彻底烧毁，落了下来。她拼命冲到窗帘中间，猛推开玻璃双扇门。

她说到这里时，我发起抖来，要是那个房间里火烧得再猛一些，突然涌进冷空气一定是致命的。但是这时候火焰已经被控制住了，而且，谢天谢地，夜晚很潮湿。卡罗琳扶着摇摇摆摆的罗德里克走到外面的石阶上，再回去帮助她的母亲。烟雾正在散去，她说，可她看到的房间就像是地狱一景：热得难以想象，恶魔作祟，至少有上千度，四处都是飞旋的灰烬和未熄灭的火舌，邪恶地扑向她的脸和手。艾尔斯太太咳嗽着，喘不过气来，她的头发乱七八糟，睡衣肮脏极了。贝蒂打来几盆水，在三位女士的脚下冲积出了一摊摊黑色淤渣，是灰烬、烟雾，以及地毯、毛毯和纸张的碎屑。

她们继续在房间里扑了很长时间火，可能比估计的时间长，因为她们起初扑灭了一簇火焰，便背对着它，几分钟后发现它又开始燃烧了。所以此后她们不敢再有丝毫大意，一处处有条不紊地检查火烧过的地方，泼水，用拨火棍和火钳清除余烬和火花。她们三个都想呕吐，呼吸困难，眼睛流泪，满是烟灰的脸颊上留下惨白的泪痕。最后一丝火苗扑灭后，发烫的房间迅速冷却了，她们却发起抖来，半是出于后怕，半是由于寒冷。

罗德里克一直待在打开的窗口，倚靠着窗台。他仍然醉得厉害，但是明白些了——我认为他是在想刚才这场搏斗中的每一个细节，眼前的火焰和令人窒息的浓烟似乎把他吓呆了。他的母亲和姐姐清理房间的隐患时，他只是怪异地注视着，什么忙也不帮。但当她们让他下到厨房，让他坐在桌边，用毯子裹住他时，他才意识到差点酿成大祸，他抓住了姐姐的手。

“卡罗，你瞧瞧发生了什么？”他对她说，“你瞧它想干什么？我的上帝，它比我想象得聪明！如果你没有醒该怎么办！如果你不来该怎么办！”

“他在说什么？”艾尔斯太太问道，他的行为让人痛心又迷惑不解，“卡罗琳，他到底是什么意思？”

“他什么意思也没有，”卡罗琳很清楚他的意思，但不想让母亲知道，“他还醉着呢。罗迪，请你别这样。”

但那时，她说，他的行为举止变得“像个疯子”，双手紧紧捂住眼睛，拉扯着头发，然后惊恐地看着他的手指——因为他的头发上打了发油，而在烟雾中，发油变成了一种沙砾般的焦油。他不由自主地在熏黑的衬衫前襟上擦拭手掌。他开始咳嗽，挣扎着喘气，结果却越发恐慌起来。他又一次伸手抓住了卡罗琳。“对不起！”他不停地说着，一遍又一遍。他的呼吸粗重，发出一股酒气，脸上满是烟尘，双眼通红，衬衫浸透了雨水。他用颤抖的双手猛然抓住母亲，“妈妈，对不起！”

经过房间着火的严酷考验之后，他这样做太过分了。艾尔斯太太非常害怕地盯着他看了几秒钟，然后说道：“别说了！”她大声说，声音颤抖，“噢，看在上帝的分上，别说了！”但他还在喋喋不休和哭泣，卡罗琳走过去，举起手打了他。

她说，她打完之后才感觉到手掌上的刺痛。她双手捂住嘴，震惊害怕得像是自己被打了一样。罗德猝然陷入了沉默，蒙住了脸。艾尔斯太太站在那里看着他，肩膀抽搐，呼吸困难。卡罗琳颤抖着说，“我觉得我们都有点不正常。我们都有点疯……贝蒂？你在哪儿？”

女孩走上前来，她的眼睛瞪得很大，脸色苍白，身上一道道烟灰条纹像老虎皮似的。卡罗琳说：“你还好吧？”

贝蒂点点头。

“你有没有被火烧到，有没有受伤？”

“没有，小姐。”

她说话很轻，但嗓音令人放心。卡罗琳镇静了一些。

“好姑娘。你一直非常好，很勇敢。别介意我弟弟。他今天不对劲。我们大家都不太对劲。这里有没有热水？你能点燃炉子吗，在炉子上放几口锅，煮点茶，烧几壶热水。去浴室之前，我们得把烧得最严重的垃圾清理出去。妈妈，你应该坐下。”

艾尔斯太太一脸茫然。卡罗琳绕过桌子，帮她坐进一把椅子里，给她围上一条厨房毯子。但她做这些事时自己的四肢也在颤抖，就像刚刚放下不堪承受的重物，突然感到好像失去了勇气。母亲坐下之后，她也给自己拉了一把椅子，重重坐下。

五或十分钟之后，厨房里的响动只剩下了炉子上咆哮的火焰，咕咕冒泡的热水，和金属与瓷器的叮当声，贝蒂四处走动着摆放好脸盆和毛巾。这女孩轻声地招呼艾尔斯太太，帮她走到水池前洗净手、脸和脚。她也帮卡罗琳做了同样的事，然后疑惑地看着罗德。不过，他自己已经平静下来，看出她想让他做什么，于是蹒跚着走到了水池前。但他一举一动都像梦游，他把手放进水中，由着贝蒂用肥皂冲洗。他松垮垮地站着，眼睛无神，任由贝蒂擦着他脸上的污迹。她清洗不了他油污覆盖的头发，只好用梳子来对付，把一团团油灰抹在一张报纸上，然后她把报纸揉成一团，放在水池边的排水板上。她做完了这些，他便默默地走到一边，让她把脏水倒在水池里。他看着厨房的另一边，他姐姐也正在看他，他的表情非常复杂，卡罗琳说，既恐惧又迷惑，她不忍再看。她转身离开他，想走到母亲身边。

这时，一件非常奇怪的事情发生了。卡罗琳刚刚向桌子迈出了一步，就从眼角的余光里看到她的弟弟把手放到了脸上，她那时还以为他在咬指甲或者揉脸。与此同时，贝蒂也从水池边转过身去，把一条毛巾扔进地板上的水桶里。但就在她转身回来时发出了一声惊呼，卡罗琳定睛一看，惊恐万分地发现弟弟身后腾起了另一簇火焰。“罗迪！”她惊恐地叫道。他转过身来，看见了她所看到的，便飞快地逃开了。距离他刚才站过的地方几英寸之外的木制排水板上，有一小团火苗和烟雾。这是贝蒂用来擦掉他头发里油污的报纸，她揉成了松散的一团，不知何故，它竟然难以置信地自燃了。

和刚才罗德里克房间里地狱般的灼热相比，这场火不算什么。卡罗琳飞快跑到厨房这一角，把那团报纸扔进了水池里。火焰越升越高，然后突然熄灭了。烧焦的纸纤细而轻盈，烧成灰烬前一直保留着原来的形状。但是，令人哭笑不得的是，没人明白火势是怎么起来的。艾尔斯太太和卡罗琳面面相觑，十分恐惧。“你看到了什么？”他们问贝蒂，她眼神惊恐，“我不知道，小姐！我什么也没看到！只看见烟雾和黄色的火焰，从罗德里克先生的背后蹿了上来。”

她和其他人一样困惑。她们思前想后，只能迟疑地得出结论，认为她从罗德里克头发上梳下来的油污里仍有火种，而干燥的报纸有助燃的作用。确实，这想法非常令人不安。他们紧张地对视着，害怕还会有火苗出现。罗德里克尤其痛苦和恐慌。他的母亲说，也许她、卡罗琳和贝蒂应该返回他的房间，仔细清理余烬，这时他绝望地哭了出来，说她们不能让他一个人留下！他害怕自己一个人待着！他“无法阻止它”！由于担心他精神崩溃，她们只好带着他一起上楼。她们给他找来一把没烧坏的椅子，她们检查每一件烧坏的东西表面时，他就坐在上面，双腿缩起，咬着双手，眼神穿梭不停。但是，房间里只有寒冷、熄灭的火焰和污秽。在黎明前，她们停止了搜索。

我一直被噩梦纠缠，一两个小时以后才醒过来，对那场差点在夜晚吞噬了百厦庄园的灾祸一无所知。其实直到晚间，我才从一个病人那里听说了火灾，他是听一个早上出门路过百厦庄园的商人说的。我开始并不相信。我不相信这家人经历这般磨难，而没有给我送来一条口信。后来，另一名病人也提起了这事，仿佛已经人人皆知。我还是将信将疑，便打电话给艾尔斯太太，令我惊讶的是，她证实了发生的事。她声音非常沙哑疲倦，我咒骂自己没有更早打电话给她，我本可以早些去庄园——因为我最近开始每周有一个晚上在本地医院的病房里值班，今晚我也在值班，所以根本无法脱身。她向我保证，她、卡罗琳和罗德里克都还好，只是很累。她说火灾让他们“有一点害怕”，这是她的原话。也许就是由于这句话，我才没有重视这次突发事件。我记得十分清楚，我上次离开时罗德的状态。我回想起他任性地把酒溅得四处都是，他同样可能把燃着的酒洒在地毯上，然后它就悄无声息地燃烧起来。我认为，可能是他的烟头点燃了小火苗……但是我知道，即使是小火也会产生大量烟雾。我也知道，吸入过多烟雾的影响，在火灾后一两天内最为严重。所以，我怀着对这一家人的担忧上了床，又度过了一个心神不宁的夜晚。

第二天早上，我轮班结束后便开车去了庄园，正如我担心的，他们都生病了。从身体情况上看，贝蒂和罗德里克受到的影响最小。火势猛烈时贝蒂始终在门边，为去洗手间取水来回穿梭。罗德里克平躺在床上，呼吸浅，没有吸入他头顶上最厉害的烟雾。但艾尔斯太太情况很糟，她喘不过气来，虚弱，很少走出她的房间。卡罗琳的模样和声音都很可怕，喉咙肿胀，头发烧焦了，脸和手上是燃烧和火星留下的红斑。我到达时，她在前门接我，她的模样糟糕极了，比我预料的更坏。我放下药箱，扶住她的肩膀，仔细看着她的脸。

“噢，卡罗琳。”我说。

她不好意思地眯着眼，微笑着，但悲伤的眼睛里闪动着泪水。“我是不是很像可怜的盖伊·福克斯[1]？”她说，“在最后一分钟里转胜为败。”

她转过身去，开始咳嗽。我着急地说，“看在老天的分上，快进屋

1　盖伊·福克斯（Guy Fawkes，1570—1606），英国天主教极端分子，策划在1605年11月5日炸毁上议院，刺杀英王詹姆斯一世（James I，1566—1625），但是计划泄露，他被捕并处以绞刑。

去，外面很冷。”

我拿起药箱和她一起走了进去，她的咳嗽平息了，她抹去了脸上的泪水。我关上门，震惊而毫无准备地闻到了前厅里可怕的燃烧气味。而前厅本身就像挂起了服丧期的黑纱，每一件东西表面都斑斑点点地覆盖着厚厚的烟尘和黑色的污迹。

“太可怕了，不是吗？”卡罗琳顺着我的目光看去，声音嘶哑地说，“我觉得房子比以前更糟了。来看看这里。”她带着我走向北边的走廊，“烟气径直穿过了房子，甚至在阁楼上也能闻见，我不知道该怎么办。别介意你那鞋子上的泥，我们眼下管不了地板了。但要小心，别把你的外套蹭到墙上。墙上粘了很厚的灰。”

罗德的房间门半开着，我们走了过去，我做好了看到一片废墟的准备。尽管如此——卡罗琳先走了进去，我却胆寒地停在了门槛处。贝兹利太太正和贝蒂在那里冲洗墙壁，她遇到了我的目光，阴郁地点了点头。

“医生，你喜欢我做的工作吗？”她说，“我昨天一早就来了。现在这里的模样已经不能和那时相比了。我们在污水中费力地行走，水一直没到我们的脚踝，是这样吧，贝蒂？”

房间里的大部分家具已被清理出去，乱七八糟地摆放在打开的法式落地窗另一边的露天平台上。地毯也被卷起，搬了出去，一张张报纸铺在宽木地板上，但地板仍然十分潮湿，盖满灰烬，这些报纸变成了一层厚厚的灰色纸浆，像煤烟熏黑的麦片粥。墙壁上流淌着的水更黑，贝兹利太太和贝蒂正在洗刷。木头镶板烧焦变成了炭，声名狼藉的格栅天花板全黑了，那些神秘的印记永远消失了。

“这真难以置信，”我对卡罗琳说，“我真没想到！如果我想到的话……”

我没有说完，因为我能否预料到无关紧要，我什么都做不了。但我觉得不安极了，这个家庭里发生了如此严重的事件，而我却没有在场。我说：“有可能整间房子都会被烧掉。真是不堪设想！而且罗德就在这里，就在这个屋子中间？他真的还好吗？”

她古怪地看了我一眼，然后瞅了瞅贝兹利太太。

“是的，他情况良好。就是和我们其他人一样，有点喘不过气来。但是他的东西大部分都烧毁了。你可以从那儿看到他的椅子——可能是火灾中烧得最厉害的东西。那是他的写字台，和他的桌子。”

我从敞开的窗户看出去，看到了写字台，桌腿和抽屉完好无缺，但桌面又黑又焦，仿佛有人在上面点燃过熊熊烈火。我忽然明白了，为什么房间有那么多的灰。我说：“他的文件呢？”

卡罗琳疲倦地点点头。“那是家里最干燥的东西。”

“有没有幸存下来的文件？”

“很少。我不知道毁掉了哪些文件。我甚至不知道这里有什么文件。可能有房子和地产的平面图。我记得还有各种地图，农场和房舍的地契副本，以及信函、票据，我父亲的笔记……”她的声音变粗哑了。她又开始咳嗽。

“这真是一件非常、非常可怕的事，”我说着，环顾四周，到处都有新的损坏：墙上画框里的帆布烧焦了，灯泡和吊灯架被熏黑了，“这是一个美丽的房间。你打算怎么做呢？能否保存原貌？我认为，烧得最严重的镶板可以更换。天花板也可以粉刷。”

她悲观地耸耸肩。“妈妈说，房间一旦打扫完毕，我们就把它也像其他房间那样关闭起来。我们肯定没有钱修复它。”

“用保险金支付呢？”

她又瞥了一眼贝兹利太太和贝蒂。她们仍然在擦洗墙壁，在刷子刮擦声的掩护下，她平静地说：“罗德没交保险费。我们刚刚发现。”

“他没交保险费！”

“大概发生在几个月以前，是省钱的一种办法。”她闭上了眼睛，慢慢地摇了摇头，然后走到法式落地窗口，“出来透一分钟气，好吗？”

我们走下石阶，我仔细查看了损坏的家具、烧坏的写字台和桌子，扶手椅上的皮革烧光了，露出了里面的弹簧和马鬃填塞料，它们就像病变的骨头或是千奇百怪的解剖模型的肠子。眼前的景象十分凄凉，虽然那天没有下雨，天气却很冷。我看到卡罗琳在发抖。我想给她和贝蒂检查一下，还有她的母亲和弟弟，所以我说，她应该带我回到屋里，到小客厅或某个温暖的房间里去。她有些犹豫，透过打开的窗口向里面张望了一下，带我离开了窗口。她又咳了起来，吞咽口水时肿胀的喉咙让她表情痛苦。

她说得很平静：“你昨天和妈妈通过电话了。她有没有对你说起火灾可能是怎样引起的？”

她直视着我的眼睛。我说：“她只告诉我，大家都上床后，罗德的房间里突然起火了，你发现了，就把火扑灭了。我猜，是不是罗德喝得酩酊大醉，蠢得忘记了熄灭烟头？”

“一开始，”她说，“我们也是这样想的。”

我很惊讶她说的是“一开始”。我小心翼翼地说：“罗德自己还记得什么吗？”

“什么都不记得了。”

“我想他是醉得人事不知，然后，然后发生了什么？难道他后来又醒了，走到壁炉边，点燃了溅出的酒？”

她又困难地咽了咽口水，费力地开口说道：“我不知道。我完全不知道该怎么猜想。”她朝着窗口向那边点点头，“你注意到壁炉了吗？”

我看了看，看到炉栅上覆盖着灰色的防护网罩。卡罗琳说：“火灾开始前几个小时，我离开罗德时它就是这样。我回去查看时，发现炉栅没有人动过。但是还有其他几处起火点，好吧，我挨个描述下它们。

不是只有一处。还有——我不知道有几个——也许有五六处。”

“这么多？”我震惊地说，“卡罗琳，这真是奇迹，你们都没有受重伤！”

“我不是这个意思……我在海军女子服务队里学过怎样对付火灾。他们讲过火是如何蔓延的。你瞧，火应该沿着地面匍匐前进，它不会跳跃。而这些火，它们更像独立的小起火点，可能是被纵火犯或其他什么东西点燃的。瞧瞧罗德的椅子，就像火焰是从它的正中央开始燃着的，椅子腿丝毫未损。写字台和桌子也是同样的情况。还有这些窗帘。”她抓起一对织锦窗帘，窗帘烧得从吊环中落了下来，挂在烧坏的扶手椅背上，“火就是从这里开始的，你看，从中间向上烧。但这怎么可能呢？窗帘两边的墙壁只是烧焦了而已。就好像——”她回头飞快地看了一眼房间，似乎担心被人偷听，“好吧，罗德是不是粗心大意忘记灭烟头或蜡烛，这暂且不说，但是这些火可能是被点燃的。我是说，有人故意纵火。”

我震惊地说：“你认为是罗德？”

她立即答道：“我不知道。我完全不知道。但我时常想起他在你的诊所对你说的那些话。还有我们在他的墙壁上发现的印记——它们是被烧成那样的，是不是？究竟是不是？它们使我感到害怕。而且，还有另一件事。”

接着，她告诉了我厨房里发生的那场奇怪的小意外，报纸团在罗德背后突然起火。她告诉我，当时，他们都以为是油污的原因。但是后来卡罗琳再次检查现场，发现一盒厨房火柴放在近旁的一个架子上。她认为这实在太荒唐了，但确实也有可能，罗德里克趁着谁都没有在看他，点燃了一根火柴，自己点着……

我实在接受不了这个想法。我说：“我不想怀疑你，卡罗琳。但是你们都被折腾坏了。你们看到了那么多的火，我一点也不惊讶。”

“你以为我们想象出了燃烧的报纸？我们四个人一起想象的？”

“好吧——”

“我们没有想象，我向你保证。火焰千真万确。如果罗德不点火，那……是什么点的火呢？这正是我害怕的，比任何其他事都怕。所以我认为，只可能是罗德。”

我并不知道她想暗示些什么，但她显然非常害怕。我说：“你看，我们平静些来想想。有没有证据证明这场火灾不是意外？”

她说：“我不敢肯定。我不知道警察会怎么判断。你有没有听说，昨天那个送肉的得变形性骨炎的男子在这里？他闻到了烟味，在房子周围转来转去，透过窗户向里面张望，我没来得及阻止他。他在战争期间是考文垂的消防队员。我糊弄他说，是油汀起火了，但我看到他仔细地环顾四周，把每件东西都看在眼里。我看出他不相信我。”

“不过你设想的，”我轻声说，“还是太可怕了！想想罗德吧，他正心灰意冷地在房间里转圈子呢。”

“我知道！我知道，真是太可怕了！医生，我不是说他是故意这样做的。我不相信他想伤害任何人。我绝不相信。但是，”她表情痛苦而绝望，“有没有可能，有时候人们伤害他人，却对自己的行为毫无意识？”

我没有回答。我又一次环顾四周，注视着那些被烧坏的家具，椅子、桌子，和写字台烧得焦黑的表面，我经常看到罗德绝望地伏在上面苦思冥想。我记得火灾前几个小时，他还在对他的父亲，对他的妈妈，对所有产业爆发熊熊怒火。他带着可怕的羞怯对我说过，今晚就会有鬼把戏出现。我在他身上看到了什么？我看到了他房间里的阴影，也看到了墙壁和天花板上密密麻麻的印记，那些令人不安的黑色印记。

我用一只手蒙住了脸。“噢，卡罗琳，”我说，“这是一件可怕的事。我觉得我负有责任。”

她说：“你是什么意思？”

“我不该撒手不管你弟弟！我对他泄气了。我辜负了你们大家……他现在在哪里？他说了什么吗？”

她的神色更奇怪了。“我们让他待在楼上他过去的旧房间里。不过，听着，他现在说的全是胡话。他的模样可怕极了。我们只好指望贝蒂，因为我们不希望贝兹利太太看见他。我们不希望任何人看到他，也许这样能好过些。罗西特一家昨天打来了电话，我只能回绝他们，万一他发作起来可怎么办呢？他不是吓坏了，他——他是由于其他原因。妈妈把他的烟和其他这类东西都拿走了。她——”她的眼皮抖动着，血悄悄地涌上了脸颊，“她把他锁起来了。”

“把他锁起来了？”我简直无法相信。

“她和我一样，一直在想火灾的事。她起初以为是意外，我们都这样想。后来，他的言行举止表明还发生了别的事情。我不得不告诉她那些事。现在她很害怕他还会做出什么举动。”

她转过身去，开始咳嗽，这一次咳得停不下来了。她说了太多话，太动感情，而且天气很冷。她看起来非常疲倦，而且累了。

我带她走进小客厅，在那里给她做了检查。然后我去了楼上，看望她的母亲和弟弟。

我先去了艾尔斯太太那里。她靠在枕头上，裹在被单和披肩里，她的长头发披散在肩膀上，使她的脸色显得更加苍白而痛楚。但她显然很高兴见到我。

“噢，法拉第医生，”她嘶哑地说，“你能相信又发生了不幸吗？我开始觉得，我的家庭中了什么诅咒。我真不明白。我们做了什么？我们激怒了谁？你知道吗？”

她问得很认真。我拉过一把椅子，开始给她做检查，我说：“你的坏运气糟糕得过了头。我很抱歉。”

她咳嗽起来，身体向前倾，然后又靠回枕头上。但她一直注视着我："你见过罗德的房间吗？"

我把听诊器放在她胸口："请稍等片刻再说……是的。"

"你看到了写字台和椅子吗？"

"现在请不要说话。"

我让她身体向前倾，听她的后背。然后我把听诊器取下，感觉她的眼睛还盯着我看。我点了点头："是的。"

"你怎么想？"

"我不知道。"

"我认为你明白。哦，医生，我从没想过我会害怕自己的亲生儿子！我一直在猜想到底发生了什么。每当我闭上眼睛，就会看到火焰。"

她的声音停下了。又一阵咳嗽袭来，比第一次更严重，她没法把话说完。她颤抖时我扶住了她的肩膀，让她呷一口水，递给她一条干净的手帕擦嘴和眼睛。她又靠在枕头上，脸色潮红而疲惫。

我说："你不能说这么多话。"

她摇摇头。"我必须说！除了你和卡罗琳，我已经没有人能商量了，她和我已经讨论过每一处细节。昨天，她告诉了我那些事情，那些非同寻常的事情！我无法相信！她说，罗德里克的行为几乎像个疯子。而恰恰在此之前，他的房间被烧过。卡罗琳有没有让你看那些印记？"

我局促不安起来："是的，她给我看了一些东西。"

"你们谁都没来找过我？"

"我们不想打扰你。如果我们能应付，就不想让你知道。当然，如果我预料到罗德里克的情况会恶化到这样的惨剧发生，我——"

她的神情更忧伤了。"他的'情况'，你这样说，所以，你早就知道他病了。"

我说："我知道他不舒服。坦率地说，我认为他情况很糟糕。但我向他保证过，不会说出去。”

“我猜，他去找你时告诉了你一些这幢房子的事吧。是不是这里有什么东西想让他伤害别人？是真的吗？”

我犹豫起来。她看见了，柔和而坚定地说：“请对我说实话，医生。”

所以我说：“是的，这是真的。对不起。”我说出了所有的事：在我的药剂室里罗德无法克制的恐慌，他古怪而可怕的故事，在那之后他的怒气和郁闷，还有他的话里隐含的威胁……

她沉默地听着，过了一会儿不自觉地伸出手，不自觉地抓住了我。我看见，她的指甲老化隆起，上面还粘着烟灰。她的手指被飞过的火花灼伤，瘢痕和她儿子的很相像。她听我说话时，把我的手握得越来越紧，我说完之后她看着我，十分不知所措。

“可怜的孩子！我不知道。我明白，他不像他父亲那样强壮。但是，我没想到他的精神这样经受不住打击！难道他真的，”她用另一只手捂住心口，“难道他真的这么讨厌百厦庄园？这么讨厌我？”

我说：“你看，这就是我犹豫着不想告诉你的原因。说这些事情时，他不是他自己了。他简直不知道他在说什么。”

她似乎没有听见我说的话。“难道是真的，他这么恨我们？难道这就是不幸发生的原因？”

“不，不是。他肯定是太累了。”

她看上去比以往更加茫然：“太累了？”

“这房子、农场，还有他受伤之后心有余悸，他在空军的服役期……谁知道？任何事都可能导致疾病。”

这一次同样，她似乎也没有听见我说的话。她抓住我的手，极度痛苦地说：“告诉我，医生，我做错了什么？”

她问话时带着强烈的感情冲动，让我感到惊讶。我说：“你当然没做错。”

“但是，我是他的妈妈！这是他的家！这件事已经发生了——不正常。很不对劲。我有没有在什么地方错待过他？我做了什么？也许这里真的有什么东西，法拉第医生——”

她抽回了她的手，垂下了眼睛，似乎有些愧疚。“或许，”她接着说，“或许是他小时候，有些事妨碍了我对他的情感。大概是不安或悲痛的阴影吧。”她的声音变低了，“我认为你知道，在卡罗琳和罗德里克之前我还生过一个孩子。我的小女儿，苏珊。”

我点点头。“我记得。对不起。”

她意识到了我的同情，便扭过头，似乎我的同情对她的悲伤于事无补。她开始讲述，好像在说一件平常事：“她是我的真爱。这听起来是不是有点奇怪？我年轻时从没想过，我会爱上自己的孩子。但她和我就像最甜蜜的爱人。她离开后，我很长一段时间里也想和她一起死掉。也许我这么做过……人们告诉我有一种最好最快的方法，可以弥补失去孩子的痛苦，就是再生一个孩子。我妈妈这样告诉我，我的婆婆、姨妈、姐姐也都这么说……然而，卡罗琳出生时他们的说法又变了。他们说：‘哦，当然，这个小女孩会使你想起死掉的那一个，你必须再生一个，你必须生男孩，妈妈都喜欢儿子……’罗德里克出生之后他们是这样说的：‘为什么？你出了什么问题？难道你不知道，我们这种人从不大惊小怪？你住在漂亮的房子里，丈夫从战场上凯旋，有两个健康的孩子。如果你还不能心情愉快，那就得停止抱怨。’”

她又咳嗽起来，闭上了眼睛。她咳嗽平息下来时，我说：“这对你来说很难。”

“对我的孩子来说更难。”

“别这么说。别忘了，爱是不能这样衡量的。”

“也许你说得对。可我爱我的孩子们，医生，我真的很爱他们。但是，有时爱让我迟钝愚笨、生不如死！其实，我一直都半死不活地挺着……我觉得，卡罗琳没有受到伤害，而罗德里克总是非常敏感。会不会是他在成长中感觉到了我的虚伪，因此讨厌我？”

我想到了着火那天晚上罗德说过的话。我记得他说，他和他的姐姐“从一出生”便令他母亲失望。她现在的表情是如此痛苦，而我已经说得够多了。如果再告诉她这些，对她能有好处吗？我又拉过她的手，异常坚决地说：“你在胡思乱想。你病了，也累了。伤心是会传染的，仅此而已。”

她看着我的脸，想要相信我。“你真的这样认为？”

“是的。你不要对过去的事情耿耿于怀。我们要面对的问题不是罗德生了什么病，而是我们如何让他恢复健康。”

“但是，如果创伤太深了怎么办？如果他不能治愈呢？”

“他当然可以。你说得他好像无可救药似的！只要有适当的照顾——”

她摇摇头，又开始咳嗽。“我们不能在这里照顾他了。卡罗琳和我，我俩力不从心。请记住，我们以前看护过他一次。”

“那么，请一名护士呢？”

“我认为护士应付不了他！”

“噢，不过可以——”

她的目光从我身上移开了，有些内疚地说，“卡罗琳告诉我，你说起一家医院。”

我沉默了片刻。“是的。我想找一个机会，说服罗德承认自己的病情。我记得有一家专业的私人疗养院，主治这一类的精神障碍。”

“精神障碍。”她重复道。

我立刻说：“别担心，这只是一种措辞。它可以指很多种疾病。这家诊所在伯明翰，名声很好。但是，嗯，它比较昂贵。即使有罗德的残疾抚恤金，恐怕也花费不菲。也许，说来说去，请一个可靠的护士到百厦庄园来会是更好的选择……”

她说：“法拉第医生，我很害怕。一名护士能做的事很有限。假如罗德里克要点燃另一场大火怎么办？下一次，也许他就能成功地让百厦庄园夷为平地，或者自杀——或者杀了他的姐姐，或者我，或者其中的一个仆人！你想过这些吗？想象一下，接下来会发生什么！调查、警察、报社记者对这种话题最感兴趣，这和吉普的不幸完全不同。而且，他会变成什么样呢？现在人人都知道这场大火是一起事故，罗德里克伤得最严重。如果此时把他弄走，我们就可以说，送他到沃里克郡以外的地方过冬以利身体恢复。你同意这样做吗？我现在这么问你，是把你当作我们的朋友，以及我们的医生。请帮助我们。你一直对我们这么好。”

我明白了她的意思。我很清楚，我一直竭力为罗德里克辩解，结果却越弄越糟。离开庄园一段时间对他当然不会有任何害处，我从一开始治疗就这样想。然而，鼓励他承认自己有病前去就医和强迫他匆匆离开完全不同……

我说：“这当然是个办法。我本该再介绍一名医生，参考一下他的方案。我们千万不能操之过急。既然这场可怕的灾难已经发生了，也许火灾带来的震动能把他从幻觉中拉出来。我还是无法相信……”

“你还没见过他吧。”她小声地插进话来。

她的表情和卡罗琳一样古怪。我停了片刻才说：“没，还没有。”

“你现在去和他说话吧，好吗？然后回来告诉我你的意见——只要片刻工夫。”

我站了起来，但她又招手把我叫了回去。我看着她，她伸手从床头柜抽屉里掏出一件东西。这是一把钥匙。

我不情愿地伸出了手。

她们把他锁在当他还是个大孩子时住过的卧室里。我猜，学校假期和撞机之前的空军休假，他回来时就睡在这里。从他母亲的房间出来，一转过楼梯平台就是他的房间，中间只隔着他母亲以前的化妆室。想到在这段可怕的时间里他一直待在这里，我就深感恐惧，我敲打着门，大喊他的名字，得不到任何回答，于是我像狱卒一样掏出了钥匙。我不知自己走进去会发现什么。如果他趁机逃出来，我一点也不会感到惊讶。我开门时畏首畏尾，做好了迎接愤怒和辱骂的准备。

但我看到的情形更糟糕。窗户上的窗帘只拉起了一半，房间里一片昏暗。我过了一会儿才看清罗德正坐在床上，穿着一条孩子气的条纹睡裤和一件蓝色旧睡衣，他不仅没有向门口冲来，反而注视着我向他走去，始终一动不动。他一只手放在嘴上，手指松松地握成拳头，他用大拇指飞快地轻弹着嘴唇。即使在光线不好的远处，我也能看出他身体不适。我走得越来越近，看出他油腻的脸上苍白又泛黄，眼睛肿胀酸涩。皮肤毛孔和没洗过的头发里似乎有烟灰的痕迹。他的两颊上胡子拉碴，胡楂盖住了脸上的伤疤。他的嘴唇苍白，紧紧闭着。他身上的怪味也令我惊讶，烟味、汗味，混合着酸臭的呼吸。他的床下有一只痰盂，显然不久前才使用过。

我走近时他一直注视着我的脸，但我说话时他一言不发。直到我坐在他身旁，打开药箱，轻轻揭开他睡衣的翻领，把听诊器放在他胸前时，他才打破沉默。他说的是："你能听到吗？"

他的声音有点嘶哑。我把他的身体向前推，把听诊器放在他的后背上："听到什么？"

他的嘴贴近我的耳朵。他说："你知道是什么。"

"我只知道，那天晚上你和你的妈妈、姐姐一样，也吸入了大量烟雾。我不知道它有没有伤害你。"

"伤害我？哦，它不会这样做的。它不希望出现这种情况。再也不会了。”

“安静一会儿，好吗？”

我移动着听诊器。他的心脏很强壮，胸膛结实，我没听到肺部有任何粘连或坏死的迹象。所以我让他靠回枕头上，扣好他的衣服。他由着我摆布，但他的目光移开了，很快又把手放在嘴上，开始弹自己的嘴唇。

我说：“罗德，这场大火把大家都吓坏了。没人知道它是怎么开始的。你还记得吗？你能告诉我吗？”他似乎没在听我说话，“罗德？”

他的目光又回到我身上，他皱着眉头，有点怒气冲冲：“我已经告诉过大家了，我什么都不记得。先是你在这里，接着贝蒂来了，然后是卡罗琳，她让我上床睡觉。我记得，我做了一个梦。”

“是什么样的梦？”

他还在弹他的嘴。“只是一个梦。我不知道。这有什么关系？”

“或许你梦到起床了，想点燃一支烟或蜡烛。”

他的手停下了。他不信任地看着我：“你不相信这一切都是意外！”

“其实，我是不知道该怎么想。”

他在床上动来动去，越来越激动。“我已经全都告诉你了！卡罗琳认为这不是意外！她说起火点有多处。她说在我的房间里有多处印记，也都是小起火点。只是没有燃起来罢了。”

我说：“我们只是在猜测。我们也许永远猜不出真相。”

“我知道。我早就知道，就在那个晚上！我告诉过你，我告诉你了没有，会有一场鬼把戏？你为什么把我一个人留在这里？难道你没看见我不够强大？”

“罗德，请你别这样。”

但他正在动来动去，似乎无法控制自己的动作。他像震颤性谵妄患者，真是惨不忍睹。

最后，他伸手抓住了我的胳膊，紧紧捏住。“如果卡罗琳不及时进来怎么办？”他说，发红的眼睛在他的脸上燃烧，“整幢房子可能烧毁！我的姐姐，我的妈妈、贝蒂——”

“别这样，罗德。冷静点。”

“冷静？我其实是个杀人犯！”

“不要说蠢话。”

“这就是他们说的，不是吗？”

“没有人这么说。”

他扭住了我的外套袖子。“但他们是对的，你不知道吗？我以为我能把那个东西隔离开，阻止它感染别人。但我太软弱了。它在我身体里时间太长了。它在改变我。它想让我喜欢它。我以为我已经把它和妈妈、卡罗琳隔离了。但这次是它通过我起作用，来攻击她们。它已经……你在干什么？”

我挣脱开他，伸手拿到了我的药箱。他看见我取出了一罐药丸。

“不！”他喊道，挥手猛击，药瓶飞了出去，“我什么也不吃！你难道不明白吗？你想帮助它吗？难道这就是你在做的？我不能睡觉！”

他的手打在我的手上，他的言语和表情里显而易见的疯狂让我害怕。我焦虑地看着他肿胀的眼睛，说道：“从前天晚上开始，你就没有睡觉？”我抓住了他的手腕。他的脉搏仍然跳得很快。

他挣脱开了。“我怎么睡呢？情况已经够糟了。”

“但是，罗德，”我说，“你一定得睡觉。”

“我不敢！如果你知道它是什么，你也不会睡觉。昨天晚上，”他压低声音，紧张地四下看看，“昨天晚上我听到了响动。我觉得有什么东西在门口，它在抓门，想进来。接着我意识到这声音就在我的体内，这东西抓挠的是我的心，它想脱身出去。你瞧，它在等待时机。她们把我锁起来了，这样做非常好，但如果我睡觉……”

他没有说完，但是他注视着我，明显在考虑什么意义重大的事。然后，他蜷起腿来，把手放在嘴唇上，轻轻弹敲着。我离开了床，把刚才他从药瓶里打掉在地上的药丸捡起来，我发现我的手在颤抖，因为我终于意识到他在自己的幻觉中陷得有多深。我站起身，无奈地望着他，接着环顾房间四周。物是人非，他从前一定是个活泼迷人的男孩——壁上书架里的冒险类书籍、奖杯和模型、空军航行图，旁边有几行凌乱的少年时代的笔迹……谁能够预见他会变成这样？这是怎样发生的？我突然觉得他的妈妈是对的，压力或负担不足以解释这一切。背后肯定另有原因，一些我看不见的线索和征兆。

我回到床边，仔细看着他的脸。但我终于不忍再看，我放弃了。我说："我要走了，罗德。我帮不了你，愿上帝保佑你。我能让卡罗琳来陪你坐会儿吗？"

他摇摇头。"不，你别这样做。"

"好，有什么事要我做？"

他看着我，在考虑。他再次开口说话时声音变了，突然变得礼貌而谦和，变得和我方才想象中的那个男孩一样。他说："让我抽一根香烟吧，行吗？她们不许我自己一个人抽烟。但是如果你在场就可以了，是吗？"

我给了他一支香烟，帮他点燃——他自己的手做不了这件事，我点烟时他眯起眼睛，蒙住了脸。然后，我坐在他身边，他微微喘息着吐出烟圈。他抽完之后，把烟蒂递给我，让我一起带走。"你没有粗心大意把火柴落下吧？"我站起身时，他焦急地问。我只好给他看了看火柴盒，动作夸张地把它放进我的口袋里，然后他才让我离开。

然后，最触目惊心的是，他坚持送我到门口，以确保我离开他后我会锁上门。我出去了两次，第一次是把他的痰盂拿到洗手间，我在那里倒空，冲洗了一遍，但即使是这短短的路程，他也坚持让我把门锁上，我回来时发现他在门背后徘徊，似乎被这一来一去惊扰了。我第二次离开前拉住了他的手，但我的延误似乎让他更加焦躁，他的手一动不动，目光从我的脸上移开了。我终于坚决地关上了门，仔细地转动钥匙，确保把门锁好。但我正打算悄悄地离开，这时却听到锁吱吱作响，回头看见门把手和门框在动。他是在确保他无法脱身。门把手在插槽里转动了两三次，然后才停止。这一幕令我难过极了。

我拿着钥匙回到他母亲那里。她能够看出我的震惊和痛心。我们沉默地坐了片刻，然后，声音低沉而沮丧地开始讨论将他带走的安排。

这件事很简单，但我还是请戴维·格雷厄姆过来了，请他检查罗德是否真的比普通精神病患者更需要帮助。然后我又请那个诊所的负责人沃伦医生从伯明翰赶来，带来了必要的文件。那是火灾之后的第四天，是一个星期天。罗德一直不肯睡觉，粗暴地拒绝我给他服用镇静剂，进入了一种近乎歇斯底里的状态。这令我——甚至沃伦都很震惊。我们打算把他交托给一所疗效显著的精神病院。我不知道罗德听到这个消息会怎么反应。然而，让我松了一口气的是——从另一方面说，我也很沮丧——他几乎是感激涕零地拼命攥着沃伦的手，他说："你会在那里看守我，是不是？如果你一直监视着我，就没有什么可以从我体内逃出去。而且，即使它真的跑出去了，出了什么事，有人受伤，那也不是我的过错，是不是？"

他这样喋喋不休时，他的母亲也在房间里。她仍然十分虚弱，喘不上气，但是为了接待沃伦医生，她还是穿戴整齐地上楼来了。看到罗德里克这样她十分难过，我便带她走下楼去。我们和卡罗琳一起待在小客厅里，几分钟之后，沃伦也下楼来到了我们这里。

"这真是太惨了，"他说，摇摇头，"太惨了。我从罗德里克的记录只能看出，他受伤后接受了几个月的抑郁症治疗。但是，在那段时间里他有没有严重的心理失衡？他变成这样，真的什么也没有发生吗？他有没有再度受伤？或者遭受打击？”

我已经在信中十分详尽地描述过这个病例。显然他也和我一样，在心里感觉到缺少什么环节，像罗德里克这样十分健壮的年轻男子，病情严重而迅速恶化肯定另有一些原因。我们又对他说了一遍罗德的幻觉、恐慌，以及他房间墙上令人不安的印记。我也说了，作为土地和房产的主人，他近来压在自己身上的各种职责……

“好吧，我们可能永远无法找到问题的真正根源，”他最后说，“但是，作为他的家庭医生，你准备好了把他送到我的诊所来吗？”

我说我准备好了。

“还有你，他的妈妈，艾尔斯太太，你愿意我照料他吗？”

她点点头。

“在这种情况下，我认为最好的选择是立即带他离开。我开始并没有这样计划。我本打算只是来给他检查一下，以便日后能提供适当的协助。不过，我的车能装得下他。我想，现在大家都明白了，把罗德里克留在这里没有益处，他似乎非常愿意离开。”

他和我处理相关文件时，艾尔斯太太和卡罗琳伤心地上楼去准备罗德的事，并把他带下楼来。她们把他带到我们面前，他像老头一样在楼梯上蹒跚着下来了。他们给他穿着他日常穿的衣服，外面是他那件花呢大衣，但他消瘦虚弱得令人痛心，这些衣服穿在他身上晃晃荡荡。他一瘸一拐得很厉害，和六个月前差不多，想到那些治疗全白费了，我十分沮丧。卡罗琳想给他刮胡子，结果却弄得很糟：他的下巴割破了。他的黑眼睛四处张望，手在嘴边颤抖，敲打着嘴唇。

“我真的要和沃伦医生一起离开吗？”他问我，“妈妈说是的。”

我告诉他是要离开了，带他走到一扇窗口，让他看沃伦那辆漂亮的黑色汽车，它泊在外面，司机正靠着它抽烟。他饶有兴趣地看着这辆汽车，神态自然而孩子气——还扭头问了沃伦医生一个关于发动机的问题——这一瞬间他回复了常态，变得和几个星期前一样。我头晕目眩，几乎不敢相信整桩事情竟会恶化到如此地步。

但现在说什么都为时已晚。文件已经签署好了，沃伦医生也准备动身。我们想走过去和他告别，罗德里克立刻变得神经质起来。他十分热烈地拥抱了姐姐，又让我和他握手。不过，妈妈吻他的面颊时，他四处张望着。他说："贝蒂在哪里？我应该和贝蒂也说声再见，对吗？"

他是这么激动，卡罗琳担心他可能犯病，便匆匆去厨房把贝蒂找来。这女孩胆怯地站在罗德里克面前，他飞快地向她点了点头。

"我要离开一段时间了，贝蒂，"他说，"你要照顾的人就少了一个。但是，我不在家的时候，请帮我打扫打扫我的房间，好吗？"

她眨了眨眼睛，飞快地瞄了艾尔斯太太一眼，然后说："好的，罗德里克先生。"

"好姑娘。"他眼皮颤动，似乎想说什么。他在口袋里摸索着，我明白过来，他这副滑稽可笑的模样是在找硬币。"就这样吧，贝蒂。"他的母亲平静地说道，女孩十分感激地溜走了。罗德看着她走开，还在口袋里摸着，皱起了眉头。沃伦和我担心他又激动起来，便带他向前走去，出门上车。

但他不慌不忙地自己钻进了车后座。沃伦医生和我握手告别。我回到了台阶上，和艾尔斯太太、卡罗琳站在一起，直到轿车穿过咯吱作响的砾石小路，从视线中消失。

我已经说过了，事情就这样了结了，恰好是一个星期天，贝兹利太太不在。我不清楚她对罗德里克的病情了解多少，她猜到了几分，或者贝蒂告诉了她什么。艾尔斯太太告诉她，罗德里克出门“和朋友会面”去了，这是她编的故事。如果有当地人问我，我只会说我在火灾后见过他，劝他离开一阵子去度假，保养肺部。与此同时，我也用另一种办法灭火。我不想艾尔斯一家受到人们的特殊关注，即便是像德斯蒙德一家和罗西特一家那样十分了解这个家庭的人，我也总是编些半真半假的话，希望他们不要继续追问真相。但我不是一个奸诈之徒，抵挡闲言碎语让我心烦意乱。而在其他方面，这却是一段繁忙的日子，因为——真是讽刺，给罗德治疗伤腿的那篇论文成功了——我最近受邀成为医院委员会的委员，有了不少新的职责。这些额外的工作给了我解脱。

这个月里，我每周一次载着艾尔斯太太和卡罗琳去伯明翰的那家诊所探望罗德里克。旅程总是令人忧伤，因为诊所位于市郊，在战争中被轰炸破坏得很严重。我们在里德克特周围很少看见废墟和不平坦的公路，而这里满目都是倒塌的房子，残破的窗户张着大嘴，在不肯散去的都市浓雾中怪异地浮现，我们的心不断往下沉。而且，由于各种各样的原因，探访总是不太成功。罗德里克紧张而沉默，领着我们四处转悠，在枝叶凋零的花园里散步，和我们坐在房间的茶几边，而屋子里满是情绪低落或狂躁粗暴的男子，这些例行公事的活动似乎让他满心羞耻。刚开始探访时，有一两次他问起宅子，想知道农场经营得如何。但是，随着时间的推移，他似乎对百厦庄园的事务失去了兴趣。我们尽可能不让谈话停下，只说些无关紧要的本地琐事。但他只愿提起某些事——我看出他对我们说的这些丝毫不感兴趣，他的母亲和姐姐肯定也看出来了。有一次，他问起了吉普。卡罗琳害怕地说：“可是，吉普死了。你知道的，罗德。”他眯起眼睛，好像在努力回忆，他含糊地说道：“噢，是的。出了点麻烦，是吗？吉普受伤了？可怜的老家伙。”

这些话显出他反应迟钝，思维混乱，就像已经在医院里住了多年，而不是几个星期。圣诞节前，我们第三次来这里看他时，发现诊所用彩色纸卷和花环装扮起来了，病人们脑袋上都戴着可笑的小纸板皇冠，罗德里克更比往常更加忧郁，更没有活力。沃伦医生的助手把我带到一边，给了我一份罗德的康复报告。

“总的来说，他还不算太糟糕，”那人说。他比沃伦年轻，态度也更加乐观，“无论如何，他似乎已经摆脱了大部分幻觉。我们设法让他服用了一些溴化锂，起作用了。他肯定睡眠更好了。我真希望他的病症是孤立的。我猜你已经注意到了，这里有许多他这个年龄的病人，比如酒精成瘾症患者、有神经问题的病人，我们一般都称作‘炮弹休克’[1]……我认为，这些都属于常见的战后不适应症。这些病症基本相同，但不同的类型对每个人影响各异。如果罗德不是在那样的家庭环境里长大，他很有可能会变成赌徒或花花公子——要不就会自杀。他还是喜欢晚上把自己锁在房间里，我们希望能帮他打破枷锁。你们没有看到他很大的变化，但是，”他有些尴尬，“我之所以把你叫到这里来，是因为我认为你们的拜访耽误了他的治疗。他仍然相信他对家人构成某种威胁，他觉得自己应该继续被看守着，以防不测，这样做使他筋疲力尽。如果这里没有人让他想到家，他才会变得不同，变得乐观。护士和我一直在观察他，我们大家都有同感。”

我们正站在他的办公室里，其中有一扇窗户可以俯瞰诊所的院子，我看见艾尔斯太太和卡罗琳正在走回我的车里，弓着腰抱紧外套以抵御寒冷。我说：“好吧，这些访问对他的妈妈和姐姐来说压力太大。我肯定可以劝阻她们来访。如果你同意，就我自己来。”

1　在两次世界大战期间，因战争创伤而造成的噩梦、焦虑、抑郁、酗酒、吸毒等压力失调症状，被轻描淡写地称作“炮弹休克”（shell-shock）。

他拿起办公桌上的香烟盒，请我吸了一支烟。

“老实说，我认为罗德想和你们大家保持距离一段时间。你让他回想起了过去的很多细节，而我们必须考虑他的未来。”

“但是，我肯定，”我说，手停在香烟盒上，“我是他的医生。而且，除此之外，他和我也是好朋友。”

“其实，罗德已经提出了明确的要求，他想独处一段时间，你们谁都不见。对不起。”

我一支香烟也没有拿。我向他告辞，穿过院子与艾尔斯太太和卡罗琳会合，把她们载回家。在随后的几个星期里，我们定期给罗德写信，但只是偶尔能接到死气沉沉的答复，他没有一封信件让我们鼓起再去探访他的勇气。百厦庄园里他的房间，墙壁和天花板依旧焦黑，只好锁上了。而且，由于艾尔斯太太现在夜间经常气喘吁吁、咳嗽着醒来，需要药物和气雾吸入器来缓和，靠近楼梯平台边罗德从前学生时代的卧室就给了贝蒂。

“应该这么做，应该让她在楼上和我们一起睡在这里。”艾尔斯太太气喘吁吁地告诉我，“天知道，这是她该得的！她很好，出了这么多麻烦事，还是忠心耿耿地为我们服务。地下室对她来说太孤独了。”

贝蒂当然很高兴这个变化。但我发觉自己有些不安，她搬进去之后不久我窥视过这个房间，我的不安比从前更深了。空军地图、奖杯和少年书籍已全部清空，架子上放着她几件寒酸的私人物品，她的裙子，打过补丁的长筒袜，廉价发刷上有几束凌乱的头发，墙上钉着感伤的明信片——房间完全变样了。而且，这幢房子的整个北侧，就是卡罗琳从前描述为“男人们的一侧”，实际上已经无人光顾。有时我会去那里转几圈，那些房间像瘫痪的肢体一样死寂。整幢房子变得古怪而可怕，仿佛罗德从来不是它的主人，他的突然消失比吉普更彻底，没有留下一丝痕迹。

8

罗德里克离开了，我们都很清楚百厦庄园进入了一个新的时期。实际上，变化立刻就发生了，他的治疗花费让庄园早已不堪重负的财务状况雪上加霜，她们必须格外节约才能渡过难关。现在发电机总是连续好几天不开动，在那些去百厦庄园的寒冷冬夜里，我经常看到它陷于一片漆黑中。推开前门，一张桌上会摆着一盏让我照明的黄铜旧提灯，我提着它摸索着穿过这座宅子——被烟熏火燎过的走廊墙壁，仿佛迎着柔和昏黄的灯光翩翩起舞，而我一靠近，它们就又安静地退回了阴影中。艾尔斯太太和卡罗琳会在小客厅里，借着烛光或油灯看书、缝纫，或者听无线电收音机。光线很暗，她们得眯起眼睛才能看清楚，可是与外面的一片黑暗相比，这间屋子就像一粒明亮的豆荚。她们一拉铃，贝蒂就会手举一个旧式烛架出现，眼睛睁得大大的，像童谣里的人物。

她们忍受着这些新的变化，坚毅得令我吃惊。贝蒂从小在油灯和蜡烛里长大，很适应现在这一切。她似乎也习惯了这座宅子，最近的一幕幕惨剧帮她在这个家庭里确立了自己的位置，而她们正巧也摆脱了罗德里克这位主人。卡罗琳说她喜欢黑暗，说这幢房子当初设计时就没有考虑用电。她感慨道，她们终于回归了本来的状态。不过我看出这番言辞只不过是虚张声势，看到她和她的母亲如此穷困潦倒，我感到非常不安。前段时间是罗德里克病情最严重的时期，我很少拜访百厦庄园。但现在我开始每周一次或两次前去庄园，经常带些食品和煤作为小礼物，骗她们说是病人送的。圣诞节临近了——对我这样的单身汉来说，总是个有些尴尬的日子。今年和过去那些年一样，我打算和住在班伯里的老同事一家一起过节。不过艾尔斯太太告诉我，她希望我能和她们在百厦庄园共进晚餐，似乎这样做理所当然，我很感动，便回绝了班伯里那帮朋友。于是，她、卡罗琳和我在穿堂风很大的饭厅里，坐在红木长餐桌边吃了一顿简餐——贝蒂回家和父母过节，我们必须自己把肉盛进餐盘里。

罗德里克的缺席制造了另一种氛围。这次的聚会和上次一样，在座的每个人都不会忘记上次坐在桌边的情景。那是火灾前几个小时，罗德里克给整顿晚餐投下了忧郁不悦的阴影。我想，阴影终于散去，我们都感到了一种缓解后的负罪感。毫无疑问，我们都很想念罗德，尤其是他的母亲和姐姐，她们思念心切。宅邸里经常只有三个默不作声的女人，异常缄默、了无生气。不过，紧张的情绪也随之减弱。商业事务方面，尽管罗德全身心扑在产业管理上，可是与卡罗琳和我预测的一样，离开了他的勉力维持，几乎没有任何变化。生活在蹒跚前行。和从前有些不同的是，生活的步履似乎稳健些了。卡罗琳亲自从法律顾问那里取回了火灾中烧掉的财务报告和债务报告的副本，发现家庭财政已经到了极其危险的境地。她和母亲坦诚地长谈了一次，然后她们便开始严格控制燃料和使用电灯。她狠狠心仔细地检查了宅子，找出了所有可能出卖的物品，这些被感伤地保留下来的画像、书籍和家具，很快就要被打成小包，收入伯明翰商人的囊中。然而最糟糕的是，她还要继续和郡议会协商出售百厦庄园庭园里的那块地。这桩交易在新年里敲定了，两三天后，我从西门驾车进入庭园，惊愕地看到开发商巴比正和几位勘测员查看建筑用地，木桩已经在地上标出了工地的界限。挖掘工作很快展开，第一批管道和地基迅速铺设完毕。几乎一夜之间，百厦庄园的一段界墙就被推倒了。沿着公路驶过缺口处，人们一眼就能越过庭园看到那座宅子。与界墙完好无缺时相比，我一面莫名地感到宅子现在更加孤高荒僻，一面也古怪地认为宅子更容易受到攻击了。

卡罗琳也很清楚这一点。“妈妈和我觉得毫无隐私可言。”一月中旬的一天，我去百厦庄园时她对我说道，“我们仿佛穿着衬裙一动不动地站在大庭广众之下，就像在噩梦中见到的情景。不过我们已经打定了主意，随它去吧。我们今早又接到沃伦医生的来信，罗德没有好转。我认为，他的病可能更严重了。我已经看明白了，没人知道他何时能康复回家。这笔交易可以帮我们度过冬天，春天水管就会铺到农场上。那会改变很多事，梅金斯说的。”她用掌根揉了揉眼睛，眼皮皱了起来，“我不知道。这些都还是未知数。所有这些事——！”我们坐在小客厅里，等她母亲下楼，卡罗琳无助地指了指艾尔斯太太的写字台，最近她在这里写有关房产的各种信件，信和计划书厚厚地覆盖在桌子上。“我发誓，”她说道，“这些东西就像常春藤，繁殖蔓延得很快！我写给郡议会的每一封信，他们都要求两个副本。我已经开始梦见他们要三个副本了。”

“你说话很像你弟弟。”我告诫地说。

她吃惊地望着我，“别这么说！可怜的罗迪。我现在终于明白了，为什么他那么着迷地管理着产业。这就像是赌博，总是期待靠下一个赌注让自己时来运转。可是，看看这里的现实吧。”她拉起毛衣袖口，露出了赤裸的手臂，“掐我一下，好吗？看我是不是还和他说话一样。”

我伸出手，没有掐她，只轻轻捏了捏她的手腕。她太瘦了，根本捏不到肉。她的棕色手臂上长着雀斑，干瘦得和小男孩一样。相比之下，她的手虽然看上去略大，但手形好看，所以更显柔美。她把手腕从我手中抽出，腕骨轻轻滑出我的手掌，我对她涌起一股奇怪的感觉。她注视着我，笑了。我抓住她的手指尖，郑重地说："卡罗琳，照顾好自己，好吗？不要给自己太大压力。或者，我来帮助你。"

她抽出手指，双臂不自然地环抱在胸前。

"其实，你已经帮了我们很多忙。老实说，过去几个月如果没有你，我简直不知道该怎么度过。你知道我们所有的秘密。你，还有贝蒂。这想法真好笑！可是我后来又想，了解秘密就是你的职责。如果这么说，那么贝蒂也有这种职责。"

我说道："我希望成为你的朋友，不仅仅是医生。"

"哦，你当然是。"她脱口而出。然后她思索了片刻，又更热情更自信地说道，"你是我们的朋友。天知道你怎么成了我们的朋友，我们总拿一些麻烦事来打扰你，就像是你的病人。你从没有厌倦过这些麻烦吗？"

"我喜欢所有属于我的麻烦事。"我说着，笑了起来。

"它们让你不停地忙碌。"

"有些确实是工作需要，而有些则是出自真心的关怀。我想要记挂他们。我想要记挂你。"

我稍稍加重了"你"字的语气，她笑得很开心，可是又很惊讶。

"天啊，为什么？我很好。我一直都很好。这些都是我的'私事'——你难道不明白吗？"

"嗯，"我说道，"如果你说这话时不那么疲倦，我就会信了。至少为什么不——"

她歪着脑袋："不什么？"

几周前我就打算和她讨论这个问题了，可是时机总不成熟。这时我急忙开口："哦，为什么不给自己再买条狗呢？"

她脸上的表情骤然一变，收起了笑容。她背过脸："我不想这么做。"

"我星期一去了豌豆山农场，"我接着说道，"他们的金毛犬怀孕了，是一条非常可爱的母狗。"我看出了她的抵触情绪，轻声说道，"你还是忘不了吉普。"

可她还是摇摇头："不是那回事，是……感觉不安全。"

我盯着她："不安全？对你？还是对你母亲不安全？你不能让发生在吉莉安身上的灾难——"

"我不是那个意思，"她说道。接着又很犹豫地说道，"我是说，对狗不安全。"

"狗！"

"我这样想是不是很蠢？"她说话时脸半转向我，"只是，我有时候忍不住会想念罗迪，想到他说这房子里发生的所有事情。我们把他送去了精神病院，因为这样做比坐下来听他讲容易得多。在那最后的几个星期里，我几乎有些恨他了。可是，设身处地地想一想，是不是我们对他的怨恨，不愿意听他讲话才让他病得这么严重？或许——"她拉下了毛衣袖子，袖子差不多盖住了手指。她烦躁地把袖子拽得很长，用另一只手的手指在上面戳来戳去，拇指从一个破洞中戳了出去。她平静地说道："我有时候觉得，这房子似乎真的发生了变化。我说不清楚是我感觉到它了，还是它感觉到我了，或者——"她望着我，声音有点改变，"你一定认为我疯了。"

我顿了顿，才回答："我怎么会认为你疯了呢。不过我能明白，房子、农场目前的状况让你多么忧郁。"

"忧郁，"她重复着，仍然在戳她的袖口，"你认为仅仅是忧郁吗？"

"我明白你的心情。只要春天来了，罗德里克就会恢复健康，整个庄园又会站稳脚跟，你会觉得焕然一新。我担保你会的。”

“你真的认为我们值得……保留，百厦庄园？”

我很震惊：“当然了！你不这样想吗？”

她没有回答。过了一会儿，小客厅的门开了，她的母亲走进来，我们没机会继续讨论了。艾尔斯太太不住咳嗽，我和卡罗琳赶紧上前把她扶到椅子上。她抓着我的胳膊，说道：“谢谢你，我很好。真的很好。我刚刚躺了一个小时，真不该躺下，现在胸口就像有几只鸭子扎进了水塘底。”

她用手帕捂住嘴，又咳了起来，然后擦掉了呛出的眼泪。她的肩膀上缠了好几条披肩，头上裹着蕾丝花边连肩头纱。她既苍白又虚弱，就像被削去刺的娇弱玫瑰。过去几个星期的压力让她显得老态，火灾造成肺部抵抗力下降，进而演变成冬季支气管炎。刚才只是穿过寒冷的宅子，这么短的几步路都让她疲惫不堪。她终于止住咳嗽，却仍然呼呼直喘。她说道：“医生，你好吗？卡罗琳有没有告诉你，我们接到了沃伦医生的来信？”她摇着头，嘴唇紧绷。

“恐怕不是好消息。”

“是的，真遗憾。”

我们三个人详细讨论了一会儿罗德的病，接着又转回了建筑工程那个无趣的话题。很快，艾尔斯太太就不说话了，她女儿和我继续聊着。她坐着听了一两分钟，似乎由于插不上嘴而有些泄气，不停地用手敲着大腿。她终于离开了我们的交谈，围拢了披肩，径直走向写字台，翻阅起那些文件。

卡罗琳的目光紧跟着她。

“妈妈，你在找什么？”

艾尔斯太太盯着一个信封，似乎充耳不闻。

“郡议会寄来了这么多垃圾！”她的声音发颤，像蜘蛛网一般，

“政府不是提倡节约纸张吗？”

“是的，我知道。这些事情很让人厌倦。你在找什么？”

“我在找你茜茜姨妈的上一封信。我想让法拉第医生看看。”

“哦，恐怕那封信不在那儿。”卡罗琳一边说话一边起身，“我把它放到另一个地方了。回来坐下吧，我帮你拿过来。”

她走到房间另一边的一个书橱前，从其中一个隔间里找出一封信，递给她的母亲。艾尔斯太太拿着信回到椅子上，一条西班牙风格的披肩滑落下来，长长的打着花结的流苏拖在地上。她整理好披肩，打开信。这时才发现老花镜不见了。

“哦，上帝，”她低语着，闭上了眼睛，“怎么办？”她四处寻觅起来，接着卡罗琳和我也开始帮她找。

“你上次戴过后放哪儿了？”卡罗琳一边抬起靠垫，一边问道。

“我放在这里，”艾尔斯太太回答道，“肯定是放这儿了。今天早上贝蒂拿着沃伦医生的信进来时，我手上就拿着那副眼镜。你没有动过它吗？”

卡罗琳皱起眉头：“我没有看见。”

“哦，一定有人动过。哦，真抱歉，医生。这种事肯定让人心烦。”

我们在房间里找了足足五分钟，翻开文件，拉开抽屉，检查椅子下面等等，却一无所获。最后，卡罗琳拉铃叫贝蒂过来，让她到楼上找找看——她母亲抗议说这一趟肯定白费劲，因为她记得非常清楚，上次用眼镜时就在这里，就在这间小客厅里。

贝蒂马上就回来了，发现眼镜在女主人床上的一个枕头上。

她有些歉意地交出眼镜。艾尔斯太太瞪了它几秒钟，然后从女孩手上拿过来，厌倦地扭过头。

“我真是老了啊，贝蒂。”她说道。

卡罗琳笑了。我觉得，她笑得很勉强。

“别犯傻了，妈妈！”

“不，真的。我毫不怀疑，我越来越像我父亲的多多姑妈了。她经常把东西放错地方，后来她的一个儿子送了她一只可爱的印度猴子。它背上背着一个篮子，多多姑妈的剪刀、顶针，所有玩意儿都放在里面，篮子用一根缎带绑住。”

“哦，如果你想要，我保证给你找一只猴子来。”

“哦，现在人们不会这么做了，”艾尔斯太太一边戴眼镜，一边说，“社会团体和其他组织会加以阻挠，印度那位甘地先生也会反对。现在印度的猴子很可能已经拥有投票权了。谢谢你，贝蒂。”

她又是一阵上气不接下气的咳嗽，然后声音恢复了正常。她颤巍巍地打开信件，找到她需要的那段话，大声朗读起来。是她的妹妹从一名保守党下院议员那里听来的，他十分担忧旧式庄园的衰败。其实，这段话只不过证实了我们一直以来的想法，只要现在的政府仍然掌权，乡绅要交的税和限制就不会少。因此乡绅最好“坐直系紧安全带”，直到下一次选举到来。

“是的，那么，”她母亲说完后，卡罗琳接着说，“对那些有安全带的人来说这没什么了不起，想想那些没有的人该怎么办？如果能够让自己的家产像睡美人那样一睡不起，寄希望于一个英勇的保守党政府几年后唤醒它，这也挺好。不过问题是，如果我们在百厦庄园里坐吃山空，只需一年就都得完蛋。但愿郡议会能多买些我们的土地。再建五十座房子，或者更多的房子，差不多就可以还清我们的债务了……”

这时贝蒂端着茶盘走进来，我们停止了这次无精打采的谈话，沉默起来，各自想着心事。艾尔斯太太仍然呼吸困难，一会儿叹气，一会儿用手帕捂嘴咳嗽。卡罗琳一直盯着写字台，很可能在担忧衰败的产业。我手捧瓷杯坐在那里，手指感到闲适而温暖。不知道为什么，我的目光从一件物品落到另一件物品上，想起了自己初次拜访此地的情景。我想起了可怜的吉普，像无助的老人一般躺在地上，卡罗琳用脚趾粗鲁地抚过它腹部的绒毛。我想起了罗德，懒散地捡起他母亲掉在地上的围巾。我妈妈像在玩撒纸屑追逐游戏，医生。她总是一路走一路留下麻烦……现在他和吉普都不在了。那时开着的落地窗，现在也被紧锁住抵御严寒。一扇低矮的屏风拢在窗前，挡住了窗外的冷风，同时也阻挡了部分阳光。空气中还弥漫着一股烧过的酸腐味。火灾中形成的煤烟沉积后，使装饰着线脚的石膏天花板布满了油污般的阴影。房间里还可以闻到一股淡淡的湿羊毛味道，卡罗琳被雨水浸湿的几件衣物正晾在壁炉边的一个古老晾衣架上。六个月前我肯定无法想象，艾尔斯太太会允许把这里当作洗衣房。我又想起了那个棕色皮肤举止优雅的女人，她那时正从外面的花园走进来，脚上穿着一双过度设计的鞋子，那是七月的一天。这时我看了她一眼，她围着几条不般配的披肩，正在咳嗽叹气，我也看出了她的巨大改变。

我望着卡罗琳，她焦虑地盯着她母亲，似乎和我想到了一起。她看着我，眼睛闪动着。

“今天我们都太闷了！”她说着，把茶水一饮而尽，站起身来。她走到一扇窗边，向外张望，抱着双肩抵御寒冷，脸微微抬起，望着低沉的灰蒙蒙的天空，“不管怎么说，雨下小了。还有些事要处理。在天黑前，我得去建筑工地。唉，我几乎天天都得走过去。”她又说了一句，转过身，正遇上我吃惊的眼神，“巴比给了我施工计划的副本，我正想办法看懂它。他和我现在是好朋友了。”

我说：“我记得，你们不是想让他筑一道栅栏吗？”

“我们开始是这样想的。不过，这件事的进展真让人神魂颠倒。就像一个可怕的伤口，人们总忍不住想揭起绷带。”她走回壁炉边，从晾衣架上拿起她的外套、帽子和围巾，开始穿戴，她一边穿一边随意地对我说，“如果你愿意，又有时间，就跟我来吧。”

我确实有时间，那天的安排宽松自如。可是前一天晚上我睡得很迟，早上又醒得很早，有些上了年纪的感觉，力不从心。我的确不乐意在这种阴冷潮湿的天气里穿过庭园，也觉得卡罗琳建议撇下她母亲很不礼貌。我疑惑地向艾尔斯太太望去，她说："医生，你一起去吧。我想听听男人对施工进度的建议。"既然这样，我就不好再推辞了。卡罗琳拉铃叫来贝蒂，女孩把我的一身行头拿来。我们在炉栅里加了木柴，确保艾尔斯太太什么都不缺。为了节约时间，我们直接从小客厅出发，跳过法式落地窗前的屏风，走下悬空石阶，向南面草坪走去。湿漉漉的杂草缠在我们的鞋子上，很快就打湿了我的裤脚，卡罗琳的袜子也湿了。这时草坪上的水气更大了，我们只好踮起脚尖，尴尬地拉着手走，一踏上表面比较干燥的砾石小路，我们就立即松开了手。这条小路直通庭园围墙外的那片高低不平的开阔地。

外面风力强劲得像一块天鹅绒幕布，我们几乎是挣扎着前行。可是我们走得很快，卡罗琳控制着步速，她显然很高兴离开那座宅子，正轻松地迈着修长结实的双腿，大步流星地超过我。她的手在口袋里插得很深，外套被胳膊撑得紧绷绷的，显出摇晃的屁股和胸部。寒风刺得她脸颊红扑扑的，头发被她胡乱塞进一顶难看的羊毛帽子里，不时有几缕不听话地跑出来，在风中迅速击打着，拧成了干燥发狂的几缕。她没有半点喘不过气来的迹象。不像她母亲，她迅速摆脱了火灾的后遗症，我几分钟前看到的疲倦神情一扫而空。而且，她的脸上还显出了一丝健康和青春活力——正如那些天生丽质的女人无须修饰容颜一样，她似乎不需要帮助就可恢复精力，我对她产生了一丝钦佩。

她的愉快情绪感染了我。我暖和起来，寒冷、清新的空气终于让我变得愉快了。与驾车穿过庭园的感觉完全不同，徒步走过庭园是另一种探险。我透过车窗看到的绿色植物千篇一律，凑近了看竟是如此不同。一片片的雪花莲，在东摇西摆的杂草丛中嬉游似的弯着腰；在杂草稀薄的地方，不时可以看到一簇簇藏红花的花蕾挣扎着钻出地面，贪婪地享用着空气和阳光。不过，我们边走边能看到，在前方一块地的尽头，界墙上的那个缺口处和继续向前延伸的泥泞地面上，六七个男人正在用独轮车和铲子将那里夷为平地。走近时，我看得更清楚了，我这才明白了这项工程的真正规模。古老而可爱的草蛇出没之地已经无影无踪，永远消失了。在一块至少长一百码的土地上，草皮被清除、翻修平整，坚硬裸露的泥土被木桩、壕沟和正在拔地而起的围墙分割成了几块。

卡罗琳和我走近其中的一条壕沟，他们正在填埋。站在沟边，我惊愕地发现，那些填充新房地基的碎石竟然大部分是界墙上拆下的棕色石块。

“太可惜了！”我说道。卡罗琳平静地回答：“我知道。是不是有种说不出来的害怕？当然，人们必须有房子住，就是这么回事。他们要把百厦庄园嚼碎——然后吐出几个肮脏的小疙瘩。”

她说话时声音很低。莫里斯·巴比就在不远处的工地边上，正敞着车门跟他的工头说话。他看见我们，不慌不忙地驶过来。他大概五十出头，个子矮小，胸部却异常粗壮，像是吹起来的，不过他很聪明，是个很有头脑的商人。和我一样，他出身于劳工家庭，最终在上流社会占据了一席之地——过去几年中我注意过他一两次，他没有任何人的帮助，却成功了。他朝卡罗琳抬了抬帽子，向我伸出手。尽管天气很冷，他的手却很暖和，手指肿胀紧绷，像半熟的香肠。

“我知道你会下来的，艾尔斯小姐。”他亲切地说道，“工人说雨天会阻止你的步伐，不过我告诉他们，艾尔斯小姐不是那种被恶劣天气吓倒的贵族小姐。你果然来了。你是不是还像平时一样，来视察我们的工作？医生，艾尔斯小姐让我的工头相形见绌。”

“这我信。”我微笑着说道。

卡罗琳有点脸红。几缕头发吹到了她的唇边，她扯开头发，编了个假话："巴比先生，法拉第医生很好奇你们的工作。我带他下来看看。"

"好啊，"他回答道，"我很高兴有东西要给你们看！有医生来我更高兴。上个星期，我请卫生督察威尔森先生过来视察。他说这里的空气和下水道都无可挑剔，我想你也会赞同的。你能看出这块地是如何布局的吗？"他伸出短粗的胳膊，指着不远处，"我们打算在这里建六栋房子，一直建到道路拐弯处。在那边再建六栋。每栋房子住两户人家，半独立式。你注意到了吗，这些红砖——"他指的是我们脚下那些青紫色、外表粗陋、机器生产的砖头——"和百厦庄园很搭配。多么漂亮的房产！请你们移步这边，如果你们感兴趣的话，我继续为你介绍。留心脚下，艾尔斯小姐，注意这些围绳。"

他向她伸出肥厚的手掌。卡罗琳不需要——她比他还高几英寸——不过她还是礼貌地让他牵着走过了壕沟，我们沿着地基走得更远，走到一处工程进展更快的地方。他又详细解释了一遍，每套房子都和相邻的房子比肩而立，为了增加说服力，他带着我们走进几个方方正正的空间，勾勒即将划分出的房间：一间"起居室"，一间布局合理的厨房，配有天然气炉灶和电插座，一间带嵌入式浴缸的室内浴室……我认为，整个空间比拳击场大不了多少。不过，他们肯定已经向公众展示过这里了，人们想知道怎样认购房子。他告诉我们，人们塞给他钱和"很多香烟、肉食"，想"走走关系"。

"我告诉过他们，这不是我负责的！我说，他们应该去和市政厅谈！"他压低了声音，"这话就在我们三人之间说说，他们如果和市政厅说，非把他们气得脸色发青不可。名单六个月前就已经排满了。我哥哥的儿子道吉和他的妻子，已经认购了一套房，我希望他们能买到手。艾尔斯小姐，你知道他们现在住在哪儿吗？他们住在索瑟姆的两间屋里，和岳母同住。哦，他们不能再继续这样了。这里会有一套房子属于他们。房后有一片花园，一条小路和一排铁栅栏作为分界线。医生，你听说了吗，里德克特的公共汽车就要开进来了？行车路线沿着巴恩桥路。六月就要开始发车了。”

他继续不停地说下去，直到工头过来喊他，他向我们表示了歉意，再次伸出那只香肠一样的手告辞。卡罗琳走开了，去看另一个工人的工作，我还留在那个方方正正的混凝土隔间里，揣测厨房窗户会安放在哪里，这时我回头望见了庭园那一头的宅邸。宅邸前的树木显得十分稀疏，从远处很容易看见它。我意识到，如果站在这栋房子的二楼，会看得更加真切。我也很清楚，在这些房子后面排成一线的脆弱铁栅栏，肯定没法把二十四个家庭的孩子们挡在庭园外面……

我走出了这个混凝土隔间，和卡罗琳一起与那个正在干活的人聊起天来。我熟悉这个人，他其实是我的一个表亲，我母亲这边的。少年时，他和我在只有两间教室的公立学校里共用一张书桌，我们成了很好的伙伴。后来，自从我考上利明顿学院，我们的友谊就变质了，有一段时间，他和他的哥哥考迪一度经常攻击我——在我下午骑车回家时，他们手里抓着一把石子守在路边。不过那已经是很久以前的事了。那之后他结婚了，结过两次。他的第一个妻子和孩子死了，但是他有两个已经成年的儿子，不久前搬到了考文垂。卡罗琳问他们怎样了，他用浓重的沃里克郡口音回答——我几乎不敢相信，我从前也是这种口音——他的儿子顺顺当当地进了工厂，每周交给家里二十多镑工资。如果我也能挣那么多钱，我就满意了，我想这份收入比艾尔斯一家一个月的开支都多。不过他跟卡罗琳说话时，还是摘掉了帽子——他看我时更害羞，我们离开时他尴尬地向我点了点头。我知道，即使过了这么长时间，让他称呼我“医生”也很古怪，而且，也不可能让他对我直呼其名，或者在名字前面加上“先生”。

我故作轻松地说道：“再见，汤姆。”卡罗琳也真情实意地说道：

“再见，普里切特。很高兴和你聊天。你的两个儿子真棒。”

不知为什么，我突然希望她没有戴那顶难看的帽子多好。我们转过身，返回庄园，我感觉到普里切特停下手中的工作注视着我们，也许还在和旁边的工友对眼色。

我们一声不吭地穿过草地，踩着来时印下的深深足迹，这次参观让我俩都陷入沉思。她终于开口了，声音很欢快，眼睛却望着别处。

“巴比是个人物，对吗？那些房子看起来很棒，不是吗？我猜，对你那些穷困的病人来说是个很好的消息。”

“是个很好的消息。”我答道，“没有潮湿的地板，低矮的天花板。卫生设施良好。男孩女孩分开居住。”

“对孩子来说，是个很好的开始。对道吉·巴比来说也是个好消息，他终于可以摆脱可怕的岳母了……并且，哦，医生——”她目光落在我的身上，伤心地挖苦着自己，“我真想尽快搬进那样一个小小的砖盒里，有一间起居室，有一个布局合理的厨房，就像住在我们的旧牛舍里。”她弯腰捡起一根被风吹得在地上翻滚的树枝，划拉着地面，“一间布局合理的厨房，究竟是什么样的？”

“没有肮脏的缝隙，”我说道，“也没有隐蔽的拐角。”

“我打赌，也不会有个性。缝隙和拐角怎么了？谁能指望一辈子远离这些玩意儿？”

“是啊，”我想起了我那些肮脏邋遢的邻居，“很多人都经受过这些。”我又生出另一种追思，“我母亲一定会很喜欢那些房子。如果我生来是另一种类型的男孩，可能她现在就和我父亲一起住在这样的房子里。”

卡罗琳望着我：“你这话是什么意思？”

我简单地对她讲了我父母艰辛的生活经历，我在利明顿学院和医学院时都靠奖学金和助学金度日。他们背负债务，经济状况恶劣，我父亲不知疲倦地工作，母亲接一些缝纫和洗衣活计，她身体很虚弱，只有把铜盆里的湿衣服拎到洗衣桶里的力气。

我的声音里满是辛酸，接着讲下去："他们竭尽所能，想把我培养成一名医生，我甚至都不知道我母亲病了。他们为我的教育支付了一笔巨款，然而我学到的却是，我的发音不正确，我的衣服穿错了，我的餐桌礼仪——所有这些，全都不对。其实，我还学会了为他们感到惭愧。我从不带朋友回家见他们。他们参加过一次学校的颁奖演讲日活动，我获得了一个科学奖。其他男孩脸上的表情让我受够了。从此我再也不请他们到学校去。还有一次，在我十七岁时，我当着我父亲一位顾客的面，喊他傻瓜——"

我讲不下去了。她顿了片刻，然后在大风中尽可能温柔地说道："可是他们一定很为你自豪。"

我耸耸肩："也许吧。不过自豪不能带来幸福，是吧？如果我能像我表亲——汤姆·普里切特那样，他们会生活得很富裕，真的。"

她皱起了眉头，继续用树枝挥击着地面。"一直以来，"她并不看我，自顾自说道，"我认为你多少应该恨我们，恨我母亲，恨我弟弟，还有我。"

我吃惊地说："恨你们？"

"是的，如果你站在父母的立场上，你会恨我们。不过现在你似乎——哦，你似乎在恨自己。"

我没有回答，我们沉默地走着，彼此都越来越觉得尴尬。我们察觉到天快黑了，便努力加快了脚步。我们很快就离开了自己模糊的脚印，边走边寻找着干燥些的地面，然后，我们从另一条路向宅子走去。我们走着走着，花园栅栏变成了一截古老的隐篱[1]，而且崩塌严重，那样子好

1　建于花园或公园的界沟中，不遮蔽视线的一种隐蔽围墙。

像它刚刚大哭了一场。听到这话，卡罗琳笑了，我们都走出了失落的情绪。我们又奋力穿过了几条纵横交错的沟渠，眼前出现了一块浸满水的草坪，我们只得像刚才一样踮起脚尖尴尬地绕过去。我的鞋底滑，实在不适合走这样的路，有一次我向前一滑，差点劈开双腿。她哈哈大笑，血液顺着脖子往上涌，原本红扑扑的脸颊变得更有光彩了。

担心会在宅内留下脏兮兮的脚印，我们便沿着宅子绕到了花园大门。宅子和平日一样，没有点灯。天色阴暗，走近宅子时更像走进了阴影中，似乎它那巍然屹立的后墙和脱落了色彩的窗户把午后最后一缕阳光吸走了。卡罗琳在椰棕垫上擦鞋，她停下来，抬头向上看，我难过地看到她脸上又现出了疲惫之态，眼角浮起了像热牛奶表面起的褶子。

她一边细看这幢房子，一边说道："白天还是这么短。真恼人！这让生活更艰难了。我真希望罗迪在这儿。现在只有妈妈和我——"她垂下眼睛，"唉，而且妈妈很娇贵。生病不是她的错。可是，我不明白，有时她似乎越来越犯傻，恐怕我不会总是这么有耐心。罗德和我在一起，还有些乐子。我们的乐子都是些不值一提的小事。我是说，在他生病之前。"

我平静地说："他很快就会康复回家了。"

"你真的这么认为？我真希望我们能见到他。想到他在那里，生着病，孤单一人，真是不近人情。我们不知道他出了什么事。你觉得我们该去看望他吗？"

"如果你想去，当然可以，"我说道，"我很乐意载你去。不过没有任何迹象表明，罗德本人想见我们，对吗？"

她不高兴地摇着头："沃伦医生说他喜欢与世隔绝。"

"哦，沃伦医生应该了解他的情况。"

"是的，我想是的……"

“再多等一段时间，”我告诉她，“我才对你说过，不久春天就来了，一切都会焕然一新，你会看到的。”

她轻快地点点头，试图相信我说的话。她又在椰棕垫上蹭了蹭脚，不情愿地叹了口气，走进寒冷阴郁的房子，去见她的母亲。

一两天之后，我在准备参加本地医院的舞会时，还能想起那一声叹息。舞会每年一次，其实是为了筹集基金。除了年轻人以外没人热衷于这个舞会，不过，本地的医生喜欢偕妻子和成年的孩子参加。我们里德克特的这几名执业医师轮流前往，今年轮到了格雷厄姆和我，我们的临时医生弗兰克·怀斯和西利医生的合伙人莫里森则留下来接待出诊。我是单身汉，可以不受限制地带一两位客人，几个月前想到此事时，我打算邀请艾尔斯太太。现在既然她身体不适，就不太可能邀请她出席了。我突然想到卡罗琳或许愿意陪我前往，这样她便可以离开百厦庄园一晚。当然，我想到了她受邀参加这个实质是“工作需要”的舞会，很可能在最后一分钟被吓退。我犹豫不决，不知道是否该提出这个建议。我已经忘记了她颇具讽刺调侃的才能。

“医生的舞会！”我最终打电话邀请她参加时，她高兴地说道，“哦，我很喜欢。”

“你肯定吗？这是一种有趣的老式的社交活动。与其说是医生的舞会，不如说是护士的舞会。女人的数量远远超过男人。”

“我猜就是！离开了病区，人人都会脸颊绯红、异常兴奋。从前在海军派对上，女子服务队里初级岗位的女士们也这样。护士长喝多了会不会委身于外科医生？哦，她肯定会。”

“喂，别太激动，”我说道，“说不定那里不会有任何惊喜。”

她笑了起来，尽管电话线的音质很不好，我还是听出她满心高兴，我很庆幸邀请了她。我不知道答应做我的舞伴，是否还激发了她的什么愿望。像她这个年纪的未婚女子，如此期盼一场舞会，而不考虑晚会上有多少单身男人，我觉得很奇怪。但是，假如她真的那样想过，那她真是掩饰得太好了。或许莫利先生的事伤了她的自尊，她学会了小心谨慎。她说起舞会时，仿佛我们俩会是一对上了年纪的旁观者。那晚我满腹疑惑地前去接她，发现她穿得很不起眼，一件橄榄色的无袖晚礼服，头发松散地垂下来，没有打卷，和平时一样，她的脖子和手上没戴任何首饰，粗壮的脸上几乎未施脂粉。

我们在小客厅和艾尔斯太太告别，她对这一晚独处没有丝毫不悦。她膝头放着一个托盘，正在浏览丈夫的一些旧信件，并把它们整齐地按顺序放好。

我还是觉得留她一人在家有些不妥。“你妈妈真的没事？”我们准备出发时，我问卡罗琳。

她说道：“哦，别忘了，她有贝蒂。贝蒂会和她坐几个小时。她们已经开始一起做游戏了，你知道吗？我们收拾房间时，妈妈偶然发现了几个旧棋盘。她们下国际跳棋，还有希腊跳棋。”

“贝蒂，和你妈妈？”

“我知道，这很奇怪，对吗？我记得妈妈和罗迪、和我都没下过跳棋。不过她现在似乎喜欢上了。贝蒂也喜欢。她们赌几便士的小钱，妈妈总是让她赢……我觉得贝蒂圣诞节在家里过得不开心，可怜的孩子。听说她的亲生母亲脾气暴戾，我猜她更喜欢我妈妈。人人都喜欢我妈妈，这真是命中注定的事……”

她说这话时打了个哈欠，拉紧了外套抵御寒冷。不一会儿，汽车的机械运动和噪音盖过了我们的说话声——在冬天的乡间小路上，驶往利明顿大约需要三十分钟——我们渐渐沉浸在和善友爱的寂静中。

但一抵达医院的庭院，汇入混乱的车流人群中，我们都立即振奋起来。舞会在一个讲堂里举行，是一个铺着镶木地板的大房间。里面的桌子和长椅都被搬走了，刺眼的中央大灯也关掉了，漂亮的彩灯和彩旗挂满了横梁。我们走进去时，一个不怎么样的乐队正在演奏乐曲。光滑的地板上均匀地撒上了防滑粉，几对热心的夫妇已经站起身，开始翩翩起舞。其他人坐在四周的桌子边，正在酝酿情绪，准备加入跳舞的人群。

有一个长支架上面盖了板子用来作为吧台。我们穿过人群向吧台走去，快走近时被我的两个同行拦住了：布兰德和瑞奇，一个是外科医生，另一个是利明顿的家庭医生。我把他们介绍给卡罗琳，然后开始闲聊。他们手上拿着纸杯，看到我一直望着吧台，瑞奇说道："你们要过去拿潘趣酒[1]来麻醉自己吗？别被它的名字给骗了。就是淡而无味的樱桃汽水。请稍等。有人来给我们帮忙了。"

他绕到卡罗琳背后，抓到一个人的胳膊，那人是一个门房。"他是我们这里游手好闲的懒汉。"布兰德对卡罗琳解释道，瑞奇在那人耳边低语了几句。门房离开了，一分钟后回来，手上多了四只杯子，每只都盛满了掺水的粉红液体。我看见它们是从吧台上盛潘趣酒的大酒杯里舀出来的，不过我很快便发现，每一杯里都兑了很多白兰地。

"味道好多了。"瑞奇品尝后咂嘴说道，"小姐，您认为如何——？"他忘记了卡罗琳的名字。

白兰地很烈，潘趣酒加了甜味剂后甜得发腻。布兰德和瑞奇离开后，我问卡罗琳："你能喝这玩意儿吗？"

她笑着说："不管怎么说，我可不想浪费它。这白兰地是黑色的？"

"是的。"

"那我太惊讶了。"

1　一种果汁饮料，有时加苏打水或牛奶，通常混有葡萄酒或蒸馏酒。

“哦，我敢说喝一点黑色的白兰地对我们无害。”我把手搭在她的腰背部，领着她走出吧台边往来穿梭的人群。讲堂里挤满了人。

我们想找一张空桌子。不过很快又有一个人向我打招呼——这次是一个高级顾问医生，碰巧是我提交罗德伤腿成功治疗论文的那个人。他滔滔不绝地讲了十到十五分钟，想听听我对他的某些治疗方法的意见，但我真没料到，我一句也插不进去。他忽略了卡罗琳的存在，而我在他说话时不住地打量她：她环视讲堂，不自然地快速呷着纸杯中的酒。那个男人向我发表演说时，她不时地看我一眼，似乎有几分新鲜地观察着我。

“你俨然是这里的大人物。”那个高级顾问医生终于离开后，她对我说道。

“哈！”我喝了一大口潘趣酒，“我绝对是小人物，我向你保证。”

“哦，那么我们就一起当小人物吧。这里和家里很不一样。这些天来我走进任何一个社区都会感觉到人们指指点点，走过来的是可怜的艾尔斯小姐，从高高在上的百厦庄园来的……现在，你瞧。”她转过头去，“所有的护士都到了，一大群，和我想的一样！像一群脸红的小鹅。战争期间，我考虑过干护士这一行。很多人都说我天生就是干这个的，我有点讨厌这种说法。我觉得那不是恭维话。所以我参加了海军女子服务队。我的最后一项职责就是护理罗迪。”

我捕捉到她声音里流露的那种渴望，问道：“你怀念那段从军生涯吗？”

她点点头：“起初很怀念。我很擅长护理。承认这事很丢人，对吗？我喜欢船上的那些脏活。我喜欢那里的例行公事。我喜欢那里只用一种方式做事情，只穿一种袜子，一种鞋子，头发扎成一个样子。战争后期，我打算继续待在那里，去意大利或者新加坡。可是一旦我回到百厦庄园——”

一个男人带着一个女孩从她身边匆忙挤过，她的胳膊猛地摇晃了一下，酒杯里的酒溢出来，她赶紧把酒杯举到嘴边，用舌头接住滑落的酒滴，然后她便陷入了沉默。这时有一位歌手加入了乐队，音乐更响亮也更有活力了。人们激动地涌向舞池，我们更难站在那里交谈了。

我提高嗓门，大声地说："我们别待在这儿了。我应该给你找个舞伴。那位是安德鲁斯先生，外科住院医生——"

她挽起我的胳膊："哦，不要把我介绍给别的男人，尤其是外科医生。每次他注视着我，我都会想起他在考虑用几号的手术刀。而且，男人讨厌和高个女人跳舞。你和我可以一起跳舞，可以吗？"

我答道："当然可以。如果你愿意。"

我们喝完酒，放好杯子，向舞池走去。我们抬起胳膊，一起迈出舞步，尽量克服本来就不自然的动作，走进推推搡搡、过分拥挤的人群，一时感到有些尴尬。

卡罗琳说道："我讨厌这样，像是把人扔进了链斗式电梯[1]里。"

"那么，闭上眼睛。"我回答道，领着她跳起了快步舞。我们的脚跟及肘部和其他舞者碰撞摩擦了一会儿，才跟上人群的节奏，找到一条路穿了进去。

她睁开眼睛，被周围拥挤的人群吓住了："什么时候我们才能走出去呢？"

"别担心。"

"我们得趁着慢节奏响起……你跳得很不错，真的。"

"你也跳得很好。"

"你说得太夸张了。我热爱跳舞。我经常跳。战争期间我跳疯了。世界上最棒的事情就是跳舞。我小的时候跟我父亲一起跳舞。他那么

1　一种由一系列无门斗室悬于链条上构成的电梯，缓慢不停地连续移动，乘客可自由进出。

高，不过没关系，我也很高。他教了我所有的舞步。罗德很失望。他说我总是带着他急转，他感觉像是和一个男孩跳舞。我有没有带着你急转？”

“一点也没有。”

“我是不是话说得太多了？我知道有些男人不喜欢那样的女人。我猜那样会让他们方寸大乱。”

我告诉她，只要她喜欢就随意说。事实上，我很高兴看到她这样良好的精神面貌，感到她如此放松，在我的臂弯里如此生机勃勃充满活力。我们之间的距离有些刻板和拘谨，可是时不时地人群会把她挤得更靠近我一些，我感到她充满弹性的胸部压住了我的胸口，她的臀部也有力地推挤着我。我们转圈时，她腰部的肌肉紧张起来，在我的手掌和张开的手指中转来转去。她在我手掌中的那只手有些发黏，因为沾上了洒出的潘趣酒。有一回她转头去看舞池时，我闻到了她口中呼出的白兰地气息。我意识到她有点醉了，也许我也有点醉了。可是我有一种爱上她的冲动，如此突然又如此真实，我禁不住笑了。

她扬起头望着我：“你为什么笑成这样？你像个参加比赛的舞蹈演员。有人在你背上缝了参赛号码吗？”她从我的肩膀上瞄过去，装作检查的样子，她的胸部又触碰了我一次。接着她在我耳边说道：“看西利医生！他从我身旁呼啸而过，瞧他的领结和纽扣孔！”

我转了个身，看到了那个男人，他高大壮实，正在和妻子跳舞。他打着波尔卡圆点花纹的领结，胸前插了一朵天知道从哪里弄来的盛开的兰花。他还擦了很多头油，头发梳得锃亮，根根贴在前额上。

我说道：“他以为自己是奥斯卡·王尔德吧。”

“奥斯卡·王尔德！”卡罗琳笑了起来。她的气息直扑到我的臂膀上，“他从前就是这样！我记得，小时候女孩们都叫他‘章鱼’。他总是过于热情地让人们搭便车。无论他在方向盘上放了几只手，总会多出至少一只来……带我到他看不见的地方。别忘了，人人都得留心流言蜚语。当心场地的边缘——”

“喂，现在是谁在领舞？我现在明白罗德里克说你带着他急转是什么意思了。”

“小心，到边上了。”她说道，又笑了起来，“我们绕圈时，你可以告诉我这些人都是谁，谁治死的病人最多，哪个医生打算和哪个护士上床。所有的流言蜚语我都想听。”

我们在舞池里跳了两三支曲子，我尽力把大部分医院里的人都指给她看，也贡献了几条温和的闲言碎语。音乐换成了华尔兹，跳舞的人少了。我们回到吧台喝潘趣酒。大讲堂变得更加暖和。我向前一望，看到了戴维·格雷厄姆，他刚刚带着安妮赶到，正拨开人群向我们走来。想到上次他和卡罗琳见过——罗德里克从家里被带走的前一天，他到百厦庄园确认我对罗德里克的诊断——我侧身贴近她，在乐曲声中尽量压低声音说道：“格雷厄姆向我们走过来了。你介意看到他吗？”

她没有回头，不过却坚定地轻轻摇摇头。

“我不介意。我猜到他会来的。”

不过，格雷厄姆一家出现的尴尬很快就被驱散了。他们是带着几位客人过来的，还有一位来自斯特拉特福的中年男子、他的妻子和已经出嫁的女儿。这个女孩和卡罗琳碰巧是老朋友。她们笑着惊叫着，抱在一起，互相亲吻了对方。

“我们认识，”卡罗琳告诉我，“哦，是很多年以前了！还是战争那会儿。”

这个名叫布伦达的女孩，是个金发美人——长相很大众化。她的出现让我为卡罗琳感到高兴，同时也隐隐有些失落，她和双亲一起到来，仿佛在年轻人和长者之间划出了一条界线。她和卡罗琳站得离我们稍远些，点燃了香烟。不久，她们就挽着手向女士洗手间的方向走去。

她们回来时，我和格雷厄姆一行人已经打成一片，我们找到一张远离乐队噪声的桌子，拿了几瓶阿尔及利亚葡萄酒。卡罗琳和布伦达的酒已倒好，椅子也已备好。可是她们没有落座，站着看舞池里的人群，布伦达一边喝酒，一边随着节奏性急地扭着屁股。乐曲又加快了节奏，她们都想去跳舞。

“你不会介意吧？”卡罗琳临走时抱歉地说道，“布伦达认识这里的一些人，她想介绍给我。”

“你去跳舞吧。”我说道。

“我保证，时间不会太长。”

“真高兴看到卡罗琳走出家门，而且玩得这么开心。”她离开后，格雷厄姆对我说道。

我点点头：“是的。”

“你和她经常见面？”

我说道：“只要时间允许，我就到百厦庄园去。”

“当然。”他答道，像是在等我接着说下去。

然后，他更加推心置腹地说道：“我猜，她弟弟的病没有什么进展吧？”

我把最近从沃伦医生那里拿到的报告给他看。然后我们讨论了两个病人的病情，又和那个斯特拉特福人聊起了即将实施的公共医疗卫生服务。这个斯特拉特福人和大多数家庭医生一样，非常反对公共医疗卫生服务。戴维·格雷厄姆欢欣鼓舞，我则忧心忡忡地认为我会失业，因此我们争论得相当激烈，聊了很久。我经常抬头寻找舞池里的卡罗琳。她和布伦达也时不时回到桌边喝酒。

“还好吧？”我越过格雷厄姆的肩膀对她喊，或者做出口形，“我没有对你照顾不周吧？”

她摇摇头，笑了："别说傻话！"

"你觉得卡罗琳真的还好吗？"天色渐渐晚了，我问安妮，"我把她丢下不管了。"

她瞟了丈夫一眼，说了几句话，不过在音乐声中听得不是很清楚，仿佛是："哦，我们已经习惯了！"或者是"她会习惯的！"——不管怎样，都让我感觉她听错了我的话。看到我脸上的疑惑神情，她笑着又加了一句，"布伦达在照看她，别担心。她很好。"

后来，十一点半左右，有人拿着麦克风宣布开始交换舞伴，人们都涌向了舞池，我和格雷厄姆也被拉上了场。我不由自主地开始寻找卡罗琳，看到她被分在女士的行列里，站在大讲堂的另一边。从那以后，我一直盯着她，希望能在乐曲的间隙与她巧遇。每一曲终了重新排队时我们都拼命向对方靠近，结果却总是无助地被拖向相反的方向。女士那一圈挤满了护士，比男士那一圈拥挤很多。她大笑着，脚和旁边一个女孩缠在一起，差点绊倒。有一回她从我旁边飘过，看见了我，一脸苦相。"简直是要了我的命！"我读懂了她的表情。她第二次飘过时正在大笑。松散的长发落到了眼前，被光亮的汗水凝结成一缕一缕的，贴在脸上和唇上。她终于在我左侧的一个地方停下了，礼貌但坚决地开路过来，我移到了她身边，准备邀请她——却被一个人高马大，浑身是汗的男人撞到了一旁，这人我认识，正是吉姆·西利。我认为，他是场上最合适她的舞伴。他把她拥在怀里，下巴抵着她的耳朵，用一个慢狐步带着她跳了起来，这时，她却给了我一个惊慌滑稽的表情。

我随着乐曲和一个年轻护士起舞，一曲结束，人群更加喧闹，我退出了舞池。我走到吧台边拿了一杯掺水的潘趣酒，走出人群最密集的地带，看着别人跳舞。卡罗琳已经摆脱了西利，找了一个不那么专横的舞伴，一个戴着角质边框眼镜的年轻人。西利和我一样，离开了舞池，流连于吧台。他将手中的酒一饮而尽，接着掏出烟和打火机——

他碰巧抬头看到了我，便过来和我搭讪。

“法拉第，这样的夜晚我真是力不从心，”他点燃了我们的烟，“这些该死的护士对我们来说太年轻了！我发誓，刚才和一个小可爱跳舞，她看起来比我二十五岁的女儿大不了多少。这倒正合那个下流老变态的口味，像——”他说出了一位资深外科医生的名字，一两年前他卷入了一场微不足道的丑闻，“我和一个女孩跳舞时，问她喜不喜欢这个地区，她说这里让她想起了她 1940 年撤离到的地方——哦，她可真不懂浪漫。说到这震天响的舞蹈，我宁愿跳老式华尔兹。我打赌，伦巴舞一分钟之内就能让他们激动起来。上帝啊，救救我们吧。”

他拿出一块手帕擦了擦脸，然后把手帕伸进领子里，来来回回地擦着脖子上的汗水。他的喉咙有伤疤，领结歪在一边。我才注意到，他的兰花不见了，只剩下翠绿的花梗还插在礼服的翻领上，顶端冒出乳白的液体。在酒精和运动的刺激下，他像铜火盆一样散发着热量，在那样一个气氛热烈、温度过高的讲堂里，站在他身边又不想走开是不可能的。可是我已经接受了他的一支烟，我觉得抽烟时陪在他身边比较公平。他又继续擦汗、抽烟，抱怨了一两分钟，接着我们的目光自然地转向了舞池，我们都静下来，看着一对对舞伴从眼前旋转而过。

起初我没有看见卡罗琳，以为她可能已经离开了舞池。但她还在跳舞，和那个戴着眼镜的年轻男子，我的眼睛一看到她，就紧追不舍。交换舞伴的曲子结束了，接下来的这支曲子节奏更加沉稳，不过依然隐藏着狂欢的情调。卡罗琳和其他人一样，脸庞湿润，头发被汗水浸成一缕一缕，鞋袜上蹭了一道道灰，她的脖子和胳膊还是红扑扑的，活力四射。我觉得，这样的浓墨重彩很适合她。尽管她的裙子不时髦，身材普通，但她看上去很年轻——似乎她的青春随着血液，在舞动和欢笑中从皮肤下浮了出来。

我盯着她跳完了那支舞，接着又跳了另一支曲子。直到西利开口时，我才意识到他也在注意她。

他说道："卡罗琳·艾尔斯看起来不错。"

我走开一步，在最近的桌子上摁灭烟蒂。接着转身回来，说道："是的，不是吗？"

"那女孩很会跳舞。她屁股很大，并且知道怎样扭动屁股。大多数英国女人都是用脚在跳舞。"他的声调和表情越发让人捉摸不定，"我猜，你见过她在马背上的英姿吧？绝对有看头。真遗憾，她长得不漂亮。不过，"他抽出最后一支烟，"我不该让你泄气。"

我开始以为自己听错了。我盯着他的脸，才明白我没有弄错。

他也注意到了我的表情。他噘起嘴吐出一个烟圈，烟圈渐渐变淡，他笑着说："哦，你得加把劲！这可不是什么秘密，对吧，你已经花了多少时间在那家人身上？我很乐意告诉你，本地有很多议论，说你把目标锁定在哪个女人身上——女儿或是母亲。"

他说话时的语气，仿佛整件事是个天大的笑话——他似乎在怂恿我为这个恶作剧添加作料，他就像胆敢偷看女舍监窗户的高年级男生，在期待热烈的掌声。

我冷冷地回答："你们可真会开玩笑。"

他又笑了："不要那样说！你知道乡村生活是什么，和医院一样糟糕。我们都被憋坏啦，不得不就地取材找些乐子。我真不明白你为什么磨磨唧唧。我告诉你，艾尔斯太太过去是个优雅的女人。不过如果我是你，我会选卡罗琳——就因为，她还有这么多大好年华。"

我现在回想起来，仍然觉得他的话冒犯了我，我当时太过吃惊以至于竟然还能站在那里让他把话说完，望着他醉醺醺的脸却没揍他。不过，那时我感触最深的是，他想硬要让我领情。我感觉自己像是个傻瓜，如果我打了他，只能让他更高兴，坐实了他对我的猜测——这个乡下蠢货。因此我就紧绷绷地站着，一言不发，想要让他闭嘴却不知该怎么做。他看出了我的困窘，用胳膊肘轻轻推着我。

“我的话启发你了没有？喂，老伙计，今晚就采取行动吧！”他朝舞池指了指，“在那个戴角质边框眼镜的笨蛋得到机会之前。毕竟，回到百厦庄园有一段漫长漆黑的旅程。”

最后我站起身来。“我看到你的妻子了。”我说着，向他身后的人群点点头。

他朝我眨了眨眼，转过身去。我赶紧离开，尴尬地在桌子和椅子边绕来绕去找路。我想走到大门口，吹一吹寒冷的晚风。我往大门口走时，经过了刚才和格雷厄姆一家、斯特拉特福来的一家人共用的那张桌子，他们看见我表情僵硬，径直往前走，想当然地以为我找不到回来的路，便大声喊我。他们高兴地看到我转回来了——他的妻子拄着拐杖，无法跳舞——我不想硬往大门走，便重新坐到了桌边。那天晚上剩下的时间里，我一直在和他们聊天。我一点儿也不记得我们都说了些什么。西利的一番话搅得我心神不宁，烦乱得无法理清自己的思绪。

我带卡罗琳来参加舞会，事前并未考虑人们的看法，现在事情突然变得让人难以置信。我想到，在百厦庄园与世隔绝的世界里，我已经习惯了和她共度时光。有几次，我也对她燃起了不可遏止的思念——是男人和女人之间那种单纯而亲密的感情，就像恋人挤在小包厢里擦出的火花一样。想到现在人们正在议论我们，摩拳擦掌地瞎猜——！我有点被愚弄的感觉，也感到自己暴露在众人目光之下。我很不愿意承认，我的不安一方面是尴尬，男性都会本能地不愿意和一个口碑不好、相貌平平的姑娘有暧昧关系；另一方面，则是因为意识到这一点而感到羞耻。还有截然相反的一面，是出于骄傲。真该死，如果我愿意，为什么我不该——我扪心自问——带卡罗琳·艾尔斯出席这场舞会？如果乡绅的女儿想和我跳舞，那我为什么不和她跳呢？

对卡罗琳的强烈占有欲不知从何处袭上心头，让我心绪烦乱。我回想起西利看到她在舞池轻移舞步时脸上的坏笑。她屁股很大，并且知道怎样扭动屁股……我猜，你见过她在马背上的英姿吧？如果他胆敢过来再说一遍，我肯定会揍他。我环视讲堂四周，有些疯狂地想追上他揍他一顿……我找不到他。他没有跳舞，也没有在一边观看。可是我也看不到卡罗琳，那个戴着角质边框眼镜的男子也不见了。这让我更加心烦意乱。我继续和斯特拉特福那对夫妇礼貌地交谈着，一起抽烟饮酒。不过我们讲话时，我的目光一定很飘忽不定。现在舞会对我毫无意义，舞池里那些人像是手舞足蹈精神错乱的疯子。我期待的就是，卡罗琳从左右摇摆、面红耳赤的人群中冒出来，这样我就可以给她穿上外套，送她回家。

最终，一点过后，乐曲终于结束，中央大灯也亮了起来，她再次出现在桌边。她和布伦达一起回来，刚刚走下舞池，眼神迷离，半张着口。她站在离我几步之遥的地方，打着哈欠，她用手扯着晚礼服的紧身上衣，想要让它脱离潮湿发黏的皮肤，却暴露了腋窝部位的胸罩带——整个腋窝也露了出来，凹陷处肌肉结实，爽身粉凝成浅浅的条纹，腋毛纤细。尽管我对她的归来期盼已久，当她面带微笑看着我时，我却莫名地涌起一股怒火，把眼睛移向别处。我语气强硬地告诉她，我要去衣帽间拿我们的外套，而她和布伦达又去了女士洗手间。她们回来时，她还在打哈欠，我看到她整理了头发，擦了口红和粉，脸和脖子清爽多了，我这才有些释然。

“天啊，我的模样真吓人！”我帮她穿外套时，她说道。她打量了大讲堂四周，抬头看着挂满彩带的横梁，由于年代已久，横梁露出了变得色彩黯淡的纹理，“我和这个地方真有点像。等那些灯全都打开，这些迷人的气氛就会瞬间消失，那该多么可怕？我真不想离开……刚才有个女孩在洗手间大哭。肯定是你们这些讨厌的医生中有谁伤了她的心。”

我没有看她，只是点头提醒她注意外套，她没有扣好扣子。

“你应该把扣子扣上。否则会冻成冰的。你没有拿围巾吗？”

“我忘了。”

“那么，把外套的翻领竖起来，好吗？”

她伸出一只手来翻起衣领，另一手挎进了我的胳膊。她动作轻柔，我却宁愿她没有这么做。我们站着和格雷厄姆一家、斯特拉特福来的夫妇，以及那个金发美人布伦达道别，我非常不自然，仿佛看到了他们眼神中流露的笑意，他们看到我们一起离开，会作何猜测——就像西利说的——“回到百厦庄园有一段漫长漆黑的旅程”。这时我突然想起，我探问卡罗琳的情况后，安妮·格雷厄姆笑着说出的那番怪语：卡罗琳会“习惯被丢下不管的”，说得好像她不久就要成为一名医生的妻子……这让我更感不安。我们道了晚安，穿过正在变得空荡荡的讲堂，我发现可以让卡罗琳走在我的前面，这样我们的胳膊就无须挎在一起。

走向停车场时，地面结了一层霜，寒风刺骨，她又抓住了我。

“我警告过你，你会冻成冰的。”我说道。

“要么冻成冰，要么摔断腿，”她回答道，“别忘了，我穿着高跟鞋。哦，救命！”她绊了一下，大笑着双手抓住了我的胳膊，贴得更紧了。

她的举动让我很别扭。那天晚上她一开始喝了白兰地，后来又喝了几杯潘趣酒——我还以为，她是借此宣泄压力，所以很高兴。我原以为跳前几支舞时，她在我的臂弯中醉得有些站不稳了，现在看来却是出于轻浮。她又说：“我们得离开了，这可真遗憾！”——她的语气透出了欢快。似乎她远远没有满足于今晚的收获，她在拼命榨取这个突如其来的机会带来的欢愉。我们刚走到车前，她又一次绊倒了，或许她是故意这么做的。我让她上车，在她的肩膀上披了一条毯子，她还在不住地发抖，牙齿抖得像是在掷骰子。我的车里没有暖气设备，所以我给她准备了一个热水袋，里面要灌一瓶热水。我弄好热水袋，递给她，她感激地塞进了外套里。我发动汽车时，她摇下了车窗，打着哆嗦把头伸了出去。

我说道："你到底在干什么？"

"我在看星星。它们真亮。"

"好吧，看在上帝的分上，关上窗户再看。你会感冒的。"

她大笑着："你说话真像是一个医生。"

"可是你，"我说道，抓着她的袖子把她拉进来，"说话像是个傻姑娘，尽管我知道你不是。坐直，把窗户关上！"

她服从了命令，突然顺从起来，也许是被我声音中的愤怒吓住了，也许是对我的发火感到有些疑惑。我也把自己弄糊涂了，因为这件事与她无关，都是下流的西利的错，但我却放过了他。

我们默不作声地驶离了医院的庭院，起初混在车流之中，很快便摆脱了此起彼伏的喇叭声、欢声笑语和自行车铃声，驶上了安静的公路。卡罗琳裹着毯子蜷成一团，她渐渐暖和起来，我感到她修长的双腿开始放松。我的情绪也相应缓和下来。

"好一点了吗？"我问道。

"是的，谢谢。"她回答道。

这时我们离开了利明顿的郊区，驶上了一段没有灯光的乡村小道。地面的霜冻更厉害了，道路和灌木蒙上了一层白雾，闪闪发光，似乎在车灯周围嬉戏，突然出现，又仓促地退回黑暗中，就像船头翻起的水花。卡罗琳透过挡风玻璃看了一会儿，接着揉揉眼睛。

"这条路真让人着迷！你注意到了吗？"

我说道："我已经习惯了。"

她好像愣了一下。"是啊，"她望着我说道，"当然了，你经常夜间从这里驶过。人们一定竖起耳朵、睁大眼睛留心你的车声和车灯。他们看到你时该有多高兴。如果我们现在是赶去病床边，人们该有多么急切地期待我们。我以前从没这样想过。夜间赶路你害怕吗？"

我换了一挡车速："为什么会害怕？"

"我想，是因为其中的责任。"

我答道："我对你说过了，我很平凡。通常情况下，人们都不是来看我。他们见的是'医生'，是药箱。药箱就足以解决问题。这是老吉尔医生对我说的。我刚取得执业医师资格时，父亲给我买了一个漂亮崭新的皮革药箱。吉尔看了一眼，就断言我不能带着它出诊，没人会相信我。他给了我一个他自己的磨损的旧药箱。我用了好多年。"

"而且，"她过了一会儿才开口，仿佛并没有听我讲话，"那些人那么迫切地看着你，等着你，他们是那么需要你。你喜欢这样，对吗？"

我透过黑暗看了她一眼："喜欢什么？"

"喜欢总是有人在晚间期盼着你？"

我没有回答她的问题。她似乎也不需要回答。我有一种从未有过的感觉，今晚她哪里不太对劲，似乎她在车内黑暗、封闭的私密空间里上演着她的另一重性格——或许，是布伦达的性格。她沉默片刻，便开始小声哼起了小曲。这是她和那个戴眼镜的男子跳的一支曲子，想到这里，我又变得冷酷起来。她打开手提袋，胡乱翻着里面的东西。"你的车里有打火机吗？"她问道，拿出了一包烟。她的手在仪表盘上方抖抖索索地摸来摸去，然后又缩了回去，"没关系，我有火柴，在这里……你想抽一支烟吗？"

我说道："给我一支烟，我自己来点。"

"哦，还是让我来吧。电影里都这样。"

火柴划过，腾起小小的火焰，我用眼角的余光扫了她一眼，她的脸和手都已经恢复了勃勃生机。嘴里叼了两支烟，她同时点燃，把其中一支从嘴里拿出塞进我的双唇之间。她把干燥的香烟往我嘴里轻轻一推，我出其不意地触到了她冰凉的手指，上面还带着若有若无的唇膏印子——我立即取出嘴里的香烟，夹在手上，握住方向盘。

我们在沉默中抽了一会儿烟。她把脸贴在车窗上，开始在呼出的雾气上随意画着线条和圆圈。接着，她突然说道："你知道吗，我今晚遇到的那个叫布伦达的女孩，我并不喜欢她。"

我说道："你不喜欢她？我真没想到。你们互相问好，就像是失散多年的姐妹。"

"哦，女人们通常都这样。"

"是啊，我经常想，做个女人真是劳神费力。"

"是的，你要做得恰到好处。这就是我很少和女人打交道的原因。你知道我怎么认识她的吗？"

"布伦达？我猜，是在海军女子服务队的时候吧。"

"不，在那之前。我们一起参加过火灾警备[1]，大概六周时间，就这么多交情。我们一点也不像，不过我们实在太无聊了，所以开始说话。她在交一个男朋友——我是说上床——她刚刚发现自己怀孕了。她想把孩子打掉，要物色一个姑娘陪她去药剂师那里，还得帮她买几样东西，我答应了。我们去了伯明翰，那里没人认识我们。那个男人很可怕，一本正经，让人畏惧又紧张，你肯定能想象得出来他的模样。我以前从没想过，如果人人都和我们期待中的一模一样，我们是会安心还是会沮丧……不管怎样，药起作用了。"

我又换了一次挡，说道："其实，我很怀疑是不是药起了作用。那

1　指第二次世界大战期间，英国民防队员在城市中守望，以便即时发现火情。

一类药物几乎不管用。”

“不管用？”卡罗琳吃惊地说道，“那么，她就是太走运了吧？”

“孩子没了只是凑巧。”

“布伦达运气好，事情就这样结束了。她就是那种碰巧有好运的人——既有好运，也有霉运。有些人就是一会儿走运一会儿倒霉，不是吗？”她抽着烟，“她问到了你。”

“什么？谁问了？”

“布伦达问到了你。她以为你是我的继父！我告诉她你不是，她又看了你一眼，厌恶地眯着眼睛说道：‘那么，他就是包养你的老男人。’她就是这样思考问题的。”

天啊！我想道。似乎每个人都会这么想，我真希望这对他们来说只是一个绝妙的玩笑。我说道：“哦，我真希望你尽快转变她的想法。”她没有回答。她还在窗户上画着线条：“是吗，你真的这么想？”

“哦，我会让她想一分钟——只想一分钟，只是为了找乐子试试她。她一定就会想起伯明翰的那次打胎事件。她会说，成为医生的最大好处就是，再也不用担心‘绊倒’[1]。然后我就会说：‘亲爱的，你不必提醒我这个！我今天已经扭了四次脚了！医生就是傻瓜！’”

她又吐出一缕烟，直截了当地说：“我没有这么做。我对她说了实话：你是我们家的朋友，很善良，带我参加舞会只是出于待客之道。我想，她把我想得很坏。”

“这么说来，她真是个十分讨厌的年轻女人。”

她笑了：“你太一本正经啦！大多数年轻女人都是那样说话的——我的意思是，女人之间就是这样说话的。我告诉过你，我不喜欢她。

---

1 原文trip up，有“绊倒”和“犯错误”两层含义。布伦达用了第二层含义，卡罗琳回答时用了第一层含义。

天啊，我的脚快要冻掉了！”

这会儿，她有点坐立不安，想要让脚再暖和点。我感觉到她把鞋子踢掉了，抬起双腿，拉下晚礼服的裙子，以及膝盖后面的外套，侧转身对着我，把穿着袜子的双脚放在她的座位和我之间的狭小空间里。她双手向前伸着，其中一只手夹着半支香烟，她抓着脚趾，揉搓起来。

她揉了一两分钟，最后把香烟扔进了仪表盘上的烟灰缸里，接着朝手掌哈气，把它们捂在脚背上一动不动。过了一会儿，她安静下来。低下头，似乎在打盹，或者只是在假装睡觉。我的车在一个拐弯处踩上了一块冰，绕着它滑行了几英尺，我只好踩着刹车，把速度降到几乎快停了下来。如果她真的睡着了，一定会被惊醒的，可是她一点也没被打扰。过了一会儿，我在一个十字路口停下，扭过头去看着她。她的眼睛仍然闭着，在这样的黑暗中，在深色礼服和外套的映衬下，她像是一堆棱角分明的碎片组合成的艺术品：近似方形的脸庞，浓重的眉毛，丰满的红宝石般的双唇，裸露的脖子，结实的腿肚，修长苍白的双手。

碎片移动了，因为她睁开了眼睛。她注意到我的眼神，她的眼睛在霜冻路面的映衬下微微闪着光。她开口说话了，碎片的质感一扫而空，她声音沉闷，带着几分感伤。她说道：“你还记得吗，你第一次用这辆车载我回家，我们吃黑莓的那次？”

我换了挡，发动汽车：“当然记得。”

我感到她的目光还停留在我的脸上。她转向窗户，向外望去。

“现在是哪里？”

“去百厦庄园的路上。”

“很近了吗？”

“你一定累了。”

“不累。真的。”

“和那么多年轻男子跳了那么多舞，还不累？”

“虽然有两个年轻男人让我昏昏欲睡，”她说道，用先前顺从的声调说道，“但是跳舞把我唤醒了。”

我张开嘴想要说什么，又闭上了。不过我还是开了口。

“那个戴眼镜的家伙怎么样？”

她好奇地扭头看着我：“你看见他了，是吗？他是最糟糕的一个。阿伦——还是阿历克。他说他在一家医院的实验室工作，他把那间实验室说得技术雄厚，意义重大，我可不相信。他住在‘镇上’，和‘妈妈爸爸’住在一起。我就知道这么多。他不懂得跳舞时谈话的艺术，他也不懂跳舞。”

她又低下头，脸颊靠在椅子后背上，我再次发觉自己胸中激荡着奇怪混杂的情感。我语带酸涩地说道：“可怜的小阿伦或小阿历克。”她没有听出我声音的变化。她用手托着腮，再次说话时声音更哑了，“其实我不喜欢今晚跳的那些舞，连开始咱俩跳的那几支也不喜欢。”我没有回答。她停顿一下，“要是我们多喝几杯白兰地就好了。你的车里难道一瓶酒都没有？”她打开仪表盘上的一个盒子，开始在一堆纸、扳手和空烟盒中摸索着。

我说道：“请不要乱翻。”

“为什么？这里有什么秘密吗？这儿什么也没有。”她猛地合上盒盖，转过头去望着后排座位。热水袋从她的外套里跌了出来，滑到了地上。她又变得神采奕奕，“你的药箱里有酒吗？”

“别傻了。”

“那里肯定有。”

“如果你想喝，那里只有氯乙烷[1]。”

---

1 常温下为一种气体，压缩后变成一种无色的、易挥发的和易燃的液体，可用作溶剂、制冷剂。医疗上可用作局部麻醉剂。

“它会让我昏昏欲睡，对吗？我不想睡觉。我还是回到百厦庄园比较好。天啊，我不想回百厦庄园！带我去其他地方，好吗？”

她像个孩子似的晃动着身体，也许是这个原因，也许只是因为汽车的震动，她的双脚越过了我们俩座位之间的缝隙，她的脚趾在我的大腿上钝钝地轻轻地撞击着。

我不安地说道：“卡罗琳，你的母亲在等着你。”

“哦，妈妈不会介意的。她肯定已经上床了，让贝蒂守着门。而且，她们知道我和你在一起。你是位高尚的年长监护人[1]。不管多晚都不会有麻烦。”

我瞟了她一眼：“你不是认真的吧？现在已经过了凌晨两点了。我九点还有个门诊。”

“我们可以停下车，出去走走。”

“你穿着跳舞的高跟鞋呢！”

“我还不想回家，就是不想。我们能不能开车到什么地方去，坐下来，抽几支烟？”

“开到哪里？”

“哪里都行。你一定知道这样的地方。”

“别犯傻。”我又说。

不过我说得并不坚定。因为，这不由我的意志决定——这幅画面似乎在我脑海里潜伏已久，现在在她的提议的刺激下，浮出了水面——我不由得想起了经常开车去的那个地方，那个幽暗的池塘，四周长满了灯芯草。我想到了星光映照下平静的水面，草都镀上了一层银白色，在脚下弯折了，那是一个寂静的世界。只要转一个弯，开一两英里就到。

也许她察觉到了我的变化。她不再晃动身体，我们忐忑地沉默着。

1　指社交聚会时在场照顾未婚女性的年长者。

路面变成缓坡，转了个弯后又开始下坡。一分钟之后，我们接近了那条小路的入口。直到最后一刻，我还没想好是否应该转弯。然后，我突然放慢了速度，一踩离合器，迅速换了挡。转弯产生的拉力让卡罗琳伸出一只手，撑在仪表盘上以防摔倒。她不像我，没料到转弯的拉力这么大。车继续向前开，她的脚向前滑得更远了，有一瞬间我感到它们就在我的大腿下面，像那些挖地洞的动物，既结实又心存不轨。然后车子行驶得平稳了些，她把脚收了回去，她在座椅上挪动屁股，防止脚再向前滑动，座椅微微倾斜，嘎吱作响。

刚才她提出找个地方坐下抽烟，会想到是要来这里吗？我想到这个地方时，是不是忘记了现在是凌晨两点？我熄灭了车灯，关闭了引擎，池水、草地和池塘四周的灯芯草都看不见了。此刻我们置身于此，却又感到像是置身于虚空。只有寂静还是我熟悉的，如此静谧，似乎每一个响动都放大了，我奇怪地感觉到了卡罗琳每一次呼吸时的动作，她每次吞咽时都会收紧放开的喉咙，嘴唇半张，舌头和上颚微微分开。我们坐在那里一动也不动，有一分钟或者更久。我的手放在方向盘上，她的胳膊还搭在仪表盘上，似乎仍然在防备突然转弯。

接着我转过身，想看看她。太黑了，我什么也看不清楚，不过我可以辨认出那几条粗壮、不好看的家族脸部线条，可以生动地勾勒出她的脸廓。我又一次听到了西利的话：绝对有看头……哦，我感觉到了，对吗？我想我第一次见到她时就已经感受到了，看到她用赤裸的棕色脚趾摩挲着吉普肚子上的绒毛。从那以后，我上百次地感受到，我的视线被她摇曳的臀部、丰满的胸部、有力的四肢吸引。可是——我过去羞于承认，现在羞于想起——这种感觉又一次在我胸中搅起了莫名的波澜，一种不安的暗流，这真让我厌恶。这不是因为年龄的差距。我甚至想都没想过这一点。似乎是把我引向她的那种力量背叛了我。似乎我渴望她却厌恶自己……我又一次想到西利。我的这些念头对他没有任何意义。如果是他，他就会吻她，让这个吻见鬼去吧。一个接吻，我已经想了很多次。她嘴唇冰冷，但呼出的气却很暖和。在黑暗中，她的唇挑逗地张开了，露出一条裂缝，里面很潮湿，蠕动着，令人陶醉。西利会这么做的。

可我不是西利。我上次亲吻女人已经是很久以前了。其实，我上次出于浅薄的激情将女人搂在怀里，也是好几年前的事了。我一阵恐慌。难道我已经忘记了此中诀窍？卡罗琳就在我身旁，可能和我一样拿不定主意，不过她年轻、有活力，她在紧张地期待着……最后，我把握在方向盘上的手拿起来，试探着放到了她的脚上。脚趾像是被搔了一下，换了个位置，除此以外，她没有做出任何反应。我的手停留在那里，数着心跳，大概六七下的样子，接着，缓缓地，移动起来——我的手抚摸着她质地优良、光滑的袜子，向上摸到了她的足弓，她的脚踝，脚踵的深处。她仍然一动不动，我一寸一寸地把手往上移，最后停留在膝窝处，那里是她的腿肚到大腿之间的部位，有些温暖，有些湿润。于是我侧转身体，向她靠近，伸出另一只手，想要抓住她的肩膀，让她的脸靠近我。可是在黑暗中，那只手碰到了她外套的翻领，我的拇指滑到了里层的边缘，触到了她凸起的胸部。当我的拇指轻轻滑过她的晚装时，我觉得她有些畏惧，颤抖起来。我又一次听到了舌头在她嘴里发出的声音，她微微张开嘴唇，深吸一口气。

晚装有三颗珍珠纽扣，我笨拙地解开它们。里面是一件熨烫过度的衬裙，镶着软塌塌的蕾丝花边。再里面就是她的胸罩了，质地坚挺，没有花边，弹性十足。战争爆发之后，我在很多女病人身上见过这种胸罩，我竟然想起了那几间冰冷刻板的诊疗室，本就犹疑不决的欲望差点消失了。可她却动了一下，深吸了一口气。她的胸部跃进了我的手中，我开始意识到，眼前不是生硬的、罩杯合适的女性内衣，而是藏在里面的温香软玉、温暖饱满的乳房，和翘起的乳头——硬硬的，我觉得，和她优雅的手指一样硬。这又平添了我的欲望，我的身体继续倾斜，帽子滑落下来。我把她挡着我左手的腿分开，拉到身后。她的另一条腿压在我的大腿上，结实又温暖。我把脸凑到她的胸前，开始寻找她的嘴唇。我笨拙地在她身上探寻着——想要吻她，仅此而已。可她却反抗起来,用下巴抵住了我的头。她抬起了腿——抬得很高——我突然意识到，她想要把腿收回去。

“真对不起。”她说道，她的动作变得更加强硬，“对不起，我——我不能。”

我又一次发现，似乎会错了她的意。但或许是因为事情已经进展至此，我突然迫切地想要干到底。我的手向下抓住了她的屁股。她竟然拼命地挣脱了我，这真让我吃惊。我们扭打在一起。接着她收回双腿，狠狠地一脚踢开了我。她的脚后跟踢中了我的下巴，我退了回去。

这一脚让我眩晕了片刻。我感觉到座位在震颤，我看不见她，却能感觉到她放下了腿，拉直裙子，重新扣好晚装——她做这一切时动作匆忙，非常恐慌。然后她裹紧了毯子，转过身，离我远远的，想在狭窄的车厢里尽可能移得更远些。她脸贴在车窗上，前额抵着玻璃，之后便陷入了沉寂。我不知道该为她做些什么。我伸出手，拿不准地触摸着她的胳膊。她起初有些畏缩，然后便任我抚摸——其实我就像是在摸毯子，或者皮革椅子。她对我的手无动于衷。

我痛苦地说道：“天啊！我以为你想要。”

她过了一会儿回答道：“我也这么以为。”

她只想说这些。这时我只感到十分尴尬而不快，便收回手，捡起了帽子。车窗滑稽地形成了一层云雾。我把自己这边的车窗摇下来，希望能和缓一下刚才亲昵和犯错的氛围。夜凉如水，我感到她在发抖。我说道：“卡罗琳，我送你回家吧？”她没有回答，我发动了引擎——周围如此寂静，发动机的声音格外粗野——车头慢慢掉转过去。

我们重新驶上通往百厦庄园的道路，沿着庭园的界墙往前行驶，这时她才稍微动了动。驶到庭园的大门时，她像是苏醒过来，整理好头发，穿上鞋，却没有看我一眼。我下车开门后又走回汽车，她已经把毯子从肩膀上拿下来，身体挺直，做好了下车的准备。我小心地行驶过结冰的车道，爬上了倾斜的砾石小路。车灯照在几扇窗户上，反射出柔滑、闪动的光泽，像是水面上漂着的油光。不过所有的窗户都黑着，我关闭了引擎，这座宏伟的宅子似乎近在眼前，唯有在满天繁星的衬托下，它才不会显得那么庞大，那么威严。

我打开车门，打算走出去为她开车门。她阻止了我，飞快地说道："不，请不要这样。我可以自己来。我不想耽误你的时间。"

她的声音里听不出一丝醉意，也没有少女的矜持，更没有烦躁不安。听上去还有几分柔顺。我说道："好吧，我坐在这里看着你安全地进门。"她摇了摇头："我不走那条路。罗迪离开以后，妈妈让贝蒂晚上把前门锁上了。我从花园的那条路走。我带了钥匙。"

我坚持送她，于是我们一起下了车。我们默默地走着，尴尬地一起走过了紧闭的图书室窗户，接着转过露天平台，沿着北面那条路走下去。天太黑了，我们不得不凭感觉摸索着前行。我们的胳膊不时碰上，又赶紧刻意分开。我们都没想到会这样摸黑向前走，还一起摸索着方向。有一次我们俩的手挂在一起，她像烫伤似的赶紧逃开，我也赶紧避开，同时想到了车里那场可怕的小混乱。黑暗让人觉得沉闷。就像在头顶罩了一块毯子。我们拐过第二个弯，星光被房子边上的榆树遮住了，我掏出打火机，罩在手掌里当作灯笼。我领着她走到门口，她的钥匙已经准备好了。

门开了，她站在门槛上，好像突然有些犹豫不决。面前的台阶很暗，我吹灭打火机后，有片刻我们周围比刚才的一片黑暗更黑了。等我的眼睛再次适应后，我看到她的脸转向我，眼睛低垂。她很轻很慢地说道："之前是我太傻了。今晚也是一个美好的夜晚。我很喜欢我们俩跳的舞。"

她抬起眼睛，好像还想说什么。就在这时，台阶上亮了起来，她飞快地说道："一定是贝蒂下来接我了。我得走了。"她靠在我身上，吻着我的脸颊，开始很拘谨。这时，她的唇角和我的唇角交叠在一起，她伸出一只手，笨拙地拨正了我的脸。我们双唇轻触，我感到她的脸一阵战栗，她的嘴唇颤抖着，眼睛紧闭。接着她离开了我。

她走进房子里，就像是走进了一道黑夜撕开的大口子，这口子眨眼之间就在她身后密封上了。我听到她的钥匙转动的声音，她的高跟鞋敲在石头楼梯上，声音渐渐远去。一种失去她的感觉让我想要她，让我非常迫切地想要直截了当地触摸她的肉体。我站在门边，背靠着它，很沮丧，希望她回来。可是她没有出现。这幢沉默的宅子向我关闭了大门，杂草丛生的花园寂静无声。我又等了一分钟，又一分钟。然后，我慢慢地沿原路返回，在深不可测的黑暗中走向我的车。

9

从那以后，我有一个多星期没有见到卡罗琳。我太忙了。老实说，我非常感激这种耽搁。让我有机会理清思绪，从那晚令人尴尬的错误中解脱出来。我告诉自己，我们之间什么也没有发生，是喝酒、黑暗和跳完舞后眩晕的生理反应让这些事情发生的。星期一我遇到了格雷厄姆，特意对他提起了卡罗琳的名字，告诉他她一出利明顿就睡着了，一路“像个孩子似的”睡到了百厦庄园的大门口，接着就转换了话题。我记得自己以前说过，我不是一个虚伪的人。我的病人中，有许多人吃过撒谎的亏。可是这次，我认为这是彻底终止关于我和卡罗琳之间流言蜚语的最好办法。我既是为卡罗琳，也是为自己考虑。我非常希望能遇见西利。我迫切地打算让他尽可能地平息他提到的那些街谈巷议，平息那些说我和艾尔斯母女俩中的一个坠入了爱河的传言。我甚至开始怀疑，究竟是否曾有过这些传言。难道不可能只是西利酒后的恶作剧？我认为很有可能，因此，我最终遇上他时并没提及那场舞会，他也一样。

可是，繁忙的一周飞快地过去了，我对卡罗琳的思念与日俱增。下雨让凛冽的天气又变得潮湿，不过我知道雨天卡罗琳也照常散步。

我走捷径穿过庄园的庭园时，发现自己在寻找她的身影。在里德克特周围的乡间小路上，我也留心寻找着她，我没有看见她，总会感到一阵失落。然而，如果有机会顺便走访百厦庄园，我却会临阵退缩……我吃惊地发现，我很紧张。有好几次，我拿起电话，想打给她，却总是号码也没拨就挂了听筒。很快，这样的耽搁让人觉得不自然了。我突然想到，她母亲一定会对我的有意回避感到奇怪。由于担心艾尔斯太太会起疑心，也可能是另外的原因，我最后终于去了百厦庄园，但无论原因是什么，都让我害怕。

星期三下午，我利用探访两位病人的间隙去了庄园。宅子里空荡荡的，只有贝蒂一边听着收音机，一边在厨房的长台上开心地清洗着铜器。她告诉我卡罗琳和她的母亲在花园里，我很快便找到了她们，她们正在草坪上慢悠悠地步行，在凌乱的花圃中，找寻最近几天风雨打下的枝叶。为了抵御寒冷潮湿的空气，艾尔斯太太裹得严严实实，气色似乎比我上次见到时好了很多。她比她女儿先看到我，穿过草地微笑着向我打招呼。卡罗琳像是有些慌乱，弯腰捡起了一根光滑的褐色小嫩枝。她跟着母亲也直起腰来，毫不脸红地凝望着我，她抢先对我说道："你已经从舞会中恢复了？上个星期，我的脚痛死了。妈妈，你真该看看我们把镶木地板踩得有多狠！我们跳得非常好，是吗，医生？"

她又变成了乡绅的女儿，声音轻柔，语气沉着，听上去天衣无缝。我说："是的——"便赶紧转过头，不敢再看她，就在那一刻，我突然感到心中一沉，我听懂了她话里的深意。我这才明白，过去十天里我精心推理的一切，不过是我自己不安的心境臆想出来的而已。她已经平息了这份不安，在我们的纷乱情感之间竖起了一块板。想到她有可能尘封这份情感——就像尘封她对吉普的悲伤一样——我就感到难以承受。

艾尔斯太太从我身边走开，去检查另一片花圃。我走过去，搀着她的胳膊，卡罗琳从另一侧搀起她，我们三个人缓缓地走向另一处草坪。卡罗琳不时弯腰拔起被风雨打残的花草，又把那些轻度弯折的重新插回土里。我不知道她是否在注意我。每当我把目光瞥向她，她要么直视前方，要么就垂着头，我只能看到她平淡无奇的侧面。由于艾尔斯太太夹在我们中间，她的脸经常被母亲遮住一半，甚至整个遮住。我记得她们一直在讨论花园。雨水冲垮了一处围栏，她们在争论是否修理。一个用来放观赏植物的花瓮也摔坏了，里面的迷迭香花丛需要移到别处。这个花瓮是上校的曾祖父母从意大利带回来的古董，是一对中的一只。我不由想到，它能修复吗？我们站在那里，看着这个残破的东西，它的碗状部分裂开了，咧着口子，露出了错综纠缠的根茎。卡罗琳蹲在它旁边，用手戳着那些根茎。“最多只有一半经得住移盆。”她盯着上面的迷迭香花丛说道。艾尔斯太太也凑近些，用戴着手套的手抚过翠绿、亮泽的枝干，像是在梳理披肩长发，然后她把手指举到鼻子前，嗅着它的芳香。

“真怡人。”她说着，把手伸给我，让我也嗅一下，我机械地低下头凑到她的指边，不由笑了——我记得，我只闻到了她潮湿的软皮手套发出的刺激性气味。我的注意力全在卡罗琳身上。只见她又戳了戳根茎，然后站起身，擦了擦手。她理了理外套的腰带，一只脚轻轻踢着另外一只，把粘在脚后跟上的土踢掉。我看见她的一连串动作——好像她让我长出了一只崭新、隐秘的眼睛，看穿了粗心大意的表面下掩藏的她，心意烦乱得像四处乱摆的鞭梢。

艾尔斯太太带我们走向西边的草坪。她想检查一下宅子的那一侧，巴雷特告诉她有一条排水管可能阻塞了，一直在漏水。果然，我们转身向后看时，看到了一大片黑色的不规则污迹，水就是从一个管道接口处涌出来的。宅子背后的墙体是平的，只有大客厅的一半凸了出来，污水恰好流在大客厅的屋顶上，渗进了导管和砖头的接缝中。

“我敢说，就是因为他们增加了那个部分，大客厅才成了个大麻烦，”卡罗琳说着，一只手搭着她母亲的肩膀，踮起脚尖看过去，“我真想知道雨水渗进了哪里。最好不需要重填砖缝。我们也许能修修水管，可没钱修补其他更严重的地方。”

这件事似乎占据了她的注意力。她和母亲商讨起来，两人在草坪上挪来挪去，想找个更好的视角看到损毁处。后来，我们都站上了露台凑近些看。我一直保持着沉默，这桩差事激不起我的任何兴趣。我发觉自己在遥望大客厅另一侧的转角凸窗，它朝着花园大门，那里就是我和卡罗琳在黑暗中站过的地方，她抬起头，笨拙地吻了我。我瞬间被清晰的记忆紧紧攥住了，感到一阵眩晕。这时艾尔斯太太叫我到房子那头去，我只好装模作样地去瞅了瞅那些砖头。不过，我很快就走开了，在露台上绕了一圈，直到那扇令我苦痛不堪的门消逝在视线之外。

我转身面对着那块建筑用地，极目远眺，这时我发现卡罗琳也离开了她的母亲。也许，她终究也被那扇门给搅乱了心绪。她慢慢地走到我身边，没戴手套的两手插在兜里。她并没有看我，开口说道：“你能听到巴比的工人在干活吗？”

“巴比的工人？”我呆呆地重复了一遍。

“是的，今天天气不错，可以看得很远。”

她朝着远处点点头，巨大的脚手架错综复杂地矗立着，房子在里面拔地而起，坚固结实，似乎心怀恶意。我竖起耳朵，在寂静潮湿的空气中，捕捉到了从工地传来的喧哗声，工人的呼喊声，木板和木杆突然坠地的声音。

“你觉得，这像不像是战斗的声音？”卡罗琳说道，“有人说，在边山[1]野营时，半夜能听到幽灵的战斗。”

1　位于沃里克郡，因英国内战中的一场战役得名。

我担心控制不住自己的声音，看着她，没有答话。我真想低声喊她的名字，或者向她伸出一只手。她看见了我的表情，便扭头看着她的母亲，接着——我不知道是怎么发生的，我们之间穿过了某种电荷或是电流，所有的一切都得到了承认，在舞池里她抵着我的富有弹性的屁股，车厢的幽暗中令人扫兴的亲昵、期待、沮丧、扭打、亲吻……我又有些眩晕。她低下头，我们默默地站着，不知道该做什么。我很小声地说道："卡罗琳，我一直在想念你。我——"

"医生！"她的母亲又在喊我了。她想让我看看另外一小片砖头。那里有一个旧铅夹松动了，她担心那面墙会更加承受不住……电流消失了。卡罗琳已经转过身，自顾自走开了。我站在她母亲身边，我们忧郁地盯着凸起的砖块和开裂的灰浆，我贡献了一堆有关可能的修补方案的蠢话。

很快，艾尔斯太太就感觉到了阵阵凉意，她又挽起我的胳膊，让我把她领回家，到小客厅去。

她告诉我，她想彻底摆脱支气管炎，所以这一个星期几乎足不出户。我们落座时，她双手伸向炉火，充满兴致地揉搓着取暖。她最近瘦了很多，她转了转手上的戒指，摆正了宝石的位置。可是我没想到，她嗓音清晰地开口说："太神奇了，我又能下床四处走动了！我感觉自己像是个诗人。卡罗琳，是哪位诗人来着？"

卡罗琳弯腰坐进沙发里："我不知道，妈妈。"

"不，你知道。你了解所有的诗人。是那位女诗人，她十分羞怯。"

"伊丽莎白·巴雷特[1]？"

"不，不是她。"

---

1 即勃朗宁夫人（Elizabeth Barrett Browning，1806—1861），英国维多利亚时代最受人尊敬的诗人之一。她在创作方面相当高产，也热衷于社会改革。

“夏洛特·缪[1]？”

“天啊，怎么有这么多诗人！我说的是个美国人，整年整年地待在自己的房间里，只偶尔给外面寄几首诗。”

“哦，你说的是艾米莉·狄金森[2]。”

“对，就是艾米莉·狄金森。一个让人精疲力竭的诗人，现在我想起来了。她写的都是些上气不接下气、跳跃的句子。优雅的长句和欢快的节奏有什么错呢？法拉第医生，我还是个孩子时，有一个德国家庭教师，她叫艾斯奈小姐，疯狂地迷恋丁尼生[3]……”

她继续讲述她的童年时代。我得承认，我什么都没有听进去。我把椅子放在她的对面，这样坐在沙发上的卡罗琳就在我的左边，正好超出了我的视线范围，我只能转过头去看她。每次我扭头时，都觉得越发僵硬不自然。可是不去看她似乎也很不自然。有时我们的目光相遇，她的眼神却似乎充满了戒备，表情也很冷漠。“你这个星期去新房子那边视察了吗？”贝蒂端茶上来时我问道，“你计划今天去农场那边吗？”——这样我可以载她一段路途，赢得一段和她独处的时间。可是她声音平静，不，她有各种家务杂事要做，也就是说，下午剩余的时间她都会待在家里……她的母亲在场，我还能做些什么？有一回，艾尔斯太太掉转了视线，我便更不加掩饰地望着她，又是比画又是皱眉，她飞快地把目光移开，像是发慌了。后来，我看到她随意地从沙发后背上拽下一块格子呢的厚毯子，我突然想起了她在我的车里裹紧毯子，躲得很远的情景。我听到了她的声音：对不起。对不起。我不

---

1 Charlotte Mew（1869—1928），英国女诗人，以女性主义诗人闻名于世，文学生涯跨越维多利亚时代和现代主义两个时期。

2 Emily Dickinson（1830—1886），美国隐士女诗人。她的诗语言晦涩，注重使用谐音韵和头韵，而非传统的尾韵，这使其作品独具一格。

3 Alfred Tennyson（1809—1892），英国桂冠诗人，也是维多利亚时代最重要的诗人之一。

能！我对这件事几乎绝望了。

终于，艾尔斯太太注意到了我的分神。

“医生，你今天很安静。你是不是有什么心事？”

我歉意地说道：“没有，我只是今天早上起得太早了。哎呀，一会儿我还有病人。看到你恢复得这么快，我真高兴。可现在——”我做出看手表的样子——“恐怕我得走了。”

“哦，真遗憾！”

我站起身来。艾尔斯太太拉铃叫来贝蒂，差她去拿我的衣物。我穿外套时卡罗琳站了起来，我迅速激动地认为，她打算送我到前门。可她只是走到了桌边，把茶杯放到托盘上。我和她的母亲正在说最后几句道别的话，她又向我走来。她没有抬头，不过我看见她的目光正关切地盯在我的外套前襟上。她静静地说道：“医生，你的外套没扣好。”她伸出手，捏住我外套最上面的一颗纽扣，纽扣在几根磨损的褐色棉线上晃悠。她的举动让我失去了警惕，轻轻向后一退，线断了。纽扣掉在了她的手里，我们都笑了起来。她用拇指摩挲着纽扣的皮革表面，有一点儿意识到了自己的失态，便把它扔进了我伸开的手掌里。

“恐怕，这就是单身汉的缺点。”我一边说着，一边把纽扣放进了口袋里。

我说这话其实并无他意，以前我在百厦庄园说过上千次。可是当我突然意识到此中深意后，脸一下子红了。卡罗琳和我仿佛冻僵了，我不敢看她，只敢望着艾尔斯太太。她正盯着她的女儿和我，眼神里透出一丝询问之意——似乎我们背着她在说什么笑话，她自然认为我们现在应该澄清一下。我们什么也没说——只是站在那儿，红着脸，十分尴尬——她的表情变了。就像是灯光匆匆掠过沿路的风景，惊讶瞬间取代了询问的神情，又迅速变为紧绷、勉强的微笑。

她转向身旁的桌子，伸出手像是寻找什么东西，接着站起身。

“我今天恐怕是太累了。”她说着，拉紧了她的披肩。

我紧张不安地说道：“天啊，你身体好得很呢！”

她没有看我，却望着卡罗琳：“你送法拉第医生到他的车上吧？”

卡罗琳笑了：“法拉第医生来过这么多次，他能自己找到车。”

“我当然能找到！”我说道，“别担心。”

“不，”艾尔斯太太说道，“是我一直缠着你。我这才明白。是我一直喋喋不休……医生，请脱掉外套，再坐一会儿。你千万不要因为我的缘故而匆匆离开。我要上楼去做些家务。”

“哦，妈妈，”卡罗琳说道，“真的。你到底怎么啦？法拉第医生还要去看望病人。”

艾尔斯太太在继续收拾她的东西，仿佛没听见卡罗琳说话。她接着说道：“我敢说你们有很多话要说，你们两人之间。”

“不，”卡罗琳说道，“我向你保证！什么也没有。”

我说道：“我真的必须走了。”

“那么，让卡罗琳送送你。”

卡罗琳又笑起来，声音冷冷地：“不，卡罗琳不会去的！医生，真抱歉。这真是胡闹！都是因为一颗纽扣。希望你使用你的注射针时灵活一些。[1]现在，妈妈不会让我有片刻安宁了……妈妈，请你坐下。无论你在想什么，都是非常错误的。你不需要离开这间屋子。我自己上楼去。”

“拜托，请别那样。”我说得很快，向她伸出手。我的声音和举动中流露出的那一丝感情把我们暴露了。方才她已经故意穿过了房间，现在她又显出了很不耐烦的表情——向我摇摇头。她立刻走了出去。

我望着她背后关上的房门，然后面对着艾尔斯太太。

“是胡说八道吗？”她问我。

1　此处needle（针）为双关语，既指用来缝纽扣的针，也指注射针。

我无助地答道："我不知道。"

她深吸了一口气，呼气时背弓得更弯了。她回到椅子边，重重地坐下，示意我也坐回原位。我拘谨地半个屁股坐在椅子上，没脱外套，帽子和围巾还捏在手上。我们沉默了很久。我能看出她在思索整件事的来龙去脉。终于她开口了，声音装得很乐观——像一块过度抛光的锈钝金属。

"其实，"她说道，"我早就想过撮合你和卡罗琳，想过很多次！从你第一次来到这里开始。你们有年龄差距，对一个男人来说这不算什么。卡罗琳是个非常理智的姑娘，也不会被这种问题困扰……不过，你和她似乎只是好朋友。"

"希望我们仍然是好朋友。"我说道。

"很明显，超越了友谊的界限。"她朝门口望望，皱起眉头，迷惑地说道，"她的嘴太紧了！你知道，她对这件事只字未提。而我，我是她的妈妈！"

"她没什么可说的，这就是她不说的原因。"

"哦，可是这种事说来就来。就像是有人跨过了地上的一条线。在这种情况下，我不该询问事情发生的准确时间。"

我不自在地移动了一下："这事发生得，很近。"

"我明白，卡罗琳已经成年了。她总是自作主张。可是，想到她的父亲已经去世，她可怜的弟弟身体又不好，我想我应该问你几个问题。比如，你的目的是什么？这问题一听就是一个爱德华时代的人问的！如果你对我们的财产不抱幻想，那真是谢天谢地。"

我又不自在地动了动："你的问题可真难回答。你最好和卡罗琳本人谈谈。我代表不了她的心意。"

她笑了起来，却听不出一丝笑意。"不，我不该这么怂恿你。"

"说实话，我真不想和你谈这个话题。我真的要走了。"

她低着头："如果你想走，当然可以。"

我又坐了几分钟，内心斗争十分激烈，这次拜访的突然转折让我非常烦恼，它——出其不意地袭击了我——使我们的关系猛然拉远了，这真令人沮丧。最后，我猝然站起身，走近她的椅子，她扭头看着我，我吃惊又害怕地发现，她的眼睛被泪水濡湿了。她眼睛周围的肌肤黯淡松弛，我还看见，她的头发里夹杂着白发——只有这一次，她没戴方巾或披头纱巾。

她那种故作欢愉的神态也消失不见了。她怀着一丝戏谑的哀伤说道："哦，医生，我该怎么办？我的世界正在缩小，小得像大头针的针尖。你和卡罗琳，你们不会彻底抛弃我吧？"

"抛弃你？"我向后退了几步，摇摇头，想一笑了之。可是我的声音听上去很假，就像她几分钟前的表现一样。我说道，"你知道，这件事很荒唐，突如其来。什么都没有改变。什么都没有改变，没人会被抛弃。我向你保证。"

我离开了她，眩晕地沿走廊走着，在这么短的时间里，事件的转折、转折的突如其来让我内心纷扰极了，犹如遭受了猝然一击。我认为，我从来没想过要追求卡罗琳。我向前门走去，边走边戴上帽子和围巾。

但我穿过前厅时，听见了什么响动，我抬头瞟了一眼楼梯，看见她就在那里，站在二楼楼梯平台的栏杆转角处。玻璃穹顶洒下的光淡淡地罩在她身上，在这轻柔温暖的灯光下，她棕色的头发几乎变成了金黄色，脸却遮在阴影中。

我又摘掉帽子，走到了台阶最低处。她没有下来，我抬头轻声呼唤着她。

"卡罗琳！真抱歉。我真的不能多待了。你和妈妈谈谈，好吗？她——她以为我们有私奔的打算。"

她没有回答。我等了等，又更加平静地补充了一句："我们没有打算私奔，是吗？”

她用手勾住一根栏杆支柱，轻轻地摇摇头。

“我们两个这么理智，”她嗫嚅着，“似乎不太可能，不是吗？”

她的脸还罩在阴影中，表情也很模糊。她的声音很轻，却很平稳。我想她不是在开玩笑。可是，毕竟，是她在那里等我出现。我突然想到，她还在等——她在等着我走上楼梯，走近她，让事情向前走，变得毫无疑问，无可争辩。但是我刚踏上一级台阶，她仿佛就失去了自控，脸上出现了惊恐的表情——即使是在黑暗中，我也能捕捉到——她迅速后退了一步。

我有些沮丧，走回粉色和深褐色相间的大理石地面上。我冷冰冰地说：“是的，现在看来，似乎非常不可能。”——我戴上帽子，转过身，走出了扣着的前门。

我几乎立刻就开始思念她。可是，方才的恼怒、事件的棘手和我的疲倦终止了我对她的眷恋。好些天里，我有意避开了庄园——我宁肯在路上耗费更多燃料，也会绕远路从庭园的外面走。然而，非常意外，一天我在利明顿的一条街上遇见了她和她的母亲。她们开车前来购物。我发现时已经太迟了，不能装作视而不见，我们尴尬地站在路边聊了大约五到十分钟。卡罗琳戴着她那顶不讨人喜欢的帽子，系着一条我从未见她戴过的暗黄色围巾。她很朴素，脸色蜡黄，神态孤高疏远。刚见到她时那种最初的激动一消失，我便沮丧地意识到，我们之间没有那跃动的电流了，也没有特殊的心灵感应。很显然，她已经和她母亲讲明了，她母亲也没有提及我上次的拜访。其实，我们三个人都表现得似乎那次拜访从来没有发生过。她们离开时，我举起帽子致意，就像是街上偶遇的熟人。接着，我闷闷不乐地向医院走去——我记得，我和最凶蛮的一位护士大吵了一架。

接下来的几天里，我忙于巡诊，不给自己任何时间瞎想和郁闷。接着，幸运不期而至。我所在的委员会要向一个伦敦举办的会议提交研究成果。原定呈交论文的人生病了，我受邀代替他出席。我被卡罗琳的事情搅得头昏脑涨，便迫不及待地抓住了这个机会。这个会议时间很长，还要在伦敦的一家医院里考察几天，这是多年来我第一次完完整整的休假。我的病人都转给了格雷厄姆和我们的临时医生怀斯。我于二月五号离开沃里克郡去伦敦，一共离开了将近两周时间。

事实上，我的缺席不会对百厦庄园的生活造成多大冲击，因为我常常很长一段时间不能拜访她们。不过后来我才意识到，她们非常想念我。她们已经渐渐习惯了依赖我，喜欢我在场，喜欢我随时拜访，喜欢我在出事时随时接听电话。我的拜访抚平了她们的孤独感。现在孤独又袭上心头，她们比以前更加忧郁了。为了分散注意力，她们在里德克特和德斯蒙德夫妇共度了一个下午，晚上又去拜访了老达布尼小姐。第二天她们去了伍斯特郡，看望几位家族的老朋友。不过那趟旅程几乎用光了她们的汽油配额。天又下起雨来，坑洼不平的乡间小路更难走了。艾尔斯太太整日足不出户，以免健康恶化。持续不断的雨水却让卡罗琳忙个不停，她穿着油布雨衣，脚蹬防水高筒橡胶靴，为土地辛勤劳作。她和梅金斯在农场上忙了好几天，忙着准备春播。接着她又开始忙花园的事情，和巴雷特一起修好了坏掉的围栏，尽可能地修复了阻塞的排水管道。最后一项工作很让人气馁，经过近距离观察，她发现排水管渗水非常严重。清除淤堵后，她走回宅子，检查了西边所有房间的损毁情况。她母亲和她一起检查了那些房间。她们在饭厅和靴室这两间屋子里发现了几处较小的裂缝。然后，她们打开了大客厅。

她们很不情愿打开大客厅。十月的那次惨剧之后的一个早上，贝兹利太太和贝蒂曾进来过，她们想擦去地毯和沙发上的血痕——

她们擦洗了两三个小时，倒掉了一桶又一桶暗红色的血水。从那以后，这间房子非常落寞，人们都在替罗德担心，不忍再回到这里，大客厅多少算是关闭了。即使卡罗琳走遍庄园寻找值得拍卖的物件，她也没动过这间屋子——我觉得在那段时间里，她迷信地认为不能惊扰这个房间。

她和母亲刚推开咯吱作响的百叶窗，就开始后悔应该早些过来检查。这间房子的损毁程度超出了她们的想象，装饰繁复的天花板经雨水浸泡后，膨胀下陷。天花板的几个位置上，雨水直接透过石膏缝，毫不受阻地落在下面的地毯和家具上。羽管键琴幸运地躲过了劫难，可是一把摄政时期的镀金椅子上的织锦坐垫却被雨水毁了。最让人吃惊的是，那些卡罗琳上次钉过的黄色中式墙纸上的钉子都生锈了，墙纸的边角在潮湿的石膏墙面上翘了起来，一张张垂了下来。

"哦，"卡罗琳叹了口气，看着眼前的一片脏乱，"火灾考验过我们。我想，我们现在应该开始对付水了……"

她们拉铃叫来了贝蒂和贝兹利太太，让她们在炉栅里生火。她们开动了发电机，拿来电热器和油炉，那天剩下的时间，和接下来的一整天，她们都在清扫房间。她们知道对天花板无能为力。水晶灯的杯盏里盛着一汪汪污水，她们一碰水晶灯开关，它就嘶嘶冒着火花，噼啪作响。壁纸已无法挽救。她们认为地毯尚可补救，家具太大了，无法储藏在其他清理干净的房间里，只能打包或者盖起来。卡罗琳也亲自动手，穿上旧训练裤，用绳子束起头发。然而艾尔斯太太的健康状况却突然有些不妙，她感觉不好，除了伤心地看着房间里的东西被搬走，越变越少，她什么也做不了。

"如果你祖母健在，她一定伤透了心。"第二天，她指着一副被墙缝里的污水严重浸污的丝绸窗帘说道。

"哦，那也于事无补。"卡罗琳疲倦地答道。长时间的工作让她体力不支。她正在费劲地搬一卷毛毡，是从楼上取下来的，打算铺在沙发上，“这房间的气数已尽，就是这么回事。”

她的母亲伤心欲绝：“你这么说，似乎是我们为它掘了坟墓！”

“我真希望我们在这么做！我们也许能从郡议会拿到埋葬批准。毫无疑问，巴比会来改建它的——这真野蛮！”她扔下那卷毛毡，“对不起，妈妈。我本不想如此无理。如果眼前这一切让你心烦意乱，你为什么不回小客厅去？”

“那时，你父亲和我在这里举办了很多场宴会，那时你年纪那么小！”

“是的，我知道。可是爸爸从来不喜欢这间屋子，记得吗？他说这壁纸让他有晕船的感觉。”

她打量着四周，想找些轻松的家务事给母亲做，填补空虚。最后，她牵着她的手，让她坐到了留声机橱柜旁边的椅子上。

“看这里，”她打开橱柜，取出一摞唱片说道，“我们也许能把这些东西整理好，我早就想仔细检查一遍了。我们现在把它们分门别类，看看哪些该扔掉。我敢肯定大部分都是垃圾。”

其实她只是想分散母亲的注意力，让她从这堆伤心事中解脱出来。可是这些唱片和其他东西混在一起，一张张活页乐谱，音乐会和剧场节目单，晚宴菜单和邀请函，大部分都是她母亲刚结婚时和她幼年时期的东西。这项工作让她们颇为投入，也非常伤感。她们坐了近一个小时，大声讨论着她们翻出的物品。她们找到了上校买的音乐唱片，罗德的旧舞曲。还找到了一部莫扎特歌剧的唱片，那是1912年艾尔斯太太在蜜月中第一次欣赏到的歌剧。

“哦，我记得当时我穿着礼服！”她把唱片夹在膝头，目光柔和地陷入回忆之中，“蓝色雪纺绸，手帕袖。茜茜和我为谁该穿这件礼服而争论不休。一个认为另一个穿上很飘逸。哦，十八岁的女孩确实很飘逸，也许我们那时的女孩就是这样，我们还都只是孩子……你的父亲，穿着他的礼服——拄着一根手杖！他扭了脚踝。从马背上一跃而下，只伤到了脚踝，不过他拄了一个星期的手杖。他认为拄着手杖很与众不同。他也是个孩子——只有二十二岁，比现在的罗德里克还小……”

她一提到罗德里克就说不下去了，这勾起了其他的回忆，她十分惆怅。卡罗琳观察了她几分钟，然后轻轻地从她手中取过唱片，打开留声机，放了起来。唱片很旧了，留声机的唱针也亟待更换。一上来她们听到的全是唱片的虫胶材料发出的嘶嘶啦啦声。然后，从些微杂音中，恢宏的管弦乐奏响了。一位女高音竭力演唱以盖过配乐，最后终于发出了纯净的高音，“像一个美丽又脆弱的生命，”卡罗琳后来告诉我，“挣脱荆棘获得了自由”。

那一定是个令人心酸痛苦的时刻。天空又阴沉沉地下起雨来，大客厅的光线非常昏暗。炉火和咕咕作响的电热器射出了近乎梦幻的光线——尽管壁纸脱落，天花板膨胀——有那么几分钟，屋子里似乎充满了魔力。艾尔斯太太笑了，她的眼神变得蒙眬，手微微颤抖着，手指随着音乐的强度起落上下起伏。就连贝兹利太太和贝蒂也被音乐震撼了。她们继续着房内的工作，却默不出声，像是哑剧演员，她们悄悄打开一段粗毯，盖住最后一块裸露的地毯，又轻轻地卸下了墙上的镜子。

咏叹调接近尾声了。留声机的唱针被别进唱片的纹路中，发出嘈杂的重复的噼啪声。卡罗琳起身把唱针移开，随之而来的静默中突然传出持续的滴答声，是坏了的屋顶上渗下来的雨水落进了桶和盆里。她看到母亲抬起头，眨眨眼，像是从梦中惊醒。为了驱散忧郁，她放上了第二张唱片，是一首古老而欢快的音乐厅歌曲，她和罗德里克小时候常用来当进行曲。

“愿好运常伴恋着士兵的姑娘！”她轻声唱着，“姑娘们，你们去过那里吗？”

贝兹利太太和贝蒂从音乐中获得了慰藉，开始自由移动，加快工作速度以跟得上音乐节拍。

“听，这首老歌真不错。”贝兹利太太赞赏地说。

“你喜欢这首歌？”卡罗琳问道，“我也是！别告诉我，你新婚蜜月时亲眼看到韦斯特·迪利[1]演唱这首歌？”

“蜜月，小姐？”贝兹利太太的脸拉得很长，“我从来没有度过蜜月！我只在伊夫舍姆我姐姐家过了一夜。她和她的丈夫跟孩子们挤在一起，我和贝兹利先生住在他们的房间里。之后我们就直接去了我婆婆那里，整整九年，直到那个可怜的老太太死了以后，我们才有了自己的床。”

“天哪！”卡罗琳叫道，“可怜的贝兹利先生。”

“哦，他从不介意。他在床头放了一瓶朗姆酒，一罐黑糖蜜。他每天晚上喂他妈妈一勺，她就睡死过去了——把那边的锡盒递过来，贝蒂，真是个好女孩。”

卡罗琳笑了，贝蒂把锡盒递给贝兹利太太时，她在一旁看着，脸上还挂着笑容。罐子里放着很多用来堵宅子里通风口的细长形沙袋，艾尔斯一家把它们叫作“蛇”。卡罗琳从小就熟悉这些东西，她看到贝兹利太太走到大客厅的窗边，把沙袋放在窗台上，堵住窗扇的缝隙，她不由得有了些怀旧的感伤。后来，她终于走过去从锡盒里拿出一个多余的沙袋，拿回那一堆唱片旁，这样她就可以一边浏览剩下的纸页和唱片，一边在手里把玩它。

后来，她隐约听到了贝兹利太太轻轻一声生气的惊呼，叫贝蒂送水

---

1 原名玛蒂尔达·艾丽丝·鲍尔斯（Matilda Alice Powles，1864—1952），英国著名的音乐厅艺人，以女扮男装闻名，在英美享誉三十多年。

和抹布过去。又过了一两分钟，她才想要再去窗户那里看看。她走过去时，看到两个仆人正并排跪在一起，轮流皱着眉头小心地擦拭着壁板上的一块污迹。她有几分不在意地问道：“贝兹利太太，这是什么啊？”

“哦，小姐，”贝兹利太太回答道，“我不清楚。我唯一能想到的，就是那个被咬的可怜小女孩留在这里的记号。”

卡罗琳的心一沉。她意识到她们正在看的窗户凹陷处，就是那晚吉普咬吉莉安·贝克–海德时，那小女孩待的地方。那里的壁板和地板溅满了血，后来那一块区域，连同沙发、地毯都被彻底洗刷过了。她很奇怪竟然有污迹设法逃脱了她们的视线。

但是，贝兹利太太的声音和动作中的什么东西，让她更为好奇。沙袋从她指尖滑落，她加入了贝兹利太太的工作中。

她走开时她母亲问道：“怎么了，卡罗琳？”

“我不知道。应该没事。”

贝兹利太太和贝蒂向后退了几步，让她来看。她们正在擦洗的痕迹不是一处污迹，倒像是木制窗台上稚气的涂鸦：一堆凌乱的字母 S，明显是用铅笔画上去的，排列随意，画得很草率、很匆忙。就像这样：

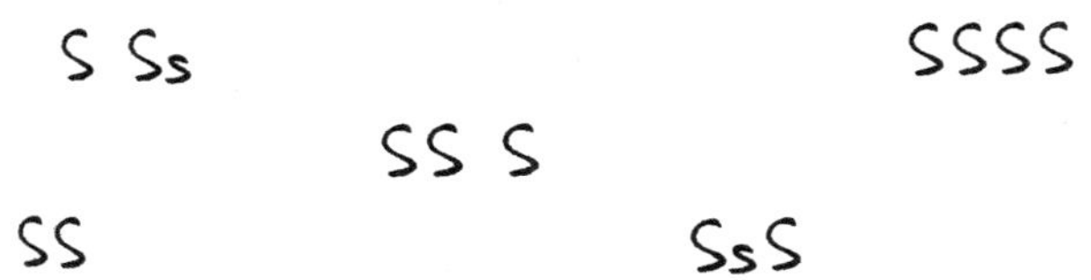

“天啊！”卡罗琳压低声音，“她折磨吉普还不够吗！”接着，她看到了贝兹利太太的眼神，“真抱歉。那小女孩的遭遇真是太可怕了，我想解开这个谜。她那晚一定是带了一支铅笔过来。否则就是她拿了我们的一支笔。这肯定是贝克–海德家女儿的笔迹吧？你见过这些记号吗？”

她一边说一边轻轻挪了挪位置。她的母亲被她的声音吸引过来，站在她身边。她盯着那堆涂鸦，脸上的表情很古怪，既疑惑，又想上前用手指尖触摸那块木头。

贝兹利太太拧干了她的湿布，继续擦着那块涂鸦。

“小姐，我说不出它们像什么。”她气喘吁吁地边擦边说。

“我知道画上去容易擦掉难！那个聚会之前，我们最后一次从这个房间走出去时，这里还什么也没有——是吗，贝蒂？”

贝蒂紧张地望着卡罗琳：“小姐，我记得那时还没有。”

“我知道那会儿这里没有这些涂鸦，”贝兹利太太说道，“因为是我检查了墙壁上的涂料，每一寸都查看了，贝蒂负责清洗地毯。”

“那么，就一定是那个孩子干的了，”卡罗琳说道，“她可真淘气，实在太淘气了。你能尽力擦掉它们吗？”

“我正在尽力！”贝兹利太太愤愤不平地说道，“不过我得告诉你。如果这是铅笔痕的话，那我就是当今国王。这些痕迹刻得很深。”

“刻上去的？不是墨水，或者炭笔吗？”

“我不知道这是什么。我甚至突发奇想，它是不是自己从油漆下面钻出来的？”

“油漆下面。”卡罗琳重复道，非常惊讶。

贝兹利太太抬头看了看她，被她刚才的语调吓坏了。然后她看了看钟表，不耐烦地咂着嘴：“我已经多干了十分钟啦，现在，我的工作时间结束了。贝蒂，我走了以后你试试用苏打清洗。不要放太多，否则手会起泡……”

艾尔斯太太转身走了回去。这些记号究竟是什么，她什么也没说，不过卡罗琳隐约感到她一副不堪重荷的模样，这件事出其不意地让她想起了那个晚上，和其他很多事情，这一天就这样阴郁地结束了。她动作缓慢笨拙，收齐了自己的随身物品后，说她累了，打算到楼上休息一会儿。现在大客厅已经收拾妥当，彻底失去了往昔的魅力，卡罗琳也打算离开。她拿着那盒废旧唱片，尾随着母亲走到门边——她又回头望了望壁板的那一块，洗不掉的那堆字母 S 就像是许多蜿蜒行进中的小鳗鱼。

那天是星期六——可能那时我正在向那个伦敦会议提交论文，和卡罗琳之间的事情还在我脑海深处纠缠着。

傍晚时分，大客厅的工作结束了，房间其实又被封了起来，拉下百叶窗，关上门，壁板上的涂鸦多少被人遗忘了——毕竟，在这个家庭的不幸中这只是一件微不足道的小事。星期日和星期一平安度过。那两天很冷，不过很干燥。所以，星期二下午卡罗琳走过大客厅的门口时，听到房间那个方向传来规则的轻轻滴答声，她很吃惊，还以为是水滴声。她沮丧地想到，一定是天花板上出现了神秘的新裂缝，她打开门，向里望了望。恰在这时，滴答声停止了。她屏息凝神地站在那里，窥视着黑暗的房间，只能辨别出墙上脱落的一张张壁纸，和被盖着的形状古怪、结实粗笨的家具，但她什么也没听见。于是她关上门，自顾自地走了。

第二天，她又一次经过大客厅，她又听到了那种噪音。这次是迅疾的鼓点，又像嗒嗒声，她听得清清楚楚，便径直走进房间，拉开一扇百叶窗。和上次一样，她一打开门声音就停了。她查看了留在房间里用来接天花板漏下的雨水的盆和桶，迅速检查了粗毯覆盖的地毯，它们都很干燥。就在她决定放弃搜寻时，那声音又响了起来，她迷惑极了。这次，声音不像是在大客厅里，倒像是从隔壁房间传来的。她说，那是一阵柔和但有力的嗒、嗒、嗒声，像是一个学生在懒洋洋地击鼓。她更迷惑，也更好奇了，她返回走廊，站着仔细听。她追着声音来到饭厅，但声音猝然停下了——没想到几秒钟后，声音清晰地在走廊另一侧墙上出现，在小客厅里。

她看到她母亲在那里，正在看一周前的旧报纸。艾尔斯太太什么也没有听到。“什么也没有听到？”卡罗琳问道，“你能肯定吗？”接着她又问，“那儿！你听到了吗？”卡罗琳举起手。她的母亲仔细聆听着，过了一会儿才听出来，是的，确实有什么声音。她说那是一种“咚咚”声，和卡罗琳说的“嗒嗒”正好相反。她认为可能是空气或者雨水意外流进了主供暖管道。卡罗琳疑惑地走到房间另一头的老式暖气前。它摸上去不冷不热，毫无生气，她把手拿开后，敲击声却变得更加响亮更加清晰了——现在声音似乎是从她头顶上传来的。声音很清楚，她和她的母亲能够“看到”它在天花板和墙壁上行进，从房间的一面墙移到另一面墙，像是“一个又小又硬的弹球”。

这时正是下午的某个时刻，贝兹利太太已经回家。她们自然而然地只能想到贝蒂，想到她会不会正在楼上的哪个房间里干活。她们拉铃叫她，她从地下室径直跑了上来。她说她在下面待了半个小时，在准备茶点。她们让她一起在小客厅里待了约莫十分钟，这段时间里，房子彻底安静了。可是她一离开，敲击声又响了起来。这次是从走廊里传出来的。卡罗琳迅速冲到门边，向外张望，发现贝蒂一脸迷惑地站在大理石地面中央，一阵柔和、清脆的声音从她头上的墙壁镶板中传来。

卡罗琳说，她们不觉得害怕，连贝蒂自己也不害怕。这个声音很奇怪，却没有构成任何威胁。其实，这个声音就像开玩笑似的领她们沿着走廊，从一个地方换到另一个地方，直到寻找开始变成“一场嬉戏”。她们跟着声音来到前厅。这里总是整个宅邸中最寒冷的地方，今天冷得就像冰窖。卡罗琳揉着胳膊，抬头望着从缝隙中向里灌着冷风的楼梯。

“如果它想让我们上楼的话，”她说道，“那就让它自己去吧。我可不在乎那傻东西。”

嗒、嗒、嗒！声音更响了，像是愤慨地回应她的话，接着似乎很不情愿地“定”在了一处地方，大家古怪地感觉到，声音正从一只金链花木的浅橱柜里传出来，橱柜就抵着楼梯旁的镶板墙壁立着。声音十分清晰，卡罗琳小心翼翼地上前，去打开橱柜。她握住橱柜的扶手，打开柜门时却站得很远——她说，她很担心那东西会像恶作剧魔术盒一样自己弹出来。两扇柜门毫无恶意地向她打开了，除了几件稀奇古怪的饰品和杂物外，空无一物，当敲击声再次响起，可以很清楚地听出不是从橱柜里面发出的，而是从它背后的某个地方传出。卡罗琳合上门，绕到橱柜背面，向它和墙壁之间黑暗狭窄的缝隙窥去。然后，她稍作犹豫，便抬起手，手指慢慢地探进了那道缝隙。她一动不动地站着，屏住呼吸，手掌贴着干燥的木头镶板。

敲击声再次响起，比以前更加响亮。她突然后退一步，很惊恐，却又忍不住笑了起来。

"在那里！"她说道，晃着胳膊，像是要甩掉胳膊上起的一层鸡皮疙瘩，"我感觉到它就在墙里！就像一只小手在轻轻叩击。一定是甲壳虫或老鼠什么的。贝蒂，过来帮我一下。"她抓住橱柜的一边。

贝蒂这时显得非常害怕："小姐，我不想过去。"

"过来，它不会咬你的！"

女孩向前走了几步。橱柜不重，却不容易控制，她们两人花了几分钟才抬起了橱柜。她们刚挪开它，敲击声就再次消失了，艾尔斯太太被墙上新出现的东西吓住了，倒吸了一口冷气，卡罗琳听得很清楚。她看见了她的一个动作——伸出手，惊恐万状地捂住胸口。

"妈妈，你怎么了？"她一边费力地抓着橱柜的脚移动位置，一边问道。艾尔斯太太没有回答。卡罗琳把橱柜放好，走到她母亲身边瞧个究竟。

墙壁上出现了更多孩子气的涂鸦：*SSS SSSS S SU S*。

卡罗琳呆住了："简直不可思议。太多了！她不可能——那个小孩不可能——是吗？"

她望着她母亲，母亲没有回答。她又问贝蒂。

"最后一次移动这橱柜是什么时候？"

贝蒂这次是真的被吓到了："我不知道，小姐。"

"那，快想想！是在那场大火之后吗？"

"我——我想应该是。"

"我也觉得应该是。你有没有洗过这面墙，和其他那几面墙？你那时有没有看见涂鸦？"

"我记不得了，小姐。我觉得没有。"

"如果有的话，你会注意到的，是吗？"

卡罗琳一边说话一边向墙面走去，近距离观察那些涂鸦。她先用毛衣袖口蹭了蹭。然后又用舔湿的大拇指去擦。那些涂鸦还在上面。她摇摇头，彻底弄糊涂了。

"这些能是那个小女孩画的吗？是她画的吗？我想起，她那晚去了一次洗手间。她可能正好溜到这里。她可能觉得画一个标记，让我们好几个月都发现不了很有趣——"

"把它盖上。"艾尔斯太太突然命令道。

卡罗琳转向她："我们不该清洗一下吗？"

"清洗毫无意义。难道你还不明白？这些涂鸦和前面那些很像。我们不该发现它们。我不想看它们。把它们盖上。"

"好的，当然可以。"卡罗琳瞟了一眼贝蒂，回答道。她们把橱柜推回了原位。

她告诉我，在此之后，这桩奇怪的事件才开始让她感到震惊。她起先毫不害怕，可是现在，敲击声、新发现的涂鸦、母亲的反应和眼前的静寂都变得不同了。她思前想后，感觉自己的勇气开始动摇了。为了给自己打气，她说："肯定是这幢宅邸正在跟我们玩客厅游戏[1]。如

1　一种流行于维多利亚时期的英国和美国中上层家庭的室内游戏，因通常在客厅里进行而得名。游戏内容一般有推理、猜字谜等。

果它又出现了，我们都别放在心上。”她提高声音，朝着楼梯井里说道，“宅子，你听见了吗？戏弄我们没有好处！我们不玩了！”

这次，没有敲击声回答她。她的话被这片静默吞噬了。她看到贝蒂不安的眼神，便转过身，尽力镇静地开口说话。

“没事啦，贝蒂，你现在可以回厨房了。”

不过贝蒂很犹豫：“夫人没事吧？”

“夫人很好。”卡罗琳一手扶着母亲的胳膊，“妈妈，我们去暖和一点的地方，好吗？”

然而，事发当天，艾尔斯太太就说她宁愿自己一个人待在房间里。她系紧披肩，卡罗琳和贝蒂看着她疲倦地爬上了楼梯。她一直待到接近晚饭时间。吃晚饭时，看得出来她恢复了常态。卡罗琳也从紧张中平复了心情。没人提起那些涂鸦。那天晚上和之后的一两天，平静地过去了。

可是那个星期的最后几天，艾尔斯太太第一次半夜从梦中惊醒了。她和大多数经历过战争的妇女一样，很容易被不熟悉的声音惊醒。有一天晚上，她从睡梦中醒来，清楚记得有人喊了她。在暗沉沉的冬夜里，她一动不动地躺着，竖起耳朵。她等了几分钟，什么也没听到，于是放松下来，继续睡觉。她把头靠在枕头上，除了亚麻布发出的沙沙声以外，她的耳边又响起了奇怪的声音，她又坐了起来。不一会儿，声音再次响了起来。不论如何，这肯定不是说话声，也不是拍打声，或敲击声。这是一种震动，微弱又清晰。声音确定无疑地从她床边那扇狭窄的隐门的另一边传来——那里是她原来的化妆室，现在被改作储藏室了，存放她的衣箱和衣篮。这个声音非常奇怪，它如魔术般让人幻想出了一个独特而怪异的画面，有一瞬间，她真的害怕了。她以为有人进了化妆间，从衣篮里翻出衣物扔在地板上。

这时声音还在继续，她认为自己听到的其实是拍打翅膀的声音。

一定是有只鸟掉进烟囱里，困住了。

这个念头让她放弃了刚才那个怪异的幻觉。不过这同样也是件麻烦事，她睁着眼睛，听那可怜的小东西惊慌失措地想要挣扎逃生。她不想走进化妆间里，捉住它。她其实也不在意究竟是鸟类，还是其他扑动翅膀的东西。她只不过上了年纪，糊涂地担心它们飞到她的脸上，弄乱她的头发。但是最后，她还是坚持不住了。她点燃一支蜡烛，走下床。她穿上晨衣，小心地扣好颈边的扣子，仔细地在头上围了围巾，穿上鞋，戴上防水手套。她穿着这一身装束——后来她告诉她女儿："我的衣着真是古怪极了。"——她蹑手蹑脚地推开了化妆间的门。和卡罗琳在大客厅里的遭遇一样，门一推开声音就停止了，眼前是一个无人打扰的房间。没有鸟掉在地板上，也没有脱落的羽毛。她走过去检查烟囱的盖子，发现封口处锈迹斑斑。

后半夜里，她辗转反侧，难以入眠，整幢宅子却陷入了沉寂。第二天晚上她早早上床，很快便睡着了。然而，她半夜又醒了，确切地说，她醒得和前晚一模一样。这一次她在楼梯平台附近转来转去，叫醒了贝蒂，让她和自己一起走回房间，站在化妆间门口侧耳细听。当时是两点四十五分。贝蒂说她听到了"一些动静，不敢肯定"。但是同样的情况又发生了一次，她们神情紧张地推开门，发现里面毫无生气……艾尔斯太太这才意识到，她的第一直觉一定是对的。她不可能凭空想出那种声音，而且想象得那么清晰。那只鸟一定困在烟囱里，胸部被别住了，找不到顺着烟道向上飞出去的路。这个想法紧紧地攫住了她。我认为，是深沉的夜，是眼前的静谧与幽暗，让事情变得更糟了。她让贝蒂回房休息，自己躺在床上，但很清醒，她辗转反侧，愁绪万端。第二天，卡罗琳过来看她时，她早就起床了，回到了化妆间。她跪在壁炉前，用一根棍子拨弄着生锈的烟囱盖子。

开始，卡罗琳以为她母亲疯了。等她听明白事情的来龙去脉后，便扶起艾尔斯太太，亲自捣起盖子来。盖子被打开后，她拿来一把扫帚，在烟道里拨弄得胳膊酸痛。这时她浑身乌黑，像个刚刚被泼了一身煤灰的滑稽演员。烟灰里没有羽毛，可是艾尔斯太太却深信有只鸟儿困在里面了——“她的不安实在太古怪了”——卡罗琳洗漱之后，拿着一副看歌剧时戴的眼镜来到花园里，查看烟囱。她发现宅子那一朝向的所有烟囱帽都盖着铁丝网罩，有的地方铁丝破损了，不过却覆盖着潮湿的落叶，她认为鸟儿不可能在里面筑巢，然后掉进烟道里。但她走回去的路上一直在前思后想。最后，她告诉母亲有问题的那个烟囱帽上可能最近筑过鸟巢。她说，她看见一只鸟“飞进又飞出，自由自在”。艾尔斯太太稍稍安心了些，梳洗过后，吃了早餐。

但仅仅大约一个小时之后，卡罗琳刚在房中用完早餐，便被母亲的惊叫吓了一跳。叫喊声尖厉刺耳，她迅速地跑过楼梯平台。她看到化妆间的门开着，艾尔斯太太就在那里，身体摇摇晃晃地向外走，胳膊直挺挺地伸出去，指着屋里的什么东西。后来卡罗琳才意识到，她母亲此时的姿势可能不是要退出来。那时她飞奔到母亲身边，只是以为她一定病得很严重。可是艾尔斯太太没有病——至少，不是通常的那种生病。她让卡罗琳扶她到座椅上，倒了一杯水，让卡罗琳跪在她身边，握着她的手。“我没事，”她说着，擦了擦闪着泪光的眼睛。卡罗琳更加吃惊了，“你别担心。过了这么长时间，我还是这么傻。”

她说话时，不住地望着化妆间。她的表情很奇怪——非常害怕，却还有些渴望——卡罗琳更担心了。

“怎么啦，妈妈？你在看什么？你看到了什么？”艾尔斯太太摇摇头，不回答。卡罗琳站起身，小心翼翼地穿过房间走向化妆间。后来她告诉我——那时眼见着母亲的举动越来越古怪——她不知道自己更害怕发现屋顶上方有什么可怕的东西，还是更害怕发现里面根本没出任何麻烦。首先映入她眼帘的，是一堆摆放凌乱的箱子，显然是她母亲把它们从原来的地方拖出来，想要掸掉从打开的烟囱里掉落在盒子上的煤灰。然后，她的目光被一面墙的墙角部分吸引过去了，盒子移开后那个地方才露出来，在昏暗的光线中，她以为那是一块颜色更深的烟灰污迹。她走近些，眼睛慢慢适应了室内的光线，才发现那竟然是一片孩子气的涂鸦，像极了她以前在楼下看到的：

SSU SS SU

SSU

SSUCKY

SUCKEY

一开始她吓坏了，因为这些涂鸦看上去已经存在很久了。涂鸦显然比她们猜测的时间长，不是那个可怜的吉莉安·贝克–海德画的，一定是另外一个小孩在很多年前画的。她不知道，是不是她自己画上去的，或者是罗德里克？她想到了表亲、家族的朋友……接着，她的心奇怪地向下一沉，她又看了看那些涂鸦，突然明白了她母亲的眼泪。[1]她吃惊地发觉自己脸红了。她只好在又小又暗的房间里待了几分钟，等着脸上的红晕褪去。

“哦，”她回到母亲身边，说道，“至少我们现在可以肯定，不是贝克–海德家那个女孩干的。”

艾尔斯太太回答得很简短：“我从没想过是那孩子干的。”

卡罗琳站在她身边：“抱歉，妈妈。”

“你为什么抱歉，亲爱的？”

---

1 这些奇怪的涂鸦就像一个学写字的孩子，在努力拼写她的名字。艾尔斯太太死去的大女儿的名字是苏珊（Susan）。苏琪（Sukey）是苏珊的昵称。

“我不知道。”

“那就别再这么说了。”艾尔斯太太叹了口气，“这幢房子喜欢把我们困住，是吗？仿佛它知道我们所有的弱点，一个接一个地进行试验……天啊，我厌倦透了！”她把手绢叠成小块，按压在前额上，紧紧闭上眼睛。

“我能为你做些什么，或者帮你拿些什么吗？”卡罗琳问道，“你为什么不到床上睡一会儿？”

“我连床也讨厌。”

“那就坐在椅子上打盹吧。我在炉子里添些柴。”

“我又像个老太太了。”艾尔斯太太小声嘟囔着。

卡罗琳过去照料炉栅，她疲倦地靠在椅子上。火苗开始舔木柴时，她的头向后靠着，似乎睡着了。卡罗琳望了她一会儿，被她脸上的皱纹和悲伤吓住了，突然间觉得——就像小时候，父母会时不时让我们突然一惊——作为一个个体，她对母亲的愿望、经历一无所知，也无法看透她满怀忧伤的过往。她现在能为母亲做的就是让她感觉更舒服些，因此她悄悄穿过房间，把半开的窗帘拉好，关上化妆间的门，在母亲膝头绕着的披肩上加了一条毯子。然后，她走下了楼梯。她没把这件事讲给贝蒂和贝兹利太太听，可是她不想自己一个人待着，于是她在厨房做起了家务。过了一会儿，她又过来看时发现她母亲睡得很熟，姿势一点没变。

不过，艾尔斯太太刚才一定醒过，因为现在毯子掉在地上，像是被谁拉扯到了一边，卡罗琳注意到，她刚才轻轻关紧的化妆间门，又敞开了。

这件事情发生时我还在伦敦。我在二月的第三个星期回到家，心绪不宁。从很多方面来说，我的旅行非常成功。会议进展顺利，我大部分时间都待在医院里，和那里的医务工作者交了朋友。其实，就在最后一天早上，一个医生把我拉到一边，建议我今后可以考虑成为他们的一员，到住院部工作。他是一个人物，和我的经历相似，出身底层，最后挤进医学院。他说他决心“彻底搅乱原来的秩序”，也更愿意和那些“从体制外进入”的医生合作。其实，我一度天真地幻想我想要成为的人物，就是像他那样的。可事实是，他才三十三岁就已经是他们科室的负责人，而我呢，比他年长七岁，却还一事无成。我坐上回沃里克郡的火车，不停想着他的话，不知道我是否能达到他的预期，我和自己激烈地辩论着是否该认真考虑离开戴维·格雷厄姆。我也满腹狐疑，不知道到底是什么把我束缚在里德克特，如果我走了会不会有人想念我。

我从车站回家时，发现村庄又小又古老，预约名单上等待我出诊的还是常见的乡村疾病——关节炎、支气管炎、风湿、感冒——我突然发现，和我的整个职业生涯一样，我的勤奋工作也徒劳无益。后来又出现了几个病例，让我从另一方面感到了失望。一个十三岁的女孩怀孕了，被她当工人的父亲毒打。一个雇农的儿子感染了肺炎，我到他家出诊，他病得很严重，也非常消瘦。他是八个孩子中的一个，孩子们不是患这个病，就是得那个病。父亲病了，无法劳动。母亲和祖母用旧方子给这个男孩治病，把新鲜的兔子皮绑在他胸前“赶走咳嗽”。我给他开了盘尼西林，为他减免了一部分药费。我甚至怀疑他们不会吃这个药。他们疑惑地盯着瓶子，说他们“不喜欢黄颜色”。他们告诉我，经常给他们看病的是莫里森医生，他的配方是红色的。

我离开他们的农舍时，心情非常低落，回家时抄近路穿过百厦庄园。我开进大门，有意顺便拜访这座宅邸。我那时已经回来三天了，还没有联系艾尔斯一家。可是当我靠近那幢房子时，看到了它伤痕累累的消瘦面庞，立即感到一阵愤怒和沮丧，我踩下油门，驶走了。我安慰自己太忙了，没时间拜访她们，只好怀着歉意赶紧开车离开……

我第二次穿过庭园时，也找了同样的借口，之后也是一样。因此，对百厦庄园发生的变故我一直一无所知，直到几天后我接到卡罗琳的电话，她问我能否顺路来看看，她是这么说的：“看看是否一切正常。”

她很少打电话给我，如今我也并不期盼她的电话。她那低沉悦耳的声音带给我一阵惊讶和愉快，我立刻心脏怦怦直跳，关切起她来。我问她，出什么事了？她的回答很含糊，没有，没什么事。她们“因为渗水遇到了一些麻烦”，不过“现在全都修好了”。她还好吗？她的母亲呢？是的，她们都很好。如果我能“抽时间过来看看”，她想在“一两件事”上征询我的意见。

她总共就说了这么多。我心中升起了一阵愧疚，我推掉了一个病人，毫不犹豫地开车驶向庄园。我不知道前方究竟有什么在等待我。我猜想，她肯定有非常重大的事要告诉我，但不方便公开在电话里说。我抵达宅子时，发现她一个人待在没有电灯的小客厅里，模样再普通不过。她正跪在壁炉前面，旁边放着一桶水，她把几张揉皱的新闻纸卷成的球状制型纸板[1]在煤尘中滚几圈，然后扔进火里。

她的袖子挽到了肘部，胳膊很脏。头发散乱地搭在脸上。她像是一个仆人，一个朴素的灰姑娘。一看到她，我就想起了前尘旧事，我极为恼火。

她尴尬地站起来，想撣掉最脏的几块煤灰。她说道：“你不必这么快就来。我没想到你这时候来。”

“我以为发生了大事。”我说道，“出什么事了吗？你母亲呢？”

“她在楼上自己的房间里。”

“没有再生病吧？”

“不，她没有生病。至少——我不知道。”

---

1 用纸浆、胶质等混合制成，干燥固化后可钻孔、磨砂或油漆，上光着色后还可制作装饰品。

她在找东西擦胳膊上的灰尘，最后找到一张报纸，徒劳地擦了几下。我说道："得了，还是用这个吧！"——向前走了几步，递给她我的手帕。

她看着那块折叠平整的白色方形亚麻布，表示不需要。"哦，我不能用你的手帕。"

"请拿着这条旧手帕，"我说着，递了过去，"你不是干粗活的下等女佣！"她还在犹豫，我用手帕蘸了桶里被煤尘弄黑的水，动手擦拭她的胳膊和手，可能动作不太友好。

最后我们两个都有点脏，不过她至少比刚才干净了些。她拉下袖子，向后退了几步。

"请坐。"她说道，"我给你沏点茶吧？"

我仍然站着："我只希望，你能告诉我到底发生了什么事。"

"没什么好说的，真的。"

"你这样把我叫来，难道什么也不说吗？"

"就是没什么好说的。"她安静地重复着。

我抱着双肩，口气缓和下来："对不起，卡罗琳。你继续说吧。"

"开头我们以为，只是弹跳的球，或者是受困的鸟儿在惹事。"她起初很犹豫。接着，她一点一点地告诉我上次走了以后发生的事情。涂鸦首先出现在大客厅里，接着是前厅。她母亲发现了最后一块涂鸦。说句实话，她说的这些毫无意义。我没有亲眼看到那些涂鸦，即便最后我来到大客厅检查那些虚无不规则的S时，它们也没有令我十分费解。为了回应卡罗琳的描述，我说道："可是，你难道还不明白是怎么回事吗？那些痕迹肯定早就有了，"我想了想，"哦，差不多三十年了。一定是油漆挥发，颜色变浅，才让它们显现了出来。可能是潮气的缘故。擦不掉一点也不奇怪。得用很多清漆才能把它们盖住。"

"是的，"她含糊地说道，"我希望是这样。可是这些嘎吱、啪嗒声，你该作何解释？”

“这幢房子嘎嘎吱吱地像个西班牙大帆船！我听到过很多次了。”

“以前从不像现在这样嘎吱作响。”

“可能以前从没有这样潮湿过。这房子从没有受过这样的忽视，或许木料正在变形。”

她还是满脸疑惑：“但是，似乎是敲击声领着我们去了有涂鸦的地方，这难道不奇怪吗？”

我说道：“这里曾经住过三个年幼的孩子。每一面墙上都可能会有涂鸦……并且也有可能，”我想了想，接着说道，“你母亲知道第二处第三处涂鸦在哪里——我是说，她可能有某种遗忘了的记忆力。第一处发现可能在她脑海中留下了印象。然后，只要噼啪声响起，她就会下意识地主导搜查。”

“她不可能凭空想出这些声响！我能听到！”

“好吧，那我必须承认，我解释不了——除非假设你的第一个想法是正确的，是老鼠、甲壳虫或者其他生物，它的声音被墙洞放大。至于说受困的鸟儿——”我压低声音，“我希望你明白，你的母亲很可能假想了整个事件。”

“是的，”她回答道，声音很平静，“她一直没有睡觉。可是还有一点，根据她的说法，是鸟儿让她无法入睡的。并且贝蒂也听到了声音，别忘了。”

我说道：“半夜时分，我想贝蒂能够听到任何暗示她听的声音。她们在这些事件构成的圈子里走不出来了。我深信不疑，是有什么东西吵醒了你的母亲，可是她的失眠很可能让她颇为清醒——或者使她以为自己醒着——从那以后，她的意志就变得脆弱了——”

“我认为现在就很脆弱。”她说道。

“什么意思？”

她有些犹豫："我不敢肯定。她好像——变了。"

我问道："变了，怎么变？"

不过，我发觉我的声音里带着一丝疲惫。因为她和我之间的这一次谈话，和类似的谈话，此前已经有过好几次了。她转过脸，显然很失望，说道："哦，我不知道。也许是我幻想出来的。"

她再也不愿多说。我看着她，对自己很失望。我说我要上楼去看望她的母亲，我拿起药箱，爬上楼梯。

我上楼时有一丝不祥的预感，卡罗琳的态度说明艾尔斯太太真的生病了，或许正躺在床上。可是我敲她的房门时，却听到她嗓音响亮地喊我进去。我走进去，发现所有的窗帘都拉着，不过，与小客厅形成鲜明对比的是，这里点了两三盏灯，壁炉的火也烧得很旺。屋子里弥漫着樟脑的味道，少女和老婆婆家里的那种味道。化妆间的门敞开着，床上堆满了礼服和皮革，原先存放皮革的丝质手提袋松垮得像漏了气的气囊。我走进去时，艾尔斯太太从衣物里抬起头来，见到我似乎很高兴。她告诉我，她和贝蒂正在翻看她的旧衣物。

她没有询问我的行程，我刚刚在楼下和她女儿的独处也没有让她不安。她向前走了几步牵起我的手，带我回到床边，朝床上的那堆礼服点点头。

"战争期间，"她说道，"我紧紧抓住这些东西不放，这真是罪过。我分送了那些我愿意送掉的衣物，可是有一些，哦，我没法眼睁睁看着它们被修修剪剪，给难民当床单，天晓得还会用它们来做什么。我很高兴，它们现在还在我这儿。你瞧，我是不是很缺德？"

我笑了，很高兴看见她气色如此好，跟往昔一样。我还是很惊讶她的灰白头发，尽管梳着奇怪的战前发型，耳朵边发丝松散，不过她打理得格外精心。她涂着雅致的唇膏，指甲粉嫩发亮，瓜子脸上几乎看不到皱纹。

我又看了看那堆过时的丝织品："很难想象在难民营里分发这些东西的情景。"

"可不是吗？放在这里更好，至少有人懂得欣赏。"她拣起一件薄如蝉翼的绸礼服，礼服的双肩和裙摆部位垂着繁复的装饰。她让贝蒂看，贝蒂正好从化妆间出来，手里拿着一个鞋盒，"贝蒂，你觉得这件怎么样？"

女孩看了我一眼，我向她点点头："你好，贝蒂。还好吗？"

"你好，先生。"她的脸涨得通红。她有些激动。她显然想把这种激动控制住，可是当她看到那件裙子时，她咧开丰满的小嘴巴笑了，"太漂亮了，夫人。"

"那个时候这种东西很流行。这种颜色也很流行！现在可见不到了。你手上拿的什么？"

"便鞋，夫人！金黄色的！"

"让我看看，"艾尔斯太太接过盒子，打开盖子，拿走里面的衬纸，"啊，这双鞋贵得惊人。我记得，它挤脚也挤得惊人。我只穿过一次。"她拿起那双鞋。像是一时冲动，脱口而出，"贝蒂，你试试吧。"

"哦，夫人。"贝蒂脸红了，扭捏地望着我，"我可以吗？"

"是的，穿上吧。让医生和我欣赏一下。"

这个女孩解开她笨重的黑色鞋子，害羞地穿上那双金色皮革便鞋。接着，在艾尔斯太太的鼓励下，她从化妆间门口走到了壁炉边，再走回来，像一个时装模特。做这一切时，她忍不住大笑起来，伸出一只手挡着她歪歪扭扭的牙齿。艾尔斯太太也笑了起来，她看到贝蒂因为鞋子太大被绊倒了，便在鞋子的脚趾位置塞上袜子，使它们大小合适。她花了几分钟才把鞋子整理好，接着她给那个女孩戴上了手套和披肩，让她站起来，走来走去，转圈，贝蒂做这一切时，艾尔斯太太轻轻鼓着掌。

我又想起为了赶到这儿而推掉的那个病人。又过了一两分钟，艾尔斯太太似乎突然疲倦起来。“到此为止吧。”她叹了口气，望着乱七八糟的床铺，对贝蒂说道，“你最好把它们清理一下，否则我今晚会没有地方睡觉。”

“你晚上睡得好吗？”她和我向壁炉走过去时，我问道。过了一会儿，看见贝蒂抱着一大摞毛皮衣服消失在化妆间里，我轻声说道，“希望你不要介意，不过卡罗琳对我讲了你的……发现，就在上个星期。我猜这事让你非常不安。”

她弯腰向前捡起一个靠垫。她说道：“是的，我很担心。我是不是很蠢？”

“一点也不蠢。”

“过了这么长时间，”她嗫嚅着，坐了回去，抬起头，表情很让人疑惑，因为看不到一丝担忧或生气，相反，却相当平静，“我没指望她还会留下什么痕迹。”她把手放在胸前，“除了这里。她在这里总是活生生的。有时候比什么都实在……”

她的手还放在胸前，轻轻抚平了礼服的褶皱。她一脸茫然——可是，茫然是她惯有的表情，是她优雅仪态的一个组成部分。她的举止不会让我觉得有什么不同，或者为此而担忧。我觉得她非常健康快乐。我又陪了她一刻钟，然后朝楼下走去。

卡罗琳还在那儿，四肢无力地倚在壁炉边。炉栅里的火烧得不高，光线比平日要黯淡些，我再次注意到了两间屋子的巨大反差，这边了无生气，她母亲那边却安逸舒适。她的邋遢形象，和仆人般粗糙的双手，让我非常不快。

“怎么样？”她抬起头，问道。

我回答：“我觉得你在自寻烦恼。”

“我母亲在做什么？”

“她正和贝蒂欣赏一些旧衣物。”

“是的。她现在只想做这些事情。昨天她又把照片拿出来，就是那些已经坏了的——你记得吗？”

我摊开手：“她有权利看照片，对吗？她最近这么不开心，你怎能指责她沉湎于往事？”

“不是这么回事。”

“那是什么？”

“是说她的行为举止。她不仅仅回忆过去。她盯着你，却仿佛根本没有看见你。她在看其他的东西……而且她很容易就会疲倦。你瞧，她还没有彻底衰老呢，可她现在就像是老妇人一样，几乎每天下午都要休息。她从来不提罗德里克，对沃伦医生的报告也不感兴趣。她谁也不想见……哦，我不知道为什么。”

我说道：“她精神受到了冲击。偶然发现的那些涂鸦，让她又想起了你的姐姐。一定要让她清醒过来。”我说这话时，突然想到我和她从未谈过苏珊，那个早夭的小女孩。她肯定也想到了——她沉默地站着，把脏手指举到嘴边轻触着嘴唇。她再次开口时，声音变了。

“听你说‘你的姐姐’感觉很怪异。听上去不对劲。罗德和我小的时候，妈妈从不提起她。有很多年我对她都一无所知。有一天我偶然看到一本写着‘苏琪·艾尔斯’的书，就问妈妈她是谁。她的反应太奇怪了，我很害怕。是爸爸告诉了我全部事情。他说那件事‘糟透了’。我不记得我曾为他和妈妈感到难过。我只记得我很困惑，因为每个人都说我是最大的孩子，如果我其实并不是的话，我认为不公平。”她低头盯着炉火，额头拧着，“我是个小女孩时，似乎经常发脾气。我对罗迪不好。我对女佣很不友善。你有没有觉得，自己是在不开心中长大的？我就是，我从来没有为自己活过。有时候我觉得，好像我吞下了什么脏东西，卡住了，还留在我的体内……”

她说话时确实很像一个郁郁寡欢的孩子，双手肮脏，几缕未梳理的棕色头发打着结垂在脸上。和每一个脾气暴戾的小孩一样，她也非常绝望。我为难地向她走去。她抬起头，一定看到了我的犹豫不决。

那一丝稚气突然消失不见了。她用冷硬的社交口吻说道："我还没有问你的伦敦之行呢，怎么样？"

我回答道："谢谢。非常顺利。"

"你在会议上发言了？"

"是的。"

"人们喜欢你的发言吗？"

"非常喜欢。其实——"我又犹豫了，"哦，有人游说我去那里。我的意思是，去那里工作。"

她的眼神变了，似乎有生机了："是吗？你打算去吗？"

"我不知道。我该好好考虑一下。想想我要放弃什么。"

"这就是你躲着我们的原因吗？你是不是不愿意继续为我们操心了？我星期六在庭园里看见了你的车，我以为你会到家里来的。结果，你没来。我猜一定是发生什么事了，一定发生什么变化了。于是我今天给你打了电话，因为我不能指望你照常过来。我是说，依照你平日的习惯。"她把额前的几缕头发捋到脑后，"你打算再来看望我们吗？"

"当然了。"

"可你一直在躲，不是吗？"

她问这句话时昂起了下巴。除此之外没有其他表示。可是，如同凝固不动的牛奶在搅乳器里变成了黄油，我心中的怒火也变成了另一样东西，另一样非常不同的东西。我的心跳开始加速。片刻之后，我开口说道："我觉得有点害怕。"

"害怕什么？害怕我？"

"不。"

"我妈妈？"

我深吸一口气："听着，卡罗琳。那次在车里——"

"哦，那次。"她转过头，"我表现得像个傻瓜。"

"我才是那个傻瓜。对不起。"

"现在一切都改变了，都错了——不，请不要这样。"

她非常难过，我走上前去抱住她。她一开始极力抗拒，直挺挺地站着。但当她发现我只是想搂住她时，就稍微放松些了。上一回我像这样搂着她还是在跳舞的时候，她穿着高跟鞋，眼睛和嘴与我在同一水平线上。现在她穿着平底鞋，矮了一两公分。我一动下巴，胡楂就扎在了她的头发上。她低下头，干燥冰凉的眉毛滑到了我的耳后……不知为何，她完全靠在了我身上，我感到了她胸部的推挤，她的屁股和结实的大腿的挤压。我用手揽住她的腰，把她拉得更近些。"别这样。"她又说道。不过，她说得并不强硬。

我被自己汹涌而来的激情震住了。方才我看到她时，除了恼怒讨厌别无想法。现在我呼唤着她的名字，气息在她的发际游走，下巴蛮横地抵着她的脑袋。

"我想你，卡罗琳！"我说道，"天哪，我一直在想念你，仿佛在地狱里受着煎熬！"我擦擦嘴，晃着身体，"看着我！看看你把我变成了一个什么样的该死的傻瓜！"

她想要挣脱："对不起。"

我抓得更紧了："看在上帝的分上，不要说对不起！"

她痛苦地说道："我也很想念你。每次你走远，这里就会出事。为什么？这幢房子，还有我的妈妈——"她闭上眼睛，把手搭在前额上，像是头痛得厉害，"这幢房子让人思虑重重。"

"这幢房子对你意义重大。"

"我已经很害怕了。"

"没什么好害怕的。我不该留下你一个人，困在这里。"

“我希望——我希望我能够离开。有妈妈在，我就不能离开。”

“不要顾虑你的妈妈。不要想着离开，你不需要离开。”

我想，我也不需要离开。在这里，有卡罗琳在我的臂弯里，一切对我而言似乎瞬间明朗起来。我的计划——高级顾问医生——伦敦医院——所有这一切，烟消云散。“我就是个傻瓜，”我说道，“我们在这里不需要顾虑任何事。想想吧，卡罗琳。想想我，想想我们俩。”

“不。有人会来——”

我用吻封住了她的唇。但是我们又摇摆起来，在摇摆中移动着脚步寻找平衡。不知什么时候，我们分开了。她一步跳到我够不到的地方，伸出一只脏兮兮的手。她的头发在我下巴的揉蹭下变得更油腻了。她的嘴唇张着，有些润湿。实话说，她就像是一个刚刚接过吻的女人，想要再次索吻。可是当我向她走去时，她却又跳开一步，我发现她的欲望里混杂了很多东西——是单纯，抑或是天真，是犹豫不决，甚至是一丝恐惧。我不再试着拥抱她。我担心这么做会把她吓跑。我抓住她的一只手，把脏兮兮的手指拉到嘴边，轻触着我的唇。我盯着她的手指，我的拇指摩挲着她黑乎乎的指甲，欲望和胆大妄为让我战栗起来，我说道：“看看你把自己弄成了什么样子。你是个好姑娘！只要我们一结婚，就不会再出这种事情了。”

她一言不发。短短一瞬间，我察觉到这幢房子如此安静，如此沉默，像是屏住了呼吸。接着她又微微低下了头——在胜利的冲动下，我把她拉到怀里，没有吻她的唇，而是吻了她的喉咙、脸颊和头发。她发出一阵紧张的笑声。

“等等。”她半是玩笑半是认真地说道，好像在使劲挣扎，“等等。哦，等等！”

10

卡罗琳和我确定恋爱关系后，又过了三四个星期。但如果要让我说，其实我们彼此之间的关系既不稳固，又很复杂，还难以称得上确定了关系。首要原因是，我依旧很忙碌，除了仓促短暂的探访，很少专门去看她。而且她十分矜持，不肯告诉母亲我们之间关系的明确转变。我却急于有所行动，比如公开恋爱关系。她觉得母亲“身体仍然不好”，这消息只会“让她担心”。她向我保证，她会“在合适的时候”告诉她。但那一刻却迟迟没有到来，那几周里我拜访庄园时常常感觉希望渺茫，只是陪着两个女人坐在小客厅里喝茶，干巴巴地聊天——就好像什么也没有真正改变过。

但是，当然，一切都发生了变化，有时这些访问实在让人难以承受。我现在经常想起卡罗琳。我凝望着她结实、棱角分明的脸，不敢相信我一度认为它不好看。有时我们的眼睛会在茶杯上方相遇，我们目光的短暂交会，就能让我像木柴般燃烧起来。有时，我要告辞，她会送我走到车边，我们沉默地穿过宅子，穿过一间间阴暗的房间，我总想把她带到一间废弃的房间里，把她拉进我的怀里。我这样做过几次，但每次她都放松不下来。她抵抗着我，偏过头去，胳膊垂在身体两侧。我感觉到她抵着我的四肢逐渐变得柔软而温暖——但是很缓慢，很缓慢，好像不情愿这小小的屈服。我有些丧气，于是搂得更紧了，结果弄得一团糟。她的身体变得僵硬，手蒙在脸上。“对不起，”和那次在我车上她的热情急速冷却一样，“对不起。我知道，我这么做不对。我还需要一点时间。”

因此，我学会了不向她要求太多。我非常害怕，那样会让她对我疏远起来。我能感觉到，在百厦庄园事务的重负下，我们的约会只会让她更加不堪重负。我认为她是在等待庄园的情况改善，然后她才可以计划未来。

说到这一点，其实真正的改变已经近在咫尺了。简易住宅项目还在进展中，给庭园接上水电的工程也在进行，农场的事情有眉目了，梅金斯非常满意。尽管卡罗琳仍心存疑虑，但艾尔斯太太比数月前更健康更开朗了。我每次拜访庄园时，都发现她精心打扮过，脸上涂着脂粉。通常，她的气色都比她女儿的好得多——尽管我们之间的关系有所改变，卡罗琳还是继续穿着走形的旧毛衣和裙子，戴着粗羊毛帽子，脚蹬一双硬皮鞋。但由于天气一直很冷，我只好原谅她的疏忽。这个季节一过，我就打算带她到利明顿去，给她悄悄买几件像样的衣服。我常常盼望、向往着夏天的时光：庄园里门窗大开，卡罗琳穿着短袖敞领上衣，露出长长的褐色手臂，和沾满尘土的脚……我自己的房间冷冷清清，就像舞台布景般暗淡。晚上，我躺在床上，身体疲惫，头脑清醒，想着卡罗琳正躺在她的床上。我的思绪悄悄穿过我们之间黑暗的里程，像偷猎者般通过百厦庄园的大门，沿着植物茂密的车道行进，轻轻推开肿胀变形的前门，在格子大理石地板上慢慢移动，蹑手蹑脚地走向她，踏上静寂无声的楼梯。

后来，三月初的一天，我像往常一样顺路拜访了庄园，发现出事了。那些不可思议的恶作剧突然又出现了，方式和以往不同——卡罗琳把它叫作“客厅游戏”。

她起先不想告诉我。她说，事情“索然无味，不值一提”。可我碰巧问及此事时，她和母亲好像都被折磨够了。于是她告诉我，过去的几个晚上，她们每天凌晨都被电话铃声惊醒。总共发生了三四次，她说，一直在两三点之间。而且每次她们下楼拿起话筒，电话就断了。

她们一度揣测打来电话的人是我。“你是我们唯一能想到的人，”卡罗琳说，“谁会在那个时间起床呢？”她偷看母亲一眼，微微有些脸红，“我想，应该不是你吧？”

“不，不是我！”我回答，“这么晚打电话，我想都不会想！今天凌晨两点钟，就在这事发生时，我正蜷在床上呢。所以，除非我在睡梦中接通了电话——”

“是啊，当然，”她笑着说，“一定是电话交换台搞错了。我只是想弄清楚。”

她说话的语气仿佛事情到此为止，因此我就把它忘了。但我再次拜访时才知道，一两天前又打来了一个电话，还是在两点半左右。卡罗琳躺在床上，让电话响着，不愿冒着寒冷在黑暗中起床。但最后，她实在不能继续装作没听到恼人的铃声。听见母亲在房间里醒了，她便下楼拿起听筒——像往常一样，线路那头没声音了。

“至少，不是，”她纠正自己，“不是挂断的。这真有趣。没有声音，但我认为——哦，这么想很傻，但我发誓那头有人。有人想要针对百厦庄园，针对我们。所以，你瞧，我又想到你了。”

“我必须再次申明，”我说，“我很快就睡熟了，还做了梦。”这时只有我俩，因此我又补充道，“好像梦见了你。”

我伸手抚摸她的头发。她抓住我的手指，不让它们动。“我明白。但是有人打电话来了。我一直在想——我无法摆脱心中的念头。你认为，有没有可能是罗迪？”

“罗德！”我吓了一跳，“噢，当然不是。”

“这很有可能，不是吗？如果他正巧遇到了什么麻烦——我是说，在诊所里。我们这么长时间没看到他了。沃伦医生每次写信来，说的话都千篇一律。他们可以对他为所欲为，给他吃任何药物，或者安排任何治疗。我们不知道他们在做什么，真的。我们只需付账单。”

我握着她的双手。她盯着我的脸说道：“好吧，我只能相信，有人打电话来，是有事情要告诉我们。”

“那是凌晨两点半，卡罗琳！人人都会这么想的，就像是你上次猜想的那样，电话串线了。其实，你现在就可以打电话给交换台，问问是怎么回事。”

“你认为我应该这样做？”

“如果这样能让你安下心来，为什么不呢？”

她皱着眉头，走到古色古香的小客厅的一角，给电话接线员拨电话。尽管她背对我站着，我还是能听到她叙述事情的经过。“是的，麻烦你了。”我听见她说，她的声音充满希望。但后来，那声音里的期盼消失了，“我明白了。是的，我认为你说得对。是的，谢谢你。对不起，麻烦你了。”

她放下了话筒和听筒，转过身来对着我，更加愁眉不展。她举起手放在唇边，咬着指甲，她说：“昨晚值班的姑娘现在不在。但接电话的这个女孩查看了工作日志，上面保留了通话记录。她说，这个星期没有人打电话给百厦庄园，一个也没有。她说，上周也没人打过。”

“那么，”我停顿了片刻，“整桩事情毋庸置疑。肯定是电话线出了问题——很有可能是这所房子里的线路故障，不是罗德。你认为呢？谁都没打过电话。”

“是的，”她说得很慢，仍然在啃手指甲，“那姑娘也这么说。是的，一定是这样，是吧？”

她这样说似乎是要说服自己。但当晚电话却再次响起。而且，我再次见到她时，她仍被这个不理智的念头纠缠着：她的弟弟可能想联络她。为了让她彻底放心，我打电话给伯明翰诊所，询问罗德有没有可能打来那些电话。我被告知，此事绝无可能。沃伦医生的助手接的电话，我听出他的口气不像圣诞节前那样乐观了。他告诉我，罗德在年初时似乎已经取得一些明显的小进步，但最近“几个糟糕的星期”让他们都失望了。他没有说起细节，但是我犯了个愚蠢的错误，通电话时卡罗琳就站在我身边。她听到了一部分谈话内容，听出不是好消息。在那之后，她比从前更加沉默不语，更加若有所思了。

就好像在回应她这个新的焦虑，电话停止了，取而代之的是一系列新的滋扰。这一次，事情发生时我恰好在场。我外出探访病人时抽空过来，当时卡罗琳和我又独自待在小客厅里——我在和她吻别，她刚离开我的怀抱——这时门开了，我们都很惊讶。贝蒂进来，行了个屈膝礼，接着询问“有什么事需要她”。

“你是什么意思？”卡罗琳慌张地问道，声音尖厉，向后梳理着头发。

“铃声响了，小姐。”

“噢，我没有拉铃。肯定是我的母亲想叫你。”

贝蒂一脸迷惑：“夫人在楼上，小姐。”

“是的，我知道她在楼上。”

“但是，小姐，是小客厅的铃声在响。”

“这不可能，怎么会呢？我没有拉铃，法拉第医生也没有！你认为铃自己会响吗？去楼上看看，也许是我母亲在找你。”

贝蒂眨着眼睛，疑惑地退了出去。门关上了，我盯着卡罗琳的眼睛，抿着嘴，差点笑了出来。

可她没有回应我的微笑。她转过身去，好像很不耐烦。然后，她咬牙切齿地说道："噢，这真可恨。我真受不了！这些鬼鬼祟祟的事情，就像是猫干的。"

"猫！"我被这个比喻逗乐了。我拉住她的手，把她拉回身边，"到这儿来，小猫咪……漂亮的小猫咪。"

"住手，看在老天的分上。贝蒂会过来的。"

"好啦，贝蒂是个乡下姑娘。她很了解鸟儿、蜜蜂和猫咪……而且，你也知道解决方案，是不是？嫁给我！下周——明天——只要你喜欢。然后我就可以吻你了，让看到的人统统见鬼去。小贝蒂会比以前更忙碌，早晨把鸡蛋和熏肉端到我们的床边，让我们美餐一顿。"

我仍然微笑着，她却扭过头来，神情古怪。她说道："可是，你是什么意思？我们不会——我们不会就住在这里，是吗？"

我们从来没有讨论过婚后具体的共同生活。我理所当然地认为，我会和她一起住在庄园里。我不像刚才那样自信了："嗯，为什么不呢？我们不能离开你的母亲，不是吗？"

她皱着眉头："但你怎么经营诊所呢？还有你的病人？我以为——"

我笑了。"难道你想和我一起住在里德克特，住在吉尔医生可怕的老房子里？"

"不，当然不。"

"好吧，我们找到解决方案了。我会继续在镇子里经营诊所，也许会和格雷厄姆一起开设夜间服务……我不知道。一切都会改变，反正七月份新的公共医疗服务就要实施了。"

"但是你从伦敦回来时，"她说，"你告诉我，你可能会去那里工作。"

她的话让我感到惊奇。我已经忘了这件事了。我去伦敦的旅程似乎已经过去一个世纪了，爱上她之后，我把整桩事情忘了个精光。我不在意地说："噢，我现在没有认真考虑这件事。七月所有事情都会变。可能会有很多职位，也可能什么职位都没有。"

"什么职位也没有？那我们究竟要怎样离开呢？"

我有点惊讶："我们真的要离开吗？"

"我想。"她十分不安，说不下去了。我又拉过她的手，说："你瞧，不用担心。我们结婚后，可以慢慢安排好所有这些事。结婚是最重要的一件事，对吗？这是我们最盼望的一件事。"

她说是的，当然是……我把她的手放在唇边亲吻，然后戴上帽子，走向前门。

我在前门又看见了贝蒂。她正走下楼梯，比刚才更疑惑了，还有些恼火。

艾尔斯太太在她的卧室里睡得很熟，因此不可能是她在叫女仆。接着，贝蒂告诉我，铃声不是她幻想出来的，确实是小客厅的铃声响了——她可以用她母亲的性命发誓——卡罗琳小姐和我不肯相信她，这样怀疑她很不公平。她说话时声音提得很高，很快卡罗琳也出现了，想知道什么事这么吵闹。我很庆幸能够脱身，留下她俩讨论这事，并很快将此事置之脑后。

但是，这个周末我又来到庄园时，卡罗琳说庄园成了"一座疯人院"。铃声有了神秘莫测的生命力，每一个钟点都会响，贝蒂和可怜的贝兹利太太只好不停地从一个房间奔走到另一个房间，询问是否有人需要她们，卡罗琳和她的母亲快发狂了。卡罗琳检查了地下室分线盒里的线路，没发现任何问题。

"似乎有个小淘气鬼在那里捣蛋，"她对我说，带我下到拱廊，"他弹奏电话线来折磨我们！也不可能是家鼠或田鼠。我们设了陷阱，但一无所获。”

我看了看出问题的分线盒。我小时候就认为这是一个盛气凌人的装置，所有的线路像是房子的神经系统，经过上面房间的管道和通道，都钻进了那里。我凭经验知道，这些线路并不十分灵敏，有时人们必须使足力气拉铃，铃声才会响起，所以卡罗琳的解释让我目瞪口呆。她给了我一盏灯和一把螺丝刀，我在分线盒子里摆弄了一会儿，发现里面的机械装置很简单，没有拉得过紧的电线。而且和卡罗琳一样，我也没有发现任何故障。我只能有些不安地想象这几个星期来女士们听到的吱吱嘎嘎声，我还想起了下陷的大客厅天花板，扩大的浸水面积，肿胀变形的砖块……我没有对卡罗琳说起这些，但我很清楚，百厦庄园已经到了崩塌的边缘，一处残损就能引起另一处残损。宅子的败落让我比从前更加沮丧，心里空落落的。

与此同时，铃声仍然无休无止，让人发疯。卡罗琳厌倦极了，终于用一把电线钳子报废了分线盒。此后，每次她或她的母亲需要贝蒂时，就只能走到仆人楼梯口大声喊她。有时她们干脆下到厨房，自己做家务琐事——就好像她们根本没有仆人一样。

但房子并没有轻易就范，又一个星期过去，一个新的麻烦出现了。这次问题出在宅子里一个维多利亚时期的古旧通话管[1]上，是1880年代安装的，以便保姆和厨师通话，它从三楼的育婴室直通下来，连接到厨房里的一个小象牙话筒上。话筒末端是一个口哨，用一根细细的铜链紧紧扣住，当通话管的另一端向管子里吹气时，它就会响。卡罗琳和罗德里克早已长大成人，通话管很长一段时间都没实际使用过了。战争一开始，育婴室就被改造过，艾尔斯太太让驻扎在庄园里的军队

1　用于建筑或船只内房间与房间之间进行通话的管道。

长官住在这里。总之，通话管已经在那里放了十五年，安静无声，积满尘土，无人打扰。

然而，最近贝兹利太太和贝蒂却向卡罗琳抱怨，说那个废弃的话筒开始发出令人毛骨悚然的短暂哨声。

一两天之后，我亲自去了厨房，以查看究竟，我从贝兹利太太那里听说了详细情况。她说，起初，她们听到口哨声，但想不出是什么声音。声音一直很轻，后来——“很轻，”她说，“然后突然爆发了，开始鸣叫。这么说吧，就像一把烧开的水壶发出的声音。”她俩疑惑地猜想，是不是中央供热管道的嘶嘶漏气声。但是有一天早晨哨声非常清楚，肯定不会听错它是从哪里发出的。贝兹利太太当时一个人在厨房里，正在把面包放进烤箱，突然刺耳的爆炸声让她一惊，手腕也被烫伤了。她一边说一边给我看手腕上的水泡，其实她还不知道通话管是做什么用的。她在百厦庄园待的时间不长，没见过人们使用这个精妙的装置。她一直以为，失去光泽的话筒和口哨是“电器的一部分”。

贝蒂搞清楚了通话管是什么，向她进行了解释。所以，第二天哨声又刺耳地响起时，贝兹利太太还以为是卡罗琳或艾尔斯太太在楼上的房间叫她。她迟疑地走近话筒，拔出口哨，把耳朵贴在象牙话筒上。

“你听到了什么？”我问道，跟着她焦虑的目光，盯着厨房那头的无声管道。

她一脸苦相，“一种奇怪的噪音。”

“是什么奇怪的声音呢？”

“我说不出。像呼吸声。”

“呼吸？”我说道，“你是说，有一个人在呼吸？有人说话吗？”

没有，没有人说话。就是一种沙沙声。再听听，又不太像沙沙声……“这么说吧，就像电话接线员一样，”她说，“在电话那头。你听不到她说话，但你知道她在听。你知道她就在那头。哦，真古怪！”

我看着她，十分惊讶，她对神秘铃声的描述和卡罗琳相当一致。她看到了我的眼神，打了一个寒战，她说，她飞快地把哨子塞回槽口，跑出房间去找贝蒂，贝蒂鼓起勇气走近，把耳朵贴在话筒上，也感觉有“古怪的东西”在通话管里。然后，她们上楼去向艾尔斯太太和卡罗琳报告。

卡罗琳正一个人待着，她们找到了她，报告了事情的始末。听到贝兹利太太的话，她肯定也惊讶极了。她仔细听她们描述了事情的经过，然后和她们一起回到厨房，小心翼翼地对准通话管听。可是她什么也没有听到，什么声音也没有。她说，肯定是她们想象出来的，或者口哨声是“风的把戏”。她在话筒上蒙了一块擦拭茶具用的抹布，告诉她们，如果噪声重新响起，她们就装作没听见。她补充说，经过再三考虑，希望她们不要让艾尔斯太太知道这件新的麻烦事。

她此行并没有让她们安下心来。其实，擦拭茶具的抹布反而把事情搞得更糟了。现在通话管变成了“笼子里的鹦鹉”——每当她们发现自己开始淡忘此事专心做家务时，它就会发出一种可怕的哨声，把她们吓得半死。

如果这故事发生在其他地方，我会觉得滑稽。但是如今百厦庄园的气氛却令人十分不安，紧张并且压抑。女士们都疲倦而神经质，我能看出贝兹利太太的害怕，她肯定不是装出来的。她刚一说完，我就离开她身边，走到厨房另一头去查看通话管。我拎起抹布，看见了一个没有光泽的象牙话筒和口哨，固定在墙上一个类似人头部高度的木头浅底座上。我很难把它想象成邪恶之物——可是，每当我想到它竭力搅起的惊恐，这个古雅的东西在我眼中就变得怪异起来了。我不安地想起了罗德里克。我记得在他的妄想里，连那些“寻常东西”——衣领，链扣，剃须镜——似乎都有了诡计多端、蓄意伤人的生命力。

然后，我拔出了哨子，这时另一个想法让我大吃一惊。这是一个

“保姆”用的通话管。我的母亲曾经当过这里的保姆。四十年前，她肯定对着这个装置说过很多次话……这个念头真让我措手不及。我突然有种不理智的想法，我想把耳朵贴在话筒上，看是不是能听到妈妈的声音。我想到，我也许能听到她叫我的名字，就像我经常听到的一样，在天色将晚时叫我回家，那时我还是个孩子，正在屋后的田野上玩耍。

这时我猛然意识到贝兹利太太和贝蒂正看着我，不明白我为何迟疑。于是我把头凑在话筒上……和卡罗琳一样，我什么也没有听到，只有耳朵上血液微弱的跳动与回音——过度敏感的人很容易把这些声音想象得邪恶。我站起身来，嘲笑自己。

“卡罗琳小姐说得没错，”我说，“这管子肯定有六十年历史，至少六十年！一定是橡胶老化了。于是风灌进来，就变成了口哨声。我敢说，是风让铃声响的。”

贝兹利太太有些不服气。她看了一眼贝蒂，说：“我不知道，医生。这孩子已经说了好几个月，房子里有古怪的东西。假如——”

“房子快塌了，”我坚定地说，“这是悲哀的现实，所有的怪事都来源于此。”

为了阻止事态继续发展，我做了一件贝兹利太太和卡罗琳都没敢做的事，我把象牙口哨从链子上揪了下来，放进我的背心口袋里，然后塞上了一个软木塞子。

我认为，事情到此结束了。接下来几天，我相信房子安静了下来。但是接下来的星期六上午，贝兹利太太像往常一样走进厨房时，发现抹布不知何故落在地板上。她以为是贝蒂把它碰掉了，或者是走廊里的微风让它飘了下来，她害怕地捡起来，放回原处。一小时后，她发现布又掉在了地板上。这时贝蒂刚从楼上做完活计回来，正和她在一起——贝蒂捡起抹布，盖在话筒上——她十分郑重地告诉我，她细心地把它紧紧塞在木头底座和墙之间的裂缝中。抹布又落了下来，这一次贝兹利太太瞥见它掉了下来。她站在厨房的桌边，眼角刚好可以瞅见——她说抹布不是被风吹飘下来的，而是直接滑落到地板上，就像有人拽着它一样。

她受够了内心的恐惧，这一幕激怒了她。她抓起抹布，把它扔到一旁，然后正对着被塞住的话筒挥舞着拳头。

“再来呀，”她大声说，“你这个可恨的老东西！没有人在乎你！你听到我说话了吗？”她一只手搭在贝蒂的肩膀上，“不要看他，贝蒂。走吧。如果他想继续胡闹，就让他试试。我烦透了他。”她猛地一转身，走向桌子。

她才走了两三步，就听到有什么东西轻轻敲打着厨房的地板。她转过身，看见我一个星期前紧紧塞在象牙话筒里的软木塞从槽口弹了出来，在她脚边滚动。

她再也不敢虚张声势了。她尖叫一声，冲向贝蒂——贝蒂也听到了软木塞落地，但没看到它在滚动——两人从厨房里跑出来，把背后的门重重关上。她们在拱廊地下室走廊里站了片刻，吓得魂飞魄散。然后，她们听到楼上的地板有动静，便犹豫着一起走上了楼梯。她们希望是卡罗琳，此刻我也希望她们找到的是卡罗琳，她应该能够让她们冷静下来，把麻烦控制住。但很不走运，卡罗琳和巴比一起去建筑工地了。艾尔斯太太刚从小客厅走出来，和她们迎面遇上。她刚才一直安静地坐着读书，很惊讶撞见她俩，她从她俩慌乱的表情上看出又有大祸临头——难道又起了一场大火？她对通话管的鸣叫一无所知，好不容易才听懂了她们对掉在地上的抹布、翻滚的软木塞的混乱描述，艾尔斯太太有些不知所措。

“但是，是什么把你们吓得这么厉害？”她问她们。她们说不出来。最后，她终于明白，她俩都被吓坏了。她觉得这件事并不严重，但她答应过去看看。她承认这是桩麻烦事。不过，那些天里她对宅子的麻烦事已经见多不惊了。

她们跟着她来到厨房门口，但不愿进去。她们留在门口，紧紧抓着门框，神情沮丧而困惑。艾尔斯太太走了进去，检查了死气沉沉的抹布、软木塞和通话管。她优雅地挽起卷发，低头查看话筒时，她们伸出胳膊喊道："噢，夫人，小心！噢，夫人，你要小心！"

艾尔斯太太稍稍迟疑了片刻，停在那里，也许就像我几天前一样。然后，她仔细地把耳朵贴在话筒上，倾听着。她直起腰来时，神态里似乎带着歉意。

"我不大明白我应该听什么。里面似乎什么也没有。"

"现在是什么也没有！"贝兹利太太说，"但它会回来的，夫人。它就在那里，它在等着！"

"等着？不过，你是什么意思？你说得好像是有鬼！怎么会呢？通话管一直通到上面的育婴室——"

贝兹利太太后来告诉我，说到这里，艾尔斯太太顿了一下，表情变了。她更加缓慢地说道："这些房间都关闭了。士兵离开我们之后，房间都关上了。"

贝蒂惊恐地说。"噢，夫人，你会不会认为那东西上楼了，现在就在上面？"

"噢，我的上帝！"贝兹利太太喊道，"这姑娘说得对。所有房间都关上了，一片幽暗，我们怎么知道里面变成了什么样子？任何事情都可能发生！哦，你能不能恳求法拉第医生，请他上楼去看看？或者让贝蒂去把梅金斯或巴比找来。"

"梅金斯或巴比？"艾尔斯太太回过神来，"不，绝对不需要。卡罗琳小姐就要回来了，我真不知道她会怎么想。你们最好继续做家务——"

"夫人，我们没法专心做家务，那个坏东西一直盯着我们！"

“盯着你们？刚才你们还说，只是能听到点动静呢！”

“不管怎么说，他都不同寻常。他想伤害我们。哦，至少得让卡罗琳小姐回来后上楼看一看。卡罗琳小姐肯定不会容忍这种可笑的举动。”

一周前，卡罗琳不想让母亲卷进来，现在艾尔斯太太也这么想。她觉得，她能在女儿回来之前轻松解决这个麻烦。我不知道她是否有其他动机。但我认为很可能——她刚才瞥见了某个怪念头中闪过的蛛丝马迹，于是决心寻根究底。无论如何，贝兹利太太和贝蒂的恐惧刺激了她，她答应亲自上楼去检查空房间，了结此事。

因此，她们再次跟在她身后，走过房子北面的走廊。和她们刚才停留在厨房门边一样，现在她们立在楼梯脚下，犹豫迟疑地抓住蛇首栏杆，看着她向上攀爬。她穿着室内便鞋，走得很轻快，听不见脚步声，她刚绕过二楼楼梯平台，她俩便缩回了脑袋，斜靠着楼梯间，仰视着她继续向高处走。她们看到她穿着袜子的脚在优雅上升的栏杆间隙里闪现，戴满戒指的手抓紧或滑过红木扶手。她们看见她上到了三楼，停下来，向下看了她俩一眼。然后，她便离开了，地板咯吱作响。直到脚步声减弱，最后甚至连脚步声也听不到了，咯吱声还持续着。贝兹利太太鼓起勇气向上走了几步，走到二楼楼梯平台高一点的地方，便停下脚步。她紧紧倚着栏杆，焦急地竖起耳朵——想在百厦庄园的沉寂里听到点什么，“就像在迷雾中找人”。

艾尔斯太太走出楼梯之后，沉寂愈加深浓。她后来告诉我，她并不害怕，但即使贝兹利太太和贝蒂的惊恐很轻微，也肯定感染了她。她勇敢地登上楼梯，却前进得很谨慎。这里和下面两层的布局不同，走廊更窄，天花板明显更低。冰冷、乳白色的穹顶玻璃照亮了楼梯，四面都笼罩着它的阴影。艾尔斯太太继续向育婴室走去，经过靴室、仆人房——都已经空置很久了。房间门全部关闭着，以防进水，有些门缝里还塞着纸片和木条。这使走廊比以前更加阴暗，发电机没有开动，电灯开关形同虚设。

她在阴影里继续前进，最后走到育婴室门前的走廊里。育婴室的门像其他所有房间一样关着，钥匙插在锁孔中。她的手刚碰到钥匙，就马上感觉到了害怕，百厦庄园深浓的沉寂又让她突然莫名地害怕起来，不知门打开时会看到什么。而此时，旧日情怀喷涌而出，异常生动鲜明。她想到从前来到这个房间时，也是这样一片宁静，她是来看年幼的孩子们的。她回忆起了一些奇怪的场景：罗德里克扑进她的怀里，像小猴子一样搂着她，他的嘴巴弄湿了她的外套。卡罗琳则很文雅、高傲，忙于作画，头发落进了颜料里……然后，仿佛穿越了一段陌生、遥远的时间，艾尔斯太太看到了苏珊，她穿着整洁的衣裳。她记得她的保姆叫帕尔默。她很能干，有些严厉，总让人感觉来看孩子是在给她找麻烦，似乎想看看自己的孩子也成了一桩罪过。艾尔斯太太打开了门，有些期望能听到她的声音，又期望能发现一切尘封不变。*你瞧，苏珊，妈妈又上来看你了。因为，妈妈忍不住了！*

但她发现自己在房间里无所适从，十分沮丧。和我描述过的一样，家具和配套设施多年前就已搬走了，如今这个空荡荡的、被人遗忘的房间里只有凄切的回声。地板上积满尘土，褪色的墙纸受潮变色了。一面灯火管制时期的窗帘被太阳晒出了蓝色的条纹，仍然挂在带护栏的窗框上。旧式的铁架壁炉被清扫过，但雨水沿着烟囱流下来，把铜护栏边溅得满是污迹。壁炉架的一角破了，露出苍白的颜色，就像一颗刚出现破损的牙齿上的牙釉质。艾尔斯太太记得，壁炉墙上是通话管，它在三楼的最后短短一截交错蜿蜒前进，末端是另一只失去了光泽的话筒。她走过去，拿起话筒，拔出口哨，它立刻散发出发霉的、令人不悦的气味，有点像口臭。因此，她说，她把话筒拿到耳边时，很不悦地想起多年来有多少张嘴压贴在上面……和刚才一样，除了自己身体里血液低沉的轰鸣，她什么也没有听到。她听了将近一分钟，试了话筒的不同角度。然后，她把哨子塞回槽口，放下话筒，擦着手。

她一阵失望——失望极了。房间里似乎没有任何东西需要她或是欢迎她。她环顾四周，想找到一丝育婴室生活的旧影，但墙上再也不像过去那样贴着温情脉脉的图画，什么也没有。这里剩下的只有士兵居住时留下的肮脏和邋遢，壁脚板上的划痕、香烟烧焦和磨损之处。她走到一个窗台前，发现上面粘满一圈灰色的口香糖。窗台前非常冷，但她还是站了一会儿，望着对面庭园里的景色，从这个倾斜的角度可以看见远处的建筑工地，激起了她的几分好奇。而且，她还看见了卡罗琳的身影，她正向宅子走来。看着身材高大、神情古怪的女儿独自一人穿过农田，艾尔斯太太比以往任何时候都感到忧郁。然后，她从玻璃窗边退了回来。左边是另一扇门，连着隔壁房间，从前的夜间育婴室。她的大女儿得白喉病时就躺在那个房间里。确切地说，她就死在那里。门虚掩着。艾尔斯太太无法抗拒那种黑暗的诱惑，便推门走了进去。

但同样，这里也几乎不存任何记忆中的旧影了，只有几件破旧、废弃的东西，无人照管。推拉窗的两块玻璃破裂了，窗框支离破碎。角落里的洗手盆发出酸腥的气味，一只漏水的水龙头在滴水，下面的木板几乎全部腐烂了。她走过去检查漏水处，一手撑着墙，身体斜倚着。墙纸是凸起的环形图案，阿拉伯风格的蔓藤花纹。她突然记起，从前它们色彩华美。墙纸后来被刷上了一层土褐色涂料，湿气凝固在里面。她看着弄脏的手指，万般厌恶，她直起身，搓着手，想把手上的涂料抹掉。她现在很后悔来这里——很后悔上到这些房间里来。她走到洗手盆边，用冰冷、水花四溅的水冲着手。她又在裙子上擦拭手指，污迹不见了。她转身准备离开。

她擦手时，一阵微风吹过——或者是什么类似风的东西，空气令人战栗地流动起来，突然冲击着她，打在她的面颊上，吹乱了她的头发，她颤抖起来。几秒钟之后，隔壁房间发出“砰”的一声，她一震，大吃一惊。她几乎马上就猜到发生了什么事情——从严重破损的窗户里吹来的风，撞上了那扇她打开后没锁的房门。但是，这声音是如此突然，在这个空荡荡的、沉寂的房间里令人心惊胆寒。过了一会儿，她颤抖的心才平静下来，她打起精神，微微发着抖，穿过这间屋子，走回日间育婴室。和她料想的一样，门关上了。她走到门边，抓住门把手，但打不开它。

她一动不动地站了一会儿，非常迷惑。她向左边和右边拧把手，惊慌地猜到可能是锁轴坏了，门被吹上时的猛烈撞击损坏了锁的机械装置。但锁是那种旧式的圆形门锁，固定在门上，表面被漆上了色。通常，锁和锁头之间有窄窄的缝隙，她弯下腰，眼睛对准缝隙。她可以看得很清楚，锁轴没出问题——锁栓压在锁身里，就好像有人在门外故意锁上了门。一阵微风能轻而易举地扣上它吗？一扇撞关上的门会锁住自己吗？当然不会。她更加不安了。她回到夜间育婴室，试了试那边的门。它也被锁住了——但随后她便想到，没理由指望门开着。它被锁得紧紧的，就像这层楼的其他所有房间一样，是为了抵御寒风。

于是她回到第一扇门边，再次尝试——这次她只好鼓足耐心和勇气，使劲拧。她拼命告诉自己，这扇讨厌的门没有理由被锁上，它肯定和百厦庄园的很多门锁一样，只是有些变形，卡在门框上了。可是，她第一次打开这扇门时不费吹灰之力，她又窥视着锁和锁头之间的缝隙，看到了一片幽暗之中的锁栓。她把眼睛贴在钥匙孔上，甚至辨认出了被转动过的钥匙那圆柱形的杆身。她想看看有没有办法够到钥匙——说不定还可以用发夹——把它拨回去。她还是认为，门用一种不可思议的方式把自己锁上了。

这时，她听到了什么东西在动。在沉寂中出现了一个敏捷轻柔的奇特脚步声，啪嗒啪嗒。借着锁孔里透出的一点幽暗、乳白色的光线，她看见光线在动。它来了，她说，黑影一闪而过，就像是有人或者有什么东西非常急促地沿着走廊走过，从左到右——换句话说，就是沿着育婴室走廊，从房子西北角的后楼梯走过来。她想到，可能出现的人只有贝兹利太太或贝蒂，于是大大松了一口气。她站起身来，敲打着门。“谁在那儿？”她喊道，“是贝兹利太太吗？还是贝蒂？贝蒂，是你吗？你是谁？你把我锁在里面了，或者是有别人把我锁起来了！”她摇撼着门把手，“喂！你听得到我说话吗？”

非常奇怪，没有人回答，也没有人来。脚步声消失了。艾尔斯太太又蹲下来，伏在锁孔前，再次观望，最后——让她又松了一口气的是——急促的脚步声又转回来，走近了。“贝蒂！”她叫道——这次她听出来了，这种敏捷、轻柔、急促的脚步声不可能是贝兹利太太，“贝蒂！让我出去，孩子！你能听到我说话吗？你有没有看见钥匙？来把门打开，行吗？”但是，令她迷惑不解的是，门外又闪过一道黑影——这一次是从右向左移动——没有在门口停下，接着向前去了。“贝蒂！”她又喊道，声音更加尖厉。经过片刻静默，脚步声返了回来。接着，这个急匆匆的黑影便不停地在门外来回走过。她可以看到它跑动时模糊的影子，就像一个没有脸的暗影。她越来越害怕，觉得这个影子肯定是贝蒂，这姑娘不知何故失去了理智，像疯子般在育婴室走廊里来来回回地跑着。

可是，就在这次走过时，黑影似乎离门口很近，仿佛用肘部或手抵着门。而且，在这之后每次经过门口时，急促的脚步声都伴随着轻轻的摩擦声……艾尔斯太太突然明白了，黑影跑动时，手指一直飞掠过木头镶板。她分明看见了一只小小的，指头尖尖的手——她马上意识到，这是一个孩子的手。这个念头令她惊讶万分，突然袭来的惊恐使她匆忙从门边退了回去，膝盖上的丝袜被刮破了。她在房间中央站稳，害怕地发抖。

这时，脚步声越来越响，然后突然停住了。她知道，现在这个影子肯定站在门外，她甚至看到门在门框里移动了一点，仿佛有人碰了碰它，或者在推压它，试试能不能打开。她看着锁，期待听到钥匙的转动声，期待看到把手扭动，鼓足勇气准备在门打开后看到些什么。但经过长长一段时间的悬而未决，门又松回到了合叶上。她屏住呼吸，直到在周围的沉寂中只能听到自己快速的心跳。

这时，在她的身后，突然从通话管中传来了刺耳的鸣叫声。

她虽然准备好了面对各种惊吓，但还是一下子从象牙话筒边跳开了，尖叫着，差点跌倒。通话管静了下来，然后又吹出口哨声。在那之后，口哨声隔段时间就来，都是尖锐的长长的鸣叫。她说，这声音不可能是微风，或密封房间里产生的古怪音响效果。哨子是有目的地、费力地吹响的——就像警报器的哀号，或者是饥饿婴儿的哭声。它是蓄意造出来的一个信号。这个想法稍稍减轻了她的恐慌，毕竟还有一个很简单的解释，是不是贝兹利太太为她的安全担心，但仍不愿意跟着她上楼，所以回到了厨房，正在努力和她通话？不管怎么说，通话管至少曾经是百厦庄园日常生活的一部分——它不像这个在走廊里出现的急匆匆的黑影那么不可思议。于是，艾尔斯太太又鼓起勇气，走到壁炉边，拿起那个鸣叫的东西。她颤抖、笨拙地拔下象牙口哨——当然，它立即陷入了沉默。

不过，她手里的东西却不太沉默。她把话筒提到耳边，能听到从里面传来微弱、潮湿的沙沙声——就像没干透的丝绸，或者其他什么东西正在磕磕碰碰地慢慢爬过管子。她震惊地发现，这声音是一种吃力的呼吸，犹如在一个又窄又紧的喉咙里不停地吸气、咕嘟嘟地吐气。刹那间，她回到了从前，二十八年前她第一个孩子的病床边。她低声喊着女儿的名字——“苏珊？”——那个呼吸声变快了，变得更潮湿了。咕嘟咕嘟的杂音中出现了一个声音——一个孩子的声音，她听出这个声音又尖又可怜，使尽力气，想说出完整的单词。

艾尔斯太太惊恐万分，丢下了通话管。她跑到门口，她已经不在乎门那边是什么了。她敲打门板，声嘶力竭地喊着贝兹利太太，但没有人答应，她摇摇晃晃冲回房间另一侧一扇带护栏的窗户前，想拉开窗闩。这时她害怕得哭了起来，几乎看不清东西。眼泪和恐慌让她丧失了意志和力气，这个窗闩很容易打开，也非常松，但她割伤了手指也没打开窗户。

不过，这时卡罗琳正从窗子下面经过，轻快地从草坪走向西南角的露天平台。一看见卡罗琳，艾尔斯太太就放开了窗闩，开始敲打窗户。她看到女儿停下了脚步，抬起头，环顾四周，她听到了声音，但不知是从哪里传来的。片刻之后，艾尔斯太太欣喜地发现，她抬起手，在努力辨认什么。然而，她接着就看清楚了卡罗琳目光注视的方向。她不是在看育婴室的窗户，而是越过露天平台直视着前方。艾尔斯太太贴在玻璃上，看见一个壮实的女性身影跑过砾石路，她认出是贝兹利太太。她在露天平台最高的台阶上遇见了卡罗琳，飞快地说着什么，还害怕地指着房子。不一会儿，贝蒂也过来了，她跑过露天平台，激动地招呼她们……这段时间里，拔去塞子的通话筒一直在发出可怜的低语。此时此刻，看到下面的三位女士，艾尔斯太太明白了，只有通话管另一端这个虚弱而又顽固的声音和她一起孤独地待在这所大宅子里。

这时，她的恐慌已经到达极点，控制不住了。她举起拳头捶打窗户——两块雅致的旧窗格玻璃落了下来。卡罗琳、贝兹利太太和贝蒂听到了玻璃破碎的声音，惊奇地向上看。她们看到艾尔斯太太在育婴室的护栏后面尖叫——叫得像个孩子，贝兹利太太说——而且，用双手捶打着破碎的窗格。

事后没有人知道，从三人跌跌撞撞跑上来到她们闯入育婴室的这段时间里发生了什么。她们发现房间的门半掩着，通话管沉默无声，象牙口哨紧紧地塞在槽口里。艾尔斯太太僵硬地缩在一个墙角，“失去了知觉”。她的手和胳膊上血流得很可怕，她们三个撕开她的一条丝绸围巾做绷带，尽可能给她包扎好伤口。她们扶着她站了起来，半拖半抱地把她送到楼下的卧室，给她喝了白兰地，想让她暖和起来。她们烧旺了壁炉里的火，给她裹上一条又一条毯子——然后，她便开始在休克中颤抖起来。

一个多小时后我看见她时，她仍在颤抖。

很凑巧，我那时正在探访一个特殊的病人，他有一部电话，所以卡罗琳把电话打到诊所时，电话交换台的姑娘把她的紧急电话转接过来，她要我在回家的路上去百厦庄园。我尽快开车去了庄园，不知会看到什么。宅子里出了这种事，我确实惊呆了。贝蒂脸色惨白，把我带到艾尔斯太太面前。卡罗琳在她身旁照看，她的身体瑟缩发抖，任何突如其来的细微动作或声音都会让她像兔子般惊跳起来。我才看了她一眼，就震惊极了。她表情混乱，和她的儿子罗德里克过去患妄想症最严重时一样。她的头发散乱地披在肩膀上，双臂和双手死人般苍白可怖。笨重的戒指上都沾了血，把宝石都染成了红色。

不过出乎意料的是，她的伤口并不深。我清理了创口，裹上纱布，绑好。然后我坐在卡罗琳的位置上，轻轻地握住她的手。她目光里透出的疯狂渐渐消失了，她告诉我发生了什么事——每叙述到一处新的转折点，她就开始颤抖，哭泣，手蒙在脸上。

但是，最后她急切地正视着我的眼睛。

“你知道为什么会发生这些吗？”她说，“你知道为什么吗？是我让她失望了，医生！她出现是因为我让她失望了！”她攥着我的手，攥得那么紧，我看到伤口又迸开了，血从纱布中涌了出来。

“艾尔斯太太。”我想让她镇静下来。

她不听。“她是我亲爱的女儿。你很清楚，我一直拼命想让她回来。我觉得她在这所房子里，在这里。我躺在我的床上，觉得她就在近旁。她离我这么近！但我很贪心，我想让她再近些。我拉她，希望她走得更近些。然后她过来了——我却又害怕了。我害怕她，这让她失望了！现在，想到她将不会再到我身边来，想到我令她失望，让她记恨，我真是害怕极了。她会恨我吗，医生？说她不会！”

我说：“没有人恨你。你必须冷静。”

“但我让她失望了！我辜负了她！”

“你没有让任何人失望。你的女儿很爱你。”

她看着我的脸。“你这样想吗？”

“当然，她爱你。”

“你肯定？”

“我向你保证。”我说。

那时，我本该说些什么让她平静下来。但我只是禁止她再说话，给了她服了镇静剂，让她睡觉。她烦躁地躺了一会儿，缠着绷带的双手仍紧攥着我。但镇静剂药力强大，她睡着了，我轻轻地把手抽了出来，下楼去和卡罗琳、贝兹利太太与贝蒂汇合。她们聚集在小客厅里，和艾尔斯太太差不多，脸色苍白，而且在发抖。卡罗琳分给大家几杯白兰地，酒精马上就让贝兹利太太在惊恐之后哭了出来。我尽可能详细地向她和贝蒂询问了细节，但她们唯一能肯定的，就是艾尔斯太太独自一人上了三楼。她在那里待了很久，她们说，大约有十五到二十分钟——她们很担心，便跑出来提醒卡罗琳。就在那里，三个人都看到了她在破碎的窗前害怕地大哭。

我拼凑出了她们告诉我的细节，然后上楼去育婴室亲自查看出事地点。我从来没有上过三楼，因此走得小心翼翼，而且被房子的阴郁深深感染了。我发现这间空荡荡的房间很可怕，窗玻璃碎了，变黑的血迹溅得四处都是。但房间的门在合叶上开关自如，锁也转动得很顺滑。我试着拧了拧门锁，关门又开门。我还把门猛撞了一下，看会不会震坏里面的机械装置——它根本没出任何问题。我又听了听这个阴沉的通话管，和以前一样，什么也没听到。然后，我穿过去检查了从前的夜间育婴室。和艾尔斯太太一样，我也一动不动地站着，有所期盼——我想起了那个死掉的孩子苏珊，想起了我的母亲，想起了无数件阴郁的往事——我屏住呼吸，几乎害怕会发生什么事，出现什么人或者什么东西。但什么也没出现。房子死一般沉默而阴冷，房间色调暗淡、抑郁——了无生气。

我只想到了一种解释：这是一个可怕的玩笑，或者仅仅是出于恶意，有人上演了整出戏，为了折磨艾尔斯太太。我肯定不可能怀疑卡罗琳。贝兹利太太战前就开始在庄园里当仆人，我不怀疑她，疑点落在了贝蒂身上。很可能，从一开始，她就在通话管这件事情背后捣鬼。艾尔斯太太自己也说，脚步声在门外来来回回，很轻，轻得像孩子。贝兹利太太说，事件的整个过程中贝蒂都和她一起待在一楼的前厅里，虽然她也承认，她很担心艾尔斯太太，走上了楼梯，贝蒂却很犹豫。这女孩有没有可能从仆人楼梯快跑上去，锁上了育婴室的门，然后在过道里啪嗒啪嗒来回走——而她做这一切时都没有别人发现？这似乎不太可能。我自己上了后楼梯，在打火机的火焰下非常仔细地查看了台阶。上面披满灰尘，我的鞋立刻脏了，但是没有其他足迹，深的或浅的都没有，我非常肯定。况且，贝蒂的痛苦似乎不是装出来的，我知道她很喜欢她的女主人。当然，最后还有艾尔斯太太自己的话也证明了她不在场，因为她看到了这姑娘和贝兹利太太在室外，而那时通话管里的声音还在继续……

我一边审视着这间阴冷的房子，一边回想着这一切。但我很快就无法忍受这里的压抑了。我在洗手池里打湿了手帕，洗净了最可怕的几处血迹。我找到了几片亚麻油地毡，把破碎的窗玻璃扫成一堆，然后回到楼下。我走下主楼梯时，在二楼转角平台上遇见了卡罗琳，她刚刚走出母亲的房间。她手指放在嘴唇上，示意轻声。我俩一起安静地走下楼，进了小客厅。

我们走进去之后，关上了门，我说，“她怎么样？”

卡罗琳打了个寒噤：“她在睡觉。我听到她大声叫唤，没别的了。我不想让她醒来并感到害怕。”

“好吧，”我说，“巴比妥应该能让她睡几个小时。来坐在火边。你很冷。天哪，我也快冻僵了。”

我拉她到壁炉边，把椅子一起拉近到壁炉前，坐下了。我把胳膊肘撑在膝盖上，手支着下巴，筋疲力尽地揉着眼睛。

她说：“你去过楼上了。”

我点点头，费力地看着她：“噢，卡罗琳，那房间真可怕！它就像疯人院的单间。我用钥匙锁住了门。我觉得你们不要打开那房间。别上去了。”

她不再看我，扭头注视着火。“又一个房间关上了。”她说。

我还在揉着酸痛的眼睛：“唉，现在我们顾不上担忧这些。我们得想想你的母亲。我还是不能相信发生了这种事，你呢？今天早晨她还一切正常吧？”

她没有从火焰上移开目光：“我只能告诉你，她和昨天一样正常。”

“她睡得好吗？”

“就我所知……我真不该去简易住宅的工地。我不应该离开她。”

我放下手：“别说蠢话。这里只有我应该心存愧疚！你说她魂不守舍，已经对我说了几个星期了。上帝啊，我本该更放在心上。我很抱歉，卡罗琳。我不知道她心里如此动荡不宁。这次如果割得更深，会伤到动脉。”

她看上去很害怕。我握住她的手。“原谅我。这件事对你来说一定很可怕。看到你的母亲这样……她的这些幻想。”我不情愿地说，“你知道她的这些想法吗？你的姐姐，你姐姐曾经……来看过她。你知道吗？”

她又盯着火看。“我不知道。但是现在我明白了。她总是独自一人待着，我还以为是因为疲劳。其实，她一定是在房间里想这些，想苏珊——哦，真荒唐！真可恶！”她苍白的脸上有了点血色，“不管你怎么说，这是我的错。我应该想到会出这样的事，这是迟早的事。”

“好吧，”我难过地说，“那我也应该料想得到。我应该更仔细地照看她。”

“你照看得再仔细也没用，”她说，“我们看护过罗德里克，还记得吗？我应该带她离开，马上，离开百厦庄园。”

她这话说得有些古怪。她说话时看着我，然后偷偷垂下眼睛。我说：“你是什么意思，卡罗琳？”

“哦，不是很明显吗？”她说，“这所房子里有什么东西！它一直在这儿，刚刚……醒来。或者刚刚来到这里，想惩罚我们，故意刁难我们。你来时看见我母亲的模样了，你知道她出了什么事。你也听到贝兹利太太和贝蒂说了什么。”

我注视着她，不敢相信。我说：“你不是认真的——你不能相信——卡罗琳，听我说。”我绕过去拉住她的另一只手，紧紧攥住她的手指，“你、你的母亲、贝兹利太太、贝蒂，你们四个人中，你是大家最后的依靠！是的，确实是这所房子让你们异想天开。但是，真的那么匪夷所思吗？可怕的事情一件接着一件：先是吉普，然后是罗德里克，现在是这个。你真的能肯定吗？你和你的母亲不同，卡罗琳。你比她坚强。我这样想，是因为我记得几个月前，她就坐在你现在坐的位置上哭泣！出现了这些拙劣的涂鸦之后，她一直饱受思念你姐姐之苦。她身体不好，睡不着觉。她的年纪也扛不住了。然后，又出了通话管这件蠢事——”

“但是门为什么锁上了？还有脚步声？”

“门可能根本没有锁上！门开着，不是吗？你和贝兹利太太上来时是不是那样？是不是哨子就在原来的位置上？至于脚步声——我敢说是她以为自己听到了什么。你还记得吗？有一次她认为她听见了吉普的脚步声？这应该就是所有事情的原因，因为她的理智开始崩溃了。”

她沮丧地摇摇头。“你对所有的事件总能给出答案。”

“是的，我的解释合情合理！你不会真的认为你姐姐——”

“不。”她坚定地说，“不，我不是那个意思。”

“那好吧，然后呢？难道又有一个鬼缠上了你母亲？如果这么说，它也可能就是那个在罗德里克房间里留下印记的鬼呢——”

“肯定是什么东西干的，难道不是吗？”她喊道，拔出了被我攥着的手，“有什么东西在这里，我知道它在。罗德生病之后我就知道，但我不敢面对……发现最后一处涂鸦时，我一直在思考我母亲说的话。她说，房子知道我们所有人的弱点，正在一个接一个地测试它们。你知道，罗迪的弱点就是这栋房子。我的——也许我的弱点是吉普。而母亲的弱点是苏珊。就好像涂鸦、脚步、声音——它在戏弄取笑她，好像她在被什么东西玩弄。”

我说：“卡罗琳，你不能这样想。”

“噢，”她生气地回答，“你当然觉得你那样的解释合情合理！你可以说这是错觉和幻想，诸如此类的怪毛病。但是你不了解这个家庭，你并没真正了解。你只是看到了这样的我们。我们和一年前不同了。我确信我们不同了。时移世易——变糟了——变得这么糟糕，变得这么快。这里肯定有什么东西，你感觉不到吗？”

她的脸白了，一副备受折磨的模样。我扶住她的肩膀。

“看，你累了。你们大家都累了。”

“你还是这么说！”

“好吧。我很难过，但这就是实情！”

“但是，这不仅仅是因为疲惫吧？你为什么看不到？”

“我只接受摆在我眼前的真相，”我说，“然后，做出明智的判断。这是医生该做的。”

她半是挫折，半是厌倦，哭了起来。但哭泣似乎耗尽了她最后的体力。她蒙着眼睛，静静地僵硬地坐了片刻，肩膀松弛下来。

“我不知道，”她说，“有时候，一切好像都有条有理。有时，简直——难以忍受。我确实忍受不了。”

我把她拉入怀中，亲吻、抚摸着她的额头。然后，我轻轻地、静静地对她开口说起话。

“亲爱的，我很难过。我知道，这很难。但如果我们不面对事实，我们就无法帮助任何人，尤其帮不了你母亲……这些事对她来说已经够难了。这里没有发生任何古怪离奇的事。我认为，她只不过是想重温旧日情怀，那时她生活优裕惬意，这就是原因。她是不是经常若有所思地谈起过去？她必定把你的姐姐当成了万能安慰剂。休息一段时间之后，这些念头就都会消失。相信我。而且，如果这房子能恢复元气，也会极大地鼓舞她。”我停了下来，“如果我们结婚——”

她离开了我的怀抱：“母亲现在这样，我不能考虑结婚！”

“不。她知道你有了归宿，情况安定下来，肯定会心中宽慰！”

“不，这么做不对。”

我心里挣扎得厉害，深思熟虑了片刻。

“好极了，你说得对。但是你的母亲现在需要精心护理。她需要我们所有人的帮助。她不能再受惊吓，也不能再被异想天开的事情吓到。

你明白我的意思吗，卡罗琳？”

她一阵犹疑，然后闭上了眼睛，对我点了点头。然后，我们一直沉默地坐着。她坐在椅子上，抱着胳膊，身体前倾，凝望着火苗，若有所思。

我尽可能多陪了她一会儿，最后还是得去诊所了。我让她去休息，保证明天清晨就过来，如果她母亲出现任何症状或激动不安，就给我打电话。接着，我悄悄去了厨房，对贝蒂和贝兹利太太说了同样的话——然后补充说，我希望她们能够照看卡罗琳，我认为她“压力有些大”。

我离开之前，去看了看艾尔斯太太。她睡得很沉，缠着绷带的瘦弱的胳膊伸了出来，她的长发乱蓬蓬地散在枕头上。我站在她床边时，她微微动了动，低声说着胡话。我把手放在她的额头上，抚摸着她苍白不安的脸。很快，她就安静了。

11

我第二天早晨又回到百厦庄园，不知道又会发生什么事。这座宅邸里的生活似乎走到了一个关头，我不在的时候，任何匪夷所思的事情都可能发生。但是我八点左右赶到时，看到卡罗琳疲惫地从楼上下来迎接我，不过她的脸颊上却透出了光泽和活力，让人放心。她告诉我一夜无事。她母亲睡得很沉，醒来时已经平静下来了。

“谢天谢地！”我说道，“她看起来如何？脑筋清楚吗？”

“显然不是。”

“她说起昨天发生的事了吗？”

她有些犹豫，接着转身向楼上走去。

“请上来亲自和她说吧。”

于是，我跟着她上了楼。

房间里窗帘拉开了，光线很好，看到这些我很高兴。艾尔斯太太还穿着睡衣，不过已经起床了，坐在壁炉边，头发在脑后扎成一个松散的辫子。我们推门进去时，她有些紧张地望着打开的房门，看到进来的是卡罗琳和我，脸上的警觉表情才一扫而空。她盯着我，有些惊愕，脸红了，似乎真的局促不安起来。

我说道："噢，艾尔斯太太！我以为你可能会需要我，所以这么早过来。现在看来，我很可能毫无用处了。"我从她的梳妆台下拉出一张厚布椅子，坐在她旁边为她检查。我轻轻地问道："你现在觉得怎样？"

凑近了我才发现她双目无光，眼神呆滞，还没从我昨天让她服用的镇静剂中苏醒过来，身体也很虚。但是，她的声音尽管微弱，却既清晰又平稳。她低下头说道："我真是个十足的傻瓜。"

"别说傻话，"我微笑着回答，"你睡得怎样？"

"很沉，我——我都记不清了。我猜，多亏了你的药。"

"没有做噩梦？"

"没有。"

"很好。现在，要事先办。"我温和地捉住她的手，"我能看看你的绷带吗？"

她转过脸，温顺地伸出手臂。她的袖口垂下来盖在绷带上，当我拉起衣袖时，发现绷带上血迹斑斑，需要更换。我绕过楼梯平台走到浴室，端来一盆热水。不过，即便用水清除伤口上的纱布，也不可能一点都不疼。卡罗琳站在一边，静静地看我工作。整个过程中艾尔斯太太一言不发，只在扯绷带时偶尔深吸一口气。

总体而言，伤口恢复得很好。我小心翼翼地缠上新的绷带。卡罗琳过来拿走那盆染红的水，把用过的绷带卷起来，她做这一切时，我温和地为她母亲量了脉搏和血压，听了心跳。她的呼吸很吃力，不过我欣喜地发现，她的心跳快速有力。

我合上她睡衣的翻领，把我的检查器械放到一边。我又轻轻地握住她的手，说道："我认为你恢复得非常好。看到你这样，我很放心。昨天你可把这房子里的人吓坏了。"

她抽出手："请不要说了。"

"艾尔斯太太，你当时吓坏了。"

“我是个愚蠢的老妇人，仅此而已！”她的声音突然失去了平静。她闭上眼睛，勉强地笑了笑，“恐怕我是精神不济了。这幢房子让人异想天开，产生了许多蠢笨至极的念头。我们和外界太隔绝了。我的丈夫过去常说，这里是沃里克郡最孤寂的地方。卡罗琳，你爸爸是不是经常这么说？”

卡罗琳还在收拾绷带，她头也不抬，平静地说：“他说过。”

我看了看她的背影，转向她的母亲：“噢，这幢房子现在状况不佳，是该负一部分责任。不过我昨天看见你时，你说了一些令人吃惊的事。”

“我说了很多胡话！我不想再提起这些了。贝蒂和贝兹利太太肯定认为，我简直无法想象……噢，医生，请不要谈这个话题了。”

我小心地说：“这件事很重要，不能避而不谈。”

“我们一直没有避而不谈。你给我吃了药。卡罗琳一直在照看我。我——我现在很好。”

“你感觉焦虑吗？害怕吗？”

“害怕？”她笑了起来，“天啊，害怕什么？”

“哦，昨天你看起来非常害怕。你提到了苏珊——”

她在椅子上挪动了一下：“我告诉你了，我说了很多胡话！我已经——我已经不堪重负了。我独处的时间太久。我现在已经意识到了。以后我会多和卡罗琳待在一起。每天晚上都和她待在一起。请不要数落我，拜托了。”

她把缠着绷带的手放在我的手上，眼球黯淡空洞，憔悴的脸上眼神依然呆滞。可是她的声音又平稳起来了，语气十分真挚。一点也看不出是昨天那个精神紧张、喋喋不休的妇人。

最后，我说：“很好。不过我认为你现在得休息，我觉得你应该回到床上。我会给卡罗琳开一张处方——适量镇静剂。我希望你一夜无梦，每天睡足八个小时，直到你的体力恢复正常。这个建议怎么样？”

“好像我是个病人。”她回答道，声音中透出一丝顽皮。

“哦，这里我是医生，得由我决定谁是病人。”

她站起身，小声抱怨着，不过还是让我扶她回到了床上。我又让她服了一些巴比妥——这次剂量较小——卡罗琳和我坐在她身旁，看着她在叹息和低语中睡去。确定她睡熟后，我们悄悄从房中溜出来。

我们站在楼梯平台上。我望着关闭的房门，摇摇头。

“她看上去挺好的！真不可思议。她今天早上都这样吗？”

“是的。”卡罗琳回答道，却没看我的眼睛。

“她几乎恢复常态了。”

“你这么认为？”

我看着她：“你不觉得吗？”

“我不敢肯定。你知道，妈妈非常擅长掩饰她的真实情感。那代人都这样，尤其是女人。”

“噢，她比我想象的要好很多。现在，我们最好能让她保持安静。”

她瞥了我一眼：“安静？在这里，你真的认为我们能保持安静？”

这个问题让我觉得奇怪，那时我们正站着小声交谈，就置身于这幢沉默的宅邸。我还没来得及回答，她就从我身边走开了。她说道：“下楼坐一会儿，好吗？去图书室？我想让你看样东西。”

我犹豫不决地跟着她下到前厅。她打开图书室的门，站在一边，让我先走进去。经过一个冬天的雨水，屋里霉味很重。架子上仍然盖着防尘布，在昏暗的光线下还是有点像幽灵。不过，她或者贝蒂已经打开了唯一一扇能转动的百叶窗，壁炉的火也生了起来。扶手椅边上放着两盏灯。我看着它们，有些吃惊。

“你一直坐在这里？”

“妈妈睡觉的时候我在这儿读书。”她说道，“昨天你走后，我跟贝蒂说过了，我要在这里想些事。”她走回前厅，喊着贝蒂的名字。她一定已经让那女孩在别处等着了，因为虽然她的声音很轻，贝蒂却立刻出现了。她跟着卡罗琳走到门边，看到了幽暗中的我，有些犹豫。卡罗琳说道，“请进，关上你背后的门。”

女孩进来了，低着头。

“现在，”卡罗琳说道，她的两手叠在一起，不停用手指捏着另一只手的指节，像是要抚平干瘦粗糙的皮肤，“我想让你把昨天对我说的话告诉法拉第医生。”

贝蒂又犹豫起来，咕哝着：“我不想说了，小姐。”

“说吧，别犯傻。没人会对你不高兴的。昨天下午，医生回家以后，你过来跟我说了什么？”

“小姐，”她瞥了我一眼，“我对你说，这房子里有一个坏东西。”

我一定是做出了什么诧异的举动，或者发出了什么诧异的声响。贝蒂抬起头，下巴昂了起来：“真的。我知道这事已经有好几个月了。我告诉过法拉第医生，他说我很蠢。可是我不蠢！我知道有什么东西！我感觉到了！”

卡罗琳望着我。我看过去，正迎上了她的目光，便生硬地说道：“确实是这样，我叫贝蒂不要声张。”

“对法拉第医生说说你的想法，说清楚点。”她说，似乎没有听到我的话。

“我能感觉到，”贝蒂的声音更微弱了，“就在房子里。他像是一个——一个邪恶的仆人。”

“一个邪恶的仆人！”我说道。

她跺了跺脚：“是的！他常常在楼上，在这里把东西搬来搬去。他从不在楼下捣乱。但是，他常打翻各种东西，弄得东西上很脏——仿佛他用脏手摸过它们。那场火灾后，我就提起过这个东西。可是贝兹利太太说我不该说出去，因为大家认为是罗德里克干的。可是，接着所有怪事就都出在了艾尔斯太太身上——敲击声，还有拍翅膀的声音——那时，我就说过有这么个东西。我还告诉了太太。”

现在我开始明白了。我抱着肩膀：“我知道了。哦，这很能说明问题。艾尔斯太太怎么说？”

“她说她早就知道了。她说那东西是鬼魂！她说她喜欢它！她说这是我和她之间的秘密，我不能说出去。从那以后我没说过一个字，也没有告诉贝兹利太太。我原以为没事了，因为艾尔斯太太那么高兴。可是现在那个鬼魂又变得邪恶了，不是吗？我真希望我早点说出来！那样的话，夫人就不会受伤了。真对不起！是我的错！”

她开始哭起来，用手捂着脸，肩膀耸着。卡罗琳走过去说道：“好了，贝蒂。没人责备你。昨天我们大家都惊慌失措的时候，你表现得很好，很理智。擦干眼泪。”

终于，女孩平静下来，卡罗琳让她回地下室去。她走的时候很顺从，可是看我的目光却充满敌意。她走后，我盯着那扇紧闭的门，站了一会儿，图书室里只有一片寂静和卡罗琳戒备的眼神。

终于，我开口了：“我来送吉普上路的那个早晨，她对我说了几件事。那时你非常伤心，我不想让你徒增烦恼。罗德那件事发生时，我以为和她有关，一定是她把一些想法灌输进了罗德的脑袋里。她发誓她没有。”

“我觉得她没有。”卡罗琳说道。

她绕到扶手椅边，从旁边的桌子上拿起两本厚重的书。她把书捧在胸前，吸了一口气。她再次开口时，声音从容而高贵。

她说道：“你以前没有告诉我这事，我不介意；我是从贝蒂而不是你这里听说这件事的，我也不介意。这座房子里发生的事情，我知道你的看法。可是我想让你听我说——只听一小会儿就行。我认为，你应该听我说说吧？”

我朝她走了一步，但是她的神态和举止显得尊贵不可侵犯。我停下脚步，谨慎地说道：“好吧。”

她又深吸一口气，接着开始讲了。

“贝蒂昨天对我说完后，我就开始思索整件事情。我突然想起了我爸爸的几本藏书。我记得书名，于是昨晚到这里找书。我差点以为它们已经被清出去了……但是没想到，我找到了它们。”她有些莫名其妙地缺乏自信，把那两本厚书递给我。我不知道这是什么书。只看封面，我还以为是医学教科书。然后，我看到了书名:《生者的幻象》[1]和《自然的暗面》[2]。

“卡罗琳，”我拿着书本的手垂了下去，“我认为这对我们没有帮助。”

她看到我无意翻开书，就把它们拿回来，亲自打开了其中一本。她毕恭毕敬，仿佛身体有些不听指挥。我又注意到，我原以为她两颊上是健康的红晕，其实却是某种焦躁不安。她找到了用纸条书签标记好的那一页，大声朗读起来。

“‘第一天，’”她读道，“‘起居室、厨房，和宅邸其他房间里的东西，都奇怪地运动起来，全家人立刻都被吓坏了。有一次，一个罐子从橱柜的挂钩上落下来，摔碎了，没有任何人碰它。接着是另一个，第二天又摔碎一个。一个瓷茶壶，刚刚泡好茶，放在壁炉台上，突然掉在地板上。’”

---

1 《生者的幻象》（*Phantasms of the Living*），1886年出版。作者是英国心理学家、灵学研究者埃德蒙·格尼（Edmund Gurney，1847—1888），随笔作家、诗人、灵学研究者弗雷德里克·W. H.迈尔斯（Frederic William Henry Myers，1843—1901），以及作家弗兰克·波德默尔（Frank Podmore，1856—1910）。

2 《自然的暗面》（*The Night Side of Nature*），1848年出版。作者是凯瑟琳·克罗（Catherine Crowe，1803—1876），英国剧作家，童话作家，小说家。

她看着我，有些畏缩，又带着一丝挑衅。她的脸更红了，说道："这事发生在19世纪的伦敦。"她翻了几页书，找到另一个书签，"这件事发生在爱丁堡，时间1835年。'无论他们怎样做，事情还是照样发生了：没有足迹却听得到脚步声、敲门声、刮擦声、沙沙声，开始时出现在一边，然后是另一边，整日整夜都可以听到。'"

"卡罗琳。"我说道。

她翻了好几页——翻得太快，书撕破了。"还有这里。听着：'我找到了数不清的非同寻常的记载。有时在很长一段时间里周期性地发生，即使采取措施防备，阻止可能出现的恶作剧和骗局，它依然我行我素——'"

我把书从她手中拿回来。"很好，"我说道，"让我看看。"

我翻到扉页。每一章的标题都吓了我一跳，我有些反感地大声朗读起来："'庙宇栖居者''双重梦境与灵魂出窍''不安的灵魂''鬼屋'。"我又放下了书，"我们昨天不是讨论过了吗，如果你鼓励你的母亲相信这座宅子里确有鬼魂，你真的认为她就可以恢复健康吗？"

"但是我没有那样想，"她说得很快，"我完全没有那样想。我知道妈妈相信，贝蒂也这样认为。可是这本书中提到的怪事，不是鬼魂。应该说，它们是……捉弄人的促狭鬼。"

"促狭鬼！"我说道，"天啊！那也有可能是吸血鬼或者狼人！"

她摇摇头，愁眉不展："如果是一年前，我可能也会这么想。但这只是一个单词，对吗？我们不明白这个单词意味着什么，是某种力量，还是聚集某些力量。或者它就藏在我们体内。我不知道。这本书的作者是格尼和迈尔斯。"她打开另一本书，"他们讨论的是'幻觉'。不是鬼魂。幻觉是一个人的一部分。"

"一个人的一部分？"

"人的无意识那部分很强大，也很不安分，可以主宰人的一生。"

她让我看其中一页，“看，英格兰有个男子想和朋友说说话——于是就在那一刻，在一家开罗旅馆的房间里，他出现在一位女士和她的同伴面前！现身的是他的灵魂！还有一位女士，晚上听到小鸟扑动翅膀——和妈妈听到的一样！接着，她看到了她此刻身在美国的丈夫，就站在她面前。后来，她发现他死了！这本书上说，有一种人，当他们遭遇不幸和麻烦，或者迫切渴望什么时，就会从他们体内会溜出一些物质——有时连他们自己都不知道。我禁不住想——想起那些电话。有没有可能是罗迪打了所有电话？”

我很吃惊：“什么？”

“噢，如果这本书是对的，那么有人就是始作俑者。难道是我弟弟做了所有这些事？难道他想回来和我们在一起？你知道他是多么不开心，多么沮丧。贝蒂说的那个鬼魂，应该就是他，一直都是。”

我说道：“应该是贝蒂！你想过没有？自从她来到宅子以后，你们就麻烦不断，对不对？”

她很不耐烦，对我的意见置之不理。

“你也可以说从你来到我家之后，我们就麻烦不断！你没有听我说。那些噪声，铃声——它们都是信号，对吗？甚至墙上的涂鸦也是。昨天通话管里传出的声音——据妈妈说，很微弱，只可能是呼吸声。也许她只会猜测是苏珊，因为她想听苏珊的声音。或许，它真的是罗德的声音。”

“但是，之前这里也没有声音！”我说道，“也不可能有声音。铃声的问题——我们已经解决了。因为线路坏了——”

“可是这里，在这本书上——”

我抓住她的手，我们俩都捏着书不放。

“卡罗琳，拜托了。这是一派胡言。你知道这是胡话，是天方夜谭！天啊。我以前有个病人想用锤子敲开妻子的脑袋。他说她根本不是他的妻子，是另一个女人把他妻子‘吞进肚里’，所以他只能敲开假妻子的头，把真的放出来！毫无疑问，这本书会支持他的观点。那是一个灵魂附体的绝佳个案。我们把这个男人送到医院，给他服溴化物[1]，一周后他恢复了神智。这本书对此作何解释？他们也给你弟弟服了溴化物。他是个病得很重的年轻人。这难道表明，他会像幽灵一样在百厦庄园徘徊——”

我看到她脸上闪过一丝疑虑。可她还是固执地说：“如果你说得对，那这么想确实愚蠢透顶。可是你没有住在这里，你不知道。昨晚，这个想法说服了我。听着。”

她又打开书，找到了似乎可以证明她观点的另外一页。然后，她又翻到另一页……我看到她满脸通红，脸部的血液似乎狂热地沸腾起来。我抓住她的手。她没有察觉，继续在书中寻章摘句，大声朗读。我的手指移到她的腕部，想摸摸她的脉搏。我感觉到了咚咚的快速心跳。

她察觉到我有目的地捏紧了她。她抽出手，几乎发怒了：“你在干什么？住手！住手！”

“卡罗琳。”我说道。

“你在用对待我妈妈、对待罗德的方式对待我！你在做什么？”

“噢，天啊。”疲倦和沮丧猛然袭来，我大声喊道，“我是一个医生！你期望我怎么做？你站在这儿，读给我听这些废话——你不是迷信的乡下姑娘。看看你的周围！看看你拥有什么！这幢房子正在你的耳边坍塌！你的弟弟把宅邸带到了毁坏的边缘，还说这是传染病。现在，你正在毁掉整幢房子——却在责怪鬼魂和促狭鬼！我再也听不下去了！我真是受够了！”

1　一种神经镇静剂。

我转过身去，有些发抖，我刚才那番话里的怒气实在非同小可。我听到她把书放在一边，我也努力平静下来。我把手盖在眼睛上，说道："原谅我，卡罗琳。我不是这意思。"

"不，"她平静地说，"很高兴你这么说。你是对的。你对罗迪的看法也是对的。我不该告诉你这些事。这不是你的事情。"

我转身面对着她，心中又腾起一股怒火："当然是我的事情！我们打算结婚，不是吗？尽管天知道什么时间……哦，别那样看着我。"我抓住她的手，"我不愿意看到你难过！但是也不愿意看到你误入歧途。你在不停地给自己施压，担心这担心那。麻烦事已经够多了，不是吗？我认为，我们要面对现实生活中的现实问题！"

我又一次看到了她质疑的眼神。她再次说道："可是，昨晚我想通了！一切都可以解释清楚了。我非常想念罗德，我几乎能够感觉到，他就在这里。"

"几天前，"我回答道，"听那个该死的话筒时，我差点相信我听到了我母亲的声音！"

她皱起眉头："你？"

我拉起她的手，吻着。"这幢房子，"我说道，"让我们都失去了理智。不过，不是用你相信的那种方式。这里的事情都……失去了控制。可是，你和我，我们可以解决这些问题。而且——噢，我非常理解你对罗德的担心。我们——我们去看看他，也许会有帮助。"

她原本低着头，听到我的话抬起头来，数周以来，我第一次在她的眼睛里看到一丝光彩。我感到一种别样的痛楚。我真希望她是为我而焕发神采。她说道："你是认真的？"

"当然是认真的。我并不想去。为了罗德，我觉得我们不该去。不过，那是另一码事了。现在我考虑的是你。我一直都在为你着想，卡罗琳。你一定明白。"

和以前一样，我的最后一丝愤怒变成了欲望。我把她拉进怀里。她开始很抵制，然后用胳膊优雅而有力地环抱着我。

“是的，”她小声说着，声音疲惫，“是的，我知道。”

接下来的那个星期日，我们留贝蒂在家照顾沉睡中的艾尔斯太太，驱车前往诊所。没有下雨，不过天色却很暗。和预想的一样，旅途中我们绷紧了神经。我已经电话预约了探访，可是卡罗琳一路上还是问个不停：“如果他不想见我们怎么办？”“如果他病情恶化，认不出我们了怎么办？”

“至少，”我答道，“我们能了解他现在的情况，对吗？”

最后，她咬着指甲，不再说话了。我把车停在院子里，她一动不动地坐了一会儿，犹豫地走下车来。我们走进诊所大门时，她紧紧抓住我的胳膊，非常紧张。

可是，接着就有一名护士领我们走到了日间接待室，罗德里克独自一人在其中一张桌子边坐着，等待我们的到来，她放开我的胳膊，飞快地跑向他，紧张又宽慰地笑着。

“罗德！是你吗？我差一点没认出来！你看起来像一位船长！”

他变胖了。头发比我们上次见面时短了一些，留着微微发红的胡子。由于脸上的瘢痕，胡子稀稀落落的。我看出，胡子下的这张面孔已经失去了青春，代之以硬邦邦的、毫无生趣的轮廓。他没有回应姐姐的微笑。他让她侧身过来亲他的脸颊，拥抱着他，但是接着他便坐到了桌子的另一边——我注意到，他刻意地把手放在桌面上，似乎坚固的桌子能让他安心些。

我坐在卡罗琳旁边的椅子上：“罗德，见到你真好。”

“见到你真是太棒了！”卡罗琳又笑了起来，“你怎么样？”

他的舌头在牙齿后面动了动，嘴巴很干。他小心翼翼、疑虑重重地说道："我很好。"

"你吃胖了。至少，他们让你吃得很好！是吗？饭菜还好吗？"

他皱起眉头："算是吧。"

"你见到我们高兴吗？"

他并不作答。相反，却把目光投向窗外。"你们怎么过来的？"

"坐法拉第医生的车过来的。"

他又动了动舌头："那辆小鲁比车。"

"是的。"我说道。

他看着我，依然很谨慎："他们今早才告诉我你们要来。"

卡罗琳说道："我们这个星期才决定的。"

"妈妈没和你们一起来？"

我看她有些迟疑。我开口了。

"罗德，很抱歉告诉你，你母亲得了支气管炎，但已无大碍。她会很快痊愈。"

"她让我们代她问好，"卡罗琳高兴地说道，"她……很难过不能来看你。"

"他们今早才告诉我，"他又说了一遍，"这里的人喜欢这样。为了使我们不受惊吓，他们总是保守秘密。他们不想让我们慌张。就像英国皇家空军一样，真的。"他交换了两只手的位置。我这才发现它们抖得厉害。双手平放在桌面上，一定是为了让它们静下来。

我想，卡罗琳也注意到了。她把手罩在他的手上。"罗德，我们只是想来看看你，"她说道，"我们好几个月没有见到你了。我们想知道你……是不是真的很好。"

他皱着眉头，低头看着她的手指，有片刻我们都陷入了沉寂。接着，她又评论了他的胡子，他增加的体重。她询问了他的日常作息，他用一种与己无关的语气告诉我们，现在他是如何打发时光的。在

“工艺室”里待几个小时制作陶器模型；一日三餐；有规律地参加休闲娱乐活动，唱歌，偶尔做做园艺。他说得够清楚了，可是另一方面，他生硬的脸庞上丝毫没有高兴的神色，而且他的态度依然非常小心。这时，卡罗琳问得更小心了——他真的生活得不错吗？如果不是，他会说出来吗？他有什么需要吗？他常常想家吗？——他开始用冷漠怀疑的眼神注视着我俩。

“沃伦医生难道没有告诉你们我的情况吗？”

“告诉了。他每周写信给我们。可我们想来看你。我以为——”

“以为什么？”他立即问道。

“你可能……不开心。”

他的手抖得更加厉害了，紧绷着嘴唇。他僵硬地坐了一会儿，然后猛地离开了桌子，双臂抱在胸前。

“我不会回去。”他说道。

“什么？”卡罗琳疑惑不解。他的突然举动惊吓住了她。

“如果你们是为这个来的。”

“我们只是想看看你。”

“你们是为这事才来的吧？你们想带我回去？”

“不，当然不是。至少，我希望——”

“果真如此，这真不公平。你们不能这么做，你们把一个小伙子带到这种地方，让他适应——适应了不打领带——然后把他送回那个危险之地。”

“罗迪，拜托了！”卡罗琳说道，“我真希望你能回家。我对此事的渴望大过其他一切。我真盼望你能和我，和法拉第医生马上一起回家。可是如果你宁愿待在这里，如果你在这里更加开心——”

“不是我在哪里*更开心*的问题！”他非常不屑地说道，“而是我待在哪里更安全的问题。你难道不明白吗？”

“罗迪——”

“你想让我继续管理庄园？是这样吧？到时候任何一个傻瓜都能看出，你给我什么东西，我就会——就会摔碎它？”

“不是那样，”看到卡罗琳被他的话气得浑身发抖，我挺身而出，“百厦庄园现在经营状况良好。卡罗琳在料理，我是助手。你不需要做任何你不想做的事情。我们会替你做的。”

“哦，这主意真棒。”他说道，仿佛在轻蔑地对一个陌生人说话，“棒极了。你们想骗我回去。你们只是想利用我——利用我，责备我。噢，我不回去！我不想被你们责备！你们听到了吗？”

“拜托，”卡罗琳说道，“别那样说话！没人要带你回去。我以为你不开心。以为你想见我。对不起。我——我弄错了。”

“你以为我是个白痴吗？”他说道。

“不。”

“你是白痴吗？”

她畏缩了：“是我弄错了。”

“罗德。”我开口了。但是那个一直坐在我们旁边，细心观察这次拜访的护士，注意到他的变化，走了过来。

“怎么了？”她温和地问道，“你让姐姐难过了，是吗？”

“我不和愚蠢透顶的傻瓜说话！”他说着，目光冷酷地移开了，胳膊仍然抱在胸前。

“我不想废话，”护士说道，抱着双臂，“我只想问你愿意道歉吗？嗯？”她轻叩着一只脚，“我们在等……”

罗德一言不发。护士摇摇头，脸转向他，目光却停留在卡罗琳和我身上，她护士腔十足地说道：“艾尔斯小姐，法拉第医生，罗德里克对诊所来说是个谜。他脾气温顺时，是最友好的小伙子，我们所有的护士都喜欢他。可是当他情绪失控时——”她再次摇摇头，吸了一口气，咂咂嘴。

卡罗琳说道："没关系。他不愿意就不必道歉了。我不想强迫他做任何他不想做的事情。"

她盯着她弟弟，然后越过桌子又一次伸手拉住他，低声下气地轻声说道："我们想你，罗迪。妈妈和我，我们很想你。我们一直惦记着你。没有你的百厦庄园很可怕。我只是以为你可能也会……想念我们。我看到你现在很好。我——我真高兴。"

罗德倔强地保持沉默。可是他的表情紧张起来，呼吸变得吃力，仿佛在努力克制某种巨大的感情波动。护士走近我们，那样子好像要告诉我们什么机密的事情。

"如果是我，我现在就让他一个人待着。我不想让你们看到他发怒的样子。"

我们和他待了不到十分钟。卡罗琳站起身，迟疑不决——不肯相信她弟弟会一言不发，甚至连看也不看就让我们离开。可是他没有回头，最后我们只好离开了。卡罗琳径直向汽车走去，我和沃伦医生简单交谈了几句，然后跟上了她，她的眼圈很红，却没有眼泪——她刚才一直在哭，现在已经擦去了泪水。

我握着她的手："真可怕。对不起。"

但是她闷声答道："不，是我们不应该来。我该听你的话。我太傻了，指望在这里发现什么。什么也没有，是吗？一无所获。和你说的一样。"

我们踏上了返回百厦庄园的漫长旅程。在驾驶允许的情况下，我会搂着她。她双手摊在膝头，头靠在我的肩上，随着汽车的颠簸呆滞地晃动——她仿佛彻底失掉了反抗能力与勃勃生机，显得失望而迷惑。

当然，这些事极大地挫伤了我们之间的感情。在短短这几天里，我们的恋爱关系也被忽视了。我既为此沮丧，也为她和百厦庄园而焦虑，我开始感到压力，烦躁不安，睡眠很差，经常做乱七八糟的梦。我好几次都想向格雷厄姆和安妮坦白一切。但是，我已经有好几个星期没去礼貌地拜访他们了，感觉他们对我的疏忽颇有怨言，我不愿意在这种失礼的情况下向他们求助。最后，连我的工作都开始受到影响。有一天值夜班时，我协助做一个例行小手术，做得很差，主治医师嘲笑我，然后亲自完成了手术。

偏偏那名医生就是西利。后来我们站在一起洗手，我为自己的分神而后悔。他以惯有的亲切友善回答我。

“没关系。你看上去很疲惫！我知道这种感受。我猜，你是夜间出诊太多了吧？糟糕的天气雪上加霜。”

我说道：“是，是啊，不是吗？”

我转过身去，可是感觉他仍在盯着我。我们穿过公共休息室去取外套，我从衣帽钩上取下外套时，手指没拿稳，外套滑下，口袋里的物品散落一地。我咒骂着，弯腰在地上捡，我站起身时，发现西利又在留神观察着我。

“你精神状况很不好。”他微笑着说道，他压低声音，“出什么事了？是病人，还是你自己？——原谅我这么冒昧。”

“不，没关系，”我说道，“我想，是病人的事。不过，可能我自己也出了点事。”

我差点和盘托出——我急切地想要一吐为快，但想到一月舞会上那次不愉快的经历，我就忍住了。或许西利也回忆起来了，想要弥补他的行为，或者他只是从我的行为举止中看出我遇到了麻烦。他说道：“瞧，我这里的工作已经完成了，我猜你也结束了吧？跟我回家喝一杯怎么样？信不信由你，我设法搞到了一瓶苏格兰威士忌，是一个感激涕零的女病人送给我的礼物。你能赏光吗？”

“去你家？”我很吃惊。

“来吧！来吧。你可以替我的肝脏喝掉几杯，否则我会把这该死的一整瓶都喝完。”

我突然想到，似乎有好几个月没有像平时一样坐在另一个男人家里喝酒了，于是我答应下来。我们在寒风中裹得很严实，向汽车走去——他穿得略显夸张，一件厚厚的棕色外套，一双毛皮露指驾驶用手套，像一头亲切的大熊。我穿得很低调，一件外套，一条围巾。我先出发，不过他很快便驾着那辆美国轿车后来居上，满不在乎地在冰冻的乡间小路上高速行驶。二十五分钟后，我来到了他家门前，他已经到家了，酒瓶酒杯都已备好，火也烧得很旺。

他的房子是一片不规则的爱德华时代建筑，到处都是明亮而凌乱的房间。他结婚很晚，和他年轻的妻子克里斯汀生了四个漂亮的孩子。我穿过未上锁的前门时，其中两个孩子正沿着楼梯上下追逐。还有一个正在对着画室的门打网球。

“这帮小混球！”西利咆哮着从书房走出来。他挥手示意我走进前面的一个房间，为家里的一片混乱而抱歉。不过他略带一丝不易察觉的幸福与骄傲——那些在我这样的单身汉面前抱怨家里成员复杂、声音嘈杂的人都是这副表情。

这个念头拉远了我们彼此间的距离。作为友好的对手，他和我一起工作了近二十年，我们从未成为真正的朋友。他打开酒瓶，我看了看手表说道：“最好少倒一点。我今晚有成堆的处方要开。”

可是，他还是自顾自倒着威士忌：“那就更有理由多喝点了。给你的病人一些惊喜！天啊，闻起来味道真不错，是吗？太棒了。”

我们碰过酒杯，喝了一口。他举着酒杯向两张破旧的扶手椅走去，用脚勾起其中一把，离壁炉近些，让我坐下，然后又用同样的办法给自己拉了一把椅子过来，并不介意把壁炉前的小地毯弄皱。孩子们还在宅子里大呼小叫，突然门被撞开，其中一个俊俏的男孩把头伸进来说道：“爸爸。”

“出去！”西利吼道。

“可是，先生——”

“滚出去，不然我就割掉你的耳朵！你妈妈呢？”

“她在厨房里和罗齐待在一起。”

“噢，过去缠着她，你这个小混蛋！”

门“砰”的一声关上了。西利大口喝着威士忌，一边伸手到口袋里夹香烟盒。只有一次我捷足先登，把自己的香烟盒和打火机递给了他，他嘴里叼着烟，坐了回去。

“生活琐事，”他一脸困倦，“你羡慕我吗，法拉第医生？你不该羡慕我。拖家带口的男人永远无法成为优秀的家庭医生。他要考虑的事情太多。法律应该明文规定医生不得结婚，就像天主教的神父一样。他们会更称职。”

“你在开玩笑，”我吸了一口烟，“而且，就算你说得对，那我就成了优秀的例证。”

“是啊，你就是个好例子。你比我医术高明，也很勤奋努力。”

我耸了耸肩膀：“今晚我就是一个不怎么正面的例子。”

“哦，日常工作谁都难免出错。关键时刻干得好就行了。你刚才说，你有心事……想说出来吗？顺便说一句，我不是在刺探你的隐私。我知道，有时和另一个医生交流一下，对解决疑难杂症会有帮助。”

他声音很轻，却很真诚，我微弱的抵触情绪——对他翩翩的举止、乱糟糟的家、庞杂的家庭成员的抵触——开始慢慢消退。也许是威士忌，或者温暖的炉火发挥了作用。这间屋子和我的那个沉闷乏味的单身汉之家形成了鲜明的对比——我突然发觉，它和百厦庄园也有着巨大反差。我似乎看到了卡罗琳和她的母亲，晚上这个时候她们常常打着寒战，烦躁不安地蜷缩在那座幽暗、不幸的房子的心脏部位。

我转着手中的威士忌酒杯。“西利，或许你能猜出我的苦恼。”我说道，“或者能猜出其中一部分。”

我没有抬头看，但我看见他举起了酒杯。他喝了一口，静静地说道：“你是说卡罗琳·艾尔斯？我想一定跟这有关。那天舞会后，你听从我的意见了吗？”

我不自在地在座位上扭动着，他不等我回答，接着便说：“我知道，我知道，我那天喝得太多了，太莽撞了。不过我是认真的。哪里出问题了？别告诉我那姑娘拒绝你了。我猜，她是不是想得太多了？来吧，相信我，这次我没有喝多。并且——”

我抬起头：“什么？”

“噢，谁都摆脱不了流言蜚语。”

“关于卡罗琳？”

“关于那整个家庭，”他很严肃，“我有一个伯明翰的朋友，为约翰·沃伦做兼职顾问。他告诉我罗德里克的境况很糟糕。家庭事务的状况很糟糕，是吗？我一点也不奇怪它会把卡罗琳拖垮。我猜，是不是庄园里发生其他事情了？”

“是的，”我沉寂片刻，“西利，我想告诉你，这件事非常怪异，我简直不知该从何说起……”

我向他详细描述了事情经过，从罗德和他的幻觉开始，接着是火灾、墙上的涂鸦、幽灵般的铃声，我毫不避讳地讲述了艾尔斯太太在育婴室的可怕经历。他默默地听着，时而点头，时而发出阴郁的笑声。随着故事的进展，他的笑声消失了，我讲完了，他一动不动地坐了一会儿，然后身体前倾，拍掉了手上的烟灰。他坐回去，说：“可怜的艾尔斯太太。她想割开自己的手腕，这是精心策划的，你认为呢？”

我看着他："这是你的看法？"

"还有其他可能吗，亲爱的伙计？除非有人开了个下流的玩笑，而那个可怜的女人只是牺牲品。我猜，你已经排除了这种可能性吧？"

"是的，"我说道，"当然了。"

"哦，那么，走廊里的脚步声，管道里沉重的喘息声，我认为是典型的神经系统紊乱。失去子女，她深感愧疚——罗德里克，和那个小女孩。她已经开始自我惩罚了。你说那件事发生在楼上的育婴室？她还能找到更贴切的地点来做这件事吗？"

我得承认，我也想到了这一点——三个月前的那场火灾给我留下深刻的印象，发生在庄园的财产办公室里——在财产报告上着火的！——这次火灾仿佛把罗德里克所有的惊慌与失败都折射出来了。

可是，有些事情我仍然不敢断言。我说："我不知道。即使假设艾尔斯太太这次出事纯粹是因为幻觉，即使假设我们能够给百厦庄园里发生的所有事件一个合理解释——顺便说一句，我认为我们能够解释——这些事情的累加效应让我迷惑不解。"

他又喝了一口威士忌："你是什么意思？"

"噢，打个比方。一个小孩摔断了胳膊来找你，你把胳膊复位后送他回家。两个星期后，他回来了，这次摔断了肋骨。你多半会给他包扎好，再次送他回家。一个星期后他回来了，又有一处跌断……这时骨折就肯定不是关注焦点了，对吗？"

"可是，我们讨论的不是骨折，"西利说道，"我们说的是歇斯底里症。歇斯底里症让人完全难以琢磨——不像是骨折，歇斯底里症可以传染，这真不幸。很多年前我担任一家女校的校医，有一个学期昏厥成为时尚。你肯定没见过这样的情景：姑娘们在集会上像撞柱游戏里的球柱那样接连倒下，最后连女教师也被传染了。"

我摇摇头："这是一种比歇斯底里症更不可思议的病。仿佛——

哦，仿佛有什么东西在慢慢吸食这一家人的生命。”

“有个东西就是这样，”他又迸发一阵大笑，“它叫工党政府。艾尔斯一家的问题——你没有想过吗？——就是他们不能，也许不会，去适应。不要误会我，我很同情他们。但是，如今的英国能为他们这样的旧式家庭留下什么呢？他们这个社会阶层注定要面对挑战。而他们已经失去勇气，听天由命了。”

他现在说话和彼得·贝克–海德很像，我对他的轻松口吻很反感。我想，毕竟他从来没有像我一样，成为这个家庭的座上宾。我说道：“对罗德来说，可能确实如此。任何一个了解那男孩的人都能预测到，他仿佛正走向衰竭。但是艾尔斯太太，她会自杀？我很难相信。”

“哦，可是我并没有说她把手从窗户里穿过，就意味着她要结束生命。我应该这么说，像大多数有自杀倾向的妇女一样，她在内心深处上演了一出十分完美的戏剧。别忘了，她习惯于受到关注。我可以想象，她最近受到了太多的关注……一旦目前的大惊小怪沉寂下来，你要小心她故态复萌。你一直在密切留意她吗？”

“当然了。她似乎正在痊愈。这也令我很不解。”我喝了一口威士忌，“整件事都令我很不解。我无法解释有些百厦庄园里的怪事。仿佛这幢宅邸被瘴气[1]笼罩住了。卡罗琳——”我有些犹豫，“卡罗琳甚至坚信，以前就发生过超自然的事情——罗德里克以前就在宅子里游荡，或者是梦游。她在读一些可怕的书籍，内容古怪。比如，弗雷德里克·迈尔斯这些人的书。”

“噢，”西利捻灭香烟，“或许她意识到了什么。”

我望着他：“你是认真的吗？”

1　一种有毒的气体，来自烂池塘和暴露在空气中的发臭腐烂物。在现代医学发现微生物是传染病源之前，人们认为瘴气是传染病和瘟疫的传染源。

“是啊，迈尔斯的观点来自心理学的自然延伸，不是吗？”

我说道：“不，这和我理解的心理学不一样！”

“你确定吗？我认为，你赞同的是普遍原理：有意识的个体，束缚着一个潜意识的自我——一种梦中的自我。”

“宽泛地说，是这么回事。”

“噢，那么设想一下，那个梦中的自我能够在特定环境下挣脱束缚，分离出来，穿越时空，成为他人可见的东西。这难道不是迈尔斯的理论吗？”

我说道：“我认为，这种见解只能用来编造炉边故事。看在老天的分上，这毫无科学依据！”

“并不完全是这样，”他微笑着，“当然，我不喜欢在郡医学委员会前大谈这种理论。但是，或许未来五十年时间里，医学界能够命名这一现象，给予充分解释。在此期间，人们依然会热衷于谈论食尸鬼、幽灵、长腿怪物，不过他们全都没有说中要害……”

他喝了一口威士忌，然后换了一种语调：“我父亲见过一个鬼魂。我的祖母有一天晚上出现在他门诊室的门口。她那时已经死去十年了。她说道：‘快点，杰米！回家！’他不假思索地戴上帽子，径直回到家。他发现他最喜爱的弟弟亨利弄伤了手，伤口已经迅速化脓。他切掉了亨利的一根手指，很可能救了他弟弟一命。现在，你如何解释？”

我说道：“我无法解释。但是，我也可以告诉你一件事情。我父亲常常把一个牛心挂在烟囱上，用钉子钉住。他把它放在那里阻挡鬼怪。我知道该如何解释这种行为。”

西利笑了：“这样对比不公平。”

“为什么？因为你的父亲是绅士，而我父亲是个杂货店主？”

“别这么激动，先生！现在听我说。有一阵子，我不相信我父亲那晚真的见到鬼魂了，比我对可怜的艾尔斯太太听到死去女儿的召唤更加怀疑。人们死去的亲人浮在周围的空气中，洞见世间百态，这的确令人难以接受。但是假如我叔叔受伤的压力，与他和我父亲之间的血缘关系产生了化合作用——也许这释放了某种……超能力？这种力量足以唤起我父亲的注意，很机智。”

“可是，你如何解释百厦庄园发生的事，”我问道，“没有人从中受益。结果恰恰相反。”

“那个家庭太阴郁了，发生这样的事情奇怪吗？毕竟，人的潜意识里有很多黑暗、不快乐的角落。设想，从其中一个角落里释放出了某种东西。让我们称它为——胚胎。条件允许的情况下，胚胎开始萌芽——生长，像子宫里的婴孩。这个小小陌生人会长成什么样？或许是自我的影子：卡利班[1]，海德先生[2]。将其滋养长大的，是意识极力压抑着的各种邪恶的冲动和欲望：嫉妒、蓄意害人、沮丧……卡罗琳怀疑她弟弟。哦，我之前说过，她或许是对的。以你讲的骨折为例，也许在那次事故中，他不仅仅断了骨头。可能有些东西藏得更深……话又说回来，你知道，一般来说这类事件的根源在女性身上。艾尔斯太太，她肯定是位处于更年期的母亲，从精神方面说，这是一段很奇怪的时期。她们连十几岁的女仆也没有请？”

我转过脸不看他，“她们请了。是她第一个让她们相信宅子里有鬼。”

“真的？她多大了？十四？十五？我认为，她没机会和男孩调情，在那里住着情况就更糟糕了。”

我说道：“哦，她还只是个孩子！”

“噢，性冲动是最隐秘的一面，肯定会寻找释放点。就像电流也有一种倾向——寻找自己的导体。可一旦此路不通——那么，就会形成

---

1 莎士比亚戏剧《暴风雨》（*The Tempest*）中半人半兽形怪物，此处比喻丑恶而残忍的人。

2 罗伯特·斯蒂文森（Robert Louis Stevenson，1850—1894）1886出版的中篇小说《化身博士》（*Strange Case of Dr Jekyll and Mr Hyde*）中的人物，无恶不作，杀人害命。

一股危险的力量。”

听到这里，我顿感一惊，慢慢地问道：“卡罗琳提到过‘力量’。”

“卡罗琳是个聪明的女孩。我一直认为她在那个家庭里被忽视了。那个男孩被匆匆送往精英子弟云集的公学时，她待在家里跟着二流家庭女教师。然后，她走出家门，又被母亲拽了回来，推着轮椅里的罗德里克上下台阶！我猜她接下来要推的是艾尔斯太太。她需要的是，当然了——”他又笑了，笑得很诡异，“哦，此事与我无关。可是这个女孩已经不小了，亲爱的伙计，你也不小了！你把整件事向我和盘托出，自己却没有表态。你们到底怎么样了？你和她之间有了什么……默契，是吗？你们的关系牢固吗？”

我感到威士忌在胃里翻腾。我又举起酒杯喝了一大口，平静地说：“我这边很牢固。实话说，我十分坚定不移。”

他很吃惊：“是这样吗？”

我点点头。

“哦，哦。我可真没料到这一点。说到卡罗琳，我的意思是……也许，真的被你说中了，那里有瘴气。”

这会儿，他的表情更加诡异了，我愣了几秒钟才明白他的意思。我最后说道：“你难道是在暗示——？”

他凝视着我，接着大笑起来。我突然发觉，他很喜欢这样的谈话。他一口喝完剩下的威士忌，慷慨地把我们的杯子添满，点上了第二支烟。他开始跟我讲另一个鬼故事，比上一个更加异想天开。

可是我一个字也没听进去。我开始思考，思绪就像节拍器一样，无法停止。这一切都是胡言乱语，我知道是胡言乱语。我周围的每一样普通物件都在竭力反对这种说法。炉火还在炉栅里噼啪燃烧。孩子们仍旧在楼梯上追逐打闹。杯子里的威士忌散发着迷人的味道……窗外依然夜色深浓，然而几英里之外的百厦庄园却矗立在寒冷漆黑的冬夜里，那里的生活截然不同。难道他暗示的真有什么道理？难道真的和卡罗琳心底的想法一样，那幢房子里释放出了什么东西，这股力量既贪婪又不肯善罢甘休？

我的思绪倒转回去，回到了事情的起点——举办那场不幸酒会的晚上，卡罗琳备感屈辱，贝克–海德家的小女孩以受伤告终。有没有可能从那晚开始，某个怪异的种子已经播种下去，开始向前推移？我记得，在那之后的几个星期里，卡罗琳对弟弟敌意骤增，对母亲也很急躁。她的弟弟和母亲都变成了像吉莉安·贝克–海德一样的受伤者。是卡罗琳第一次让我开始注意这些伤害——是卡罗琳发现了罗德里克房间里的印记，发现了那场大火，是她听到了啪嗒声，感到墙后边“那只轻轻敲叩的小手”。

然后，我又想到了其他事情。想到了吉普惹出的祸事，也许真的是有什么“咬了它一口”，或是“对它低语了什么”——我突然想起贝蒂这么说过——是那个东西在慢慢聚集力量。它把家具搬来搬去，纵火，在壁板上涂鸦。现在它可以啪嗒啪嗒跑动了。人们能够听到它的声音，好像在费劲地说话。它在生长，越来越强壮……

它下一步会怎么做？

我有些气馁地向前挪了挪。西利又把酒瓶递了过来，我摇摇头。

“我已经浪费你太多时间了。我真的必须走了。谢谢你听我讲这些事。”

他说道：“不知我这么做是不是能安慰你。你的脸色比刚到我家时更差了！多待一会儿吧？”

不过他的话被吵闹声打断了，刚才那个好看的小男孩又闯了进来。威士忌让西利放松下来，他站起身把儿子轰回了大厅，然后走回我身边，我已经喝完了酒，戴好帽子，穿上外套，准备离开了。

他对酒精的耐受度比我强。他目送我脚步轻盈地走到门口，可是我一走进黑夜中，便脚步不稳了，感觉酒精在我光滑的胃里，又辣又热。我抄近路回到家，站在寒冷的药剂室里，一阵阵地恶心作呕——伴随而来的是比恶心更糟糕的东西，恐惧。我的心脏在剧烈跳动。我脱掉外套，发现自己出了一身虚汗。我迟疑了好一阵子，然后走进了诊疗室。我拿起电话，手指笨拙地拨通了百厦庄园的电话。

已经过了十一点。铃声一直在响。接着传来了卡罗琳警觉的声音："你好，喂？"

"卡罗琳！是我。"

她的声音立刻焦虑起来："有什么重要的事情吗？我们已经睡觉了。我以为——"

我说道："没什么大事。没什么。我——我只是想听到你的声音。"

我想，我的话大概太直率了。那边静了下来，然后她笑了。笑声和平日一样，很疲惫。恐惧和恶心一点点消退，像是被钉子扎漏了气。

她说道："我想你一定是喝醉了。"

我擦了擦脸："我想是的。我和西利待在一起，他缠着我和他一起喝威士忌。天啊，那个男人真野蛮！他尽让我琢磨些……荒唐可笑的事情。卡罗琳，听到你的声音真高兴！说点别的吧。"

她轻声责备道："你真是喝晕了！接线员会怎么想？我说些什么？"

"说什么都行。念一首诗吧。"

"一首诗！好吧。"她飞快、敷衍地念了起来，"'霜寒正在履行它的秘密使命，不借助一丝风的帮助。'[1] 现在去睡觉，好吗？"

"好的，再等一会儿。我要想象一下那边的你。一切还好吧？"

她叹口气："是的，一切都好。宅邸这次恢复平静了。妈妈正在睡

1　出自英国浪漫主义诗人、哲学家柯勒律治（Samuel Taylor Coleridge，1772—1834）著名的谈话体诗歌《午夜之霜》（*Frost at Midnight*）。

觉，如果你没有吵醒她的话。”

我说道：“对不起。对不起，卡罗琳。晚安。”

“晚安。”她又一次疲倦地笑了笑。她挂上话筒，我听到笑声消失了。接着是咔嗒的断线声，然后涌出了其他人嘶嘶拉拉的模糊通话声，好像他们被困在了线路里一般。

12

我再次拜访百厦庄园时，看到巴雷特在那里。卡罗琳叫他来拆掉那根惹麻烦的通话管。他拿走管子时我正好在场，跟我猜测的一样，管子交错蜿蜒前进，有几处很不牢固，破损了，底部的橡胶老化严重。管子看起来毫无伤人的恶意，可怜地蜷在巴雷特的胳膊里，就像是一条风干的蛇。不过，贝兹利太太和贝蒂从艾尔斯太太“出事”那天起就被紧张和恐惧附身，拆除通话管让她们安心多了。艾尔斯太太也恢复得很好，她的伤口已经愈合。她整日待在楼下的小客厅里，读书，或者在椅子里打盹。她的脸上仍有轻微的呆滞和冷漠，让人看出她经历的这番苦痛——我认为是巴比妥起了重要作用，我觉得短时期内这种药物对她无害，她还在继续服药，促进睡眠。我非常后悔，卡罗琳现在大部分时间都待在家里，坐在她母亲身边，这就意味着我们少有机会单独相处。不过我很高兴地发现，她不再那么心事重重，烦躁不安。例如，自从我们拜访过诊所后，她似乎已经接受了失去弟弟这个现实。并且，令我感到安慰的是，她再也没有提过促狭鬼和鬼魂。

但另一方面，也没再发生灵异事件——没有电话铃，没有啪嗒声，没有脚步声，没再发生任何奇怪的事情。正如卡罗琳所言，这幢房子

“恢复了正常”。平静无事的日子一天天走过，三月即将结束，我真的开始相信，过去几个星期笼罩在百厦庄园上空的焦躁的怪异魔咒已经耗尽了精力，像高烧一样，已经达到了疾病的转折点。

到了月末，天气发生了变化。天空暗沉，气温骤降，下雪了。雪下得不同寻常——一点不像去年冬天难以忍受的大风和寒流——可是对我和其他家庭医生来说，却很麻烦，尽管我已经在我的车胎上加了防滑链，可还是行驶艰难。我的巡诊变成了长途跋涉，百厦庄园的庭园有一个多星期时间都无法通行，我不敢冒险驾车过去。我仍然设法经常去宅邸，把车停在东门外，然后步行进去。我主要是去看望卡罗琳，我不愿意她独自待在那里，与世隔绝。我也密切注意着艾尔斯太太。为了她们，我乐意出行。在白雪皑皑的路上行驶，每次看到那幢宅邸，我都会感到一阵充满敬畏和欣喜的战栗，因为雪白雪白的地面衬得宅邸非常壮观，红砖绿藤颜色鲜明。从车窗上冰花的空隙中看去，宅子所有的瑕疵都变得柔和了。由于下雪，工地停工了。没有发电机的轰鸣，没有农场机械的咆哮，没有建筑工程的咣当作响。只有我自己轻轻的脚步会扰乱这番平静，我有些窘迫不安，一边继续向前走，一边尽量放轻脚步，这个地方似乎充满了魔力——就像几周前，卡罗琳描绘说这里如同睡美人的城堡一样——我害怕打破魔咒。由于天气的缘故，宅子内部也稍有变化，楼梯井上方的玻璃穹顶盖着半透明的积雪，大厅比往日更显昏暗，窗玻璃上嵌着雪白地面反射的寒光，影子令人迷惑地地落在地上。

四月六日，星期四，大雪封门，那一天安宁寂静极了。我下午前往百厦庄园，期待像往常一样看见卡罗琳坐在楼下伴着母亲。但是，那天似乎是贝蒂在陪伴艾尔斯太太。她俩面前摆了张桌子，正在用有缺口的木头棋子下跳棋。炉栅里的火烧得很旺，房间里很温暖，密不透风。她母亲告诉我，卡罗琳去农场了，预计一个小时内回来。我该留下来等她吗？见不到她，我很失望。此时正是我晚间门诊开始前的那段从容时光，于是我说我会等着。贝蒂出去给我泡茶，我坐在跳棋盘边她的位置上，玩了几盘。

但是艾尔斯太太心神不宁，不停失子。后来，茶盘端来了，我们撤开了棋盘。我们一起沉默地坐着，谁也没有说话的兴致。过去几个星期里，她对乡村闲谈不再感兴趣了。我讲了几个故事，她非常有礼貌地聆听着，可回答得心不在焉，非常缓慢，仿佛她正在竖起耳朵，听隔壁房间里正在进行的扣人心弦的谈话。最后，我的那点奇闻逸事终于讲完了。我站起身，走到那扇法式落地窗前，望着窗外白得耀眼的景色。我转过身时，发现艾尔斯太太正在揉着胳膊，似乎很冷。

看到我在盯着她，她说道："医生，恐怕我把你闷坏了吧！真抱歉。这就是长时间闭门不出的后果。我们出去到花园里走走怎么样？可能路上会遇见卡罗琳。"

我对这个建议感到吃惊，不过很高兴能离开这间缺乏新鲜空气的屋子。我亲自给她取来外套，让她穿得足够抵御寒冷。我穿上外套，戴上帽子，然后我们从前门走了出去。我们不得不稍稍停留了片刻，让眼睛适应白色的天空，可是她接着就挽起我的胳膊，出发了，我们绕过宅子，缓慢闲适地穿过了西边的草坪。

草坪上的雪像泡沫般光滑平整，从表面上看来就像是丝绸，但是踩上去咯吱作响，在脚下压扁了。有的地方雪上有鸟的足迹，看起来像漫画一样，接着我们发现了更深的脚印，似乎是狗的脚掌印，和狐狸匍匐前进的爪痕。我们跟着这些痕迹走了一两分钟，它们把我们领到了农场。空气中弥漫的魔法氛围更浓了，养马场的大钟依旧停在八点四十分，是个凄凉的狄更斯式的恶作剧。养马场和里面的设施还保留着原貌，门整齐地闩好，不过蛛网和灰尘却很厚，似乎人们向里窥视，就能看到一排睡着的马匹，身上也都落满蛛网。养马场旁边是车库，门半开，刚好可以看见一辆家用劳斯莱斯的引擎盖。再往前走就是乱糟糟的灌木丛，狐狸的足迹消失了。但是我们已经走到接近旧菜园的地方，我们继续漫无目的地走着，穿过前方高高砖墙里的拱门，走到了前面几块地里。

去年夏天时，卡罗琳曾带我游览过这些花园。现在它们几乎都处于闲置状态，庄园里花草凋零，我觉得它们是整个庭园里最孤单最忧伤的部分。有一两个花坛在巴雷特的照料下境况还不错，但其他花坛在战争期间被士兵们种满了蔬菜，此后一直无人精心照看，已经荒芜了。它们从前一定非常可爱。温室屋顶的玻璃几乎都没了，爬满了荆棘。荨麻挡住了煤渣小径。地上四处散落着大号铅花盆和放花盆的大垫盘，植物柔弱的细茎把垫盘顶歪了，经过很多个夏天的暴晒，铅壶也已经膨胀变形。

我们从一处有围墙的不整齐的花园，走向另一处这样的花园。

“真可惜！”艾尔斯太太轻声说道，不时停下来扒开积雪查看下面的植物，或者站着环顾四周，像是沉浸在回忆中，“上校，我的丈夫，过去很喜欢这些花园。它们被设计成螺旋形，每一个花园都比上一个小一些，他常说它们像是海螺的内腔。他有时真是个爱幻想的男人。”

我们继续往前走，很快便穿过一个狭窄的、没有安装大门的入口，走进了最小的那个花园，从前的香草园。园子中间有一个日晷，安放在一个装饰性的池塘里。艾尔斯太太说她坚信池塘里现在还有鱼，于是我们踱过去看个究竟。池水冻结成冰，冰面很薄，很柔韧，我们摁住它，就能看见下面争先恐后地冒着银色的气泡，就像是儿童钢珠弹球游戏。接着，水中突然闪过一条影子，黑暗中滑过一道金光。“这一条跑了，”艾尔斯太太说道。她的声音听上去很愉快，却不兴奋，“还有一条，你看到了吗？可怜的东西。它们不会窒息吗？没人想过打破冰面吗？卡罗琳应该知道。我记不住。”

我记起了童子军时代学到的一鳞半爪知识，我说或许我能把冰化开。我在池塘一边蹲下，朝着没有戴手套的手上哈气，然后把手放在冰面上。艾尔斯太太望着我，接着，优雅地卷起裙摆，蹲在我身旁。冰面刺痛了我。我把湿手放到嘴边哈暖，觉得手麻得和橡胶一般。我抖动着手指，做了个鬼脸。

艾尔斯太太笑了：“噢，你们男人真像小孩。”

我笑了：“女人最爱这么说。为什么女人会这么说？”

“因为，事实就是如此。女人天生苦命。比如，如果你们男人必须经历生孩子……”

她没有把话说完，笑容也消失了。我又把手放到嘴边，垂下的袖子露出了手表。她瞟了一眼，换了一副语调说道：“卡罗琳可能已经到家了。你肯定想见她。”

我礼貌地说：“我很乐意待在这里。”

“我可不想霸着你。”

她话中有话。我注视着她，发觉尽管我和卡罗琳一直小心谨慎，她还是对我们之间的事情了如指掌。我稍微有些难为情，便转向池塘。我再次把双手放在冰面上，然后抬起来，暖和一下，如此循环。直到最后，我感到冰面松动了，出现了两个不太规则的洞，露出了下面茶色的湖水。

“好了。”我说，对自己颇为满意，“爱斯基摩人在冰上打洞来捕鱼，现在可以倒着来，鱼儿能通过洞口来捕食苍蝇了。我们可以继续走了吗？”

我伸出手，可是她没有回答，也没有起身。她看我用手指搅着湖水，然后平静地说：“法拉第医生，我为你和卡罗琳感到高兴。我得承认，一开始我并不这样想。你刚来我家时，我就发觉你和我的女儿可能变成一对，我很不乐意。我是一个守旧的女人，你不是我为她计划的人选。我希望你明白这一点。”

我顿了片刻，说：“我知道。”

“我很抱歉。”

我耸了耸肩膀：“噢，为什么现在又提起这件事？”

“你真的想娶她？”

“是的。”

“你为她考虑了什么？”

“我考虑得非常多。我为你们都想了很多。我希望你知道。你对我说过你害怕被……抛弃。如果我娶了卡罗琳，我会照顾她，照顾你，还有这整幢房子，和罗德里克。你近来经历了一些绝望的时刻。但是，艾尔斯太太，既然你的身体好转，既然你更冷静了，也恢复了常态——”

她看着我，一言不发。我决定冒险，于是继续施压。

“发生在育婴室的，”我说道，“是一件怪事，对吗？那是一件很恐怖的事！我真高兴，一切都结束了。”

她笑了——笑容很怪异，忍耐而神秘。她抬起高高的两颊，眼睛眯着。她站起身，小心地拍掉防水手套上的雪。

“噢，法拉第医生，”她边拍边说，“你是一个多么天真无邪的人。”

她声音柔和，流露出一丝溺爱，我差点笑了。可是她的表情依然古怪，不知为什么，我开始感到害怕。我不那么优雅地匆忙站了起来，外套下摆被踩在脚底下，我差点失去平衡。她已经走开了。我追上去，抓住她的胳膊。

“等一等，”我说道，“你是什么意思？”

她的脸转到一边，没有回答。

我说道："没有……其他事情了吗？你难道还在幻想着那个——那个苏珊——？"

"苏珊。"她嗫嚅着，我仍然只能看到她的半张脸。

"苏珊一直都和我在一起。我走到哪里她都跟着。哎，她和我们一起在这个花园里。"

一开始，我设法说服自己她是在打比方，她的意思是她在头脑中，在心里装着她的女儿。但是接着，她转过脸来，表情中有什么可怕的东西，和孤单、受困、恐惧混合在一起。

我说道："天啊，为什么你以前没有提起这些？"

"你已经检查过我，也给我治疗过了，"她说道，"你对我说过，说我在做梦！"

"可是，哦，艾尔斯太太，我亲爱的艾尔斯太太，你是在做梦，你难道不知道吗？"我把她戴着手套的双手抓在手中，"看看你的周围！一个人也没有。这些都在你的头脑里！苏珊死了。你知道的，对吗？"

"我当然知道！"她有些傲慢地说，"我怎么会不知道？我的心肝死了……但是现在她回来了。"

我捏了捏她的手指："可是，她怎么回来呢？你怎么会这样想？艾尔斯太太，你是一个理智的女人。她怎么来呢？告诉我。你看到她了吗？"

"哦，不，我还没有见到她。我感觉到她了。"

"你感觉到她。"

"我感到她，在看着我。我能感觉到她的眼睛。那一定是她的眼睛，对吗？她目光炯炯，她的眼睛像手指一样，会触摸。它们可以按，可以捏。"

"艾尔斯太太，请不要说了。"

"我听到她的声音。我现在不需要通话管和电话就可以听到了。她和我说话。”

“她说话——！”

“她低声说话，”她侧着头，似乎在倾听，然后抬起手，“她现在正在窃窃私语。”

她专注的姿势透露出某种可怕与诡异。我不那么从容了：“她在小声说什么？”

她的神态又变得凄凉了：“每次，她都说同样的话。她说，*你在哪儿？*她说，*你为什么不来？*她说，*我在等你*。”

她说这几句话时，像是在对自己低语。它们伴随着沉重的呼吸，似乎在空中悬了一会儿。然后被寂静吞噬，消失了。

我像被冰冻住一样站在那里，不知道该做什么。几分钟之前，这个小花园还让我备感温暖。现在，那堵修补过的墙上唯一的窄小出口，只能通向一个令人窒息的、隔绝的空间，似乎充满了危险。我之前说过，这一天非常寂静。没有风儿吹过树枝，没有鸟儿掠过天空，在厚重、清冷的空气里，甚至没有一丝本该有的声音和响动。没有改变，一切都没有改变——然而，我开始感觉到花园里有东西和我们在一起，在雪白松脆的雪地上爬着，或是缓缓向我们走来。更糟糕的是，我有种奇怪的感觉，无论这东西是什么，我*熟悉*它的某一面——与其说它局促地向我们走来，不如说是一种*回归*。我感到后背肌肉紧张，期待一击——就像是儿童追逐游戏一样。我把手从她手中抽出来，搓着两手，漫无目的地四处张望。

花园里空空荡荡，除了我们的脚印以外，雪地上没有任何痕迹。不过我的心却怦怦直跳，手也不住颤抖。我摘下帽子，擦了擦脸。我的眉毛和嘴唇冒出了冷汗，寒风吹到我潮湿发红的皮肤上，像烧伤一样痛。

我刚重新戴上帽子，就听到艾尔斯太太突然倒吸一口气。我转向她，看到她戴着手套的手放在领子边，脸上表情扭曲，涨得通红。我问道："怎么回事？出什么事了？"她摇摇头，一言不发。可她看上去那么痛苦，我猜到了她的心思。我把她的手拨开，打开她的围巾和外套。外套里面是一件羊毛衫，然后是一件丝绸衬衫。衬衫是浅浅的象牙色，不可思议的是，我看到了三滴绛红色的痕迹不知从哪里渗入丝绸表面，就像是吸水纸上的墨迹，迅速扩散。我扯开衬衣领，在她赤裸的肌肤上发现了深深的抓痕，鲜血还在往外冒，显然是刚刚出现的。

"你干了什么？"我恐惧地说，"你怎么弄出来的？"我检查了她的裙子是否有别针或者胸针。我抓起她的手，检查她的手套。什么也没有，"你用什么划的？"

她低下头。"我的小宝贝，"她小声说道，"她急着让我跟她在一起。恐怕她……不是一直那么友好。"

我明白她在说什么，感觉很不舒服。我离开她，向后退了一步。然后，我突然明白过来了，我又抓住她的手，扯下手套，粗暴地拉起她的袖子。几个星期前，她的手臂被玻璃划伤，伤口已经痊愈，苍白的皮肤上长出了健康的粉红色的新肉。然而，在伤疤之间，似乎到处可以看到新的抓痕。她的一条胳膊上有一道淡淡的瘀青，形状很奇怪，似乎是被一只小而有力的手拧出来的。

她的手套掉在地上。我颤抖着捡起来，帮她戴上。我抓住她的胳膊。

"艾尔斯太太，我送你回屋里。"

她说道："你要带我离开她吗？没用的，你知道。"

我转过身，晃着她："别说了！听到了吗？看在上帝的分上，别说这些事情了！"

她在我的手中无力地动了动，在那之后，我发觉自己不想再看她的脸。我有一种奇怪的羞耻感。我抓着她的手腕，带她离开了这些错综复杂的小花园，她不再挣扎了。我们走过冰冻的养马场的大钟，穿过草坪，回到了宅子里。我没有停下来让她脱掉外套，就带她直接上了二楼。我们走进她温暖的房间里，我才帮她脱掉外套、帽子和沾满雪的靴子，我让她坐在壁炉边的椅子上。

可是，接着我注意到了她周围的那些物件，壁炉里的煤块、拨火棍、煤钳、玻璃酒杯、镜子、装饰品……每一样东西都野蛮而不友好，突然之间就会变作伤人利器。我拉铃叫贝蒂。拉杆在我手中无用地晃着，我这才想起卡罗琳已经剪断了线路。于是我走出房门，站在楼梯边上，朝着寂静的空气一遍遍大喊，直到贝蒂最后赶来。

“别害怕，”在她开口之前，我说道，“我想让你陪伴在艾尔斯太太身边，就这件事。”我放好一把椅子，让她坐下，“我想让你坐在这里，保证她想要什么有什么，而我——”

可实际情况是，我安顿好了艾尔斯太太，却不知该如何给她治疗。我不停地想着外面地上的大雪，和这座与世隔绝的宅邸。假如贝兹利太太在的话，我会镇静一些。可是只有贝蒂在帮助我——！我甚至没有把车上的药箱带过来。我没有器械，没有药品。屋里的两个女人望着我，我不知所措地站着，非常惊慌。

接着，我听到楼下大厅的大理石地上传来了脚步声。我跑出去看个究竟，大大松了一口气，我看到了卡罗琳，她正往楼梯上走。她解开围巾，脱掉帽子，棕色的头发乱糟糟地搭在肩上。我大声喊她。她一惊，抬头看见我，快速跑上来。

“出什么事了？”

我说道：“是你的母亲。我——请稍等。”

我匆匆回到卧室，走到艾尔斯太太身边。我抓着她的手，用对小孩或者病人那样的口吻对她说话。

“艾尔斯太太，我要和卡罗琳说几句话。我会把门打开，你一定要叫我——如果有什么东西吓到你，你一定要立刻叫我。你明白了吗？”

她似乎很虚弱，沉默不语。我意味深长地看了贝蒂一眼，然后出去了，我抓住卡罗琳的手，带她绕过楼梯平台走进她自己的房间里。她的房门也虚掩着，我和她站在里面。

她说道："发生什么事了？"

我把手指压在嘴唇上："轻点声……卡罗琳，亲爱的。是你的母亲。上帝保佑，不过恐怕我对她的病情判断失误，严重失误。我认为，她有明显好转的迹象。你不觉得吗？但是，刚才她告诉我——哦，卡罗琳。从我上次来过之后，你有没有注意到她的任何变化？她有没有表现得特别苦恼、紧张，或者害怕？"

她的表情很疑惑。她看见我退到门边，望着楼梯平台那头她母亲的房间，说道："怎么回事？我不能到她那边去吗？"

我把双手搭在她的肩上。"听着，"我说道，"我想她是受伤了。"

"受伤，怎么回事？"

"我想，她在……弄伤自己。"

接着，我尽可能简短地讲述了在那个有围墙的小花园里，我和她母亲之间发生的事情。我说道："卡罗琳，她认为你姐姐始终不离她左右。她给我的印象非常可怕！非常痛苦！她说——她说你姐姐伤害她。我看到了一个抓痕，"我比画着，"就在这里，锁骨部位。我不知道她怎么弄的，用什么弄的。可是，接着我看到了她的胳膊，看到了很可能是另外几处划痕和瘀青。你注意到了吗？你一定看见过什么吧？"

"划痕和瘀青，"她极力思索着，"我不知道。我知道，妈妈经常很容易碰得青一块紫一块。我知道安眠药让她行动不便。"

"她不是行动不便。是——对不起，亲爱的。她的头脑不清醒了。"

她看着我，闭嘴不说话了。她转过身去："让我看看。"

"等等。"我说道，拉她回来。

她挣脱我的手，突然发怒了："你向我保证过！几个星期前，我告诉过你。我警告过你，这幢房子里有奇怪的东西。你嘲笑我！你告诉我，按照你说的来做，她就会平安无事。噢，我一刻不停地监视着她。我每天坐在她身边。我让她吃掉那些可恨的药丸。你向我保证过。”

“对不起，卡罗琳。我尽力了。她的情况比我认为的要糟糕。今晚，我们必须把监护她的时间稍微拉长一些，只是今晚。”

“明天呢？以后呢？”

“一般的护理已经无法帮助你母亲了。我会亲自做好所有安排，我向你保证。我今晚就会采取行动。明天我就带她走。”

她没有听明白。她摇摇头，很恼火：“带她去哪里？你是什么意思？”

“她不能待在这儿。”

“你是说，像罗迪一样？”

“恐怕别无选择。”

她的手捂在额头上，脸部一阵抽搐。我以为她在哭泣。可是她却笑了起来。笑声中满是忧伤、恐惧。她说道：“天啊！什么时候轮到我呢？”

我握着她的手：“别说这样的话！”

她把我的手移到手腕的脉搏处，说道：“我是认真的。来吧，告诉我。你是医生，对吗？我还要等多久？”

我挣脱她的手：“哦，如果你母亲待在这里，然后又发生了可怕的事情，那你也不用等多久了！那才是我最担心的。看看你现在的状态！你和贝蒂，你们怎么可能处理？这是唯一的解决办法。”

“唯一的解决办法。另一家诊所。”

“是的。”

“我们付不起治疗费。”

“我会帮助你们的。我会想出办法来。只要我们结婚——”

“天啊！我们还不能结婚。”她双手握在一起，“难道你不害怕吗？”

“害怕什么？”

“害怕艾尔斯家族不良的声誉。”

“卡罗琳。”

“人们会这么说的，对吗？我知道已经有关于罗迪的流言蜚语了。”

“我们远离谣言的中心，不必在乎那些，真的。”

“哦，像你这样的人当然不会在乎。”

她的话很残酷。我吃了一惊：“你是什么意思？”

她转过身，声音含混不清：“我是说你计划的事情，你要怎样对待我母亲——她会讨厌这样的安排。我的意思是，如果她还能恢复正常的话。你难道不知道吗？我们还是孩子时，如果我们生病了，她都不准我们哼一声。她说像我们这样的家族，有——有责任树立榜样。她说，如果我们做不到，如果我们不能比普通人表现得更好、更加勇敢，要我们有什么用？你带走了我弟弟，那种羞耻感已经够糟了。如果你要把她也带走——我认为她不会去的。”

我坚决地说：“噢，我很抱歉，但她别无选择。我会再把格雷厄姆叫来。如果在他面前她的表现和今天下午一样，就无可置疑了。”

“如果送她去医院，她宁愿死。”

“哦，把她留在这里也会杀死她的！除此以外——直截了当地说，我更担心的是——会杀掉你。我不想让你经历这些。我在罗德里克的事情上犹豫过，我总是很后悔。我不想再犯同样的错误。如果可以，我现在就想带她走。”

我说话时，眼睛望着窗外。雪白的地面映得外面很亮堂，不过天空已经变成了浓重的铅灰色。一片寂静，就在此时此地，我在认真地考虑着如何带她走。我开口了，这次说得很详细：“我能把她带走。我可以让她昏昏入睡。你和我，我们能够设法做到。雪地会给行路增加困难，可是我们只要先送她到哈顿——”

她吓了一跳：“那个郡收容所？”

“只待一个晚上。然后我会做出安排。会有一两家私人医院接收她，不过它们需要至少提前一天预约。她现在需要被严密监护。这让事情更复杂了。”

她惊恐地望着我，终于明白了事态的严重性。她说道：“你这么说，似乎她已经很危险了。”

“我想，她对自己构成了威胁。”

“几个星期前，我想要这么做的时候，如果你让我带她离开，什么事情都不会发生了。现在你打算像对待街头的疯子那样，把她捆进疯人院！”

“对不起，卡罗琳。可是我听到了她所说的。我也清楚我看到的。你不会真的以为，我会丢下她不管吧？你难道真的认为，仅仅为了保全某种……阶级尊严，我就应该放任她的妄想和错觉？”

她又用手捂住了脸颊，手指滑过嘴巴和鼻子，指尖抵在眼角处。她盯着我看了一会儿，一言不发。我看见她深吸一口气，似乎下了什么决心。她放下手。

“不，”她说道，“我觉得不是这样。我不愿意让你带她到哈顿，因为人们都会看到。她永远不会原谅我的。你可以明天带她走，悄悄地走。到那时，我会——我会习惯的。”

从吉普死前的那些天到现在，这是她第一次如此态度明确，立场坚定。我稍稍有些不知所措：“很好。可是那样的话，我今晚留在这儿陪你。”

“你不需要这样做。”

“这样我会放心些。我应该八点到病房，可是我想请假。我说出急诊了。”我看了看手表，“我把晚间门诊做完，然后就回来，在这里过夜。”

她摇摇头："我宁愿你不在。"

"你母亲需要看护，卡罗琳。整整一夜。"

"我可以照看她，不是吗？她跟我在一起不是最安全的吗？"我张开嘴想要说什么，可是她的回答在我耳边敲响了警钟，我如同受到猛然一击，想起了我和西利的那次谈话。接着一丝病态的疑虑在我心头升起。这个想法难以接受，荒诞不经……可是百厦庄园已经发生了那么多荒诞不经难以接受的怪事，卡罗琳是否该为此负责？假设，是她在无意识间催生了什么阴暗残暴的东西，让它在宅邸里游荡？我该不该让艾尔斯太太毫无防卫地待在家里，度过这个晚上？

她望着我，等着，不明白我为何迟疑。我看到她清澈棕色的眼睛里露出一丝怀疑的神情。

我把刚才的疯狂念头抛在脑后。"好吧，"我说道，"她可以和你待在一起。但是不要让她一个人待着——这就是我的要求。如果发生什么事情，你一定要立刻打电话给我。任何事情。"

她答应了。我搂了搂她，然后带着她穿过楼梯平台，走进她母亲房间里。和我刚才离开时一样，艾尔斯太太和贝蒂还在那里坐着，房间里夜色正在变得浓重。我拉开电灯开关，发现灯不亮，这才想起发电机沉默已久了，我只好用壁炉里的火点燃了一对油灯，拉上窗帘。房间里立刻有了一些生机。卡罗琳走到她母亲身边。

"妈妈，法拉第医生告诉我你身体不好。"她尴尬地说道。她伸出手，把母亲银灰色的头发梳在脑后，环在一起，"你不舒服吗？"

艾尔斯太太抬起那张疲倦的脸。"如果法拉第医生这么说，"她说道，"我想，我应该是有些不舒服。"

"哦，我过来陪你。我们做些什么呢？我读书给你听吧？"

卡罗琳触到我的眼神，朝我点点头。我让她坐在贝蒂的位置上，领着贝蒂下楼了。和我问卡罗琳的一样，我问她最近是否留意到艾尔斯太太行为举止的变化，是否看到一些小小的伤痕、抓痕和划痕？

她摇摇头，很害怕。她说道：“艾尔斯太太又严重了吗？是它——它又出来了吗？”

“没有什么‘又出来’了，”我说，“我知道你在想什么，我不想听见你在这座宅子里提起这些东西。你莫怕——”我下意识地说起了沃里克郡的方言，“这次不会像以前那样了。我只需要你成为艾尔斯太太的好女仆，保持清醒，按照要求做事。并且，贝蒂——”她正准备离开，我抓住她的胳膊，平静地补充了一句，“也要照看卡罗琳小姐，听到了吗？我现在要依靠你了。如果事情不对劲，就给我打电话！”

她点点头，嘴唇抿得很紧，那几分稚气都不见了。

门外，天色已暗，白雪不再耀眼，更冷了。返回汽车的艰苦跋涉好不容易让我的双腿暖和起来，我一坐进车里，寒冷就把我打垮了，我冻得发抖。谢天谢地，我只发动了一次引擎就成功了，回到里德克特的路程缓慢却又平静。我哆嗦着走进家门，站在炉边还在发抖，听到我的晚间病人已经在隔壁房间里候诊了。我在药剂室洗手池里用很烫的水冲洗双手，它们终于暖和了起来，不再颤抖。

我处理完几个冬季常见病之后，心情渐渐平复了。门诊一结束，我就迫不及待地给百厦庄园打电话。听到卡罗琳清晰有力的声音，我放下心来，一切都好，我比刚才更镇定了。

在那之后，我又打了两个电话。

第一个电话打给我认识的一个住在拉格比的女人，一个退休的当地护士，我曾经介绍过几个病人在她家食宿。她过去常常照顾身体有疾患的病人，而不熟悉精神病人。但她是个能干的女人，听完我对艾尔斯太太的病情有所保留的描述后，她说她非常愿意照看她一两天，以便我准备更合适的治疗。我告诉她，如果明天积雪融化，我就会带那位女士过来，接着，我们做了周密的安排。

第二个电话，我有些犹豫，不知该打给谁。按理说，我应该找格雷厄姆，因为我只是想找人倾诉。但是最后我还是打给了西利。他是唯一了解这件事详细情形的人。我告诉他发生了什么，觉得轻松多了。我在电话里没有提到任何人的名字，但是每一处都讲得非常详细，听完我的讲述后，他平日里亲切友好的声调变得很严肃。

“是个坏消息，”他说道，“和你猜测的一样，这件事快要收尾了。”

“你认为，”我问道，“我行动得是否太草率？”

“完全没有！听你的描述，越快越好。”

“我没有看到发生其他人身伤害的确切证据。”

“证据有什么用处？这种精神状态已经很令人担忧了。我们必须正视。没有人愿意对这样的病人采取这种行动，尤其是还有——哦，还有其他麻烦。可是，我们还有其他选择吗？难道你想让幻觉继续发展，然后采取更强硬的措施？需要我明早过去给你帮忙吗？如果需要，我很乐意。”

“不，不，”我说道，“格雷厄姆会来的。我只是想安心些……但是西利，听着，”他正准备挂断电话，“还有一件事。你记得上次我们见面时，讨论过什么吗？”

他沉默了片刻，然后说道：“你是说，迈尔斯的那些胡话？”

“是胡话吗？你不觉得——西利，我有这种感觉，有危险。我——”

他在听着。我还没有说完，他便坚定地说道：“你已经尽力了。别为那些奇思怪想烦恼了。记住我对你说过的话，现在最重要的是密切观察。就这么简单。很可能明早到了紧要关头，我们的病人会像鸵鸟般把头埋在沙子里，不肯面对现实。但是，你会给予她内心最渴望的东西。好好睡一觉，不要为此纠缠了。”

如果我是他，我也会对他说同样的话。他没有彻底说服我，但我还是上楼了，喝了点酒，抽了一支烟。我没有胃口吃晚餐，然后忧心忡忡地驾车去了利明顿。

在医院里我一直心神不宁，午夜前我驱车回家时，仍很不开心。仿佛对卡罗琳和她母亲的惦念如磁石般吸引着我，在回里德克特的路上，我不经意间就转弯了，直到距离百厦庄园只有一英里的路时才反应过来。眼前的雪景苍白而神秘，更增添了我的不安。在雪地里驾着黑色的车感觉很显眼，很古怪。有一会儿，我真的打算继续向前开，驶向庄园。接着我又清醒过来，这么晚去打扰那幢宅邸，对任何人都不会有好处。于是，我一边掉转车头——一边目光穿过白茫茫的田野，想找到百厦庄园里一盏点亮的灯，或者其他表明一切正常的信号。

我一夜无眠，辗转不宁。第二天早晨，我刚坐下吃早饭，电话铃响了。这时有电话打来对我来说是家常便饭，病人经常在这个时间打电话给我，想挤进我的出诊名单里。但是我一想到当天的艰巨任务，就已经很焦虑了，我紧张地坐着，任由电话铃响，我的女管家接了电话。她几乎是立刻就向我走了过来，表情既为难又担心。

“对不起，医生。”她说道，“可是，有人想和你说话。我听不出她是谁。不过，我认为是从百厦庄园打来的——”

我扔下刀叉，冲进客厅。

“卡罗琳,”我拿起话筒，上气不接下气地说道，“卡罗琳，是你吗？”

“医生？”由于下雪，电话线路很糟，但我立即听出这不是她的声音。嗓门很尖，像个孩子被捏紧喉咙，一边哭泣一边惊恐地说：“哦，医生，你能过吗？我是说，你能过来吗？我要告诉你——”

我终于听出来，是贝蒂。但是她的声音似乎穿越了长得难以想象的距离，被喘气声和尖声尖气弄得支离破碎。我听到她又说了一遍：“我要告诉你……出事了……”

“出事了？”我的心一惊，“谁受伤了？是卡罗琳吗？发生什么事了？”

“噢，医生，是——”

“天啊，”我叫道，“我几乎听不到你的声音！出什么事了？”

接着，声音突然清晰了：“噢，法拉第医生，她让我不要说。”

听到这里，我明白事态的严重。

“好的，”我说道，“我马上来。马上，这就来！”

我飞奔到楼下药剂室，拿了药箱，穿上外套，戴上帽子。拉什太太不安地跟着我下楼。她已经习惯我赶着去做难产手术或者接其他急诊，但是我想，她从没见过我这么疯狂。我的第一批门诊病人很快就要到了。我匆忙告诉她，让他们等着，晚上再来，或者去其他地方办别的事。她说道：“我会的。但是，医生——”她手里拿着一个杯子——“你什么也没吃！你至少喝点茶吧。”于是，我在冲出房子冲向汽车前，站着把那杯热茶一饮而尽。

昨晚又下雪了，下得不大，但是雪把通往百厦庄园的路程变得更加凶险。我开得非常快，尽管车胎上有防滑链，有几次我还是感觉车子在打滑。如果那时我遇上另一辆车，很可能这不幸的一天里又会增加另一场惨祸。但是雪天挡住了其他的司机，我几乎一辆车都没看见。我一边开车一边看着手表，为路上的耽搁而懊恼。我从来没有这样急着赶过路，一码，又一码，我急不可耐地向前行驶。然后，我到了庄园门口，不得不弃车前行，沿着车道慢慢向前挪动。由于出来得太匆忙，我穿着平日的鞋子，不到一分钟脚就湿透冰冻了。走到一半的时候，我扭到了脚踝，只得忍着疼痛继续向前走。

我跛着脚，气喘吁吁，终于走到了。贝蒂就站在门边，我立刻从她的表情上看出，事情和我担心的一样糟糕。当我走上最高一级台阶，走到她身边时，她用粗糙的小手捂住脸，突然大哭起来。

她的无助什么也解释不了。我不耐烦地说道：“是哪里出事了？”

她摇摇头说不出话来。她身后的宅邸一片静寂。我顺着楼梯瞥上去，“上面吗？告诉我！”我抓着她的肩膀，“卡罗琳在哪里？艾尔斯太太呢？”

她指了指身后的宅子。我迅速穿过走廊走到小客厅门口，发现门虚掩着，打开门，我的心怦怦直跳，提到了嗓子眼。卡罗琳独自坐在沙发上。我烦乱地舒了一口气，看着她说道：“噢，卡罗琳，谢天谢地！我以为——我不知道我想到了什么。”

我这才发觉，她坐在那里，神情非常怪异。她的脸色并不苍白，略显灰暗。而且，她也没有发抖，似乎非常镇静。我走到门口时，她抬起了头，仿佛我的到来没有触动她。

我走到她身旁，抓住她的手说道：“怎么了？发生什么事了？你母亲呢？”

她回答：“我妈妈在楼上。”

“楼上，独自一人？”

我转身要上楼。她把我拉回来。“太晚了。”她说道。接着，她一点一点对我复述了这个骇人的故事。

按照我的建议，她前一天和她母亲待在一起。开始，她为妈妈大声朗读，等艾尔斯太太开始打盹时，她把书放在一边，让贝蒂把她的缝纫活拿来。她们和谐融洽地一起坐着，直到七点钟，艾尔斯太太独自去了洗手间。

卡罗琳觉得不必陪着母亲去那里，况且她洗完手和脸之后就回来了，气色比刚才“好了很多”。她甚至坚持换衣服，想穿一件更加整洁漂亮的裙子吃晚餐。最近这些天，她们一直在小客厅里吃饭。艾尔斯太太的胃口似乎很好。卡罗琳被我弄得紧张害怕，于是盯得很紧，但艾尔斯太太似乎“恢复了常态”——和平时一样，换句话说，她最近变得“非常安静，容易疲倦，注意力不集中，却一点也不着急”。晚饭结束，这两个女人坐在小客厅里，听着家里便携收音机里传出的吱吱啦啦的音乐节目。九点钟，贝蒂端来了可可饮料，她们读书，做缝纫直到十点半。卡罗琳说，那时，母亲确实变得有些不安。她走到一扇窗前，拉开窗帘，站在那里眺望着白雪覆盖的草坪。她曾有一次歪着头问道：“你听到了吗，卡罗琳？”然而，卡罗琳什么也没听到。艾尔斯太太仍然站在窗前，直到寒冷的空气让她不得不回到炉边。显然，这一阵不安过去了。她聊起家务琐事，声音平静，她似乎又“恢复了常态”。

其实，睡前她显得非常平静，卡罗琳坚持留在房中陪她，感到有几分尴尬。她说母亲看见她裹着一条毯子蜷在一把不太舒服的扶手椅上，而自己独自睡在床上，也很不开心。但是，“法拉第医生说我必须这样。”她告诉母亲，她的母亲笑了。

“你或许该结婚了。”

“别说了，妈妈，”卡罗琳有些害羞，“你真可笑。”

她让母亲服了一片巴比妥，药很快便起作用了，艾尔斯太太不到十分钟就睡熟了。卡罗琳踮着脚走过去看她毯子是否盖好，然后她在那张不舒适的椅子上尽量舒服地坐了下来。她上楼时拿了一杯茶和一盏昏暗的油灯，开始几个小时里她尽情地读着小说。后来她感到眼睛刺痛，便合上书，抽了一支烟，看着她母亲睡觉。不知不觉地，她的思绪变得模糊起来。脑海中浮现的全是第二天我计划做的事情，把格雷厄姆医生带来，把她母亲带走……我急于采取行动，我的焦虑和担忧其实已经感染了她。现在，她有些怀疑我。从前她对这幢房子的那个看法又浮上心头——宅邸里藏着什么东西，或者是有什么东西苏醒了，想要威胁她全家。她看着黑暗中的母亲，她正安安静静地躺在床上，她自言自语：“他一定搞错了。他肯定错了。早晨我就会告诉他。

我不会让他带走她，不会。那太可怕了。我——我会带走她。我和她一起走，现在就走。是这座房子在伤害她。我把她带走，她就会恢复健康。我也要把罗迪带走——！”

她就那样任思绪驰骋，直到脑袋像引擎一样，开始翻腾、发热。那时，已经过去了几个小时。她看了看手表，差不多五点了，已经度过了晚上最难熬的时间，不过距离天亮还有一两个钟头。她想上厕所，还想用冷水洗洗脸。她母亲显然还在熟睡，因此她绕过楼梯平台，经过贝蒂紧闭的房门，进了洗手间。然后，她喝了杯茶，她的眼睛还是很酸痛，她想再抽一支烟，让自己镇定下来，保持清醒。她毛衣口袋里的那包烟已经抽完，她知道自己床头柜的抽屉里还有一包。她可以很清楚地看到楼梯井那一头母亲的房间，因此她回到自己的房里，坐在床上，抽出一支烟，点燃了。为了让自己更舒服些，她踢掉鞋子，蜷起腿，这样她便可以把烟灰缸放在膝头，倚着枕头抽烟。她房门大开，楼梯平台那一边可以看得很清楚。我们后来谈起时，她反复向我强调这一点。她说，她一扭头就能看到一片幽暗中母亲床上的床尾板。宅子里安静极了，她甚至能听到母亲平稳微弱的呼吸声……

她知道的下一件事就是，贝蒂拿着早餐托盘站在她身旁。还有一个托盘放在楼梯平台上，是艾尔斯太太的早餐。贝蒂说她不知道该怎么办。

“什么？”卡罗琳声音沙哑地问道。她从熟睡中惊醒，不明白为什么自己没躺在床上，而是衣着整齐、冻得要命地蜷在床上，膝头放着一只翻了的烟灰缸。她支撑着坐了起来，揉了揉脸：“你为什么不把托盘送进我妈妈房里？不过，如果她还没醒，就不要吵醒她。就放在她床边。”

“是这样的，小姐。”贝蒂说道，“我想夫人一定还在睡觉，因为我敲了门，没有回答。而且，我端不进去。门锁起来了。”

这时，卡罗琳彻底醒了。她瞟了一眼钟，八点刚过。窗帘外面已是天色大亮——由于雪地的反射，亮得很不自然。她很惊恐，而且，由于缺乏睡眠她有些反胃，还在发着抖。她飞快地爬起来，绕过楼梯平台冲向母亲房间。和贝蒂说的一样，门关着并且上了锁，她开始敲门——起初很轻，然后非常用力，她越来越担心——她没有听到回答。

“妈妈！”她叫着，“妈妈，你醒了吗？”

仍然没有回答。她朝贝蒂招手。她能听到什么声音吗？贝蒂听了听，然后摇摇头。卡罗琳说道：“我猜，她可能是睡得太熟了。可是，这扇门——你起床时它是关着的？”

“是的，小姐。”

“但是我记得很清楚——我肯定记得——两扇门都开着。我们有没有备用钥匙？”

“没有，小姐。”

“是啊，我也记得没有。哦，天啊！真该死，我为什么把她一个人留下？”她抖得更厉害了，又开始敲门，比刚才声音更大。还是没有回答。但这时，她想到了前些天艾尔斯太太在那扇难以理解的上锁的门前是怎么做的——她弯下腰，眼睛瞄准钥匙孔，看到钥匙孔是空的，她松了一口气，里面的房间非常明亮。显然，她认为这说明她母亲根本不在房间里。她一定是外出时把门锁上了，随身携带着钥匙。她为什么这么做？卡罗琳百思不得其解。她站起身，故作镇静地说道：“贝蒂，我觉得妈妈不在里面。她一定在宅子其他地方。我猜，你已经去小客厅看过了吧？”

“是的，小姐。我去过了，点燃了壁炉。”

“我想，她不可能去楼下的图书室。她也不可能到楼上去——是吗？”

她和贝蒂互相望着，都想起了几个星期前发生的那桩惨案。

“我最好上楼看看，”卡罗琳最后说道，“在这儿等着我。——不，让我再想想，你不要在这儿等。你去查看这层楼上的所有房间，然后查看楼下的。我妈妈很可能出了事故。”

她们兵分两路，卡罗琳跑上楼，费力地敲着每扇门，大声喊着。阴暗的走廊没有吓住她。她来到了育婴室，和我以前看到的一样，育婴室荒凉黯淡，毫无生气，空空荡荡。她沮丧地回到了母亲的房门前。不一会儿，贝蒂也回来了。她也一无所获。她检查了所有房间——担心这期间艾尔斯太太可能会出去，她还向窗外看了看。她说，雪地上没有新的足迹，又说，夫人的外套还挂在门廊的挂钩上，鞋架上的靴子很干燥。

卡罗琳焦虑地咬着手指。她又摇了摇母亲房门的把手，拍打着，大喊着。仍然没有回答。

“天啊！”她说道，“这可真不妙。我妈妈一定在外面。她一定是在最近这场降雪前就出去了，雪盖住了她的足迹。”

“她不穿外套和靴子吗？”贝蒂惊惧地问道。

她们又一次看看对方，然后转过身，匆匆走下楼梯，拉开前门的门闩。雪白晃眼的天空刺得她们睁不开眼睛，不过她们还是尽快向前走，走过砾石小路，沿着南面的露天平台，走下台阶，来到了草坪上。草坪上覆盖着厚厚一层无人踩踏的雪，卡罗琳有些眩晕，也有些沮丧，她停下来望着花园那边。把手围成杯状放在嘴边，大喊着：“妈妈！妈妈，你在那儿吗？”

“艾尔斯太太！”贝蒂叫道，“夫人！艾尔斯太太！”

她们仔细听着，什么也没有听到。

“或许我们该去旧花园，”卡罗琳说着，又开始向前走，“妈妈和法拉第医生昨天在那里。我不知道，也许她想再去逛逛。”就在她说话时，眼睛突然被前面雪地上的一个小黑点吸引住了，她小心地走过去。有东西掉在那里，是个金属小物件。一眼看过去她以为是一枚硬币，走近时才发现那不是一枚斜插在雪里的先令，而是一把长杆钥匙金光闪闪的椭圆形钥匙头。就是那把钥匙——她知道只可能是那把——妈妈用它锁了房门，可是周围的雪地上没有脚印，它怎么会掉落或是滚落在这里呢？她想不明白。她有点异想天开地认为，钥匙是从鸟儿的嘴里掉下来的，她抬起眼睛，四处张望，寻觅喜鹊或者乌鸦的踪迹。她看到的却是母亲卧室的窗户。其中一扇关着，窗帘拉上了。另一扇开着——在寒冷的天气里开得很大。看到这个，她的心脏似乎在胸中停止了跳动。她这才突然明白，钥匙在这儿是因为她母亲把自己反锁在房内，把钥匙扔了出来。她知道母亲还在卧室里，不愿意别人很快找到她。而且，她猜到了她这么做的原因。

接着，她跑了起来——就像我刚才一样——她跌跌撞撞地在松软的雪地上跑着，抓着惊呆的贝蒂，把她拖进家里，一起爬到楼上。她把钥匙插进锁孔，手里的钥匙冷得像冰柱一样。她的手抖个不停，房门一时没打开，她沉重的心似乎抓住了绝望中的最后一根稻草，她以为自己到底犯了个错误，钥匙弄错了，根本不是她母亲的……可是，接着锁开了。她抓着把手推门。她发觉门打开了一两寸就停住了，好像后面有东西，很重，挡在了门后。

“看在上帝的分上，帮帮我！”她大叫着，嗓子都喊破了，贝蒂上前来和她一起推门，最后，她们也只能够把头伸进去，看看门后面有什么。眼前所见让她们惊叫起来。是艾尔斯太太不雅地跌倒在门后，她的头懒洋洋地靠在门上，姿势很怪异，似乎屈膝跪下，无力地陷在门框里，松散的银发盖在脸上。但是，当她们把门又推开一些时，她的头便无力地歪到了另一边。她们这才看清她做了什么。

她上吊了，把裙带挂在门背后的旧黄铜挂钩上自杀了。

然后是很可怕的几分钟，她们七手八脚想要放她下来，温暖她的身体，让她苏醒过来。她的身体把裙带拉得很紧，她们根本解不开。贝蒂只好跑去拿剪子，等她拿着厨房里的大剪刀回来时，发现刀刃太钝了，她们只能在厚厚的辫子状的绸子上来回磨着，直到磨断，接着她们还得小心翼翼地从她肿胀的喉咙上解掉裙带。上吊的人面部非常恐怖，艾尔斯太太看起来很痛苦，浮肿而青黑。显然离她断气有段时间了——她的身体已经冷了——然而，那天后来贝蒂告诉我，卡罗琳弯腰伏在她身上，一边晃着她一边责备着——不是悲伤的低声轻语，而是带着几分尴尬——她必须醒过来，必须振作起来。

“先生，她那时不知道自己在说什么。”贝蒂坐在厨房的餐桌边，揉着眼睛说道，“她一直在晃着她，直到我说或许我们该把她放到床上。然后我们才把夫人扶起来——”她捂住了脸，“哦，天啊，真可怕！她不停地从我们手臂上滑下来，每次滑下来时卡罗琳小姐都会叫她别傻了，就像艾尔斯太太平时做傻事时那样——比如找不到她的眼镜时，卡罗琳小姐就会这么抱怨。我们把她放好，衬着白色的枕头，她的模样更可怕了，可是卡罗琳小姐仿佛对此视而不见。因此我说道，‘小姐，我们该叫人来吗？为什么不叫法拉第医生呢？’她说道：‘是的，去打电话给医生！他会看到我妈妈一切都好。’接着，我刚走出门，她就在我身后换了一副声音说道，‘注意，不要告诉他发生什么事了！不要在电话里说！妈妈不想让每个人都听到！告诉他这里出事了！’”

“你瞧，医生，一定是说完了这句话，她才清醒过来。我回来时，她静静地坐在床边，看着我说道：‘她死了，贝蒂。’——就像我不知道这事一样。我说道：‘是的，小姐，我知道，我难过极了。’我们定在那里，我们两个，不知道该做些什么……但是这时，我被吓住了，吓坏了。我不停地拉着卡罗琳小姐的胳膊，她像做梦一样站起来。我们一起走出房门，我关上门，并把它锁住。让艾尔斯太太一个人孤单地躺在那里，似乎很不对。她是一位那么善良的太太，她总是对我很好……我突然想起，刚才我们站在她的门前，不知道她去了哪里，什么也没有想，透过钥匙孔向里看，一直——哦！”她又开始哭起来，“她为什么要这么残忍地对待自己，法拉第医生？为什么？”

我到达宅子已经一个小时左右了，她对我叙述完之后，我便亲自上楼去了艾尔斯太太的房间。我鼓足勇气走了过去，站在门前，手握住钥匙，我不住地想着卡罗琳在我之前也是站在这里，推这扇门，发现它被挡住了……第一眼看到艾尔斯太太浮肿、青黑的脸，我不寒而栗，可是接下来更可怕，当我掀开睡袍检查她的身体时，我看到了二十几个小小的划痕和瘀青布满了她的躯干和四肢。有些是新的，有些差不多褪去了。大部分都只是抓痕和捏掐的伤痕。但是，我惊恐地发现，其中一两处多半是咬伤。它们是新伤口，还沾着血迹，显然是她临死前不久才咬的——换句话说，卡罗琳五点离开她，贝蒂端着早餐托盘八点钟出现，就是在这段比较短暂的时间内发生的。我无法想象，在那三个小时里，她被怎样的恐惧和绝望紧紧攥住了。巴比妥的作用足以撑到卡罗琳离开她，然后，她醒过来，起床，故意锁上房门，扔掉钥匙，有计划地把自己折磨致死。

这时，我想起了我们俩在有围墙的花园里的那番对话。我记得那三滴晕染的血迹。*我的小宝贝，她不是一直那么友好*……可能吗？是这么回事吗？还是比这更可怕？或许，为了让她的女儿靠近，她只能向更黑暗的力量和意志屈服？我不能再想下去。我拉上毯子，移开视线。和贝蒂一样，我有一种强烈的近乎负罪的感觉，我想远离那间屋子，远离它带来的恐惧。

我锁上门，回到了小客厅。卡罗琳仍旧茫然地坐在沙发上，贝蒂端上了茶点，不过杯子里的茶水是冷的，那个女孩在小客厅和厨房之间走来走去，仿佛在一边做家务一边梦游。我让她煮了一壶咖啡，我喝了一大杯，然后慢慢走到前厅里打电话。

仿佛我昨晚的噩梦都变成了现实。我先给医院打了电话，让他们安排一辆停尸房的车来运艾尔斯太太的遗体。接着，我更加不情愿地拨通了本地警察局的电话，报告死讯。我只描述了大致情形，约警局人员过来录取口供。然后，我打了第三个也是最后一个电话。

这个电话打给了西利。我打过去时，他正好结束上午的门诊。电话线很糟糕，不过我很高兴有这些杂音。我听到他的声音，自己一时间结巴起来。

我说道："我是法拉第医生。我在百厦庄园。我们的病人，西利。恐怕她打败我们了。"

"打败我们？"他没有听清楚，或者是没有听明白。接着他吸了一口气，"天啊！我不相信。她是怎么死的？"

"很可怕。具体死因，现在我也无法断言。"

"你不能判断……天啊，太可怕了。比之前发生的那些事情还可怕！"

"是的，我知道。可是，听我说，我打电话给你的原因是，我告诉你的那个拉格比女人，那个护士。帮个忙好吗？替我给她打个电话，解释发生的一切。我不方便打给她。"

"好的，当然没问题。"

我告诉他电话号码，我们又聊了几分钟。

他再次说道："对这个家庭来说，这真是一个血腥可怕的事件——他们还剩下什么？法拉第，我真为你难过。"

"是我的错。"我说道。电话线依旧吱吱啦啦，他以为听错了。我又说了一遍。我说道，"我应该带走她。我有机会。"

"什么？你不是真的在责怪自己吧！现在，振作起来。我们都见过这样的事。当病人下定决心时，很少有人能够阻止他们。他们会变得很狡猾。振作点，伙计。”

“好的，”我说道，“你说得对。”

可是我对自己的话半信半疑。我把听筒放回电话架上，抬起头，穿过弧形的楼梯看到了艾尔斯太太的房门，我的视线马上畏惧地移开了，低下了头。我回到小客厅，坐在卡罗琳身边，握着她的手。她的手指冰凉，毫无知觉，就像是一尊蜡像的手。我轻轻把它们举到唇边，她没有反应。她只是歪着头像在听什么。我也听了起来。我们一动不动——她侧着头，我捏着她的手放在唇边——可是宅子里寂静无声，甚至连时钟的嘀嗒声都听不到。生命似乎被捉住，囚禁在其中。

她望着我，平静地说道：“你感觉到了吗？这幢房子终于又静下来了。不管它是什么，它已经随心所欲地夺走了很多东西。你知道最可怕的事情是什么吗？我永远不会原谅自己。它让我帮助它。”

13

关于这件事，她只说了这么多。警察和停尸房的人都赶来了，尸体搬出房子以后，我们的口供——她的，我的，贝蒂的——也都录完了。人们离开以后，她又面无表情地站了一会儿，接着，像提线木偶一样坐在写字台前，写了一长串接下来几天要做的事情。她在一张纸上列出了应该告知母亲死讯的亲朋好友。我让她暂缓做这件事，她摇摇头，执拗地写着。我终于明白，这种例行杂务可以让她忘却这场严重的惊吓，或许对她来说是件好事。我让她保证一会儿就去休息，服一片安眠药，然后上床睡觉，我从沙发上拿来一条方格花纹的毯子，裹在她身上，让她暖和些。我离开宅子时，听到关闭百叶窗发出的砰砰声，和拉上窗帘环的嘎吱声——她按照老派的表示悲伤和敬意的方式，让贝蒂把所有房间都弄暗了。当我穿过砾石小路时，听到了关闭最后一扇百叶窗的声音，我从车道的出口处回望宅邸，看见它似乎正凝视着静寂雪白的世界，悲伤又茫然。

我根本不想离开宅邸，可是我现在必须独自完成几桩悲伤的职责，因此我没有回家，而是直接驾车去了利明顿，和市镇验尸官[1]讨论艾尔

1　验尸官负责审讯工作和死因裁决，无须具备医学或法医学技能。法医负责进行尸体检验。

斯太太的死亡。我已然明白，这件事的真相隐瞒不住，无法像我以前接诊的那些伤心欲绝的家庭一样作为自然死亡处理，让死讯销声匿迹。但是，由于我实际上早已将艾尔斯太太作为精神错乱来治疗，并且发现了自虐的证据，所以我有一个不合乎规定的愿望，希望能帮助卡罗琳免受审讯的折磨。然而，那位验尸官尽管有同情心，却一丝不苟。死亡发生得出人意料，是暴力所致。他将尽力低调处理此事，但是审讯不可避免。

“当然，就是说还要进行尸检。”他对我说道，“因为你是一位有名望的医生，所以通常来说，只需我派你亲自进行尸检就可以了。我觉得你能胜任，嗯？”他知道我跟这个家庭的关系，“进行这样的检查，不会让你蒙羞。”

我考虑了片刻。我一点也不喜欢尸检，尤其死者是私人朋友时就更加为难。但是，想到要把艾尔斯太太可怜的伤痕累累的尸体转交给格雷厄姆，或者西利，我又改了主意。我认为，似乎我已经让她很失望了。既然没有办法免除这最后的耻辱，那么至少我可以亲自来做，合乎礼仪地完成尸检。我点着头告诉他我愿意。那时已经是午后，我的早间门诊早就过了，下午还有一段空闲，我走出验尸官的办公室，直接去了太平间，想要尽快结束检查。

这仍然是件恐怖的工作，我站在冰冷的贴着白色瓷砖的房间里，看着眼前那具盖起来的尸体，解剖器械在托盘中等候着，我不知道是否真的下得了手。当我拉起遮盖布时，我才开始恢复勇气。伤口不像我想象得那么可怕。在检查尸体时，那些让我在百厦庄园里非常害怕的咬痕和抓伤的惨状不那么恐怖了。我记得它们几乎遍布艾尔斯太太的整个身体，现在我发现，大部分都位于她自己可以够到的范围——例如，她的背部就毫无损伤。她经受的所有伤害，都是自己所为——尽管原因不明，我还是松了一口气。我按着尸体，切开了腹腔……我想，我在期待着秘密。但是毫无秘密可言，没有患病的征兆，只有一些生命老化的迹象。没有证据表明艾尔斯太太临终前几天或几个小时内受到过暴力袭击，骨头没有受伤，体内也没有瘀血。死亡原因纯粹是上吊引起的窒息，与卡罗琳和贝蒂描述的事实非常吻合。

我发现自己又松了一口气。这次，我彻底放松下来了。我这才意识到，我想要亲自验尸还有着更不可告人的原因。我担心会出现什么新证据，将怀疑转向卡罗琳——我不知道会出现什么，也不知道会怎样出现。我对她仍抱有小小的怀疑。现在，这种疑虑终于消除了。我为自己的想法感到羞愧。

我尽量仔细地缝合了尸体，然后将检验报告交给验尸官。审讯在三天后进行，由于证据确凿，很快便审理完毕。陪审团的裁决是“精神错乱导致自杀”，整个过程用了不到三十分钟。最糟糕的是公众对此事的关注，尽管旁听的人数限制在很小范围内，但是一些报社记者在庭审现场，当我带着卡罗琳和贝蒂离开法庭时，他们显得讨厌极了。故事在那个星期内便登上了中部所有的报纸，很快便被全国性的报纸转载。一个从伦敦来的记者驱车来到百厦庄园，想要采访卡罗琳，为达目的甚至不惜冒充警察。她和贝蒂没太费力就把这个人赶走了，但是一想到此类事件会再次发生，我就感到非常恐惧。我想起上次关闭庭园是因为贝克-海德一家的事情，便又找出那些锁和链子，重新锁上了大门。我把其中一把钥匙留在百厦庄园，另一把放在我的钥匙链上。我也配了一把花园门的钥匙。此后，我可以随时进出庄园，我觉得安心多了。

毫无疑问，艾尔斯太太的自杀吓坏了整个地区。尽管近几年她很少在庄园外活动，可她仍是一位知名度很高也广受欢迎的人物，有很多天，我走过任何一个村庄都会被人拦下，人们想从我嘴里挖挖新闻，但也想要表达他们是多么伤心、难过、难以置信。“一位多么美丽的女士”“一位真正的旧式淑女”“如此美丽善良”，竟会做出这样可怕的事情——“还留下了两个可怜的孩子”。很多人询问罗德里克的下落，他何时会回家。我说他和朋友在度假，他的姐姐正在联系他。我只对罗西特夫妇和德斯蒙德夫妇说了真相，因为我不想让他们用这些难题打搅卡罗琳。我直接告诉他们，罗德在一家疗养院，正在治疗精神崩溃。

海伦·德斯蒙德立即说道：“可是这太可怕了！简直不可思议！卡罗琳为什么不早点来找我们呢？我们猜得出这个家庭处于困境，但是他们似乎决心自己解决。比尔给他们提供了很多次帮助，你知道的，他们总是拒绝。我们以为他们只是缺钱。如果知道事情这么糟糕——”

我说道：“我想，我们谁都没有预料到。”

“可是，现在还能做什么？那个宅子太大太可怕了，卡罗琳现在不能住在那里。她应该和朋友在一起。她应该到这儿来，和比尔和我在一起。哦，那个姑娘太可怜了。比尔，我们必须过去接她。”

“当然必须去。”比尔说道。

他们准备立刻驶向庄园。罗西特一家的反应也一模一样。尽管他们是出于好意，可是我没有把握，卡罗琳是否欢迎别人干涉她的生活。我要求他们，让我先和卡罗琳沟通一下。和我猜想的一样，我告诉卡罗琳后，她发抖了。

“他们很善良，”她说道，“可是要我待在别人的房子里，每一分钟都被别人监视——我做不到。我恐怕会过得非常不开心，或者不那么开心。我宁愿待在这里，至少眼下哪里也不去。”

“你肯定吗，卡罗琳？”

我和其他人一样，对她独自一人待在宅子里，只有忧伤可怜的贝蒂做伴感到非常不安。可是她似乎决心已定，因此我回到德斯蒙德家和罗西特家，这次我解释得简单明了，卡罗琳不像他们想的那样孤单无助，实际上，她被我照顾得很好。他们开始很不解，接着明白了其中的深意，表情很吃惊。德斯蒙德夫妇急于向我表示祝贺，他们说这是悲剧之后卡罗琳最大的幸运，“解除了他们极大的心理负担”。罗西特夫妇虽然很有礼貌，却更加谨慎。罗西特先生非常亲切地握着我的手，但我看得出，他的妻子很快就识破了这件事的底细。后来我才知道，我一离开他们家，她就给卡罗琳打电话以证实此事。卡罗琳毫无防备，心烦意乱，又十分疲倦，因此她几乎什么也没说。是的，我早已是她极大的依靠。是的，婚礼正在计划中。不，我们还没有定下日子，她还没有考虑很多，每件事都“悬而未决”。

但是在那之后，至少没有人再劝说她离开那座宅子了，德斯蒙德夫妇和罗西特夫妇一定悄悄把我们订婚的消息传给了他们的几个邻居，而那些人也一定小心翼翼地转告了他们的朋友。接下来的几天里，我感觉到这个地区对我的态度有了细微的变化，他们不再视我为艾尔斯家的家庭医生，也不再友善地向我询问百厦庄园惨案的见闻，他们把我当成了那个家庭的成员，值得尊重和同情。订婚的事情，我能直言相告的人只有戴维·格雷厄姆，听到这个消息他非常高兴。他说，好几个月前，他“早就知道有什么正在酝酿之中”。安妮早就“嗅出来了”，但是他们不想逼我说出来。他只是希望，如果不是这场悲剧让我们的恋情大白于天下该多好。他坚持要减少我的工作量，并亲自接手一部分病人，因为目前这段时间我应该重点关心卡罗琳。因此，在自杀事件发生后的第一个星期，我每天的大部分时间都待在庄园里，帮助卡罗琳做各种家务，有时陪她到花园或者庭园里慢慢散步，有时我只是和她一起静静地坐着，握着她的手。她仍旧竭力隐藏着悲伤，可是，我觉得我的来访让她的生活变得有条理了。她从不说起这座宅子。但十分奇怪的是，宅子在惨剧之后又恢复了平静。在过去的几个月里，我目睹宅子里的活力不断减少，直到如今所剩无几。现在，令人吃惊的是，这点活力还在继续减少，变成了两三间昏暗屋子里的窃窃私语和悄无声息的脚步。

审讯的事情处理完毕，下一个严峻的考验就是葬礼了。卡罗琳和我一道做了安排，定在下个星期五。由于她母亲的死因，我们都同意不宜声张。安排葬礼时，一开始最左右两难的就是该不该让罗德参加。不让他知道这件事是不可能的，我们认真考虑了应该如何让他出席的问题——比如，如果他不能在一名男护士的陪同下从伯明翰赶来，我们该请谁假扮成他的朋友。不过，我们的这番苦心很可能是徒劳。我亲自驱车前往诊所，告诉他母亲自杀的消息，他的反应让我震惊。他似乎没有流露多少痛苦，倒是他母亲的死本身给了他重重一击。因为他认为，这是她最终也成了那个残忍的“传染病”受害者的证据，而他曾经拼命地想控制住传染。

“它肯定一直在等，”他对我说道，“它始终在等。它在那幢安静的房子里孕育生长。我以为我打败它了！可是，你看它在做什么？”他伸手从桌子另一头抓住我的胳膊，“现在那里没有一个人是安全的！卡罗琳——我的天啊！你千万不能留她一个人在那儿。她正在危险中！你一定要带她走！你一定要让她马上走，离开百厦庄园！”

那一刻，我身心俱疲。这番警告差点说服了我。接着，我突然发觉了他眼中的狂野，我已经无法用理智和他交流了——我明白，自己跟着他的思路跑是多么危险。我冷静地和他讲着道理。这让他的行为变得更加疯狂了。几个护士跑过来制止他，他在她们的胳膊里挣扎着，大喊大叫，我离开了。我只对卡罗琳说了一句，他“不太好”。她能从我的表情中明白其中深意。我们绝望地放弃了仅仅让他回百厦庄园待一天的计划，在德斯蒙德夫妇和罗西特夫妇的帮助下，我们编造了一个故事，说他出国了，身体不好，不能赶回来。我不知道，究竟有多少人被骗过去了。我想，有关他缺席的真正原因的谣言已经传播了相当一段时间。

没有他，葬礼还是如期进行了。我认为，事已至此，葬礼办得还算不错。棺材从百厦庄园抬出来，卡罗琳和我跟着灵柩，坐在葬礼承办人的车里，后面三四辆车里坐的是家族的近亲挚友，这些亲友都是从苏塞克斯郡和肯特郡长途跋涉赶来的。天气已经有所好转，但是最后一场降雪还积在路面上，在没有一片落叶的雪白车道上，黑色轿车非常肃穆。而且，我们想低调出殡的愿望终究成了泡影。这个家族知名度太高，而本地人的领主情绪又很容易死灰复燃。况且，这场葬礼已经不仅仅涉及百厦庄园里的神秘惨剧了，报纸对艾尔斯太太之死的大肆渲染吊足了人们的胃口。在农场和农舍的门口，人们聚在一起目送棺材经过，表情凝重又好奇。我们一行人拐上里德克特的主干道时，发现人行道上挤满了人，我们驶近时，人群静了下来，男人都摘下帽子，一些女人哭了起来，不过他们都在张望着。这一幕让我想到了差不多三十年前，我穿着校服，和父母站在这里观看另一场艾尔斯家葬礼时的情景，那个棺材只有这个一半大。想到这里，我一阵头晕眼花，似乎生命转了个圈回到了起点。我们抵达教堂时，人群更加密集了，我感到卡罗琳很紧张。我握着她戴着黑色手套的手，静静地说："他们只是想向死者致敬。"

她把另一只手挡在脸上，想要阻止人们的视线。

"他们都在看我。他们在看什么？"

我捏着她的手指："勇敢些。"

"我不知道我能不能做到。"

"能，你能做到。看着我。我在这里。我不会离开你。"

"不要，不要离开我！"她说着，把脸转向我，紧握住我的手，似乎我的那句话吓坏了她。

我们穿过墓地时，教堂敲起了丧钟，在干燥无风的空气里显得格外响亮、忧郁。卡罗琳一直低着头，胳膊紧紧地挽着我。但是我们一走进教堂里，她就镇静下来了，因为接下来只要完成宗教仪式、按照常规回答几个问题就可以了。她熟练、敷衍地完成了仪式，这几天来她一直是以这样的方式来完成各种工作和职责的。她甚至加入了唱诗班。我以前从没听过她唱歌。她唱歌像讲话一样，和谐悦耳，歌声清晰饱满地从优美的唇线里传出来。

仪式的时间不长，可是教区牧师斯彭德先生与艾尔斯太太相识多年，他充满感情地为她做了一段简短的讲话。他称她是一位"旧式淑女"——那些散布传言的人也用了这一措辞。他说她是"一个迥然不同、优雅高贵的时代的一部分"，似乎她比实际年龄还老，差不多算是她那一代中仅存的故人。他回顾了她女儿苏珊的死，说相信我们大部分人对此记忆犹新。他告诉我们，艾尔斯太太那天跟在她孩子棺材的后面，而他仿佛觉得，艾尔斯太太整个生命历程里，一定每天都在心中跟在后面走着。她的死是个悲剧，然而令我们宽慰的是，我们知道她们在一起了。

他讲话时我环顾着教堂里的人群，看见很多人听见他的话悲伤地点着头。当然，他们谁也没在艾尔斯太太生命的最后几个星期里见过她，那时她正受幻觉的控制，它那么强大，那么疯狂，似乎在她周围那些结实、死气沉沉的东西表面投下了忧郁痛苦的魔咒。当我们走出教堂，来到家族墓地时，我突然觉得斯彭德或许是对的。没有魔咒，没有阴影，没有秘密。事情很简单。卡罗琳站在我身边，她是清白的。百厦庄园，一个砖块灰浆砌成的东西，也是清白的。艾尔斯太太，不幸的艾尔斯太太，终于和她失散的小女儿重逢了。

悼词念毕，棺材放了下去，我们离开了墓地。人们开始朝卡罗琳走来，想要表达哀悼之情。吉姆·西利和他的妻子同她握了手。他们后面是莫里斯·巴比，那个建筑商，接着是格雷厄姆和安妮。他们和她交谈了几分钟，他们说话时，我看到西利有些踟蹰，朝我看来。我有些犹豫，然后向他走了过去。

“糟糕的一天，”他小声说着，“卡罗琳是怎么撑下来的？”

我说道：“所有细节都考虑到了，葬礼安排得很周全。她只是有一点心不在焉。”

他望着她：“看得出来。最好她现在能对自己的表现有所察觉。不过，好在你照看着她。”

“是的。”

“是啊，人们议论纷纷。其实，我觉得我应该向你表示祝贺了吧？”

我说道：“今天似乎不适合接受祝贺——不过，”我歪着头，兴奋又害羞地说，“是的。”

他拍了拍我的胳膊：“我为你高兴。”

“谢谢，西利。”

“也为卡罗琳感到高兴。天啊，她应该得到这份幸福。如果你听从我的建议，就不要拖延了，葬礼一结束，就赶紧结婚吧。带她出去走走，好好度蜜月。一个崭新的开始。”

“我是这样打算的。”我说道。

“你是个好人。”

他的妻子把他喊走了。卡罗琳转过身，像是在找我，于是我走到她身边。她的胳膊又紧紧挽住了我，而我满心希望的只是带她回百厦庄园的家，看着她安然入眠。可是，我们已经邀请了一群人去庄园参加一个不容推辞的酒会，接下来几分钟煞是难熬，我们讨论谁和谁拼一辆车去，谁挤在葬礼承办人的车里，谁和谁坐一辆私家车。我看到卡罗琳越来越为难，便把她转交给苏塞克斯来的姨父姨妈照看。我跑过去把我的鲁比车开过来，除了我，还可以载三个人。德斯蒙德夫妇和一个落单的男孩坐进我的车里，他长得有点像罗德里克，是卡罗琳的堂弟。他是一个漂亮的小伙子，好脾气，不过很显然，他对艾尔斯太太的死并不特别伤心，在回百厦庄园的路上，他一直和我们愉快地交谈着。他十多年没有拜访过庄园了，如今有机会故地重游，他毫不掩饰自己的高兴劲。他说，他过去常常和父母一起过来，对那幢房子、花园和庭园都有美好的回忆……我们开始在那条长着乱蓬蓬的植物的车道上颠簸前行时，他才安静下来。我们驶出了月桂树林和荨麻丛，走上那段长长的砾石小路，我看见他盯着这幢盲眼的房子，似乎不敢相信眼前的一切。

“你是不是发现它变了？”我们四个人走上台阶时，比尔·德斯蒙德对他说道。

“变了！”这个男孩说道，“我简直不敢相信这是同一个地方！它像是恐怖电影里的城堡。毫不奇怪伯母会——”他止住了后面的话，尴尬地涨红了脸。可是，当我们遇上另一群向小客厅走来的悼念者时，我看到这些人也四处张望，他们显然也有同样的想法。我们一共有二十五个人，小客厅容纳不了这么多人，可是也没有其他适合聚会的地方，卡罗琳把家具往后推，想要空出些地方来——推的过程中露出了破得最厉害的几块旧地毯，以及家具上的裂缝与磨损，这真是糟糕极了。我想，有的客人肯定认为这没什么可奇怪的，但是对那些了解百厦庄园昔日辉煌的人来说，这座宅子的衰落一定很让他们震惊。特别是卡罗琳从苏塞克斯来的姨妈和姨父，他们早已把庄园打量了一番。他们看到了大客厅里下陷的天花板和脱落的墙纸，烧焦了的罗德里克房间，他们的目光穿过凌乱的庭园，落在打开了一个缺口的界墙和红色的简易住宅上，仿佛它们是在庭园里一夜间长起的毒蘑菇。他们目瞪口呆。他们和德斯蒙德夫妇与罗西特夫妇一样，认为不能让卡罗琳独自住在这里。当我走进来时，他们把卡罗琳拉到身边，想说服她当天下午就跟随他们回到苏塞克斯。她摇摇头。

“我现在不会考虑离开的事，”我听她说道，“我现在什么都不能想。”

“噢，那我们就更应该照顾你了，对吗？”

“请——”

她把头发向后一捋，手指的动作笨拙，几缕头发搭在脸颊上。她穿着一件朴素的黑色裙子，脖子露在外面，苍白虚弱得可以看到上面的血管，像瘀伤一样是青紫色。“请不要再说了，”她说，这时我走到她身边，“我知道你们只是想表达善意。”

我碰了碰她的胳膊，她感激地转身看看我。她的声音柔和了一些：“你在这儿。人都到齐了吗？”

“是的，”我轻轻说道，“每个人都到了，你不要担心。每件事都安排好了。你要喝点什么，吃点什么吗？”桌子上堆着些三明治。贝蒂在旁边分盘子，倒酒，她的脸颊和卡罗琳一样苍白，眼睛红红的。她没有参加葬礼，留在这里做准备。

卡罗琳摇摇头，似乎提到吃东西就让她反胃。“我不饿。”

“我想，喝杯雪利酒会让你舒服些。”

“不，那也好不了。不过，也许，我的姨妈和姨父——？”

我的到来似乎让姨父和姨妈暂时松了一口气。葬礼前，我被介绍成家庭医生。我们就艾尔斯太太和罗德里克的病情交换过几句意见，我觉得，他们看到我这样不离卡罗琳左右，一定很高兴——因为，卡罗琳看起来十分疲惫和虚弱，他们顺理成章地认为我在恪尽职守。现在姨妈说话了：“医生，请你支持我们。如果罗德里克在这里，情况就大不相同了。可是卡罗琳不能独自一人住在这幢巨宅里。我们想让她来苏塞克斯，和我们一起住。”

“卡罗琳怎么想？”我说。

这个女人缩回了下巴。她很像她的姐姐艾尔斯太太，不过她大了一圈，也不那么迷人。她说道："我们已经通盘考虑过了，卡罗琳并不清楚自己的需要！她只是运气好，才幸免于难。很显然，换一个环境对她只有好处。作为她的医生，你一定得答应。"

"作为她的医生，"我说道，"我或许会答应。如果作为其他的身份——噢，恐怕此刻我并不情愿看着卡罗琳离开沃里克郡。"

我面带微笑地说完这句话，然后伸手挽住卡罗琳的胳膊。我的手指碰到卡罗琳，她动了动。可是我认为，刚才那番谈话她根本没听进去。她正在房间里左顾右盼，看每件事是不是都安排好了。我发觉，她姨妈的表情变了。她顿了顿。接着开口了，语调更加尖锐："恐怕我忘记了你的名字，医生。"

我又说了一遍。她说道："法拉第……不，我记得我姐姐从没提起过你。"

我说道："我没指望她这么做。可是我认为，我们刚才在讨论的，是卡罗琳的事。"

"卡罗琳现在非常脆弱。"

"我非常同意。"

"我一想到她在这里，孤独，没有朋友——"

"可是，她不是。看看你的周围吧，她有很多朋友。我想，她在这里的朋友比在苏塞克斯多。"

这个女人盯着我，很沮丧。她转向外甥女。

"卡罗琳，你真的想留在这里吗？你知道，这样安排我会不安的。如果你出了什么事，我和你姨夫永远不会原谅自己。"

"出事？"卡罗琳疑惑地说道，她的注意力转了回来，"你是什么意思？"

"我是说，在这里如果发生什么事情，只有你一个人待在这幢宅子里。”

“茜茜姨妈，现在我不会出任何事，”卡罗琳说，“也没什么事可发生了。”

我认为，她说得很认真。可是这个上了年纪的女人盯着她，大概还以为卡罗琳在开玩笑。我看到，她的脸上闪过一丝不悦。“噢，你当然不是个孩子了，”她说道，“你的姨父和我也不能强迫你——”

就在这时，谈话被另一位客人的到来打断了。卡罗琳解脱了，她尽职尽责地走过去和客人打招呼。我也跟了过去。

不难想象，这是一次非常压抑的聚会。没有人致词，没人像那位教区牧师一样，能给沉闷的气氛增添几分抚慰。在这里想说些安慰的话似乎更难，人们一眼就看穿了脏乱的宅子和庭园，它们勾起了对艾尔斯太太的回忆，让人不快却又无可奈何。而且，人们也不可能不联想到，就在头上几英尺的地方发生的自杀事件。人们尴尬地站着，窃窃私语，似乎不仅是难过，而是疑虑重重。他们和卡罗琳的姨妈一样，时常不安地瞟一眼卡罗琳。我从人群中走过，听到几个人在小声猜测庄园里还会发生什么事——他们显然很自信，这个庄园没有前途，卡罗琳注定要放弃它。

我越来越厌恶这些人。他们来到这里，对这幢房子一无所知，毫不关心卡罗琳和她的幸福，却妄下断语，自以为是地做出猜测。一个多小时后，人们开始悲伤地告辞，然后悄悄离开。我感到轻松多了。由于很多人必须拼车，所以小客厅里的人群减少得很快。不一会儿，苏塞克斯和肯特来的亲友想到摆在他们面前的漫长难熬的汽车或火车旅程，也开始看表了。他们一个接一个地走到卡罗琳面前，亲吻拥抱她，动情地告别。姨妈和姨父最后一次徒劳无功地劝说她离开。每告别一次，她就更加疲惫——她就像是一朵花，在人们手中传来传去，受伤、枯萎了。最后一批客人离开时，我们送到前门，站在开裂的台阶上，目送他们的汽车嘎吱嘎吱地压过砾石小路。然后，她闭上眼睛，蒙住脸，肩膀垂了下来，我能做的就是把她搂进怀里，带着她脚步不稳地回到温暖的小客厅里。我让她坐到壁炉边的一把靠背椅上——过去是她妈妈坐的。

她揉着前额："真的结束了吗？这真是我一生中最长的一天。我觉得脑袋都要炸了。"

"你竟然没有晕倒，我很惊讶。"我说道，"你什么也没吃。"

"我吃不下。我吃不下。"

"只吃一点点？好吗？"

无论我拿什么，她都不肯吃。因此，我最后把雪利酒、糖和热水混在一起，站在一旁看她就着几片阿司匹林喝掉。贝蒂过来清理桌子，把房间恢复原样，她机械地站起来想帮忙，我坚决而有礼貌地把她推了回去，又给她拿来几个靠垫和一条毯子，我脱掉她的鞋子，把袜子里的脚趾大致揉了一遍。贝蒂收盘子时，她的神情很悲伤，但是不久疲倦就战胜了她。她抬起双腿，把脸颊倚在椅子破损的天鹅绒面上，闭上了眼睛。

我看着贝蒂，把手指放到唇上，示意小声。我们一起安静地工作，轻轻地把托盘装满，端着它们踮起脚尖离开房间，走到下面的厨房，我脱掉外套，站在这个女孩身边，她从水池中把滑腻腻的瓷器和玻璃杯递给我，我负责擦干。她不觉得有什么奇怪，我也觉得没什么可大惊小怪的。百厦庄园的生活习惯已经被打乱了，做些简单家务对她们来说是一种安慰——就像我在其他失去亲人的家庭里看到的那样。

但是，刚洗涮完毕，她瘦弱的肩膀就垂了下来。我很饿，也想让贝蒂忙碌起来，我让她热了一锅汤，我们一人捧着一碗坐到桌边。我把碗和汤匙放在擦洗过的桌面上，发现自己越来越心事重重。

我说道："贝蒂，上次坐在这张桌子上吃东西，我十岁。妈妈和我在一起——她就坐在你的位置上。"

她抬起满是泪水的红眼眶，半信半疑地说道："先生，你不是在和我开玩笑吧？"

我微笑着回答："是有点像开玩笑。我那时绝对没有想过，我将来有一天会重新坐在这里，就像现在这样。我敢说，我妈妈也没想到。真遗憾，她没有活到今天，看见这一幕……贝蒂，我真希望我能对妈妈再好一些。还有我爸爸。我希望你对父母好一些！"

她把胳膊肘支在桌上，手托着腮："他们让我心烦意乱，"她叹了口气，说道，"我爸爸非常大惊小怪，要我别干了。现在他总是叫我回去。"

我很警觉："他不是真的这样打算吧？"

"他就是这样打算的。他最近一直在读所有的报纸，他说这宅子变得太古怪了。贝兹利太太也这么说。她今天早上来了，但是走的时候带走了围裙。她说，她不打算回来了。她说夫人出的事情太可怕了，她的精神受不了。她说她很快要进洗衣房，做洗衣工这样的工作……我想，她还没有告诉艾尔斯小姐。"

我说道："哦，听到这个消息真难过。你还没有打算宣布离开吧？"

她喝了一口汤，没有看我："我不知道。没有了夫人，情况大不相同了。"

"哦，贝蒂，请不要这样。我知道这宅子现在很让人伤心。但卡罗琳小姐只有我们了，你和我。我不可能整日待在这里看护她，但是你可以。如果你要离开——"

"我不想走，真的。无论如何我都不想回家。只是，我爸爸——"

她的声音确实很为难，我发现经过这么多事情，她对这幢房子仍然忠心耿耿，我非常感动。我看着她又吃了一点，考虑着她刚才的一番话，然后慎重地提议："噢，如果你告诉爸爸，百厦庄园里的事情很快就会起变化，会怎么样呢？"我迟疑了，"你可以告诉他，就说，卡罗琳小姐要结婚了——"

"结婚！"她很吃惊，"和谁？"

我笑了："噢，你觉得呢？"

她明白了，脸一下红了，我也傻乎乎地红了脸。我说道："现在，你不要到处讲。有几个人知道了，大部分人还不知道。"

她挺直腰板，变得很兴奋："噢，什么时候可以说啊？"

"我现在还不知道。还没定下来。"

"卡罗琳小姐穿什么衣服？夫人刚去世，她只能穿黑衣服吗？"

我说道："天啊，我想她不会穿黑衣服的！现在不是1890年代了。赶紧，把你的汤喝掉。"

可是她的眼眶中满是泪水。她说道："噢，夫人看不到了，真让人惋惜！婚礼上，谁来把卡罗琳小姐交给你呢？一定是罗德里克先生，是吗？"

"噢，恐怕罗德里克先生的身体还很糟。"

"那么，会是谁呢？"

"我不知道。可能是德斯蒙德先生。也可能，没有人。卡罗琳小姐可以把她自己交给我，对吗？"

她一脸惊惧："她不能那样做！"

我们又讨论了一会儿——经历了沉重的一天，我们俩都很乐意聊聊这个轻松话题。吃完晚餐，她擦干眼泪，擤了擤鼻涕，接着把碗和汤匙拿到水池边。我穿上外套，盛了另外一碗汤，放在托盘里，盖好，端着上楼来到了小客厅。

我发觉卡罗琳还在睡觉，可是我刚走近她就惊醒了。她放下腿，想站起来。她的脸颊在椅背上压出了印痕，就像是弄皱的亚麻布。她半梦半醒地问道："几点了？"

"六点半了。我给你端来一点汤，瞧。"

"噢，"她开始清醒了，揉揉脸，"我真的觉得我吃不下。"

可是我把托盘架在椅子的两个扶手上，把她挡在后面。我在她膝头放了一块餐巾，说道："试着吃一点吧？我担心你会生病。"

"我不想吃，真的。"

"振作点。不然会让贝蒂伤心的。你也会让我伤心……好姑娘。"

她拿起汤匙，心不在焉地搅着碗里的汤。我拿了一个脚凳过来，放在她的一侧，用拳头托着脸颊，认真地看着她，她开始吃了，很慢，一次一小口。她一点儿胃口也没有，只是强迫自己把肉和蔬菜的碎屑吞下去，但是她吃完后精神好多了，脸上有了血色。她说她的头痛减轻了，只是感到非常疲倦。我把托盘放在一边，拉住她的手，可是她抽出手来，掩在嘴上，挡住一个又一个哈欠，眼睛里泪光闪闪。

然后她擦了擦脸，在椅子里向前挪了挪，坐得离壁炉更近些。

"天啊，"她盯着火苗，"今天真像是一场噩梦。可这不是梦，对吗？妈妈死了。死了，埋了，从今以后，她就永远安眠在地下了。我真是无法相信。我总觉得，她肯定就在楼上——就在楼上，休息。我刚才打盹时，差点以为罗迪在那里，在他的房间里，吉普在这里，在我的椅子边上……"她抬起眼睛望着我，目光疑惑，"事情怎么会变成这样？每一件事？"

我摇摇头："我不知道。我真希望我知道。"

"今天我听到一个女人说，这幢宅子一定是被诅咒了。"

"谁说的？是谁？"

"我不认识她。我想，她是一个新搬来的。就在墓地里，我听到她在对其他人说。她看着我，仿佛我也受到了诅咒。仿佛我就是吸血鬼德古拉的女儿……"她又打起了哈欠，"噢，为什么我这么疲惫？我只想睡觉。”

“噢，你最该做的事情就是睡觉了。我只是希望你不要在这里睡，你自己拿主意。”

她揉揉眼睛：“你说起话来真像茜茜姨妈。贝蒂会照顾我。”

“贝蒂也很累。我把你放到床上吧。”这时，我看出她表情异样，便补充道，“不是那样！你把我当成什么样的野蛮人了？你忘了我是一名医生。我经常探望那些卧病在床的年轻女子。”

“可我不是你的病人呀！你必须回家。”

“我不想离开你。”

“别忘了，我是德古拉的女儿！我会平安无恙的。”

她站起身，身体左摇右晃，我扶住她的肩膀稳住她，然后我拂开她前额的头发，双手捧着她的脸。她闭上眼睛。她疲倦时的表情就是这样，眼睛潮湿肿胀，看不见眼睫毛。我轻轻吻了她的双睑。她的双臂像活动娃娃的胳膊一样，在身体两侧晃来晃去。她睁开眼睛，比刚才更坚决地说道：“你必须回家去……不过，谢谢你。谢谢你做的所有事情。你今天对我们太好了。”她更正了自己的说法，“我的意思是，你对我太好了……”

我拿起外套和帽子，握着她的手，一起走到前厅里。那里很冷，我看到她在发抖。我不想让她在冷风中站很久，我们亲吻过后就打算告别了，她正牵着我的手准备放开。可是，这时我顺着她的肩头瞟到了楼梯，想到楼上那间空荡荡的幽暗的屋子，今天一整天她已经很累了，还要孤独地走上楼去，目睹这一幕，我觉得非常难过。

我紧紧握住她的手，把她拉回来。

“卡罗琳。”我说道。

她漫不经心地回来，抗议着：“拜托，我很累了。”

我把她拉得更近些，轻轻地在她耳边低语：“只要你告诉我一件事，我们什么时候结婚？”

她的脸抵着我的脸：“我想上床睡觉了。”

“什么时候，卡罗琳？”

“很快。”

“我想和你待在这里。”

“我知道。我知道你的想法。”

“我已经很耐心了，对吗？”

“是的。但不是现在，不会这么快，妈妈刚——”

“是的，我知道不会……可是，也许，一个月之内？”

她摇摇头：“我们可以明天谈。”

“我想，一个月足够了。我的意思是，办理结婚证之类的事情。但是你知道，我想先计划一下。最好我们能先定下时间。”

“还有很多事情需要讨论。”

“不是什么重要事情，真的……一个月好吗？或者最多，六个星期？从今天开始六个星期？”

她犹豫起来，面带倦容。然后，她说道：“好吧，”她脱身走开，“好吧，如果你愿意，就这么办。我只想睡觉！我真是太累，太累了。”

虽然发生了这么多恐怖事件，可是我记得葬礼结束后的那段时间是我人生中最阳光灿烂的日子——这样说可能显得很古怪。我离开宅子时，心中翻涌着各种规划。第二天，我赶到利明顿递交领取结婚证的申请，几天后日子确定了：五月二十七日，星期四。似乎我期待的心情改变了周遭的一切，在接下来的几个星期里，天气越来越好，白天也一点点变长。光秃秃的树杈和无花的风景似乎一夜之间满是色彩和生机。从艾尔斯太太去世那天早上开始，庄园一直门窗紧闭，与季节的躁动和清澈的蓝天形成了鲜明对比，昏暗和寂静让人感觉压抑。

我征得卡罗琳的同意，打开门窗。四月的最后一天，我逐个检查了一楼的所有房间，小心地打开了百叶窗。有些窗户已经关了好几个月，在合叶上吱吱地转动，灰尘像烟雾般腾起，开裂的油漆噼噼啪啪如雪片般落下。我觉得，这些声音像是一个生灵正喜悦地从沉睡中苏醒过来，木地板咯吱作响，似乎这段慵懒的日子对它们而言也是一种奢侈，它们像猫儿一样在阳光下舒展着四肢。

我希望看到，卡罗琳也能像这一切一样恢复生机。我想轻轻地点燃她，唤醒她。现在，最初的悲伤已经过去了，她的精神略微有些低落。不再有信件要写，也没有安排葬礼的事务来占据她的精力，她变得毫无计划，没精打采。我重新开始门诊和巡诊，这意味着要有大量时间留她独处。贝兹利太太走了，家里有很多家务事需要她做，但是贝蒂告诉我她一天到晚什么也不做，只是坐着，或者茫然地望着窗外，叹息，打哈欠，抽烟，咬指甲。对婚礼的筹划，和即将到来的所有变化，她似乎不能胜任。她对地产、花园和农场也没有任何兴趣。她甚至放弃了阅读。她说，书完全钻不进她的脑袋里。她的头就像是玻璃做的，单词会直接反射回来……

我想起了西利在葬礼上的话——“带她走，一个新的开始”——我开始筹划我们的蜜月了。我想到带她离开乡下的种种好处——马上离开，去一个完全不同的环境，去高山，或者海边和峭壁。我一度想到了苏格兰，然后又想到了北部的湖区。后来，一次很偶然的机会，我的一个病人说起英国西南部的康沃尔郡，描绘了他最近住过的一家位于小海湾里的旅馆。他说那个地方美极了，安静，浪漫，风景如画……它仿佛是命运安排给我的。我没和卡罗琳商量，便找到了那家旅馆的地址，询问价格后，以“法拉第医生和太太”的名义预订了一个星期的房间。我又想到，新婚之夜我们可以在驶出伦敦的夜班车上度过。这样的旅程别具风味，我不知卡罗琳会不会喜欢。在我许许多多不能和她见面的孤单时刻里，我经常想到这次旅程：狭窄的英国火车铺位、漆黑窗外的银色月光、列车员故意从门前经过、列车隆隆地在闪亮的铁轨上驶过。

与此同时，婚礼越来越近，我想鼓励她计划一下婚礼的事情。

“你知道，我想让戴维·格雷厄姆做我的伴郎。”五月初的一个星期日下午，我们在庭园里散步，我告诉她，“他一直都是我的好朋友。当然，安妮也一定会来。卡罗琳，你最好选一个女傧相。”

我们正走过风铃草丛。几乎一夜之间，百厦庄园光秃秃的地面上长满了风铃草，一亩连着一亩。她弯下腰摘了一朵，把花茎绕在手指上，皱眉低头看着花朵急速旋转。

“一个女傧相，”我们继续向前走，她呆呆地重复道，“我，有必要吗？”

我笑了：“亲爱的，你必须有一个女傧相！帮你捧着花束。”

“我没想过这事。我没有特别中意的人选。”

“一定得有。你那个朋友怎么样，就是在医院舞会上的那个？布伦达，是吗？”

她犹豫不决：“布伦达？哦，不。我不喜欢她——不。”

“那么，海伦·德斯蒙德怎么样，作为——你们是怎么称呼的？伴娘？我想，她会很感动的。”

她开始撕扯那朵蓝色的花，用牙齿咬过的指甲不雅地撕开一片片花瓣。

“我想她应该可以。”

“好。我可以打电话告诉她这件事吗？”

她又皱起眉头：“你别打。我会自己和她说的。”

“这是琐事，我不想让你烦心。”

“新娘理应为这些琐事烦心。”

“并不是每个新娘，”我说道，“都有你这样的经历。”我挽着她的胳膊，“亲爱的，我不想让你为难。”

“不让我为难？”她拒绝我拉她的胳膊向前走，“还是——？”她不说话了。

我停下来，盯着她：“你想说什么？”

她仍旧低着头。她把玩着手上的花瓣，头也不抬地说道：“我的意思是，我们真的必须这么快就结婚吗？”

“可是，我们还要等什么？”

“我不知道。没有什么，我想……我只是希望人们不要再这样关注我。昨天，那个得变形性骨炎的男子向我表示了祝贺，他是来送肉的！贝蒂什么也没说。”

我笑了：“别往坏处想！人人都很高兴。”

“是吗？他们更像是在嘲笑。当一个老小姐结婚时，人们总是这样。我猜，他们觉得这很有趣。我……我‘下架’了。仿佛有人把我从展台最里面拿出来，掸掉了身上的灰尘。”

我说道：“你也这样想吗？我想做的，就是掸掉了你身上的灰尘？”

她扔掉那朵撕坏的花，疲倦并略带愠怒地说：“哦，我不知道你想做什么。”

我抓着她的胳膊，让她转身面对着我。

“我想做的就是爱你！”我说道，“如果谁要嘲笑我们，那我只能说他们的幽默感真是糟透了。”

我以前和她说话时从不用这样的措辞，她一下子惊呆了。然后，她闭上眼睛，扭头不再看我。阳光照在她的头发上，我在棕发中看到了一根银丝。

“对不起，”她小声说，“你一直这么好，而我总是这么粗鲁。世事艰难，这就是原因。时移世易，往昔不再。可是，似乎在其他方面，生活根本没有变化。”

我用胳膊搂着她，拉得更近些：“只要我们成了百厦庄园的主人，就可以做出很多改变。”

她的脸颊仍然靠在我的肩上，不过我可以从她的力度上感觉到她睁开了眼睛，目光穿过庭园停留在宅子上。

她说道：“我们从没讨论过这座庄园会怎样。我将成为一名医生的妻子。”

我说道：“到时候你会感到惊奇的。你会看到的。”

她向后退了一步，望着我：“可是你，还有庄园，该怎么运转呢？你不停地说着这些产业，似乎你有时间和金钱去修复它。怎么运转？”

我盯着她的脸，想打消她的疑虑，可其实我也不清楚该怎么办。我最近告诉了格雷厄姆我的计划，婚后我想搬进百厦庄园，他像是呆住了。他说，他一直以为卡罗琳会放弃庄园，她和我会住在吉尔医生的诊所里，或者找一个更漂亮的房子同住。我最后告诉他“什么都没有定下来”，卡罗琳和我还“拿不定主意”。

现在我说了差不多的话。

“每件事情都会顺利的。你会看到的。一切都会畅通无阻。我保证。”

她神情沮丧，但是没有说话。她任由我把她拉回怀里，我又一次感到她专注地盯着这幢宅子。过了一会儿，她挣脱我的怀抱，一言不发地走开了。

或许，对女人经验老到的男子不会像我这样采取行动。我的设想是，结婚后一切都会走上正轨。我对婚礼那天倾注了无限希望。然而，当需要谈论婚礼时，卡罗琳只是说些模棱两可的话，她说话时那种模棱两可令人不安。她没有联系海伦·德斯蒙德，最后我不得不亲自出马。海伦很高兴，但她欢快地问了几个筹划婚礼问题，我这才明白，我们还没有着手准备。我找机会和卡罗琳谈起这事时，令人震惊的是她想都没想过——甚至没有想过结婚那天穿什么衣服。我说她必须让海伦给些建议，她回答说她“不想大惊小怪”。我要载她去利明顿——不管怎么说，我以前就是这样计划的——给她买一套新衣服，她说我“千万不要浪费钱”，她会“从楼上她的衣物中找出几件来”。我想到她互相不搭的裙子和帽子，忧心得颤抖起来。我悄悄告诉贝蒂，让她找一个卡罗琳的衣服样子，挑一套我们认为最好看的，我悄悄带到利明顿，带给女装裁缝店，问问那些女店员是否可以按照这个尺寸做一件礼服。

我告诉她衣服是给一个快要结婚的女士做的，她现在身体不好。那个女孩叫来两个同事，她们三个人很是兴奋了一阵，忙着制作式样卡，铺开布匹，仔细挑选纽扣。我能看出，她们异想天开地把新娘当成了一个残疾人。“新娘能走路吗？”她们体贴地问道，“她戴手套吗？”我想到了卡罗琳粗壮的腿，和那双外形优美却被家务劳动毁坏的手……我们最后决定要一条朴素，细束带的裙子，用轻柔的淡黄褐色面料来做，我希望和她的棕色头发与褐色眼睛相配。我又预定了一簇淡色的绸花，装饰她的头和双手。整套服装只花了十一镑多，还有我所有的衣服券[1]。不过，只要一开始大把花钱，我就有种想继续花的不适快感。女装店往下再走几家就是利明顿最好的珠宝店。我走了进去，要求看看他们最好的婚戒。他们的品种不多，大部分都是经济实惠的戒指，九克拉重，闪闪发亮，廉价而浮华，我觉得它们大概是从专售便宜货的伍尔沃斯连锁店买来的货色。在一个更豪华的托盘里，我选中了一枚朴素的金环，指环细长，分量却很重，十五基尼。我的

1 除了食物配给制，英国自1941年开始实施衣服配给制，直至战后的1949年才终止。

第一辆车都没花这么多钱。我写支票时，紧张得脸红，尽量装出每天都签掉这么多数目的表情。

我不得不把戒指留在珠宝店里，让他们按照我估算的卡罗琳手指的尺寸，稍稍放大一些。但我开车回家却不知钱花在哪里了，我向前开着，勇气渐渐减弱了，我想起自己的购物行为，握在方向盘上的指节变得苍白虚弱。接下来的几天，我笼罩在单身汉的痛苦之中，疯狂地查阅账单，追问娶妻对我有何意义，再次因公共医疗卫生服务体系而担忧。绝望中我去见格雷厄姆——他取笑了我，然后递给我一杯威士忌，最后设法让我平静下来。

几天之后，我回到利明顿取回了戒指和礼服。戒指比我印象中要重些，让我安心许多。它端置于一张有褶边的丝质衬纸里，放在一个外表贵重的绿皮小盒中。礼服和花束也都装在盒子里，让我兴致高昂。裙子正是我想要的，纯洁无邪，充满活力，装饰大方，崭新得似乎闪着光。

女店员祝愿这位要结婚的女士身体好起来。她们满怀感情地祝愿她“运气好，身体好，婚姻美满长久”。

这天是星期二，距离婚礼还有两周零两天。那天晚上我在医院值班，戒指在我的口袋里，礼服连同盒子放在汽车的防尘罩里。第二天我非常繁忙，没有时间打电话给百厦庄园。但是星期四下午我过去了——像平日一样，用我自己的那把钥匙打开了庭园的锁，然后吹着口哨行驶在车道上，我把车窗摇低些，因为那天的阳光很好。我把盒子夹在胳膊下面，悄悄从花园那边溜进宅子里。在地下室台阶的转弯处，我压低声音呼唤着贝蒂。

“贝蒂！你在吗？”

她从厨房里冒出来，眨着眼睛奇怪地望着我。

我问：“卡罗琳小姐呢？在小客厅里？”

她点点头："是的，医生。她整天都待在那里。"

我举起盒子："你猜这里有什么？"

她盯了半天，很疑惑："我不知道。"接着她的脸放出光彩，"是卡罗琳小姐结婚的东西。"

"有可能。"

"噢！我能看看吗？"

"还不行。也许要等一会儿。半小时之后给我们端茶上来。卡罗琳小姐那时可能会给你看。"

她兴奋地跳了一下，动作滑稽，回到了厨房。我上到宅子的前厅，抱着盒子小心而熟练地穿过绿色厚毛呢帘幕，走进了小客厅。我看到卡罗琳坐在沙发上，抽着一支香烟。

房间很闷，烟雾像漂在水里的蛋白一样，浮在静止的空气里。我把盒子放在她身边的位置上，亲吻着她，然后说道："今天天气真好！亲爱的，你会被闷成腌鱼的。我可以打开落地窗吗？"

她没有看那些盒子。相反，她专注地坐着，盯着我，牙齿在嘴里咬着："你想开就开吧。"从一月我和她从这里出去查看建筑工地到现在，我觉得这个落地窗没有正经打开过。手柄僵硬得转不动，门框移动时发出刺耳的声响，前面的台阶上爬着厚厚的攀缘植物，正焕发着勃勃生机。一打开门，空气就从花园中直接吹进来，湿润芬芳，夹杂着一丝绿意。

我回到卡罗琳身边。她捻灭香烟，向前挪了挪，似乎要站起身。

我说道："现在，不要起来。我有些东西要给你看。"

"我有话要对你说。"她说道。

"我也有话要对你说。我必须告诉你，为了你，为了我们俩，我最近非常忙碌。听我说，看这里……"

"我一直在考虑。"她开始说话了，似乎没有听到我的话，并且没打算停下来。可是我已经把最大的那个盒子拿到她跟前，她终于看到盒子和它的标签了。突然很警惕，“这是什么？”

她的语调让我很紧张。我说道：“我对你说过了，我在为你忙碌。”我舔了舔嘴唇，我的嘴唇刚才很干，我刚把盒子拿给她看，我的信心就开始动摇了。因此，我语无伦次起来——

“看，我知道这有些背离传统，但是我想你不会介意的。噢，我们也没有太多的传统。我这么做是想让结婚那天不同寻常。”

我把盒子放在她的膝头。这时，她似乎被吓住了。她打开盖子，打开遮盖的绵纸，看到下面那件简洁的裙子，她沉默了。她的头发从前面垂下来，挡住了脸。

“你喜欢吗？”我问道。

她没有回答。

我说道：“我向上帝祈祷，保佑它合身。我是比照着你的一条裙子做的。贝蒂帮了我，我们是特工，她和我。但是，如果不合适，还有很多时间可以修改。”她一动不动。我的心颤了一下，然后咚咚地跳得比以前任何时候都快，“你喜欢吗？”

她平静地回答：“是的，非常喜欢。”

“我还买了几件相配的头部和双手的饰品。”

我递给她第二个盒子，她慢慢地打开。看到里面铺满了绸花，和刚才一样，她没有从纸上拿起它们，她只是坐着，低头看着，她的脸仍然藏在垂下的头发后面。我就像傻瓜一样，把手伸进外套口袋里，掏出那个绿皮小盒。

当她打开盒子看到里面的戒指时，似乎被电流击了一下。她站起身，盒子都翻倒了，从她的膝头散落一地。她走向打开的窗户，背对我站着。

她的肩膀在抽动。她搓着双手。她说道：“对不起，我不能这样做。”

我已经飞快地抓起了裙子和绸花。我一边叠着裙子，一边说道："原谅我，亲爱的。我不该把这些一股脑儿拿给你。我们可以晚一点再看。"

她半转过身。她的声音干巴巴的："我不是说裙子。我的意思是指所有的事情。我什么也做不了。我不能和你结婚。我就是不能。"

她说话时我还在整理裙子，我的手指抽搐起来。可我还是把裙子整齐地放进盒子里，把盒子放在沙发上，然后走向她。她看着我走近，僵在那里，几乎是一副害怕的表情。我把一只手放在她的肩上，说道："卡罗琳。"

"对不起，"她再次说道，"我是这么喜欢你，非常喜欢。我一直都是。可是我想我一定是把喜欢和……其他什么搞混了。有一段时间我没想明白。所以事情才变成这样。你是这么好的一个朋友，我非常感激。你给我，给罗德，给妈妈这么多帮助。可是我想，一个人不应该出于感激而结婚，对吗？请回答我。"

我说道："亲爱的，我——我想你累了。"

她的脸上露出一丝失望。她扭动着双肩摆脱了我的拥抱。我的手从她胳膊上滑下来，落在手腕处。我说道："这段时间发生了这么多事情，你的疑虑我一点也不奇怪。你妈妈的死——"

"但我不仅仅是疑虑，"她说道，"妈妈的死让我开始看明白了。我开始思考我想要什么，不想要什么，也开始思考你想要什么。"

我用力拉着她的手："回到沙发上，好吗？你太疲倦了。"

她挣脱开，声音强硬起来："不要说了！都是你在不停地说！有时候——有时候我觉得是你想让我疲倦，你喜欢我疲惫不堪。"

我看着她，惊奇又恐惧："你怎么能这么说？我希望你一切都好。我希望你快乐。"

"可是，难道你看不到吗？如果我嫁给你，这两样东西我一样也得不到。”

我一定是痛苦地退缩了。她的表情和缓下来，她说：“对不起，但这是事实。我也不想这样。我不想伤害你。我非常在乎你。但是我想你宁愿我现在对你诚实些，对吗？而不是等我成为你的妻子，才知道在我内心深处，我不——怎么说呢，我不爱你。”

说最后几个字时，她的声音非常低沉，但是她一直盯着我，她的目光如此坚定，我开始感到害怕。我又一次抓住了她的手。

“卡罗琳，求你了。想想你在说什么，好吗？”

她摇摇头，整个脸都皱起来：“从妈妈葬礼以后，我什么都没做，一直在想这件事。我使劲地想，我的想法已经纠缠在一起，乱成一团麻。它们刚刚开始清晰起来。”

我说道：“我知道刚才我太唐突了。怪我太傻。但是我们可以……重新开始。我们不必像丈夫与妻子那样。起先可不需要，直到你做好准备。问题是出在这儿吗？”

“根本不是那回事，没有什么问题。真的没有。”

“我们可以慢慢来。”

她把手抽出来：“我已经浪费太多时间了。你难道不知道吗？我们之间的事情，永远不会成真。罗德走后我非常难过，而你总是对我那么好。我以为你也很难过，和我一样想从中挣脱。我以为和你结婚我就可以……改变我的生活。可是你不会离开，是吗？反正，我的生活不会发生改变。我只是由一项职责换成另一项职责。我讨厌职责！我不想承担。我不能成为医生的妻子。我不能成为任何人的妻子。最最糟糕的是，我不能待在这里。”

她说最后几个字时充满了憎恨，我不解地望着她，她说道：“我要走了。这就是我正在告诉你的。我要离开百厦庄园。”

我说道：“你不能离开。”

“我必须离开。”

“你不能这样做！你到底要去哪里？”

“我还没有决定。先去伦敦。不过，接着可能会去美国，或者加拿大。”

她可能也说了“月球”。她看到我怀疑的目光，又说道：“我得离开！难道你看不见吗？我必须……离开。这里不需要我。”

“看在上帝的分上，”我说道，“我需要你！这难道对你没有任何意义吗？”

“是吗，你真的需要我吗？”她问我，“还是你需要这座宅子？”

她的话让我大吃一惊，我说不出话来。她继续平静地说道：“一个星期前，你告诉我你爱上我了。如果百厦庄园不是我的家，你真的会有同样的感觉吗？你早就有了这个念头，对不对，你和我可以作为丈夫和妻子住在这里。乡绅和他的夫人……但是这房子不想要我。我也不想要它。我恨这幢房子！”

“这不是真的。”

“当然是真的！除了恨它，我还能怎样？我的妈妈死在这里，吉普死在这里，罗德也可能差点死在这里。我不知道为什么没有东西试着来杀死我。相反，它赠给我一个逃走的机会——不，似乎也不是这样。”我向她走过去，她继续说着，“我没有疯，你别这样想。尽管我不敢肯定，你会不会也那样做。你会把我关在楼上的育婴室里。所有的事情都已经考虑好了，窗边的护栏很结实。”

她像一个陌生人一样。我说道：“你怎么能把我想得这么可怕？毕竟我做的一切都是为了你，为了你的家庭！”

“你觉得我应该通过婚姻报答你？你是不是觉得婚姻就是——一种补偿？”

“你知道我不是那么想的。看在基督的分上！我只是——我们在生活中相遇了，卡罗琳。你要把这一切都抛开吗？”

“对不起。可是我告诉你，没有什么是真的。”

我气急败坏：“我是真的。你是真的。百厦庄园是真的，不是吗？该死的，你想过没有，你走了这幢宅子会怎样？它会土崩瓦解的！”

她转过脸不看我，疲倦地说：“哦，那是别人的事。”

“你是什么意思？”

她转过身，皱着眉头：“我肯定会把产业拿去出售。这幢房子，农场——所有一切。我需要钱。”

我以为我理解她，其实我一点都不理解。我惊慌失措：“你不是认真的。这些产业会被毁掉的，什么事都可能发生。你不可能是这个意思！而且，它也不是你的，它属于你弟弟。”

她的眼皮微微一颤。她说道：“我已经跟沃伦医生谈过了。前天我见了赫普顿先生，我们的家庭律师。战争结束时，罗德第一次生病，他起草过一份委任书，这样妈妈和我就可以代表他处置财产。赫普顿先生说，这份文件仍然有效。我可以进行交易。罗德身体好的话，他就可以自己做，我只是代他做了而已。一旦这宅子卖了，他就会好起来。等他真的好了——噢，无论我在哪里，我会派人找他，他可以过来和我在一起。”

她说话时平静、理性，我知道她是认真的，每一个词都是认真的。一种痛苦涌上我的喉咙，我开始咳嗽。身体里的咳嗽变成了痉挛，突然、剧烈而又干燥。我不得不离开她，倚在打开的法式落地窗门框上，颤抖着，向外面满是攀缘植物的台阶干呕。

她伸出一只手扶着我。咳嗽平息下来，我说：“别碰我，我很好。”我擦着嘴巴，“我前天也看到赫普顿了。我在利明顿碰到他。我们愉快地交谈了一会儿。”

她知道我是什么意思，第一次显出了窘迫：“对不起。”

“你还是说了。”

“我本该早点告诉你。我不该拖这么久。我……想要得到肯定。我知道，我是个非常怯懦的人。”

“而我是个十足的傻瓜，是吗？”

“请不要那样说。你非常体面，非常友善。”

“噢，现在里德克特的人会怎么取笑我！我真是活该，谁让我觊觎不属于我的阶层呢？”

“不要这样说。”

“难道人们不是这样说的吗？”

“正经人不会的，不会。”

“不，”我站直了说道，“你是对的。他们会这么说。他们会说：‘可怜而相貌平平的卡罗琳·艾尔斯。她难道不明白吗，即使在加拿大她也找不到另一个爱她的人？’”

我故意说了这几句话，正对着她的脸。然后我走回沙发，拿起裙子。

“你最好拿着，”我说道，把它捆成一团，扔给她，“上帝知道，你需要它。把这些也拿着。”我把花扔了过去。它们颤动着掉在她的脚边。

这时我看到了那个小绿盒，是刚才她第一次开口说话时我不假思索放下的。我打开盒子，拿出那个沉沉的金戒指，也扔向她。我羞于承认，我扔得很用力，想击中她。她躲开了，戒指冲向了打开的窗户。我以为它肯定冲出去了，可它一定是撞上了其中一扇窗玻璃，发出了一声气手枪射击的声音，在百厦庄园的寂静中显得格外响亮。一道裂缝出现了，不知从什么地方开始，其中一片漂亮的旧式窗玻璃开裂了。

这一幕和这声响动吓到了我。我看着卡罗琳的脸，看到她也受到了惊吓。我说道：“哦，卡罗琳，原谅我。”我向前走了一步，向她伸出了胳膊。可是她迅速地退了一步，想跳开，看到她那样躲避我，我感到受伤了。我转身离开她，走进走廊里——差一点撞上贝蒂。她刚上来，捧着满满的茶盘——眼睛里满是激动，期待欣赏我承诺给她看的卡罗琳小姐美丽崭新的结婚礼物。

14

我很难形容之后数个小时内我的感情状态。甚至回里德克特的行程也成了某种折磨，随着汽车的颠簸，我的思绪也在翻腾，像狂暴旋转的陀螺。不巧得很，我的车刚开进市镇，我就看到了海伦·德斯蒙德。她兴奋地对我挥着手，我只好停车，摇下车窗，和她说了几句话。她想询问几件婚礼上的事情，我不忍告诉她卡罗琳和我之间刚发生的事，所以只得听着，一边点头和微笑，假装在认真考虑这件事，说我会先和卡罗琳商量，然后给她答复。天知道，她一定认为我的神态古怪极了。我的脸紧绷得像张面具，声音也有些窒息。最后，我告诉她我要出一个急诊，才设法离开了她。回到家里，我发现果然有一个出诊在等着我，要我去几英里以外的一所房子给一个重症病人看病。但是，一想到我得爬回车里，我就害怕极了。我不相信自己，觉得自己肯定会把车开得翻下马路。我苦恼地犹豫了好久，然后写了一张字条给戴维·格雷厄姆，告诉他，严重的胃痛让我爬不起来了，请他帮我接诊这个病人，并设法接待我晚上的门诊病人。我对我的管家编了一个同样的故事，她拿着字条走了，又带回了格雷厄姆满怀同情的答复，我让她今天提早下班。她走后，我在门诊的门上钉了一张通知，锁上门闩，拉上窗帘。我拿出放在办公桌里的棕色雪利酒，站在那个黯淡无光的药剂室里，窗户外是来来往往忙碌不息的人，我喝了一杯又一杯呛人的酒。

这就是我能想到去做的事。我的头脑虽然清醒，却好像要爆裂。仅仅失去卡罗琳就够难熬的了，而失去她还意味着失去更多。我可以看到，我计划和希望的每件事——我可以看到它们在熔化，在离我而去！我像口渴至极的人，眼见水的幻影——伸出手去抓，又眼睁睁地看着它化为尘埃。这件事真的发生在我身上吗？我有如芒刺在背，深感屈辱。我想了想现在必须被告知此事的人，有西利、格雷厄姆、德斯蒙德一家、罗西特一家——每一个人。我看到他们同情和怜悯的面孔，我还想象得到，我才一转身，同情和怜悯就变成了流言蜚语和幸灾乐祸……我没法忍受。我站起身，来回踱步，就像我经常看到的，有些严重的病患会尝试用步伐驱散疼痛。我一边走一边喝酒，我放下了玻璃杯，直接从酒瓶里喝，雪利酒洒在我的下巴上。这瓶酒喝完时，我走上楼去，在客厅中的食柜里找酒。我找到了一瓶白兰地，几瓶落满灰尘的黑刺李杜松子酒，和一小桶密封的战前波兰烈酒，这是我在一个慈善抽奖货摊上赢来的，还一直没有勇气品尝。我把它们混在一起，大口咽下，咳嗽着任酒水四溅。我本该找个安静的地方好好享受它们。现在，我却只想放纵可耻的醉态。我记得我穿着衬衣躺在床上，还在喝，一直喝到我睡着，失去了知觉。我记得自己几小时后在黑暗中醒来，难受极了。然后我又睡着了，下一次醒来时，我在发抖。夜里很冷。我爬进毯子里，既难受又羞愧。然后，我没再继续睡了，看着窗口逐渐变亮，我的思绪像冰冷的水汹涌而来，愈发清明透亮。我对自己说，*你肯定已经失去了她。你怎么会认为，你得到过她呢？看看你！看看你的样子！你配不上她。*

不过，这些怪话中肯定有一句说服了我。我起了床，洗漱后，有些反胃地给自己煮了一壶咖啡，心情立即就轻松些了。天气晴朗和煦，温暖如春，和前一天一样。在两个如此美丽的破晓之间，似乎不可能突然发生什么灾难性的转折。我的心匆匆回放着和卡罗琳在一起时的影像，现在，她的话和神态给我的最初刺痛已经逐渐减轻了。我惊讶地感到，我对她是如此认真。我提醒自己，她很疲惫，很沮丧，她母亲的死和致使母亲过世的那些可怕事件，让她还未从震惊中恢复过来。这几个星期，她一直表现反常，向一个接一个的古怪想法认输。每一次，我都设法劝说她做出明智选择。我敢肯定，这是一系列怪事的最后一环，是这么多焦虑和紧张的顶点。这一次，我还有把握说服她吗？我确信我能。我想到，说不定，她正在期盼我前去说服她。她可能只是在试探我的反应，希望从我这里得到什么我从前没能给她的东西。

这个念头支撑着我，赶走了严重的宿醉。我的管家来了，看到我恢复得不错就放下心来。她说她整个晚上都在替我担忧。我的早间门诊开始了，我对病人的怨言特别耐心，想要弥补我在这一晚之前的种种疏忽。我给戴维·格雷厄姆打电话，告诉他我这两天的病已经好了。他放心了，转给我几个病人，我上午又用心地打了好几拨电话。

然后我回到了百厦庄园。我又从花园门穿了进去，直奔小客厅。这幢宅邸与我上次拜访时相比丝毫未变，仍然是此前每一次来访时的熟悉模样。每跨出一步，我就变得更加自信。我看见卡罗琳坐在写字台前，翻看着一沓文件，我希望她站起身，带着羞怯的微笑欢迎我。我甚至向她走了几步，张开了我的双臂。然后，我看到了她的表情，我不会弄错，她的脸上没有丝毫热情。她拧上笔盖，慢慢地站起来。

我的胳膊沉了下去。我说："卡罗琳，这件事真是胡来。我昨晚既悲苦，又可怜。我一直在担心你。"

她皱起眉头，仿佛有些不安和羞愧。

"你现在不必担心我了。你也不必在这里出现。"

“不在这里出现？你疯了吗？我知道你在这里，处在这种状况下，我怎么能不出——”

“我这里没有处在任何‘状况’下。”

“你母亲死后，才过了一个月！你还在悲伤和震惊中。你说你正在做的这些事，你正在做出的这些决定，都和百厦庄园，和罗德有关——你这么做，今后会后悔的。这样的事可不少见。我亲爱的——”

“从现在开始，请不要叫我亲爱的。”她说。

她的话一半是恳求，但还有一半包含着对我的责难，好像我讲了一个脏词。我又向她迈出几步，但又一次停住了。一阵沉默之后，我改变了语气，变得更加急迫。

“卡罗琳，听我说。我明白你有怀疑。你和我，我们不是轻浮的年轻人了。婚姻对我们来说是一大步。上周我慌了手脚，现在你也是这样。戴维·格雷厄姆只能用威士忌让我镇静下来！我认为，如果你也能平静下来——”

她摇摇头。“现在是我几个月来最平静的时候。从我答应嫁给你的那一刻起，我就知道这个决定错了，昨晚我第一次轻松下来。我很抱歉，我对你——对自己——都不够坦率，从一开始就不坦率。”

现在她的语气不仅是不赞成，也不仅仅是冷漠、疏远和忍耐不语了。她穿着一件手织外套，一件破烂的开襟羊毛衫，一条糟糕的裙子，她的头发用一根黑色细丝带绑在脑后，但她非常漂亮，泰然自若，带着坚定的神色。我已经好几个星期没见过她这种神情了。今天上午我那些希望和信心开始崩溃，离我而去。我可以感觉到，昨晚的恐惧和屈辱就浮现在眼前。我第一次认真看了看四周，我觉出房间有些微妙的不同，更整洁，更没有特点，壁炉里有一堆灰，好像她一直在烧文件。我看到了那扇打破的玻璃窗，带着羞愧想起了我前一天对她说的几件事。然后我注意到，在房间里的一张矮桌子上，她放了一堆我送给她的礼物盒：礼服盒、花盒和绿皮小盒子。看到我在看它们，她绕过来，把它们捡了起来。

“你必须把这些带回去。”她平静地说。

我说：“别说傻话了。我把它们拿回去有什么用？”

“你可以把它们退回商店。”

“如果我真的送回去，就是个十足的蠢货了！不，卡罗琳，我希望你留着它们。你会在我们的婚礼上戴。”

她没有回答，但把这些东西塞进我怀里，直到我抱不下为止。接着，她放下了两盒请柬，但手上还拿着皮革盒子。

她坚定地说，“你必须拿走这个。如果你现在不拿，我只能邮寄给你。我在露天平台上找到了戒指。这是一枚可爱的戒指。我希望——我希望你以后把它送给别人。”

我发出一声反感的声响。“这枚戒指是按照你的手打造的。难道你不明白吗？不会再有别人了。”

她把戒指拿给我。“拿着。请你拿着它。”

我不情愿地从她手里接过戒指。但我一边把它丢进口袋，一边还想虚张声势：“好，我暂时收回它。这是暂时的。我会留着它，直到我把它戴在你的手指上。你不要忘了。”

她看上去很不舒服，但仍然冷静地开口了。

“请别这样。我知道这很难，但请你别把事情弄得更糟。不要以为我生病了，很害怕，或正在做蠢事。不要以为我在——我不知道怎么说——就是人们说女人时常做的蠢事，她们擅长演戏，让男人争风吃醋……”她一转脸，“我希望你明白，我绝不会做那样的事。”

我没有回答。一想到我想得到她，却无法拥有她，我就感到我的恐慌又增加了——我惊慌失措，而且沮丧。她走近我，递给我那枚戒指。一码左右的距离和凉爽清新的空气把我们隔开了。我的身体似乎想用力穿过它，向她靠近。这努力如此明显，如此迫切，我简直不敢相信她的身体竟然没有回应。但是，当我向她伸出手时，她向后退了几步。她再次歉意地说道：“请别这样。”然后我又伸出了手，她躲得更快了。我想起了上次拜访时，她从我身边害怕得急速逃走的模样。但是这一次，她并不显得害怕。她说话时，声音里甚至没有难过。她的声音和我刚认识她的时候一样，那时我认为她意志坚强。

她说：“如果你还有一点在乎我，你就不该再这样做。我非常喜欢你，如果你强迫我改变这种情感，我会很遗憾。”

我和前一天差不多，十分伤心地回到里德克特。但是这一次，我努力坚持到了下午。我的夜间门诊结束后，夜晚隐现在我前面，这时我的勇气开始消失了。我又开始踱步，难以安静地坐下，无法工作。有一刻，我被一个念头迷惑和折磨着——只用几个词就可以全然描绘——我失去了卡罗琳，失去了那座宅子，失去了我们美好的未来。我的生活失去了意义。我不能让这种情况发生。我戴上帽子，钻进汽车，再次向百厦庄园驶去。我想抓住卡罗琳，摇她，拼命摇撼她，直到她恢复理智。

但是，那时我想到了一个可能更好的主意。在去百厦庄园的十字路口我向北转，拐上了利明顿路，我开车去了哈罗德·赫普顿家，他是艾尔斯家的私人律师。

当时，我完全失去了对时间的概念。赫普顿的女仆领我走进去，我听到说话的声音和餐具叮当响，我看到大厅里的时钟才刚过八点半，丧气地想到，他们全家人正在饭厅里吃晚饭。赫普顿亲自出来迎接我，手里拿着餐巾，还在擦嘴上的肉汁。

我说：“对不起。我打搅你了。我改天来拜访吧。”

但他好脾气地把餐巾放在一边。

“胡话！我们已经差不多吃完了，而且我很乐意等等我的布丁。看到一张男人的脸孔，我也很高兴。在这所房子里，我被女人们包围着……到这里来吧，这里安静些，好吗？”

他把我带进他的书房，那里能俯瞰房子后面暮色笼罩着的花园。这座房子很漂亮。他和他的妻子为它花了不少钱，并且一直把它攥在手里。他俩在当地捕猎狐狸的圈子里是大人物，房间的墙壁上挂着各种狩猎纪念品、短马鞭、奖杯和集会的照片。

他关上门，递给我一根香烟，自己也拿了一根。他倚着办公桌的一角，而我紧张地坐在一把椅子上。

我说：“没事我不会来的。我敢说，你知道我为什么来这里。”

他正忙着点他的香烟，做了一个态度暧昧的手势。

我说：“是卡罗琳的事，还有百厦庄园。”

他合上了打火机：“你应当明白，与你讨论家庭财务状况不合适。”

“你知道，”我说，“我即将成为这家的一员吧？”

“是的，我听说了。”

“卡罗琳取消了婚礼。”

“真遗憾。”

“但是，你应该早就知道了。她下了决心之后，你比我知道得更早。你肯定知道她计划怎么处理房子和地产。她说，罗德里克已经写好了几份委托书。是吗？”

他摇摇头。“法拉第，我不能和你讨论这些。”

我说，“你不能让她这样处理！罗德里克是生病了，但他还没有病到让人在他的鼻子底下抢走他的财产！这样做不道德。”

他说：“如果你能提供一份真正的诊断报告，我就肯定不会那么做了。”

“看在上帝的分上，”我喊道，“我是他的医生！我是卡罗琳的医生，你明白了吧！”

“老伙计，你的声音能小点吗？”他一字一顿地说，“你，你自己，你应该还记得你签署过一份文件，把罗德里克送给沃伦医生照顾。我肯定见过这份文件。沃伦认为，这个可怜的孩子没有能力照料自己的事务。很明显，将来一段时间内也不可能。我向你转述的是沃伦的原话，如果他在这里，也会亲自对你这么说。”

“那好吧，也许我应该和沃伦谈谈。”

“请设法和他谈谈吧。但我不服从他的命令，我只接受卡罗琳的指示。”

他的迟钝激怒了我。我说：“在这件事上，你必须坚持你自己的立场。我是指个人立场。你必须明白，这十分愚蠢。”

他端详着他的香烟头。“这么做究竟好不好，我不敢肯定。当然，这个地区又将失去一个古老的家族，这真让人伤心。但是，现在卡罗琳满脑袋想的全是这房子的败落。所有产业都需要精心管理。她怎么可能独力担当呢？况且，一个有这么多伤心往事的地方，怎么留得住她？她没有父母，没有兄弟，也没有丈夫——”

“我本来就要成为她的丈夫了。”

“我真的不知该怎么说……对不起。我不知道我能为你做什么。”

我说：“在卡罗琳恢复理智之前，你可以阻止事态进一步发展！你谈到了她弟弟的病情，这还不够明显吗？卡罗琳自己的身体也很不好。”

“你这样想吗？我上次见她时，她似乎很不错。”

“我不是指身体的疾病。我是说她的神经系统，她的精神状态。我回想了过去几个月里她经历的每一件事。这些巨大的压力影响了她的判断力。”

他表情尴尬，而且还依稀有些好笑。

“我亲爱的法拉第，”他说，“如果每个被情人抛弃的家伙都想证明女友……”

他摊开双手，没有说完。从他的表情里，我看出我把自己变成了一个什么样的傻瓜，短短一瞬间，我明白了我的真实处境，明白了事情已绝无希望。但是，承认这一点太难了。我苦涩地告诉自己，我在和他浪费时间。我退缩了。他从来没有喜欢过我。我不是他“圈子”里的人。我站起来，从他身边走开。我找到一只烟灰缸——锡制品，上面有猎狐的图案——捻灭了我的那支烟。

我说：“我得让你回去和家人把饭吃完。对不起，我打扰你很久了。”

他也站了起来。“你一点也没打扰我。我希望，我能让你稍稍安心些。”

但是，我们现在的语气都变温和了。我跟着他走回大厅，和他握手，感谢他和我谈了这么久。他打开门，我们抬头看见了明亮的夜空，我和他客套了几句，聊着越来越长的白天。然后我走回车里，透过没拉上窗帘的饭厅窗口，看见他回到桌边。他在对妻子和女儿们解释我的拜访——他摇摇头，耸肩表示了对我的轻蔑，坐下开始吃他的晚餐。

我又度过了一个糟糕的晚上和一个烦躁的白天，这个星期悲苦而坚定无情地向前行进，我觉得自己几乎被悲伤压倒了。到现在为止，我没对任何人说。另一方面，我一直在假装愉快，因为我的很多病人都听说了即将举行的婚礼，并想要祝贺我，还和我聊起婚礼的细节。到了星期六晚上，我再也无法忍受了。我去看望格雷厄姆夫妇，说出了所有的事。在他们那个温馨的小家里，我坐在沙发上，双手抱着脑袋。

他们对我很亲切。格雷厄姆立刻说道：“但是，这么做太疯狂了！卡罗琳肯定神志不清。噢，这肯定是婚前恐惧症。安妮也发作过，一模一样。她一次次把订婚戒指退给我，我都记不清她一共退给我多少次了。那时候，我们把订婚戒指叫作‘回飞棒’。你记得吗，亲爱的？”

安妮笑了，但神情焦虑。我告诉他们发生了什么事情时，重复了几句卡罗琳的原话，看来，她对此事的担忧比她的丈夫深得多。

她缓缓说道："我相信你是对的。我可以肯定，卡罗琳不是神经过敏类型的人，这可真让我惊讶。但是话说回来，她近来遇上了这么多伤心事，现在她在那里与世隔绝，失去了母亲……以前要是我再努一把力，说不定能和她成为朋友，要是那样就好了。我真搞不明白，她似乎不想要朋友。但我希望，我能努力成为她的朋友。"

"现在努力是不是太晚了？"格雷厄姆问道，"你为什么不明天就去替法拉第和她谈谈？"

她看着我。"你想要我这样做吗？"

我认为，她说得并不热心。但是，现在我很绝望。

我说："哦，安妮，我会十分感激你的。你真的肯这样做？我确实一筹莫展了。"

她握住我的手，说她很乐意帮忙。

格雷厄姆说，"法拉第，放心吧。我妻子的甜言蜜语可以说动斯大林。事情会解决的，你就等着看吧。"

他说得十分自在，我有点为自己的大惊小怪感到羞愧。那天晚上，是事发之后我睡的第一个好觉，周日早上醒来时稍稍轻松了些。然后，我开车载着安妮去百厦庄园。我没有进宅邸，但是安妮走上前面的台阶，按响门铃时，我却在车里紧张地看着。贝蒂开了门，默不作声地让她进去了。门一关上，我就希望她立刻返回来，但实际上，她在里面待了足有二十分钟，长得让我把所有的疑虑都想了一遍，然后变得比较乐观了。

但是，她回来时，脸上毫无笑容的卡罗琳出来送她，卡罗琳茫然地看了一眼车子，然后走回了身后泛出桃红色微光的幽暗前厅，关上了大门——我的心向下一沉。

这时安妮进了车里，起初什么也没说。然后，她摇了摇头。

“我很抱歉。卡罗琳似乎已经下定决心。她觉得这件婚事很可怕。拖着你向前走了这么远，她觉得很羞愧。但她已经下了决心。”

“你能肯定吗？”我瞧了一眼关闭的大门，说道，“有没有可能她怨恨你在这里出现，所以话说得很刺耳？”

“我认为不是。她十分友善。其实，她见到我很高兴。她也一直在担心你。”

“她，担心我？”

“是的。听说你对戴维和我说了心事，她很高兴。”

她告诉我这些时，似乎认为我会略感安慰。但是——我告诉朋友我们的关系结束了，而卡罗琳竟然很高兴。她高兴是因为，她对我的责任转到我的其他朋友身上了——想到这里，我的伤心就变成了害怕。

我的脸上肯定浮现了惊恐之色。安妮说：“我也希望事情向另一个方向发展。我肯定这样希望。我为你把什么话都说了。卡罗琳很动情地谈起了你！她十分喜欢你，非常非常喜欢。但她还谈到她对你的感情中缺少的部分。我认为，女人犯这种错可以原谅……然后，还有其他几件事：搬出宅子，出售百厦庄园。她的心意也很明白。你知道吗，她开始收拾东西了？”

我说：“什么？”

“看来，她已经忙了好几天了。她说，交易商已经来过这里，给房子里的东西出了个价。所有这些漂亮的东西都卖了！真可惜。”

我默默地坐着，很拘谨，这已经是第二次了。然后，我说道：“我不能忍受她这么做。”我猛然推开车门的把手，下了车。

我觉得安妮在后面叫我。我没有回头。我十分愤怒地大步走完了砾石小道，跑上台阶，我用肩膀撞开前门，看见卡罗琳差不多就在门的背后，贝蒂在她身边，她们正在把一个茶叶箱放在大理石地上。其他箱柜和板条箱分散放在楼梯井里。前厅的东西都被搬空了，墙壁光秃秃的，标着记号，墙上的装饰品全部不见了，桌子和橱柜孤零零地立着，就像失败的宴会上几个窘迫的客人。

卡罗琳穿她的旧训练裤，头发绑在头巾里。她的袖子卷了起来，双手肮脏。可是这一次，即使在我的愤怒里，我也能感到我的血液、我的神经、我的每个细胞中有一股绝望、穷凶极恶的力量，向她扑去。

但她的表情很冷淡。她说，“我对你没什么可说的。我都对安妮说过了。”

我说：“卡罗琳，我离不开你。”

她的眼睛一眨不眨。“你必须离开我！你只能这么做。”

“卡罗琳，请别这样。”

她没有回答。我看着贝蒂，她不自然地站在一旁。

“贝蒂，”我说，“你能不能离开我们几分钟？”

可是，就在贝蒂准备离开时，卡罗琳对她说道：“不，你不必离开。法拉第医生和我说的，你都可以听。过来帮我绑这个箱子。”

这姑娘犹豫不决，然后低下头，半转过身子。我沉默地站着，十分丧气。然后，我把声音放低。

“卡罗琳，”我说，“我求求你。请再考虑考虑。你是不是爱我，我不在乎……我知道，你喜欢我。不要假装什么都没有发生。那次，在舞会上，还有，我们一起站在外面，在露天平台上——”

她不耐烦地说：“是我做错了。”

“你没有做错。”

“有。从开始到结束，全都错了。是我做错了，对不起。”

“我不能让你走。”

“天哪！你想不想让我恨你？请不要这样出现在这里。事情结束了。所有这一切都结束了。”

我抓住她的手腕，突然又愤怒起来。

“你怎么能这样说？你怎么能这样做？看在基督的分上，看看你自己！你在毁掉这座房子！你要放弃百厦庄园！你怎么能？你——你怎么敢？你难道忘了，你曾经对我说过，能在这里长大是一种幸运？你说过，你必须尽子孙的责任？难道你真的打算这么干？”

她挣脱了我的手。她说：“这种‘幸运’会置我于死地！你知道。我真希望我一年前就离开了，带着我的母亲和弟弟离开。”

她想从我身边走开，继续进行她的工作。看着她走开，我平静地说：“你真的决定了吗？”

她的魄力和决心又一次让我感到惊讶。她向我转过身来，皱着眉头。我说：“一年前，那时你有什么？你说这座宅子消耗了你们所有的时间。你有一个年老的母亲，一个生病的弟弟。那时你的未来是什么？好吧，看看你的现在。卡罗琳，你自由了。只要百厦庄园一售出，你就有钱了。你这一招实在漂亮。”

她盯着我看了几秒钟，血涌上了她的脸。我意识到我说错话了，慌张起来。

“卡罗琳，请原谅我。”

“出去。”她说。

“请——”

“滚出去。滚出我的房子。”

我没有看贝蒂，但我知道她的表情肯定很尴尬很震惊，既惋惜又同情。我转过身，摸到门，浑然无觉地走下台阶和砾石小路，回到汽车前。安妮看着我的脸，轻轻地说：“谈得不好吗？我真遗憾。”

开车回里德克特的途中，我们一直沉默着——失去卡罗琳的念头并没有击垮我，但是如果我有机会挽回她，却浪费了这样的机会，那才会让我感到破灭。我想起了我对她说的话，我对她的暗示，我觉得既羞愧又难过。但在我内心深处，我明白这羞愧会过去，我的痛苦最终会压过愧疚，我会再次去百厦庄园，说出更加可怕的话。因此，为了让这桩事彻底了结，我开车送安妮回到家后，直接去见了德斯蒙德夫妇，告诉他们卡罗琳和我分手了，婚礼已经取消。

这是我第一次对别人说出实情，他们的反应没我预期的那么紧张。比尔和海伦很同情我，也很关切。他们递给我一杯酒和一根香烟。他们问，还有谁知道了这个消息，我告诉他们，他们可能是第一个，但我明白，他们可以把这个消息传给他们的每一个熟人。我说，越早让每个人知道越好。

"是不是真的没有希望了？"海伦问我，她送我出门时问道。

我说："我觉得，恐怕没有任何希望了。"我悲伤地微笑着说，我的意思是，我只能甘心接受取消婚约。但很有可能，我的话给人的印象是，这是我和卡罗琳共同的决定。

里德克特有三个公共酒吧。我离开德斯蒙德家时，它们刚刚开始营业，我停车在每个酒吧里都喝了一杯酒。最后，我买了一瓶杜松子酒——这是他们售卖的唯一一种烈酒——然后离开了。我又一次站在我的药剂室里，怯懦地猛吞下了这些酒。然而，这一次我虽然喝了很多，却始终没有醉。这时我想起了卡罗琳的形象，我的头脑古怪地清醒起来了。好像过去几天里我的狂乱已经耗尽了我，我感受不到任何强烈的情感了。我离开药剂室，上了楼，我的房子最近似乎越来越像一个脆弱的舞台，现在随着我的脚步，房子沉闷的色彩和线条也变得愈发坚硬，愈发冷酷。但不知怎么回事，即使这样，我还是没有昏昏沉沉地睡去。我继续走上阁楼的卧室，似乎想让胸中的悲伤之火愈燃愈烈。我翻出了所有从百厦庄园拿回来的东西，或是把我和庄园联系起来的东西。里面当然有帝国日奖牌，和我第一次拜访时艾尔斯太太给我的那张深褐色照片，那上面可能有我母亲的肖像。但是，里面也有三月时我从厨房通话管上拔出来的象牙哨子——那天我把它放在我的背心口袋里，无意中带回了家。我一直把它和我的纽扣、袖扣一起放在抽屉里，但是现在我把它挑了出来，放在我的床头柜上，旁边摆着照片和奖章。我又找出了庭园的钥匙和房子的钥匙，我把装着卡罗琳戒指的绿皮盒子放在它们旁边。

一块奖章、一张照片、一只哨子、两把钥匙、一只没戴过的婚戒，它们就是我在百厦庄园的战利品——这是一组多么奇特的收集品啊。一个星期前，它们还能为人们说出一个故事，而我就是故事中的主角。现在，它们变成了这么多伤心的碎片。我翻看着它们，想从中领悟什么，而又深感挫败。

我把钥匙放回自己的钥匙链，我不想归还钥匙，至少现在还不想。但是，我犹如藏羞般把其他东西藏了起来。我很早就上床睡觉了，第二天早上，我开始了沉闷无趣的工作，拾起了我一成不变的旧日生活——我说的旧日生活，是指百厦庄园开始吸引我之前的那些日子。那天下午，我听说庄园和地产由一个本地的商人代理，开始拍卖了。那个奶牛场工人梅金斯可以选择离开农场或自己买下它，但他选择了离开，他没钱独立经营奶牛场。突如其来的拍卖使他陷入困境，据说他非常不快。这一周里，还有更多消息也慢慢传开了。听说货车在府邸里来来往往，渐渐排空了它的腹中物。大多数人想当然地以为，这是卡罗琳和我的计划。我费了好几天工夫，不停地解释婚礼已经取消，卡罗琳将独自一人离开这里。后来，这一声明肯定是传开了，因为各种猜测突然沉寂下来，随后而来的尴尬更难以忍受。我让自己全身心地投入医院工作中。那时，恰好有许多工作要做。我没有再去百厦庄园。我也没有再穿越庄园的庭园。我虽然经常身心俱疲地思念梦见卡罗琳，却没再见过她。最后，我终于从海伦·德斯蒙德那里听说，她准备办完最后几件杂务，在五月的最后一天悄无声息地离开沃里克郡。

在此之后，我心中只有一个愿望，那就是尽快、尽量减少痛苦地过完这个月。我的诊疗室墙上有一个日历，婚礼的日期刚一决定，我就在日历上写下了那个日子，并且在代表27日的那个方块上快活地涂上了墨水。现在，只是傲气和顽固在阻止我把日历取下来。我想看到那一天尽快过去，四天之后，卡罗琳将从我的生活中彻底消失，我有一个迷信的想法，只要翻到六月的那一页，我就能重获新生了。同时，我仔细看了看那个涂着墨水的方块，它形状古怪，混合着渴望与恐惧。在这个月的最后一周里，我越来越心烦意乱，工作无法集中注意力，睡眠也很不好。

结果，这一天过得十分平淡。下午一点——本来应该是我们举行婚礼的时间——我正坐在一个年老病人的床边，专心地给他看病。我离开病人的家后，听到了一点半的报时，我有些无动于衷，只是茫然地想到，肯定有其他的情侣已经在登记处补了我们的缺。后来，我又看了几个病人。晚间门诊很平静，余下的时间我便待在家里。十点半过后，我累了，想上床睡觉。我刚踢掉鞋子，穿着拖鞋向楼上的卧室走去，这时传来了猛烈的敲门声，门诊的铃声响了。是一个约莫十七岁的男孩在敲门，他上气不接下气，说不出话来。他跑了五英里半来找我，因为他的姐夫出事了。他说，他肚子疼。我拿上我的东西，开车和他一起到了他姐姐家。这个房子是你能想象到的最可怕的地方，一个废弃的小屋，屋顶上满是洞，窗户上有很多裂缝，没有电也没有水。这一家擅自占用了他人的房子居住，他们是从牛津郡搬到北方找工作的。他们告诉我，这位男主人已经“来来回回”病了好几天。他呕吐，发烧，还肚子疼。他们给他喝了蓖麻油，但过去的几个小时里，他越来越不好，他们很害怕。他们没有固定的医生，不知道该去找谁。他们来找我，是因为最后他们记起在当地报纸上看到过我的名字。

点着蜡烛的客厅里有一张装着小轮子的矮床，这个可怜的男人躺在上面，身上盖了很多衣服和一件旧军大衣。他的体温很高，腹部鼓胀，我刚动手给他做检查，他就痛得大叫起来，咒骂着，蜷起了腿，有气无力地想把我踢开。这是急性阑尾炎最常见的症状，我知道必须让他马上去医院，否则阑尾可能会破。这家人得知要把他送进医院做手术，都很担心高昂的手术费用。“你不能做些什么吗？”他的妻子拉着我的袖子，一直在问我。她和她的母亲知道有一个女孩，吞下一瓶药之后洗了胃，她们也要求我给他洗胃。甚至这个男子自己也固执地这么想——如果我能“洗出他胃里的毒药”，他就会好。这就是他想要我做的，他赞成这个主意。他不让他们来找我，他说，他不想让我把他送进医院里，被很多该死的医生切开、拉来扯去。

这时，他突然猛吐了一阵，吐得说不出话来。这家人比刚才更害怕了。最后，我设法让他们相信了他病情严重，必须立即送往医院。其实，应该用救护车送他去。但是这个小屋远离人群，只能去两英里外的邮局打电话叫车。我别无他法，只好自己驱车送他，于是，他的内弟和我一边一个把他从矮床上扶出屋来，然后小心地放在我的车后座上。他的妻子挤在他身边，男孩坐在前面。夫妻俩的孩子留在家中，由年迈的外祖母照料。这七八英里的路况糟糕极了，大多是乡间小路，这个男子不停地呻吟，车每震动一下他都要叫，然后吐在一个碗里。女人哭了起来，什么忙也帮不上。男孩也害怕得不知所措。唯一肯给我们帮忙的是月亮，那天晚上是满月，明亮得如同一盏灯。我们一拐上利明顿路，我就加速了。十二点半，我们拉开了医院的门。二十分钟后，男子进了手术室——他那时情况很不妙，我真的很担心他是否延误了时机。我坐在那女人和男孩身边，不想在手术结束前离开他们。最后，外科医生安德鲁斯出来了，告诉我们一切顺利。阑尾没有穿孔，所以现在没有腹膜炎的危险了。男子虽然很虚弱，但恢复得很好。

安德鲁斯说话时带着公学里培养出来的那种拿腔拿调、故作高深的口音，而病人的妻子十分担心，神情恍惚，我看得出，她听不懂他的话。我解释说，她丈夫已经抢救过来了，她听完差点晕倒。她想看看他，但是医生不允许。他们也不想让她和那个男孩在候诊室里过夜。我提议，我回里德克特的路上，顺便再把他们送回家，但他们不想离医院那么远，可能是嫌第二天再来时的公交车费贵。他们说，他们在利明顿郊区有个朋友，能借给他们一匹小马和一辆大车。男孩要回去告诉老祖母一切平安，女人在镇子上过夜，明天早上回来看她的丈夫。他们一心想着小马和车的事，和刚才他们要求洗胃时一样顽固，我悄悄想到，他们是不是会在水沟边一觉睡到天亮。不过，我还是再次提出让他们搭便车，这一次他们接受了。他们带我去的地方，是另一处非法占有他人土地居住者的窝棚，和他们自己住的地方一样肮脏，外面还拴着几条狗和几匹马。我们到达时，几条狗一阵狂吠，一名手拿猎枪的男子打开了小屋的门。但是他认出了来访者，便放下枪，欢迎他们进去。他们要我一起进去——热情地对我说，他们有很多“茶和苹果酒”。我差点就被说服了，但最后还是感谢了他们，然后道了晚安。门关上之前，我远远看了房间一眼，地板上乱七八糟地铺着床垫，上面躺着睡熟的——成年人、儿童、婴儿、狗和眼睛还没睁开的蠕动着的小狗。

火速送病人去医院、可怕的等待、知道好消息之后的轻松，这次遭遇让我产生了轻度幻觉，相比之下，我驱车离开的一幕显得很沉静，很孤独。这感觉真奇怪，被拉进一出病人的戏里，然后又走出来——在夜间这更像是一出戏。这番经历让我筋疲力尽，但脑袋十分清醒而敏锐，现在我的脑海里像放电影一样循环播放着刚才几个小时里的所有细节，停不下来。我想起了那个男孩，在我的诊所门口气喘吁吁，说不出话来。我也想起了那个男子，蜷起腿，有气无力地想踢我。还有那个女人的眼泪、那些呕吐和叫喊。安德鲁斯，那位外科医生的神态和声音。糟糕透顶的小屋。那些躯体和小狗——幻觉持续不停，一遍又一遍，难以抗拒，让人精疲力竭。后来，幻觉消失了，我摇下车窗，点燃了一支香烟。在幽暗的汽车里，白色的月光和车头灯的光温和地照亮了我的双手——我意识到，今晚的旅程和一月份医院舞会之后的那次旅程很相像。我看了看表，现在是凌晨两点，这本该是我的新婚之夜。我本该躺在火车上，卡罗琳在我怀里。

我心中涌起了失落和悲痛，它们又一次淹没了我。这感觉和前几天一样糟糕。我不想回家，不想回到那个狭窄阴郁的房子里，面对空空荡荡冷冷清清的卧室。我想卡罗琳。我想卡罗琳，但我无法得到她——我很清楚这一点。我驶上了去百厦庄园的道路，想到她离我这么近，我却又错失了她，我战栗起来。我丢掉香烟，停下车，直到这阵最可怕的颤抖过去。但我仍然不敢回家。我继续慢慢开车，很快就驶上了那条乡间小路，开往阴暗茂密的池塘。我拐了过去，一路颠簸，把车停在上次卡罗琳和我停泊的地方——那次，我吻了她，刚开始她把我推开了。

月光如此明亮，树木投下了一片阴影，水面如牛乳般纯白。整个场景宛如一帧照片，细节十分清晰，又略显虚幻。我凝视着它，它吸引着我，我忘记了时间，忘记了地点，变成了一个彻头彻尾的陌生人。我又抽了一支香烟。这时我越来越冷，在后座上摸索着那条红色旧毛毯，我一直把它放在车里——那条我裹住卡罗琳的毯子——我用它裹住了自己。其实，我一点儿也不困倦。我只想坐在那里，整晚上保持清醒。不过，我还是侧转过身，蜷起腿，把脑袋搭在座椅靠背上。我几乎立刻就不踏实地睡着了。在睡梦中，我似乎离开了汽车，接着不由自主地走向百厦庄园。我看见我在走，和刚才回顾冲向医院时的情景一样，我的脑袋发热，却又异常清晰。我看到自己穿过镀银般的乡间景色，像烟气般通过百厦庄园的大门。我看到自己走在百厦庄园的砾石小路上。

但是，我越来越惊恐，越来越迷惑——小路变了，变得很奇怪，很不对劲，漫长难解得不可思议，路的尽头除了无边的黑暗，什么也没有。

天亮之后我才醒来，身体僵硬，蜷缩得难受。那时刚刚六点。汽车的窗户上都是雾，我的脑海中一片空白。我的帽子挤在肩膀和座椅之间，被压得变形了，毯子堆在我的肚子上，好像我一直在和它扭打。我打开门，趔趄着走了出去，想呼吸点新鲜空气。这时脚边传来一阵沙沙声，我以为是老鼠，但其实是一对刺猬，它们刚才一直在嗅汽车轮胎，这时消失在深深的草丛里。它们身后留下了几条黑脚印，草上白露凝霜。池塘上泛起了一层薄雾，水色由白变灰。池塘边凌晨时分的不现实感消逝了。我不由得有种似曾相识的感觉，那是我亲身经历的一次可怕的城市空袭：我飞快地从掩蔽处冲出来，看见一幢幢房子被炸得伤痕累累，却屹立不倒，我身处轰炸最严重的中心区域，整个世界似乎被炸成了碎片。

但是，这片刻思绪如流水经过般渐渐褪色，我的头脑清醒了。幻觉离开了我。我想喝咖啡，刮脸，还很想上洗手间。我走到池塘一边，解决了问题，然后我梳了梳头发，拉平被我揉成一团的衣服。我想发动汽车。这里十分潮湿，寒冷，发动机不可能一次就点火成功。于是我抬起发动机罩，擦了擦火花塞，汽车开动了——发动机的振动打破了空旷的乡间的寂静，鸟儿从树上惊起。我开回那条小路，又拐上了通向百厦庄园的道路，然后避开它朝里德克特驶去。一路上我没遇到一个人，但是村庄正在苏醒，那些劳工家庭已经开始忙碌了，面包店冒出了炊烟。太阳还没升高，影子很长，鹅卵石教堂、红砖房、商店、没有行人的人行道和没有汽车的马路，阳光下的每一个场景都按部就班，有条不紊，充满活力。

我自己的房子在里德克特主干道的尽头，我驶近时看见诊所的门口有一名男子，他拉响了夜诊门铃，然后手罩在眼睛上，透过门边的磨砂窗玻璃向里面张望。他戴着一顶帽子，大衣领子立了起来，我看不到他的脸。我以为他是个病人，我的心直往下沉。但是一听到我的汽车声，他就转过身来——这时，我认出他是戴维·格雷厄姆。他的模样使我猜想他带来了坏消息。车子越开越近，我看见了他的表情，我知道这消息肯定十分可怕。我停下车，走出来，他疲倦地迎了过来。

他说："我一直在找你。哦，法拉第。"他用手捂在嘴上。那天早晨十分安静，我听见他的手掌在摩擦着没刮的下巴。

我说，"出什么事了？是安妮吗？"我只能这样猜。

"安妮？"他眨了眨疲惫的眼睛，"不是安妮。是——法拉第，恐怕是卡罗琳。她出事了，在百厦庄园。对不起。"

昨晚大约凌晨三点时，有一个电话从百厦庄园打来，是贝蒂，她十分害怕，想要我过去。我当然不在家，所以电话交换台把电话转给了格雷厄姆。她没有对他细说，只是请他一定要尽快来百厦庄园。他穿上衣服就驱车去了那里，发现庭园的大门被铁链锁上了。贝蒂忘了开那把挂锁。他不能进这一扇门，便开车去了另一扇门，但两扇门都非常牢固，而且很高，难以爬上去。他正想回家，打电话让贝蒂开门，这时他想到了新的简易住宅那边庭园围墙上的缺口。这些房子现在有了花园的雏形，花园后面就是铁丝网，他翻过铁丝网，徒步走到庄园的宅邸。

贝蒂来应了门，一盏油灯在她手中颤抖。他说，她"吓坏了"，害怕得几乎说不出话来，她让他进了房子，他一下子就看明白了。她身后，在月光下，在粉色和深褐色相间的大理石地上，躺着卡罗琳。她穿着睡衣，下摆猛掷在一边，扭成一束。她的双腿裸露在外面，头发散开，绚丽夺目，有如头顶的光轮。在浓重的阴影里，有一刻他还以为，她只是由于突发癫痫或眩晕而躺在那里。然后，他拿过贝蒂的灯，害怕地走了过去，他看到他以为是卡罗琳头发的，其实是地上的暗血，他这才明白，她肯定是从楼上的转角平台掉下来的。他不由自主地抬起头，想看看栏杆有没有断掉。没有栏杆出问题。他又点燃了另外几盏油灯，大致检查了她的身体，但很明显，卡罗琳已经不需要任何治疗了。他推断，她的头撞在大理石上，应该是当场就死了。他拿来一条毯子，盖上她，然后和贝蒂下楼去厨房喝了点茶。

他想听听事情发生的经过。但令人失望的是，贝蒂什么也说不出来。她听见卡罗琳半夜里上了楼梯转角平台。她走出房间看出了什么事，正好目睹卡罗琳落下，然后听到了那声可怕的轰然一响，卡罗琳摔在下面的大理石地上。她只说了这么多。她“连想都不敢再想”。卡罗琳纵身跳进月光中，是她见过的最可怕的事。尽管她闭上眼睛，还是可以看见那一幕。她相信，她“永远也忘不了”。

格雷厄姆给了她一粒镇静药。然后，和我最近经常做的一样，他拿起百厦庄园里的老式电话机，给警察和停尸房打了电话。他也打了电话给我，想让我知道发生了什么事。当然，电话还没有人应答。他觉得这些车辆很快就要到了，想起了上锁的庭园大门。他便从贝蒂那里拿来挂锁的钥匙，穿过月光笼罩下的庭园，走回自己的车上。他说，他很想离开这座房子，不愿再进去了。他毫无理由地认为，宅子的地板和墙壁上有病菌，一种徘徊不去的传染病。不过，他还是留下处理了接下来的几件事。警长到达后，他们把卡罗琳的尸体搬上了停尸房的车。五点钟时，这些事情才结束。其余的事情只能由贝蒂来处理了。

她吓坏了，楚楚可怜，他想把她带回家。不过，他又十分不愿意与这个庄园有任何牵连。但是，他也不可能把她一个人留在这个可怕的地方，因此他等她收拾好私人物品，然后开车九英里半，送她到了她父母的家。他说，她一路上都在发抖。之后，他回到里德克特，告诉安妮发生了什么事情。然后，他就来找我了。

他说："法拉第，就算你在场也什么都做不了。老实说，我认为这电话找到了我，是上帝的旨意。我向你保证，她死时没有痛苦。不过，卡罗琳的伤——大多数在头部。你不能看那些伤口。我也不想让你从别处听到消息。你昨晚是不是出诊了？"

我们这时在楼上，在我的客厅里，是他把我带上楼的，递给我一支香烟。但是，我把燃烧的香烟放在一边没有抽。我在扶手椅上弓着身子，胳膊撑在膝盖上，手捂着脑袋。我没有抬头，含糊地说道："是的。是一个急性阑尾炎病人。那时病得很严重。我把那个男子送去了利明顿，安德鲁斯治好了他的病。"

格雷厄姆又说，"这件事，无论你怎样做都无法挽回。不过，如果我早知道你在医院就好了。那样我可以尽早通知你。"

我现在很难把所有的细节拼凑在一起，我一时没听懂他的意思。但最后我明白过来，他还以为我整个晚上一直待在利明顿。我开口想告诉他，卡罗琳跌下来的惨剧发生时，我其实在汽车里睡着了，距百厦庄园只有几英里，这真是桩不幸的巧合。但是，我刚把手从脸上挪开，就回想起昨晚自己进入的那种奇怪状态，我觉得羞愧极了。所以我犹豫起来，我错过了说实话的时机，想再开口已经太晚。他看到了我的迟疑，还误以为我在难过。他又说，他也觉得十分伤心。他想给我煮一壶茶，做一顿早餐。他说不能把我一个人留下，要我和他一起回家，他和安妮可以照顾我。但是，我拒绝了他的每一个建议。

他看出无法说服我，便慢慢地站了起来。我也站起身，去送他出门，我们一起下楼，走到门诊室门口。

他说："法拉第，你的模样真可怕。我希望你和我一起去我家。如果我不带着你，安妮永远也不会原谅我。你真的还好吗？"

我说："是的。是的，我没事。"

"你不会坐在这里瞎想吧？我知道这很痛苦，但是，"他越来越为难，"别用各种各样无用的猜测折磨自己，行吗？"

我盯着他："猜测？"

"我的意思是，别去想卡罗琳究竟是怎么死的。验尸报告也许能说明一些情况。有可能是某种突然发作的癫痫，谁知道呢？人们肯定会把事情设想得很可怕，但这也可能是普通的事故，我们根本不会知道到底发生了什么……可怜的卡罗琳。不过，她的痛苦结束了。她这样更舒服些，不是吗？"

我意识到我甚至没有去想是什么造成她跌下楼梯的，仿佛她的死无法避免，超越常理。然后，我混乱地思考着格雷厄姆的话，我意识到他话中有话。

我说："你是不是在暗示，她是故意这样做的？你认为这是……自杀？"

他急忙说："噢，我没有这样想。我的意思是，因为她的母亲出过事，人们一定会这样猜测。瞧，这不关任何人的事。忘掉它，好吗？"

"但这不可能是自杀，"我说，"她一定是滑下去的，或者失去了平衡。在那样一幢房子里，又是晚上，发电机关闭——"

但我想到了月光，它一定能透过玻璃穹顶照进楼梯井里。我眼前浮现出百厦庄园坚实的楼梯栏杆。我看到卡罗琳迈着坚定、稳健的步伐，沿着这些熟悉的平台和楼梯向上走。

我盯着格雷厄姆，他肯定看出了我脑海中转动的疯狂想法。他按住我的肩膀，又一次坚决地说：“不要去想。现在不要去想。这是一件可怕的事情，但它已经结束了。这不是你的错。任何人都阻止不了。你听到我说的话了吗？”

也许人类的心脏对悲痛有一个承受的限度。就像在一杯水里加盐，超过临界点之后水就无法吸收盐分了。我不安地翻来覆去地想着这些，但过了一段时间，它们就自己消失了。我比较平静地度过了接下来的几天，仿佛没有什么大的变化，从某种意义上说，我什么都没有改变。我的邻居和病人都十分友善，但即使是他们，也迫切地想知道卡罗琳的死因。她和她母亲的死挨得太近了，近来百厦庄园出现了太多的秘闻和悲剧。关于卡罗琳是怎么掉下来的，有许多猜测。大多数人的看法和格雷厄姆一样，倾向于自杀，还有很多人想到了罗德里克，认为是疯癫造成的。现在只能寄希望于尸检发现些什么。然而，验尸报告什么也没有发现。因为他们只发现卡罗琳很正常，而且非常健康。她从来没有过中风，没有癫痫，没有心脏病，死前也没有挣扎。

如果事态不再继续向前发展，我会感到几分凄凉的满足。这些辩论和猜测不能让卡罗琳起死回生，我再也无法得到她了。但是地方行政官员认为，卡罗琳的死因有待确定。因此，和六个星期前艾尔斯太太自杀时一样，市镇验尸官要求进行调查。而且，由于我是艾尔斯家的家庭医生，我也被传唤出庭，我非常失望。

我是和格雷厄姆一起去的，坐在他身边。这一天是 6 月 14 日，星期一。天气晴朗，但法庭里人却不多。大家都穿得犹如葬礼一般，是沉重的黑色和灰色，审讯庭里很快就热起来了。

我坐下时扫了一眼四周，看到了各种各样的旁听者：有新闻记者，有艾尔斯家的朋友，比尔·德斯蒙德和罗西特夫妇。我甚至还看见了西利，他就在那边。他也看见了我，点头向我示意。然后我看到了卡罗琳住在苏塞克斯的姨父姨妈，他们和哈罗德·赫普顿坐在一起。我听说，他们去看望过罗德里克，被他的病情吓坏了。他显然承受不住姐姐去世的消息，彻底疯了。他们现在住在百厦庄园，以罗德的名义尽力清理庄园乱成一团的财产。

我看出，卡罗琳的姨妈很难过。她似乎想避开我的目光。她和她的丈夫一定从赫普顿那里听说婚礼取消了。

这时，审讯开始了。陪审团的成员宣誓。验尸官塞德里克·里德尔大致描述了案情，然后开始传唤证人。证人只有我们几个。第一个上去的是格雷厄姆，他详细描述了出事当晚房子里的情况，并且对卡罗琳的死因下了结论。他重复了尸检的结论，认为她没有任何生病的迹象。他说，他认为卡罗琳跌下来很可能是由于——用他的话说——“事故，或者谋害”。

接下来是本地警长上来作证。他证实，没有破门入室的迹象，门和窗户都很结实。然后，他出示了卡罗琳遗体的照片，把它们传给陪审团和其他人看。我没有看照片，我宁愿不看。我可以从陪审员的反应看出，这些照片很可怕。但是，警长还拍了宅邸三楼楼梯转角平台的照片，可以看到那些坚固的铁栏杆。里德尔仔细地看着，要求提供栏杆的尺寸——它的宽度，距离地板的高度。他又问了格雷厄姆卡罗琳的身高，格雷厄姆匆忙翻了翻笔记，回答了法庭。里德尔让一名书记员装成一副栏杆，又让一名和卡罗琳差不多高的女子站在旁边。栏杆恰好在她的臀部上方。他问她，如果被撞了一下，是不是很容易掉下去——翻过这么高的栏杆掉下去——她犹豫了，然后答道：“不容易掉下去。”

他要求警长下去，然后传唤贝蒂上证人席。她肯定是本案的关键证人。

我最后一次拜访百厦庄园是卡罗琳去世前两周，这是此后我第一次见到贝蒂。她是和她父亲一起来参加庭讯的，一直和他坐在审讯庭一边。她向前走去，身材又小又瘦，在一群穿着黑西服的男人里更显得她是个少女，她脸色苍白，难看的刘海贴在脸的一侧，还有一处不老实的分叉，她这副模样和大约一年前我第一次在百厦庄园见到她时一样。只有她的衣服让我惊讶，和她平时穿的客厅女佣服装大不一样。她穿着一条整洁的裙子和一件外套，里面是一件白色衬衫。她穿的鞋有矮矮的后跟，袜子是黑色的，上面打了补丁。

她紧张地飞快低下了头，亲吻了《圣经》，但她重复作证誓词、回答里德尔开头的几个问题时，声音有力而清晰。我知道，她的证词会比她告诉格雷厄姆的详细得多，我害怕再从头至尾听一遍这个故事。我把胳膊肘放在面前的桌子上，手捂着眼睛。

5 月 27 日的晚上，我听见她说，她和艾尔斯小姐早早就上床睡觉了。这房子当时“模样古怪”，因为几乎所有的地毯、窗帘和家具都搬出去了。按计划，艾尔斯小姐将在 31 号离开庄园，那一天贝蒂自己也会回到父母身边。最后几天，她们一直在做把房子交给代理商之前必要的收尾工作。那一天，她俩一直在清扫空房间，很疲倦。不，艾尔斯小姐似乎并没有精神低落，也丝毫看不出她垂头丧气。她和贝蒂一样辛勤工作——她可能比贝蒂干得更卖力。虽然她没有多谈她的计划，但是贝蒂看得出，她期待着离开。她曾不止一次说过，她“想把房子干干净净地留给下一个住在这里的人”。

十点钟，贝蒂上床休息了。大约半小时后，她听见艾尔斯小姐走进了自己的房间。她听得很清楚，因为艾尔斯小姐的房间就在她自己的房间前的转角平台旁边。是的，那里就是二楼的平台。上面还有三楼的平台。站在这两层平台上，都能通过楼梯井俯瞰大厅，而玻璃穹顶泻下的光正洒在平台上。

约两点半时，她被上楼梯的脚步的咯吱声惊醒了。一开始，她吓坏了。里德尔问她为什么。她也不知道。可能是因为那座房子既庞大又远离人群，要不然就是那个令人不安的晚上让她害怕。是的，她认为就是这个原因。不过，恐惧很快就过去了。她听出是艾尔斯小姐的脚步声。她想到，她可能是起床去上厕所，或者是下楼去厨房弄一杯热饮料。然后，她听到脚步声不停地吱吱作响，才惊奇地意识到艾尔斯小姐的目标不是下楼，而是想上三楼。但她不明白艾尔斯小姐为什么这样做。她想不出。上面除了空房间，还有别的什么东西吗？没有，什么也没有。她听见艾尔斯小姐在楼上的走廊里走得很慢，好像她在黑暗中摸索着行走。然后，她听见她停了下来，说了句什么。

艾尔斯小姐发出了声音？她说什么了？

她大喊着什么。

那么，她喊的是什么？

她叫道："你。"

我听到这个字，抬起头来。我看到里德尔也愣住了。他透过眼镜片严厉地注视着贝蒂，他说："你听到艾尔斯小姐喊了一个字：'你'。"

贝蒂伤心地点点头。"是的，先生。"

"你能肯定吗？她只是在大声喊叫吗？是惊叫，还是呻吟？"

"哦，先生，不是。我听见的，她叫得很清楚。"

"你肯定？那么，她究竟是怎么叫的？"

"先生，她叫的声音，就好像是她看到了认识的人，但是她很害怕。害怕极了。然后，我听到她跑了起来。她向楼梯跑了回来。我下了床，走到门口，飞快地打开了门。这时，我看到她掉了下来。"

"你清楚地看到她掉了下来？"

"是的，先生，因为月光很亮。"

"艾尔斯小姐摔下来的过程中有没有说话？我知道让你回忆这些很困难。不过，你看到她挣扎了吗？还是笔直落下去的，胳膊在身体两侧？”

“她没有发出任何声音。但是她的呼吸很急促。不，她不是笔直落下来的。她挥舞着胳膊和腿。它们挥舞得就像——就像你抓住了一只猫，而它想让你把它放下来。”

她说最后几句话时，声音已经开始颤抖，这时她彻底说不出来了。里德尔让法庭的书记员给她倒了一杯水。他告诉她，她很勇敢。但是，我仿佛不是听到了这番陈述，而是看到了那一幕幕。我又向前倾，手捂住了眼睛。这些回忆对贝蒂来说太痛苦了，也令我十分痛苦。我觉得格雷厄姆扶住了我的肩膀。

“你还好吗？”他低声说。

我点点头。

“你行吗？你的模样真可怕。”

我直起身：“我能行，我没事。”

他不情愿地收回了手。

这时贝蒂也缓过来了。不过，里德尔似乎也问完了。他说，他很遗憾问她这些问题。还有最后一个疑点需要澄清。她刚才说过，艾尔斯小姐跌下来之前几秒钟，她似乎认出了什么人，害怕地喊了出来，然后跑过来。当时有没有其他脚步声，或者其他声音——在她跌下来之前和之后，有没有任何其他的声音？

“没有，先生。”贝蒂说。

“除了你和艾尔斯小姐，房子里肯定没有其他人。”

贝蒂摇了摇头：“是的，先生。不过——”

她犹豫了，她的犹豫让里德尔更仔细地注视着她。我已经说过，他是一个一丝不苟的人。刚才一瞬间，他还准备结束问询，让她离席。现在他却说道：“是什么？你有话要说？”

她说：“我不知道，先生。我不想说。”

“你不想说？你是什么意思？在这里，你可千万别害羞，也不要害怕。我们来这里是为了查明事实。即使真相让你害怕，你也必须说出实情。现在说吧，是什么？”

她咬着嘴唇，说道：“先生，房子里没有人。但我觉得还有别的东西，那东西不想让卡罗琳小姐离开它。”

里德尔一脸迷惑。“别的东西？”

“先生，请听我说，”她说，“是鬼。”

她说得很小声，但法庭却很安静。这句话清晰地传到了每一个角落，给听众留下了很深的印象。有人开始窃窃私语，有一个人甚至笑了起来。里德尔严厉地扫视着法庭，然后问贝蒂究竟是什么意思。而且，更让我惊慌失措的是，她开始认真地对他叙述起来。

她绘声绘色地对他说，这座房子一直“让人提心吊胆”。她说，“有一个鬼住在里面”。是这个幽灵让吉普咬了吉莉安・贝克–海德。接着幽灵开始纵火，火灾成功地逼疯了罗德里克先生。此后，这个鬼魂一直在“对艾尔斯太太说话，说了好几件可怕的事，所以她自杀了”。现在，这个鬼又杀害了卡罗琳小姐，它把她引上了三楼转角平台，把她推了下去，或者是吓得她失去了平衡。这个幽灵“不想让她待在房子里，但又不想让她离开”。这是“一个心怀恶意的鬼，想独占这座房子”。

我想到，贝蒂的鬼故事在百厦庄园里一直没有听众，于是她头脑简单地决定在这里一吐为快。人群中再次传来窃窃私语，她提高了声音，语气更加固执。我环视审判庭，看见有人公然笑了起来。但是，大多数人都难以置信地注视着她。卡罗琳的姨妈和姨父一脸愤怒。记者们头也不抬地记录着。

格雷厄姆皱着眉头，低头对我说：“你知道这些事吗？”

我没有回答。这个拙劣的鬼故事已经说完好一会儿了，里德尔要求审判庭里恢复秩序。

“好吧，”审判庭里安静下来之后，他对贝蒂说，“你刚才对我们说了一个十分不寻常的故事。我不是捉鬼专家，所以，我没有资格对此发表意见。”

贝蒂满脸通红：“这是真的，先生。我没有撒谎！”

“好吧。那我来问你，艾尔斯小姐相信百厦庄园里有‘鬼’吗？她是不是相信，你说的这些可怕的事情是它干的？”

“噢，是的，先生。她比我们更加相信。”

里德尔表情严肃：“谢谢你。非常感谢你的证词。我想，关于艾尔斯小姐的精神状态，你给我们提供了很多有价值的线索。”

他挥手示意她走下证人席。她不知所措，没明白他的话和手势。他只好直接告诉她可以离席了，她便走回了父亲身边。

然后就轮到了我。里德尔让我走上证人席，我站起来，走到那个位置上，心里挺害怕——仿佛这里是刑事审判，而我正是被告。书记员让我发誓，我说话时喉咙干涩，只好重新说了一遍誓词。我要了一杯水，我喝水时，里德尔耐心地等待着。

然后，他开始了讯问。他首先简要复述了我们听到的所有法庭证词。

我们的目标，他说，是查清艾尔斯小姐致命一跌时周围的环境，他认为，摆在我们面前的有几种可能性。他认为，可以排除暴力行为。目前没有任何证据指向这种可能性。格雷厄姆医生的报告说明，艾尔斯小姐的身体很健康——但很有可能，她出于某种原因认为自己生病了，而且这个念头可能吓坏了她，或者削弱了她的意志，造成她跌下楼梯。而且，我们应该都还记得，这名家庭女佣声称听到她在大喊，可以推理，她是被什么东西吓了一跳，她看到了什么，或是她幻想她看到了，因此失去了重心。不过，与这些猜测相抵触的是，百厦庄园的楼梯扶栏横杆很高，而且明显很结实。

但是，这里有两个更进一步的推论。这两种推理都认为她是自杀。艾尔斯小姐可能自己跳下了平台，以了结自己的性命，是有预谋的行为，是头脑异常清楚时周密计划的——换句话说，就是自杀。或者是她产生了幻觉，不慌不忙地跳了下去。

他瞥了一眼他的笔记，然后转向我。他知道，我是艾尔斯家的家庭医生。他还很遗憾地提到，艾尔斯小姐和我……他知道艾尔斯小姐和我之前订下了婚事。他说，他提问时会尽量避开这些敏感问题，但他很希望调查清楚艾尔斯小姐死亡当晚的精神状态，他希望我帮助他。

我又清了清喉咙，说，我会尽我所能地回答他。

他问我，我何时最后一次见到卡罗琳。我回答说，我最后一次见到她是在 5 月 16 日下午，当时我是和格雷厄姆女士，我搭档的妻子一起去庄园的。

他询问当时的卡罗琳的心境。她和我最近才终止了婚约——是吗?

“是的。”我说。

这是双方共同的决定吗?

“我希望，你能原谅我这么问，”他也许看到了我的表情，“我想在法庭上查明的是，解除婚约是否让艾尔斯小姐十分伤心。”我回头看了看陪审团，想到卡罗琳会多么痛恨这一切，她肯定很不喜欢我们穿着黑西装，像麦田里的乌鸦一般，在这里聒噪她生命中的最后几天。

我平静地说：“不，我认为她并没有很难过。她，她——改变了主意，就是这样。”

“改变了主意，我明白了……我认为，艾尔斯小组改变心意的后果之一，就是决定卖掉庄园，离开乡村。那么，你怎么看待这个决定？”

“唔，我很惊讶。我认为这样做很极端。”

“极端？”

“不切实际。卡罗琳说过移民，去美国，或者加拿大。她说过，她可能会和她的弟弟一起去。”

“她的弟弟，罗德里克·艾尔斯先生，现在不是在一家私人精神病院里治疗吗？”

“是的。”

“我认为，他的病情比较严重。他的病情让艾尔斯小姐难过吗？”

“当然。”

“她十分伤心吗？”

我想了想。“不，我觉得她没有。”

“她有没有给你看过美国或加拿大之旅的船票，或者预订船票？”

“没有。”

“但你却认为，她确实想去那里？”

“据我所知，是这样。她的想法是，”我顿了顿，“嗯，英国不想要她。如今，这里没有她待的地方。”

旁听席里有一对士绅夫妇在冷冷地点头。里德尔思索、沉默了片刻，在面前的文件上记了一笔。然后他转向陪审团。

“我对艾尔斯小姐的这些计划很有兴趣，”他对他们说，“我想知道，我们是不是应该把这些计划当真。一方面，我们听说她准备开始新生活，而且对此十分期待。另一方面，这些计划可能会让你们备感惊讶，同样，它们也让法拉第医生和我很惊讶——我必须承认，我认为这些计划很‘不现实’。现有的证据不能证明艾尔斯小姐有这些计划。其实，目前所有的证据只能证明，艾尔斯小姐更关心如何结束一种生活，而不是如何开始新生活。而且，她最近解除了婚约。她还处理了家族的大部分财产。她想在离开之前，把空荡荡的家打扫干净。所有这一切都向我们证明，这是自杀，是精心策划、有条有理的行动。”

他转回来，面对着我。

“法拉第医生，艾尔斯小姐是不是那种有自杀倾向的人？”

我想了想才说，我认为任何人在特定的情况下，都有可能自杀。

“她对你提到过自杀吗？”

“没有。”

“我们都知道，她的母亲最近十分悲惨地结束了自己的生命。这肯定对她有影响吧？”

“这件事确实影响了她，”我说，“在方方面面都影响了。她的情绪很低落。”

“你是说，这使她对生活感到绝望？”

“不，我没有，我没有这么说。”

他歪着头：“那么你是说，这打破了她心灵的平衡？”

我犹豫了。“一个人心灵的平衡，”我终于开口，“有时是很难衡量的。”

“确实如此，我很赞同。所以我才费尽心思，想找出艾尔斯小姐的心结所在。法拉第医生，对此你有没有任何疑心？你对这种‘心理变化’有没有任何怀疑呢？例如，取消婚礼，这么做符合她的性格吗？”

我又犹豫了，然后才点头承认，其实，最近几个星期我一直觉得她行为古怪。

他说：“你说的‘古怪’是什么意思？”

我说：“她很冷漠，不是她自己了。她有……奇怪的想法。”

“奇怪的想法？”

“她对她的家人，和她的房子有奇怪的想法。”

我说这些话时，声音直往下沉。他凝视着我，就像他刚才看贝蒂一样，他说：“艾尔斯小姐有没有说起过鬼或者幽灵？”

我没有回答。

他接着说：“我们刚才都听到了，艾尔斯一家的女佣说了百厦庄园里一件很不寻常的事，所以我要求你也加以说明。你明白，我认为这是一个关键的疑点。艾尔斯小姐是否对你说起过鬼和幽灵？”

我最后说：“是的，她说过。”

更多的人开始在审判庭里窃窃私语。这一次里德尔没理他们。

他目不转睛地看着我，说道：“艾尔斯小姐真的相信她家里闹鬼吗？”

我不情愿地说，卡罗琳确实认为庄园被某种神秘力量掌握了，是超自然的力量。“我认为，她不相信真的有鬼存在。”

“但她相信，她已经看到了……超自然力量的证据？”

“是的。”

“她看到了什么证据呢？”

我深吸了一口气。“她相信，是它让她的弟弟变疯的。她相信，她的母亲也一直受到它的影响。”

“她和家庭女佣一样，相信是这个力量使她母亲自杀？”

“大致是这样。”

“你支持她的这个想法吗？”

“当然没有。我很痛心。我认为这是由生病引起的。我尽了最大努力劝阻她。”

“但她坚持自己的看法？”

“是的。”

“你怎么解释呢？”

我伤心地说：“我不能解释。要是我能解释就好了。”

“你认为这是精神错乱的征兆吗？”

“我不知道。卡罗琳自己对我说过，这是一个——一个家庭的污点。她害怕，我知道。但是你要明白，房子里发生了这么多事——我不知道怎样解释这一切。”

里德尔看起来很困扰，他摘下眼镜，捏着鼻梁。然后，他把眼镜腿又架回耳朵上，说："法拉第医生，我必须告诉你，我见过艾尔斯小姐几面，这个审判庭里也有很多人比我更熟悉她。我想，我们所有人都会同意，她是个头脑十分清醒的年轻女子。这名百厦庄园的客厅女佣相信超自然力量是一回事。但是，一个像卡罗琳·艾尔斯那样聪明、健康、有教养的姑娘也相信自己被鬼魂缠住了——噢，当时肯定发生了更加可怕的事情。这个案子真让人伤心，我明白，要让你承认，一个你深爱过的人精神不正常是很难的。但我认为，案情很清楚，我们正在处理一桩家族遗传性精神病案件——用艾尔斯小姐自己的话说，就是一个家庭的'污点'。她去世前叫道：'你！'难道不正是她出现的幻觉？是不是疯狂已经牢牢抓住了她？我们永远无法知道答案。不过，我很乐意向陪审团建议，以'精神失常而自杀'裁决此案。"

"但我不是医生，"他说，"你是这一家人的医生，我想得到你对这个裁决的支持。如果你认为我的看法不成立，请你务必诚恳地说出来。如果这样，我给陪审团的建议可能会有所不同。你赞成我的看法吗？"

我低头看着自己的手，它们在轻微颤抖。审讯庭比刚才更热了，我惊恐地看到了陪审团的目光。我又一次感到，审讯庭里有什么东西，就是这个东西曾经让我深陷其中，身不由己而又难辞其咎。

是不是就是那个"污点"？难道这就是日复一日、月复一月地威胁着他们家的那个东西，它最终毁了这一家人？罗德里克十分相信它的存在，我也一度相信了他。我本来应该像他一样，出示证据，证据会说出我想说的故事。但是现在，我说出这个故事的决心动摇了。我感到，百厦庄园的不幸已经远远不是古怪一词可以形容，更不可能在一个小法庭里做出明确的裁决。

不过，它究竟是什么呢？

我观察着四周，这里有许多张关切的脸孔。我看见了格雷厄姆、赫普顿和西利。我看到西利对我微微颔首，但我不知道他是在催促我说话，还是让我保持沉默。我看到了贝蒂，她用发亮而迷惑的眼睛注视着我……然后，我眼前出现了另一个幻象：百厦庄园的楼梯平台，被月光照亮。我似乎又看到了卡罗琳，她正迈着稳健的步伐走着。我看到她犹豫地登上楼梯，仿佛被一个熟悉的声音吸引着向上走。我看到她走进一片漆黑中，不知道面前的东西是什么。然后，我看到了她的脸——和我周围的这些面孔一样栩栩如生。我在她的表情里看到了似曾相识、谅解和恐惧。有一瞬间——我似乎在她那双被银色月光点亮的眼睛里，看到了一个阴暗的轮廓，一个可怕的东西——

我抓住了面前的木围栏，听到里德尔在说我的名字。书记员急忙又拿来了一杯水，法庭里传来了更多的窃窃私语。但是，这一阵眩晕已经过去了，我刚才瞥见的百厦庄园恶魔的碎影已经退回黑暗中。不过，这和现在有什么关系呢？现在，一切都结束了。只剩下一片废墟，一切都消逝了。我揉了揉脸，站稳身子，声音低沉地对里德尔说，是的，我支持他的裁决。我认为在最后几个星期里卡罗琳已变得精神抑郁，她的死很可能是自杀。

他感谢了我，让我走下去，接着他总结了案情。陪审团离席商讨，但是线索如此明确，他们几乎没什么可讨论的。他们很快就回来了，判决结果和预想的一样，常规手续之后，审讯就结束了。人们站了起来，椅子碰撞得咚咚响。喧闹声也起来了。我对格雷厄姆说：“看在上帝的分上，我们赶紧离开吧。”

他伸手扶住我的胳膊肘，带我走出了审判庭。

我没有看那个周末出版的报纸，不过我猜得到，他们肯定会拿贝蒂说百厦庄园“幽灵出没”大做文章。我还知道，一些喜欢恐怖新闻的人甚至联系了房屋代理商，装成有意购房的买主，借机参观庄园。

还有一两次，我行驶在通往百厦庄园的路上时，看到汽车和自行车停在庭园的大门口，人们隔着铁栅栏向里面窥视——这座房子像城堡和豪华古宅一样，仿佛已成为一个吸引观光客的景点。出于同样的原因，卡罗琳的葬礼吸引了很多观众，而她的姨父和姨妈则想尽量低调出殡。葬礼上没有教堂的响亮钟声，没有铺张的花朵，也没有守灵。人群里真正来悼念的实际很少，我站在人群的最后面。我的口袋里装着那枚没有戴过的结婚戒指，棺材落土时，我用手指不停地翻转着它。

15

这是三年多前的往事。那之后，我一直很忙碌。新的公共医疗卫生服务制度实施后，我没有像我担心的那样失去病人。可能部分是因为我与艾尔斯一家的关系，我赢得了他们。因为那些牛津郡来的居民很多人都在当地报纸上见过我的名字，他们把我看作一个“大有前途的人”。据说现在我很受欢迎，我是那种讲求实际的医生。我仍旧住在吉尔医生的老地方，里德克特主干道的最头上。对一个单身汉来说，那里够好了。但乡村在迅速扩大，有了许多新的年轻家庭，诊疗室和药剂室显得越来越过时了。格雷厄姆、西利和我已经开始讨论合伙开业，成立一个全新的健康中心，由莫里斯·巴比出资建造。

不幸的是，罗德里克的情况没有改善。我曾希望，他姐姐的死能让他彻底从幻觉中走出来。我想，发生了这么多事情之后，他对百厦庄园还有什么可怕的？但卡罗琳的死却造成了相反的效果。他为所有这些悲剧自责，还热衷于自我惩罚。他把自己烧伤、打伤、烫伤了很多次，现在几乎必须一直依靠镇静剂，他仍是从前的那个不成熟的毛头小伙子。我有空的时候就去看他。这么做比过去方便，因为家庭收入最终枯竭，他不可能继续留在沃伦昂贵的私人诊所里了。如今，他在郡精神病医院里接受治疗，和十一个男人住一间病房。

在百厦庄园周围建造的简易住宅非常成功，所以去年又建起了很多，还有其他房屋正在规划。许多新来的家庭成了我的顾客，所以我经常去那里。那些房子很舒适，有整齐的花圃和蔬菜园，还有孩子的秋千和滑梯。这里只有一个真正的变化，就是屋后的铁丝网不见了，变成了木栅栏。是新来的家庭要求这样做的，好像他们不愿享受从后窗凝望庄园的乐趣。他们说，宅子“让他们觉得心惊肉跳”。百厦庄园的鬼故事在年轻人和新来的人们中间流传得越来越广，但是没有人真的认识艾尔斯一家。我知道其中最流行的一个版本是，一个受残酷主人虐待的女仆从楼上的一扇窗口跳了下来，或是被推了下来，摔死了，变成了幽灵在庄园里游荡。她经常出现在庭园里，模样总是在哀哭，令人心碎。

我偶然遇见过贝蒂一次，就在庄园前面的道路上。她有一个亲戚住在这里。那是卡罗琳去世后数月。我正停车时看到一个年轻女子和一个年轻人从一个花园门口走出来。我立即拉回车门，让他们通过，那个年轻女子停下脚步，说道：“你不认识我了吗，法拉第医生？”我仔细看着她的脸，看到了那双分得很开的灰色眼睛，和不整齐的牙齿。否则我怎么也不可能认出她。她身穿时髦的廉价宽摆夏季连衣裙，没有光彩的头发变得润泽了，还烫过了，嘴唇和面颊上都涂了胭脂，红扑扑的。她还年轻，但是已经不苗条了，也许她应该去强制减肥。我记得她才十六岁。她告诉我，她还是和她的父母住在一起，她的母亲还在“干蠢事”，但她终于得到了想要的工作，在一家自行车厂。这份工作乏味极了，但是和其他女孩在一起“很快乐”。她有自己的夜生活和周末，经常去考文垂跳舞。和我说话时，她的手臂一直挽着那个年轻男子。他看上去大约二十二三岁，差不多和罗德里克同龄。

她没有说起审讯和卡罗琳去世的事，她喋喋不休时我想到，她再也不愿说起百厦庄园了——她似乎想抹去那段黑暗插曲在她身上留下的印迹。这时，她拜访的人从他们的房子里向外张望，喊那位年轻人过去，他一离开她就不那么叽叽喳喳了。

我静静地说："离百厦庄园这么近，你不想念它吗，贝蒂？"

她脸涨得通红，摇了摇头。

"我绝不进这幢房子。给我一千英镑也不干！我总是梦见这座大宅子。"

"是吗？"我如今已经不做这种梦了。

"不是噩梦，"她说，皱起了鼻子，"是奇怪的梦。我梦见最多的是艾尔斯太太。我梦见她想给我东西，珠宝、胸针之类的东西。不知道为什么，我不想要，最后还让她哭了起来……可怜的艾尔斯太太。她是位很好的夫人。卡罗琳小姐也是。发生在她们身上的一切真不公平，是吗？"

她说得对，这真不公平。我们忧伤地站着，再没说一句话。在旁人看来，我们是再寻常不过的两个普通人，但是在这可怕一年的灾难中，我和她是唯一的幸存者。

这时，她的男朋友漫步回来，她又变得欢快起来。她挥手向我道别，挽住了他的手臂，他们一起转弯走向公交汽车站。二十分钟后我回到车里，看见他们还在那儿。他们在长椅上嬉闹着，他把她拉进怀里，她双腿乱踢，笑了起来。

百厦庄园仍未售出。没有人想买它，也没有人有足够的钱。有一阵子传闻郡议会要把它改建成师资培训中心。后来又传说，一位伯明翰的商人认为它很适合当酒店。但这些谣言终归都落空了。近来类似的传言已经很少。也许，是那个地方让人们犹豫不决——花园里的植物长疯了，露天平台被野草淹没。儿童们在墙壁上乱涂乱画，向窗户投掷石块，这座大宅像受伤绝望的野兽般栖居于尘世的喧嚣中。

我总是忙里偷闲去那里看看。所有的锁都没有更换，我自己的钥匙还可以用。有几次，我发现我不在时有人来过了——通常是流浪汉，或是非法闯入者——他们想把门打开。但是门很结实，而且百厦庄园的鬼故事也让人望而生畏。况且这里没有什么可偷的，卡罗琳死前来不及出售的东西，她的姨父姨妈都处理了。

我一直没有打开楼下的房间。近来二楼一直让我很担忧——屋顶上出现了破洞，坏天气把屋顶上的砖瓦吹走了，一窝燕子住进了昔日的日间育婴室，做了一个巢。我在二楼放了几只桶接雨水，用木板封上了破得最厉害的几扇窗户。我有时会把房子全部走一圈，打扫干净灰尘和老鼠屎。客厅的屋顶还在，但膨胀的泥灰板迟早会倒塌。卡罗琳的卧室里光线更弱了。直到现在，罗德里克的房间里仍然能闻到燃烧的烟味……尽管如此，房子还是很美。从某些方面说，甚至比以往更美，因为没有地毯、家具，和那些乱糟糟堆满的东西，人们就能欣赏到这些线条、乔治王朝风格的对称感、优美交错的光影和这些房间的优雅韵味。我着迷般地在宅子里游荡，沉浸在柔和的微光中，我似乎看见宅子的建筑师在构筑它的蓝图，新漆的灰泥没有一条裂纹，表面完美无瑕。在那些时刻里，我从未想起过艾尔斯一家。似乎宅子已经摆脱了这家人，就像春天的草坪湮没了一个昔日的脚印。

现在，我对这些往事的看法和三年前不同。我和西利谈过几次。他始终坚持自己从前的合理推断，百厦庄园其实已经被历史击败了，由于跟不上时代的飞快步伐，它被自己的失败终结了。他认为艾尔斯一家无法与时俱进，只好选择了退却——自杀，与疯狂。是啊，在整个英国，他说，其他旧派乡绅阶层正在用完全相同的方式消失。

这个说法很有说服力，但是，有时候我却感到不安。我记得可怜、好脾气的吉普。我记得那些墙上和罗德里克房间天花板上的神秘黑色印记。我记得出现在艾尔斯太太的丝绸衬衫表面的三滴血迹。我也想到了卡罗琳。我想到了卡罗琳死前的那个时刻，她向月光下的楼梯平台走去。我想到，她那时喊出了一个字：你！

我从来没有对西利说过这个不同的、古怪的想法：百厦庄园是被黑暗的胚芽、被贪婪的隐蔽的生物、被某个“小小陌生人”吞噬了，是这幢房子滋生了一个陌生人的痛苦与昏迷。独自一人逗留在庄园的时候，我发现自己越来越警惕。几乎每隔一段时间，我就会感觉到它的存在，或者捕捉到角落里的动静，我的心会由于恐惧和期盼而颤抖，我想象秘密终于即将为我揭开。我会看到卡罗琳看到的，并且和她一样，认出它来。

如果说百厦庄园被幽灵纠缠，但这幽灵从不在我面前现身。因为我只要定睛一看，就会感到非常失望，我注视的只不过是块碎窗玻璃，里面有一张凝视着我的扭曲的脸——这张困惑而渴望的脸，是我自己。

致 谢

感谢所有给予我大力支持和帮助的本书最早的一批读者：艾莉森·奥拉姆、萨利·O-J、安东尼·托平、希拉妮·希默那、詹妮弗·沃恩、特里·沃恩，以及凯里·威廉姆斯。感谢我的经纪人朱迪思·默里，我英国、美国、加拿大的编辑伦尼·古丁斯、梅根·林奇和劳拉·欣奇伯格。感谢 Greene&Heaton 经纪公司、Little, Brown 出版社、Riverhead 出版社以及 McClelland&Stewart 出版社参与审稿并提出宝贵修改意见的人们。感谢希尔达·沃尔什在肌肉知识方面的指导。特别感谢安吉拉·休因斯对我关于沃里克郡生活的笨拙问题给予的耐心答复。特别鸣谢露西·沃恩。

《小小陌生人》的一部分写于赫奇布鲁克女作家写作营，在惠德比岛我度过了受益匪浅的一个月。我想在这里对赫奇布鲁克活动的组织方，以及在那里有过交谈的作家致以诚挚的谢意。

多部非虚构作品也为我的创作提供了灵感。这些书包括：埃德蒙·格尼、弗雷德里克·W.H. 迈尔斯和弗兰克·波德默尔的《生者的幻象》(伦敦，1886 年)，凯瑟琳·克罗的《自然的暗面》(伦敦，1848 年)，哈里·普赖斯的《英格兰的促狭鬼》(伦敦，1945 年)，赫里沃德·卡林顿与南多尔·法多尔的《着魔的人》(纽约，1951 年)，南多尔·法多尔的《促狭鬼的踪迹》(纽约，1958 年)，A.R.G. 欧文的《我们能否解释促狭鬼？》(纽约，1964 年)，肯尼斯·莱恩的《一个无名郎中的日记》(伦敦，1982 年)以及《西南地区医生》(伦敦，1984 年)，约翰·彭伯顿的《文斯利代尔谷的威尔·皮克尔斯》(伦敦，1970 年)，唐·罗伯逊的《一名乡村医生》(柯比斯蒂芬，1999 年)，杰弗里·巴伯的《乡村医生》(伊普斯威奇，1974 年)，杰弗里·泰亚克的《沃里克郡乡村大宅》(奇切斯特，1994 年)，乔治·休因斯《迪伦》，安吉拉·休因斯编(伦敦，1981 年)，以及安吉拉·休因斯的《玛丽其人》(牛津，1985 年)。

文
景

Horizon

社科新知 文艺新潮

小小陌生人

[英] 萨拉·沃特斯 著　孔新人 译

出 品 人：姚映然
责任编辑：卢　茗
营销编辑：陈　茜
装帧设计：王志弘
版式设计：安克晨
美术编辑：高　熹

出　　品：北京世纪文景文化传播有限责任公司
　　　　　(北京朝阳区东土城路8号林达大厦A座4A　100013)
出版发行：上海人民出版社
印　　刷：山东鸿君杰文化发展有限公司
制　　版：南京展望文化发展有限公司

开 本：850mm × 1168mm　1/32
印 张：14.25　　字 数：351,000　　插 页：2
2018年3月第1版　　2018年3月第1次印刷
定 价：69.00元
ISBN：978-7-208-14947-2 / I · 1686

图书在版编目（CIP）数据

小小陌生人 /（英）萨拉·沃特斯（Sarah Waters）著；孔新人译 .—上海：上海人民出版社，2017
书名原文：The Little Stranger
ISBN 978-7-208-14947-2

Ⅰ.①小… Ⅱ.①萨… ②孔… Ⅲ.①长篇小说—英国—现代 Ⅳ.①I561.45

中国版本图书馆 CIP 数据核字（2017）第 306025 号

本书如有印装错误，请致电本社更换 010-52187586